Zu diesem Buch

»Für Freunde der Fantasy-Literatur gibt es ein neues Lesevergnügen. Historie und Phantasie, Mythologie und Abenteuer sind vereint in Thomas R. P. Mielkes Roman ›Gilgamesch – König von Uruk‹. Mielke erzählt das älteste Epos der Weltliteratur, das fünfteilige Gilgamesch-Epos, neu. Gilgamesch, der König von Uruk, im Land der Sumerer zwischen Euphrat und Tigris, der vor 5000 Jahren lebte, wird für den Leser wieder lebendig.« (»Hamburger Abendblatt«)

»Mielke stellt bei jeder Zeile pralles Leben vor das innere Auge ... Der alte König ist alles andere als ein langweiliger ›Grufti‹. Das Ziel, den Rohstoff des Gilgamesch-Epos zu einem spannenden und hinreichend anspruchsvollen Roman zu verarbeiten, hat Thomas Mielke erreicht.« (»Main Post«)

»Der ›Gilgamesch‹-Roman ist so aufgebaut, daß er nicht nur die Geschichtsfanatiker anspricht. Mit Spannung und Spaß, Erkenntnis und Elan wird beschrieben, was sich vor 5000 Jahren im Land zwischen Euphrat und Tigris zugetragen hat.« (»Münchener Merkur«)

»Mielkes Gilgamesch-Interpretation enthält die Ingredienzien eines modernen Unterhaltungsromans und vermittelt zugleich ein präzises Bild einer wichtigen Menschheitsepoche. Historisch Interessierte finden im Anhang ein ausführliches Glossar, Zeittafel, Karte und Literaturhinweise.« (»Welt am Sonntag«)

Thomas R. P. Mielke, geboren am 12. März 1940 in Detmold, wuchs als Kind eines Pastors im Ostharz und in Rostock auf. Mit fünfzehn kam er allein in den Westen und verbrachte Wanderjahre in Jugendlagern, als Schiffsschmied und als Gärtner; dann sechs Jahre bei der Luftwaffe. Er wurde Texter in internationalen Werbeagenturen und ist heute Mitinhaber einer Berliner Werbeagentur. Daneben schrieb er einige Dutzend Science-fiction-Romane und Kurzgeschichten. Thomas R. P. Mielke ist verheiratet, hat vier erwachsene Kinder und lebt in Berlin.

Als rororo-Taschenbuch ist außerdem lieferbar: «Inanna. Odyssee einer Göttin» (Nr. 12982).

Thomas R. P. Mielke

GILGAMESCH

KÖNIG VON URUK

Roman

rororo
Rowohlt

79.–93. Tausend August 1992

Veröffentlicht im Rowohlt Taschenbuch Verlag GmbH,
Reinbek bei Hamburg, September 1990

Umschlaggestaltung Stefan Kiefer
Zeichnung der Karte: der Autor und Corinna Maschin,
Deutsches Archäologisches Institut, Berlin
Gesamtherstellung Clausen & Bosse, Leck
Printed in Germany
1690-ISBN 3 499 12689 3

INHALT

VORWORT

Viele Berichte über die altsumerische Hochkultur sind mündlich von Generation zu Generation weitergegeben und erst Jahrhunderte später von den semitischen Akkadern, den Babyloniern und den Assyrern aufgezeichnet worden. Noch vor hundert Jahren war unklar, ob es das Volk der Sumerer tatsächlich gegeben hat, und noch immer warten Tausende von Keilschrifttafeln auf ihre Deutung, während Jahr für Jahr neue Ausgrabungsfunde gemacht werden.

Für die vorliegende Saga von Gilgamesch wurden so weit wie möglich die alten Namen und Bedeutungen verwendet. Die Schreibweisen, Zuordnungen und Bedeutungen von Göttern, Königen und Städten sind in den verschiedenen, nicht gleichzeitig verfaßten Handlungsfragmenten und späteren wissenschaftlichen Auslegungen teilweise so widersprüchlich, daß es bis heute keine einheitliche Sprachregelung gibt.

Als Hauptquellen wurden daher die klassischen Übertragungen des Gilgamesch-Epos von Albert Schott/Wilhelm Soden und Helmut Schmökel verwendet, in bestimmten Fällen und zur besseren Lesbarkeit aber auch Einfügungen aus anderen Bearbeitungen und weiteren sumerischen Dichtungen.

Thomas R. P. Mielke

DAS GOLDENE ZEITALTER

(Nach der altbabylonischen Königsliste WB 444
und Parallel-Texten.)

»Du, Gilgamesch,
hast die Welt noch nicht erschaut.
Höre deshalb, was dir Schukallituda
über die Könige Sumers
und die Vergänglichkeit erzählt ...

In jener Zeit,
als das Königtum vom Himmel herabkam,
war Eridu der erste Ort.
Dort wurde *Alulim* König,
und er regierte 28 800 Jahre.
Alalgar regierte 36 000 Jahre.

Zwei Könige, 64 800 Jahre regierten sie.

Eridu wurde erobert,
sein Königtum ging an Bad-tibira über.
Dort regierte *En-men-lu-anna* 43 200 Jahre.
En-men-gal-anna regierte 28 800 Jahre.
Der Gott *Dumuzi* regierte 36 000 Jahre.

Drei Könige, 108 000 Jahre regierten sie.

Bad-tibira wurde niedergeworfen,
sein Königtum ging an Larak über.
Dort regierte *En-zip-zi-anna* 28 800 Jahre.

Ein König, seine 28 800 Jahre regierte er.

Larak wurde im Kampf besiegt,
sein Königtum ging an Sippar über.
Dort war *En-men-dur-anna* König.

Ein König, seine 21 000 Jahre regierte er.

Sippar wurde vernichtet,
sein Königtum ging an Schuruppak über.
Dort regierte *Ubar-tutu* für 18 600 Jahre.

Ein König, seine 18 600 Jahre regierte er.

Fünf Städte, acht Könige.
241 200 Jahre regierten sie.
Doch dann ging die furchtbare Flut
über alle dahin ...

***

Nachdem die Flut
über Sumer hinweggegangen,
und das Königtum zum zweiten Mal
vom Himmel gekommen war,
wurde Kisch die auserwählte Stadt.

Dort regierte *Gar-ur* 1 200 Jahre.
Gulla-nidaba-anna-pad regierte 960 Jahre.

Du siehst, Gilgamesch,
die Zeit des Königtums
war kürzer geworden nach der Flut.

Pala-kinatim regierte 900 Jahre.
Von *Nangis lisma* und *Ba-hina*
ist die Zeit des Königtums nicht bekannt.

Ba-an-um hingegen regierte 840 Jahre.
Kalibum regierte 960 Jahre.
Kalumu regierte 840 Jahre.

Zukakip regierte 900 Jahre.
Atab regierte 600 Jahre.
Maschda, sein Sohn, regierte 840 Jahre.
Arwium, sein Sohn, regierte 720 Jahre.
Etana, der Hirte, der die Länder
befestigte und zum Himmel emporstieg,
regierte erneut 1 560 Jahre.

Balih, Sohn des Etana, regierte 400 Jahre.
En-men-nunna regierte 660 Jahre.
Melam-kisch, sein Sohn, regierte 900 Jahre.
Bar-sal-nunna, sein Bruder, regierte
1 200 Jahre.

Samug, sein Sohn, regierte nur 140 Jahre.
Tizkar, sein Sohn, regierte 305 Jahre.
Ilku regierte 900 Jahre.
Ilta-sadum regierte 1 200 Jahre.

Mebaragesi, der jetzt unser König ist,
bereitet den Kampf gegen Uruk vor.
Sein Sohn *Agga* wird ihm nachfolgen,
doch nicht für lange Zeit.

Dreiundzwanzig Könige,
24 510 Jahre, 3 Monate und 3 ½ Tage
werden sie in Kisch regiert haben,
wenn ihr Königtum an Uruk verloren geht.

***

In Uruk, der Stadt unserer Feinde,
war *Mes-kiag-gascher*,
der Sohn des Sonnengottes *Utu*,
erster König und Hohepriester.
Er zog bis zum Meer und ins Gebirge.
Nur 234 Jahre regierte er.

Auch *Lugalbanda*, der göttliche Hirte,
war König in der Stadt südlich von uns.

Enmerkar, der Enkel des Sonnengottes,
baute Uruk zur Stadtfeste aus.
Doch sein Orakel hat vorbestimmt,
daß der Sohn seiner eigenen Tochter
Nin-sun seinen Tod verschuldet.

Und sogar dieser,
der zu zwei Dritteln ein Gott ist,
wird so vergeblich wie alle anderen
um Unsterblichkeit kämpfen ...

Das, Gilgamesch,
sagt Schukallituda, Gärtner in Kisch.«

DAS SCHWERT AUS EISEN

Gilgamesch! Gil-ga-mesch ... warum antwortest du nicht?«

Die Stimme klang dumpf und schien tief aus der Erde zu kommen. Sie hatte kein wirkliches Echo.

»Ja, sei nur abweisend und aufsässig!« rief der Unsichtbare ärgerlich. »Du wirst noch lernen, daß sogar der Stein am Wegesrand antwortet, wenn er gefragt wird! Ach, hätte der nachtdunkle Sturmvogel dich doch als Neugeborenes in den Fluß fallen lassen! Aber nein, ausgerechnet ich mußte dich finden und fast achtzehn Jahre lang aufziehen! Und was habe ich jetzt davon? Einen willigen Gärtnerburschen oder einen Träumer, der nur noch in seine eigene Stärke und Schönheit verliebt ist?«

Gilgamesch hob kurz den Kopf. Er schob die Unterlippe vor und schüttelte sein langes, goldlockiges Haar von seinen überaus breiten und muskulösen Schultern. Er stand, nur mit einem gelben Hüfttuch bekleidet, im Uferwasser des Buranum und zog prüfend ein Schilfrohr nach dem anderen durch seine großen Hände.

»Steine am Wegesrand können nicht sprechen!« murmelte er trotzig und seine seltsam hell strahlenden Augen blitzten kurz auf. »Nein, alter Mann ... du hast mir jahrelang nur Kindermärchen erzählt ... von sprechenden Steinen ... vom Wasser, das die Erde liebt und gleichzeitig vernichtet ... von toten Dingen, die eine Seele haben sollen ... von Magie, Pflanzenkraft und dem Fluch der Götter. Ich glaube dir nicht mehr, alter Mann, kein Wort glaube ich dir!«

Er hielt ein vollendet gewachsenes Schilfrohr hoch und sah prüfend an ihm entlang.

»Hast du eine Seele, Schilfrohr?« fragte er leise. »Erkennst du, daß ein Stärkerer dich abgebrochen hat? Kannst du mir sagen, was ich aus dir machen soll? Willst du ein Pfeil oder eine Flöte werden? Oder bist du doch nur ein Stück Schilfrohr, das brechen muß, wenn ich es will, und fortschwimmt, wenn ich es fallen lasse?«

Das Rohr antwortete ihm nicht. Gilgamesch ließ es fallen und sah ihm nach, bis es sich langsam in der Strömung des Flusses drehte. Er liebte den Übergang vom festen Ufer in die sanften Wellen des Flusses, die an manchen Tagen wie bösartige Dämonen aussehen konnten. Dann duckten sich die mannshohen Schilfrohre, peitschten und schlugen sich gegenseitig und durften doch nicht wie die Menschen, die Tiere und die Wolken an einen stilleren Platz entfliehen. Nein, Pflanzen mußten stets dort wachsen und verderben, wo ihre Wurzeln den ersten Halt gefunden hatten.

Gilgamesch hatte keine Wurzeln. Die große Stadt jenseits der Gartenmauern war für ihn stets eine fremdartige und laute Bedrohung gewesen. Dort klirrten Waffen und quietschten Wagenräder, kreischten Frauen und Kinder auf den Märkten, und in manchen Nächten dröhnten Pauken und Trompeten so laut bis zu den Sternen hinauf, daß nicht einmal Schukallitudas Gärtnergehilfen Schlaf fanden.

Gilgamesch hatte oft unter den stillen Tamarisken gesessen und über den Fluß hinweg den Sonnenaufgang beobachtet. Und wenn am Abend die Arbeit in den Gärten getan war, träumte er vom fast vergessenen *Melucha*-Land, der legendären Heimat aller Sumerer, und von der Paradiesinsel *Dilmun* irgendwo im südlichen Meer.

»Was ist bloß los mit dir in der letzten Zeit?« tadelte der Mann, dessen Stimme noch kurz vorher dumpf und weit entfernt geklungen hatte. »Warum läßt du mich ganz allein die Sommerstecklinge aus den Höhlen tragen?«

»Wieso?« fragte Gilgamesch aufbegehrend, »sind denn keine anderen außer mir da? Keine Schwarzköpfigen und keine Sklaven?«

Er ließ das letzte Schilfrohr los und richtete sich auf. Obwohl er im Wasser stand, überragte er den obersten Gärtner von Kisch um eine volle Kopflänge.

»Es wird immer schwerer, mit dir auszukommen!« sagte Schukallituda und wischte sich mit einem Wolltuch den Schweiß von Brust und Hals. »Ich weiß nicht, was in deinem Kopf vorgeht, aber seit ich dir von den anderen Städten und Königen Sumers erzählt habe, bist du ein Nichtsnutz und Faulenzer geworden!«

»Ich denke darüber nach«, antwortete Gilgamesch trotzig. »Oder darf ich nicht überlegen, warum einige Könige berühmt wurden und andere, die zur gleichen Zeit lebten, fast vergessen sind?«

»Das willst du ergründen?« fragte der Obergärtner und legte erstaunt den Kopf zur Seite. Er sah Gilgamesch prüfend an, dann kam er zwei, drei Schritte näher und legte dem jungen Mann im Uferwasser seine Hände auf die Arme. »Könnte es sein, daß du nur beweisen willst, daß du kein braver und gelehriger Gärtnerbursche mehr bist? Sprich offen mit mir ... sag ›ich will hinausgehen ... meine Kräfte messen ... zeigen, was in mir steckt!‹«

»Das ist nicht der Grund!« widersprach Gilgamesch sofort. »Ich will nur wissen, wer ich bin und woher ich komme!«

Schukallituda schüttelte bedächtig den Kopf. Er fühlte sich plötzlich noch älter als er war. Schon seit den Frühjahrshochwassern versuchte er mit seinem Pflegesohn ins Gespräch zu kommen, denn nach den Gesetzen der Stadt mußte rechtzeitig aufgezeichnet werden, wer seine in einem langen Leben gesammelten Schätze erhalten sollte. Doch Gilgamesch durfte es nicht sein!

»Ich habe dir oft erzählt ...«, begann Schukallituda und setzte sich auf einen Schmuckstein, der aus den Bergen im Norden stammte, »... ich habe dir erzählt, daß die Götter Gärtner wie dich und mich lieben. Du bist wie ein Sohn für mich, aber ich muß dir sagen, daß du niemals mein Erbe sein kannst ...«

»Warum nicht?« fragte Gilgamesch fordernd. Er richtete sich zu seiner vollen Größe auf. Die Sonne spiegelte sich im feinen Ölglanz auf seiner Haut. »Bin ich nicht größer und stärker als alle anderen Gärtner von Kisch? Hast du nicht immer wieder gesagt, wie stolz du auf mich bist?«

»Das habe ich gesagt, und es ist wahr!« seufzte Schukallituda. »Es gibt keinen Jüngling, keinen Krieger in der ganzen Stadt, der es mit dir aufnehmen könnte! Dein Haar ist wie Gold, dein Gesicht gleicht den Götterstatuen, deine Schultern sind mächtig wie bei einem Wasserbüffel, deine Arme können steinerne Keulen wie Federn des Adlers schwingen, deine Brust ist gespannt wie das Fell der Kesselpauken, deine Hüften sind schmal wie bei einem Löwen und deine Schenkel sind stark genug, um ein Tempelportal zu tragen ... aber du bist nichts! Nicht einmal Erbe eines Gärtners!«

»Ich bin dein Sohn!«

»Nein«, entgegnete Schukallituda kopfschüttelnd. »Nicht nach den Gesetzen dieser Stadt! Wenn ich dich am Rand eines Schlachtfeldes gefunden hätte ... im Arm einer sterbenden Frau ... dann hätte ich meinen Anspruch auf dich von den Priestern ausrufen lassen können! Du aber bist vom Sturmvogel *Imdugud* über den Himmel getragen worden ... niemand kennt deinen Vater, und als ein Gärtner ohne Vaternamen bist du nur solange frei, wie ich dich schütze!«

»Aber du weißt mehr ... mehr als du mir erzählt hast!«

Schukallituda lauschte dem Gesang aus den Tempeln jenseits der Gartenmauer. Er zögerte, dann zeigte er zum Fluß hinüber. »Dort ist die Stelle, an der ich dich fand, als du, kaum der Mutterbrust entwöhnt, an einem kühlen Herbstmorgen vor siebzehn Jahren in der Myrrhe lagst. Die Gärten befanden sich damals weit außerhalb der Stadt. Alles, was heute grünt und Früchte trägt, gab es zu jener Zeit nur in meiner Vorstellung. Ich habe von diesen Gärten geträumt, Gilgamesch ... so wie du heute davon träumst, die Gärten zu verlassen ...«

»Ich will wissen, woher ich komme!«

»Ich sagte doch – der nachtdunkle Sturmvogel legte dich dort drüben in die Myrrhe-Sträucher. Du warst in Tücher gewickelt und in einen kleinen Korb aus geflochtenem Schilf gebunden.«

Gilgamesch musterte mit seinen klaren Augen das Gesicht des Obergärtners. Er spürte, daß er dem alten Mann Zeit lassen mußte.

»Nie zuvor hat der nachtdunkle Sturmvogel einen Menschen gerettet«, fuhr Schukallituda fort. »Und deshalb wußte ich vom ersten Tag an, daß du mehr als ein geraubtes Neugeborenes sein mußtest! Du konntest auch nicht aus Kisch stammen, denn deine Augen waren hell und nicht so groß wie unsere ... aber erst sehr viel später erfuhr ich, daß es in einer Stadt im Süden eine Königstochter gibt, die niemals einen Mann zu sich eingehen ließ und dennoch einen Sohn gebar ...«

Gilgamesch zog die Brauen zusammen. Er strich sich mit dem Handrücken über die Lippen, dann räusperte er sich und fragte: »Und du meinst, daß sie ... daß ich ...«

Schukallituda lächelte versonnen. Er kniff die Augen zusammen und schien bis zum Horizont zu sehen. »Vielleicht ist es auch nur eine Legende«, sagte er zurückhaltend. »Ich habe sehr oft darüber nachgedacht, aber ich kann dir nicht sagen, was ich vermute. Es würde dich nur auf den falschen Weg bringen, wenn ich Unrecht habe ...«

»Aber irgendeinen Hinweis ... einen Fingerzeig mußt du doch geben können!«

»Nein!« sagte der oberste Gärtner abwehrend. »Nicht einmal das kann ich tun! Ich war in den vergangenen Wochen häufiger als sonst in der Stadt ...« Er sah sich nach allen Seiten um. Einige frei aufgewachsene schwarzhaarige Muschkenu aus der Stadt arbeiteten in der Nähe der Ziegelmauer, die bis zum Fluß reichte. Sklaven und junge Gärtnerburschen ernteten wie an den Tagen zuvor Granatäpfel und reife Datteln. Es war so heiß, daß nicht einmal die Jüngsten miteinander redeten. Schukallituda senkte die Stimme, ehe er weitersprach:

»Du weißt, daß König Mebaragesi einen gewaltigen Feldzug vorbereitet ...«

Er wartete, bis Gilgamesch nickte, dann sagte er: »Er wird gegen Uruk ziehen! Das ist die Stadt im Süden, von der ich eben sprach ...«

»Ich verstehe dich nicht«, sagte Gilgamesch verwirrt. »Was hat der Feldzug des Königs von Kisch mit mir zu tun?«

»Du weißt, wann die Zweige beschnitten werden«, sagte Schukallituda vieldeutig wie ein Orakel, »du kennst die Zeichen des Südoststurms, noch ehe die ersten Wolken am Himmel auftauchen, und du hast eine Seele, die Fragen stellt! Heute bist du der Zweig, den ich aus meinem Herzen schneiden muß. Du willst fortgehen, mein Sohn, und ich kann dich nicht halten! Vielleicht wirst du die Antworten auf deine Fragen finden, wenn du mit König Mebaragesis Heer nach Süden ziehst. Es ist nicht meine Sache, wie du das schaffen kannst. Aber es werden Zeiten für dich kommen, in denen Heldentaten nichts mehr bedeuten. Wenn das geschieht, mußt du dich an Schukallituda erinnern und daran, daß du nur Frieden findest, wenn du deinen größten Feind besiegst ...«

»Einen Feind für mich? Nenne mir seinen Namen!« forderte der junge Mann aufbrausend. Schukallituda blickte ihn lange an.

»Ich nannte ihn ›hell strahlender Feuerbrand‹ nach dem göttlichen Leuchten in seinen Augen ... und das ist dein Name, Gilgamesch ...«

Das Klirren der Waffen und Rüstungen wurde am Abend noch lauter. Während der heißen Nachmittagsstunden hatten sich mehr und mehr Schublugal-Krieger auf dem freien Platz vor dem großen, die ganze Stadt überragenden Stufentempel versammelt. Die meisten kamen mit ihren Familien.

Frauen und barfüßige Mädchen in kurzen, die linke Schulter und Brust freilassenden Leinenkleidern schleppten Krüge mit Bier und Wein heran. Junge Burschen durften die großen ledernen Schilde tragen und manch ein freier Muschkenu bedauerte in diesen Stunden, daß er nicht ebenfalls Kriegsmann des Königs mit einem Stück Lehnsland geworden war. Muschkenus mußten nicht zu den Waffen eilen, wenn der König rief. Sie besaßen eigene Felder und Gärten, aber sie konnten nur das auf den Märkten verkaufen, was sie nicht an die Tempelverwalter abliefern mußten. Wer dagegen den Rang eines Schublugals besaß, war nicht allein auf die Ernten angewiesen, sondern konnte mit reicher Beute aus einem der vielen großen und kleinen Feldzüge gegen andere Städte heimkehren.

Überall auf dem Platz herrschte eine ausgelassene Stimmung. Es war fast wie am Vorabend der ›Heiligen Hochzeit‹, dem größten und höchsten aller Feste des Jahres. Händler priesen kleine Amulette an – für Frauen das männliche und für die Krieger das weibliche Symbol aus gebranntem Ton.

»Ein Fläschchen vom Speichel des Ungeheuers *Chuwawa* ...« lockte ein Buckliger mit heiserer Stimme, »stärkt Armmuskeln und macht die Lenden der Krieger taub, solange sie nicht bei den Schönen von Kisch sind ...«

Ein paar junge Mädchen mit lang fallenden Haaren standen in der Nähe des Händlers und kicherten verschämt. Sie gingen weiter und beobachteten, wie ein reisender Zauberer in einer Mauernische Kräuter und Pulver in einen kleinen Feuerkessel warf.

»Seht, seht!« rief er jedesmal, wenn bunte Rauchwolken aus dem Kessel pufften. »Nur ein Sekel Kupfer für eine Dämonenbeschwörung und drei Sekel Silber für den ganz großen Schutzzauber aus dem fernen Hochland im Osten!«

Die Leute lachten, aber viele Frauen und sogar einige ältere Krieger kauften sich dennoch die Zaubermittel.

»Weiß man's?« meinte einer, der schon viele Feldzüge hinter sich hatte, »schaden kann's nicht ...«

Auf diese Weise wechselten den ganzen Nachmittag über geheimnisvolle Tinkturen, Pasten in kleinen Döschen und Pulver in geschnitzten Schachteln die Besitzer. Erst als die Häuser längere Schatten über den großen Platz warfen, tauchten nach und nach festlich gekleidete Tempelbedienstete, Priester und Anführer der Schublugals auf. Das Volk machte bereitwillig Platz.

Die Priester und hohen Ensi-Bürger von Kisch gingen gemessenen Schrittes von einem Händler zum anderen. Überall ließen sie sich erklären, was angeboten wurde. Hin und wieder hörten die Umstehenden einen scharfen Wortwechsel. Sofort eilten bewaffnete Tempelwächter heran, während die Händler eilig ihre Sachen zusammenrafften. Die Gurus packten die Unglücklichen und schleppten sie ohne viel Federlesens bis vor die Tore der Stadt und verstießen sie.

Doch selbst dort trafen die schlechten Händler in diesen Tagen viel mehr Krieger und Frauen, Handwerker und Tagelöhner als in den vergangenen Monaten.

Es schien, als würde die ganze Stadt ihre Waffen und Werkzeuge, Vorräte und Gerätschaften aus ihren Mauern zu einem weiten Platz jenseits der befestigten Hafenanlagen schaffen.

Es war schon spät, als Schukallituda seine Gehilfen entließ. Als letzte versammelten sich die Sklaven am Fluß, die seit einigen Monaten große Mengen Zweige und Äste in seltsamen Erdöfen verkohlen mußten. Die schwarzgebrannten, sehr leichten Feuerreste wurden einmal pro Woche an einen Waffenschmied in der Stadt verkauft.

Die Sklaven badeten kurz, dann gingen sie ohne Hast durch das Osttor bis zu ihren Hütten dicht an der alten Stadtmauer, in denen sie mit ihren Frauen und Kinder schliefen. Ein Teil der freien Gärtner wohnte während des Sommers in Männerhäusern zwischen den Gärten und den Feldern. Die anderen konnten es kaum erwarten, durch die Tore zu eilen. Einige liefen kurz zu ihren Häusern im Gewirr der schmalen Gassen, aber die meisten verzichteten an diesem Tag sogar auf ihre Abendmahlzeit. Sie hatten sich schnell noch ein paar Rettiche und Früchte eingesteckt, ehe sie ihre Arbeitsgeräte bei Schukallituda ablieferten. Gilgamesch gehörte zu den letzten, die das umfriedete Gebiet verlassen durften.

»Sieh zu, daß dich der Rauschtrank nicht verführt!« hatte Schukallituda ihm noch nachgerufen, aber Gilgamesch hörte ihn nicht mehr.

Vorsichtig näherte er sich dem großen Platz vor der Zikkurat. Bei jedem Schritt war er innerlich darauf vorbereitet, daß wieder einmal einer der Stadtjungen aufkreischte: »Da ist er wieder ... der riesige Gärtner ist in der Stadt ... werft Steine nach ihm ... er gehört nicht zu uns ... jagt ihn fort ...«

Gilgamesch fürchtete sich vor dem Gespött. Schon seit einem Jahr war er nicht mehr ins ›Haus der Tafel‹ gegangen, obwohl Schukallituda dem Schulvater stets reichlich Schulgeld gezahlt hatte. Zwischen all den kleinen, stämmigen und schwarzlockigen Schülern war Gilgamesch von Anfang an der einzige goldhaarige gewesen. Aber erst, als seine Arme und Beine immer schneller zu wachsen schienen und immer kräftiger wurden, hatten die anderen damit begonnen, sich gegen ihn zu verbünden. Solange, bis Gilgamesch bei einer Prügelei vier Mitschüler gleichzeitig in seine Arme gerissen und so lange gedrückt hatte, daß sie mit verdrehten Augen vor ihm auf den Boden gefallen waren.

Seit diesem Tag ging er nicht mehr in die E-dubba. Und zweimal in der Woche, wenn Schukallituda ihn ins ›Haus der Tafel‹ geschickt hatte, war Gilgamesch heimlich bis zu den Werkstätten der Waffenschmiede gegangen. Dort hatte er auch Agga kennengelernt, den nur wenig älteren Sohn von König Mebaragesi.

Gilgamesch erinnerte sich noch genau an den Tag, an dem sie sich gegenseitig entdeckt hatten. Agga war ebenso erschrocken gewesen wie er selbst.

»Wer bist du? Und was machst du?« hatte Agga im Halbdunkel eines Ofens gefragt, in dem schwere Metallsteine auf Holzkohlenglut schmolzen. Der Lärm eines Schmiedehammers im angrenzenden Raum hatte Gilgamesch einige Augenblicke Zeit gelassen.

»Das könnte ich ebenfalls fragen!« hatte er dann gesagt, ohne sich in seiner ganzen Größe zu zeigen.

»Ich bin Agga, der Sohn des größten Königs und Hohepriesters weit und breit!«

»Und ich bin Gilgamesch, der größte Gärtner von Kisch!«

»Bist du die Mißgeburt, von der alle in der E-dubba tuscheln?«

Und da hatte sich Gilgamesch zu seiner vollen, noch ungelenken Größe aufgerichtet. Er war aus dem Halbdunkel des Schmelzofens getreten, hatte ganz langsam Luft geholt und dann seine Muskeln wie ein Schmied vor dem Hammerschlag gespannt.

»Bei allen Göttern und Dämonen ... ich habe von dir gehört. Aber du siehst nicht wie ein Verwachsener aus, sondern wie ein gewaltiger Schublugal-Krieger ...«

Gilgamesch grinste, als er daran dachte, wie er sich zwei Tage darauf erneut mit Agga getroffen hatte. Sie waren schnell Freunde geworden. Gemeinsam waren sie an vielen Vormittagen durch die verwinkelte Stadt gestreift. Sie hatten Grobschmiede und Waffenschmiede bei ihrer Arbeit beobachtet, hatten sich angesehen, wie Stellmacher große Scheibenräder und Wagenachsen miteinander verkeilten und wie Tischler Kampfkeulen und lange Speere mit scharfen Spitzen und Gegengewichten an den Enden der Schäfte herstellten. Jedesmal, wenn sich die Sonne dem höchsten Punkt ihres Laufes näherte, hatten sie sich am östlichen Markt vor den Gärten Schukallitudas mit dem Versprechen getrennt, am nächsten Schultag einen anderen Teil der großen Stadt zu erkunden. Bis zu dem Tag, an dem Agga nicht mehr gekommen war. Gilgamesch hatte nie erfahren, was mit dem Sohn des Königs geschehen war.

Er schreckte aus seinen Gedanken, als ihn eine niedere, bereits trunkene Tempelpriesterin an den Arm faßte.

»Kommst du mit, mein starker Krieger?«

»Ich ... ich bin kein ...«

Die priesterliche Dirne lachte, bog ihren schlanken Körper vor und zurück, wollte ihm um den Hals fallen und ließ dann doch von ihm ab. Sie taumelte ein paar Schritte zur Seite, deutete mit ihrer Hand auf ihn und rief dabei eine unverständliche Beschwörungsformel. Gilgamesch rührte sich nicht. Er machte sich so klein wie möglich. Ein paar der Umstehenden griffen die Priesterin, küßten sie am Hals und auf die freie rechte Brust, und verschwanden mit ihr im Gedränge.

Gilgamesch atmete tief durch. Das hätte unangenehm werden können! Er wußte, was ihm passierte, wenn er als Mann ohne die Rechte eines freien Muschkenus oder eines Schublugal-Kriegers mit einer Tempeldirne ertappt wurde! Er hatte nicht einmal Münzen bei sich.

Er schob sich im Schatten der Häuser bis in die Nähe der großen Tempeltreppe vor. Vorsichtig kletterte er auf einen Mauervorsprung aus luftgetrockneten Lehmziegeln. Er lehnte sich bis an die Pfeiler mit ihren Stiftmosaiken zurück.

Nicht weit entfernt spielten Musikanten auf Trommeln und Leiern, Pfeifen und Doppelflöten. Die Männer hatten Mühe, sich im Lärm Gehör zu verschaffen. Zwischen den Musikanten und der gewaltigen Freitreppe bis zur obersten Plattform des Stufentempels drehten sich fast nackte Tempeltänzerinnen im Takt der Musik. Wieder und wieder warfen sie ihre Arme hoch, während sie ihre Leiber den johlenden Kriegern auf dem Platz entgegenzucken ließen.

Ein paar der Schublugals hatten bereits zuviel Rauschtrank in sich. Gilgamesch wunderte sich, warum sie schon vor dem Feldzug ihre Kräfte verschwendeten. Er sah, wie einige Männer mit aufgeschnürten Brustriemen zusammen mit lachenden Tänzerinnen im Vorbau der Zikkurat verschwanden. Die anderen drängten nach, während andere Tänzerinnen auftauchten.

Die neue Gruppe konnte nicht aus dem Land zwischen den beiden großen Strömen stammen. Die jungen Mädchen hatten eine viel dunklere Haut als die Bewohner Sumers; ihr Haar war schwarz und glatt, und ihre Augen wirkten schmal wie halbe Monde. Er sah sie nur kurz an, aber das Klirren von Waffen nahm ihn mehr gefangen als die Mädchen. Er sah zur anderen Seite des Platzes. Nicht weit von ihm entfernt standen drei prächtig aussehende Krieger mit breiten Ledergürteln und reichverziertem Brustschutz. Sie hatten ihre Kampfröcke aus langen Wollschlingen an der Vorderseite in die Gürtel gesteckt, sodaß ihre stämmigen Schenkel für alle sichtbar wurden.

Gilgamesch bewunderte ihre großen, rechteckigen Lederschilde mit neun Metallhöckern, ihre runden, oben spitz zulaufenden Bronzehelme und ihre geschminkten Narben auf den Oberarmen.

Die drei verhandelten mit einem Waffenschmied. Es war der gleiche, in dessen Werkstatt Gilgamesch den Sohn von König Mebaragesi kennengelernt hatte.

»Was? Willst du mich etwa betrügen?« rief der kräftigste der drei Schublugals. »Ich habe fünf Minen Silber für dein Schwert geboten ... und du verlangst dreißig?«

»Das Schwert hat eine eiserne Klinge!« rief der Waffenschmied laut, damit ihn möglichst viele Zuschauer hören konnten. Er hatte einen seltsam zerzausten Bart und große Brandflecken an den Armen. »Ich habe die Klinge mit einem Zauber geschmiedet, den nur ich kenne!«

»Was soll ein Schwert mit einer Klinge aus Eisen, das schon beim ersten Hieb zerbricht?«

»Mein Eisen bricht nicht! Es ist härter als Bronze und biegt sich weniger als ein Schilfrohr im Sturm!«

Gilgamesch wußte, daß der Mann die Wahrheit sagte. Zusammen mit Agga hatte er selbst gesehen, wie sich der Waffenschmied Eiswasser zubereitete. Er hatte zwei Krüge ineinander gestellt, und auf geheimnisvolle Weise solange Salz eingefüllt, bis sich die ersten Eiskristalle im inneren Wasserkrug bildeten.

»Na schön ... du hast also ein Zauberschwert!« rief der Schublugal. »Und du meinst, daß ich so dumm bin und dreißig Minen Silber für eine einzige Handwaffe bezahle? Schon für die Hälfte kann ich mir überall einen Kampfwagen kaufen!«

Die Männer um die Streitenden nickten zustimmend.

»Aber nicht dieses Schwert!« rief der Waffenschmied zornig.

Gilgamesch sah, wie sich die Sehnen am Hals des Kriegers spannten. Die beiden anderen legten ihre Hände auf die muskelbepackten Arme des Herausforderers, doch der erzürnte Schublugal stieß sie zurück. Er trat einen halben Schritt vor. Mit einem schnellen Griff riß er das große Eisenschwert aus der Hand des Waffenschmieds. Er hielt es senkrecht vor sich und sah die Klinge von der Spitze bis zum Handknauf mißtrauisch an.

»Eisen!« brüllte er verächtlich. »Nichts als schlechtes, geschmiedetes und blankgeschliffenes Eisen! Und keine Spur von einem Zauber, du Sohn eines Rinderdiebs! Nicht einmal ein magisches Zeichen an Griff oder Klinge!«

Er ließ das Schwert durch die Luft schneiden, wirbelte es einmal, zweimal herum und schleuderte es dann mit ungeheurer Kraft nach oben. Das Schwert aus Eisen stieg senkrecht bis in die Höhe der obersten Tempelterrasse hinauf. Es drehte sich rotblitzend im Abendlicht, schien für einen Augenblick im tiefen Blau des Himmels zu hängen.

Gilgamesch erkannte die Gefahr.

»Zur Seite Leute!« brüllte er. »Das Schwert am Himmel wird töten!« Er erschrak über die Macht seiner eigenen Stimme. Die Menschen auf dem großen Platz vor der Zikkurat rissen die Köpfe hoch, erkannten das Blitzen am Himmel und stürzten nach allen Seiten auseinander.

In diesem Augenblick trat auf halber Höhe der Zikkurat ein Ensi auf die große Freitreppe. Er kam aus einer Pforte der zweiten Tempelterrasse. Gilgamesch erkannte den kostbar gekleideten Nubanda, den Oberverwalter der Ernten und Vorräte von Kisch.

Das Schwert aus Eisen stürzte wie der zum Pfeil gewordene Sturmvogel *Imdugud* nach unten. Es spaltete den glänzenden Rundhelm des Ahnungslosen. Die Klinge fuhr mitten durch sein Gesicht und blieb in seinem Oberkörper stecken.

Der Nubanda stand regungslos auf den Stufen. Es dauerte eine Ewigkeit, bis er ganz langsam nach vorn kippte. Als sein gespaltener Oberkörper die Stufen berührte, löste sich das eiserne Schwert. Mit einem unheimlich klingenden Geräusch rutschte es Stufe um Stufe tiefer – bis vor die nackten Füße des Kriegers, der es geworfen hatte.

Der riesige Platz vor der Zikkurat mit Hunderten von Männern, Frauen und Kindern war plötzlich stiller als die Wüste westlich der Felder.

Ein neues Schwert, das am Vorabend eines großen Feldzugs den Mann tötete, der für die Ernährung der ganzen Stadt verantwortlich war ... das konnte nur eines der allerschlimmsten Vorzeichen sein! Nie hatten die Bewohner von Kisch ein derartig böses Omen gesehen – und kein Orakelspruch hätte eine noch deutlichere Warnung ausdrücken können!

Der trunkene Schublugal-Krieger fiel auf die Knie. Er kroch auf das staubige, blutbefleckte Schwert aus Eisen zu und warf sich mit seinem Körper über die Waffe. Aber damit konnte er das Unheil nicht ungeschehen machen.

Aus der Suku rapschu, der breiten Straße für Könige und Götter, kam im Laufschritt eine Rotte Tempelsklaven. Sie waren nur mit Ledergürteln und kurzen, daran befestigten Wollschlingen bekleidet. Die Gurus bahnten sich mit knallenden Peitschenhieben einen Weg durch die Menge. Erst als sie sich dem Ort des Unglücks näherten, verstand Gilgamesch, was sie riefen:

»Azu! Azu! Jeder, der Azu auf diesem Platz ist, soll kommen!«

Sie suchten nach Heilkundigen und Weisen, die mit rettenden Ölen umgehen konnten. Doch dafür war es zu spät. Kein Arzt im ganzen Zweistromland konnte dem toten Nubanda noch helfen.

Die Feuer auf dem Platz brannten mit anderen Farben als gewöhnlich. Sie rauchten viel mehr und verbreiteten schwere Düfte von Ysop und Weihrauch, Naphta und Mohnkapseln.

Nachdem der Leichnam des Oberverwalters Stufe für Stufe bis zur Spitze der Zikkurat getragen worden war, hatten die Gurus zusammen mit den Torhütern und Sklaven des Tempels Dutzende von Schublugal-Kriegern, aber auch Handwerker, Händler und Muschkenus in ein Nebengebäude der Zikkurat gedrängt.

Auch dort brannten Feuer in kupfernen Kesseln. Zusätzlich wurden die hohen, gemauerten Räume durch Bienenwachsfackeln und ölgetränkte Schilfbündel beleuchtet.

Die meisten der Festgehaltenen murmelten leise Gebete vor sich hin. Niemand mußte ihnen sagen, daß diese Nacht noch weitere Schrecken bereithielt. Ein eisernes Schwert hatte den Oberverwalter dieser Stadt auf grausame Weise getötet. Für König Mebaragesi bedeutete dies, daß er eine besondere Zeremonie zur Besänftigung der erzürnten Götter veranstalten mußte. Außerdem wiederholte sich ab Mitternacht der ablaufende Monat Ululu. Keine Nacht hätte ungünstiger sein können als dieser Sprung im Jahresablauf.

Die Monate stimmten nicht mit den Zeiten von Saat und Ernte überein. Tage und Nächte waren der Ordnung der Götter und Menschen entglitten. Seit Mebaragesi die Geschicke von Kisch bestimmte, war dies die dritte Wiederholung eines Monats.

Endlich betraten zwei Dubsars den hohen Raum. Die Schreiber des Königs hielten feuchte Tonklumpen und schmale, vorn angespitzte Schilfgriffel in den Händen. Sie gingen von einem zum anderen.

»Dein Name?« fragten sie jeden und drückten dann Zeichen und Symbole in die Tonklumpen. Gilgamesch hockte im Schatten zwischen zwei Säulen. Er machte sich so klein wie möglich.

»He du!« rief in diesem Augenblick einer der Schreiber. »Glaub ja nicht, daß du dich verstecken kannst!«

Gilgamesch spürte, wie sein Mund trocken wurde. Er hüllte sich noch enger in ein altes Leinentuch, mit dem er sich bisher bedeckt hatte.

»Wieder ein Betrunkener?« fragte der andere Dubsar. Zwei Gurus liefen zu Gilgamesch und zerrten ihn unter dem Leinentuch hervor.

»Sieh an, sieh an!« höhnte der erste Dubsar, »tarnt sich wie ein Betrunkener und hat doch alle Zeichen des schlechten Gewissens in seinem Gesicht ... gib zu, daß du ein Spion bist, der nur belauschen will, was heute in der Stadt vorgeht!«

Gilgamesch schüttelte hastig den Kopf.

»Ich ... ich bin kein Spion ...«

»So? Und warum kennen wir dich dann nicht?«

»Wir kennen jeden Mann in dieser Stadt.«

Die beiden Dubsars nickten sich zu.

»Dienst du dem greisen König Enmerkar von Uruk ... oder schickt jetzt schon das Schafsdorf Babylon seine stinkenden Hirten hierher?«

»Nein, ganz bestimmt nicht«, antwortete Gilgamesch schnell. »Ich war noch nie in Babylon ...«

»Lohnt sich auch nicht«, lachte einer der Gurus.

»Kommst du aus Nippur?« fragte der zweite Schreiber. »Nein? Vielleicht aus Borsippa oder Schuruppak?«

»Ich schwöre, daß ich immer in Kisch gelebt habe«, sagte Gilgamesch, »seit meiner ... seit ...«

Urplötzlich schoß ihm das Blut ins Gesicht. Er merkte sofort, daß er einen Fehler gemacht hatte. ›Hüte dich vor den Schreibern‹ hatte Schukallituda ihm immer wieder gesagt, ›diese Beamten machen sich Zeichen, die nur sie verstehen können, und wenn sie ihre Verzeichnisse gegen dich heben, glaubt jeder im Rat der Weisen ihren Tontäfelchen mehr als der Wahrheit!‹

»Ich bin in Kisch aufgewachsen«, sagte Gilgamesch, »bei Schukallituda, dem obersten Gärtner der Stadt.« Weder die Dubsars noch die Tempelwachen schenkten ihm Glauben.

»Du hast keinen Namen!« stellte der erste der Schreiber fest und drückte ein paar Zeichen in seinen Tonklumpen.

»Doch!« protestierte Gilgamesch. »Schukallituda hat mich stets ›hell strahlender Feuerbrand‹ genannt.«

»Ist er dein Vater?«

»Nein.«

»Und wer ist dein Vater? Wo lebt deine Familie?«

Gilgamesch starrte die Beamten des Königs und des Tempels von Kisch hilflos an. Am liebsten hätte er sie einfach zur Seite gestoßen und wäre geflohen. Doch da trat aus einem Nebenraum ein hoher Urigallu in den Raum. Sofort verstummte das Gemurmel der Festgehaltenen.

»Was geht hier vor?« fragte der eingeweihte Priester kühl.

»Er nennt sich Gilgamesch, aber wir glauben ihm nicht, daß dies sein Name ist ...«

Der Urigallu legte die Hände flach wie zur Anrufung der Götter vor seiner Brust zusammen. Obwohl es noch immer sehr warm war, hatte er einen bis zu den nackten Füßen fallenden Mantel aus hellblau gefärbten Wollschlingen an, dicht wie Blätterwerk. Auf seinem haarlosen Kopf trug er als Zeichen der Ratsältesten von Kisch einen violetten, nach oben breiter werdenden Topfhut.

»Steh auf!«

Gilgamesch gehorchte sofort. Er schob sich an den Säulen höher. Nun stand er in seiner vollen Größe vor den Männern. Sie wichen unwillkürlich zurück. Fassungslos starrten sie in das jungenhafte, von goldlockigem Haar eingerahmte Gesicht Gilgameschs, das ganz und gar nicht zu seinem riesigen Körper passen wollte.

»Das könnte es sein!« sagte der Urigallu fasziniert. »Bei allen Göttern, das könnte ein wirklich großartiges Königsopfer sein!«

Gilgamesch verstand die Männer nicht. Er war wie gelähmt. Noch nie zuvor hatte er vor so hohen Herren der Stadt gestanden.

Für einen Augenblick wollte er sie einfach zur Seite stoßen und zurück in die Gärten fliehen. Er konnte es nicht. Denn dazu hätte er alles vergessen müssen, was ihn Schukallituda über das Oben und Unten in der Natur, bei den Göttern und bei den Menschen gelehrt hatte.

DAS KÖNIGSOPFER

Etwa zur gleichen Zeit bereiteten sich drei Tage südlich, am Unterlauf des großen Buranum, die Bewohner des Stadtstaates von Uruk auf das drohende Unheil vor. Reisende Händler und Kundschafter hatten seit vielen Monaten über die Pläne des Priesterkönigs von Kisch berichtet. Und doch verhielten sich die Priester und der Rat der Weisen um Uruks König Enmerkar ganz anders als bei früheren Kriegsgerüchten. Enmerkar war der letzte König zwischen dem großen Buranum und dem schnellen Idigna, dessen Lebenszeit an die Regierungsdauer der Urkönige vor der alles vernichtenden Flut erinnerte: es hieß, er sei vierhundert Jahre alt!

»Wir können diese Stadt niemals gegen die Macht und das Heer von König Mebaragesi verteidigen«, hatte der von einem geheimnisvollen Fluch gramgebeugte König und Hohepriester von Uruk seinen Ensis verkündet. »Wir haben seit vielen Jahren alle Kraft für den Ausbau des Kanalsystems zwischen den Gärten und Feldern benötigt ...«

»... und dabei viel zu wenig für den Schutz der Stadt getan!« unterbrach der stiernackige, völlig kahlgeschorene Anführer der Palastwache. Der alte König schloß für einen Moment die Augen. Und alle wußten, warum sich Bir Hurturre bei Enmerkar mehr herausnehmen konnte als jeder andere Schublugal.

Der Rat und die obersten Priester saßen im Thronsaal des Palastes. Fackeln mit duftenden Wachsen erhellten den Saal mit den alten Mosaiksäulen und seiner hohen, gewölbten Decke. An der oberen Querseite, unmittelbar neben dem geschnitzten Thron von König Enmerkar, war wie ein Fenster ein Gitter in die Wand eingelassen. Nur hin und wieder bewegte sich das dünne Tuch auf der anderen Seite der Bronzestäbe.

Jeder im Thronsaal wußte, wer hinter dem Tuch verborgen war. Seit zehn Jahren nahm Nin-sun, die einzige Tochter König Enmerkars, an den Versammlungen des Rates teil, wenn auch durch das feste Metallgitter vor allen geschützt, die keine Eunuchen waren.

Nin-suns tragisches Schicksal war mit dem Fluch des Königs verflochten, der nie einen Sohn besessen hatte. Vor vielen Jahren hatte ihm das Orakel geweissagt, daß er dereinst durch die Hand seines Enkels das Leben verlieren würde. Doch Enmerkar hatte versucht, sich gegen die Vorbestimmung zu stellen. Noch als kleines Mädchen hatte er seine im hohen Alter gezeugte Tochter in ein eigens errichtetes, streng gesichertes Gefängnisbollwerk zwischen seinem Palast und der Zikkurat von Uruk einmauern lassen. Und doch hieß es, daß sie vor fast achtzehn Jahren einen Sohn geboren haben sollte.

Enmerkars Palastwache hatte damals wochenlang jeden Mann Uruks – vom Knaben bis zum Greis – verhört. Kein Priester und kein Eselstreiber war ungeschoren davongekommen, aber das angeblich von Nin-sun mit dem *Lilith*, dem Sturmdämon, gezeugte Kind war nie gefunden worden. Und dann hatte der greise Herrscher nicht verhindert, daß einige besonders königstreue Wächter tote Kleinkinder zum Beweis ihrer gründlichen Suche anschleppten ... zunächst nur einige, doch dann immer mehr.

Das Morden war furchtbar gewesen. Manche Eltern hatten die Säuglinge in irdenen Vasen versteckt, in denen sie erstickten, andere hatten sie in den Gärten ausgelegt, wo sie von wilden Schakalhunden gefressen wurden, und wiederum andere hatten vergeblich Bärte in die Gesichter der Unschuldigen geklebt. Die verblendeten Schergen des Königs hatten alle getötet. Und keiner der vielen Götter Sumers war gnädig gewesen.

Auch nach so langer Zeit hatte keiner vergessen, was damals geschehen war, obwohl niemand mehr über das Massaker sprach. Es war der Fluch, der erst dann von den Bewohnern Uruks weichen würde, wenn das Orakel erfüllt war.

»Du hättest die Mauern nicht um deine Tochter, sondern um die Stadt bauen sollen«, sagte einer der reichsten Ensis der Stadt. Nach dem Tempel der Göttin *Inanna* und dem König selbst besaß der Händler Tibira die meisten Schafe, die größten Lagerhäuser und die wertvollsten Geschmeide. Er war weit herumgekommen, bis nach Aratta hatte ihn sein Weg geführt. Seit ein paar Jahren reiste er nicht mehr. Er hatte Schmerzen in allen Gelenken und war zu fett für Reittiere geworden.

»Wir können das Heer Mebaragesis dennoch bezwingen«, sagte die Stimme der Königstochter hinter dem Gitter.

»Wie?« fragte Tibir säuerlich. »Hast du einen Plan?«

»Mich lenkt nichts ab, was euch alle am Denken hindert«, sagte Nin-sun und schlug das Tuch zurück. »Ja, ich habe Pläne! Sehr gute Pläne sogar!«

Die Männer im Thronsaal versuchten, im Licht der Fackeln etwas von Nin-suns legendärer Schönheit zu erkennen. Das Gitter warf farbige Schatten auf einen ungewohnt langgestreckten Frauenkopf mit einer hohen, diademgeschmückten Stirn, einer geraden Nase und vollen Lippen. Schwarzes, locker zu einem Knoten gewundenes Haar umrahmte Nin-suns Gesicht.

»Wir werden das Heer König Mebaragesis dreifach in eine Falle locken«, sagte Enmerkars Tochter. »Wenn ihr auf mich hört, müßt ihr noch heute nacht Boten nach Schuruppak, der Stadt auf der Hälfte des Weges, schicken ... und mit den Boten die schönsten und besten unserer Tempeldirnen ...«

»Das werden wir nicht tun!« sagte der alte König schwach.

»Die zweite Falle ist unser Wasser«, fuhr Nin-sun ungerührt fort. »Wir werden es ungenießbar machen ...«

»Bei allen Göttern!« entfuhr es einem der höheren Priester. »Auf keinen Fall dürfen wir uns am Wasser versündigen!« Erregt wehrten die Würdenträger der Stadt Nin-suns Vorschlag ab.

»Wir sollten uns erst einmal anhören, was Nin-sun und ihr zarter Obereunuch vorschlagen«, rief der feiste Händler in den Lärm hinein. »Wie sieht die dritte Falle aus, von der du sprachst?«

»Die dritte Falle ist nicht für fremde Ohren bestimmt«, antwortete Nin-sun.

»Spricht so eine Frau vor dem Rat der Weisen?« rief der König fast feindselig. »Geh zurück in deine Gemächer, Nin-sun! Und verschone uns in Kriegszeiten mit Plänen, die ich nicht einmal von der obersten Priesterin Uruks annehmen würde!«

»Ich möchte trotzdem die Gedanken deiner schönen und klugen Tochter kennenlernen, ehe ich sie verdamme!« rief der Händler. »Ich bin zu krank, um noch einmal zu kämpfen ... außerdem soll niemand vergessen, daß Nin-sun mehr über unsere Stadt weiß als wir alle zusammen!«

»Ach, hätte ich ihr nie die Zeit gegeben, in ihren Gemächern zu sitzen und Träume zu spinnen!« seufzte der alte Priesterkönig von Uruk.

Die breite Treppe an der Außenseite des Stufentempels kam Gilgamesch endlos vor. Je höher die Gruppe der Priester und Tempelbeamten ihn führte, desto klarer funkelten die Sterne.

Gilgamesch war noch nie auf den Plattformen einer Zikkurat gewesen. Zum ersten Mal erlebte er das eigenartige Gefühl der Erhabenheit, aus großer Höhe auf alles andere hinabschauen zu können. Er hatte Vögel, Dämonen und Götter darum beneidet, daß sie sich von der Erde lösen konnten, wann immer sie wollten. Doch erst jetzt begann er zu verstehen, warum auch die Priester anders waren als gewöhnliche Menschen. Sie gingen hoch über den Köpfen der Stadtbewohner ihren Gebeten und Opferzeremonien nach und kamen so den Göttern näher als gewöhnliche Menschen.

Die Männer vor ihm und hinter ihm atmeten immer schwerer. ›Die hundert Stufen zur Spitze jeder Zikkurat sind wie Himmelsleitern‹, hatte Schukallituda einmal gesagt. Gilgamesch sah nach rechts und dann nach links. Sie näherten sich der obersten Plattform. Von beiden Seiten stießen ganz oben die Seitentreppen rechtwinklig zur Mitteltreppe.

Gilgamesch spürte keine Müdigkeit. Im Gegenteil. Mit jeder Stufe nahm seine Aufregung zu, aber das konnte auch am Rauschtrank liegen, den ihm die Priester vor dem Aufstieg zu trinken gegeben hatten. Er stieg zum heiligsten aller heiligen Orte des Königreichs von Kisch hinauf ... zum Mittelpunkt der gesamten Erdscheibe! Unwillkürlich mußte er an die Bedeutung der Terrassenblöcke denken. Die beiden unteren waren schwarz wie die Unterwelt und ihr Vorhof. Das dritte Stockwerk leuchtete rot im Fackelschein. Es stand für die Erde. Und der Tempel ganz oben war blau wie der Himmel, mit dem bei Tag golden leuchtenden Kuppeldach, in dem sich der Sonnengott spiegelte.

Endlich erreichten sie die oberste der Stufenterrassen. Gilgamesch sah verstohlen zurück. Der große Platz vor dem Tempelbau füllte sich erneut mit Menschen. Überall wurden neue Feuer angezündet, und würzige Rauchwolken stiegen senkrecht in die windstille Nacht hinauf.

»He du! Träum nicht!« rief einer der Gurus und stieß Gilgamesch weiter. Die Männer führten ihn zu einem kleinen Portal an der Seite des eigentlichen Tempels. Sie zogen farbige Schilfmatten zur Seite und drängten ihn in eine Säulengalerie. Gilgamesch stockte und blinzelte im hellen Fackelschein, seine Begleiter stießen ihn weiter. Sie gingen über mehrere kleine Treppen, passierten verschiedene Innenportale und gelangten schließlich in einen Innenhof ohne Dach. An der Schmalseite des rechtwinkligen Platzes waren sitzende Beter-Statuen aus Alabaster aufgereiht. Genau gegenüber standen zwölf Skulpturen aus Dioritstein, die ebenso groß waren wie er selbst. Sie hatten ihre Hände wie zum Gebet ineinandergelegt.

Gilgamesch blickte voller Erstaunen auf die steinernen Figuren. Er hatte noch nie so vollkommene Abbilder der Götter gesehen. Aus verschiedenen Türportalen traten neue Priester und Tempelbeamte auf den Hof. Sie wurden von fackeltragenden, kahlgeschorenen Sklaven begleitet, die nur einen breiten Gürtel mit einigen Wollschlingen trugen.

Gilgamesch wurde bis an den eigentlichen Tempel herangeführt. Die Wände bestanden aus luftgetrockneten Ziegeln, die mit fingerlangen, ebenfalls an der Luft getrockneten und dann eingefärbten Mosaikstiften in bunten Mustern geschmückt waren. An einer Stelle war ein Stück Mosaik und Mauerwerk eingestürzt. Gilgamesch wunderte sich für einen Moment, warum die Verkleidung vor der Füllwand aus festgestampften und mit Schilflagen bewehrten Hauptmauer nicht repariert worden war. In Schukallitudas Gärten wäre eine derartige Nachlässigkeit nicht vorgekommen.

Die Gurus führten ihn bis zu einer Reihe großer Säulen, die das gewölbte Flechtdach aus vielen Bündeln Schilfrohr trugen. Nach langer Wartezeit, in der sich Gilgamesch langsam an die fremdartig klingenden Geräusche auf der obersten Plattform der Zikkurat gewöhnte, kam der Urigallu zurück. Er trug ein prächtiges, aus schweren Stoffen gewebtes Gewand mit bunten Bändern, goldenen Verzierungen und Metallschnallen an Schultern und Gürtel.

»Bringt ihn in den Tempel!« befahl er knapp.

Gilgamesch erhielt erneut einen Stoß in den Rücken und taumelte ein, zwei Schritte vor. Der Urigallu wartete, bis Gilgamesch auf gleicher Höhe mit ihm war. Gemeinsam traten sie vom Innenhof in den Hauptraum des Tempels ein.

Im ersten Moment war Gilgamesch geblendet von der leuchtenden Pracht. Der Hauptraum des Tempels war so groß, daß mehr als zehn Häuser von Handwerkern in ihm Platz gehabt hätten. Überall glänzte und blitzte Gold von den Wänden und Statuen auf farbig schillernden Bronze-Sockeln. Kupferne Schalen, groß wie Wagenräder, waren mit Kuchen und Früchten, mit Gebratenem und Gesottenem beladen. Aus großen Kesseln stieg bunter Rauch bis zur hohen, halbrund gewölbten Schilfdecke empor.

Mindestens fünfzig Priester, kostbar gekleidete Ensis und Mitglieder im Rat der Weisen hatten sich im Hauptraum des Tempels versammelt, außerdem Aufseher über Bauten und Ländereien, berühmte Schublugal-Anführer, besonders privilegierte Tempelsklaven und junge Mädchen aus allen Städten, gegen die Kisch siegreich gewesen war.

Gilgamesch hatte noch nie so schöne Frauen gesehen. Er entdeckte Hellhäutige und Rothaarige, Gazellenschlanke und amazonenhafte Kämpferinnen aus dem Hochland im Osten. Jede von ihnen war wie ein Wunder, eine kostbare Blume für ihn.

Und dann erblickte er Agga.

Der Sohn von König Mebaragesi saß auf einer Bank aus Gold und Lapislazuli. Rechts und links von ihm stand ein Dutzend niederer Priester neben dem Thronpodest. Sie hielten Standarten mit reich geschmückten Kampfszenen an langen Stäben hoch. Und überall spielten Sklavinnen auf fremdartig klingenden Instrumenten.

Der Urigallu-Priester drängte sich bis zu Agga vor. Er verneigte sich und sprach leise mit dem Sohn von Köng Mebaragesi. Agga sah hoch, und erst jetzt erkannte er Gilgamesch. Für einen Moment weiteten sich seine Augen. Es sah aus als könne er nicht glauben, was ihm der Priester erzählte. Gilgamesch sah, wie Agga mit sich kämpfte, ehe er kurzentschlossen aufstand und mit energischen Schritten auf ihn zukam.

Gilgamesch trat ebenfalls einige Schritte vor. Die Gurus an seiner Seite wollten ihn festhalten, aber Gilgamesch schüttelte sie ab, ohne hinzusehen. Die Freunde früherer Tage streckten die Hände aus und faßten sich gegenseitig an den Oberarmen.

»Ich wußte nicht, daß du der Gilgamesch bist, den mir die Priester angekündigt haben«, sagte Agga. Gilgamesch lachte kurz.

»Gibt es noch einen anderen mit meinem Namen in Kisch?«

»Nein«, sagte Agga verlegen.

»Warum bin ich hier?« wollte Gilgamesch wissen. »Und warum mußte ich Rauschtrank trinken, der mich lähmt und meine Seele gleichgültig macht?«

»Nur zur Vorsicht«, sagte Agga mit einer beschwichtigenden Handbewegung. »Es kommt zu oft vor, daß Fremden das Herz versagt, wenn sie über die vielen Stufen bis hoch in den Tempel geführt werden ...«

»Kein Wunder!« sagte Gilgamesch. »Die Priester verstehen es, Angst zu verbreiten!«

Agga sah ihn ernst und nachdenklich an. »Sie wissen, was zu tun ist!« sagte er dann. »Und sie haben beschlossen, daß nur ein Sühneopfer das böse Omen tilgen kann. Noch heute nacht, damit mein Vater mit seinem Heer unbeschwert gen Süden ziehen kann!«

»Du sprichst wie ein Orakel«, sagte Gilgamesch. »Was hat das mit mir zu tun? Habt ihr nicht genügend Hammel?«

Agga war nicht in der Stimmung, auf Gilgameschs Scherz einzugehen. »Wenn der Feldzug nicht wäre, würden ein paar Hammel und die Bestrafung des Schuldigen reichen«, sagte er und nickte. »Doch gerade jetzt – zur Wiederholung des Monats Ululu – wollen die Priester kein Risiko eingehen. Sie müssen erreichen, daß die Götter zufriedengestellt werden. Und deshalb wird noch heute Nacht ein Jüngling den Opfertod sterben.«

Gilgamesch sah Agga entsetzt an.

»Du meinst doch nicht etwa ...«

»Doch! Entweder ich ... oder du! Das Volk wird entscheiden!«

Zwei Minen vor dem Auftauchen des Morgensterns, als sich die Dunkelheit des Himmels so sehr verdichtete, daß alle Sterne, alle

Götter hell wie die Zauberfunken im Lapislazuligestein erschienen, wurden die beiden Auserwählten zur Oberkante der großen Freitreppe geführt.

Tief unter Gilgamesch und dem Königssohn warteten noch immer Männer und Frauen aus der ganzen Stadt. Nur wer erwachsen und mit den Stadtrechten ausgestattet war, durfte Zeuge der mitternächtlichen Zeremonie sein.

Ein schwerer Duft von Myrrhe, Süßholz und Weihrauch erfüllte die Straßen und Plätze rund um den hohen Bau der Zikkurat. Dumpf und mit langen Abständen hallten von allen Türmen der Stadtmauern die Ankündigungsschläge durch die Nacht. Sie sollten alles, was lebte, in Kisch und sogar draußen auf den dunklen Feldern am Schlaf hindern.

Der Tempel war auf allen Terrassen in hellen Feuerschein gehüllt. Die Schilffeuer an den vier Ecken knisterten, und gelegentlich schossen hochaufstiebende Glutwolken in den Himmel. Ihr roter Widerschein zeichnete flackernde Muster auf die Gesichter, auf Dächer und in den Rauch der Kräuterkessel.

Die Männer und Frauen von Kisch waren mit entblößten Oberkörpern erschienen. Sie standen so dicht zusammen, daß sie von oben wie ein einziges Wesen mit unzähligen Schultern und Köpfen, Gesichtern, Augen und Mündern aussahen.

Unmittelbar hinter der obersten Stufe der schrägen Freitreppe an der Außenseite der Zikkurat beobachtete ein Oberpriester, wie langsam Wasser in einen Meßkrug tropfte. Und plötzlich begriff Gilgamesch!

Er wußte nicht, wie es geschah, doch wie in einem großen Beet, in dem alles seine Ordnung hatte, sah er auf einmal Bedeutungen und Inhalte, wo andere nur prächtig gekleidete und feierlich wirkende Priester gesehen hätten. So wie er bisher schon an den Knospen von Blumen die spätere Farbe und den Duft erahnt hatte, erkannte er, was geschehen würde ...

Der Priester war verantwortlich dafür, daß erst zum richtigen Gewicht des Wassers, zur vorgesehenen Nachtstunde durch den feierlich vollzogenen Tod eines Ersatzkönigs das böse Omen vom Feldzug Mebaragesis getilgt wurde. Der König selbst befand sich nicht mehr in der Stadt. Er lagerte mit seinen Kriegern hundert

Seillängen entfernt am Ufer der Buranum, um am nächsten Tag die Schiffe und Boote besteigen zu können. Er hatte die Zeremonie den Urigallus überlassen. Das Trachten des Königs war ganz auf den Feldzug gerichtet. Nie zuvor hatte Gilgamesch versucht, die Ereignisse wie ein Priester oder ein König zu sehen. Und doch spürte er, daß Mebaragesi Fehler gemacht haben mußte.

Eine seltsame Klarheit durchströmte Gilgameschs Denken.

Waren für einen großen Feldzug und die Belagerung einer fremden Stadt nicht ständig neue Vorratslieferungen erforderlich? Und was geschah, wenn kein Nubanda mehr dafür sorgte?

Auf den Feldern von Kisch stand das Korn in voller Reife. Doch wer würde es ernten, wenn mit den Kriegern viele Bootsbauer und Handwerker, Frauen und Unfreie gen Süden zogen? Durch die Wiederholung des Monats Ululu war die Erntezeit um vier Wochen aufgeschoben, doch wußte das reife Korn davon?

Und dann kam Gilgamesch noch ein weiterer, erschreckender Gedanke. Hatten die Urigallus vielleicht nur darauf gewartet daß der König und Hohepriester von Kisch die Stadt zu einem falschen Zeitpunkt verließ? Wollten sie deshalb seinen Sohn opfern, um die gottgewollte Erbfolge abzubrechen?

Agga hatte gesagt, daß das Volk entscheiden sollte. Aber wen würden die Männer und Frauen von Kisch bestimmen, wenn es galt, das böse Omen auszulöschen und die Götter zu besänftigen? Einen Königsohn ... oder einen Gärtnerburschen, den kaum jemand kannte?

Es mußte um Agga gehen!

Aber warum?

Die Abstände zwischen den Paukenschlägen wurden immer länger. Jeder in der nächtlichen Stadt hielt von Schlag zu Schlag den Atem an. Es war, als würden sogar die Feuer, die Tiere in den Ställen und die Pflanzen in den Gärten auf das ganz langsame Verrinnen der Zeit eingestimmt.

»Noch sechs Minen«, sagte der Urigallu am Wasserkrug.

»Dann laßt uns hier und jetzt das Volk von Kisch befragen, wen es an des Königs Stelle den Göttern opfern will«, rief der oberste Urigallu-Priester so laut, daß eine deutlich sichtbare Bewegung wie Kräuselwellen auf dem Buranum über die Gesichter der schweigenden Menge verlief.

Sie sahen alle zur Spitze der Zikkurat hinauf. Auf der obersten Plattform des vierstufigen Tempels begannen die Pauken mit einem dumpfen, rhythmischen Dröhnen, zuerst leise und dann anschwellend.

Ein harter Doppelschlag beendete alle Geräusche.

Der Zeremonien-Priester hob die Arme. Er trat bis an den Rand der Plattform. Hinter ihm schlossen die übrigen Priester und Würdenträger der Stadt auf, zuerst die Ensis, dann die Dubsars und in der hintersten Reihe die niederen und schlichter gekleideten Sanga-machs.

Der Zeremonien-Priester ließ noch einige Tropfen Zeit vergehen, dann spreizte er den kleinen Finger der linken Hand. Zwei andere Urigallus in langen, blutroten Wickelröcken und ärmellos über den Oberkörper geschlungenen Tüchern, die in kupferbeschlagene Gürtel gesteckt waren, traten neben Agga und Gilgamesch. Die beiden jungen Männer hatten die ganze Zeit in einem Türportal gestanden. Sie waren beide gebadet und mit kostbaren Ölen gesalbt worden. Ihr langes Haar war geschnitten und in kleine Locken gelegt worden. Tempelpriesterinnen hatten den beiden Lippen, Wangen und Brauen mit Farbpaste geschminkt. Um ihre Augen strahlen zu lassen, war ihnen gekühltes Öl eingeträufelt worden.

Jeder trug ein anderes Band um das Haar – Agga ein gelbes und Gilgamesch ein blaues. Bis auf die Kampfgürtel, wie sie bei Ringerspielen benutzt wurden, und ein Tuch in der Farbe des Kopfbandes zwischen den Beinen waren sie vollkommen nackt.

»Die Zeit ... die Zeit!« rief der Priester am Wasserkrug. »Noch zwei Minen bis zum Auftauchen des Morgensterns!«

»Höre mich, *An*, du Gott der Götter!« rief der oberste Urigallu mit mächtiger, weit dröhnender Stimme. »Höre mich, *Enki*, du Gott der Weisheit, des süßen Wassers, der Güte und des Ozeans in der Tiefe, auf dem die Erdscheibe schwimmt. Höre mich, *Enlil*, du

Gott der Luft, des Windes und des Zorns. Hört mich, ihr großen und mächtigen Götter Sumers und steht uns bei ...«

Er nahm die Arme herab und legte die Handflächen gegeneinander. Mit aufwärts gerichtetem Blick stand er unmittelbar vor Agga und Gilgamesch. Die beiden sahen ebenfalls nach oben, obwohl ihnen niemand gesagt hatte, wie sie sich als Opfer verhalten sollten.

Seit vielen Jahren war kein Jüngling und kein Knabe mehr zur Beschwichtigung der Götter geopfert worden. Gilgamesch hörte die Stimme des Priesters, aber er fürchtete sich nicht. Er sah zu Agga. Der Sohn König Mebaragesis lächelte. Dabei mußte auch er längst begriffen haben, wer in dieser Nacht sterben würde ...

»Männer und Frauen von Kisch!« rief in diesem Augenblick der Zeremonien-Priester und streckte seine Hände schräg nach unten. »Ihr wißt, daß der König einen großmütigen und ehrenvollen Schutz-Feldzug gegen die Stadt Uruk führen will. König Enmerkar von Uruk hat keinen Sohn, der nach ihm kommt, und seine Tochter Nin-sun ist seit vielen Jahren neben der Zikkurat von Uruk eingeschlossen.«

Er drehte sich halb nach links und halb nach rechts, dann legte er beide Hände gegen seine Brust.

»Welch eine Zukunft hätte die Stadt, wenn König Enmerkar nach vierhundert Jahren plötzlich stirbt?« rief der Priester. »Würden nicht alle Städte zwischen den beiden Strömen um den Reichtum von Uruk zu kämpfen beginnen und dabei alles zerstören?«

Er hob erneut die Arme.

»Aus diesem Grund hat unser König zusammen mit uns Priestern und dem Rat der Weisen entschieden, daß jetzt der günstigste Zeitpunkt ist, um Uruk vor allen anderen zu schützen ...«

Der Priester ließ die Hände sinken. Im gleichen Augenblick stieg ein gewaltiger Jubelschrei aus vielen hundert Kehlen in den Nachthimmel hinauf.

»Wir schützen Uruk!« rief der Priester so laut er konnte. »Und Mebaragesi wird König zweier Städte!«

»Mebaragesi wird König zweier Städte!« antwortete die Menge. Der Priester hob noch einmal die Arme.

»Aber der große Plan ist in Gefahr, denn die Hand eines trunkenen Frevlers hat einen der Besten und Edelsten in Kisch getötet ...«

Ein schauerliches Aufheulen der Menge bildete die Antwort.

»Ein böses Omen!«

»Ein böses Omen!« echote die Menge auf dem großen Platz.

»... Tat, die die Götter erzürnt!«

»... Tat, die die Götter erzürnt!«

»Und deshalb haben wir Priester von Kisch mit der Mehrheit der Edlen beschlossen, daß wir für unseren König ein großes – ein wirklich sehr großes Opfer bringen wollen!«

Er wartete, bis sich das erneute Jubeln wieder gelegt hatte.

»Seht diese beiden vorzüglichen Jünglinge!« rief er dann. »Einer ist groß, wie sonst keiner, und sein Name ist Gilgamesch ... ›hell strahlender Feuerbrand‹. Der andere ist kein Geringerer als Agga, der einzige Sohn unseres Königs Mebaragesi ...«

Ein zaghaftes, verstörtes Gemurmel stieg von der Menge unterhalb der Tempelplattform auf.

»Wählt jetzt, welcher der beiden Jünglinge nach eurer Meinung geeignet ist, die Götter für König Mebaragesi und für unsere geliebte Stadt freundlich zu stimmen ... fragt eure Herzen und ruft mit aller Inbrunst euer Urteil ... reicht euch dieser Gilgamesch ... oder wollt ihr den Sohn des Königs ... dann ruft Agga ... Agga ... Agga ...«

Die Menge auf dem großen Platz sah von oben wie ein Sturm über den Wassern des Buranum aus. Zuerst schrien alle durcheinander. Erst die Pauken brachten wieder ein wenig Ordnung in den tosenden Lärm. Und dann wurden die Schreie immer drängender und gleicher.

Die Priester wurden unruhig. Sie sahen sich an, schüttelten verständnislos die Köpfe und beugten sich angestrengt lauschend vor. Und dann war kein Zweifel mehr möglich. Im Takt der Kesselpauken dröhnte der Name des Königsopfers laut und fanatisch durch die Nacht:

»Gil-ga-mesch!« brüllte die Menge. Und immer wieder »Gil-ga-mesch ... Gil-ga-mesch!«

Zwei Priesterinnen mit langen Röcken brachten eine große, vergoldete Kupferschale mit den Insignien des obersten Gottes *An*.

Der ganze Rand war mit achtstrahligen Sternsymbolen geschmückt, den Zeichen für alle Götter Sumers. Und auf der Schale lag bläulich blitzend das Schwert aus Eisen.

Gilgamesch wußte nicht, wieviel Zeit vergangen war, seit das Volk von Kisch nur noch seinen Namen durch Rauch und Feuer der unheimlichen Nacht brüllte.

Er fühlte sich so benommen, daß er alles um sich herum wie berauscht erlebte. Schukallituda hatte ihm viel erzählt, aber er hatte ihm nie gesagt, wie sich ein Königsopfer verhalten mußte ... Er fürchtete sich nicht vor dem, was kommen konnte, aber er hatte plötzlich Angst, durch seine Unwissenheit, durch ein einziges falsches Wort, eine einzige unbedachte Bewegung die ganze Stadt gegen sich aufzubringen.

Die fanatische Menge forderte seinen Tod. Doch irgendwie glaubte Gilgamesch nicht, daß er schon in den nächsten Minuten sterben sollte. Wie in Trance sah er sich plötzlich als König einer ganz anderen Stadt – einer Stadt, die noch größer und schöner war als das mächtige Kisch. Er sah ein silbern schimmerndes Geflecht von Kanälen um einen sanft ansteigenden Stadthügel. Er sah fruchtbare Gärten und Felder, geschützt durch eine alles umschließende Mauer mit vier Toren und vielen Wehrtürmen.

War das die Stadt im Paradies, die ihn nach seinem Opfertod erwartete?

Ein kurzer Schrei riß ihn aus seinen Visionen. Einer der Tempelwächter stieß ihn mit seiner Kampfkeule an.

»Wir warten auf deine Antwort, Gärtner!« rief der Zeremonien-Priester halblaut. Er stand vor dem mit Tüchern behängten Tisch, auf dem das Schwert aus Eisen lag. Gilgamesch blickte den Priester verständnislos an. Er hatte keine Frage gehört.

»Bist du bereit, durch das gleiche Schwert zu sterben, das den unglücklichen Oberverwalter getötet hat?«

Gilgamesch sah sich nach Agga um. Der Sohn von König Mebaragesi starrte in die farbigen Rauchwolken über dem großen Platz.

»Ich ... ich verstehe Euch nicht«, sagte Gilgamesch. »Ich habe das Schwert nie angerührt ...«

»Das ist auch nicht nötig«, sagte der Urigallu geduldig. Er schien als einziger den Schock des Volksurteils bereits überwunden zu haben. Mit schnellen, verstohlenen Blicken hatte er sich von anderen Priestern die Zustimmung für einen veränderten Plan geholt, der gewisse Vorzüge besaß.

»Hier geht es nicht um die Bestrafung eines Schuldigen, sondern um die höchste Ehre, die einem Jüngling in dieser Stadt widerfahren kann!«

Gilgamesch biß die Zähne zusammen. Das Bild von der großen, neuen Stadt hatte sich in Nichts aufgelöst. Vorbei der Traum von einem Königreich, das ganz allein ihm gehörte! Vorbei die erregende Erwartung, eines Tages wie die Krieger von Kisch große Abenteuer zu bestehen und ihnen zu zeigen, daß auch ein Gärtner das Schwert führen konnte.

»Also was ist, Bursche? Willst du dich gegen die Entscheidung des Volkes stellen? Oder begreifst du nicht, daß dein Name auf diese Weise Unsterblichkeit erlangt?«

Gilgamesch schüttelte vorsichtig den Kopf. »Ich weiß wirklich nicht, warum ich freiwillig sterben soll ...«

»Du bist das Königsopfer! Der reine Jüngling, der noch in dieser Nacht seinen obersten Herrn durch sein Opferblut vom Fluch des Orakels befreien kann!«

Erst jetzt wurde Gilgamesch bewußt, daß er inzwischen ganz anders gekleidet war. Er sah an den schweren blutroten Wollschlaufen eines Königsmantels herab, der ihn umgelegt worden war, ohne daß er es bemerkt hatte. Ein breiter Gürtel aus geflochtenen Kupferdrähten reichte von seiner Taille bis zum Ansatz der Rippen. Lederne, mit Gold verzierte Bruststreifen bedeckten seinen Oberkörper. Etwas lastete schwer auf seinem Kopf. Er hob die Hände und betastete die Verzierungen einer Krone.

Er sah über die Kante der obersten Zikkurat-Terrasse nach unten. Die Feuer und Fackeln beleuchteten die Gesichter der voller Ungeduld wartenden Menschen. Sie kamen ihm so weit entfernt vor wie die Spitzen der östlichen Berge an einem Wintermorgen.

»Nein!« murmelte er, während ein kalter Schauder über seinen Rücken lief. Ein Haufen Bewaffneter schob sich mit klirrenden Gerätschaften näher. Sie trugen Kampfkeulen und Speere, Kurzschwerter, Pfeile und Bogen. Gilgamesch hörte das Knarren des Leders an ihren Schilden und sah in ihre starren Gesichter.

Ein Dutzend Speere mit glänzendend Bronzespitzen neigte sich nach vorn. Sie richteten sich wie Grannen einer riesigen Gerstenähre direkt gegen seine Brust. Der Zeremonien-Priester trat einige Schritte zurück. Gilgamesch begriff, daß er keine Wahl mehr hatte. Er konnte nicht weiter zum Rand der Zikkurat ausweichen, wenn er nicht abstürzen wollte. Vor ihm bildeten die Bewaffneten einen Halbkreis. Dahinter hatten sich die Priester und Tempelsklaven aufgereiht.

»Laßt mich!« sagte Gilgamesch. In seiner Stimme war kein Zorn, nur ein seit vielen Monaten angestauter Unwille. Und dann veränderte sich ganz langsam sein Gesicht. Aus dem angespannt stehenden Jüngling wurde kaum merklich ein junger Mann, der eine Entscheidung treffen mußte – eine Entscheidung, von der sein Leben abhing.

Gilgamesch holte ganz langsam Luft. Er roch die Kräuter, mit denen die Feuer gewürzt wurden, nahm das zunehmende Grollen der Menge aus der Tiefe unterhalb der Zikkurat wahr und suchte gleichzeitig nach einem Ausweg ... nach irgendeiner Möglichkeit, diesem Wahnsinn zu entkommen. Er wollte nicht sterben!

»Es war ein Unfall«, rief er dem Zeremonien-Priester zu. »Ich habe gesehen, wie das Schwert aus Eisen in die Luft geworfen wurde. Der Krieger wollte nicht absichtlich töten. Der Nubanda kam erst aus dem Tempel als das Schwert bereits in den Himmel stieg!«

»Was soll das?« rief der Urigallu zurück. »Willst du behaupten, ein Gott oder ein Dämon hätte das Schwert gelenkt?«

Gilgamesch spürte auf einmal eine seltsame Kraft in sich. Der Priester hatte ihm geantwortet. Das allein mußte so ungeheuerlich sein, daß sogar die Tempelwächter die Spitzen der Speere sinken ließen.

Ehe irgendjemand auf der obersten Plattform der Zikkurat reagieren konnte, sprang Gilgamesch einen Schritt vor. Er packte den Griff der silbern glitzernden Klinge, riß das Schwert hoch, hielt es senkrecht vor Brust und Kopf und drehte sich zum Platz hin um.

»Dies ist das Schwert!« rief er so laut er konnte. Seine Stimme klang hell, aber bereits voll und kräftig. »Wollt ihr, daß es mich tötet oder die Feinde König Mebaragesis?«

»Gil-ga-mesch!« brüllte die Menge im Chor.

»Sollen die Götter entscheiden!« rief er.

»Sollen die Götter entscheiden!« antwortete die Menge.

Gilgamesch drehte sich ganz langsam um. Das Entsetzen in den Gesichtern der Priester kümmerte ihn nicht. Er senkte das Schwert und ging zu Agga.

»Ich will mit dem Heer deines Vaters gen Uruk ziehen«, sagte er so leise, daß nur Agga ihn verstehen konnte. »Und du mußt dich vorsehen! Ich weiß nicht, was geschehen ist, aber ich spüre, daß nicht nur dieses Schwert und der Tod des Nubanda die alte Ordnung gestört haben. Vielleicht wollen die Priester deinen Vater und dich nicht mehr ...«

»Aber warum?« flüsterte Agga tonlos.

»Denk an den zweiten Ululu. Finde heraus, wer deinem Vater geraten hat, noch vor der Ernte in einen Krieg zu ziehen ...«

Gilgamesch hob das Schwert aus Eisen hoch. Die Priester und Gurus waren so verwirrt, daß niemand auf den Gedanken kam, ihn aufzuhalten. Das Königsopfer ging ungehindert zu den Treppenstufen der Zikkurat.

In dieser Nacht blieb zum ersten Mal seit Menschengedenken ein böses Omen ohne Sühneopfer. Stattdessen hatte ein todgeweihter Gärtner sich selbst zum Krieger ernannt. Erst als alles vorbei war, löste sich ein alter Mann aus dem Schatten des Heiligen Hauses. Schukallituda sah Gilgamesch lange nach. Dann warf er zwei Paukenschlegel in die Dunkelheit, mit denen er den entscheidenden Takt für die Rufe der Menge geschlagen hatte.

Von dieser Nacht an war der oberste Gärtner von Kisch ein verwirrter Mann. Er verstand die Götter und Priester nicht mehr. Sie hatten ihm, dem Ziehvater Gilgameschs, befohlen, den Takt so zu schlagen, daß niemand den Namen Aggas als Königsopfer ausrufen konnte. Doch wer hatte ahnen können, daß der an seiner Stelle vom Volk Geforderte den Frevel begehen würde, sich vor aller Augen gegen die festliche Zeremonie seines Todes aufzulehnen ...

AUFBRUCH DES HEERES

Die Göttin des Morgensterns blieb länger als alle anderen Götter der Nacht sichtbar. Erst als ihr himmlischer Bruder, der strahlende Sonnengott *Utu*, über den Bergen fern im Osten erschien, verblaßte das Symbol *Inannas* als immer schwächer funkelnder Lichtpunkt.

Der Morgen war noch jung, als sich bereits ein langer Zug prächtig gekleideter Menschen durch das Westtor von Kisch bewegte. Fast tausend Mann unter Waffen waren schon am Vorabend an den Kanälen entlang zum Ankerplatz der Boote und Schiffe westlich der Stadt gezogen. Nun folgten nochmals viele hundert Waffenschmiede, Lenker von Ochsenkarren, Handwerker und Muschkenus. Den Abschluß bildeten Frauen und Mädchen, von denen einige die Streitmacht von König Mebaragesi bis nach Uruk begleiten würden.

Esel und Mulis schleppten frisches Obst und Gemüse in großen, geflochtenen Schilfkörben. Seit vielen Tagen waren sie immer den gleichen Weg entlang getrottet – zuerst mit Schilfmatten, Seilen und Gerätschaften, später mit schweren Tonkrügen, in denen sich Wein und Öl, Bier und Honigsahne befanden.

Der erste Tag des neuen Monats Ululu hätte eigentlich bereits mit dem Beginn der vergangenen Nacht gezählt werden müssen. So war es Brauch seit der großen Flut, denn nicht die Tage veranlaßten die Menschen, über den Lauf der Zeit nachzudenken, sondern die bange Frage, ob der Sonnengott wiederkam, nachdem er hinter dem westlichen Rand der Erdscheibe in die Unterwelt getaucht war. Seit der letzten Nacht war alles anders.

Zum ersten Mal hatte sich ein Jüngling geweigert, sein Leben freiwillig den Göttern zu opfern! Noch wußte niemand, welche Folgen dieser Frevel gegen den alten Bund Ziusudras haben würde – jenes Mannes, dem die Götter als einzigem Menschen Unsterblichkeit verliehen hatten, nachdem sein Schiff die große Flut überstanden hatte.

Eher verwirrt als aus langer Überlegung hatten die Priester

zusammen mit dem Rat der Weisen von Kisch bestimmt, daß der zweite Monat Ululu erst mit dem Auftauchen des Morgensterns beginnen sollte. Niemand ahnte zu diesem Zeitpunkt, daß fortan nicht mehr die Nächte, sondern die Tage im Ablauf der Monate und Jahre gezählt wurden.

Die Gesänge klangen nicht mehr so fröhlich wie an den Tagen zuvor. Die Menschen bewegten sich geduckter und mit verstohlenen Seitenblicken an Schöpfwerken und Tischen mit Schreibern vorbei. Die Dubsars kerbten für jedes Schaf, jeden Ziegenbock und jedes Pfeilbündel auf den Ochsenwagen winzige Striche in verschiedene, handtellergroße Tonklumpen. Hin und wieder nahm einer der Aufseher ein Rollsiegel von einer Schnur um seinen Hals und drückte seine Bestätigung unter die Aufzeichnungen der Schreiber.

Auf diese Weise wurde jedes Talent Rettiche, jedes Gur Trinkwasser und jedes Rohr Schilf für Lanzen und Speere so registriert, als sei Nubanda noch immer Oberverwalter von Kisch.

Der Sonnengott stand bereits schräg am Morgenhimmel, als der Troß aus der Stadt endlich das Hauptheer des Königs erreichte. Männer, Frauen und Wagen stauten sich vor der riesigen Ansammlung von Schilfschiffen, kleinen Schwimmkörben und bereits schwer beladenen Flößen. Überall brüllten Anführer ihre Befehle. Die Tiere schrien und im Geklirr von Waffen und Gerätschaften war kaum etwas zu verstehen. Graugelber Staub, von vielen Füßen aufgewirbelt, hing wie Rauch über dem Verladeplatz. Er fing sich in den wollenen Zottenröcken und Brustfellen der Krieger und vermischte sich mit dem Schweiß auf ihren Gesichtern. Erst jetzt wurde deutlich, warum der König mit seinen Schublugals nicht an den Kaianlagen der Stadt die Schiffe bestiegen hatte. Die Zahl der Wasserfahrzeuge wäre viel zu gewaltig für den von Mauern umgebenen Stadthafen gewesen.

Ein paar weitsichtige Händler hatten sich rechtzeitig im Schatten von hohen Dattelpalmen eingerichtet. Von kleinen Erdhügeln aus boten sie ihre Amulette und Ohrringe, Schmuckdolche und Wetzsteine aus Lapislazuli feil.

»Armreifen gegen Dämonen!« schrie einer mit heiserer Stimme. »Die echten Silberamulette gegen *Namtar*, den Todesboten ...«

»Schützt euch vor Pest und der Seuche der Lendenlust beim Eingehen in fremdes Weibervolk!« übertönte ihn ein anderer mit hohem Singsang.

»Rollsiegel ... echte Rollsiegel« wiederholte seit Stunden ein dritter. »Rollsiegel von *Ninisinna*, der großen Heilgöttin und Ärztin der Schwarzköpfigen ...«

Ein paar der Krieger lachten. Andere steckten verstohlen die Amulette ein, die ihre Weiber ihnen kauften. Überall umarmten sich Menschen ein letztes Mal.

Die ersten Krieger saßen bereits in den Langbooten. Sie hatten ihre Schwerter und Lanzen mit Schilden und Helmen zu großen Haufen neben den schräg nach hinten stehenden Masten aufgeschichtet. Bootsleute rollten die Segel aus, und an den Stegen warfen Kinder Blumensträuße ins Flußwasser.

Während die Waffenschmiede ihre Sklaven anwiesen, wie die schweren Schmiedegeräte verladen werden sollten, legte zwölf Aschlu flußaufwärts bereits das große Langschiff von König Mebaragesi ab.

»Der König, der König!« riefen die Anführer am Hafenplatz. Das Schiff aus zusammengebundenen Schilfwülsten trieb langsam am Ufer des Buranum entlang. Es geriet in einen Pulk von runden, mit Erdpech abgedichteten Guffas. Sie wurden durch Reihen großer Kelegs aufgehalten. Die schwerbeladenen Flöße aus Baumstämmen auf zugenähten Ziegenhäuten waren nicht für die Fahrt durch die weitverzweigten Kanäle im südlichen Zweistromland geeignet. Sie würden die ganze Strecke auf dem Fluß bleiben müssen.

»Das ist kein guter Plan!« murrten einige der kriegserfahrenen Anführer.

»Was kann an einem Tag gelingen, der mit dem Morgengrauen anfängt«, orakelte ein niederer Priester besorgt. »Die Götter werden uns bestrafen ... für diesen doppelten Ululu, den falschen Tagesanfang und für den riesenhaften Gärtnerburschen, der sich nicht opfern lassen wollte!«

Gilgamesch und der Krieger, der das eiserne Schwert so unbedacht in die Luft geworfen hatte, streiften durch den Dattelhain am Nordrand des Ladeplatzes. Hier war der Staub nicht so unerträglich wie am Buranum-Ufer.

Der große, in vielen bewaffneten Streitigkeiten an den Grenzen der Felder von Kisch erprobte Schublugal war in den vergangenen Stunden nicht von Gilgameschs Seite gewichen. Er war längst wieder nüchtern, aber seine Stimme klang heiser, als er Gilgamesch ausmalte, was auf sie beide zukommen mußte – auf ihn, weil er im Rausch einen Nubanda umgebracht hatte und auf Gilgamesch, weil dieser gewagt hatte, eine heilige Zeremonie zu verwerfen.

»Da kann auch Agga nicht helfen!« stöhnte der Schublugal immer wieder. »Warte nur ab, bis wir die Flußfahrt hinter uns haben!«

»Hör endlich auf!« schimpfte Gilgamesch, als es ihm endgültig zuviel wurde. »Du störst mich mit deinem Gejammer!«

»Beim Gott des Sirius und des Krieges!« schnaufte der Schublugal. Sie hatten ihre Schilde und Vorratsbeutel bereits auf einem der Flöße abgelegt. »So kannst du mit deinen Furchenziehern reden, aber nicht mit einem Krieger, der schon zwei Dutzend Männer erschlagen hat!«

»Sei froh, daß dich der Zorn der Priester nicht zu *Ereschkigal* in die Unterwelt geschickt hat«, antwortete Gilgamesch furchtlos.

»Hüte deine Zunge, du grüner Steckling!« brummte der Krieger schließlich, aber es klang eher erleichtert als drohend. »Na schön, sie hätten mich für meinen Übermut bestrafen können ... aber du glaubst doch nicht, daß Mebaragesi in diesen Tagen einen der besten Krieger von Kisch vor Gericht stellen ließe! Und das kannst du dir als erste Lektion merken, mein Kleiner: In Kriegszeiten hat das Recht keine Macht! Das war immer so und wird auch so bleiben!«

Gilgamesch blieb verwundert stehen. Er drehte sich langsam zur Seite und sah auf den großen und kräftigen Schublugal hinab. Inzwischen wußte er, daß der knapp Dreißigjährige Zabardi Banuga hieß. Der Name bedeutete soviel wie ›gleich der glänzenden Bronze so eng und doch geschmeidig‹. Und genau so hatte sich der Schublugal von Anfang an verhalten: er machte den Eindruck eines starken Mannes, aber im Grunde schien er nur seinem Glück und seiner Wendigkeit zu vertrauen.

Gilgamesch lehnte sich mit dem Rücken gegen einen Baumstamm. Sein immer noch jungenhaftes Gesicht war glatt und wirkte wie mit Wüstensand geschliffen. Zabardi Banuga sah, wie das Licht der Mittagssonne durch die Palmblätter auf die ebenmäßigen Züge des jungen Mannes, auf seine mächtigen Schultern und seine gewaltigen Armmuskeln fiel. Mit seinem goldlockigen, kurzgeschnittenen Haar erinnerte er ihn unwillkürlich an Tempelstatuen der legendären Riesenkönige. Er spürte die eigenartige Faszination, die von diesem ungewöhnlichen Gärtnerburschen ausging, auch wenn er nicht wahrhaben wollte, daß Gilgamesch ihm überlegen war.

Banuga verscheuchte mit dem Fuß eine kleine, züngelnde Natter und ging stampfend unter den Palmen auf und ab. Dann blieb er abrupt stehen und sah zu Gilgamesch.

»Was starrst du mich an?« knurrte er. »Denkst du etwa, ich hätte dir mein Leben zu verdanken?«

Gilgamesch schüttelte den Kopf und lachte. »Das habe ich nie behauptet! Dein Arm mag stark sein, aber dein Kopf ist wie Ziegenhaut, die zu schnell Wasser verliert.«

»Paß auf, Junge!« zischte Banuga. Er griff nach seinem Bronze-Schwert. »So darf niemand einen Krieger König Mebaragesis beleidigen!«

»Und du ... nenn' mich nicht *Junge*! Nie mehr, verstehst du!«

Der Schublugal hob die Schultern. Sein narbiges Gesicht wirkte verkniffen, als er Gilgamesch von oben bis unten musterte.

»Warte nur ab, bis wir vor Uruk sind«, sagte er schließlich. »Dann kannst du beweisen, ob das Herz eines Falken oder einer Taube in deinem Riesenkörper schlägt ...«

Gilgamesch lachte kurz.

»Zuerst bist du an der Reihe, ein Versprechen zu erfüllen!« sagte er. »Oder hat Agga dir nicht befohlen, mir zu zeigen, wie ich als Krieger mein Schwert führen muß?«

»*Dein* Schwert? Wieso eigentlich *dein* Schwert?«

»Weil ich über die Waffe gesiegt habe, die mich töten sollte! Und jetzt will ich wissen, wie ein Krieger damit kämpft!«

Gilgamesch faßte den Knauf des eisernen Schwertes und zog es vorsichtig aus der Schlaufe an seinem Kampfgürtel. Das Blut des toten Oberverwalters hatte dunkle, im Sonnenlicht bläulich schillernde Flecken auf der Klinge hinterlassen.

»Na gut, Gärtner!« sagte Banuga mit einem schweren Schnaufen. »Du willst wissen, wie man ein Schwert führt, also sage ich dir, daß keine Waffe gut oder böse ist. Auch ein Schwert ist zunächst nur ein Stück Metall und nicht mehr! Erst das göttliche *ME* entscheidet, ob ein Schwert Tod und Vernichtung oder Sieg und Ruhm bringt.«

Gilgamesch hatte derartige Worte von Zabardi Banuga nicht erwartet. Der Schublugal-Krieger sprach auf einmal genauso wie Schukallituda.

»Das *ME* ist die Macht, die uns die Götter über uns selbst verliehen haben«, sagte er und seine großen, dunklen Augen funkelten. »Genauso wie das Königtum, das Wort, der Tanz und das Gefühl. Die hundert *ME* sind das, was wir empfinden, wenn wir etwas tun. Und diese Empfindungen fließen in alles ein, was wir anfassen ...«

Gilgamesch hob die Klinge. Er streckte den Arm aus und betrachtete nachdenklich die blitzende Waffe in seiner Faust.

»Hatte dieses Schwert schon ein *ME* als es den Nubanda spaltete?« fragte er.

»Ich weiß es nicht«, antwortete Zabardi Banuga zögernd. »Mein Bauch war voller Wein und Bier, aber vielleicht wollten die Götter, daß ein jungfräuliches Schwert sein Leben beendet.«

Gilgamesch überlegte. Für einen kurzen Augenblick fragte er sich, ob der Nubanda zu jenen gehört haben konnte, die gegen die Pläne des Königs gewesen waren. Wenn das zutraf, dann mußte es eine unsichtbare Macht geben, die stärker war als die Verschwörer von Kisch ... eine Macht, die das Schwert geführt hatte und die so stark gewesen war, daß seine eigene, von vielen tausend Menschen verlangte Opferung nicht stattgefunden hatte.

Er blickte lange auf das verzauberte Schwert.

»Zeig mir jetzt, wie man zuschlägt«, sagte er schließlich. Banuga schüttelte den Kopf.

»Das wäre sinnlose Kraftvergeudung! Wenn du siegen willst, mußt du selbst das Schwert sein. Ein guter Kämpfer arbeitet mit dem Schwert wie ein Mann mit seinem schwellenden Grabstock. Nur wenn du das verstehst, konzentriert sich die ganze Kraft deines Körpers und deiner Seele dort, wo sie hingehört!«

Gilgamesch hielt das eiserne Schwert noch immer senkrecht nach oben. Er drehte es ganz langsam und beobachtete das Blitzen der Sonne auf den Schneiden.

»Du mußt sanft beginnen«, lachte der Schublugal. »Streichle dein Schwert und liebkose deinen Gegner. Winde mit deinen Blikken Fäden und Schnüre um ihn. Erst wenn du das geschafft hast, darfst du zuschlagen. Dann aber ganz ...«

Gilgamesch konzentrierte sich. Er leckte sich über die Lippen, beugte sich etwas vor und ließ blitzartig das Schwert durch die Luft sausen. In schneller Hiebfolge versuchte er, dem Sonnengott *Utu* ein paar Strahlen abzuschlagen. Banuga sprang einige Schritte zurück.

»Nein, nein!« rief er. »Ein Schwert ist doch kein Knüppel! Du schlägst viel zu wild um dich! Stell dir bei jedem Hieb vor, du hättest nur einen einzigen, mit dem du das Geschick zerschneiden mußt!«

Gilgamesch versuchte es noch einmal. Doch riefen die kleinen und großen Trommeln die Krieger endgültig zu den Schiffen und Booten.

»Hör auf!« rief Zabardi Banuga. »Wir müssen zu den Kelegs!«

Gilgamesch ließ das Schwert aus Eisen noch zwei, drei Mal die heiße Luft zerschneiden. Das Jaulen der Klingen klang derartig scharf, daß einige der Krieger vor ihnen im Laufen die Köpfe einzogen. Sie vermuteten bereits *Namtar*, den Gott des Krieges, hinter sich.

Gleich nach der Mittagsstille kam günstiger Wind auf. Die Männer und Frauen an den Booten und auf den Flößen sahen sich vieldeutig an. Manch einer blickte besorgt in den vor Hitze sirrenden Himmel, aber die meisten Gesichter erhellten sich. Genau wie die Sternberechner unter den Priestern vorausgesagt hatten, folgte der Wind dem Lauf des Buranum. Er kam aus der Richtung, in der die fernen, sagenumwobenen Lande der großen Zedernwälder mit

Chuwawa, dem ›vogelköpfigen Ungeheuer mit Ohren‹, liegen sollten. Im Zweistromland wuchsen außer den Dattelpalmen kaum Bäume, deshalb mußte das Holz für Palastbalken und Werkzeuge seit den Tagen der großen Flut in mühsamer Flößerarbeit von den Bergen geholt werden. Doch ins Reich des Zedernwächters wagte sich nur sehr selten jemand.

»Der Nordwestwind kommt!« riefen die wetterkundigen Urigallus. »Hört, Männer von Kisch, hört!«

Die Anführer der Schublugals ließen ihre Schalen mit Kornbrei und Hammelfleisch einfach fallen. Sollten die Sklaven sich darum kümmern. Sie sprangen auf, kletterten auf die letzten noch nicht verladenen Vorräte und legten die Hände als Trichter vor den Mund.

»Schnell, schnell ... alle ... in die ... Boote!« riefen sie laut über den Ankerplatz hinweg. »*Adad* ... der Gott des Windes ... schickt uns ... den Nordwestwind ...«

Noch einmal begann ein gewaltiges Lärmen und Abschiednehmen. Wer schon in Booten und Langschiffen saß, rief seiner Familie zu, die Kanäle und das Vieh nicht zu vergessen. Den Frauen der Krieger wurden noch lange Versprechen und Warnungen zugerufen:

»Wir bringen Gold und Perlen zurück!«

»Wehe dir, wenn du die Beine für den Schweinehirten breit machst! Ich werde dich an seinem Gestank erkennen.«

»Ich schenke dir halb Uruk ...«

»Wenn du nicht treu bist, wird mein vom Sieg noch blutrotes Schwert in deinen Schoß eindringen!«

Einige der zurückgebliebenen Frauen und Mädchen weinten laut, andere winkten schweigend den Booten und Schiffen nach und wiederum andere blieben wie versteinert am Ufer des Flusses stehen.

Als der Nordwestwind immer neue Staubwolken aus der Steppe heranbrachte, die Segel sich blähten und die letzten Boote endlich in der Flußmitte schwammen, da trat König Mebaragesi aus einem bunten Zelt auf dem schönsten und größten Langschiff der riesigen Flotte. Er schritt zu einem Podest aus Schukur-Rohr und gefärbten Rinderfellen. Langsam stieg er die Stufen hinab. Er sah sich einmal nach allen Seiten um, dann legte er die Handflächen gegeneinander und berührte mit den Daumen die Brust. Tausende auf den Booten, Flößen und Schiffen folgten dem Beispiel des Königs und Hohepriesters von Kisch.

Die Schlegel der großen Pauken berührten nur sanft trommelnd die gespannten Felle. Es klang wie das Grollen der Unterwelt und der Ankunft des Wettergottes *Werwer* gleichzeitig. Fanfaren und Schalmeien zerschnitten das unheimliche Geräusch. Sie bliesen den Stolz und den Triumph über den glücklichen Beginn des Feldzugs in den blaßblauen und wolkenlosen Himmel.

»Hört mich an, ihr Götter des Zweistromlandes!« rief Mebaragesi mit weithin dröhnender Stimme. »Ich, König Mebaragesi von Kisch, ziehe an diesem Tag mit den Besten meines Volkes gegen die Stadt Uruk! Schenkt uns, ihr Götter, den Segen des Himmels ... und unsere Opfer nach dem Sieg werden so reich, wie nie zuvor sein!«

Die Trommler schlugen mehrmals hart auf die gespannten Felle. Ein Jubelsturm schallte über die gesamte Flotte. Mebaragesi hob die Arme zum Himmel. Er blieb minutenlang unbeweglich auf dem Podest stehen. Erst als ein zweites Trompetensignal das Ende der kurzen Anbetung anzeigte, ließ der König die Arme sinken. Vier kostbar gekleidete Priester halfen ihm vom Podest.

Kräftige Männer bliesen so mächtig in große Kuhhörner, daß an den Ufern des Flusses die Tiere in die Felder flohen.

Wie nach den Frühlingsstürmen vom Ufer gerissene Schilfinseln begannen die Wasserfahrzeuge flußabwärts zu treiben. Einige waren schneller, andere hingegen so schwer beladen, daß sie trotz kräftiger Ruderschläge kaum vorankamen. Bis zum Abend würden sich die Pulks weit auseinandergezogen haben.

Der König raffte den langen Mantel vor seiner Brust zusammen und ging zum Bug seines Schiffes. Die Schilfwüste der Bordwände waren kunstvoll mit buntem Tauwerk umwickelt. Vier Steuermänner am Bug und vier weitere am ebenfalls nach oben gebogenen Heck drückten die langen Ruderblätter gegen die Strömung.

Mebaragesi erreichte eine Bank an den vorderen Segelseilen. Er ließ sich auf den königlichen Sitz nieder und blickte schweigend nach Süden. Keiner der fünfzig Männer an Bord wagte es jetzt noch, den König zu stören. Während von allen anderen Booten und Schiffen noch lange aufmunternde Rufe zu den am Ufer mitlaufenden Schreibern und Frauen, Priestern und Kindern über den Fluß klangen, glitt das Königsschiff stolz und still durch die Wellen.

Gar um Gar und Aschlu um Aschlu schwamm die Flotte des Königs von Kisch weiter. Von sämtlichen Feldern hatten sich Bauern und Sklaven an den Ufern eingefunden. Sie warfen die Arme hoch und wünschten den Krieger Glück.

»So viele Segler und Guffas und Kelegs zogen gen Süden«, erzählten sie noch viele Jahre später, »daß kaum noch das Wasser des Flusses zu sehen war.«

Gilgamesch hatte den ihm zugewiesenen Platz auf einem großen Floß gefunden, mit dem Matten, Seile und Belagerungsleitern transportiert wurden. Die Keleg aus Palmenstämmen schwamm auf feinvernähten, aufgeblasenen Ziegenhäuten. Zusammen mit vier anderen war sie an ein vorausfahrendes Segelboot gebunden. Auf diese Weise genügten zwei Männer für leichte Ruderkorrekturen.

Gilgamesch saß auf einem Seilstapel, das eiserne Schwert zwischen seinen Beinen. Er genoß das großartige Gefühl, mit der gewaltigen Streitmacht in Richtung Meer zu treiben. Zabardi Banuga hatte sich gleich nach dem Betreten des Floßes von ihm getrennt. Er hockte in der Nähe der großen Steuerruder und unterhielt sich mit einem Mann, der das Lederwams und den ledernen Kurzrock eines Schmiedes trug. Gilgamesch hatte ihn sofort an seinem zerzausten Bart und den Brandflecken an seinen Armen erkannt. Es war Mesche, in dessen Schmiede er Agga kennengelernt hatte – der Waffenschmied, der das Schwert aus Eisen geschaffen hatte.

Er verstand nicht, warum sich Zabardi Banuga ausgerechnet mit dem Mann unterhalten konnte, dem er das eiserne Schwert entrissen hatte.

Mesche der Schmied hatte nicht einmal den Versuch gemacht, sein Eigentum von Gilgamesch zurückzubekommen. Es war, als wäre alles Vorangegangene zu einem Tabu geworden! Niemand sprach mehr über das Gestern. Trotzdem kam es Gilgamesch äußerst merkwürdig vor, daß er sich mit dem Schmied des Schwertes und dem Krieger, der mit der Zauberwaffe den Nubanda getötet hatte, auf dem selben Floß befand. Wer hatte das angeordnet? Und welcher Plan konnte dahinter stecken?

Gilgamesch wußte nicht, was er erwartet hatte, aber er wunderte sich, wie ausgelassen und übermütig sich die Krieger benahmen. Sie riefen sich gegenseitig zu, wie sie Uruk vernichten wollten, wie sie die Feiglinge der Stadt in den Fluß werfen, die Mutigen köpfen und mit den Weibern von Uruk all das machen wollten, was sie den in Kisch zurückgebliebenen verboten hatten.

»Das ist besser als Blut oder Gold!« rief ein Schublugal-Krieger in der benachbarten Keleg. »Die Schönen von Uruk haben schon lange mehr verdient als die Bauerntölpel und Kanalgräber, über die der alte Schwachkopf Enmerkar gebietet!«

»Hütet euch, Männer!« rief der Steuermann am hinteren Ende des Floßes. »Uruk hat die schöne, aber gefährliche *Inanna* als Schutzgöttin!«

»Ach, diese Hure!« lachte Zabardi Banuga, »die treibt's mit Göttern und Menschen, ganz wie es ihr beliebt. Wartet nur ab, welche Freude sie mit uns haben wird!«

»Sie hat sich noch nie um die Städte gekümmert, die ihr Tempel erbaut haben!« rief ein anderer zustimmend.

Gilgamesch wandte den Kopf. Er musterte das Gesicht des Bootsbauers. Es sah straff gespannt und in gewisser Weise überlegen aus. Und plötzlich erinnerte sich Gilgamesch daran, wie ihm Schukallituda von einem Flußkundigen namens Mamagal erzählt hatte. »Er ist ›das Ohr der Eselsstadt‹«, hatte Schukallituda gesagt. »Obwohl noch keine vierzig Jahre alt, kennt er jeden Kanal und jedes Sumpfgebiet zwischen den großen Strömen. Und er hört mehr als die Händler und Boten ...«

War dies der gleiche Mann? Gilgamesch betrachtete die Haare und den fein gelockten, kaum zwei Finger langen und sorgfältig mit Bronzescheren gestutzten Bart des Bootsbauers. Er musterte seine Muskeln und Sehnen und sah, daß er neben den Handwaffen und Beuteln auch noch ein kurzes, verschlossenes Bambusrohr an seinem Gürtel trug. Ob dieses Rohr einen Plan der Flußwege enthielt?

Gilgamesch wurde immer mißtrauischer. Irgendetwas stimmte hier nicht! Warum lenkte ein so bedeutender Eingeweihter wie Mamagal nur ein kleines Floß? Warum war er nicht an der Spitze der königlichen Flotte und wies ihr den Weg?

Gilgamesch seufzte tief. Er selbst, Zabardi, Mesche und Mamagal – vier Männer, die einfach nicht zufällig für das kleine, unbedeutende Floß eingeteilt worden sein konnten! Und wer waren die anderen acht? Hatten sie sich ebenfalls auf irgendeine Weise gegen die Priester und Verwalter von Kisch vergangen?

Es gab noch so viele Dinge, die er nicht verstand. Er spürte, wie er müde wurde. Die Sonne, die Aufregungen der vergangenen Nacht und das eintönige Glucksen der Flußwellen machten die Augenlider schwer. Ein paar der Krieger hatten bereits die Augen geschlossen. Sie wußten, daß ihnen lange und schwere Wochen bevorstanden. Auch wenn Mebaragesi und sein Heer siegreich sein sollten, würden nicht alle von ihnen nach Kisch zurückkehren.

Noch wollte keiner daran denken, daß er selbst zu den Opfern des Krieges gehören könnte. Aber die ersten Ahnungen – Schatten der Furcht tief in den Herzen und Hirnen – sie ließen sich nicht durch die laute Ausgelassenheit verdrängen.

Die Flotte Mebaragesis war schon gut eine Mine lang unterwegs, als sich einer der bärtigen Krieger an Bord der Keleg plötzlich zu Gilgamesch umdrehte.

»Na, und du? Hast wohl den Schreck von heute nacht noch nicht verdaut, wie?«

»Ich ... ich denke nur nach«, sagte er unbeholfen. Im gleichen Moment ärgerte er sich über seine Antwort. Die Krieger lachten und stießen sich gegenseitig an.

»Er denkt nach ...«

»Flußkrank wird er sein!« lachte ein anderer. »Vielleicht fehlt dem jungen Riesen nur die Mutterbrust ...«

»Oder *Innana*«, rief ein fetter Krieger dröhnend. »Die würde ihm schon beibringen, was ein Mann können muß.«

Gilgamesch biß die Zähne zusammen. Er wußte, daß er jeden der rauhen Krieger mit einem Arm zu Boden zwingen konnte, aber er mußte lernen, gelassen zu bleiben, wenn andere ihn reizten. Das Heer Mebaragesis war etwas anderes als die Gruppe von Gärtnern und Sklaven in den Gärten von Kisch. Hier gab es keinen Schukallituda mehr, der sich um alles kümmerte.

Gilgamesch erkannte, daß er von nun an ganz allein für sich verantwortlich war.

Gilgamesch wußte nicht, wieviel Zeit vergangen war, als ihn lautes Gelächter aus seiner Versunkenheit weckte. Es dauerte eine Weile, bis er begriff, wo er war. Die Krieger an Bord des Floßes unterhielten sich darüber, wie lange die Flotte unterwegs sein würde.

»Wir schwimmen seit vier Stunden«, sagte der Bootsbauer. »Bis jetzt haben wir drei Biru geschafft ... also gut fünfhundert Seillängen. Und das bei stetem Wind und mit der Strömung! Auf dem geraden Weg immer flußabwärts sind es nur fünfundzwanzig Biru bis zu den Mauern von Uruk. Aber wir werden vermutlich einen Umweg durch die Kanalsysteme machen.«

»Ja, das denke ich auch«, sagte Mesche der Schmied und nickte. »Vielleicht an Nippur, Irsin oder Schuruppak vorbei ...«

»Es heißt, daß die Einkäufer des toten Nubandas und Händler schon längst unterwegs sind, um Öl und Emmer aus den östlichen Städten in Richtung Uruk zu bringen.«

Gilgamesch hörte noch eine Weile zu, dann schlief er wieder ein. Am späten Nachmittag, während die meisten der Männer auf den Schiffen dösten oder schliefen, wachte er wieder auf. Er blinzelte in die tiefstehende Sonne und sah, wie am Heck des Floßes eine kleine gebrannte Tonfigur herumgereicht wurde.

»Stellt euch vor, Männer, so soll sie aussehen«, sagte Zabardi Banuga. »*Inanna* – dieses göttliche Vollweib ...«

»Vorhin hast du noch gesagt, sie sei eine Hure«, meinte Mesche.

»Na schön, vielleicht ist sie beides! Trotzdem ist sie viel zu schade für Uruk. Und wißt ihr, was ich denke?«

»Sag es!« meinte der Bootsbauer Mamagal.

»Ich denke, König Mebaragesi hat irgendetwas vor mit *Inanna*! Ich kenne einen Sanga-Mach in der Zikkurat von Kisch. Er hat mir gesagt, daß es seit einigen Monaten Streit zwischen den Oberpriestern und unserem König gibt. Sie wollen einen eigenen Hohepriester ...«

»Wozu? Mebaragesi ist unser König und Hohepriester!«

»Ja, ja, aber weiß man, was die Urigallus mit den zurückgebliebenen Edlen von Kisch während unserer Abwesenheit verändern? Vielleicht wählen sie sogar einen neuen Stadtgott.«

»Hm ... und du meinst, unser König würde sich ebenfalls einen neuen Gott – eine Göttin – mitbringen?«

»Immerhin wäre *Inanna* keine schlechte Wahl«, sagte Zabardi und grinste. »Schließlich war sie es, die dem hohen Gott *Enki* die hundert göttlichen *ME* gestohlen und zur Erde gebracht hat!«

»Ein furchtbares Weib!«

»Die göttlichste von allen Göttinnen!«

Gilgamesch hörte aufmerksam zu. Während der Jahre in den Gärten von Kisch war viel von den alten Göttern die Rede gewesen. Oft hatte Schukallituda nach der Tagesarbeit, wenn sie alle am Herdfeuer im Haus der Gärtnergehilfen saßen, von den Urgöttern erzählt und davon, wie sie die Menschen erschaffen hatten.

Mesche der Schmied bemerkte, daß Gilgamesch wach war. Er stemmte sich von den Planken hoch und kam mit schweren Schritten auf ihn zu.

»Du hast ein gutes Schwert«, sagte er lächelnd. Gilgamesch schluckte unwillkürlich.

»Keine Sorge, es gehört dir!« sagte Mesche, noch immer lächelnd. »Aber du kannst in diesem Feldzug nur bestehen, wenn du weißt, wie die Dinge seit Urzeiten ineinander verwoben sind.«

»Ich denke, wir ziehen aus, um Uruk zu erobern«, sagte Gilgamesch und räusperte sich.

»Dem Anschein nach, mein Sohn!« sagte der Mesche und legte seine Stirn in Falten. Er ließ sich ächzend neben Gilgamesch auf den Seilen nieder. »Dem Anschein nach sieht vieles heute verworren und morgen schon wieder ganz einfach aus. Aber in Wahrheit folgt unser Leben seit der Erschaffung der Menschen einem uns unbekannten Plan!«

Er sah Gilgamesch prüfend an.

»Du kennst die Geschichte von den ersten Menschen?«

»Ja, ich habe verschiedene Geschichten gehört.«

»Und welche hat man dir zuletzt erzählt?«

»Die von *Tiamat*, der großen, bösen Mutter mit dem Kiefer

eines Krokodils, den Zähnen eines Löwen, den Flügeln einer Fledermaus, den Beinen einer Eidechse, den Krallen eines Adlers, den Hörnern eines Stieres und dem Leib einer Schlange«, sagte Gilgamesch und zog fröstelnd die Schultern zusammen. »Aus der Vereinigung von *Tiamat* mit dem Zeuger *Abzu* ging alles Leben hervor ... Götter, Skorpionmänner, Dämonenlöwen und Drachen ...«

»Aber nicht wir Menschen!« sagte der Kahlköpfige. »Das war eine ganz andere Geschichte!« Er sah Gilgamesch wohlwollend an, dann fragte er: »Soll ich dir erzählen, wie die Priester von Kisch von der Erschaffung der Menschen berichten? Oder kennst du bereits die Herkunft der göttlichen *ME*?«

Gilgamesch schüttelte den Kopf. Schukallituda hatte in den vergangenen Jahren oftmals die *ME* erwähnt, doch welche Bewandnis es mit dem geheimnisvollen Wort hatte, wußte Gilgamesch nicht.

»Also hör zu!« sagte Mesche. Er sah sich nach allen Seiten um, ehe er mit leiser Stimme berichtete:

»Damals, vor langer, langer Zeit, stöhnten die Götter über die schwere Arbeit, aus einer chaotischen Welt die Erde zu erschaffen. Bis eines Tages *Enki*, der Herr der Erde, des Oben und Unten, der Weisheit und der Voraussagen sowie der Verwalter der göttlichen Geheimnisse der hundert *ME* eine Idee hatte: ohne den obersten Gott *An* einzuweihen, schlug er seiner Mutter *Aruru* vor, einen Nichtgott zu schaffen.

›Er müßte einige unserer Fähigkeiten besitzen‹, sagte er zu *Aruru*, ›er dürfte natürlich nicht göttlich sein ... oder nur etwas ...‹

›Ein künstlicher Gott?‹ fragte *Aruru* entsetzt.

›Nein, nein ...‹ antwortete *Enki* seiner Mutter, ›ein Tier, das wie wir ist ... es könnte uns bei der Arbeit helfen ...‹

Doch *Aruru* war nicht vom Vorschlag ihres Sohnes überzeugt. Zu verwegen, zu riskant kam ihr der Plan vor. Deshalb beriet sie sich mit einigen anderen Göttern und Göttinnen, die ihr Vertrauen besaßen. Und beinahe spielerisch wetteiferten sie plötzlich alle um die beste Idee und die beste Gestalt für die neuen Wesen.

Doch alle Ideen waren den Göttern zu ähnlich. Nie hätte *An* einem von ihnen die Zustimmung gegeben! Und erst als *Aruru* ein Tonmodell formte, das *An* zwar ähnlich sah, aber viel älter als der Herr der Götter aussah, war *An* schließlich einverstanden.

Aruru nannte ihr Geschöpf *Um'ul* und der Name bedeutete ›schöner Greis‹. Die anderen aber sagten *Mensch* zu dem neuen Wesen, das ihnen bei der Arbeit helfen sollte.«

Mesche der Schmied sah, daß der junge Mann neben ihm nicht mehr zuhörte. Gilgamesch war eingeschlafen.

Mesche betrachtete lange die riesenhafte, aber auf rätselhafte Weise vollkommen und fast göttlich wirkende Gestalt des Jünglings. Er hatte Agga versprochen, auf ihn aufzupassen.

Das Land links und rechts des Flusses hatte sich inzwischen verändert. Hier sorgten keine Kanalsysteme mehr für grüne Felder. Die Flecken mit Dattelpalmen wurden seltener, und die fast wüstenhafte Steppe im Westen reichte an vielen Stellen bis an die Uferböschung heran. Noch vor wenigen Jahren hatten hier Reste von Weizen und Emmer gestanden. Jetzt war kein einziger Halm mehr zu sehen.

»Salziges Land«, murmelte der Waffenschmied. Er wußte nicht, warum das so war, doch offenbar straften die Götter die Menschen, die zu viel von der Erde verlangten.

KRIEGSLIST UND TÄUSCHUNG

Die Sterne stachen wie funkelnde Salzkristalle durch das hohe Gewölbe des Nachthimmels. Doch dieser Himmel war nicht schwarz, sondern schien in einem sehr dunklen Blau zu leuchten. Er sah so tief und unergründlich aus, daß Gilgamesch fast zu fallen glaubte. Er hatte schon eine ganze Weile die Augen geöffnet und lauschte dem leisen Gluckern des Wassers unter den Holzstämmen der Keleg. Irgendwo quakten Frösche, und gelegentlich sprangen nach Nachtmücken schnappende Fische aus dem Fluß. Knarrende Seile hielten das Floß an anderen Booten fest, und wie aus großer Entfernung hörte er undeutliche Stimmen im Raunen der Nacht.

Er war hungrig. Vorsichtig richtete er sich in den Seilstapeln auf. Er rutschte mit dem Schwert aus Eisen in der Hand von seinem Seilstapel und sah sich um. Es dauerte eine ganze Weile, bis er begriff, daß er allein war.

Die Männer und Frauen hatten die Boote und Schiffe verlassen. Gilgamesch schüttelte den Kopf. Wohin waren sie gegangen? Und warum hatte ihn niemand geweckt? Sollte die Flotte mit dem Heer König Mebaragesis bereits die Kanäle von Uruk erreicht haben? Und standen die Krieger vielleicht schon vor den Mauern der Stadt – bereit, beim ersten Sonnenstrahl mit großem Geschrei und klirrenden Waffen den Kampf zu beginnen?

Für einen Moment zögerte er. Dann sprang er von Floß zu Floß bis ans sanft ansteigende Ufer. Er aß eine getrocknete Dattel aus dem Lederbeutel an seinem Gürtel, ehe er sich entschloß, die Böschung hinaufzuklettern. Im Osten zeichnete sich über einer fernen, wie ein riesiges schlafendes Ungeheuer aussehenden Wolkenbank die schmale Sichel des Gottes *Suin* ab. Er war der Herr der Stadt Ur.

»Ich grüße dich, ›Herr des Wachsens‹« sagte Gilgamesch ehrfurchtsvoll. Es würde noch viele Nächte dauern, bis aus *Suin* der volle Mond *Nanna-suin* gereift war.

Gilgamesch blickte über die Uferböschung hinweg. Der Mond

war erneut hinter der dunklen Wolkenbank im Osten verschwunden. Dafür entdeckte er einen gelbroten Lichtschein in einem Dikkicht aus Palmen und hohem Schilf. Gleichzeitig hörte er das verhaltene »Tum-tum ... tum-tum« von großen Kesselpauken. Als er genauer hinsah, entdeckte er, daß der Fluß an dieser Stelle eine weite Biegung machte. Der Hauptstrom teilte sich in verschiedene Nebenarme, von denen ein Teil nach Osten, der andere nach Süden führte. Die ganze Gegend war flach und fast ohne Erhebungen. Doch überall erhoben sich kleine Inseln aus dem Wasser. Einige trugen nur Schilfdickicht, auf anderen wuchsen oasengleiche Büsche und Palmen.

Die Insel, auf der er den Feuerschein zwischen den Bäumen sah, war durch mehrere quergestellte Boote und Flöße mit dem Gerüst eines Wasserschöpfwerks verbunden.

Es dauerte ziemlich lange, bis er über die Flöße und Boote bis zum Inselschilf vorgedrungen war. Erst als er direkt unter den Dattelpalmen stand, sah er, daß es noch einen anderen, viel einfacheren Weg gegeben hätte.

Obwohl er bis auf den Feuerschein noch immer nichts sehen konnte, hörte er jetzt viele seltsam leise klingende Stimmen. Sie vermischten sich mit den Geräuschen der Nacht. Gilgamesch fragte sich unwillkürlich, ob auf der Insel tatsächlich Menschen oder Dämonen versammelt waren. Er spürte, wie eisige Schauder über seinen Rücken liefen. Er hatte keine Angst, aber das Unsichtbare war überall!

Schritt für Schritt näherte er sich dem gelbroten Lichtschein. Er achtete auf jeden Zweig am Boden und bog das Unterholz nur in Richtungen, in denen nichts knacken oder brechen konnte.

Riesige Schatten flackerten durch die Palmwipfel. Die Stimmen wurden deutlicher. Noch ein paar Schritte, dann stellte er erleichtert fest, daß er die Krieger und nicht Dämonen gefunden hatte.

Mit nackten Oberkörpern hockten Tausende von Männern so eng nebeneinander, daß nicht einmal eine Katze einen Durchschlupf gefunden hätte. Gilgamesch trat bis an den Rand der großen Lichtung und wußte plötzlich, was auf der Insel geschah. Er hörte die gedämpft klingende Stimme eines Urigallu-Priesters:

»... die Götter und Göttinnen, so viele es auch geben mag – sie werden uns gnädig sein, denn wir ... die Beschwörer ... wir opfern auf dieser Insel ... in der ersten Nacht des großen Feldzuges ... zwölf unserer besten Hammel ...«

Und alle Krieger, alle Handwerker, alle Frauen antworteten nur in ihre flach zusammengelegten, vor Mund und Nase gehaltenen Hände. Auf diese Weise entstand ein großes gemeinsames Gebet. Die Kesselpauken rund um das nicht sehr hoch brennende Feuer in der Mitte des Kreises wurden mit Schlegeln bedient, um die Wolltücher gewickelt waren.

Als ihr dumpf klingendes Donnern aufhörte, stiegen die Priester nacheinander auf ein Podest, das wie eine Brücke von einer Seite des Feuers bis zur anderen reichte. Gilgamesch sah, wie sie mit langsamen, weit ausholenden Bewegungen Kräuter aus großen Säcken in die Flammen warfen. Der Feuerschein nahm eine düstere Farbe an.

»Alle Verfehlungen der Männer und Frauen auf dieser Insel sollen auf die Sündenböcke übergehen!« rief der Zeremonien-Priester. Diesmal war seine Stimme klar und deutlich zu verstehen. »Herbei, herbei, ihr guten Götter und Dämonen! Und fort mit euch zu den Flammen und Schlangen, zu den Kröten und Ungeheuern der Tiefe, ihr schlechten Gedanken, die ihr noch in den Herzen steckt ...«

Die zwölf Hammel wurden nacheinander auf die Brücke gezerrt.

Ein schmerzhaftes Aufstöhnen ging durch die Versammelten. Gilgamesch sah, wie sich die Rücken der Männer direkt vor ihm wie unter Krämpfen schüttelten.

»Das erste Herz!« rief der Priester. Der Todesschrei des Hammels klang grausam durch die Nacht.

»Das zweite ... das dritte ... das vierte ... fort, fort, fort!«

Die Herzen der Hammel flogen hoch in die Luft, ehe sie mit schwarzen Wolken aufpuffend in den Flammen verschwanden.

»Das zehnte ... das elfte ... und nun das zwölfte für den König selbst!«

Mebaragesi hatte einen langen weißen Mantel angelegt. Sein Kopf trug keinen Hut und keine Krone. Der Zeremonien-Priester trat langsam näher. Die anderen Priester warfen neue Kräuter in die Flammen. Der Rauch des Feuers wurde weiß und nur ganz unten waren noch helle, gelbe Feuerzungen sichtbar.

Der Urigallu kletterte auf eine kleine Leiter, dann preßte er das Herz des zwölften Hammels mit beiden Händen ruckartig zusammen. Ein Strom von Blut ergoß sich über Kopf und Mantel von König Mebaragesi.

»Gereinigt sei der König!« riefen die Priester.

»Gereinigt sei der König!« beteten alle gemeinsam.

Mebaragesi schritt über die Feuerbrücke. Er zeigte seine blutigen Hände nach allen Seiten.

Gilgamesch hatte noch nie an einem derartigen Ritual teilgenommen. Zum ersten Mal erlebte er mit, wie seine eigenen Gefühle und Gedanken durch eine magische Kraft aus ihm herausgezogen wurden.

Doch plötzlich konnte er wieder atmen. Der Duft des weißen Rauchs vom Feuer trieb bis an den Rand der Lichtung. Überall richteten sich die Teilnehmer der Zeremonie auf. Sie reckten sich, lachten und zeigten keine Spur von Müdigkeit. Aus der Mitte des großen Kreises wurden Krüge mit Wein und flache Brotkörbe nach außen gereicht. Das Feuer hatte wie ein Ring die Vorräte für ein riesiges Nachtmahl verdeckt.

Jeder der vielen tausend Angehörigen des Heeres erhielt Hammelbraten, Wein, Bier und Käse. Dazu Gurken und Zwiebeln, Rettiche und frisches Obst. Männer und Frauen feierten gemeinsam den gelungenen Beginn des Feldzugs gegen Uruk. Gilgamesch hörte, daß sie bereits ein Viertel des langen Weges zurückgelegt hatten.

»Von jetzt an fahren wir nicht mehr zusammen!« rief einer und reichte Gilgamesch seinen Bierkrug.

»Räumt die Insel!« riefen in diesem Augenblick die Anführer des Heeres. Der Befehl wurde von Mund zu Mund weitergegeben. Gilgamesch schloß sich den anderen an. Körper an Körper drängten sie sich bis zum Uferschilf.

Mesche der Schmied stand bereits mit Mamagal auf seinem Floß. »Wo kommst du her?« rief Mesche ihm zu. Gilgamesch zeigte zur Insel zurück. »Warum habt ihr mich nicht geweckt?«

»Weil du so süß wie ein Säugling geschlafen hast!« lachte in diesem Moment Zabardi Banuga. Er kam mit schwankenden Schritten über den Steg.

Gilgamesch griff nach seinem Schwert.

»Halt!« rief Mesche.

»Und der da darf mich beleidigen?« fragte Gilgamesch wütend.

»Er darf es, denn er hat kein Leben mehr, das er verlieren könnte«, antwortete Mamagal an Stelle Banugas. Gilgamesch verstand die Männer nicht. Für eine Weile war nur das verhaltene Lärmen der anderen auf den Booten und Schiffen zu hören.

»Sein Leben gehört dir«, sagte der Bootsbauer schließlich. »Die Priester haben bestimmt, daß dieser Unglückliche an deiner Seite bleibt, bis er den Tod findet, der dir zugedacht war.«

Gilgamesch sah verständnislos von Mamagal zu Zabardi und dann zu Mesche.

»Ist das denn so schwer zu verstehen?« fragte der Schmied mit gutmütigem Spott. »Zabardi wäre längst gerichtet, wenn er nicht den Auftrag erhalten hätte, dich, Gilgamesch, bei diesem Kriegszug zu schützen. Er ist dein zweites Leben.«

»Und warum ...« Gilgamesch stockte.

»Warum er dich verlassen hat?« lachte Mesche. »Kannst du einem Krieger verdenken, daß ihn ein guter Braten und ein paar Krüge Wein mehr locken als die einsame Nachtwache bei einem Jüngling?«

»Mein zweites Leben, sagst du ...«

»Du warst das Königsopfer«, antwortete Mesche. »Ein ungewöhnliches zwar, aber wenn dir etwas passiert, könnte das erneut ein böses Omen sein!«

Gilgamesch ahnte plötzlich, daß sie ihm nicht die volle Wahrheit sagten. Aber von nun an würde er aufpassen und bei jedem Gespräch der Männer ganz genau zuhören. Er konnte nur hoffen, daß sie sich noch vor der Ankunft in Uruk verrieten. Er glaubte nicht mehr, daß Mamagal, Mesche und Zabardi nur zufällig mit ihm auf dem gleichen Floß waren.

Die meisten Boote und Flöße konnten noch in der Dunkelheit ablegen. Als sein Floß an der Reihe war, ging über den violetten Bergen im Osten bereits die Sonne auf.

Die Stunden des zweiten Tages nach dem Aufbruch von Kisch vergingen ohne besondere Zwischenfälle. Einige Männer versorgten die Tiere an Bord, andere pflegten ihre Waffen, sortierten ihre persönlichen Vorräte, versuchten zu fischen oder verdösten die Zeit. Die Gespräche wurden seltener, und als die Mittagshitze auch noch den Wind müde machte, trieb die Flotte Mebaragesis kaum schneller als die zunehmend auftauchenden Schilfinseln über die Nebenarme des Buranum.

»Auf dem anderen Fluß, dem eilenden Idigna, wären wir schneller vorangekommen!« murrte einer der Krieger an Bord der Keleg, auf der Gilgamesch seinen Platz gefunden hatte. »Er nimmt seinen Lauf in den Bergen des östlichen Hochlandes und ist noch schnell, wenn er das Meer im Süden erreicht ...«

»Der Idigna führt nicht an Uruk vorbei«, sagte Zabardi Banuga mürrisch.

»Na und«, sagte der Krieger am Rand der Keleg. »Ein schneller Fluß ist viel günstiger als dieses schlafende Wasser, bei dem selbst die Kriegslust müde wird. Außerdem hätte Mebaragesi dann die Städte vermeiden können.«

»Alles sehr schön«, lachte Banuga. »Und wie wären die schwerbeladenen Kelegs wieder auf dem Buranum flußaufwärts gekommen?«

»Ach, laß mich in Ruhe!«

Gilgamesch hockte zusammengekauert in einer Mulde, die er sich aus Seilschlingen an der linken Seite der Keleg gebaut hatte. Der Platz war bequemer als die harten Planken, auf denen die anderen Krieger lagen. Er hatte genau zugehört, doch diesmal war kein Streit entstanden.

Er kaute an einer Süßholzwurzel, als weit voraus die ersten Felder der Stadt Schuruppak gemeldet wurden.

»Östlich vorbei ... wir rudern östlich vorbei und nehmen ein Stück vom Adab-Kanal«, riefen die Anführer von einem Boot zum anderen. Die Männer auf Gilgameschs Keleg richteten sich ächzend auf.

»Du auch, Süßholzlutscher!« rief Zabardi Banuga Gilgamesch zu. »Vor dem Griff zum Schwert kannst du jetzt beweisen, was in deinen Armmuskeln steckt!«

Die Männer lachten. Zabardi warf Gilgamesch eine besonders schwere Ruderstange zu. Sie polterte bis vor seine Füße. Gilgamesch spuckte ins Wasser. Er nahm die Ruderstange leicht wie ein hohles Schilfrohr auf.

»Zuuu-gleich!« rief Mamagal und dann nochmals »Zuuugleich!«

Die Ruderstangen tauchten in brakig wirkendes Wasser. Bereits nach dem ersten Eintauchen hingen Zweigreste und schwarzverfärbte Wasserpflanzen an den Ruderblättern. Gilgamesch stolperte einen Schritt nach vorn. Er sah, daß ein Hammelkadaver an seinem Ruder hing.

»Heh, seht mal, was der Gärtner gefischt hat!« rief Zabardi.

»Sofort wieder ins Wasser!« schrie Mamagal vom Heck her. »Du verrückter Kerl kannst doch keinen Sündenbock aus dem Wasser fischen! Wenn das ein Priester gesehen hätte!«

»Aber ich wußte doch nicht ...«

»Spar dir die Luft zum Rudern!« keuchte Mesche der Schmied. Die Muskeln seines Rückens spannten sich in regelmäßigen Abständen. Die Keleg schoß schwankend zwischen den anderen Booten und Flößen durch das faulig riechende Wasser.

Gilgamesch hatte das Gefühl, als würden sie immer weiter in Morast und Sümpfe geraten. Er verstand nicht, warum die wasserreiche Gegend so verkommen und leer aussah. Überall ragte Dornengestrüpp aus vertrockneten Uferstreifen. Das letzte Schilf hatte eine kranke Farbe, und von verrotteten Schöpfwerken hingen wie Spinnweben die abgestorbenen Reste von Tang.

Gilgamesch merkte nicht, daß er inzwischen ganz allein ruderte. Die andere Krieger hatten sich nach und nach zur Seite begeben. Verwundert starrten sie auf den jungen Mann, der mit nachlässig wirkenden Gebärden nicht nur die Keleg, sondern auch noch eine Reihe weiterer Flöße und Boote durch das Brakwasser ruderte. Mit jedem Anspannen seiner Muskeln bewirkte er mehr als fünf, sechs ausgewachsene Männer.

»Heh, du!« rief Mamagal vom Heck der Keleg. »Paß auf, wohin du ruderst ... du reißt uns noch das ganze Floß auseinander!«

Gilgamesch hörte abrupt auf. Drei der Krieger verloren das Gleichgewicht und stürzten ins Wasser. Sofort schrien die anderen auf. Zwei Boote rammten die hinter ihnen schwimmende Keleg. Eine vollbeladene Guffa geriet in das Geäst einer im Wasser treibenden Dattelpalme. Überall fluchten und schimpften die Männer. Gilgamesch hörte helles Mädchenlachen und sah hoch. Die Schönen standen, kaum einen Steinwurf entfernt, am nahen Ufer. Gilgamesch hatte nicht bemerkt, wie nahe sie bereits der nächsten Stadt waren. Nicht weit hinter den Mädchen schimmerten die gelben Mauern von Schuruppak in der baumlosen Ebene.

Erst als der Sonnengott hinter der Erdscheibe versunken war, beendeten die vorausgeschickten Abgesandten von König Mebaragesi ihre Verhandlungen mit den Priestern von Schuruppak. Die Krieger aus Kisch kamen nicht als Eroberer, und Schuruppak sollte nur der letzte Rastplatz vor Uruk sein.

Die Krieger durften an Land gehen. Sie schlenderten durch laute, von Feuern und Fackeln beleuchteten Straßen. Es roch nach Hammelbraten, Zwiebeln und Bier. Die Einwohner der Stadt schienen die Ankunft von König Mebaragesis Heer schon lange erwartet zu haben. An den Kaimauern und Lagerhäusern im Hafen brutzelten Fleischstücke über lodernden Feuern. Gaukler und Tänzer drehten sich trunken im Klang der Flöten, Trommeln und Leiern.

Gilgameschs Keleg hatte außerhalb des Hafens von Schuruppak angelegt. Er selbst hatte nicht viel von der Empfangszeremonie gesehen – nur der Lärm der Trompeten war weit in die Nacht zu hören gewesen. Er lief neben Zabardi Banuga durch immer enger werdende Gassen. Bei jedem Schritt mußte er Hände und drängende Brüste abwehren. Die Weiber ließen nicht die geringste Scham erkennen. Sie fielen den Kriegern um den Hals, küßten sie und fuhren ihnen mit suchenden Händen zwischen die Beine.

»Heh, heh! Nicht so läufig!« grölte Mesche, »die Nacht ist noch lang und meine Lendenkraft muß noch einen Krieg überstehen!«

Die Frauen und Mädchen lachten, doch jedesmal, wenn sie an den Körpern der anderen vorbei Gilgamesch sahen, verstummten sie. Einige blieben mit weit aufgerissenen Augen in den Hauseingängen stehen, andere schüttelten ungläubig den Kopf.

»Ein Hüne ... ein Halbgott!«

»Habt ihr je einen solchen Stier gesehen?«

Gilgamesch wollte sich kleiner machen, doch gleichzeitig empfand er einen ganz neuen Stolz,.

Die meisten schwankten zwischen Begierde und Angst. Sie sahen die Unschuld, den Stolz und die verhaltene Neugier im Gesicht Gilgameschs.

»So groß – so schön!« stöhnten einige der Frauen und Mädchen.

»Und viel zu stark für eure Schöße!« rief mit einem fast männlich rauhen Lachen eine Dunkelhäutige mit breiten Hüften. Sie trat ins Licht der Fackeln, und ihre schwarzen Augen blitzten herausfordernd. Gilgamesch starrte auf ihr schwarzes, löwenmähniges Kraushaar, ihre wie fleischige Rosenknospen geöffneten Lippen und ihren ungeheuren Brüste. Sie mußte mindestens dreihundert Minen schwer sein!

»Ich bin die einzige, die es mit dir aufnehmen kann, du wilder Jungbulle!« rief sie mit weinschwerer Stimme.

»Hoh, hoh!« brüllten die Krieger in der Nähe vor Vergnügen.

»Heilige Hochzeit der Giganten!«

»Pack sie dir, Astbeschneider!« lachte Zabardi.

»Na los, Gilgamesch!« drängte auch Mesche. »Das gehört dazu!«

»Holt einen Bohlentisch!« schrie ein Krieger. »Wir wollen alle etwas davon haben ...«

Zabardi Banuga griff blitzschnell nach Gilgameschs Gürtel. Noch ehe Gilgamesch reagieren konnte, fiel sein Kurzrock zu Boden, und er stand nackt in der Menge.

Ein wollüstiger Aufschrei übertönte den Lärm. Die Riesenfrau leckte sich über die feuchten Lippen. Sie hob theatralisch die Brauen und starrte auf Gilgameschs steil aufgerichteten Grabstock. Selbst Krieger, die schon viel gesehen hatten, stießen erstaunte Rufe aus, als sie den vollendet geschnitzten Halbbogen des jungen Kriegers sahen. Die Haare an seiner Wurzel waren ebenso goldlockig wie auf dem Kopf von Gilgamesch. So stark, so kraftvoll und so ebenmäßig sahen nicht einmal die Grabstöcke der Götter auf alten Steinplatten und Reliefkrügen aus.

»Geschenk des Himmels!« keuchte die Löwenmähnige. »Oh,

wie gern würde ich dir dienen ... aber das ist sogar für mich zu viel!«

»Los, zier dich nicht, Büffelkuh!« rief Zabardi Banuga.

»Nein, weg von mir! Es würde mich glatt zerreißen!«

Sie schlug mit den Armen wie mit schweren Dreschflegeln um sich, traf einen Krieger nach dem anderen und schickte sie zu Boden. Der Tumult wurde immer schlimmer. Gilgamesch schüttelte den Kopf. Es war, als würde er erst jetzt begreifen, was um ihn herum vorging. Er bückte sich, hob seinen Kurzrock hoch, riß Zabardi den Gürtel aus der Hand und zog sich wieder an.

Im gleichen Moment traf ihn ein Blick aus sehr hellen Augen. Er sah das Mädchen über die Köpfe der anderen hinweg. Sie blickte ihn an, und ihre Lippen lächelten spöttisch. Ihr langes, kornfarbenes Haar umhüllte ihr ovales Gesicht wie eine strahlende Aura. Sie war sehr groß – viel größer als die rundköpfigen Frauen und Mädchen von Kisch uns Schuruppak. Noch nie zuvor hatte Gilgamesch ein so faszinierendes Mädchengesicht gesehen.

Mesche der Schmied wollte wissen, was Gilgamesch sah. Er sprang auf einen umgekippten Weinkrug und stützte sich an den Schultern von zwei Kriegern ab. Er entdeckte das Mädchen, stutzte und schüttelte gleichzeitig darauf den Kopf.

»Die nicht!« rief er. »Das ist kein Weib für eine Nacht! Ich möchte schwören, daß sie nicht aus Schuruppak und nicht aus einer anderen Stadt zwischen Buranum und Idigna kommt.«

Gilgamesch achtete nicht auf Mesche. Er setzte einen Fuß vor den anderen. Schritt für Schritt bahnte er sich einen Weg durch die dicht an dicht stehenden Krieger und Weiber.

»Laß das sein!« brüllte Mesche hinter ihm her. »Sie ist eine Sklavin und sie wird dich zu ihrem Sklaven machen!«

Gilgamesch hörte und sah nichts mehr um sich herum. Er sah nur noch das Lächeln und die klaren Augen des Mädchens, das ganz anders war als alle anderen.

Er konnte nicht sagen, wie lange sie sich wortlos gegenüberstanden.

»Bist du eine Sklavin?« fragte er schließlich.

»Ja«, antwortete sie und zog das Tuch um ihren schönen, schlanken Hals etwas nach unten. Ein schmales Silberband mit kleinen Silberglöckchen schimmerte auf ihrer hellen Haut.

»Haben die Priester Schuruppaks befohlen, daß du hier sein sollst?«

»Nein ... ich bin gekommen, weil ich von dir gehört hatte.«

»Von mir?« fragte Gilgamesch erstaunt.

»Kennst du noch einen anderen Gärtner, der groß wie du ist und goldgelockte Haare hat?«

»Nein«, antwortete Gilgamesch.

»Du warst als Königsopfer vorgesehen ...«

»Wer sagt das?«

»Jeder in Schuruppak kennt mittlerweile deinen Mut!«

Gilgamesch wußte nicht, was er darauf sagen sollte. Er legte seine Hand auf ihren Arm und führte sie einige Schritte an einem Feuerkessel vorbei.

»Hast du ... hast du mich vorhin gesehen?«

»Ich habe alles gesehen und mitangehört, und mir gefiel nicht, wie deine Kriegerfreunde sich auf deine Kosten einen Spaß erlaubt haben!«

»Ich war nicht darauf vorbereitet«, sagte Gilgamesch. Er preßte die Lippen zusammen und sah sich um. Zwei dralle Frauen kümmerten sich am Ende der schmalen Gasse um Mamagal und Mesche. Zwei andere waren gerade dabei, Zabardi Banuga in einen Hauseingang zu ziehen.

»Bist du in Kisch geboren und aufgewachsen?« fragte das Mädchen. Gilgamesch nickte, dann schüttelte er den Kopf.

»Ich bin in Kisch aufgewachsen«, sagte er. »Aber ich weiß nicht, wo ich geboren wurde.«

Im gleichen Moment ärgerte er sich über seine Antwort. Wie kam er dazu, einer wildfremden Sklavin etwas über das Geheimnis seiner Herkunft anzudeuten?«

»Warum fragst du mich, ob ich aus Kisch komme? Was ist so interessant daran?«

»Dein Name ... man nennt dich ›hell strahlender Feuerbrand‹. Das ist ein ungewöhnlicher Name für einen Krieger, der noch vor kurzer Zeit ein Gärtnerbursche war.«

Gilgamesch dachte plötzlich an Mesches Warnung.

»Ich muß zu den anderen zurück«, sagte er. Sie lächelte und trat dicht vor ihn.

»Es gibt viele Orakel zwischen den beiden großen Strömen«, sagte sie. Obwohl der Lärm um sie herum nicht geringer geworden war, sprach sie nicht laut. »Nicht weit entfernt, in den Mauern von Uruk, erzählt man sich, daß einst ein junger Krieger kommen wird, der den alten König Enmerkar tötet. Er soll nicht so aussehen wie die Schwarzköpfigen des Zweistromlandes, sondern wie die gigantischen Halbgötter vor der Flut.«

»Ich bin kein Halbgott!«

»Woher willst du das wissen?«

Er antwortete nicht.

»Komm mit ins Haus«, sagte sie lächelnd. »Ich werde dir alles erzählen, was ich weiß ...« Sie stockte und sah ihn mit ihren wunderschönen hellen Augen an. »Und wenn du willst, gebe ich dir auch das, wovor die andere sich fürchtete.«

Gilgamesch spürte, wie ihm das Blut ins Gesicht schoß. Sie legte ihre schönen, schmalen Hände flach auf seine Brust. Ihr kornfarbenes Haar fiel weich über ihre nackten Schultern, während sie zu ihm aufsah. »Vergiß, was du vorhin gesehen und gehört hast«, sagte sie sanft. »Wenn du Bara Nam-tara, die Sklavin aus dem Hochland von Aratta, nicht verschmähst, wird dir diese Nacht sehr viele Antworten auf deine Fragen geben.«

Er zögerte lange. Eine Horde betrunkener Krieger kam mit Weinkrügen und Mädchen in den Armen näher.

»Komm!« sagte die Sklavin. Gilgamesch holte tief Luft, dann ließ er sich von ihr durch das Gewirr der fremden Gassen ziehen. Sie traten in ein kleines, abseits gelegenes Haus, in dem die Glut eines Herdfeuers nur wenig Licht verbreitete.

Gilgamesch ahnte, was geschehen würde. Trotzdem war alles ganz anders als er es sich vorgestellt hatte. Er stand mit dem Rükken zur Wand in der Hauptkammer der Hütte, die ihm noch winziger vorkam als die Lehmhäuser in Kisch. Die Sklavin aus dem fernen Hochland von Aratta schien sehr weit weg zu sein ... wie in einer anderen Welt, zu der es keine Verbindung und keinen Weg gab.

Er sah, wie sie sich über das Feuer beugte und getrocknete Kräuter in die Flammen streute. Es zischte ein paarmal, dann wallten grellbunt hochpuffende Rauchwolken bis zur Schilfdecke der Hütte.

»Was machst du?« fragte Gilgamesch schließlich. Mit einer schlangenartigen, sich langsam durch ihren ganzen Körper windenden Bewegung stand sie auf. Sie hielt eine gefüllte Metallschale in den bunten Rauch, dann drehte sie sich zu ihm um.

Ihr Gesicht hatte sich völlig verändert. Es sah weicher und konzentrierter aus. Vorsichtig brachte sie die Schale mit einer kleinen, bläulichen Flamme bis zu Gilgamesch. Sie sah nicht zu ihm auf, sondern stellte die Schale mit beiden Händen auf einen rohen Bohlentisch. Und dann begann sie leise, ein fremdartiges Lied zu singen.

Gilgamesch beobachtete angespannt das Ritual. Bisher hatte sie sich überhaupt nicht um ihn gekümmert. Jetzt holte sie ein feines Tuch hervor, tauchte es in die bläuliche Flamme. Gleichzeitig bewegte sich ihre andere Hand auf seine Oberschenkel zu. Noch ehe sie seine Hand berührte, spürte er bereits ein seltsames, erregendes Kribbeln in seinen Muskeln. Er sah an sich herab. Sein Leib bewegte sich mit leisen, unerwarteten Zuckungen. Er hielt den Atem an. Im gleichen Moment warf sie das Tuch mit der blauen Flamme über seinen Grabstock.

Gilgamesch zuckte zurück und riß die Arme hoch. Seine Hände ballten sich zu gewaltigen Fäusten. Er hatte erwartete, daß die blaue Flamme ihn verbrennen würde, doch sie war kalt wie Eis und Minzöl.

Er biß die Zähne zusammen, ließ sich etwas zurückfallen und berührte mit den Schultern die geflochtene Wand der Hütte. Als er erneut an sich herabblickte, sah er nur noch den Kopf der Sklavin an der Stelle, an der noch eben die blauen Flammen über sein starkes, steil aufgerichtetes Manneszeichen geflogen waren. Ein feuriger Sturm raste durch seinen Körper. Tief aus seiner Brust kam ein Stöhnen, wie aus dem Tor zu einer anderen Welt. Und er begann zu ahnen, was alles dazugehörte, ein Mann und Krieger zu sein.

Am nächsten Morgen ließ das Lärmen der Tiere auf den Weiden die Krieger aus schwerem Schlaf erwachen. Die meisten hatten das Gefühl, als würden Esel, Schafe und Ziegen nicht draußen wild durcheinander blöken und meckern, sondern direkt in ihren Köpfen.

Noch nie war ihnen das Krähen der Hähne, das hungrige Muhen von Kühen mit schweren Morgeneutern und das Gebell von gezähmten Steppenhunden so quälend vorgekommen. Als dann auch noch Krüge klirrten und Küchengeräte hinter allen Mauern zu klappern begannen, als Kinder schrien und die ersten Wagen durch die engen Straßen polterten, da gaben auch jene auf, die sich mit aller Macht noch ein Weilchen unter wollenen Decken und Leinentüchern verkriechen wollten.

Die Sonne stand bereits heiß am Himmel, als sich die letzten Schublugal-Krieger aus dem Heer von König Mebaragesi endlich aufgerafft hatten.

»Wasser!« krächzte Mesche der Schmied, »gebt mir einen Krug Wasser für meine verdorrte Kehle!«

Er taumelte aus der Schlafecke eines winzigen, mit Schilfmatten verhängten Hauses. Mit halbgeschlossenen Augen griff er nach einem feucht gehaltenen Tonkrug. Mühsam hob er das schwere Gefäß bis an seine Lippen. Er spürte, wie seine Arme kraftlos zitterten. Nach zwei, drei gierigen Schlucken hob er den Krug noch weiter und kippte sich das ganze Wasser über Kopf und Körper.

»O ihr verfluchten Götter des Krieges«, stöhnte er schaudernd. »Womit habe ich diese Qualen verdient!«

»Das war nicht *Ninurta*!« lachte eine Frau im Halbdunkel. »Heute nacht hat euch eher *Geschtinanna*, die Weinrebe des Himmels, überwältigt!«

»Ach, Weib! Was weißt du von den Qualen der Krieger in einem fremden Land.«

Sie trat aus dem Halbdunkel. Ihr volles Gesicht sah satt und mütterlich aus.

»Du warst doch nicht unzufrieden mit mir?«

Mesche der Schmied blinzelte mühsam ins Gegenlicht. Er konnte sich nicht an ihr Gesicht erinnern. Er zupfte an seinem zerzausten Bart und bemühte sich, herauszufinden, wie er in das kleine

Haus gekommen war, dann ließ er den leeren Krug einfach fallen und hob die Hände.

»Vergiß es, du Vollmondgleiche!« Er sah an sich herab und entdeckte erst jetzt, daß er nackt war. »Wo hast du meine Kleider versteckt ... meine Waffen?«

Sie deutete in die Ecke neben den Vorratskrügen.

»Wo sind die anderen?« fragte er mit schwerer Zunge.

»Im Nachbarhaus, gegenüber und in der äußeren Stadt.« Sie reichte ihm eine Tonschale mit warmer Gerstensuppe. »Trink, Schmied aus der Eselsstadt!«

»Ich hasse Gerstensuppe!«

»Dann iß ein Stück Brotkuchen! Ich habe getrocknete Beeren und wilden Honig eingebacken.«

Sie trat dicht vor ihn, bückte sich und reichte ihm seinen Kurzrock, den Gürtel und das Brusttuch mit dem Halsausschnitt. Zum Schluß setzte sie ihm den metallisch schimmernden Kappenhelm auf und gab ihm sein Schwert.

»Willst du nicht doch etwas Brot?«

Er seufzte schwer, nahm ihr das warme Brot ab und steckte es in seinen Gürtel. Draußen wurden die Stimmen von Kriegern laut.

»Wo bist du, Mesche? Heh, hat jemand Mesche den Schmied gesehen ... Zabardi Banuga ... und Gilgamesch, den jungen Riesen?«

»Wir können doch nicht jeden Namen behalten!« antwortete eine Frauenstimme. »Es waren zu viele heute nacht ...«

Andere Frauen lachten, während die Männer fluchend weitergingen. Mesche drehte sich halb zur Seite. Er stand direkt vor der Schilfmatte an der Tür. Die Frau, in deren Haus er geschlafen hatte, sah ihn abwartend an. Ihr langes Haar war aufgelöst. Es wurde nur mit einer Spange im Nacken zusammengehalten.

»Stimmt das?« fragte Mesche der Schmied.

»Was?«

»Daß es für euch heute nacht zu viele Männer waren, um ihre Namen zu behalten ...«

»Welche Antwort erwartest du?« fragte sie zurück. »Oder hast du vielleicht gedacht, daß die Ensis, die Händler und Handwerker von Schuruppak zugelassen hätten, daß ihr über ihre eigenen Weiber herfallt?«

»Moment mal«, sagte Mesche und strich sich über die Augen. »Wir sind doch in Schuruppak, oder?«

»Wo denkst du hin, Krieger! Ihr seid gestern abend nicht weiter als bis zu diesen Akitu-Häusern gekommen! Von der eigentlichen Stadt ist das Gebiet der fröhlichen Häuser mindestens zwanzig Seile entfernt!«

»Aber die Mauern ... ich habe deutlich die Mauern im Schein der Feuer und Fackeln gesehen!«

»Genauso solltet ihr denken!« lachte die Frau. »Was ihr gesehen habt, waren nur bemalte Matten an hohen Rohrstangen!«

Mesche der Schmied schüttelte ungläubig den Kopf.

»Die Mauern der inneren Heiligtümer, die Stufen der Zikkurat ... so hoch kann niemand Matten hängen!«

»Es freut mich, daß dein Kopf wieder klarer wird«, sagte sie und nahm ihn am Arm. »Komm nach draußen, dann kannst du selbst sehen, wie weit entfernt die Stadt noch ist!«

Er folgte ihr in die Hitze des Tages. Sie führte ihn an eine Stelle am Ende der schmalen Gasse. Rechts lag das drei Seile breite und fast vier Seile lange Hauptgebäude für die zweimal im Jahr stattfindenden Akitu-Feste. Dahinter erhob sich ein flacher Hügel. Die Felder und Gärten wirkten verwahrlost und ausgetrocknet. Mesche kniff die Augen zusammen. Er hatte Mühe, im heißen Flimmern über dem Boden die wahren Mauern von Schuruppak zu erkennen.

»Von eurem ganzen Heer sind höchsten fünfzig Männner durch die echten Tore der Stadt gegangen«, sagte die Frau. Erst jetzt erkannte er, daß sie nicht mehr jung war.

»Und alle anderen ... das ganze Heer Mebaragesis hat in diesen elenden Hütten die Nacht verbracht?«

»Die Priester von Schuruppak wußten schon seit zwei Monaten, daß ihr kommen werdet«, sagte sie und nickte. »Wir Frauen wurden aus der ganzen Gegend zusammengeholt ... aus Nippur und Irsin, aus Adab, Lagasch und sogar aus Uruk.«

Mesche der Schmied griff unwillkürlich nach seinem Kurzschwert.

»Du sagst, sogar aus Uruk?«

»Natürlich! Oder dachtest du etwa, dort gibt es keine Dirnen, die sich zum guten Lohn auch noch die Anerkennung der Priester holen wollten?«

»Ich habe dir keine Münze gegeben!« behauptete Mesche.

»Mein Lohn wurde im voraus bezahlt.«

»Von wem?« stieß Mesche hervor.

»Von Priestern und Abgesandten aus Uruk!«

»Wo sind sie?« krächzte Mesche. »Wo sind die Huren und diese hinterlistigen Feiglinge?«

»Beim ersten Morgenrot mit schnellen Ruderbooten nach Süden«, lachte die Frau mit dem runden Gesicht. »Ihr könnt sie nicht mehr einholen.«

»Verflucht sollt ihr alle sein!« brüllte Mesche. »Und jeder von uns hat geprahlt und geplaudert!«

DAS MÄDCHEN AUS ARATTA

Im ersten Augenblick glaubte Gilgamesch, ein warmes, anschmiegsames Tier im Arm zu halten. Er ließ die Augen geschlossen, und nur seine Nase versuchte, den ungewohnten Geruch zu erkennen. Es war ein fremder, aber sehr angenehmer Geruch.

Vorsichtig begann er, das Tier zu streicheln. Er fühlte weiche Haut, dann Haare. Gleichzeitig erinnerte er sich an alles, was geschehen war, ehe er neben dem Sklavenmädchen aus dem Hochland von Aratta eingeschlafen war.

Bara Nam-tara!

Ihr Name bedeutete ›Altar des Schicksals‹. Ihm fiel plötzlich ein, daß er bereits in Kisch einige Frauen und junge Mädchen gesehen hatte, in deren Namen das Wort *Altar* vorkam. Sie gehörten zum Stufentempel. Bisher hatte er nicht darüber nachgedacht, denn keine von ihnen war für einen jungen Gärtnerburschen, der mit gesenkten Augen Obst und Gemüse, Blumen und Zierpflanzen in die Tempelgebäude brachte, ansprechbar gewesen.

Und jetzt hielt er eines von diesen unerreichbaren Wunderwesen in seinen Armen. Er hatte sie ganz für sich. Zum ersten Mal in seinem Leben war er neben einer Frau erwacht, und es gefiel ihm!

Er blinzelte. Lichtstreifen drangen durch schmale Ritzen in der Wand des halbdunklen Raumes. Ein paar Staubteilchen tanzten dicht über dem Boden, und von draußen drangen laute Rufe in die Hütte.

Vorsichtig hob er den Kopf.

»Geh nicht nach Uruk!« flüsterte das Mädchen in diesem Augenblick. Er sah zur Seite. Ein Lächeln huschte über sein Gesicht. Er sah in ihre hellen Augen. Sie waren groß, aber längst nicht so vorquellend wie bei den Frauen zwischen den Strömen. Ihr blondes Haar gab nur einen Teil ihres Gesichtes frei. Er hob die Hand und ließ die Finger durch ihr Haar streichen.

Sie schnurrte wohlig und schmiegte sich noch enger an ihn. Ihre nackten Körper schienen noch immer eins zu werden.

»Bleib bei mir!« hauchte sie. »Wir können zusammen fort gehen. Wenn du mich nach Aratta bringst, wird mein Volk dich belohnen.«

»Dein Volk?« fragte er.

Sie küßte ihn sanft und weich auf die Lippen.

»Ich wurde schon als kleines Mädchen geraubt – von den Leuten in Harappa. Weißt du, wo das ist?«

Er schüttelte vorsichtig den Kopf. Sie küßte seine Nase, seine Augenlider und seine Stirn.

»Harappa liegt ebenfalls an einem großen Fluß weit, weit hinter der östlichen Bergregion, in der die großgewachsenen weißhäutigen Aryja wohnen, von denen du bei deinem Aussehen ebenso abstammen könntest wie ich ...« Sie zögerte einen Moment und strich mit den Fingerspitzen über seine Brust. »Aber ich kam nicht über die Berge hierher, sondern über das Meer im Süden. Als ich zur Frau wurde, hat mich ein Händler am Oberlauf des Flusses, den wir Indus nannten, verkauft. Der Händler nahm mich mit auf sein Schiff. Wir sind fast ein Jahr lang von einer Küste zur anderen gesegelt.«

»Und wie bist du nach Uruk gekommen?«

»Mein Herr wurde von Strandräubern erschlagen. Sie nahmen mich mit und wollten mich auf einem Markt versteigern. Aber dazu kam es nicht mehr. Die wilden Jäger verstanden nicht viel von den Tücken des Kampfes in den Sümpfen und Schilfinseln Sumers. Sie wurden Mann für Mann erschlagen, als wir auf Krieger stießen, die einen reichen Händler aus Uruk begleiteten ... Tibira hat mich dann dem *Eanna*-Tempel in Uruk geschenkt.«

»Wann war das?«

»Vor zwei Jahren, an meinem achtzehnten Geburtstag.«

»Ich bin fast achtzehn«, sagte Gilgamesch. »Aber du hast schon viel mehr erlebt als ich. Für mich ist es das erste Mal, daß ich Kisch verlasse.«

Sie lehnte sich in seinen Armen zurück, lachte vergnügt. Aber sie merkte, daß er mit seinen Gedanken nicht bei ihr war.

»Warum willst du unbedingt nach Uruk?« fragte sie. »Geht es dir nur um Ruhm und Beute?«

»Nein, das ist es nicht«, antwortete Gilgamesch ernst. »Ich gehe nach Uruk, weil ich herausfinden will, woher ich komme!«

»Du kommst aus Kisch!«

»Ich bin in Kisch aufgewachsen, aber ich weiß, daß mich der nachtdunkle Sturmvogel dorthin gebracht hat. Ich will endlich wissen, wo er mich fand!«

Sie sah ihm lange in die Augen.

»Und du glaubst, daß es in Uruk war?«

»Vielleicht«, sagte Gilgamesch. Bara begann mit den Zähnen an ihrer Unterlippe zu zupfen. Ihre schöne, glatte Stirn legte sich in Falten, dann lachte sie plötzlich.

»Hast du jemals die Mauern von Uruk gesehen? Weißt du wieviele Tage euer Heer auf den Feldern am Rand der Wüste lagern kann, wenn die Kanäle austrocknen und die Brunnen über Nacht salzig werden? Oder glaubst du etwa, daß Uruk sich nicht verteidigen kann?«

»Wir haben das größere Heer ...«

»Das kann schon sein!« sagte Bara Nam-tara vieldeutig. »Aber was wißt ihr schon von den Fallen, die sich König Enmerkars Tochter Nin-sun gegen euch ausgedacht hat.«

»Krieger tappen nicht in Fallen!« sagte Gilgamesch stolz. »Wir sind doch keine Tiere!«

Sie sah ihn eine Weile mit einem rätselhaften Gesichtsausdruck an. Und dann begann sie, eine Melodie zu summen, die er nie gehört hatte. Nach der dritten Wiederholung brach sie ab.

»Ich könnte dich nach Uruk führen«, sagte sie unvermittelt. »Dann wärst du eher in der Stadt als alle anderen Krieger König Mebaragesis ...«

»Du? Warum solltest du das tun?«

Er wollte nach ihren Schultern greifen. Sie lachte nur und löste sich mit einer geschickten Bewegung und sprang auf. Er sah ihr nach. Ihr nackter Körper wirkte im Licht der Sonnenstreifen noch begehrenswerter. Sie ging bis zur Herdstelle, pustete in den weißgrauen Staub über den Glutresten und drehte sich wieder zu ihm um.

»Ich mag dich, Gärtner und Krieger«, sagte sie, nachdem sie ihn lange angesehen hatte. »Aber jetzt mußt du dich entscheiden: du kannst mit dem Heer Mebaragesis die Stadt belagern oder mit mir kommen und deinem König die Tore von Uruk öffnen.«

Gilgamesch richtete sich auf. Er strich sich ein paarmal mit der Hand über Mund und Kinn.

»Du bist Sklavin des *Eanna*-Tempels ...«

»Ich bin sogar Tänzerin und Tempeldirne! Was mir die Männer zahlen, ist Opfer zur Ehre der Göttin! Seit zwei Jahren, Gilgamesch ... seit zwei langen Jahren!«

»Willst du dich rächen? Ist das der Grund?«

Sie lächelte mit einer Spur von Wehmut und sah ihn lange an.

»Nein«, sagte sie. »Nein, ich liebe dich!«

Die Flotte des Königs hatte sich weit auseinandergezogen. Gleich hinter Schuruppak hatte das Land rechts und links des großen Kanals noch flach und eintönig ausgesehen, doch gegen Mittag tauchten Palmenhaine auf. Und dann sichteten die Männer in den Wasserfahrzeugen den ersten Grenzgraben. Während am Nordrand wildes Röhricht wuchs, waren die Schilfpflanzen am Südufer beschnitten. Grüne Buschgruppen reichten jetzt häufiger bis an die Ufer der Nebenkanäle, und als von Boot zu Boot der Befehl zum Einziehen der Segel weitergegeben wurde, da waren die Guffas und Kelegs im üppigen Grün bereits nicht mehr zu sehen. Selbst die großen Segler mit Ensis und Anführern des Heeres, mit ihren schräg gelegten Masten und mattenverhängten Aufbauten verschwanden hinter dem hohen Uferschilf.

Hin und wieder zweigten gerade Bewässerungskanäle mit sauber aufgeworfenen Erdwällen von den schiffbaren Wasserarmen ab. Die Stadt war noch eine halbe Tagesreise entfernt.

»Ein fruchtbares Land«, sagte Mesche der Schmied zu Zabardi Banuga.

»Und ein Land, das uns reiche Beute bescheren wird!« brummte der Schublugal-Krieger.

»Mich wundert, daß alle Felder abgeerntet sind«, sagte Mesche nach einer langen Pause. »In Kisch hatten wir noch nicht einmal damit begonnen ...«

»Das kann uns doch nur recht sein«, antwortete Zabardi. »Auf diese Weise finden wir die Speicher und Scheunen in der Stadt bis unter die Dächer gefüllt!«

»Mir gefällt das nicht«, sagte Mesche kopfschüttelnd. »Kein Mensch ist zu sehen ... nicht einmal Freie auf den Feldern.«

»Die Priester von Schuruppak hatten genug Zeit, eine Schein-Stadt für uns errichten zu lassen!« brummte Zabardi Banuga noch mißmutiger. »Wer weiß, was die Urukäer sonst noch für uns vorbereitet haben.«

Mesche der Schmied starrte auf die sonnenglitzernden Wellen. Die Männer an Bord der Wasserfahrzeuge brauchten weder Segel noch Ruder. Die stärker gewordene Strömung trieb sie mit der Geschwindigkeit eines wandernden Mannes weiter nach Süden.

»Wir hätten Schuruppak nicht so übereilt verlassen dürfen«, sagte Mesche schließlich. »Nicht ohne Gilgamesch!«

»Nun hör endlich auf!« gab Zabardi zurück. »Gärtner sind wie Unkraut. Sie ziehen den Kopf ein, wenn es gefährlich wird.«

»Du magst ihn nicht.«

»Bin ich ein Schublugal oder eine Amme? Er trägt dein Schwert aus Eisen, Waffenschmied. Hat er dir auch nur eine Silbermünze dafür gegeben?«

»Von deinen Lippen tropft nur Neidspeichel!«

»Nein, ich bin wütend, denn von mir wolltest du dreißig Minen Silber für die Waffe haben!«

»Sei froh, daß dir das Schwert noch nicht gehörte als es den Nubanda tötete!«

»Und was haben wir jetzt davon?« fragte Zabardi streitsüchtig. »Du solltest auf diesen hergelaufenen Bastard aufpassen. Ich sollte auf ihn aufpassen ... und Mamagal sollte auf uns beide aufpassen! Ist das die Arbeit von Waffenschmieden, Bootsbauern und verdienten Kriegern?«

»Ich rate dir, nicht länger mit dem Ratschluß der Weisen und der höchsten Priester zu hadern. Laß uns lieber zusehen, ob wir Gilgamesch auf irgendeinem anderen Floß entdecken, ehe bekannt wird, welch schlechte Bewacher wir waren.«

Stunde um Stunde verging. Gilgamesch und das Mädchen aus Aratta kamen schnell voran. Er saß in der Mitte des kleinen, mit bunten Häuten bespannten Schilfbootes und bewegte mit spielerisch wirkenden Bewegungen die beiden Ruder. Trotzdem hob sich die Spitze des Bootes jedesmal weit aus dem Wasser, während das Heck mit Bara Nam-tara fast untertauchte.

Sie hielt mit einer Hand ihr Brusttuch fest, mit der anderen klammerte sie sich an zusammengedrehte Schilfschlingen.

»Paß auf, du ruderst ins Röhricht!« rief sie. Gilgamesch lachte und drehte den Kopf zur Seite. Mit zwei, drei kräftig durchgezogenen Ruderschlägen trieb er das Boot einmal im Kreis herum. Sie stieß einen verhaltenen Schrei aus, klammerte sich mit beiden Händen fest und rutschte ein wenig tiefer gegen zusammengerollte Wolldecken.

»So kommen wir nie nach Uruk!« lachte und schimpfte sie zugleich. Gilgamesch brachte das Boot wieder in die richtige Lage. Er ruderte an und hob dann die Rohrstangen mit den breiten Ruderblättern aus Bast und Kupfer.

»Wie lange dauert es noch?« fragte er. Sie richtete sich auf und legte eine Hand über die Augen.

»Nach dem Sonnenstand müßten wir direkt vor Uruk sein«, meinte sie.

»Hast du nicht gesagt, wir schwimmen in einem Nebenarm des Flusses um die Stadt herum?«

Sie nickte. »Wir werden von Süden her durch einen Kanal zurückfahren. Das Wasser wird ziemlich schnell fließen, aber du könntest es wahrscheinlich mit deinen Handflächen aufhalten.«

Gilgamesch lachte zufrieden. Er hatte sich schon lange nicht mehr so wohl gefühlt. Im gleichen Augenblick kam ihm der Gedanke, daß dieses wunderbare weibliche Wesen auch eine Hexe sein konnte – oder eine Göttin wie die geheimnisvolle *Inanna* von Uruk in der verführerischen Gestalt eines fremdartigen und gleichzeitig bezaubernden Mädchens.

»Duck dich!« rief sie halblaut. »Da stehen Jäger an der Sperrschleuse. Genau das habe ich befürchtet!«

Gilgamesch zog die Ruder ein. Das Boot stieß ins Schilf am Uferrand.

»Ich kenne die Männer«, sagte Bara Nam-tara leise. »Sie gehören zu Uruk, aber sie leben nicht in der Stadt. Sie mögen die Ordnung nicht und wohnen viel lieber hier draußen in der Wildnis. Sie jagen nach Hasen und Gazellen, nach Wildschweinen und Büffeln zwischen den Feldern von Uruk und der Wüste im Westen.«

»Haben sie uns gesehen?« flüsterte Gilgamesch.

»Ich glaube nicht«, antwortete Bara und lauschte den sehr nah klingenden Stimmen. »Einer von ihnen ist Nimrud. Er spricht gerade mit seinem Sohn Dimus. Erklärt ihm, wie sich ein guter Jäger bis zu den Löwen an einem Wasserloch schleicht.«

Gilgamesch lauschte angestrengt den Stimmen hinter dem Schilfdickicht. Bara Nam-tara hob die Hand. »Fahr weiter!« flüsterte sie. »Wenn wir an den Jägern vorbei sind, müßten wir bereits die Mauern von Uruk sehen ...«

Vorsichtig tauchte er die Ruder wieder ins Wasser. Sie trieben im Schatten der Schilfrohre durch den Kanal. Die Stimmen der Jäger blieben zurück. Und dann sahen sie das Hebewerk aus gelben, gemauerten Ziegeln und ineinander verkeilten Holzbalken am Ende des Nebenflusses. Das Boot glitt durch sanfte Wellen auf die große Konstruktion zu.

»Schneller!« drängte Bara Nam-tara. Gilgamesch zog die Ruder durch. Das winzige Boot schoß über die Wasserfläche. Gleich darauf schrammte es gegen das alte Mauerwerk. Gilgamesch hob die Ruder ins Boot. Er sprang auf und hielt sich mit einem schnellen Griff an einem bronzenen, teilweise schimmelgrün gewordenen Verschlußriegel fest.

Bara Nam-tara kletterte an ihm vorbei höher. Sie sah sich um, dann sagte sie: »Gut, du kannst kommen!«

Gilgamesch stieg auf einen Mauervorsprung. Er griff das Boot und hob es wie einen leeren Schilfkorb hoch. Mit ausgestreckten Armen setzte er es auf der anderen Seite der Mauer in das stille Wasser eines schnurgeraden Kanals. Dort, wo der Wasserlauf endete, ragten die Mauern und Tempel von Uruk wie das gelbbraune Bild eines riesigen Rollsiegels aus dem Grün der Gärten in den hellblauen Himmel hinein.

Gilgamesch richtete sich voller Bewunderung auf. Das war sie – die uralte, wunderbare und unvergleichliche Stadt seiner Träume. Er war so ergriffen, daß er lange Zeit nicht bemerkte, wie rotes Wasser von seinen Armen tropfte. Als er es sah, hielt er es im ersten Moment für Blut.

»Was ist das denn?« fragte er verstört. Gleichzeitig sah er, daß auch das Boot auf einem zähen, rotgelben Brei schwamm.

»Verstehst du nicht?« fragte Bara verwundert. Gilgamesch schüttelte den Kopf.

»Wir sind am Abfluß des Königskanals«, erklärte sie. »Er kommt von Norden her nach Uruk, versorgt einen Teil der Stadt und fließt an den Häusern der Ziegelhersteller vorbei. Es ist der rote Ton aus der westlichen Wüste, der dieses Wasser dick und rot wie Blut werden läßt!«

»Kein wirkliches Blut?« fragte Gilgamesch mißtrauisch.

»Nein, du dummer Held!« lachte sie. »Kein wirkliches Blut ... weder von Menschen, noch von Tieren ...«

Sie deutete auf den alles beherrschenden Stufentempel von Uruk. Auf den ersten Blick glich die gewaltige, wie ein Berg aus der Ebene ragende Zikkurat dem Stufentempel von Kisch. Die beiden unteren Stufen waren schwarz und drohend, die obere schien erst kürzlich mit einer grellroten Farbe bemalt worden zu sein. Gilgamesch erkannte den blauen Tempel auf der obersten Stufenplattform. Er war kleiner als die Tempelanlage in Kisch und sah eher wie ein Haus mit einer goldenen Kuppel aus. Doch das war nicht der einzige Unterschied. Gilgamesch sah genauer hin, und plötzlich erkannte er, daß auf jeder der unteren Plattformen Gärten angepflanzt worden waren: smaragdgrün leuchtende Gärten mit Bäumen, Sträuchern und Büschen, deren Zweige schwer und voller Früchte bis über die Kanten hingen ...

»Phantastisch!« murmelte er bewundernd. »Hier müßte man König und Hohepriester sein!«

Er blickte über das weite, fruchtbare Land hinweg. Die Felder reichten im Westen bis zu entfernten Sanddünen. Im Süden und Norden war kein Ende der Fruchtbarkeit zu erkennen, und selbst im Osten umschloß das Geflecht aus Kanälen und Nebenarmen des Buranum nur grüne Felder, Gartenanlagen und Palmenhaine.

Er sah den Weg zurück, den sie gekommen waren. Im gleichen Augenblick ging ein Ruck durch seinen hünenhaften Körper. Er erkannte plötzlich die Keleg, mit der er selbst die Reise begonnen hatte. Sie war keine fünfzig Floßlängen entfernt.

Er drückte Bara Nam-tara hart in ihr eigenes Boot zurück.

»Schnell ... sie haben mich gesehen!«

Er stieg so heftig in das kleine Boot, daß es halb voll Wasser schwappte. Mit einer schnellen Bewegung ergriff er die Ruder.

»Wer, Gilgamesch? Wer hat dich gesehen? Die Urukäer?«

»Nein, meine eigenen Leute«, antworte Gilgamesch. Er konnte sich selbst nicht erklären, warum er vor Zabardi Banuga und Mesche nach Uruk floh.

»Noch hundertundachtzig Seile bis zu den Mauern von Uruk!« rief der Sanga-mach, der für die astronomischen und geographischen Berechnungen verantwortlich war.

König Mebaragesi schien wie aus einer langen Trance zu erwachen. Sein lange Zeit starres und unbewegtes Gesicht belebte sich. In seinen großen, wie mit besonderen Tinkturen geweiteten Augen spiegelte sich der warme Schein des ebenfalls träge gewordenen Sonnengottes.

»Sollen wir mit der Zeremonie beginnen?«

Der König und Hohepriester von Kisch holte tief Luft. Er faltete die Finger ineinander und bewegte die Hände, bis die Knöchel knackten. Dann öffnete und schloß er mehrmals die Hände.

»Da sich die Urukäer bis jetzt vor uns verkrochen haben, sind ihre Herzen voller Furcht! Fangt also an, damit sie sehen, daß Kisch gekommen ist, um sie zu schützen!«

Er stand von einer gepolsterten Sitzbank auf und schritt langsam bis zu einem verhüllten Thronsessel in der Mitte des erhöhten Vorderschiffs. Nur wenige Boote hatten das Schiff des Königs auf dem großen Fluß begleitet, doch nun war der Zeitpunkt gekommen, das Heer aus den geschützten Kanälen und den Seitenarmen des Buranum wieder zusammenzurufen ...

Zwei Gurus zogen ein weiches Tuch vom Thronsessel des Königs. Sie sprengten die Polster mit duftenden Essenzen ein, zwei andere holten Mebaragesis langen, roten Königsmantel. Sechs Priester brachten das Schwert des Königs, Schild, Kampfgürtel und seinen ledernen, mit Gold und Edelsteinen besetzten Brustpanzer.

Im Mittelschiff wurden riesige Kesselpauken aufgestellt.

»Zieht die Standarten von Kisch und die Segeltücher mit den heiligen Zeichen auf!« rief der Urigallu, der für das Königsschiff verantwortlich war. Die Besatzung aus Schublugal-Kriegern, Muschkenu-Freien und Sklaven der verschiedensten Ränge folgten einem mehrmals durchgesprochenen Plan. Jeder wußte genau, was er zu tun hatte. Das große Schiff verwandelte sich in eine schwimmende Zikkurat. Große Tücher, farbige Schilfmatten und vorgefertigte Versatzstücke aus Rohr und gebranntem Lehm deuteten die Stufen des Haupttempels von Kisch an. Während die Gurus den König kleideten, stellten sich vier höhere Priester rechts und links des Thronsessels auf. Mebaragesi setzte sich in die Polster und stellte seine mit flachen Sandalen bekleideten Füße auf eine Stange aus kupferbeschlagenem Rohr.

Die Urigallus nahmen den Thronsessel auf. Gleichzeitig begannen die großen Kesselpauken zu rufen, leise erst, dann lauter und lauter. Der König und Hohepriester sah wie sein eigenes, aufs Wunderbarste geschmückte Standbild aus. Zu seinem roten Mantel und den goldbeschlagenen Waffen trug er eine Tiara-Krone mit vielen sternförmigen Götterzeichen und einem glatten, aus Gold getriebenen Stirnband. Seine zu langen Locken gedrehten Haupt- und Barthaare reichten ihm bis zu den Schultern.

Die Pauken dröhnten verhalten. Nach und nach kamen Schilfboote, Guffas und Kelegs hinter den Uferbüschen und aus Anpflanzungen der Urukäer zum großen Strom zurück. Mehrere Dubsars an den Seiten des Königsschiffs registrierten die wieder zusammenschwimmende Streitmacht des Königs. Sie zählten Boot für Boot, Mann um Mann. Und gleichzeitig trieben sie weiter südwärts.

»Wann werde ich Uruk sehen?« fragte der König ungeduldig.

»Nach zwei Biegungen des Flusses«, antwortete der sternkundige Priester, der inzwischen mit seinen Karten und geheimen Tontafeln neben dem Thronsessel stand. Er warf Kräuter in einen Kupferkessel, drehte sich um und nahm die Eingeweide eines kurz zuvor geschlachteten Hammels. Mit einem angespitzten Stock stach er mehrmals in die Leber des Opfertiers.

Einer der vielen Priester reichte dem König einen runden Käfig aus goldenem Draht und eine Nadel mit einer schwarzen Perle.

»Das letzte Orakel, Herr!« flüsterte er.

Mebaragesi schloß die Augen. Er hob den Kopf und legte die Hände flach zum Gebet zusammen. Die Pauken verstummten. Ein Priester setzte einen irdenen Becher an Mebaragesis Lippen. Der König trank mit geschlossenen Augen einen kleinen Schluck Wein, vermischt mit den ersten Blutstropfen des geopferten Hammels.

»Und nun ... die Taube!« flüsterte der Sternkundige. Mebaragesi griff in den Käfig, packte die weiße Taube und umschloß sie mit seiner linken Hand. Er hatte die Augen noch immer geschlossen. Die Priester an den Pauken schlugen ein kurzes, rhythmisches Stakkato. Der dumpfe und gleichzeitig drohende Klang ließ alle anderen auf den Schiffen und Booten verstummen. Frauen und Handwerker fielen auf die Knie. Nur die Schublugal-Krieger standen hoch aufgerichtet an den Rändern ihrer Wasserfahrzeuge.

Am Bug des Königsschiffes ließ eine Priesterin eine Rohrflöte erklingen. Die Melodie war einfach. Sie benutzte die fünf Tonöffnungen wie eine Himmelsleiter. Wieder und wieder schien die fragende Melodie bis zu den unsichtbaren Göttern aufzusteigen: zwölf Wiederholungen, zwölf Bitten um Gehör.

Beim letzten Ton stach König Mebaragesi mit geschlossenen Augen in die Kehle der Taube. Flöte und Pauken verstummten. Schon tot, aber noch mit dem Willen zum Leben beseelt flog die Taube aus der Hand des Königs nach oben. Sie flatterte kurz, dann stürzte sie senkrecht nach unten ... nur eine halbe Elle vom westlichen Schilfwulst des Königsschiffes entfernt.

»O Dank, ihr Götter!« rief der oberste Ensi laut. »Das Orakel hat für unseren König entschieden! Die Taube des Friedens ist auf das Schiff zurückgefallen!«

Erleichtert bestätigten die Männer und Frauen, Handwerker und Krieger auf den dichtauf schwimmenden Schiffen das Orakel.

»Wir sahen es ...wir sahen es!«

»Ja, alle sahen es!«

»Sie ist auf das Schiff des Königs gefallen!« schrie das gesamte Gefolge Mebaragesis. Und dann setzten Leiern, Harfen, Handtrommeln und Becken ein. Die großen Kesselpauken auf dem Königsschiff gaben den Takt an.

»Jetzt sollen sie hören, daß wir kommen!« rief der König und stand mit einem Ruck auf. Er warf den roten Manel ab. Sein lederner Brustschutz mit den neun goldenen Höckern strahlte im Sonnenlicht. Mebaragesi hob sein Schwert. Er deutete nacheinander in die vier Richtungen der Winde – zuerst zum kalten Gebirgswind im Nordosten, dann zum Wind der Wolken im Südosten, zum Sturmwind im Südwesten und schließlich zum günstigen Wind im Nordwesten.

»Uruk ist nah!« schrie im gleichen Augenblick ein Bootsbauer von einem etwas vorausfahrenden Segler. Er hing fast an der Spitze des schrägen Mastes.

»Wir gehen an Land, sobald Gott *Utu* die Schwelle zwischen der Wüste im Westen und der Unterwelt berührt!« rief der König und Hohepriester von Kisch in den Lärm hinein. Mebaragesi genoß den tosend ansteigenden Jubel seines Heers. Aus Tausenden von Kehlen stieg wie ein Sturm der Ruf nach Krieg und Sieg in den Himmel. Mebaragesi hob mechanisch die Arme. Kein Muskel bewegte sich in seinem starr und erhaben wirkenden Gesicht. Nur einmal, als die brandenden Rufer für drei, vier Sekunden zum Atemholen gezwungen waren, bewegten sich seine Augen. »Ich will mein Lager zwölf Seile nördlich der Stadt aufschlagen«, sagte er.

Die Priester sahen sich verstört an. Sie wußten nicht, ob sie den Hohepriester richtig verstanden hatten.

»Aber ...« begann einer der höchsten Ensis von Kisch. Er wollte mit keinem Wort, keinem Gedanken dem Befehl Mebaragesis widersprechen. Gerade in Kriegszeiten war das Wort des Königs und Hohepriesters Befehl und unantastbares Gesetz. Und nur, wenn er es zuließ, durften sich Priester und Ratgeber zu Wort melden. Mebaragesi hob den Kopf und schob die Unterlippe vor. Das allein genügte, um den Ensi zum Schweigen zu bringen.

»Die Urukäer sollen sehen, wie furchtlos ich die Unterwerfung fordere!« sagte der König stolz.

Gilgamesch schob sich vorsichtig höher. Kurz vor der Oberkante der Mauer blieb sein Blick an den brüchig gewordenen Ziegelsteinen hängen. Seine Finger tasteten über die Riefen und Schründe.

Es war leicht, die vor langer Zeit geformten Kanten der Ziegel abzubrechen. Kein Schwert und nicht einmal ein Stück Schilfrohr wäre nötig gewesen, die Mauern von Uruk an dieser Stelle in Staub aufzulösen.

War dies das ganze Bollwerk, der einzige Schutz der Feinde, gegen die König Mebaragesis Heer ausgezogen war?

Gilgamesch fühlte sich plötzlich getäuscht. Er wußte nicht, warum, aber er hatte viel mehr erwartet – mehr Gefahr und mehr Widerstand, mehr Abenteuer und mehr Lärm in der stillen Stadt. Er schob seinen Kopf noch eine Handbreit höher.

Uruk wirkte leer und wie in großer Hast verlassen. Einige der *Gassen für Menschen* erinnerten ihn an die schmalen Wege zwischen den Häusern, wie er sie aus Kisch kannte. Andere, breite Wege schienen schon vor Urzeiten angelegt worden zu sein. Sie waren kürzer, aber viel breiter als in Kisch. Unwillkürlich kam ihm der Gedanke, daß es hier mehr als eine *Straße für Götter* gegeben haben mußte ...

Er spürte eine seltsame Unruhe in sich. Die Stadt war neu und fremd, doch gleichzeitig klang tief in seinem Inneren eine verborgene Saite an, die ihn mehr verwirrte als alles andere während der langen Reise. Er wußte nicht, was es war, aber er hatte in diesen Sekunden das Gefühl, dies alles schon einmal gesehen zu haben.

»Was siehst du?«

Die Stimme des Mädchens aus Aratta kam wie aus einer anderen Welt. Gilgamesch fuhr kaum merklich zusammen. Er blinzelte und konzentrierte sich wieder auf die Gebäude und Straßen der fremden Stadt. Obwohl es schon fast Zeit für die abendlichen Gebete war, konnte er nicht einmal auf den Podesten vor den Tempeln ein Abendfeuer entdecken. Einige träge aussehende Huhnvögel hockten in Staubmulden und schliefen mit unter die Federn gesteckten Köpfen. Dicht vor dem eingestürzten und nur schlecht ausgebesserten Mauerstück an der südlichen Befestigungslinie der Stadt trabte ein Jungschwein durch den Schatten. Es lief nicht geradeaus, sondern schabte mit seinen faltigen Fettwülsten an den staubigen Hauswänden entlang. Mit einem fragenden Grunzen blieb es an den Mauertrümmern stehen und blickte zu Gilgamesch auf.

»Seid ihr die einzigen in der Stadt?« fragte Gilgamesch leise. »Du und die Huhnvögel?«

Er erwartete keine Antwort. In Kisch antworteten die Schweine und Esel nicht mehr auf die Fragen der Menschen. Dennoch hatte Schukallituda immer wieder gesagt, daß die Tiere etwas verstanden. Ob er vielleicht doch recht hatte? In diesem Augenblick war Gilgamesch fast soweit, daß er ihm glaubte. Selbst Blumen und Steine sollten in alten Zeiten mit den Menschen gesprochen haben, der Sand der Wüsten, das Wasser der Flüsse und Wolken am Himmel. Gilgamesch schürzte die Lippen. »Nuk, nuk«, sagte er leise.

Das Schwein drehte sich mißmutig um. Es rannte auf zwei, drei Huhnvögel in ihren Mulden zu, scheuchte sie auf und trabte mauerschabend um eine Ecke.

Gilgamesch sah erneut über die stillen Häuser und die leeren Straßen hinweg. Mit einer so unheimlichen Stille hatte er nicht gerechnet. Selbst das stehende Wasser aus dem Kanal bewegte sich keinen Deut in der Hitze des Spätnachmittags.

»Ich habe dir doch gesagt, daß es ganz einfach ist«, flüsterte Bara Nam-tara unter ihm. Sie kletterte über den eingefallenen Rest aus luftgetrockneten Ziegelsteinen. Sie bröckelten mürbe und staubig unter ihren nackten Füßen.

»Wie kann eine Stadt nur so schlecht befestigt sein?« fragte Gilgamesch als sie neben ihm war. Sie lachte nur und kletterte bis zu einem vorspringenden Mauerbollwerk. Er stieg hinter ihr her. Mit der flachen Hand wischte er eine Lage Ziegelsteine zur Seite. Sie lösten sich in Staub auf, und nur ein paar trockene Brocken fielen nach unten.

»Die Urukäer halten nicht viel vom Mauerbau«, sagte Bara. »Sie arbeiten lieber auf den Feldern und an den Bewässerungskanälen.«

»Haben wir dort jemanden gesehen?«

Sie stand etwas höher als er.

»Würdest du in den Gärten arbeiten, wenn du wüßtest, daß ein vieltausendköpfiges Heer im Anmarsch auf deine Stadt ist?«

»Nein, aber ich würde wenigstens Beobachter ausschicken und Wachen aufstellen. Ich würde alle Kräfte zusammenholen und die schwachen Stellen in den Mauern verkeilen.«

»Woher willst du wissen, daß die Urukäer das nicht längst getan haben?« fragte sie. Er kletterte noch etwas höher. Jetzt konnte er über die halbe Stadt sehen. Die meisten Häuser auf der Innenseite der verwahrlosten Mauer hatten runde, wie halbe Tonnen geformte Dächer aus gebogenem und verflochtenem Schilf. Einige waren mit getrocknetem Flußschlamm bedeckt, andere trugen farbig bemalte Matten wie flache Segel.

Gilgamesch versuchte, sich den Verlauf der Straßen und Gassen einzuprägen. Zur sanft ansteigenden Stadtmitte hin wurden die Abstände zwischen den Häuserreihen größer. Die Häuser selbst wirkten reicher und farbenfroher, und in der Nähe der verschiedenen kleineren Tempel trugen die Häuser Verzierungen aus hochaufragenden, zusammengebundenen Schilfbündeln.

»Die Stadt *Inannas*!« sagte Gilgamesch. »Ich sehe überall ihr göttliches Symbol!«

Bara drehte sich zu ihm um. »Meinst du die gegeneinander gebogenen Schilfbündel?«

Gilgamesch nickte.

»Das hat nichts mit der Stadtgöttin zu tun«, sagte Bara abfällig. »Es ist sehr praktisch, Häuser in dieser Art zu bauen. Die Innenräume sind höher, wenn die Schilfbündel im Boden versenkt und dann an den Spitzen zusammengezogen werden.«

»Sie hätten die Mauer um ihre Stadt in der gleichen Weise verstärken können!« sagte er tadelnd.

Sie schüttelte den Kopf und griff nach seiner Hand. In den Stallungen nahe der Mauer wurden Geräusche von Tieren laut. »Komm jetzt!« sagte sie ungeduldig. »Wahrscheinlich beobachten die meisten Urukäer an der nördlichen Mauer die Ankunft der Belagerer. Wir dürfen nicht riskieren, daß sie uns sehen, wenn sie in ihre Häuser zurückkehren.«

Sie zeigte mit der freien Hand auf den alles beherrschenden Stufentempel in der Mitte der Stadt.

»Die Häuser und Hütten würden uns nur vorübergehend Schutz bieten. Wenn König Mebaragesi Uruk aushungern will, kann es Wochen dauern, bis er angreift. Und solange können wir uns nur im Gewirr der Räume rund um die Zikkurat verbergen ... in den kleineren Tempeln, den Palästen der Ensis und in den Vorratshäusern der Priester!«

Gilgamesch sah das Mädchen aus Aratta verwirrt an.

»Ich dachte, wir würden sofort angreifen ... bei diesen Mauern!«

»O Gilgamesch!« seufzte sie lachend. »Ich kenne dich erst eine Nacht, aber du kannst naiv wie ein Kind sein!« Sie hielt für einen Moment inne und lauschte. Ein leises Geräusch näherte sich hinter den ersten, ärmlich wirkenden Häusern an der Stadtmauer.

»Was ist das?« fragte Gilgamesch und hielt die Luft an.

»Ich glaube, ein Igi-nu-duk ...«

»Ein Blinder?« fragte Gilgamesch verwundert.

»Die Krankheit kam ganz plötzlich über die Urukäer«, sagte sie nickend. »Sie wurde im Frühjahr von einem Gugnum aus Kisch eingeschleppt. Die Priester haben den aussätzigen Königsboten sofort töten lassen, aber es war bereits zu spät. Er hat viele Männer, Frauen und Kinder mit seiner Krankheit geschlagen ... auch den Alten, der da kommt ...«

»Das glaube ich nicht!« sagte Gilgamesch protestierend.

Sie sah ihn an und nahm seinen Kopf in beide Hände.

»O Gilgamesch! Du weißt wirklich noch nichts von Heimtücke und Intrigen, aber ein Krieg wird nicht nur auf offenem Feld entschieden, und selbst ein eisernes Schwert nützt dir nichts, wenn aus dem Hinterhalt Schlingen um deine Füße geworfen werden. Urteile niemals nur danach, was du siehst und hörst! Es gibt zu viele Dinge zwischen den Himmelssphären und der Finsternis, die selbst für die Weisen und Eingeweihten der Tempel ein Geheimnis bleiben!«

»Wer bist du, daß du so mit mir reden kannst?« fragte er verwundert. Er suchte in ihren hellen und unergründlichen Augen nach einer Antwort. Sie lächelte nur. Und dann küßte sie ihn.

Bei *Chuwawa*, dem Ungeheuer der Zedernwälder!« schimpfte Mesche der Schmied. »Wie lange sollen wir uns dieses Geturtel noch ansehen? Es ist bald Nacht und wir sind keinen Schritt weiter gekommen!«

»Mit dem Weib in den Armen würde mich ganz Uruk nicht mehr interessieren!« grinste Zabardi Banuga. Er hockte im Schatten eines Granatapfelbusches und kaute auf einigen frischen, süßen Kernen. Sie hatten lange suchen müssen, bis sie im Laub versteckt noch ein paar Früchte gefunden hatten. Die Gärtner Uruks waren sehr gründlich bei ihrer Ernte gewesen.

»Vielleicht sollten wir sie doch packen und zum Heer des Königs zurückbringen«, überlegte der Bootsbauer.

»Wir hätten das Floß in der Nähe festbinden sollen«, sagte Mesche und lehnte sich an einen Palmenstamm. »Jetzt können wir nur mit Gilgamesch zurückkehren oder gar nicht!«

»Es ist nicht vorbestimmt, auf welchem Weg der Gärtner in die Stadt gelangen soll.«

»Ja, ja, ja!« wehrte Mesche ab. »Wir wissen längst, daß du einen Plan mit den Rollsiegeln der höchsten Priester von Kisch bei dir trägst ... einen Plan, von dem nicht einmal der gottgleiche Mebaragesi etwas weiß.«

Mamagal wurde blaß. Er griff nach seinem Kurzschwert, sprang einen Schritt zurück und starrte den Waffenschmied lauernd an.

»Was ... was wißt ihr noch?« stieß er gepreßt hervor. Mesche schüttelte den Kopf und lachte gutmütig.

»Nichts ... außer dem Gerücht, daß sich die Priester, die in Kisch zurückgeblieben sind, bei einem Heldentod des Herrschers über die Eselsstadt nicht lange grämen würden. Einige Eingeweihte munkeln, daß man die Hohepriesterschaft vielleicht vom Königtum abtrennen sollte ...«

»Das war noch nie so!«

»Ein Frevel!« schluckte Zabardi entsetzt.

»Im Gegenteil!« sagte Mesche nachdenklich. »Wenn sich ein junger König wie Agga um die Stadt und das Land kümmern würde, könnte ein neugewählter Hohepriester zu allen Stunden des Tages und der Nacht sich ganz der Anbetung der Götter und den heiligen Zeremonien widmen!«

Mamagal ließ den Knauf seines Schwertes los. Er blickte sich verstohlen um. »Du hast mehr gehört, als für die Ohren eines Schmiedes gut ist«, sagte er dann.

»Ich höre nicht mehr gut«, lachte Mesche. »Aber ich sehe, wenn sich Priester wortlos Blicke zuwerfen.« Er spuckte ein paar Kernreste aus. »Und deshalb werde ich in der Nähe von Gilgamesch bleiben. Das hat mir Agga aufgetragen, ob er nun König wird oder der auserwählte Hohepriester!«

»Na also!« nickte Zabardi. »Wenn Gilgamesch und diese Tempeldirne kampflos in die Stadt kommen, muß uns das ebenfalls gelingen! Wir könnten sogar in der Nacht die Tore öffnen.«

»Nein!« sagte Mamagal hart. »Wenn wir das wagen, verstoßen wir gegen die göttlichen Regeln des Krieges und gegen alle Pläne unseres Königs! Niemand darf anfangen, ehe das Ritual vollzogen ist!«

Mesche lachte kurz. Er sah seine beiden Gefährten nachdenklich an. »Gilgamesch kennt das Ritual nicht«, sagte er, »der Junge war bisher nur Gärtner und kein Krieger.«

»Und wenn die Dirne ihn dazu verleitet?« fragte Mamagal.

»Dann wäre sie entweder eine von Uruks Priestern eingesetzte Hexe, die Gilgamesch dazu benutzt, König Mebaragesi und das Heer mit einem bösen Omen zu verstören, oder aber ...«

»Oder was?« fragte Zabardi Banuga.

»Eine, die Uruk haßt ... eine Sklavin möglicherweise ... aus irgendeiner Stadt, gegen die Uruk in den vergangenen Jahrzehnten Krieg geführt hat!« meinte Mesche nachdenklich.

Zabardi Banuga drückte die Zweige eines Oleanderbusches zur Seite. »Sie liegen noch immer in der Mauernische«, sagte er, und ließ die Zweige langsam los. Er setzte sich auf den Boden. »Ich fürchte, die Nacht wird lang. Weckt mich, wenn es dunkel genug ist!«

»Du kannst doch hier nicht einfach schlafen!« sagte Mamagal.

»Ich kann überall und zu jeder Zeit schlafen. Und ich werde jetzt schlafen ... auch wenn du einen Plan mit den Rollsiegeln der Priester bei dir trägst!«

Er schloß die Augen und spuckte ein paar Granatäpfelkerne aus.

»Laß ihn!« sagte Mesche der Schmied. »Sobald es dunkel geworden ist, folgen wir Gilgamesch und dem Mädchen in die Stadt. Die Urukäer haben uns schon einmal in eine Falle gelockt. Vielleicht können wir erfahren, was sie als nächstes unternehmen wollen.«

»Du hättest Schublugal-Anführer werden sollen!« grinste Mamagal. Mesche strich sich über seinen zerzausten Bart.

»Ich bin und bleibe Waffenschmied«, antwortete er.

Als die Dunkelheit aus den Bergen im Osten über das Land zwischen den großen Flüssen kam, als überall in den Ställen und Häusern die Tiere verstummten und als der Abendstern funkelnd am immer noch tiefblauen Himmel erstrahlte, da kehrten auch die Bewohner von Uruk zum Stadthügel zurück. Sie führten müde Esel und leere, von wiederkäuenden Rindern gezogene Karren mit großen, rumpelnden Holzrädern über die Wegspuren.

Sie hatten den ganzen Tag über die Brunnen auf den Feldern und in den Gärten mit Salz gefüllt, Hebewerke und Schleusen in den Kanälen zerstört und das Wasser in allen Nebenarmen des großen Buranum mit stinkenden Tierkadavern und öligem Erdpech ungenießbar gemacht.

Die Männer, Frauen und Kinder sahen erschöpft aus. Selbst die niederen Priester, die stundenlang leise den Arbeitsrhythmus auf ihren großen Pauken bestimmt hatten, konnten die Arme kaum noch anheben. Es war, als würde die ganze Stadt wie ein großes Tier mit vielen ermatteten Gliedern langsam auf seine Behausung zukriechen.

Die Heimkehrenden sprachen nicht miteinander, als sie sich dicht an dicht durch die Stadttore schoben. Nur ein paar junge Burschen und Mädchen lachten verhalten. Einige prahlten, daß sie es den anrückenden Feinden aus der Eselsstadt schon zeigen würden.

»Gegen den Durst sind all ihre Waffen machtlos!« rief ein junger, sehniger Wagenbauer. Die anderen blieben am ersten Brunnen innerhalb des ummauerten Stadtgebiets stehen. Hier hatte sich eine lange Reihe von Wartenden gebildet. Nach und nach wurden alle mit köstlich frischem, wohlschmeckendem Wasser aus der Tiefe versorgt.

»Wenn sie kein Wasser haben, werden sie sich an Bier und Wein berauschen und dann noch furchtbarer sein!« sagte ein schlankes schwarzhaariges Mädchen mit großen Augen. Es war Nansche, die Tochter des Tischlers Ugnim. Sie hatte keine Sandalen an. Ihr schlichtes Kleid aus gebleichtem Leinen reichte bis zu ihren Oberschenkeln. Es wurde von einer Bronzespange über der rechten Schulter zusammengehalten. Die linke Schulter und ihre schöne, wie ein halber Granatapfel aussehende linke Brust waren unbedeckt.

»Na schön! Sollen sie soviel trinken, bis sie torkeln und umfallen!« lachte der Bursche, der nicht ihrem Vater, sondern einem anderen Tischler der inneren Stadt diente. »Aber wieviel Bier und Wein braucht ein so großes Heer jeden Tag?«

»Ich denke an die vielen armen Tiere«, sagte Nansche. »Was sollen die Esel und Schafe, die Schweine und Ziegen trinken?«

»Unsere Tiere sind alle in den Ställen der Stadt.«

»Ihre nicht!« sagte Nansche.

»Hast du etwa Mitleid mit unseren Feinden?«

»Du verstehst mich nicht«, sagte die Tochter Ugnims. Die anderen lachten nur.

»Krieg ist Krieg!« sagte ein kleiner, stämmiger Weberbursche. Er trug die Narben der schwarzen Krankheit in seinem Gesicht. Er setzte den Wasserkrug an die Lippen und trank, bis ihm das Wasser auf seine nackte, sonnenverbrannte Brust rann. »Durst!« keuchte er. »Furchtbaren Durst werden alle bekommen, die uns belagern!«

»Wehe den Verblendeten, die sich in Uruk Macht und Beute erhoffen!« sagte einer der letzten Priester im Vorübergehen. Er hatte seine Pauke auf einen kleinen Esel gebunden.

»Hier, trink!« sagte Nansche und reichte ihm ihren Krug. Der Sanga-mach schluckte trocken. Er blickte sehnsüchtig auf den Krug, zögerte und nahm ihn an.

»Mögen die Götter unseren Frevel verzeihen!« sagte er mit

schwerer Zunge. »Und möge gesegnet sein, was die erhabene Ninsun dem Rat der Weisen empfohlen hat, denn schon bald gibt es auch hier kein gutes Wasser mehr! Dann werden auch wir nur noch Wein oder Rauschtrank haben!«

»Kein gutes Wasser mehr?« fragte Nansche erschreckt. »Aber der Brunnen hier ist nicht versalzen ...«

»Kein gutes Wasser mehr«, wiederholte der Priester. »Selbst die Tiere werden sich in den nächsten Wochen mit ihrer eigenen Milch und mit Rauschtrank begnügen müssen!«

»Warum denn das?« rief der junge Wagenbauer.

»Weil alles mit allem zusammenhängt«, sagte der Priester. »Das Salz und das stinkende Öl, das wir in die Brunnen und Kanäle vor der Stadt geschüttet haben, wird schon heute nacht oder morgen unsere eigenen Brunnen über verborgene Wege im Erdreich vergiften!«

Nansche schüttelte ungläubig den Kopf. Sie konnte einfach nicht glauben, was der Priester voraussagte.

Bara Nam-tara und Gilgamesch warteten lange, bis sie sich aus ihrem Versteck an der südlichen Stadtmauer wagten.

»Sobald die Priester mit den Nachtgebeten beginnen, wird niemand mehr auf uns achten«, sagte Bara zu Gilgamesch. Er bewunderte insgeheim die Klugheit des Mädchens aus Aratta. Sie wußte viel mehr als er und erkannte Zusammenhänge, auf die er nicht einmal durch langes Nachdenken gekommen wäre.

»Hast du das alles in den Tempeln gelernt?« fragte er. Sie legte ihre Hand auf seinen Arm und lachte leise.

»Hier hat sich seit Jahrhunderten nicht viel verändert«, sagte sie. »Eridu einen Tag südlich war die erste Stadt am großen Buranum. Und diese Stadt ist nicht viel jünger. Sie wurde vor langer Zeit auf Befehl des oberen Gottes *Enki* gegründet, aber das weißt du sicher.«

»Ich komme aus Kisch«, antwortete Gilgamesch zurückhaltend. Sie sah ihn von der Seite her an. Schon seit Stunden kam Gilgamesch ihr verändert vor. Er war stiller und nachdenklicher geworden als auf den Kanälen.

»Weiß man in Kisch nicht, wie Uruk entstanden ist?« fragte sie mit einer Spur von Spott in der Stimme. Er zuckte nur mit den Schultern. »Ich war Gärtner und kein Priester, der in den Heiligtümern von vergangenen Taten berichtet ...«

Sie küßte ihn, seufzte und begann nach einer kurzen Pause mit leiser Stimme zu erzählen:

»Vor langer Zeit, als die Stämme Sumers von den Bergen im Osten, in denen auch meine Heimat liegt, in dieses flache Land zwischen den beiden großen Wasserläufen kamen, lebten an den Ufern von Buranum und Idigna bereits kleine, stämmige Jäger und Fischer mit runden Köpfen, schwarzen Haaren und großen Augen. Sie wohnten in Hütten und in winzigen Dörfern und waren gastfreundlich zu den klugen und viel größeren Sumerern ... denn das heißt *Kulturbringer.*«

»Du meinst, zwei ganz unterschiedliche Völker lebten in jener Zeit friedlich zusammen?«

»Keine der Überlieferungen spricht von einem Krieg«, sagte sie und nickte. »Vielleicht glaubten die Urbewohner dieses Landes, daß die Sumerer aus den Bergen den Göttern nahe gewesen und ihre Abgesandten waren. Die Stadt Eridu wurde gebaut und mit ihr der erste Stufentempel zur Ehre der Götter. Und eines Tages gefiel es Gott *Enki*, eine zweite Stadt eine Tagesreise nördlich von Eridu zu errichten. Ich weiß nicht, ob es hier bereits eine richtige Stadt gab, aber die Urbewohner kannten bereits Mauern. *Enki* ließ keine Boote flußaufwärts fahren, sondern bestellte bei den anderen Göttern das Himmelsschiff *Ma-anna.* Es kam mit einem göttlichen Schiffslenker, und mindestens dreimal reiste das Himmelsschiff von Eridu nach Uruk ...«

»Warum so oft?« fragte Gilgamesch verwundert.

»Beim ersten Mal wurde das Himmelsschiff mit Werkzeugen, Geräten und einer Gruppe Muschkenus und Handwerkern beladen. Sie sollten alles vorbereiten ... beim zweiten Mal trug das Himmelsschiff Vorräte und fünfzig vollfreie Bürger aus Eridu nach Uruk. Die Lugals ...«

»Wieso Lugals?« unterbrach Gilgamesch. »Du sagtest Bürger, aber Lugal bedeutet König ...«

Sie lachte und berührte seinen Arm.

»In jener Zeit hieß jeder freigeborene Sumerer *großer Mensch*, also *Lugal*. Vielleicht waren die Sumerer damals viel größer als heute.«

»Größer als ich?« fragte Gilgamesch erstaunt.

»Viel größer«, nickte Bara Nam-tara. Gilgamesch strich sich vorsichtig mit der Zunge über die Unterlippe. Von diesen Dingen hatte er noch nie zuvor etwas gehört. Er fühlte, wie ihm leise Schauder über den Rücken liefen.

»Erzähl weiter!« sagte er.

»Als das Himmelsschiff zum dritten Mal von Eridu nach Uruk reiste, befand sich auch die göttliche *Inanna* an Bord. Sie war von ihrem Vater *Enki* zur neuen Herrin von Uruk bestimmt worden, aber sie haßte die Aufgaben, die vor ihr lagen. Sie wehrte sich, beschwerte sich bei den anderen Göttern und mußte doch *Enkis* Befehlen folgen. Und dann rächte sie sich ...«

»... und stahl *Enki* die hundert göttlichen *ME*!«

»Und stahl ihm die hundert göttlichen *ME*«, bestätigte das Mädchen aus Aratta. »So jedenfalls wird es erzählt. *Inanna* wurde ein großer feierlicher Empfang zuteil. Uruks Bewohner fegten einen weiten Platz vor dem Nigulla-Tor, schmückten ihn mit frischem Grün und jubelten als das Himmelsschiff weitab vom Fluß auf dem Platz niederging. Aber *Inanna* nahm keine Huldigung an. In ihrem Zorn verteilte sie wahllos *ME* unter die Menschen: die edlen Künste, die Musik und die Dichtkunst ebenso wie die Frauenehre, den Neid, den Haß, die Priesterämter und die Furcht, die Tapferkeit, die Friedensliebe und die Ehrfurcht vor der Natur, die Lüge und den Wunsch nach Wahrheit, die Erinnerung wie auch das Vergessen vieler Dinge, von denen jetzt nur noch die Götter wissen ...«

Gilgamesch war noch stiller geworden. Es dauerte lange bis er eine Frage stellte. »Die Götter ... woher kamen sie?«

Sie deutete nach oben. »Vielleicht von jenen Sternen dort, zu denen sie zurückgekehrt sind.«

»Und die Sumerer?«

»Sie kamen aus *Melucha*-Land.«

»Wo ist das?«

»Jenseits der Berge, die dem Hochland im Osten folgen.«

»Weißt du denn, wohin wir gehen, wenn wir nicht mehr sind?«

»Viele gehen in die Unterwelt, einige gelangen auch bis *Dilmun*, wie ihr die ›Insel der Seligen‹ nennt, um dort dem Mann zu dienen, dem die Götter Unsterblichkeit verliehen haben.«

»Du meinst Ziusudra?« Sie nickte. Gilgamesch nahm ihre Hände. Er streichelte sie sanft. »Du hast mir viel erklärt, was ich bisher nicht wußte«, sagte er. Ihre Augen glänzten im hellen Sternenschein. Er beugte sich zu ihr und küßte sie. Ihre vom heißen Tag noch immer warmen Arme glitten um seinen Oberkörper. Ihre Finger streichelten über seinen Rücken und dann erwiderte sie wild und weich zugleich jeden seiner Küsse.

»Du lernst schnell!« keuchte sie, als er sie losließ. Sie zögerte einen Moment, dann sagte sie: »Vergiß nie, daß eine Frau anders empfindet als ein Mann ...«

»War ich zu heftig?« fragte er sofort.

Sie schüttelte den Kopf. »Nein«, antwortete sie, »aber eine Frau sieht Dinge, für die ihr Männer keine Augen habt. Wir fühlen wie die Pflanzen, wenn du verstehst, was ich damit meine.«

»Ja«, sagte er. Und wieder mußte er an Schukallituda denken.

»Glaubst du, daß Pflanzen eine Seele haben?« fragte er.

»Alles hat eine Seele, denn alles ist aus dem gleichen Gedanken entstanden.«

»Auch Sand und Steine?«

»Ja.«

»Flüsse und Berge?«

»Ja.«

»Wolken und Sturmwind?«

»Ja.«

»Freude und Angst?«

Sie sah ihn verdutzt an. Dann lachte sie.

»Nein, Gilgamesch ... mit dieser Frage kannst du mich nicht auf die Probe stellen! Freude und Angst, Liebe und Haß haben keine Seele! Sie sind selbst ein Teil der großen und ewigen Seele, die durch die hundert göttlichen *ME* zu uns gekommen ist ...«

Gilgamesch blickte in die bereits dunklen Gassen der Stadt.

»Wie haben sie gelebt ohne *ME*? Die Menschen, die vor *Inannas* Frevel auf der Erde wohnten ... waren sie wie Tiere ... oder lebten sie von Tag zu Tag, ohne Fragen zu stellen?«

»O nein!« sagte Bara Nam-tara abwehrend. »Die Menschen konnten schon immer lachen und weinen. Sie waren traurig und empfanden Schmerz und Ohnmacht im Angesicht des Todes. Der eigentliche Unterschied liegt wohl darin, daß die Menschen früher nicht zwischen sich selbst und der Natur unterscheiden konnten. Alles war eins, verstehst du?«

»Ja«, sagte er gedehnt. Sie küßte ihn ein letztes Mal. »Komm«, sagte sie dann. »Es wird Zeit, in die Stadt zu gehen. Wir werden uns in den Tempeln neben der Zikkurat verstecken. Bleib dicht hinter mir! Ich kenne die Wege dieser Stadt.«

Die Nacht war viel lauter als der vergangene Tag. Noch stand die Hitze in allen Mauern und Häusern. In den Straßen und Gassen von Uruk hatte für knapp eine Mine die Stille der hungrigen Erschöpfung geherrscht. Viele Stadtbewohner waren nach einem kurzen Mahl in tiefen Schlaf gefallen, doch andere ahnten, was in den nächsten Tagen auf sie zukommen würde.

Priester und Tempelboten gingen von Haus zu Haus. Sie sprachen leise von einem neuen Orakel. »Bringt alle Krüge mit, die ihr in euren Häusern habt!« befahlen sie.

Nach und nach kamen immer mehr Männer auf die Plätze der unregelmäßig um die Gevierte der hohen Tempel und Paläste gewachsenen Stadt. Sie trugen Tontöpfe, hohe Spitzkrüge und leere Beutel aus zusammengenähten Ziegenhäuten.

»Füllt jedes Behältnis, das ihr findet, mit Brunnenwasser!« befahlen die Priester der Tempelverwaltungen halblaut. »Aber mischt in den nächsten Tagen jeden Tropfen Wasser mit Wein, ehe ihr trinkt!«

»Rauschtrank, noch ehe wir zum Kampf gerüstet sind?« fragte ein alter Lu-abal mißtrauisch. Er hatte viele Jahre den Titel ›der untersucht, was dahinter steckt‹ getragen, doch jetzt war er schon zu vergeßlich für das Richteramt geworden. Zusammen mit einigen anderen Männern saß er in der Nähe einer mit Schilfrohr und heiligen Mosaiken verdeckten Erdspalte am Westtor der Stadt. Hier trafen sich sonst nur die ganz Alten. Die anderen Bewohner der Stadt vermieden es, zu nah an den magischen Erdspalt zu kommen, denn tief im Inneren der verdeckten Spalte sollte der *Ganzir* beginnen – der Vorhof zur Unterwelt, in der alles Leben endete und die Toten gerichtet wurden.

»Als ich noch Lu-abal war, hätte es erst unmittelbar vor einem Kampf Rauschtrank gegeben«, meinte der alte Richter tadelnd. Dennoch ließ er sich einen Becher mit Wein und Wasser bis zum Rand füllen. Seine welk gewordenen Hände glänzten im Licht der Öllampen am Rand des Platzes. Sie zitterten, doch sie verschütteten nicht einen Tropfen.

»Enmerkar ist ein sehr weiser König«, meinte ein kahlgeschorener Greis mit einem halslosen Kugelkopf, der viele Jahre lang einer der besten Vogelfänger gewesen war.

»Er ist alt und hat mehr gesehen als jeder von uns«, sagte ein anderer. »Aber wie kann es weise sein, Brunnen zu vergiften?«

»Der Durst, mein Lieber, der Durst!« kicherte der Asch-bal. »Wir haben alle Gärten und Felder abgeerntet, ehe Mebaragesi mit seinem Heer kam. Nun gut, auch Krieger können hungern, aber ohne Wasser kann selbst der König der Eselsstadt keine Belagerung durchhalten.«

»Und du glaubst, wir können es?«

»Ich halte es sehr lange aus, wenn Wein und Bier kostenlos verteilt werden«, kicherte der alte Vogelfänger. Die anderen Männer lachten zustimmend.

»Vergeßt die Orakel nicht«, sagte der Lu-abal. »Wenn ein Orakel seine Erfüllung sucht, können die merkwürdigsten Dinge passieren! Ich meine jene Wunder, die aus der Kraft der Götter, der Dämonen und der ganz großen Menschen stammen ...«

»Sagst du, daß jene eine andere Wahrheit haben als wir?«

»Ich war lange Zeit Richter«, meinte der Lu-abal ernst. »Aber ich durfte stets nur über das richten, was mir vorgetragen wurde, auch wenn ich mehr wußte und mehr gehört hatte, denn hätte ich dieses benutzt, wäre ich kein guter Richter mehr gewesen, sondern ein Lugal, der die Entscheidung nur aus seinem Amt ableitet.«

Die alten Männer schwiegen. Sie spürten, daß nach vielen Jahren die Sterne heller als sonst auf sie herabsahen. Es war, als würden alle Götterzeichen der sieben Himmelssphären nur darauf warten, daß etwas Ungeheuerliches geschah und das Orakel sich erfüllte.

Keiner der alten Männer bemerkte die drei Schatten hinter der abgedeckten Erdspalte.

Die fremde Stadt kam Gilgamesch verwirrend und verwinkelt vor. Obwohl er von der Mauer aus einen guten Überblick gehabt hatte, wäre er ohne Bara Nam-tara gleich dem ersten Wächter in die Arme gelaufen. Sie konnte ihn gerade noch in den Schatten eines Getreidemagazins ziehen.

»Du bist hier nicht in deinen Gärten!« zischte sie erschrocken. »Wie kannst du einfach über die Straße laufen?«

»Siehst du die Schatten nicht? Ich wollte ihnen ausweichen! Ich wollte den Schemen dort ausweichen ...«

»Welchen Schatten?«

Er beugte sich etwas nach unten und streckte den Arm aus.

»Da vorn: drei dunkle Umrisse wie Silhouetten von Dämonen ... dicht unterhalb der Mondhörner ...«

Sie reckte sich und versuchte, in der Dunkelheit zwischen einem Platz und dem westlichen Stadttor etwas zu erkennen.

»Entschuldige, Geliebter«, sagte sie dann. »Du hast sehr gute Augen, aber ich sehe nichts!« Er beugte sich zu ihr, küßte sie auf die Schläfe und legte einen Arm um ihre Schulter.

»Nein, nicht jetzt ... nicht hier!« wehrte sie ab.

Gilgamesch sah das Mädchen verwundert an. Obwohl es dunkel war, konnte er ihr Gesicht im Licht der Sterne und im Widerschein der Fackeln auf den Plätzen deutlich sehen. Die Nacht kam ihm auf einmal sehr unwirklich vor.

»Träumst du?« fragte sie.

Gilgamesch schüttelte den Kopf. Es war, als würde ein Schleier wie von Rauschtrank von seinen Gedanken und Gefühlen weggezogen. Was tat er hier mit einem Mädchen aus dem fernen Hochland von Aratta ... in einer fremden, feindlichen Stadt, in der sie beide nichts zu suchen hatten?

»Willst du zurück?« fragte sie leise. Er nahm ihr Gesicht in beide Hände und sah ihr in die Augen.

»Ich habe weder vor den Urukäern, noch vor Dämonen Angst!«

»Aber ich spüre, daß etwas in dir vorgeht«, antwortete sie sanft.

»Du bist unsicher, weil du nicht weißt, was du tust. Du fragst dich, warum du hier und nicht bei den Kriegern König Mebaragesis bist. Ist es so?«

»Nein«, sagte er bestimmt. »Du kennst mich doch noch nicht!« Es klang irgendwie erleichtert. »Es stimmt, ich habe gerade daran gedacht, was ich eigentlich mache, aber kein einziger Gedanke galt dem Heer König Mebaragesis!«

»Du bist ein seltsamer Mensch!« sagte sie lächelnd. Sie legte ihre Hände auf seine. »Jeder andere hätte zuerst daran gedacht, was er dann tun muß, um seinen König und seinen Göttern zu dienen. Du aber wunderst dich über Dämonen, die jeden Krieg begleiten.«

»Ja«, sagte er lächelnd. »Genau das habe ich eben gedacht. Mir wird klar, daß ich Dinge tun werde, von denen ich in dieser Stunde noch nichts weiß.«

»Du wachst langsam auf!« sagte sie mit einer Spur von Bewunderung. »Wahrscheinlich sind wir beide verrückt! Wir stehen hier ungeschützt und sprechen darüber, daß ein Gärtnerbursche langsam erwachsen wird. Dabei können wir jeden Augenblick gesehen werden! Und was das heißt, kannst du dir denken ...«

»Laß uns gehen«, nickte er. »Du kennst den Weg!«

»Siehst du noch immer die Schatten der Dämonen?«

»Sie sind verschwunden.«

Spät in der Nacht, als die Flammen der Feuer sich in die Glut zurückzogen, waren nur noch an einigen Plätzen der Stadt Menschen wach. Viele waren dort eingeschlafen, wo sie Gespräche geführt hatten. Andere hatten sich noch bis zu ihren Häusern und Hütten zurückgeschleppt, die meisten mit Gliedern, die schwer von der harten Tagesarbeit, von Wein und Rauschtrank waren.

Nur aus einem kleinen, tempelartigen Gebäude zwischen der Zikkurat und dem Palast von König Enmerkar fiel noch lange Licht auf die still gewordenen Tonziegeln, das im Erdgeschoß weder Türen noch Fenster hatte. Farbige Mosaiken aus fingerlangen Tonstiften verzierten die glatten Außenwände. Sie zeigten riesige Vögel und Pflanzen, seltsame Fische und Fabelwesen, die kein Lebender jemals gesehen hatte.

Der ›türlose Tempel‹ war der Kerker von König Enmerkars einziger Tochter. Nin-sun hatte ihre Mutter nie kennengelernt. Sie war eine Woche nach ihrer Geburt am Blutfluß gestorben. Und bereits dreißig Mal hatte Uruk die ›Heilige Hochzeit‹ zur Ankunft des neuen Jahres gefeiert, seit Enmerkar aus Furcht vor dem Orakel befohlen hatte, seine Tochter im Alter von drei Jahren einzumauern, damit kein Mann einen Sohn mit ihr zeugen konnte.

Doch auch in dieser Nacht erfuhr die legendäre und als wunderschön beschriebene ›Herrin der Wildkuh‹, was in der Stadt ihres Vaters vorging.

Kurz nach Mitternacht erschien der mit kleinen Halsglocken behängte, in einen langen Umhang gehüllte Obereunuch Harrap im Wohngemach der Königstochter. Nin-sun erwartete ihn auf einer kissenbedeckten Liege. Harrap war nur zwei Jahre älter als sie, doch sein langes schütteres Haar trug bereits den silbernen Schimme der Altersweisheit. Er war seit fast fünfundzwanzig Jahren ihr einzig erlaubter Gefährte.

Er hatte ihr oft vom Fluß seiner Kindheit erzählt und von Bergen, die so hoch in den Himmel reichten, daß ihr Gipfelschnee allein den Göttern gehörte.

»Nun?« fragte Nin-sun und richtete sich von ihrem Lager auf. Sie trug ein langes Leinenkleid in der Farbe des Sommerröhrichts mit einem spitzen Ausschnitt und dunkelgrünen, eng vernähten Wollfransen an den Kanten. Ihr langes, schwarzes Haar war mit bunten Bändern zu einem lockeren Kranz um den Kopf gebunden. Sie war nur an den Wangen geschminkt, und an ihrem Hals funkelte eine dicke Kette aus Perlen, Karneolen und Elfenbeinschnitzerei.

Harrap nahm ein kleines Wolltuch aus einer Tasche unter seinem Umhang. Er wickelte es um die Kupferglöckchen am Ring um seinen Hals.

»Ich werde mich nie mehr daran gewöhnen«, sagte er leise.

»Habe ich dir nicht gesagt, daß du die Glocken in diesem Haus nicht mehr tragen mußt?« sagte Nin-sun und lächelte.

»Ich war draußen ... und dort gilt das Gesetz deines Vaters!«

Nin-sun seufzte kaum hörbar.

»Gibt es irgendwelche Nachrichten aus Schuruppak?«

»Nein, Nin-sun«, antwortete der Eunuch und hob bedauernd seine schmalen Schultern. »Unser erster Plan muß mißlungen sein. Das Heer König Mebaragesis hat sich nicht einen Tag aufhalten lassen.«

»Damit habe ich nicht gerechnet«, sagte Nin-sun leise.

»Du bist eine Frau, und kein Krieger«, meinte Harrap. »Wo Männer zum Kampf für ihre Götter aufbrechen, kann auch kein geöffneter Schoß ihren Rausch beenden!«

»Was ist mit dem zweiten Plan? Und was sagen die sternkundigen Priester?« fragte Nin-sun.

»Brunnen und Kanäle sind versalzen und durch stinkendes Erdpech vergiftet. Aber die Priester behaupten, daß schon heute nacht beide Hörner von *Suin* schräg nach oben zeigen werden.«

»Das heißt, daß sich unsere Feinde vor den Toren der Stadt zur Belagerung versammeln werden – so, wie ich es vorausgesehen habe!«

»Vielleicht frißt *Suin* mit seinem Schatten schon in den nächsten Tagen das Licht von Gott *Utu*«, berichtete Harrap bedrückt.

Nin-sun hob erschreckt die Hände.

»Wenn das geschieht, wird ein König durch eine furchtbare Waffe umkommen, sein Fluß wird bitter werden, die Fülle des Landes wird zugrunde gehen und Gott *Enlil*, der strafende, wird zulassen, daß das Land der Verheerung anheimfällt.«

Harrap legte seine Hände auf den Rücken und wanderte mit gesenktem Kopf von einer Seite des Gemaches zur anderen.

»Wir müssen mit einer grausamen Zeit rechnen«, sagte er nach langem Schweigen. »Aber vielleicht ... vielleicht hilft uns jetzt der dritte Plan! Ich habe erfahren, daß Bara Nam-tara wieder in der Stadt ist. Sie hat einen sehr großen Krieger aus Kisch mitgebracht.«

»Wo willst du sie verstecken?«

»Es gibt nur einen Platz, an dem sie die Eroberung Uruks sicher überleben können!«

»Meinst du etwa ... hier?«

»Nein, Nin-sun! Ich denke an die Grabkammern deiner Ahnen. Uruk ist alt und in früheren Zeiten so oft erobert und wieder aufgebaut worden, daß sich niemand mehr daran erinnern wird, wo die Könige oftmals mit ihrem gesamten Gefolge in den Tod gingen.«

»Ich habe die Kammern noch nie gesehen.«

»Aber ich«, sagte der Eunuch. »Ich habe alles für unseren dritten Plan vorbereitet.« Er schwieg einen Moment, dann fügte er hinzu: »Nach Tempeldirnen und verseuchtem Wasser ist Gilgamesch die letzte Hoffnung, die uns bleibt!«

Die furchtbaren Dämonen rasten so unerwartet von der Spitze der nachtdunklen Zikkurat auf Gilgamesch und das Mädchen aus Aratta zu, daß keiner der beiden Zeit hatte, an irgenwelche Amulette, Beschwörungen oder Zauberformeln zu denken.

»Paß auf, Bara!« schrie Gilgamesch augenblicklich. Er packte die Tempeldirne mit beiden Händen, hob sie hoch in die Luft und versuchte, zusammen mit ihr in eine dunkle Seitengasse zu fliehen. Doch die Dämonen waren schneller. Aus den Augenwinkeln erkannte Gilgamesch glühende Fratzen und flammende Bilder von blutigen Eingeweiden. In seinem ganzen Leben hatte er noch nie derartig scheußliche Feuergeister und *Edimmu*-Schattenwesen gesehen!

Asakku, der Krankheitsdämon ›der den Arm schlägt‹ kam in einer Wolke von Pesthauch auf sie zu. Ihm folgten gesichtslos mit wild zuckenden Tanzbewegungen fünf, sechs *Iggigis*. Die höheren Gottwesen der Unterwelt verbreiteten üble und modrig zischelnde Drohungen. Sie krächzten wie hungrige Raubvögel. Kein Mund formte ihre Schreie, denn sie schrien mit ihren ganzen, nichtmenschlichen Körpern.

Für einen kurzen Moment erkannte Gilgamesch sogar *Namtar*, den furchtbaren Gemahl von *Ereschkigal*. Der Gott des Todes und des Mars, ›der große Herr, der das Geschick abschneidet‹, blickte grimmig über die Dächer hinweg auf Bara und Gilgamesch.

»Bleib stehen!« rief Bara Nam-tara entsetzt. »Du kannst nicht vor *Namtar* fliehen!«

Sie wand sich unter seinem Griff, und ihr schlanker Körper wurde starr wie ein Stück Holz. Gilgamesch biß die Zähne zusammen. Mit dem Mädchen in seinen Armen rannte er nach links, dann wieder nach rechts. Ein freier Platz lag vor ihm. Überall schliefen Männer, die noch lange miteinander gesprochen hatten, ehe Wein und Rauschtrank sie überwältigten.

Das Dröhnen und Rauschen in der Luft wurde tosender. Gleichzeitig erkannte Gilgamesch, daß die Dämonen nicht die ganze Stadt überfielen, sondern nur auf ihn und Bara Jagd machten.

Die anderen schliefen. Sie hörten nichts, sahen nichts und bewegten sich nicht einmal in ihrem Rausch.

»*An*, du Gott der Götter, steh uns bei!« brüllte Gilgamesch mit einem verzweifelten Blick zum Sternenhimmel hinauf. »Wenn du nicht hörst, dann komm du, *Enki*, gütiger Herr der Erde!«

Irgendwo in der Dunkelheit der Nacht lachte eine betörende und gleichzeitig amüsiert klingende Frauenstimme. Gilgamesch stöhnte auf.

Inanna! Er hatte die Stimme nie zuvor gehört, und doch erkannte er sie!

Bara Nam-tara rutschte wie leblos aus seinen Armen. Er riß die Hände hoch und preßte sie gegen seine Ohren. Sein Gesicht verzerrte sich. Er taumelte in eine enge Gasse, wankte von einer Seite auf die andere und konnte doch nichts gegen das Lachen der unsichtbaren und alle Dämonen lenkenden Stadtgöttin von Uruk tun!

Gilgamesch rannte gegen eine Mattenwand. Sie brach unter seinem Ansturm zusammen. Wabernde Lichtwolken hüllten ihn ein. Im gleichen Augenblick sah er drei Männer ... Krieger aus Kisch. Sie standen vor einem kleinen, türlosen Gebäude zwischen einem Palast und der Zikkurat.

»Mesche!« brüllte Gilgamesch und stürzte auf sie zu. »Zabardi! Mamagal! Helft mir ... die Dämonen!«

Zabardi Banuga zog augenblicklich sein Schwert. Mamagal riß seinen Plan aus der Rohrhülse an seinem Gürtel. Er streckte ihn Gilgamesch wie ein heiliges Amulett entgegen.

»Bleib, wo du bist!« schrie der Bootsbauer. »Dreh dich ... dreh dich ganz schnell und zieh mit einem Fuß einen magischen Kreis um dich und das Mädchen!«

Gilgamesch gehorchte ohne zu denken.

Im gleichen Augenblick verebbte das Lärmen der Dämonen.

»Bei allen Göttern – was war das?« keuchte Gilgamesch atemlos.

»Es wird die Zeit kommen, in der du verstehst«, sagte eine sanfte Stimme aus dem Halbdunkel. Mesche, Mamagal und Zabardi Banuga faßten ihre Waffen, duckten sich und sprangen zur Seite.

»Laßt alles fallen!« sagte die sanfte Stimme. »Ihr seid erkannt, seit ihr mit eurer Keleg den großen Fluß herunter kamt.«

»Verdammt, eine Falle!« fluchte Mamagal zornig.

»Und du, Gilgamesch«, fuhr die sanfte Stimme fort, »vergiß die Warnung der Dämonen. *Inanna* mag nun mal keine Liebenden, wenn sie nicht selbst dazugehört.«

»Los, weg hier!« fauchte Mamagal. »Zum Westtor!«

»Du kannst keinen Schritt fliehen, Bootsbauer«, sagte die sanfte Stimme. »Die Pfeilspitzen von zwölf Bogenschützen zielen auf eure Herzen.«

Gilgamesch kniff die Augen zusammen. Undeutlich erkannte er einen zierlichen, ganz ruhig im Schatten stehenden Mann. Und dann kam Bara hinter einer Ecke hervor. Die Fackel in ihrer Linken warf rote und gelbe Lichtfetzen auf ihre schweißnassen Brüste.

»Gut gemacht, Göttliche!« sagte der Eunuch. Für einen kurzen Moment der Ewigkeit huschte ein Hauch gegenseitigen Verstehens über ihre Gesichter.

Zabardi Banuga gab als erster auf. Er ließ sein Schwert fallen und zeigte seine leeren Hände. Mesche der Schmied zögerte einen Moment, dann fiel auch sein Schwert zu Boden. Nur Mamagal versuchte einen Ausfall. Er duckte sich, stieß einen kurzen Schrei aus und rannte los.

Gilgamesch wollte ihm instinktiv folgen. Seine Mundwinkel zuckten und seine Muskeln spannten sich.

»Tu's nicht, Gilgamesch!« sagte der zierliche Mann vollkommen ruhig. Gilgamesch fuhr zusammen. Woher kannte der andere seinen Namen?

»Wir lassen den Bootsbauer laufen«, sagte Harrap. »Er soll den Priestern von Kisch berichten, was er gehört und gesehen hat. Ihr aber kommt mit mir!«

GRÄBER DER AHNEN

Am nächsten Morgen blieben die Torflügel der Stadtmauer von Uruk verschlossen. Kein Fischer, kein Bootslenker zeigte sich am Kai des gemauerten Hafenbeckens, und aus den Häusern stieg kein Rauch mehr auf. Wo sonst laute Hirtenknaben Kühe und Schafe, Ziegen und Schweine über die ausgetretenen Wege zu den Weiden trieben, blieb alles leer. Es war, als hätte *Namtar* die ganze Stadt von der Zeit abgeschnitten.

Zum ersten Mal seit vielen Wochen lagerten schmale Wolkenbänke am diesigen Osthorizont. Dunst hüllte die Felder und Gärten zu beiden Seiten des großen Buranum in feucht wirkendes Licht. Und erst als ein paar vorwitzige Vögel mit ihren Trillern den ganzen Tag vom Grau der Nebel forderten, zog sich der Dunst bis zu den Kanälen und Erdspalten des weiten Landes zurück.

Zaghaft erwachte das gewohnte Muhen und Krähen, gefolgt vom Bellen der Hunde, vom Zwitschern und Gackern der Huhnvögel. Im Fluß sprangen die Fische bis zu den Netzen und Reusen, die niemand in der vergangenen Nacht abgesenkt hatte.

Zwei Dutzend Seile nördlich der Stadt erhoben sich halbnackte Gestalten aus dem Grün der Büsche, zuerst nur einige, dann immer mehr. Es sah aus, als würden die Gärten und Felder von Uruk auf einmal hunderte über Nacht gewachsene Menschen gebären: Männer und Jünglinge, Kahle und Bärtige, Schlanke und Beleibte.

Die meisten hatten nur kurze Wollröcke angelegt, doch einige trugen auch Brusttücher, Schlingenmäntel und lederne Riemen um die Oberkörper. Sie sammelten Vorratsbeutel und halbleere Wassersäcke auf, gürteten sich mit Dolchen und Schwertern, mit Lanzen und Speeren, Bogen und Pfeilbündeln. Auf ihren Höckerschilden trugen sie Mehl und getrocknetes Fleisch zu kleinen Lichtungen, die am Vorabend noch nicht da gewesen waren. Kurz darauf loderten überall kleine Feuer. Frauen und Mädchen tauchten aus dem Buschwerk auf, Wagen rollten von einem Platz zum anderen, und Tragetiere schleppten weitere Vorräte aus den Booten und von den Flößen zum Lager

Der Lärm nahm zu. Niemand schien sich darum zu kümmern, daß die belagerte Stadt keine zehn Steinwürfe entfernt war. Das Heer aus dem Norden brach achtlos Zweige von den Büschen und vergnügte sich ganz nebenbei damit, die Erdwälle an den Rändern der kleineren Kanäle zu zertreten, Schöpfwerke umzustoßen und die Seile der vielen sorgsam errichteten Schleusensysteme zu zerschneiden.

Eine kleine, kaum ein hohes Rohr aus dem flachen Land aufsteigende Erdkuppe, die fast bis zur nördlichen Stadtmauer von Uruk reichte, wurde zum Altarhügel des Heeres. Direkt daneben errichteten Bauleute aus mitgebrachten Balken und Matten ein Haus für den König. Sie rammten Scheinpilaster in den Boden und stießen dabei auf Scherben und vermoderten Abfall.

»Heh, seht euch das an!« rief einer. »Das sieht ja aus wie eine uralte Opferstätte!«

»Was schreist du so?« fragte ein Unterführer. »Wußtest du nicht, daß die Urukäer sogar Könige samt Gefolge in ihren Müllbergen vergraben haben?«

Die Umstehenden lachten.

»Vielleicht finden wir ja noch goldene Becher ...«

»Dafür müßten wir tiefer graben als befohlen.«

Sie hängten bunte Wandfriese über den Eingang des Königshauses. Andere zogen Seile zwischen die Holzpfosten und hängten bemalte Tücher dazwischen. Sie zeigten Szenen aus dem Leben der Eselsstadt – Prozessionen, Bilder vom Neujahrsfest und Siegeszeremonien aus der Regierungszeit König Mebaragesis.

Als das Zeichen des Sonnengottes endgültig aus dem Dunst aufstieg, schmetterten schrille Fanfarenstöße über das quirlige Lager hinweg. Drei Dutzend Kesselpauken schlugen mit ihrem »Tumtamm, tum-tamm, tum-tamm« das Signal für den Landgang des Königs. Sämtliche Angehörige des Heeres richteten sich auf und drehten sich so, daß sie zum Langboot ihres mächtigen Herrschers sehen konnten. Und dann erschien der König und Hohepriester von Kisch im vollen Ornat. Er wurde von einer Gruppe höchster Würdenträger begleitet.

Minutenlang blieb König Mebaragesi auf einem mit Teppichen geschmückten Steg stehen. Die Pauken veränderten ihren Rhythmus. Ein dumpfer Gesang aus vielen Priesterkehlen hallte vom Fluß her über die Felder. Und dann setzte Mebaragesi seinen Fuß auf das Land der feindlichen Stadt, bückte sich ganz langsam und küßte den Boden. Mit der rechten Hand nahm er einen Erdbrokken, richtete sich wieder auf, zerdrückte die Erde.

Der Gesang der Priester brach ab. Gleichzeitig verstummten die Pauken.

»Dies war das Land der Urukäer!« rief König Mebaragesi mit weittragender Stimme. »Von jetzt an soll es das Land der großen und heiligen Götter von Kisch sein! Und Mebaragesi, ihr Stellvertreter auf Erden, nimmt es für sie in Besitz!«

Ein ungeheurer Jubelschrei aus Tausenden von Kehlen war die Antwort. Und niemand bemerkte, daß König Mebaragesi eine der wichtigsten Standarten von Kisch nicht an Land tragen ließ. Das alte und überaus wertvolle Alabasterschnitzwerk mit den Symbolen des ersten Königtums von Kisch war in der Eselsstadt geblieben. Mebaragesi war ein erfahrener König. Selbst wenn sich das Kriegsglück oder die zurückgebliebenen Priester gegen ihn wenden sollten, würde die alte Standarte das *ME* des Königtums für seinen Sohn Agga sichern.

Der stechende Geruch einer Ölflamme kitzelte seine Nase. Er sog die Luft ein und dann mußte er mit einem dröhnenden, den ganzen Körper erschütternden Lärm niesen.

Gilgamesch fuhr hoch, stieß mit dem Kopf gegen einen Wandfries und fiel auf das muffig riechende Lager zurück.

»Mein Schwert? Wo ist mein Schwert?« brüllte im gleichen Augenblick Zabardi Banuga. Gilgamesch blinzelte in die Flamme der Öllampe auf einem Fries an der gegenüberliegenden Seite eines kleinen, kammerartigen Raumes. Er sah Erdwände, die so alt waren, daß schwarzbrauner Staub von den Kanten hochwirbelte.

»Schrei doch nicht so!« schimpfte Gilgamesch.

»Schon wieder du!« stöhnte der Schublugal. »Kann ich denn dieses Klettengewächs nie mehr loswerden?«

»Das hast du dir alles selbst zuzuschreiben! Sei froh, daß du noch lebst!«

»Leben nennst du das? Gefangen in einem stinkenden Gefängnis. Erdwände, zwei halbverfaulte Lager und eine Ölfunzel. So mag ein Furchenzieher das Ende eines Feldzugs erträumen, aber ich – Zabardi Banuga – ich werde krank, wenn ich nicht kämpfen kann!«

»Und wofür würdest du kämpfen?«

»Wie unwissend bist du eigentlich? Ein Schublugal kämpft immer für seinen Lugal ... wie der Name schon sagt.«

»Und ein Lugal ... ein König? Wofür läßt der kämpfen?«

Zabardi sah Gilgamesch verdutzt an. Dann schüttelte er mit einem hilflosen Gesichtsausdruck den Kopf. Er hob seine Hände und streckte sie halb in die Höhe. »O ihr Götter von Kisch, gewährt mir die Gnade und laßt mich im Licht der Sonne sterben! Der von den *Asakku*-Dämonen geschlagene Gärtner raubt mir noch den Verstand!«

Ein leises, belustigtes Lachen kam aus der Dunkelheit hinter der Öllampe. Erst jetzt erkannte Gilgamesch die Nische hinter dem Fries in der Erdwand.

»Bara! Wo sind wir hier? Und was machst du hinter der Wand?«

»Ich weiß genausowenig wie ihr. Wir müssen gleichzeitig aufgewacht sein.«

Gilgamesch richtete sich auf. Diesmal war er vorsichtiger. Er beugte sich vor und schob die Öllampe etwas zur Seite. Ihr Licht mußte für beide Kammern reichen, denn Baras Raum war noch dunkler als der, in dem er und Zabardi Banuga sich befanden.

»Hast du die Lampe angezündet, Bara?« fragte Gilgamesch. Das Mädchen aus Aratta schüttelte den Kopf.

»Ich auch nicht«, sagte Zabardi Banuga, noch ehe Gilgamesch ihn fragen konnte.

Gilgamesch ging an den Wänden entlang. Mit den Händen berührte er alle Stellen, die vom Licht der Öllampe erhellt wurden.

»Ziemlich alt«, sagte er nachdenklich, »aber wir sind erst seit kurzer Zeit hier ... eine Nacht vielleicht ... oder eine Nacht und einen Tag ...«

»Woher willst du das wissen?« knurrte Zabardi Banuga.

»Weil du noch gut genährt aussiehst ...«

Der Schublugal strich sich unwillkürlich über seinen Leib. Er kniff in seine nackten Oberschenkel, tastete sein Gesicht ab und streckte mit einer langsamen Bewegung seine Hände ins Licht der Öllampe.

»Drei Tage«, sagte er schließlich. »Wir sind mindestens drei Tage in dieser verfluchten Gruft!«

Gilgamesch schüttelte den Kopf. »Das glaube ich nicht«. Er hob die Lampe und hielt schützend eine Hand vor die Flamme. Schritt für Schritt erkundete er die Ausdehnung der ersten Kammer. Sie war nicht größer als die Eingangshöhle in Schukallitudas unterirdischen Lagerräumen. Bis auf die Liegen und drei bronzene Speerspitzen in einer Ecke war der kleine Raum völlig leer. Gilgamesch bückte sich. Er strich mit den Fingerspitzen über Staubspuren auf dem festgestampften Boden. Er war um drei Löcher im Boden verteilt.

»Hier haben vor langer, langer Zeit drei Speere gesteckt«, sagte Gilgamesch und richtete sich wieder auf.

»Ich habe auch etwas gefunden«, sagte Bara Nam-tara. Sie kam an den Durchbruch in der Erdwand und hielt einen länglichen, schwarzverkrusteten Gegenstand ins Licht der Öllampe. Gilgamesch ging zu ihr.

»Was ist das?« fragte er. Sie sah ihn mit einem langen und liebevollen Blick an, während er nur auf ihren Fund starrte. Sie nahm ein Stück ihres Umhangs und begann, mit beiden Händen zu reiben. Dann zog sie vorsichtig den Stoff zur Seite. Staub und verkrustete Erde rieselten nach unten. Zabardi war ebenfalls nähergekommen.

»Ein Dolch!« stieß er hervor. Bara und Gilgamesch blickten wortlos auf die wunderbare Waffe. Vom Schmutz befreit glänzte eine Klinge aus Gold in der Handfläche der Tempelsklavin. Der kunstvoll gearbeitete Griff war mit hellblauen Lapislazulisteinen und goldenen Höckern verziert.

»Bei allen Göttern!« schnaubte Zabardi plötzlich. »Dolche wie dieser ...«

Er brach ab und schwieg.

»Was ist damit?« fragte Bara. Der Schublugal schüttelte den Kopf. »Nein, es ist unmöglich ...«

»Was ist unmöglich, Zabardi?« fragte Gilgamesch.

»Kennst du die Statuen der Urkönige nicht?«

Gilgamesch schüttelte den Kopf.

»Sie stehen im Hof von König Mebaragesis Palast. Und einer der alten Herrscher vor der großen Flut trägt einen Dolch aus Stein, der genauso aussieht wie dieser hier.«

»Uruk ist sehr alt«, sagte Bara nachdenklich.

Gilgamesch tastete erneut an den Wänden entlang. Eine Stelle war weicher als die anderen. Er drückte dagegen. Bara trat mit der Öllampe neben ihn. Im gleichen Moment brach ein Teil der uralten Erdmauer in sich zusammen. Staub wallte auf und dann konnten sie weit in die Vergangenheit sehen.

»Bei allen Göttern Sumers!« stöhnte Bara Nam-tara ergriffen.

Der Raum war doppelt so groß wie die Kammern, in denen sie aufgewacht waren. In seiner Mitte erkannten sie eine alt und morsch wirkende Totenbahre. Der Leichnam des unbekannten Würdenträgers lag nach alter sumerischer Sitte auf der Seite. Er trug einen Helm aus getriebenem Goldblech, der eng an seinem Kopf anlag und an den Seiten wie lockiges Haar geschmiedet war. Sein Gesicht war ihnen zugewandt, und seine gehobenen Hände hielten einen goldenen Becher an schmal gewordene Lippen. Unzählige Perlen glitzerten wie Sternenstaub auf kleinen Brustplatten aus Gold und Lapislazuli. In einem breiten silbernen Gürtel hingen ein zweiter goldener Dolch und ein Ring, in dem ein Wetzstein aus Lapislazuli steckte. Neben seinem unteren Ellenbogen lagen Pokale und Diademe, Öllämpchen in Muschelform und unzählige andere Schmuckgegenstände. Und unter dem oberen Arm hielt der fürstliche Tote eine schwere, zweischneidige Kampfaxt.

»Ich habe nie zuvor etwas so Prächtiges gesehen«, flüsterte Bara. Gilgamesch und Zabardi näherten sich vorsichtig dem königlich wirkenden Toten.

»Er könnte tatsächlich aus der Zeit vor der großen Flut stammen«, sagte Gilgamesch ergriffen. »Die Grabräuber haben ihn nicht entdecken können!«

»Wenn jene nicht hinein kamen, kommen wir auch nicht heraus!« murrte Zabardi Banuga hinter ihnen.

Gilgamesch hielt die Flamme der Öllampe vor die Wand am

Kopfende der Bahre. Er sah Zeichen und Symbole auf einer eingelassenen Steinplatte, aber er wußte sofort, daß er sie nicht deuten konnte, denn jene Zeit der alten Ordnung war schon zu weit entfernt.

Die ersten Tage der Belagerung machten aus Uruk eine sehr stille Stadt. Niemand ging auf die Felder hinaus und selbst zwischen den Häusern wanderten nur gelegentlich junge Burschen mit ihren Waffen schweigend auf und ab.

Zur Mittagsstunde des dritten Tages riefen die Schläge der Kesselpauken nur noch verhalten von der obersten Stufe der Zikkurat zum Gebet. Aber kein Priester erschien. Enttäuscht gingen die meisten in ihre Häuser zurück.

Nur wenige sahen deshalb den in braune Tücher gehüllten Mann, der mit sehr langsamen, fast schlurfenden Schritten den Königspalast über die Verbindungsbrücke zum ›türlosen Palast‹ verließ. Zwei alte Männer blieben am Rand des großen Platzes vor der Zikkurat stehen.

»Seht, seht, ist das nicht König Enmerkar, ›der Herr des vermessenen Landes‹?« rief ein junger Urukäer halblaut. »Wann hat man ihn zum letzten Mal gesehen?«

»Es war vor acht Jahren«, sagte der alte Vogelfänger Asch-bal.

»O nein, vor zehn – im Jahr als mein jüngster Enkel in den Kanal der Pflaumen fiel«, meinte der Alte, der einmal Lu-abal in Uruk gewesen war – ein Edler, ›der untersucht, was dahinter steckt‹.

»Ich weiß nicht, wann dein Enkel in den Kanal fiel«, sagte der Vogelfänger. »Auf jeden Fall habe ich noch nie gesehen, daß der König die unglückliche Nin-sun besucht.«

Enmerkar blieb mitten auf dem Brückenweg stehen. Er hielt sich an den senkrechten Eisenstäben fest, die den gemauerten Steg mit der Dachkonstruktion verbanden. Es war, als würde eine unsichtbare Wand ihn aufhalten. Enmerkar beugte sich vor. Sein Kopf saß noch immer hoch über den Schultern, doch seine Bewegungen wirkten schwach und mutlos.

»Es ist unser Unglück, daß Enmerkar vor vielen Jahren seine einzige Tochter eingemauert hat«, seufzte der Richter über den

Streit. »Wer soll unsere Geschicke lenken, wenn er doch seiner einzigen Tochter verboten hat, für einen Erben zu sorgen.«

»Kennst du denn das Geheimnis nicht, von dem einige der Priester sprechen?«

»Ein Traum ... nur ein schöner Traum!« sagte der Lu-abal. »Nin-sun hat nie einen Sohn gehabt, und selbst wenn es so gewesen wäre, hätte ihn Enmerkar sofort töten lassen.«

»Es wird viel gemunkelt«, mischte sich ein junger Urukäer ein, der den beiden Alten schon eine ganze Weile zugehört hatte. »Ich weiß bis heute nicht, warum der König so grausam zu seiner einzigen Tochter sein konnte.«

Für eine Weile schwiegen die beiden Alten, doch dann setzte sich der Vogelfänger auf eine Bank aus Schilf und Ton und berichtete von den Ereignissen, die vor sehr langer Zeit geschehen waren.

»Früher regierten die Könige Sumers viel länger als heute – manchmal sogar über Väter und Kinder, Kinder und Kindeskinder und so fort. Als das Unglück begann, war Enmerkar König von Uruk und Kullab zugleich, einer Stadt, die so weit entfernt in den östlichen Bergen liegt, daß sie kein lebender Urukäer außer ihm gesehen hat.«

»Ja, und in jener Zeit war *Inanna* die Göttin beider Städte«, nickte der Lu-abal und setzte sich ebenfalls auf die Bank am Rand des großen Platzes. »Solange jedenfalls, bis Enmerkar die Leute im Hochland von Aratta aufforderte, Schätze für ihn an den steilen Felsen herabzulassen, um Inannas Haus in Uruk zu schmücken. Einer der fernen Fremden hatte sich daraufhin selbst zum König erklärt. Er lehnte Enmerkars Forderung ab und schickte den Königsboten mit leeren Händen nach Uruk zurück.«

»Es war *Inanna*, die beide gegeneinander ausspielte«, meinte der Vogelfänger. »Der neue Herr von Aratta schlug einen Zweikampf zwischen den besten Kriegern beider Städte vor, aber Enmerkar war so stolz, daß er selbst darum kämpfen wollte, welches die Lieblingsstadt *Inannas* sein sollte.«

»Darauf ging der neue König im Hochland nicht ein. Er schlug stattdessen einen Handel mit Gold, Silber und Kupfer gegen Getreide von den Feldern Uruks vor. Und so geschah es, bis Enmerkar eines Tages merkte, daß der andere ihn betrog.«

Bekanntlich hört beim Geld die Freundschaft …

…auf. Wenn man sich Geld borgt oder es verleiht, dann mit klaren Absprachen. Auf den Pfennig und auf den Tag genau.

»Er hatte sich alle Mengen in feuchtem Ton aufgezeichnet und mit seinem Rollsiegel bestätigt«, lachte der Vogelfänger verschmitzt. Es kam zum Streit, und Enmerkar zeichnete ein Ultimatum auf eine Tontafel. Er verlangte sein Recht und eine Sühnezahlung zum Wiederaufbau des ersten Tempels von Eridu.«

»Damit wollte er nur *Inannas* Vater, Gott *Enki*, auf seine Seite bringen, von dem der Bergkönig behauptet hatte, daß er die bessere Verbindung hätte«, sagte der Lu-abal. »Enmerkar wurde zornig auf Aratta und auch auf *Inanna*. Er erkannte ihr Spiel und rüstete zum Krieg gegen die eigene Göttin, die sich kaum noch in Uruk sehen ließ. Er wollte sie zwingen, nach Uruk zurückzukehren.«

»Und das war sein Verhängnis«, nickte der Vogelfänger. »Sie schickte ihm das furchtbarste aller Orakel und ließ ihm prophezeien, daß er einmal vom Sohn seiner einzigen Tochter getötet würde.«

»Dann hat er sie eingemauert, damit sie niemals einen Sohn gebiert?« fragte der junge Urukäer.

»So ist es«, sagte der Vogelfänger.

»Ja, so ist es«, bestätigte der Lu-abal.

Zur gleichen Stunde empfahlen die Berater des anderen Königs, Uruk nicht länger zu belagern.

Die Edlen und Heerführer, Feldpriester und Astronomen, die Beschauer der Eingeweide und Führer der Waffenschmiede saßen rund um den Altar auf dem Hügel nördlich der Stadt. Obwohl der Monat Ululu bereits zum zweiten Mal befohlen worden war, stach die Mittagssonne ebenso heiß wie im ersten Durchlauf.

Mebaragesi ließ sich von zwei Fächersklaven Luft zuwedeln, aber auch das brachte keine Kühlung. Er thronte auf einem mit Gold und Perlen verzierten Stuhl mit breiten Armlehnen unter einer Matte aus geflochtenem Schilf. Eine Sklavin tupfte unablässig Stirn, Schläfen und Nacken des Königs mit einem feuchten Tuch ab. Keinem der anderen Männer wurde die gleiche Ehre zuteil.

»Wir haben die Sterne und den Lauf der Sonne befragt«, sagte der Sternpriester, der für die Deutung der Himmelszeichen verantwortlich war.

»Die Lebern der letzten Hammelopfer sahen schwarz und hart aus«, bestätigte der Lumach, dem König Mebaragesi für die Zeit des Feldzugs die Stellvertretung für das Hohepriestertum übertragen hatte.

»Nach allen Zeichen haben wir nur noch drei Möglichkeiten«, faßte der neue Nubanda das Urteil der Edlen und Weisen von Kisch zusammen. Er stammte aus der Priesterschaft der Eselsstadt und hatte sich schnell in seine neue Rolle eingefunden. Kaum jemand wußte, daß er bereits seit Jahren der eigentliche Verwalter der Ernten und Kämmerer des Stadtvermögens gewesen war. Er hatte nur gewartet, bis die Zeit ihm auch offiziell die Insignien des dritthöchsten Amtes in einer sumerischen Stadt verlieh.

»Nenne die erste Möglichkeit für mich und mein Heer, Nubanda der mächtigen Stadt Kisch«, sagte der König. Er blinzelte in die Sonne über den Feldern von Uruk. Überall stiegen dünn flirrende Rauchfäden in den weißblauen Himmel. Bis auf die Schilfmatten über den Lagerplätzen deutete nichts darauf hin, daß viele tausende Krieger und Handwerker, Frauen und Priester zwischen dem großen Fluß und den Stadtmauern lagerten.

»So still wie es jetzt ist, könnte es für immer werden, wenn wir die Belagerung fortsetzen«, sagte der Nubanda. Seine Stimme klang belegt. Er wischte sich mit der Hand über seinen fast kugelförmigen, dicht auf den Schultern sitzenden Kahlkopf. Seine dunklen, sehr großen Augen lagen wie schwarzpolierte Kieselsteine in ihren Höhlen. Er leckte sich langsam über die schweren Lippen, neigte den Kopf etwas nach vorn und schien zu beten.

»Trink einen Schluck Wein!« befahl der König.

»Ich habe seit zwei Tagen nichts als Wein getrunken – zuerst mit dem restlichen Wasser gemischt und dann so vorsichtig, wie mein Durst es erlaubte.«

»Du meinst, du bist trunken?«

»Dein gesamtes Heer ist trunken, Mebaragesi«, sagte der Nubanda. »Die Urukäer haben alle Brunnen versalzen, dazu den Fluß und die Kanäle, die durch Gärten und Felder ziehen.«

»Hatte ich nicht befohlen, Saft von Früchten zu trinken?« fragte der König ungehalten.

»Gewiß, gewiß!« sagte der Nubanda. »Im Umkreis eines halben

Tages gibt es keinen Granatapfel mehr, keine Pflaume und keine Gurke in den Gärten und auf den Feldern. Wir haben zu spät verboten mit dem versalzenen Wasser zu kochen. Und nun behaupten die Azus, daß die letzten vergessenen Früchte Uruks die bösen Dämonen des Leibes erzürnen.«

Mebaragesi beugte sich ruckartig vor. »Man ißt die Früchte nicht und verschmäht ihren Saft?«

»So ist es, Herr.«

»O diese Narren von Azus! Wer gab ihnen das Recht, meine Befehle zu mißachten?«

»Viele der Krieger sind bereits krank«, sagte der Nubanda. »Sie können selbst Breinahrung nicht mehr bei sich behalten.«

»Habe ich etwa ein Heer von Säuglingen vor die Mauern von Uruk geführt?« stieß Mebaragesi hervor. Seine Hände umklammerten die Lehnen des Thronsessels.

»Auch Dubsars und Ensis blieben nicht verschont«, sagte der Nubanda. »Seit gestern kannst du nur noch mit der Hälfte deines Heeres rechnen. Die anderen sind nicht mehr in der Lage, ihr Schwert über den Kopf zu heben.«

»Sind denn die Boote mit frischem Wasser aus dem Norden nicht eingetroffen?« fragte der König zornig. Er griff nach dem Lappen, mit dem die Tempelsklavin ihm Stirn und Nacken betropfte. »Hier«, sagte er und preßte das Wasser aus dem Tuch. »Hier ist Wasser ... und nicht salzig!«

»Es stammt aus dem letzten Ledersack, den ich im Lager der keifenden Weiber auftreiben konnte«, sagte der Nubanda und neigte erneut den Kopf. »Und bis zu dieser Stunde hat noch keines der ausgesandten Boote frisches Wasser gebracht.«

Mebaragesi zog die Mundwinkel herab. Er lehnte sich zurück und blickte über die Köpfe der schweigend versammelten Würdenträger seines Reiches hinweg.

»Ich soll also aufgeben! Ich soll alle Boote besteigen lassen und schmählich nach Kisch zurückkehren! Ist das der Rat, den ihr mir geben wollt?«

»Es ist eine der drei Möglichkeiten, von denen ich sprach«, sagte der kahlköpfige Nubanda tonlos. Mebaragesi sah ihn mit einem kalten, hart funkelnden Blick an.

»Vergeßt, daß ihr diesen Gedanken in euren von Hitze und Rauschtrank erweichten Köpfen geduldet habt! Und jetzt die zweite Möglichkeit, ehe mein Zorn mich grausam macht!«

»Wir könnten noch einen Tag oder zwei auf die Boote warten.«

Mebaragesi lachte höhnisch. Zum ersten Mal mischte sich der Lumach ein: »Die Boote trugen die besten Ruderer. Sie hatten den Auftrag, nicht auf dem Baranum nach Kisch zu fahren, sondern über die Kanäle bis zum schnell fließenden Idigna vorzudringen.«

»Aber kein Läufer hat bisher berichtet, wie weit sie gekommen sind und ob sie überhaupt mit gutem Wasser zurückkehren! Ist es so, Nubanda?«

»So ist es.«

Mebaragesi spürte, wie ihm das Blut in den Kopf stieg.

»Das ist kein Zufall, kein Ratschluß der Götter!« rief er mit ätzendem Hohn. »Aber ich werde daran denken, wenn ich siegreich nach Kisch zurückkehre. Und wehe denjenigen, die mich auf diese Weise um meine Bestimmung zu bringen versuchten. Habt ihr noch eine Möglichkeit anzubieten oder muß ich euch alle wie streunende Hunde der Wüste davonjagen?«

Die Edlen und Heerführer richteten sich voller Protest auf. So durfte selbst ein König und Hohepriester nicht mit seinen Beratern sprechen! Verstohlene Blicke flogen hin und her.

»Ein halbes Heer ist besser als gar kein Heer«, sagte der Nubanda. »Bei dieser Hitze werden auch die Urukäer dürsten oder durch Rauschtrank benommen sein.«

»Du sprichst von der dritten Möglichkeit?«

»Ich spreche von einem Angriff ohne weitere Belagerung. Noch heute nacht!«

Und plötzlich lächelte der König von Kisch.

»Du hättest gleich davon sprechen sollen! Ich will dir noch einmal vergeben, weil du dein Amt erst seit kurzer Zeit bekleidest! Aber ich warne dich ... dich und alle anderen ... versucht nie wieder meinen Ratschluß zu durchkreuzen! Ich bin der König und Hohepriester, der Stellvertreter unseres Stadtgottes in Kisch! Ich und kein anderer!«

Zabardi Banuga stöhnte leise. Er lehnte sich mit dem Rücken gegen die Erdwand. Vor ihm begann das fremde Dunkel eines Ganges, von dem er und die anderen nur die ersten, einst in der Sonne getrockneten Ziegel erkennen konnten.

»Seltsam«, sagte Gilgamesch. »Diese Steine hier – sie sind aus Erde geformt, aber sie mußten das Licht Sonne sehen, ehe sie hart und nützlich wurden.«

»Deine Sorgen möchte ich haben!« brummte Zabardi Banuga. »Frag lieber meinen Magen, wie es ihm geht. Der fühlt sich inzwischen auch wie ein Ziegelstein an, der zwei Wochen lang in der Sonnenglut gebacken wurde.«

»Menschen können wochenlang ohne Essen auskommen«, sagte Bara. Gilgamesch ging mit der Öllampe einige Schritte in den gemauerten Gang hinein.

»Dort beginnen andere Steine«, sagte Bara dicht hinter ihm. Sie roch noch immer angenehm. Er lächelte, ohne daß sie es sehen konnte, dann beugte er sich vor.

»Nur Brandspuren«, sagte er. »Der Gang endet hier.«

Er lehnte sich schweigend gegen die Schlußmauer. Zabardi Banuga ließ sich mit einem enttäuschten Stöhnen auf den Boden sinken. Auch Bara fühlte die Schwäche in ihren Gliedern.

»Wenn nur die Luft nicht so schlecht wäre«, sagte sie. »Es riecht wie nach alten Räucherstäbchen. Doch irgendwie erinnert mich dieser Geruch an etwas.«

Gilgamesch hob die Lampe. Ihr Licht fiel auf Baras Gesicht.

»Ich habe gedacht, du riechst so gut«, sagte er, »vorhin ... als du hinter mir hergingst ...«

»Ich rieche wahrscheinlich nicht anders als ihr«, sagte sie spöttisch. »Was erwartest du nach den letzten Tagen und Nächten? Daß ich wie eine gesalbte Göttin dufte?«

Zabardi legte den Kopf zurück und sog geräuschvoll Luft ein.

»Ich kenne diesen Geruch! Ich weiß, daß ich ihn kenne ...«

Bara sah ihn von der Seite an. Sie schnupperte. »Ich auch«, sagte sie dann. »Es muß ein Kraut sein ... eine Pflanze, wie sie die Händler manchmal von ihren Reisen ins Hochland mitbringen. Ja, es ist An-schir! Ihr sagt An-schir zu den Früchten des Busches ... Wacholderbeeren ...«

»Genau das ist es!« sagte Zabardi genüßlich. »Ich habe mal einen Hammel gegessen, der mit An-schir-Paste eingerieben war.« Er schnalzte mit der Zunge. »Zunächst wird Öl und Molylauch mit Salbei gemischt und dann mit Senf und An-schir-Paste verrührt. Aber erst ganz zum Schluß, versteht ihr. Damit nichts verkohlt. Oh, ich könnte drei knusprige Hammelkeulen mit dieser An-schir-Paste vertilgen, vier Hammelkeulen.«

»Kannst du nicht mal einen Moment still sein?« fragte Gilgamesch. »Wie soll ich nachdenken, wenn du ständig redest?«

Bara hob verwundert die Brauen. Sie sah, wie Gilgamesch mit der Spitze des Dolches Linien in den Lehm des Fußbodens ritzte.

»Hier bist du aufgewacht, Zabardi«, sagte er und stellte die Öllampe an die Ecke des ersten Rechtecks. »Und hier du, Bara ...« Er bohrte mit dem Dolch zwei Löcher in die Erde. »Ich selbst kam hier wieder zu mir.« Das dritte Loch. »Fehlt nur noch eins ... und zwar genau hier.«

Er richtete sich auf und hob die Lampe höher.

»Wir sind in die falsche Richtung gegangen!«

Bara hatte ganz plötzlich das Gefühl, als würde der ohnehin groß und breit wirkende junge Krieger nach allen Seiten wachsen. Vielleicht waren es nur die Schatten der Lampe, vielleicht auch das Flirren des Hungers, das ihre Augen trübte, doch Gilgamesch wirkte auf einmal wie ein Gigant. Sein mächtiger Körper füllte den gesamten Gang vor der Schlußmauer aus.

»Laßt mich vorbei!« sagte er, und seine Stimme klang wie das Grollen vor einem Erdstoß. Bara Nam-tara preßte sich verwirrt gegen die Seitenwand. Der Boden zitterte als Gilgamesch mit weiten, an das Stampfen des Himmelsstiers erinnernden Schritten an ihr vorbeiging. Sie fürchtete sich vor diesem Mann, der eben noch nur ein großer und kräftiger Krieger gewesen war. Im gleichen Moment war der Riese an ihr vorbei. Nein, das war kein grüner Gärtnerbursche mehr, sondern geballte, bis ins Göttliche reichende Energie!

»Ich muß essen«, jammerte Zabardi Banuga, »essen und trinken, denn ich sehe schon wieder Dämonen.«

Bara wollte Gilgamesch anrufen, aber sie konnte ihm nur wortlos nachstarren. Welche Magie, welcher geheimnisvolle Zauber der

Grabkammern hatte Gilgamesch – ihren Gilgamesch – so plötzlich verändert?

Der Schein der Öllampe wurde immer schwächer. Sie folgte dem riesigen Schatten an den Wänden. Und dann sah sie die Nische mit dem Wasserkrug. Sie konnte gerade erkennen, daß er feucht glänzte. Sie nahm den vollen Krug mit beiden Händen hoch, roch kurz am kühlen Wasser und trank mit großen, durstigen Schlucken.

Gilgamesch fühlte eine unbändige, magische Kraft in sich. Wie in Trance folgte er dem Licht der Flamme, die nicht mehr flackerte, sondern wie ein strahlender Pfeil, wie ein Abbild der Sonne und der Sterne schräg über der Öllampe hing. Die Flamme hatte die Kraft der göttlichen *ME* in sich, und Gilgamesch erkannte plötzlich, daß Flammen und Feuer zu den großen Geheimnissen gehörten, die Inanna ohne Erlaubnis der Götter über den Menschen ausgegossen hatte.

Zum ersten Mal in seinem Leben verstand Gilgamesch die wahre Bedeutung der göttlichen *ME*: sie konnten Licht in das Dunkel bringen – oder alles verbrennen!

Er hatte schon früher in sich hineingelauscht, hatte Gedanken und Gefühle empfunden, die er sich nicht erklären konnte. An manchen Tagen waren ihm Erde und Steine, Pflanzen, Tiere und Menschen wie feindliche Wesen vorgekommen, die sich allesamt gegen ihn verschworen hatten. Dann wieder hatte ein Vogelzwitschern, ein Plätschern der Wellen im Fluß oder ein Wolkenband hoch am Himmel genügt, um ihn froh zu stimmen.

Ob Schukallituda doch recht gehabt hatte?

Gilgamesch spürte, daß er auf einmal ganz anders empfand als in den Gärten, ja, sogar anders als im Taumel des Aufbruchs in Kisch. Er fühlte sich nicht mehr hungrig und durstig. Sein Körper kam ihm wie ein großes Gefäß vor, in dem alle *ME* gleichzeitig Platz hatten ...

Er fühlte sich wie eine Knospe, die sich ganz langsam öffnete. Die Freude in ihm wurde größer und mächtiger. Er ahnte, daß er mit jeder Minute mehr von den Göttern, den unsterblichen, bekam.

War dies der Weg, selbst unsterblich zu werden? Hatte er gefunden, wonach alle Menschen suchten?

Die Götter starben nicht. Sie mußten nicht essen, nicht trinken und benötigten nicht einmal Schlaf. Ihr Tag war die Ewigkeit und ihre Nacht das Unendliche. Wenn es auch nur die kleinste Möglichkeit gab, den Göttern das größte von allen *ME* zu entreißen, dann wollte er es tun! Er wollte den Tod überwinden und unsterblich werden wie sie ...

Im gleichen Augenblick flackerte die Flamme.

Gilgamesch schrak zusammen. Der Gang, den er eben noch in seiner ganzen Breite mit seinem Körper ausgefüllt hatte, schien ruckartig weiter zu werden. Die Wände wichen zurück, und vor ihm tauchte eine Wand aus getrocknetem Schlick auf. Sie sah wie ein senkrecht stehendes Stück Ufersand mit Spuren von Wasserwellen aus.

Gilgamesch strich mit den Fingerkuppen über die Oberfläche der Wand. Sie war so weich wie sie aussah. Er verstärkte den Druck seiner Finger. Hinter sich hörte er einen verhaltenen Schrei. Gleichzeitig fiel die Wand mit einer Staubwolke in sich zusammen.

Gilgamesch hustete und spuckte. Er wankte durch die vor ihm entstandene Öffnung, stieß mit den Schultern gegen harte Vorsprünge und spürte gleichzeitig einen warmen Luftzug. Er folgte dem Sog, während er mit einer Hand die klein gewordene Flamme der Öllampe schützte.

»Halt! Halt! Halt!« hörte er eine rauhe Stimme direkt vor sich. »Ich flehe dich an, Herr, Ensi, Lugal! Laß mich nicht länger im Vorhof der Unterwelt schmachten. Rette mich oder töte mich, aber nimm von mir den Fluch der Einsamkeit.«

Der Schein der Flamme fraß sich durch wirbelnde Staubschleier. Gilgamesch hielt die Luft an, dann fragte er: »Wer bist du?«

»O Gütiger, verspotte mich nicht!« flehte der Unsichtbare. »Du weißt doch, daß ich nie freiwillig in diese finstere Kammer gegangen wäre! Und du weißt, daß ich nie ein Frevler, sondern immer nur Mesche der Schmied war ...«

»Mesche der Schmied?«

»Bestrafe mich, weil ich nach Uruk eingedrungen bin, aber laß mich noch einmal das Sonnenlicht sehen ...«

»Mesche der Schmied!« stieß Gilgamesch hervor. Er riß die Augen auf und stürzte nach vorn. Und dann stießen sie gegeneinander. Sie schnellten zurück, zögerten, erkannten sich und fielen sich mit einem Freudengeheul in die Arme.

Mesche sah grau, staubig und müde aus. Seine Augen waren rotrandig und wirkten so groß wie bei den Nachtkatzen der Wüste ... aber er lebte und freute sich ebenso wie Gilgamesch.

»Und ich dachte schon, man hätte mich ohne die Beigaben für die Reise ins Reich *Ereschkigals* begraben ... ohne einen Krug Wasser und ohne einen einzigen Brotfladen!«

»Du bist nicht tot, Mesche!« sagte Gilgamesch. »Du lebst ebenso wie ich und wie Bara Nam-tara und Zabardi!«

»Was? Die sind auch hier?«

Gilgamesch nickte.

»Dort hinten ... in einem Scheingang ohne Türen.»

»Habt ihr ... habt ihr etwas zu trinken?«

Gilgamesch nahm Mesche am Arm. Er führte ihn zum schwachen Dämmerlicht des Ganges, aus dem er eben gekommen war.

»Heh, Bara! Zabardi! Mesche ist hier ... ich habe Mesche gefunden!«

Die beiden anderen näherten sich nur zögernd. Sie blieben verstört einige Schritte vor Mesche und Gilgamesch stehen. Gilgamesch hob die Öllampe. Bara drehte sich wortlos um. Gleich darauf kam sie mit dem Wasserkrug wieder. Sie gab ihn Mesche, doch der setzte ihn vergeblich an die Lippen. Nur noch zwei, drei Schluck rannen durch seine ausgedürstete Kehle.

»Ist das alles, was ihr habt?«

»Vorhin war es noch viel mehr«, sagte Bara erschrocken. Zabardi Banuga stieß einen knurrenden Laut aus.

»Ja, ja! Ich habe das Wasser getrunken«, gab er zu. »Wußte ich denn, ob nicht einer von euch ...«

»So ein starker, schöner Mann«, sagte Bara verächtlich, »und nichts als Stroh im Kopf!«

Zabardi senkte den Kopf. Mesche und Gilgamesch mußten unwillkürlich lachen.

»Was ist das hier?« fragte der Schmied.

»Wahrscheinlich eine sehr alte Grabanlage«, meinte Gilgamesch. »Wir wissen nicht einmal, ob wir uns direkt unter der Stadt oder außerhalb der Mauern befinden.«

»Es soll eine Zeit gegeben haben, in der die Toten in ihren eigenen Häusern begraben wurden«, sagte das Mädchen aus Aratta. »In der Erde der Innenhöfe, unter dem Boden der Wohnräume oder in großen, versiegelten Krügen.«

»Das muß bei euch jenseits der Berge im Osten gewesen sein«, schnaufte Mesche der Schmied. »Bei uns hat jeder Tote ein Recht auf ein anständiges Grab in den Totenstädten vor der Stadtmauer!«

»Streitet euch nicht!« sagte Gilgamesch ungeduldig. »Mesche, was weißt du über alte Totenstädte?«

»Nicht so viel wie Mamagal«, seufzte Mesche. »In der Nacht als die Hammel geopfert wurden, hat er von einem Grabräuber erzählt.«

»Was hat das mit uns zu tun?« wollte Zabardi wissen.

»Das will ich euch gerade erklären«, antwortete Mesche geduldig. »Ihr wißt, daß die Urkönige vor der Flut sehr lange lebten. Danach wurde die Welt, wie es heißt, von den Nachkommen Ziusudras erneut bevölkert. Seine Nachkommen sollen sich viel von dem, was sie brauchten, um die Erde erneut zu bearbeiten, aus ganz alten Gräbern geholt haben.«

»Ich denke, das Königtum ist damals zum zweiten Mal vom Himmel herabgekommen«, warf Gilgamesch ein.

»So genau weiß ich das nicht«, sagte Mesche. »Ich weiß nur, daß Jahrhunderte dahingingen und aus den Stellen der alten Totenstädte Müllplätze wurden. Und danach wiederum Grabstätten. Was also tun die schändlichen Grabräuber noch heute?«

»Graben, wahrscheinlich!« lachte Bara trocken.

»Graben!« nickte Mesche. »Graben, wo Generationen nur ihre Abfälle weggeworfen haben. Das ist das ganze Geheimnis der Nachkommen Ziusudras und aller anderen Grabräuber ...«

»Und was nützt uns diese Erkenntnis?« fragte Bara skeptisch.

»Seht den Boden an!« sagte Mesche. »Einige Stellen sehen wie gestampfter Lehm aus, andere wirken locker und staubig ...«

»Wie nachlässig zugeschüttet«, sagte Bara und strich mit den Füßen über den Boden.

»Du meinst, wir sind in einer sehr alten Grabanlage gefangen, unter der es noch weitere geben könnte?« meinte Gilgamesch nachdenklich.

»Ist es das, was du sagen willst, Mesche?« fragte Bara.

Der Schmied hob die Schultern.

»Der Weg der Grabräuber«, sagte Gilgamesch erregt. »Was diese Frevler konnten, schaffen wir auch!« Er griff an seinen Gürtel. »Mein Schwert! Wo ist mein Schwert?«

Für einen langen Atemzug blieb alles still.

»Meins ist auch weg«, sagte Zabardi dann.

Am Nachmittag nahm der Lärm im Heerlager vor der Stadt zu. Gott *Utu* stand bereits über der Wüste westlich von Uruk, als die Tochter von König Enmerkar zusammen mit Harrap auf das Dach des ›türlosen Tempels‹ stieg. Sie legte die Hand über die Augen und blickte über die leer wirkende Stadt hinweg bis zu den Rauchfäden der unzähligen Lagerfeuer auf den abgeernteten Feldern.

Langschiffe und Kelegs lagen dicht an dicht am Ufer des Buranum. Überall auf den Kanälen paddelten und ruderten runde Guffas hin und her. An vielen Stellen gleichzeitig wurden armdicke Rohrstangen ausgeladen und mit Seilen zu fellbespannten Pfeilfängern, Leitern und Rammbündeln verknotet.

»Sie warten nicht mehr lange«, sagte Harrap besorgt.

»Was würde ich tun, wenn ich ein Schwert hätte und mein Sohn ›Wildstier‹ käme mit einer Horde dieser Krieger auf mich zu?« fragte Nin-sun nachdenklich.

»Dein Sohn heißt nicht ›Wildstier‹«, sagte der Eunuch. »Dies wäre sein Name gewesen, wenn er in dieser Stadt gelebt hätte – als legitimer Sohn der ›Herrin der Wildkuh‹. So aber wird er weiterhin Gilgamesch heißen, wie ihn der Gärtner aus Kisch genannt hat.«

»Ob ihn die Ahnen solange schützen können, bis der Ansturm unserer Feinde vorbei ist?« wollte sie wissen. Der Eunuch hob seine schmalen Schultern. »Ich weiß es nicht. Zumindest La-abasch, der Seher-Priester, kennt den verborgenen Eingang zur uralten Totenstadt ebensogut wie ich. Er könnte erfahren haben, daß dein Sohn in der Stadt ist und ihn suchen lassen.«

»Warst du noch einmal unten?«

Harrap schüttelte den Kopf.

»Das wäre zu riskant gewesen. Ich habe ihnen einen Krug mit Wasser hingestellt und in einer anderen Kammer weitere Vorräte.«

»Und wenn sie nichts davon finden?«

»Du machst dir zu viele Gedanken, Herrin!«, sagte der Eunuch. »Gilgamesch ist ein starker Bursche. Das Mädchen bei ihm war Tempelsklavin und weiß eine Menge von dieser Stadt. Und schließlich ist da noch Mesche der Schmied ... ein erfahrener Mann.«

»War er es, dem du das Geheimnis des eisernen Schwertes verraten hast?«

»Nein, ich ließ es dem Obergärtner von Kisch überbringen und der hat es an einen geeigneten Waffenschmied weitergeleitet.«

Nin-sun seufzte leise. »Ich hätte den Pflegevater meines Sohnes gern kennengelernt«, sagte sie. »Und auch den Krieger, der das eiserne Schwert so geschickt schleuderte, daß es den Nubanda von Kisch spaltete.«

»Den Krieger wirst du schon bald sehen und deinen Sohn ebenfalls«, sagte Harrap mit einem feinen Lächeln. »Es war nicht einfach, den Schublugal aus Kisch so zu trainieren, daß er im entscheidenden Moment die richtige Wurfbewegung ausführen konnte – für einen Wurf, der eine Meisterleistung der Magie gewesen ist!«

»Du bist ein seltsamer kleiner Mann, Harrap! Ich wünschte, ich könnte dir deine Freiheit wiedergeben!«

»Ich werde schon bald ein freier Mann sein«, sagte der Eunuch vieldeutig. »Wenn das Orakel erfüllt ist, werden sich viele Dinge in Uruk verändern.«

Als wäre die Erwähnung von Enmerkars Fluch ein geheimes Signal für die Männer von Uruk, kamen auf einmal aus allen Straßen und Gassen Krieger und Wachen, Schublugals und freie Bauern auf den großen Platz zwischen dem *Inanna*-Heiligtum, dem Königspalast und der Zikkurat. Die meisten schlurften und taumelten, schleiften lederne Weinsäcke und Krüge mit Bier hinter sich her.

Priester und Tempelsklaven tauchten zwischen den Säulen auf.

»Bei allen Göttern der Himmel und der Unterwelt!« stöhnte die

Tochter des Königs. »Wie sollen diese Trunkenen Uruk gegen das Heer Mebaragesis verteidigen?«

Im gleichen Augenblick trat der von allen gehaßte und gefürchtete Anführer von Enmerkars Palastwache mit einer Gruppe kostbar gekleideter Priester auf die Stufentreppe der Zikkurat. Der Kahlrasierte war etwa fünfunddreißig Jahre alt. Er hatte sich wie ein hochstehender und vornehmer Ensi gekleidet, aber jedermann in Uruk wußte, daß er ein Bir, ein einfacher, landloser Soldat gewesen war, als vor siebzehn Jahren auf Befehl Enmerkars alle in jenem Jahr geborenen Jungen grausam umgebracht worden waren.

Der Soldat Hurturre war der Furchtbarste gewesen. Seit dieser Zeit bedeutete das Wort Bir nicht mehr Soldat, sondern Mörder. Doch Hurturre hatte das Schmähwort in seinem Namen aufgenommen. Seit jenem Jahr nannte er sich Bir Hurturre, ›der brüllende Mörder der Schwachen‹.

Inzwischen unterstanden ihm alle Tempelwächter, die Wachen an den Stadttoren und selbst die Anführer der Schublugals.

Bir Hurturre hob die Arme. Er wollte gerade mit einer stolzen Ansprache beginnen, als plötzlich der Klang großer Kesselpauken bis in die Straßen Uruks schallte.

»Still!« sagte Nin-sun atemlos. »Hörst du das, Harrap?«

»Sie schlagen die Lilis ...«

»... die Boten des Krieges!»

»Sie lagern nicht mehr«, sagte Harrap und deutete über die alte Stadtmauer hinweg. So weit sie sehen konnten, formierten sich zwischen Büschen und Dattelpalmen und an den Rändern der Bewässerungskanäle die Krieger Mebaragesis. Ganz langsam bildeten sie einen weiten Halbkreis, in dessen Mitte sich der Hügel mit dem Altarzeichen und den bunten Zelten des Königs von Kisch befanden. Die dumpfen Paukenschläge kamen von einer Plattform unmittelbar neben dem Altar.

»Sie fordern Einlaß für einen Boten«, erklärte Harrap. »Er wird dem König der Stadt Uruk die Aufforderung zur Unterwerfung überbringen.«

»Mein Vater wird niemals darauf eingehen!«

»Dann greifen sie an!«

Im gleichen Moment sahen sie zwischen den Kriegern mit glänzenden Schwertern, Bogen und kleinen zweirädrigen Wagen eine Gruppe Trompetenbläser. Sie lösten sich aus dem Altarbereich, schritten unsicher über eine schwankende, eben erst angelegte Kanalbrücke und betraten die Gärten vor den Nordmauern der Stadt. Das dumpfe »Tu-wumm ... tu-wamm ... tu-wumm ... tu-wamm« der fernen Pauken wurde durch rhythmisch rasselnde, sich langsam nähernde Geräusche verstärkt.

Als sie nur noch zwei Seile von der rötlich im Abendrot glühenden Mauer entfernt waren, blieben die Bläser stehen. Sie hoben ihre langen Trompeten. Es dauerte nur einen Augenblick, dann ertönte ein vielstimmiger, schmerzhaft falsch klingender Ton.

Harrap stöhnte gequält auf. Er riß seine kleinen Hände hoch und preßte sie gegen seine Ohren. Auch Nin-sun verzog ihr Gesicht. In ihrem ganzen Leben hatte sie noch nie so gräßliche Geräusche gehört.

Und dann kam der Bote des Königs von Kisch. Es war ein riesiger, muskelbepackter Schublugal-Krieger, der nur einen um die Hüften geschlungenen Fellgürtel trug. In seiner Nacktheit sah er wie der *Nergal*, ›der große Herr‹, Gott des Mars und des Todes persönlich aus.

»Hoh, hoh, Urukäer!« brüllte er, als er nur noch die Seillänge Aschlu entfernt war. Geübte Werfer hätten über die Distanz von fünfzig, sechzig Schritten sogar Keulen schleudern können. Der Bote kam unbewaffnet.

»Öffnet die Stadt für den Boten des mächtigen Königs der Eselsstadt!« rief er deutlich vernehmbar. Ein Hohngelächter von den Mauertürmen war die Antwort. Erst jetzt entdeckten Harrap und Nin-sun überall in den Nischen der alten Stadtmauer Bewaffnete.

»Bir Hurturre ist klüger als ich dachte!« stieß Harrap überrascht hervor. »Aber auch das kann Uruk nicht mehr helfen!«

Nin-sun sah beschämt zu Boden. Sie wagte nicht, zum Palast ihres Vaters hinüberzusehen. Dort, auf der Dachterrasse, hätte in diesen Minuten Enmerkar stehen müssen – als Hohepriester und König des Stadtstaates am Unterlauf des Buranum. Aber der alte Herrscher überließ die Verhandlungen dem Mörder der Kinder von Uruk.

Gilgamesch tastete Schritt für Schritt den Boden der Gänge ab. Bara und Zabardi bedrängten ihn immer ungeduldiger, aber Gilgamesch hörte sie kaum. Nur hin und wieder drehte er den Kopf zu Mesche, der ihm mit der Öllampe folgte.

»Hier ist seit Jahrhunderten niemand mehr durchgekommen«, sagte er schließlich. Sie erreichten eine Verengung des Ganges. Gilgamesch mußte den Kopf einziehen. Er stieß mit dem Fuß gegen ein paar tönerne Gefäße.

»Vorsicht, Gilgamesch!« rief der Schmied. Er drängte sich an Gilgamesch vorbei, stutzte und stürzte sich dann auf die Krüge und Schalen mit frisch wirkendem Obst.

»Tu's nicht!« versuchte Gilgamesch zu warnen, doch Mesche war zu hungrig und durstig, um auf den jungen Krieger zu hören. Er riß einen Krug hoch, verschüttete fast den Inhalt und begann mit gierigen Zügen zu trinken.

»Wein ...« schluckte er prustend, »herrlicher Wein ... aus den ... Gärten von ...«

Gilgamesch riß ihm den Krug aus den Händen. Er roch am Wein, konnte aber nichts Ungewöhnliches entdecken. Für einen Moment hatte er an die Geschichten von Schukallituda denken müssen. An den Fluch, der jeden Grabräuber treffen sollte, der sich an Speisen und Getränken für die Toten vergriff.

»Kommt her!« lachte Mesche übermütig. »Hier gibt es genug für uns alle ... Wein, Brot, gut getrocknetes Fleisch und Früchte.«

Er riß mit den Zähnen ein Stück luftgetrockneter Hammelkeule ab. Mit der anderen Hand stopfte er sich köstliche Feigen in den Mund und spülte mit einem weiteren Schluck Wein nach. Zabardi Banuga und das Mädchen aus dem Hochland von Aratta schoben sich mit weit aufgerissenen Augen an Gilgamesch vorbei. Sie vergaßen alle Vorsicht.

»Komm, Gilgamesch!« lachte die Tempeldirne. »Iß und trink mit uns!«

»Jedenfalls wollten diejenigen, die uns hierher gebracht haben, uns nicht verhungern lassen«, sagte Mesche mit vollem Mund. »Mich wundert nur, warum ihr den hübschen Vorrat nicht eher gefunden habt!«

»Wir wußten nichts von diesem Gang«, sagte Gilgamesch noch

immer zurückhaltend. Er nahm eine Feige und biß vorsichtig kleine Stücke der saftigen Frucht ab. Es schmeckte wie eine Speise der Götter. Die anderen achteten nicht auf sein besorgtes Verhalten. Gilgamesch beugte sich über die Krüge und Schalen. Er nahm die Öllampe auf und leuchtete bis zum letzten Krug. Er enthielt saure Milch. Gilgamesch wollte sich wieder aufrichten, als er im schwachen Schein der Öllampe ein Blitzen hinter dem Krug wahrnahm. Er beugte sich weiter vor. Und dann sah er es:

Drei Schwerter lagen am Boden, und das mittlere hatte eine Klinge aus Eisen!

Er starrte auf die Waffen und begriff nicht, was vorgefallen war. Wie kamen ihre eigenen Schwerter in die Gruft? Und warum waren sie bei den Speisen und Getränken versteckt? Bis zu diesem Augenblick war er fest davon überzeugt gewesen, daß er und die anderen Gefangene der Urukäer waren – tief in den uralten Grabanlagen Eingekerkerte.

Die anderen achteten nicht auf ihn. Gilgamesch entdeckte, daß auch ihre übrige Rüstung vorhanden war. Behutsam nahm er seinen eigenen Vorratsbeutel, seine Messer und Werkzeuge, seinen Schleifstein und das Gehänge für sein Schwert auf. Er wollte bereits nach dem Schwert aus Eisen greifen, als ihm ein seltsam zusammengelegtes Bündel aus Riemen auffiel. Er hob es hoch und erkannte goldene Verzierungen an den geflochtenen Riemen, die mehrfach miteinander verbunden waren.

Er war sicher, daß er noch nie zuvor ein so schönes Riemenwerk gesehen hatte. Trotzdem brauchte er fast eine Minute, um den Sinn der Riemen zu verstehen.

»Komm, Gilgamesch«, rief Bara, »warum ißt und trinkst du nicht mit uns?«

»Gärtner und Grabräuber müssen immer irgendetwas ausgraben!« schmatzte Zabardi Banuga ironisch. Nur Mesche hob nachdenklich die Brauen.

»Was hast du da?« fragte er.

»Ich weiß es nicht«, antwortete Gilgamesch. »Es sieht alt und wertvoll aus ... aber nicht so alt, wie es sein müßte ...«

»Zeig mal her!«

Gilgamesch reichte Mesche die Riemen. Der Schmied wollte zugreifen, doch kurz bevor er die Riemen berühren konnte, zuckte seine Hand zurück. Er öffnete den Mund, brachte aber keinen Ton heraus.

»Was habt ihr denn?« wollte Bara Nam-tara wissen.

»Das ... das sind *Regierungszügel!*« keuchte Mesche der Schmied fassungslos. »Insignien des Königtums wie Krone, Thron und andere heilige Zeichen ...«

»Und hier steht das Symbol für meinen Namen!« sagte Gilgamesch andächtig. Er hatte es erkannt, als Mesche nach den Riemen greifen wollte.

»Du bist voller Dämonen!« rief Bara erschrocken. »Wie kannst du dich so versündigen? Wer sollte dein Namenszeichen auf königliches Gerät geprägt haben?«

»Vielleicht die Götter, die nicht wollten, daß wir hier unten verhungern und verdursten«, sagte Gilgamesch ernst. Er stopfte die Riemen in seinen Gürtel und ging zum Milchkrug. Mit einer schnellen Bewegung packte er das Schwert aus Eisen und riß es hoch. »... und die nicht wollen, daß wir kampflos aufgeben!«

Mesche, Zabardi und Bara stolperten bis an die Lehmwand des Vorraums zurück. In ihren Gesichtern stand lähmendes Entsetzen. Sie starrten Gilgamesch wie ein Furcht und Schrecken verbreitendes Halbwesen aus der Unterwelt an.

Und wieder wirkte Gilgamesch hinter der Öllampe wie ein gewaltiger Riese auf sie. Bara riß die Hände hoch. Sie biß sich in die Fingerknöchel, dann schrie sie voller Angst auf.

»Dann schlag doch zu! Töte uns und zerstöre die Mauern, wenn du wirklich der bist, den ich nach Uruk bringen sollte ...«

Gilgamesch preßte die Lippen zusammen. Er spürte, wie die große, geheimnisvolle Kraft in ihm erneut sein ganzes Denken einhüllte. Er fühlte, daß er es schaffen konnte. Eine tief in ihm verborgene Stimme sagte ihm, wie er das Schwert aus Eisen heben mußte.

Unendlich langsam holte er aus. Und dann zischte die glänzende Klinge so scharf durch den engen Gang, daß selbst die Flamme der kleinen Öllampe am Boden in zwei Hälften gespalten wurde und die jahrhundertealte Dunkelheit in die Grabkammern zurückkehrte.

Der halbnackte Kriegsbote von König Mebaragesi blieb bis zum Anbruch der Nacht vor den Mauern der Stadt, dann näherte er sich Schritt für Schritt dem Nordtor. Überall in den Nischen flackerten Fackeln und Töpfe mit brennendem Öl auf, in das die Priester der Zikkurat besondere Kräuter gemischt hatten. Einige der gleißenden Flammen flackerten so zwischen geschliffenen, drehbaren Quarzen, daß sie verwirrende Lichtblitze bis zu den wartenden Kriegern Mebaragesis schleuderten.

Der Bote blieb stehen.

»Hat dieser elende Haufen von Hütten einen König?« brüllte er.

Ein wütender Aufschrei aus vielen Mauerspalten war die Antwort.

»Schreit nur und jammert, ihr Feiglinge! Kriecht doch aus euren Verstecken und zeigt euch, wenn ihr es wert sein wollt, daß wir die Schwerter gegen euch erheben, und euch nicht wie Hunde mit Peitschen und Fußtritten in die Wüste verjagen sollen!«

Bir Hurturres Krieger lachten trunken.

»Ich rufe zum dritten Mal und dann nicht mehr! Möge der König und Hohepriester von Uruk die Stadt ohne Kampf an das starke und unbesiegbare Heer König Mebaragesis übergeben.«

»Verschwinde, du Scherzbild von einem kastrierten Esel!« rief in diesem Augenblick Bir Hurturre. Er stellte sich so auf die Mauer neben dem nördlichen Stadttor, daß alle Fackeln in der Nähe seinen ölglänzenden Oberkörper beleuchteten.

Der Kriegsbote ballte die Hände zu Fäusten und hob sie hoch.

»Ich bin Krieger der Eselsstadt, und kein Bewohner der ›Turmwohnung‹ vermag es, uns zu beleidigen.«

»Sag deinem König, daß sich sein Magen vom Brakwasser zusammenziehen soll, bis er seine eigenen Gedärme ausspuckt!«

»Ist das eure Antwort?«

»Das ist unsere Antwort, ihr Eselsbeschläfer!«

Der Kriegsbote bückte sich. Er nahm eine Handvoll Erde auf, hielt sie in Richtung Stadt und spuckte in die Krumen. Dann ließ er alles fallen und trat mit seinen nackten Füßen darauf.

»Krieg«, brüllte er. »Das heißt Krieg, Männer und Frauen der unglücklichen Stadt Uruk! Ihr habt die ehrenvolle Unterwerfung verschmäht ... möget ihr jetzt noch die Zeit finden, die Götter für eure Dummheit um Vergebung anzuflehen! Aber ich warne euch. Seht nur zur Himmelshalbkugel hinauf: die Fenster in allen drei Himmelsgewölben übereinander sind weit geöffnet für die furchtbarsten Strafen, die je über euch gekommen sind. Und das Heer des mächtigen Königs von Kisch wird sie vollstrecken ...«

Er hielt inne, holte zweimal, dreimal tief Luft und dann stieß er einen weit über die Ebene gellenden Schrei aus. Und ganz so als hätten die verborgen aufgestellten Trompeter und Paukenschläger des Belagerungsheeres nur darauf gewartet, brach ein gewaltiger Lärm aus der noch jungen Nacht.

Die Erde barst, und für einen flüchtigen Moment fürchtete sich Gilgamesch vor seinem plötzlichen Mut. Gleichzeitig spürte er die Kraft in sich, die aus ihm selbst in das Schwert aus Eisen strömte. Die Dunkelheit brach auf. Zwischen zusammenfallenden Erdbrocken sah Gilgamesch Fackeln und lodernde Feuertöpfe, glitzernde Rüstungen, im Licht der Sterne funkelnde Helme, ein Meer von Höckerschilden, Lanzen und Speere, von deren Bronzespitzen überall kleine Blitzbüschel in die Nachtluft zuckten ... dazu Schwerter und Bogen ... und unzählige, zu furchterregenden Masken verformte Kriegergesichter.

Ein Gesicht jedoch paßte nicht dazu. Es sah schmal, fein und verängstigt aus – wie von einem *Kalaturra*-Dämon, dem ›Noch-nicht-Mann‹, von dem es hieß, er ließe einige Auserwählte in der Unterwelt vom Wasser des Lebens kosten. Die Wucht seiner Schwertschläge riß Gilgamesch höher. Er vergaß das verängstigte Gesicht, ließ es in den Gängen zurück, aus denen er sich mit unbändiger Kraft erhob.

Er sprang in kreischenden, brüllenden, klirrenden Lärm und geriet mitten in den Angriff des Heeres. Rauch, Licht und wirbelnder Dreck umfing ihn. Ohne zu zögern und mit einem rauschhaften Glücksgefühl stürzte er sich zwischen die stürmenden Schublugals.

»Mein Schwert!« schrie er. »Mein Schwert aus Eisen will mit euch kämpfen!«

Niemand beachtete den Jüngling, der noch vor wenigen Tagen

ein einfacher Gärtnerbursche gewesen war. Sie fragten nicht, woher er kam, rissen ihn einfach mit. Die schnellen, wie Donner schallenden Paukenschläge kamen von allen Seiten. Sie dröhnten so hart, daß die Gesichter der Krieger vor Schmerz und Wollust zuckten.

Gilgameschs Schwert aus Eisen schnitt scharf durch die bebende Nachtluft. Keiner der Krieger Uruks stellte sich dem angreifenden Heer entgegen. Sie versteckten sich hinter ihrer uralten Mauer, warfen mit Lichtblitzen, die längst ohne Schrecken waren, und wagten sich nicht hervor.

Gilgamesch lief schneller als die anderen und ehe er begriff, wie es geschah, bildete er die Spitze des Heeres. Vor ihm rannten nur noch die Standartenträger. Die magischen Blitze von den Mauern streiften die Muskeln seines mächtigen, halbnackten Körpers. Sie huschten über seinen Kopf, der nicht einmal von einem Bronzehelm geschützt war, und blendeten ihn gleißend und hell wie das Angesicht von Gott *Utu*.

Er schwang das Schwert aus Eisen nur noch mit einer Hand. Mit der anderen versuchte er, seine Augen zu schützen. Im gleichen Augenblick hörte er das Rauschen von Pfeilen in der von Rauch und Feuerschwaden erfüllten Luft. Er blieb abrupt stehen. Wie reich mußte Uruk in Wirklichkeit sein, wenn es sich leisten konnte, so viele Pfeile aus wertvollem Holz ungezielt gegen die Angreifer zu schleudern! Gleichzeitig wurde ihm bewußt, daß er nicht einmal einen Schild mitführte.

Er spürte nicht die geringste Angst in sich – nur Stolz und Stärke. Fackelschein spiegelte sich in seinen glänzenden Augen. Er schob sein Kinn vor, verzog das Gesicht zu einem strahlenden Lachen und stieß einen gewaltigen Schrei aus:

»Tod dem König der Alten und seiner Stadt!«

Voller Begeisterung packte er sein Schwert aus Eisen wieder mit beiden Händen. Er wirbelte es durch die Luft, und trotz des Geschreis und des Lärms von Pauken und Trompeten hörte er das knatternde Geräusch zerfetzender Pfeile rund um sich. Die Holzreste flogen nach allen Seiten auseinander.

Er sah über die Schulter zurück. Hinter ihm strauchelten die ersten Schublugals. Sie stürzten übereinander, andere sprangen über die Sterbenden hinweg, rannten an ihm vorbei und erreichten die Stadtmauer. Sie warfen Seile mit Haken bis zu den Zinnen des Wehrgangs, schleppten Stangen und Leitern nach vorn, wuchteten Steinschleudern auf massiven Rädern heran und ließen Kriegssklaven mit langen Peitschen nach den Pfeilwolken schlagen.

Gilgamesch lernte schnell. Nie hatte ihn Schukallituda beigebracht, wie ein Schublugal kämpfte. Alles, was er wußte, kam von der kurzen Unterrichtung durch Zabardi Banuga. Der Rest war Mut, Kraft und Geschicklichkeit.

Ein Haufen Schublugals folgte ihm dicht an dicht. Die Krieger Mebaragesis hatten sehr schnell gemerkt, daß der junge Schwertträger ihnen eine Gasse durch die Pfeilwolken der Verteidiger in den Mauernkronen von Uruk bahnte.

»Hoh, hoh!« brüllten sie. »Ist jener nicht das Königsopfer?«

»Folgt seinem Schwert ... es hat göttliche Kräfte!« rief einer. Das dröhnende Lachen des Kriegers ging in ein Gurgeln über. Gilgamesch sah für einen schnellen Moment zur Seite. Der immer noch lachende Schublugal griff nach dem Pfeil in seiner Kehle. Ein Schwall hellen Blutes ergoß sich über seinen glänzenden Brustpanzer. Gleich ihm strauchelten andere und starben im Hagel der Pfeile.

»Folgt dem ›hell strahlenden Feuerbrand‹ ...«

Das war Zabardi Banuga.

»He Gilgamesch ... warte auf uns!«

Gilgamesch erkannte die Stimme von Mesche. Der Schmied sprang an zwei anderen vorbei. Seine Arme bewegten sich so schnell, daß er die Pfeile im Flug zur Seite schlagen konnte. Doch all seine Kraft und seine Geschicklichkeit hätten ihm nichts geholfen, wenn Gilgamesch nicht unablässig sein Schwert aus Eisen geschwungen hätte.

Zehn, zwölf Krieger prallten fast gleichzeitig gegen die Stadtmauer von Uruk. Sie sprangen auf die zu Stufen gebeugten Schenkel von anderen, erreichten die Mauerkrone ... und fielen mit staubig abbröckelnden Lehmziegeln zurück. Gilgamesch sah, was geschah. Er erkannte, daß viele sterben würden, ehe die ersten die Mauerkronen erreichten.

Mit einem Aufschrei warf er sich nach vorn.

»Platz!« brüllte er. Und nochmals »Platz da!«

Sein Schwert wirbelte blitzend über den Köpfen der Männer im Kreis herum. Es nahm zweimal, dreimal Schwung und Kraft auf. Und dann spaltete Gilgamesch mit einem einzigen Schlag die alte Stadtmauer. Das Schwert aus Eisen zerstörte die äußere Schicht aus krumig-grauen, ungebrannten Ziegeln und fuhr wie der Pflug eines Bauern durch den Lehm der Mauerfüllung.

Die Verteidiger erstarrten vor Schreck. Gegen eine so unglaubliche Kraft konnten selbst Todesmut und Gebete nichts ausrichten. Entsetzt wichen sie zurück. Einige schafften es, doch andere stürzten zu beiden Seiten von der Mauer. Gilgamesch wuchtete das Schwert aus Eisen erneut hoch, packte es fest an und schlug erneut zu. Das Schwert schaffte mit jedem gewaltigen Schlag mehr als ein Dutzend Steinschleudern. Und jedesmal wurde die Bresche in der Mauer einen Schritt breiter – solange, bis die ersten Schublugals aus dem Heer von König Mebaragesi dicht an dicht in die Stadt eindringen konnten.

Die Anführer erkannten die unerhoffte Gelegenheit. Sie ließen von ihren ersten Plänen ab. Hörner und Fanfaren veränderten ihren schrillen Klang. Und dann stürmten die Angreifer mit dem Geschrei von Siegern an Gilgamesch vorbei.

Der Kampf in den Straßen von Uruk war furchtbarer als alles, was die uralte Stadt seit Generationen erlebt hatte. Jeder mit Weisheit gesegnete König und Hohepriester hätte schon von vornherein erkennen müssen, daß jeder Widerstand gegen die Übermacht aus dem Norden in einem grauenhaften Gemetzel enden mußte. Vielleicht hätte König Enmerkar Unterwerfung und Sklaverei für das kleinere Schicksal der Schrecken gehalten, aber niemand fragte den Greis, der fast vierhundert Jahre lang die Geschicke der Stadt und des bebauten Landes am Unterlauf des Buranum bestimmt hatte.

Es waren die Krieger, die sich voll Rauschtrank und in grölender Selbstüberschätzung den Angriffswellen entgegenwarfen. Und Bir Hurturre, der nur nach Macht und Bestätigung lechzte, ließ wankende Krieger bis in die Klingen der Feinde peitschen. Schon bald nach dem Fall der Wachen an der Nordmauer wateten Eroberer und Verteidiger im Blut der Erschlagenen. Niemand und nichts gebot Einhalt, als Mebaragesis Krieger den trunkenen Männern von Uruk die Krüge mit Wein und Rauschtrank wegrissen, um im Siegesrausch fremdes und eigenes Blut mit Wein aus ihren Gesichtern zu spülen, ehe sie gierig tranken.

Nur einige Alte erinnerten sich voller Schrecken: auch früher war Männern vor einem Kampf in langen Zeremonien Rauschtrank und würziger Rauch zum Trinken und Atmen gegeben worden, um die Angst zu betäuben, den Haß zu schüren, Tollkühnheit als Mut erscheinen zu lassen und sie auf den Tod ihrer Feinde und ihren eigenen Tod vorzubereiten. Doch nie zuvor war ein Kampf in völliger Trunkenheit auf beiden Seiten begonnen worden.

Von Anfang an war die Eroberung Uruks kein Duell Mann gegen Mann und kein nach den alten Regeln ablaufendes Ritual, sondern ein dumpfes und grausames, dämonenhaft böses Morden.

Die Soldaten kamen nicht, um im Kampf zu siegen. Sie wollten nur noch vernichten und zerfleischen. Nicht einmal Raub und Plünderung interessierte sie. Das Massaker breitete sich von der Bresche in der Nordmauer durch alle Straßen und Gassen von Uruk aus. Es war, als hätte *Nergal* persönlich die Kräfte der Finsternis mobilisiert, um die Stadt der Liebes- und Kriegsgöttin für Dinge zu strafen, die längst der Vergangenheit angehörten.

Mebaragesis Schublugals zerfetzten die Schilfmatten an den Eingängen von Häusern und Hütten. Sie drangen in die Wohnräume ein, zerschlugen Bettstätten und Krüge mit Vorräten. Mit brutaler Zerstörungswut stachen sie Tiere in Höfen und Ställen ab, schleuderten Kinder gegen die Wände und warfen die Frauen und Mädchen dort zu Boden, wo sie entdeckt wurden. Die Vergewaltiger rammten die Schwerter in den Boden, drückten Schultern und Hals ihrer Opfer gegen die Schneiden und kümmerten sich nicht darum, ob zum Schluß noch lebte, was sie mit Gewalt genommen hatten.

Gilgamesch bahnte vielen den Weg. Er kam überhaupt nicht dazu, Wächter und Krieger von Uruk zu töten. Sie flohen schneller vor ihm und dem Schwert aus Eisen, als er ihnen im wilden Getümmel folgen konnte.

Schon gingen die ersten Häuser der inneren Stadt in Flammen

auf. Trockenes Rohr brannte und platzte mit peitschenden Geräuschen, und jedesmal, wenn ein lehmbedecktes Runddach zusammenbrach, begrub es Lebende und Tote gleichermaßen unter sich.

Am Platz vor der alles überragenden Zikkurat versuchten die Priester von Uruk, die metzelnden Horden durch große Feuertöpfe mit farbigen Flammen und beißend riechendem Rauch aufzuhalten. Sie ließen heilige Pauken schlagen. Dubsars schleuderten Tontafeln mit magischen Zeichen von der untersten Stufenplattform gegen die Eindringlinge. Die Edlen der Stadt waren ebenfalls in den Bereich der Tempel geflohen. Sie ließen Hörner blasen und Kriegsleiern spielen, doch niemand kümmerte sich darum.

Unmittelbar neben der Zikkurat – vor den Palästen von König Enmerkar und seiner Tochter Nin-sun – stand Bir Hurturre auf einem zweirädrigen Wagen, dessen Deichsel in einem Stapel geleerter Weinkrüge verkeilt war. Er brüllte Befehle in die flammende Nacht über Uruk, aber selbst seine eigenen Krieger konnten sie nicht verstehen.

In diesem Augenblick trat der greisenhafte König von Uruk mit hängenden Schultern aus dem Hoftor seines Palastes. Er wurde von drei Dutzend Würdenträgern, Sklaven und Dienern begleitet. Nur wer genauer hinsah, hätte erkennen können, daß kein Priester im Gefolge Enmerkars zu sehen war. Der alte König näherte sich wie in Trance dem Wagen mit dem Kommandanten der Stadtwache. Bir Hurturre sah ihn, hörte auf zu brüllen, sprang auf den Boden. Er verneigte sich mit einer weitausholenden und übertriebenen Gebärde.

»Was hast du gemacht, Herr der Wachen?«

»Dein Fehler, Enmerkar!« rief er höhnisch. »Du hättest die Mauern erneuern, ein Heer aufstellen, die Götter um Beistand anflehen müssen!«

»Ich kämpfe nicht mehr ...«

»Ja, du willst sterben!« brüllte Bir Hurturre. »Aber das gibt dir kein Recht, die ganze Stadt in die Unterwelt zu reißen!«

Er starrte den alten König abfällig an. Hinter ihm wurde es plötzlich still. Für einen wahnwitzigen Moment brach die Vision seines Lebens wieder in ihm auf. Wenn er ... wenn er in dieser Minute den alten König tötete, könnte er dann nicht die Worte der

Unterwerfung an Mebaragesi richten? Sein Vasall werden ... der neue Statthalter von Uruk ... und eines Tages neuer König?

Bir Hurturre hob sein Schwert wie den Palmwedel bei einem heiligen Zeremoniell. Der König sah ihn nicht an. Auch die anderen schienen an ihm vorbeizublicken. Erst jetzt merkte Bir Hurturre, daß hinter ihm etwas nicht stimmte. Er warf sich herum und erkannte im gleichen Moment, daß die Stille nicht ihm und seinen Worten gegolten hatte.

Er wußte sofort, wer der junge, in seinem Blut wie ein Rachegott aussehende Krieger war, der nur fünf Schritt von ihm entfernt auf dem Platz vor den Palästen stand.

»Gilgamesch!« brüllte der Herr der Wachen von Uruk heiser. »Dich hätte ich schon vor siebzehn Jahren erschlagen sollen!«

Ohne zu zögern schwang er sein Schwert. Gilgamesch parierte den ersten Hieb mit einer eher nachlässigen Gebärde. Und wieder flog ein Schwert durch die Luft. Diesmal war es nicht aus Eisen. König Enmerkar trat einen Schritt vor. Er wollte auf Gilgamesch, seinen Enkel, zugehen, ihn berühren und um Verzeihung bitten für alles, was er ihm angetan hatte.

Das Schwert Bir Hurturres traf ihn nicht mit der Schneide. Es streifte seinen Kopf nur mit dem Griff. Doch König Enmerkar war ein alter Mann. Er stürzte zu Boden.

Gilgamesch schleuderte Bir Hurturre mit einem gewaltigen Stoß so weit zur Seite, daß der Herr der Wachen über den Karren hinwegflog. Mit zwei, drei Schritten erreichte Gilgamesch seinen Großvater. Er drehte ihn zur Seite und legte seine riesige Hand unter Enmerkars Kopf.

»Bist du es ... Sohn meiner Tochter Nin-sun?«

»Ja.«

»Du kommst als Eroberer.«

»Ich komme als Krieger im Heer von König Mebaragesi.«

»Uruk ist ... deine Stadt, Gilgamesch. Nach meinem Tod durch deine Hand ...« Blut quoll aus der Wunde an seiner Schläfe. »So sagt es das Orakel, dem ich in all den Jahren einfach nicht glauben wollte ...«

»Aber warum?« stieß Gilgamesch hervor. »Warum wolltest du nicht, daß ich lebe?«

»Es ist der Fluch einer Göttin ... eine verschmähte Liebe ...«

Er schloß die Augen. Sein Mund blieb offen, doch seine Lippen bewegten sich nicht mehr. Und plötzlich hörte Gilgamesch durch das Lärmen und Schreien in der Stadt ein fernes Grollen des Himmels. In diesem Moment erkannte er, daß er selbst es war, auf den die Götter ihr Augenmerk gerichtet hatten ...

»O großer Gott *An*!« schrie er entsetzt. Er rannte zum Schwert aus Eisen, griff es mit beiden Händen, holte zu einem gewaltigen Schlag aus und schwang herum.

Der Herr der Palastwachen von Uruk war verschwunden. Gilgamesch sah nur noch Mesche. Der Schmied verteidigte sich ganz allein gegen einen Haufen halbnackter Krieger. Gilgamesch ließ sein Schwert sprechen. Zum ersten Mal in seinem Leben tötete er wie im Wahn und doch ganz bewußt. Er empfand Ekel und gleichzeitig eine nie gekannte Freude bei jedem Kopf, den das Schwert aus Eisen von seinem Körper trennte.

Er sah die Verwunderung in den körperlosen Gesichtern. Das waren keine Urukäer, sondern Krieger der Eselsstadt! Aber er konnte nicht innehalten! Das Schwert – diese furchtbare Waffe – sie tötete genauso weiter, wie sie bereits in Kisch begonnen hatte.

NACH DER VERHEERUNG

Als die Flammen der brennenden Stadt die weite Ebene wie ein gewaltiges Opferfeuer erhellten, war Gott *Enlil* der einzige, der ein Einsehen zeigte. Der sonst oft zornige und strafende Herr der Lüfte befahl seinem Untergott *Werwer*, den Wind der Wolken von Südosten her gen Uruk zu jagen. Die Zeichen der Götter am Nachthimmel waren schon lange nicht mehr zu sehen.

Enlil fragte weder *An* noch den großen Richter *Enki*. Er fuhr selbst als heftige Sturmbö in die Feuer, fachte sie an, blies sie mit seiner gewaltigen Kraft zu Boden. Schlagartig hörte das Morden auf. Eroberer und Besiegte taumelten in unzerstört gebliebene Häuser und Hütten. Viele der Verwirrten und Verzweifelten fanden gerade noch Schutz in den Kulträumen der Tempel, als die Sturmwolken ihre Hagel und eisigen Regen über den Feuern der Stadt ausschütteten. Was dann kam, weckte tief in den Seelen der Menschen Erinnerungen an jene furchtbaren Wassermassen, die schon einmal den ganzen Erdkreis überflutet hatten.

Die angstvollen Schreie der Tiere, das Jammern der Verwundeten und das Knistern der Feuer waren in den langen Stunden der Nacht immer leiser geworden. Die Stadt wirkte nur noch zerstört, kalt und leblos.

Das Grau des Morgens unterschied nicht zwischen Himmel und Erde. Noch in der Nacht war es so kalt geworden, daß Reif die brandig riechenden Ruinen der Stadt und die verkohlten Büsche in den Gärten bedeckte. An einigen Stellen stiegen noch immer Rauchnebel nach oben. Überall hatten sich Lachen und Pfützen gebildet. Ihr Wasser war warm und in vielen mischten sich Blut und Bier, Milch und Wein, verstreute Vorräte und angekohlte Schilfreste.

Der fahle Nebel trieb barmherzige Schleier über die Stätte der Zerstörung. Es war, als sollten die Menschen nicht sehen, was sie angerichtet hatten. Noch regte sich kaum einer der Überlebenden. Am Nordtor schnüffelte ein zitterndes Ferkel am Rand einer Reihe von Pfützen. Das Dreimonatsschwein fand die Gerüche von Rauschtrank im Wasser interessant, zog aber dann eine blutrote Lache vor.

In der inneren Stadt, deren Gewirr aus Sackgassen und schmalen Durchgängen durch eingestürzte Mauern noch unübersichtlicher geworden war, zersprang eine alte Zisterne. Der Bottich aus dem schon eine ganze Weile ein feines Rinnsal zu Boden geflossen war, enthielt sehr klares, eiskaltes Regenwasser. Der plötzliche Schwall ergoß sich über einen Krieger aus Kisch, der regungslos und zusammengekauert in der Mauernische eines kleinen Innenhofes schlief.

Zwei Schritt entfernt lag ein langes, eisernes Schwert auf dem Boden. Die Schneide war mit einer dünnen Reifschicht bedeckt – nicht genug, um die verwaschenen Reste von Blut zu verdecken.

Gilgamesch fror. Er wachte durch sein eigenes Zittern auf und umfaßte mit beiden Armen seine Knie. Mühsam versuchte er, durch tiefes Aushauchen ein wenig Wärme aus seiner Brust auf Arme und Beine zu übertragen, doch selbst sein Atem ließ nur weitere Nebel aufsteigen. Neben ihm gluckerte das Wasser über den Boden. Es rann bis zu einer vereisten Pfütze. Es knisterte, als Eis und Wasser sich trafen.

Gilgamesch sah sich um. Er hockte an einer Stelle, die einmal der Eingang zu einer Vorratskammer gewesen sein mußte. Überall lagen zerbrochene Krüge, Reste von Korn und Käse, Butter und Fruchtmus. Zehn Schritt entfernt entdeckte er einen kleinen Hügel an der gegenüberliegenden Mauer. Er sah genauer hin. Der Hügel bestand aus Körpern von Menschen. Er konnte nicht erkennen, ob sie tot waren oder nur schliefen. Eigentlich wollte er es gar nicht wissen; er hatte genug mit sich selbst zu tun. Es dauerte ziemlich lange, bis er sich mühsam aufgerafft hatte. Mit schweren Gliedern schlurfte er über die Trümmer hinweg. Er blickte in leere Augen von Frauen und Kindern. Ihr Blut an furchtbaren Wunden wirkte so rot und frisch, wie er es noch nie gesehen hatte. Viele, die nicht im Schutz vorspringender Dächer oder unter schützenden Matten lagen, wirkten wie frisch gewaschen. In ihren weißen Wunden war kein Blut mehr zu sehen.

Gilgamesch fürchtete sich vor der Stille. Er ging um das Schwert auf Eisen herum. Es kam ihm plötzlich vor wie ein böses Werkzeug des Todesboten *Namtar*.

Zum ersten Mal begriff Gilgamesch, daß der Tod von Menschen anders sein mußte als das Vergehen von Pflanzen in Schukallitudas Gärten. Dort war *Dumuzi* der Gott, der wie die Pflanzen nach jedem Frühling und Sommer für einige Monate nur in der Unterwelt weiterleben durfte. Aber er kam wieder. Alle Pflanzen kamen wieder. Nur die Tiere und Menschen nicht.

Wußten die Götter, was hier geschehen war?

Er stöhnte leise. Das Haus, in dessen Hof er aufgewacht war, wirkte an seiner Vorderseite noch trostloser als innen. Und überall in den Straßen und Gassen lagen mit Reif bedeckte Tierkadaver neben toten Männern, Frauen und Kindern.

Gilgamesch begann schneller zu gehen. Ehe er sich versah, lief er mit großen, unsicheren Schritten durch das Gewirr der Gassen und Nebenstraßen. Er hörte nur seinen pfeifenden Atem und das Tappen seiner Sandalen auf dem kalten Boden. Von einem kleinen, vollkommen leeren Platz sah er die Spitze der Zikkurat von Uruk. Der Stufentempel hinter den ausgebrannten Fassaden der ehemals großen und reichen Häuser war von niedrigen Wolken eingehüllt. Kein Feuer loderte mehr an den Randmauern, und kein einziger Priester war auf den mächtigen Außentreppen zu sehen.

Und dann erreichte er den Platz, den er sofort wiedererkannte. Er glich einem einzigen Totenfeld. Der Karren stand noch genauso vor dem Königspalast und dem kleineren, palastartigen Gebäude, wie er ihn aus der vergangenen Nacht in Erinnerung hatte.

Gilgamesch schritt verwirrt bis an den Karren. Als er ihn erreichte, blickte er schaudernd in Dutzende von starren Augenpaaren. Sie sahen wie das Eis auf den Pfützen aus. Genau hier hatte er einem anderen, hatte sein Schwert ein anderes Schwert in die Luft gewirbelt – das Schwert, dessen Knauf König Enmerkar erschlagen hatte.

Gilgamesch sah sich suchend um. Er konnte den Leichnam seines Großvaters nirgendwo entdecken. Er sah zu den beiden Palästen hinüber. Der Sitz des toten Königs wirkte noch immer erhaben. An seinen Mauern und Fensteröffnungen war kein Zeichen von Rauch oder Feuer zu sehen. Das neuere Gebäude östlich des großen Palastes schien ebenfalls unversehrt. Sein Blick streifte über die Fensteröffnungen im oberen Stockwerk. Plötzlich bemerkte er eine Bewegung hinter einem Vorhang.

»Wer ist da?« rief er viel lauter als er wollte. Der Hall seiner Stimme verlor sich auf dem weiten Platz. Und dann glaubte er, ein Gesicht zu sehen. Er konnte nicht erkennen, ob es einem Mann oder einer Frau gehörte. Er zögerte einen Moment. Ihm fiel ein, daß er bis auf den goldenen Dolch aus den Grabkammern unbewaffnet war. Sein Schwert aus Eisen lag noch immer im Innenhof, in dem er aufgewacht war.

Er sah die Spuren, die er auf dem reifbedeckten Boden hinterlassen hatte. Wenn er die Abdrücke seiner eigenen Schritte zurückverfolgte, konnte er zu seinem Schwert gelangen. Aber wozu? Für wen brauchte er jetzt noch die furchtbare Waffe? Er lachte heiser. Nein, Uruk war kein Ort mehr, in dem ein Mann ein Schwert haben mußte!

Nin-sun wußte sofort, daß der hünenhafte Krieger auf dem Platz ihr Sohn war. Obwohl sie sich stets vor der ersten Begegnung mit ihm gefürchtet hatte, konnte sie ihren Blick nicht abwenden. Das schreckliche Morden der vergangenen Nacht hüllte sie noch immer wie ein böser Nebel ein. Doch zwischen all dem Tod kam er wie der Gott des Lebens näher. Sie bewunderte seine ungewöhnliche Größe, sein zerzaustes goldfarbenes Haar und seine bei jedem Schritt straff glänzenden Muskeln.

Er erreichte die Stelle, an der ihr Vater umgekommen war. Nin-sun biß sich schmerzhaft auf ihre Unterlippe. Mit angehaltenem Atem beobachtete sie, wie Gilgamesch die Spuren seiner Schritte auf dem reifbedeckten Boden betrachtete. Wollte er umkehren? Nein, er kam näher!

Nin-sun preßte das feine Tuch in ihrer Hand noch weiter zusammen. Es schmerzte sie, den jungen Helden zu beobachten, den sie vor siebzehn Jahren durch Harrap an La-abasch, den obersten Deuter-Priester des *Inanna*-Heiligtums übergeben hatte. Und jetzt kam er zurück: ein fremder Eroberer, durch dessen Kraft ihr Vater und sein Großvater umgekommen war.

»Willst du ihm begegnen, Herrin?« fragte die leise Stimme von Harrap aus dem Halbdunkel. Sie schrak zusammen.

»Ich weiß es nicht«, antwortete sie verzagt. Sie drehte sich nicht zu ihm um.

»Er ist dein Sohn, Nin-sun!«

Sie nickte und ihre Augen füllten sich unwillkürlich mit Tränen.

»Ich glaube nicht, daß du Angst vor ihm haben müßtest«, sagte Harrap beruhigend. »Er hat nur noch einen Dolch aus den Grabkammern. Sein Schwert aus Eisen muß irgendwo in der südlichen Stadt liegen. Wir werden es finden und für ihn aufbewahren!«

»Nein!« stieß die Tochter des toten Königs hervor. »Kein Schwert mehr! Es ist genug Blut geflossen!«

»Die Feinde Uruks haben gesiegt«, sagte Harrap. Er stand noch immer im Halbdunkel der Vorhänge. »Aber sie haben dir deinen Sohn zurückgebracht, den neuen König von Uruk.«

»Und unser Volk? Was ist mit den Überlebenden? Wird man nicht die besten von allen als Sklaven verschleppen?«

»Sind wir nicht alle Diener höherer Herren?« fragte Harrap versöhnlich. »Mag auch die Sehnsucht nach Freiheit noch so groß sein, die Heimat ist immer dort, wo wir träumen dürfen.«

»Das sagst du jetzt? Nach dieser Nacht?«

Sie drehte sich zu Harrap um. Der Eunuch lächelte leise.

»Wie könnten wir auf bessere Zeiten hoffen, wenn es den Hagel nicht gäbe, der die Ernten vernichtet, die Flut, die mühsam errichtete Kanalbauten zerstört, und den Krieg, der den Frieden erst lebenswert macht.«

»Du bist grausam, Harrap!«

»Ich weiß nur, wie das Leben ist«, antwortete er. »Aber es stimmt ... keine Nacht seit der Sintflut war so schrecklich für Uruk wie diese. Ich fürchte, daß fast die Hälfte aller Bewohner der Stadt tot ist. Und nur wenige werden durch Tore im Reich von *Ereschkigal* gehen können.«

»Und die anderen? Wo sind sie?« fragte Nin-sun. »Ich höre weder das Jammern der Verwundeten noch das Geschrei der Klageweiber.«

»Es war zu schlimm«, antwortete Harrap. »Wer das überlebt hat, der kann nur noch schweigend darum beten, daß Gott *Utu* wiederkommt. Viele wagen nichtmals mehr, sich zu bewegen. Andere sind in ihrer Todesangst bis in die Gärten geflohen. Und wenn sie zurückkehren, werden sie sich ebenso unterwerfen müssen wie alle anderen Überlebenden!«

Nin-sun ging durch den halbdunklen Raum. Sie hielt ihre Hände über eine Schale mit glühender Holzkohle. Sie verstand nicht, warum in der ganzen Nacht keiner der Feinde in seinem Blutrausch bis zu ihr vorgedrungen war.

»Uruk braucht dich und deinen Sohn«, sagte Harrap. »Die Stadt ist wie ein Bienenschwarm ohne Königin. Die Menschen wissen, daß sie verkommen, wenn sie die alte, zerstörte Ordnung nicht schnell durch eine neue ersetzen.«

Nin-sun starrte in die Glut des Feuerkessels. Sie konnte nicht einmal mehr weinen. Doch dann begann sich alles in ihr gegen den Untergang Uruks zu wehren.

»Mein Sohn!« sagte sie leise. Sie drehte sich zu Harrap um. »Gilgamesch ist erst siebzehn Jahre alt. Er kennt weder die Rituale noch die Gesetze der Tempelherrschaft.«

»Er hätte das Recht auf seiner Seite«, sagte Harrap. »Nicht nur durch seine Geburt, sondern auch, weil er mit den Eroberern nach Uruk kam!«

»Recht ohne Macht für einen Gärtnerburschen?«

»Mebaragesi könnte ihm Macht verleihen!«

»Mein Sohn als Statthalter grausamer Feinde? Nein, Harrap, das ist mehr als wir Überlebenden ertragen könnten!«

Nin-sun ging zum Fenster zurück. Gilgamesch war nicht mehr zu sehen. Harrap trat neben sie.

»Vielleicht gibt es doch eine Möglichkeit«, sagte er nachdenklich. »Aber es wird nicht leicht sein!«

Ugnim, der Tischler, und seine Tochter Nansche hatten sich in einer Erdspalte im Hof ihres Hauses versteckt. Die Spalte begann wie ein Graben für Holzabfälle hinter Ugnims Werkstatt. Kaum jemand wußte, daß sie als enger Tunnel unter dem Haus von Ugnims westlichem Nachbarn weiterging und bis an den Eingang zum *Ganzir* reichte. Von dort aus führte der uralte unterirdische

Weg bis zum *Eanna*-Tempel, berührte die Totenstadt der hohen Ahnen vor den Mauern der Stadt und endete am Buranum.

Ugnim konnte nicht sagen, wieviele Stunden er seine Tochter Nansche engumschlungen in der Dunkelheit der Erdspalte festgehalten hatte. Jedesmal, wenn er aus seiner Starre erwachte, sah er trotz der Dunkelheit im Inneren der Erde erneut die furchtbaren Szenen vor sich, wie fremde, blutüberströmte Krieger aus dem Norden sein Weib und die beiden jüngeren Brüder Nansches erschlagen hatten.

Ugnim konnte schon lange nicht mehr weinen. Wenn Nansche nicht gewesen wäre, hätte er nie wieder die strahlende Scheibe des Sonnengottes sehen wollen. Nur die Wärme ihres jungen Körpers, ihr Schluchzen im unruhigen Halbschlaf und ihre Hilflosigkeit hielten ihn davon ab, einfach mit dem Atmen aufzuhören.

Er hatte keine Angst vor dem Tod. Aber er konnte nicht verstehen, warum er und Nansche noch lebten. Die wüsten Krieger hatten weder ihn noch seine Tochter beachtet – ganz so, als wären sie unsichtbar gewesen.

War das die Strafe der Götter für das große Vergehen, das nun schon siebzehn Jahre zurücklag? Mußte er weiterleben, weil die Götter ihn noch grausamer strafen wollten? Ugnim hatte sein ganzes Leben treu und aufrichtig dem großen König und Hohepriester Enmerkar gedient – bis auf ein einziges Mal!

Er war sechzehn Jahre alt gewesen, als er dem Deuter-Priester La-abasch einen Korb aus Weidenzweigen geflochten und mit Erdpech abgedichtet hatte. Zusammen mit dem nur zwei Jahre älteren Eunuchen Harrap war er vom *Inanna*-Heiligtum durch die unterirdischen Gänge geschlichen. Sie hatten den verbotenen Sohn Nin-suns aus der Stadt geschafft und dem Buranum übergeben. In jener Neumondnacht hatten Ugnim und Harrap, aber auch einige der Priester gegen den Befehl des Königs und Hohepriesters gehandelt.

Nun aber war Enmerkar tot, seine Stadt in der Hand der Feinde, und das Kind von damals hatte als Rächer den Fluch des Orakels erfüllt. Ugnim ahnte, daß der neue König von Uruk Gilgamesch heißen würde. Und irgendwie fühlte er, daß er noch nicht sterben durfte.

»Sie sind tot«, murmelte Nansche und schmiegte sich schluchzend an ihn, »sie sind alle tot ...«

»Schlaf, meine Tochter«, sagte Ugnim tonlos.

»Und die Götter?« fragte sie.

»Sie haben uns verlassen«, antwortete Ugnim, der Tischler. Im gleichen Moment drang ein neuer Haufen laut grölender Krieger in den Hof ein.

Das massive Tor zum Hof des kleinen Palastes war von Flammen angesengt, aber es hatte standgehalten. Gilgamesch rüttelte vergeblich an den Balken. Er trat ein paar Schritte zurück. Das Tor hing oben und unten mit kopfgroßen Ankerzapfen in steinernen Mulden. An der anderen Seite zeigte kein Schloß und kein Handgriff, wie es geöffnet werden konnte.

Gilgamesch sah an den glatten Mauern des seltsamen Hauses hoch. Das Gebäude interessierte ihn mehr als der Königspalast oder die uralten Tempel am Stufenturm. Was verbarg sich hinter den gefängnisartigen Mauern? Und wer wohnte hinter den Fenstern dicht unter der Dachplattform?

Er dachte kurz an die mächtige Kraft, die ihn in der vergangenen Nacht auf so ungewöhnliche Weise zum stärksten und wildesten aller Krieger Mebaragesis gemacht hatte. In diesem Augenblick spürte er nichts mehr davon. Er fühlte sich nur müde und hungrig.

Im gleichen Moment sah er wieder das Gesicht an einer der hohen Fensteröffnungen. Er blickte direkt in die Augen einer wunderschönen, aber ernst und traurig aussehenden Frau.

Seit er denken konnte, hatte er sich genau so seine Mutter vorgestellt!

Er stand wie von einer göttlichen Erscheinung angerührt unter dem Fenster und vergaß all die Toten der Nacht, alle Schrecken und selbst die Kälte des grauen, lichtlosen Tages. War diese traurige, schöne Frau am Fenster seine Mutter, die ihn trotz aller Vorsicht Enmerkars von einem Unbekannten empfangen, geboren und dann fortgegeben hatte?

Hinter ihm wurden Geräusche laut. Gleichzeitig verschwand das Gesicht am Fenster. Gilgamesch drehte sich verärgert um. Ein

Haufen Krieger mit einem laut fluchenden Anführer kam schwankend aus einer Nebenstraße. Sie trieben eine Gruppe geschundener, zu Tode verängstigter Urukäer wie Tiere vor sich her. Der Anführer ließ immer wieder eine Ochsenpeitsche durch die kalte Luft knallen.

»Los, los, ihr Versager!« rief er heiser. »Ich habe keine Lust mehr, in allen Winkeln der Stadt nach Sklaven für König Mebaragesi zu suchen!«

Gilgamesch biß die Zähne zusammen. Ein heißes Gefühl der Wut kam in ihm auf. Er wußte nicht, wie es geschah, doch plötzlich sah er in den Kriegern, die gemeinsam mit ihm die Stadt erobert hatten, nur blutrünstige Raubtiere. Was sie taten, war unwürdig und ohne Ehre für die Sieger.

Er faßte an den Griff des goldenen Dolches aus den Grabkammern und trat den Sklaventreibern entgegen.

»Warum schlagt ihr die Besiegten?« rief er den Kriegern zu.

»Weil es uns Spaß macht!« lachte der Anführer heiser. Erst jetzt erkannte Gilgamesch, daß diese Krieger nicht aus Kisch stammen konnten. Sie trugen andere Farben als Schublugals oder niedere Waffenträger aus dem Herr König Mebaragesis. Auch ihre Helme, Schilde und Lanzen sahen anders aus.

»Wer seid ihr?« fragte Gilgamesch noch immer verärgert.

»Wir dienen der neuen Ordnung!« gab der Anführer zurück. Doch dann stutzte er plötzlich. Erst jetzt schien er Gilgameschs Körpergröße zu bemerken.

»Wir ... wir folgen dem gleichen König und ... äh ... Hohepriester wie du«, sagte er stockend.

»... und gestern noch waren sie die Wächter Uruks«, warf einer der Gefangenen verbittert ein. Zwei der Krieger lachten böse. Sie rissen ihre blutfleckigen Schwerter hoch. In ihren Augen stand nackte Mordlust. Sie hätten den Unglücklichen getötet, doch Gilgamesch war schneller. Seine geballten Fäuste streiften die Schläfen der Gefangenenwächter. Sie flogen nach zwei Seiten auseinander, rutschten über den reifbedeckten Boden des Platzes und blieben wie leblos liegen.

»Du ... du hast sie getötet!« keuchte der Anführer entsetzt. Gilgamesch schloß für eine Sekunde die Augen.

Der Mann, dem er das Leben gerettet hatte, trat aus dem Haufen der Gefangenen hervor. Er beugte sich über die beiden am Boden und richtete sich gleich darauf wieder auf.

»Sie schlafen nur«, sagte er. »Aber sie werden noch viele Tage Schmerzen in ihren Köpfen haben!«

Gilgamesch stieß die Luft aus. Der Gefangene kam langsam auf ihn zu. »Ich weiß nicht, wer du bist, Herr«, sagte er, ohne den Kopf zu neigen. »Ich aber bin Ugnim, Tischler des toten Königs.« Er sah Gilgamesch in die Augen. »Könnte es sein, daß du den Namen trägst, der ›hell strahlender Feuerbrand‹ bedeutet?«

»Dies ist mein Name«, sagte Gilgamesch.

»Ich wußte es«, sagte Ugnim, der Tischler. Die Wächter hatten ihm schon vor seinem Haus seine Tochter entrissen. Ugnim ging auf Gilgamesch zu und streckte seine gefesselten Hände aus. Mit einem schnellen Schnitt des alten goldenen Dolches aus den Grabkammern erlöste Gilgamesch den Urukäer von den hart zusammengebundenen Stricken. Ugnim drehte sich zu seinen Mitgefangenen um.

»Habt keine Furcht mehr!« rief er. »Denn dieser hier wird König über die Stadt und das Land unserer Väter werden!«

Gilgamesch sah, wie sich ein Wächter nach dem anderen zurückzog und in den Seitenstraßen verschwand. Hoffnung und neues Leben entstand in den Gesichtern der Gefangenen.

Ugnim trat auf Gilgamesch zu und umfaßte seine Handgelenke und sah prüfend zu ihm auf. »Ich danke dir«, sagte er schlicht. »Wir haben immer gehofft, daß du eines Tages nach Uruk zurückkehren wirst.«

Der Nachmittag ließ die Kälte der Nacht und das frostige Grau der Morgenstunden nur noch wie eine böse Erinnerung erscheinen. Gott *Utu* beherrschte wieder den wolkenlosen Himmel des zweiten Monats Ululu, so als sei niemals das Entsetzen über Uruk hereingebrochen. Der verbleibende Tag gehörte ganz den Heilkundigen des Öls, des Wassers und der Kräuter, den Beterpriestern und den Schreibern des Heeres. Einige Urukäer, die noch bis zur Mittagsstunde versucht hatten, Frauen, Kinder und Vorräte zu schütden, waren erschlagen worden. Viele der Krieger von Uruk hatten sich als Bauern und Handwerker verkleidet. Es half ihnen nichts, denn alle, die ihre gelockten Haare und Bärte hastig abgeschnitten hatten, wurden schnell an ihrer zerkratzten Kopfhaut und an den Wunden durch Bartmesser erkannt.

Immer neue Gefangene wurden in die Tempelhöfe rund um die Zikkurat gebracht. Andere Krieger und Handwerker aus dem Heer König Mebaragesis schleppten Unmengen von Beute heran. Auf kleinen, zweirädrigen Wagen, vor die Esel und Ochsen gespannt waren, holten sie alles zusammen, was in irgendeiner Weise von Wert sein konnte. Sie wollten Beute, so viel sie nach Kisch zurücktragen konnten.

Die innere Stadt mit ihren Tempeln und Festhallen, ihren Altären und Palästen der Edlen glich längst einem großen Markt, auf dem jeder mit jedem feilschte und handelte. Die meisten der Eroberer waren nicht daran interessiert, was König Mebaragesi mit der Stadt Uruk anfing. Für sie zählten nur Gold und Perlen, Silber und Ballen aus schönen Tüchern, Vasen, Musikinstrumente und Waffen.

Während in einigen Straßen der südlichen Stadt noch immer marodierende Horden herumstreiften, wich in den inneren Bereichen Uruks die Maßlosigkeit einem immer lauter werdenden Taumel aus Gelächter und Zufriedenheit und manchmal sogar gnädigen Regungen. An manchen Stellen wurden die Geschlagenen nicht mehr so hart behandelt wie in den grauen Morgenstunden.

»Ich kann dich nicht mitnehmen«, sagte in einer Ecke ein junger Kanalbauer aus der Verwaltung des Heeres zu einer erschöpften Tempeltänzerin. Sie war fast nackt und noch immer vom Rauschtrank benommen. »Du warst sehr gut, weißt du, aber mein eigenes Weib in Kisch würde nie zulassen, daß ich mir eine schöne Sklavin mitbringe. Ich mache dir deshalb ein Angebot. Du sagst mir, wo die Pläne für eure Pumpwerke versteckt sind, und ich kann damit ein berühmter Mann werden.«

»Ich weiß nichts von solchen Plänen«, antwortete die strohblonde Tänzerin tonlos. »Ich war nur Sklavin im Tempel. Eine Dirne für jeden, die ihren Lohn den Göttern weitergab.«

»Warum zierst du dich?« lockte der Kanalbauer. »Hier bist du

Sklavin, aber ich könnte erreichen, daß du zu deinem Volk heimkehren darfst!«

»Ich kenne die Pläne nicht.«

»Dann kann ich dich nur noch an Schublugals verschenken, die mit ihrer Beute noch nicht zufrieden sind!« sagte der Kanalbauer verärgert.

»Wie du willst!« sagte das Mädchen müde. Ganz in der Nähe begannen ein paar Krieger zu johlen. Sie klatschten in die Hände und amüsierten sich über ein anderes Mädchen, daß mit erschöpft wirkenden Bewegungen wieder und wieder über eine Schale mit glühenden Kohlen springen mußte.

»Was willst du mit den Plänen Uruks anfangen?« fragte in diesem Moment eine Stimme direkt hinter dem jungen Kanalbauer. »Sie haben keinen Wert für die Felder von Kisch.«

Der Kanalbauer drehte sich unwillig um. Er wollte aufbrausen, aber dann verzog sich sein Gesicht zu einer erschreckten Grimasse. Der Schatten eines riesigen Mannes fiel über ihn und die Tempeltänzerin.

»Das Königsopfer!« stieß der Kanalbauer hervor, »wieso lebst du noch, nach einer Nacht wie dieser?«

»Vielleicht, um dich zu zerquetschen, wenn du dieses Mädchen nochmal anfaßt!« sagte Gilgamesch grimmig. Er hatte Bara Namtara fast nicht wiedererkannt.

»Sie gehört mir!« sagte der Kanalbauer mutig. »Sie kam in der vergangenen Nacht freiwillig unter meinen Wollmantel.«

Gilgamesch warf einen prüfenden Blick auf Bara.

»Stimmt das?« fragte er dann. Sie sah mit großen Augen zu ihm auf. In ihrem schönen, bleichen Gesicht war nur noch Traurigkeit zu erkennen. Sie lächelte hilflos wie ein verängstigtes, frierendes Tier, dann senkte sie den Kopf und nickte langsam. Sie sah so jämmerlich aus, daß Gilgamesch nur noch Bedauern in sich fühlte. In diesem Augenblick erkannte er, daß es vorbei war. Nein, dieses Mädchen konnte er nie wieder lieben!

»Verschwinde!« sagte er knapp zu dem Kanalbauer aus Kisch. Er wartete, bis er mit Bara allein war.

»Ich glaubte, daß du tot bist«, sagte sie. Ihr zuckendes, unstetes Lächeln glich eher einem Weinen.

Gilgamesch antwortete nicht.

»Ich ... ich liebte dich, Gilgamesch! Ich konnte einfach nicht ertragen, nur noch an deinen Tod zu denken.«

»Ich weiß nicht, wer oder was du wirklich bist«, sagte er. »Ich weiß nur, daß du von Anfang an gelogen hast! Vielleicht gab es tatsächlich keine andere Möglichkeit für dich, aber erzähle mir nie wieder etwas von deiner Liebe!«

»Was verstehst du schon davon!« sagte sie mit Tränen in den Augen. Gilgamesch preßte die Lippen zusammen. Er spürte, wie sich sein Leib zusammenzog, während sein Kopf plötzlich klar wurde. Er blickte über das Gewimmel aus Kriegern und Gefangenen, Männern, Frauen und Lasttieren hinweg. Irgendwo in den Hallen mußte der König der Eroberer weilen. Seine Krieger hatten nicht nur die Stadt zerstört, sondern auch Gilgameschs erste Liebe!

Und genau dafür sollten sie bezahlen!

War nicht die Mauer um Uruk durch ihn gefallen? Und hatte sein Ungestüm nicht das Orakel erfüllt? Wenn alles stimmte ... das Orakel ... die Gerüchte ... die Erzählungen Schukallitudas ... dann war Uruk nicht Mebaragesis Stadt, sondern ganz allein seine eigene!

»Es ist, wie du denkst!« sagte ein kleiner, zierlicher Mann mit dem Glöckchen-Halsband eines Sklaven. Er stand halbverborgen hinter einer mit Blut bespritzten Säule. »Das Orakel hat alles vorausgesagt, auch das Kommende! Du bist der neue Herr dieser Stadt, Gilgamesch! Fordere dein Eigentum von König Mebaragesi!«

Gegen Abend des ersten Tages nach der Eroberung gab es kaum noch Verstecke in der Stadt, die nicht durchsucht und geplündert, verwüstet und ausgeraubt waren. Die früheren Wächter unter Bir Hurturres Befehl leisteten ganze Arbeit. Sie kannten die Urukäer und ihre Verstecke. Und nur sehr selten wandten sie sich mit der Bitte um Beistand an die Krieger aus Kisch.

Auf diese Weise konnten sich die Eroberer ganz ihren Siegesfeiern hingeben. Als die ersten Fackeln des Abends angezündet wurden, war mehr Bier, mehr Wein und mehr Rauschtrank durch die Kehlen des Heeres geflossen als in allen Tagen der Belagerung. Viele der Frauen und Mädchen Uruks hatten sich nach den Stunden des Entsetzens, der Trauer und der Klagen verstört und mit leerem Herzen dem von den Göttern gewollten Schicksal ergeben. Und einige lachten bereits wieder in den Armen der Sieger.

Die Ensis und Anführer der Schublugals hatten sich im alten *Inanna*-Heiligtum versammelt. Sie saßen im inneren Saal, der achtundvierzig Schritt in der Länge und achtundzwanzig Schritt in der Breite maß, sowie in den zwei Dutzend angrenzenden Räumen, von deren Türöffnungen alle Vorhänge abgerissen waren. Im Rausch der Eroberung waren in allen Nischen die Beterfiguren und Kultvasen, fast alle Götterstandbilder und selbst die Roste für die Opferfeuer zerstört worden. Nur an der Stirnseite des großen Saals stand noch die lebensgroße Figur der Stadtgöttin von Uruk auf einem Podest aus Alabaster.

Überall stapelten sich goldene und silberne Gefäße, Berge von Ketten und Geschmeide, Säckchen mit Kräutern und Gewürzen aus entfernten Gegenden und buntgefärbte Wollstoffe. Nahezu ohne Unterlaß kamen und gingen Verwalter und Dubsars mit Tonklumpen in den Händen. Sie registrierten jeden Korb Räucherfleisch, jeden Krug Wein und jedes Talent Silber. Kundige Priester rollten Rinderhäute aus, studierten die Pläne der Tempel und erforschten die Lage der geheimen Lagerräume.

Der Lärm der Anweisungen und Befehle ließ kein Gespräch in den Räumen des *Inanna*-Heiligtums zu. Selbst als König Mebaragesi erschien, um die Früchte des Sieges zu betrachten, verstummte der Lärm nicht. Der König von Kisch trug ein einfaches Gewand aus Leinen, das nur an den Kanten mit goldenen Borten umnäht war. Er hatte einen spiegelnden Bronzehelm aufgesetzt, der sein Haupthaar völlig bedeckte. Sein strenges, abweisendes Gesicht belebte sich, als er sah, welche Schätze im *Inanna*-Heiligtum angehäuft waren.

»Man sollte die alten Städte nicht unterschätzen«, sagte er mit einem zufriedenen Lächeln. »Sie sehen grau und unscheinbar aus, aber sie verbergen mehr, als es zunächst den Anschein hat!«

»Es wird Neid geben, wenn unsere Krieger sich vergnügen, während sich hier die Beute häuft!« sagte der neue Nubanda besorgt. Mebaragesi lachte nur. ›Das Ohr der Eselsstadt‹ näherte sich von der Seite her. Mamagal hatte die Worte des Nubandas gehört.

»Er hat recht, Herr«, sagte er. »Es gibt zu viel Bier und Wein und zu wenig Milch und Wasser in dieser Stadt! Zum anderen meine ich, daß unsere Männer nicht länger die geweihten Rinder und die anderen Opfertiere Uruks erschlagen sollten! Zu viel Beute ist eine Last, wenn nicht mit Bedacht geerntet wird.«

»Der Weg stromaufwärts ist mühsam«, gab einer der Priester im Gefolge von König Mebaragesi zu bedenken. Mamagal hob die Brauen. Der Priester sah wie ein Urukäer in einer neuen Gewandung aus. Er stammte nicht aus Kisch.

»Das Korn mag sich dem Wechsel jedes Windes beugen«, sagte Mamagal abfällig, »wer aber der Verwalter einer alten Ordnung ist, sollte sich nicht vor jedem Wind verneigen!«

Der Priester errötete. Doch gleich darauf nahm er die Herausforderung an. »Du sprichst wie einer, der sich als Statthalter empfehlen will!«

»Ich bleibe stets, der ich bin ... auch wenn ich manchmal fremde Kleidung trage! Aber ich diene stets nur einem Herren.«

Der Priester blickte verstohlen zur Seite. Mebaragesi hob die Brauen. Für einen Augenblick musterte er Mamagal, als wäre er nicht ganz sicher, ob die Behauptung des Bootsbauers wirklich zutraf. Er stand vor einem Stapel von Bastkörben, in denen wertvolle Schmucksteine angehäuft waren. Er griff mit beiden Händen in das Gefunkel aus Rosenquarzen und Smaragden, aus Karneolen und Saphiren, aus Amethysten, Topasen und Lapislazuli.

»Du hast gute Arbeit geleistet«, sagte er mit einem kurzen Seitenblick zu Mamagal. »Willst du mein Stellvertreter in Uruk werden?«

»Nein, Herr!« antwortete der Bootsbauer so leise, daß ihn im Lärm des Saales nur König Mebaragesi hören konnte. »Ich bin ein Bootsbauer und kein hochgeborener Ensi.«

»Ich sehe, daß du kein Narr bist«, sagte der König mit einem weise wirkenden Lächeln. »Doch wem gebührt nach deiner Meinung die Vasallenkrone? Etwa dem Mann, der uns ein Schwert aus Eisen schmiedete? Oder diesem Bir Hurturre, der meinen Kriegern das undankbare Geschäft der Sklavenjagd abgenommen hat?«

»Nein Herr!« sagte Mamagal. »Keiner von diesen wäre würdig genug, das Siegel von Kisch über Uruk leuchten zu lassen! Ich denke vielmehr an den mutigsten Mann deines Heeres ... an einen Mann, durch dessen Schwert die Mauern der Stadt gespalten wurden ...«

»Meinst du etwa diesen Gärtnerburschen?« rief der neue Nubanda erschrocken. König Mebaragesi hob beschwichtigend die Hände.

»Ein Vaterloser!« protestierte der Nubanda. »Die Priester und das Volk Uruks würden ihn niemals anerkennen ...«

»Er ist der Sohn der Königstochter!« sagte Mamagal. Und plötzlich verstummte der Lärm im Inneren des *Inanna*-Heiligtums. Es war, als würden alle Dubsars und Verwalter, alle Urigallus und Anführer der Schublugals in der Nähe des Königs von Kisch nur noch auf Mamagal und den König schauen. Sie starrten die beiden ungleichen Männer mit weitgeöffneten Augen und Mündern an und wußten nicht mehr, was sie sagen sollten.

»Sein Name ist ›hell strahlender Feuerbrand‹ und Enmerkars Tochter Nin-sun, seine Mutter, hat mir versprochen, daß sie und alle anderen Edlen Gilgamesch ebenso anerkennen werden wie das Volk von Uruk!«

»Gilgamesch!« lachte König Mebaragesi verdutzt. »War er nicht Freund meines Sohnes Agga? War er nicht Königsopfer, das sich zu sterben weigerte?«

»Er ist in Kisch aufgewachsen und hat sehr viel für unseren schnellen Sieg getan. Das allein zählt!«

»Mamagal, Mamagal!« rief König Mebaragesi. »Ich warne dich in dieser Stunde, wie ich es zuvor noch nie getan habe. Sollte sich irgendwann erweisen, daß du nur nicht mir, sondern anderen Mächtigen dienst, werde ich dich noch aus der Unterwelt zurückholen und den Löwen vorwerfen lassen! Aber ich bin einverstanden, wenn mir die Berater alle Gründe dafür und dagegen vorbringen.«

Er ging bis zur Statue der Göttin *Inanna* an der Stirnseite des Saales. Dann drehte er sich um und hob beide Arme.

»Trinkt eine Nacht lang das letzte Wasser, das ihr in Uruk gefunden habt!« rief er den Priestern und Anführern des Heeres zu. »Eßt nicht und vermeidet den Rauschtrank! Befragt den Weihrauch, die Myrrhe und die Eingeweide von zwölf Hammeln. Verhört die Tochter Enmerkars, die Priester der Stadt und auch diejenigen, die nicht für die Gefangenschaft vorgesehen sind! Bringt mir euren Ratschluß, sobald das Licht des Morgensterns verblaßt ist! Gilgamesch aber soll diese Nacht allein im Tempelraum auf der obersten Plattform der Zikkurat verbringen, bewacht von einem Krieger auf jeder der einhundert Stufen nach oben!«

Für eine Weile blieb alles still. Dann trat mit langsamen Schritten La-abasch, der oberste Seher und Deuter-Priester von Uruk vor. Er trug einen bis zu den Füßen reichenden, goldgelben Schlingenrock, einen breiten Ledergürtel und einen mit Schmuckspangen über der rechten Schulter befestigten Umhang. Obwohl er nicht dafür geweiht war, galt La-abasch seit dem Tod Enmerkars als Hohepriester von Uruk. Er trat vor Mebaragesi. Sein hageres Gesicht wirkte starr unter der Schminke aus Ockerpaste und mit Holzkohle gezeichneten Symbolen.

»Herrscher der Eselsstadt und Eroberer von Uruk!« rief er mit bebender Stimme. »Was sollen wir jenem sagen, den deine Weisheit vom einfachen Krieger zum Erben des Throns von Enmerkar erheben will?«

»Was ihr ihm sagen sollt?« lachte Mebaragesi abfällig. »Sagt ihm, daß er noch immer ein Königsopfer ist! Das Volk von Kisch wollte, daß er stirbt. Entscheidet ihr jetzt, ob er leben und über euch herrschen soll!«

»So soll es geschehen!« rief Mamagal und verneigte sich zu einer tiefen, bewundernden Verbeugung. Alle Umherstehenden, alle Priester und Schublugal-Anführer, alle Ensis und Verwalter des Heeres verneigten sich ebenfalls.

»So soll es geschehen!« wiederholten sie gemeinsam.

In dieser Nacht schlief Gilgamesch unruhig und von bösen Träumen geplagt. Als er erwachte, stand die Sonne bereits hoch am Himmel. Er wälzte sich hin und her und brauchte eine ganze Weile, bis er die Augen öffnete. Auch dann erinnerte er sich nicht sofort, wo er sich befand. Seine Gedanken waren noch immer bei der demütigenden Begegnung mit König Mebaragesi. Er war stolz vor ihn getreten und hatte gesagt, wer er sei. Aber die Anführer des Heeres, die Priester aus Kisch und Mebaragesi hatten sich nur verschwörerische Blicke zugeworfen.

»Ja, es kann sein, daß du der Enkel Enmerkars bist«, hatte der Herrscher von Kisch schließlich geantwortet. »Wir werden noch heute nacht prüfen, ob dein Anspruch zu recht besteht. Steig deshalb zum kleinen Tempel auf der Zikkurat hinauf, damit du den Göttern näher bist und wir ein Zeichen erhalten.«

Gilgamesch preßte die Lippen zusammen. Er ärgerte sich noch immer darüber, wie einfältig er gewesen war. Er hatte dem König von Kisch geglaubt und war ohne Zwang Stufe um Stufe bis zur obersten Plattform der Zikkurat hinaufgegangen. Und erst eine halbe Mine später, als er ohne besondere Absicht noch einmal an der Treppe hinabsah, hatte er die Krieger gesehen ... hundert schwerbewaffnete Krieger, auf jeder der Treppenstufen einer!

Er war noch lange wach gewesen, ohne eine Antwort darauf zu finden, warum er zum Gefangenen geworden war.

Er wischte die nutzlosen Gedanken beiseite und richtete sich mit einem Ruck auf. Zunächst untersuchte er jeden Fußbreit seines ungewöhnlichen Gefängnisses. Der Tempel wirkte, als würde er aus einem einzigen, nicht besonders großen Raum um den Altar bestehen. Er entdeckte Opfergaben, die am Abend vorher noch nicht auf den Kupferschalen gelegen hatten. An der Westseite des Raumes stand die breite, mit Fellen und Leinentüchern bedeckte Liegestatt. Sie war viel größer als Ruhelager die er kannte, und an ihren hohen Füßen befanden sich Doppelräder wie bei Spielzeugkarren.

Gilgamesch brauchte nicht lange, um zu erkennen, daß es das Bett für die ›Heilige Hochzeit‹ war. Er stellte sich vor, wie die Priester das Bett zum Neujahrsfest in einigen Monaten bis an den Rand der obersten Zikkurat-Plattform rollten. Wie würde es sein, wenn dann die Stadtgöttin von Uruk erschien, um sich vor den Augen des ganzen Volkes mit dem Hohepriester in einem grandiosen Liebesmahl zu vereinen?

Er schürzte die Lippen, als er an seine erste, heftige Begegnung mit Bara Nam-tara zurückdachte. Sie war wie ein Frühlingssturm gewesen, hatte Dämme in ihm eingerissen und ihm einen Vorgeschmack auf Zeiten voller Liebe gegeben. Beim nächsten Mal würde er anders vorgehen. Nein, nicht mit Bara Nam-tara, obwohl er sie noch immer mit einer seltsamen, angenehm nachklingenden Erinnerung verband.

Es wurde Mittag, bis er alle Kammern in den Tempelmauern erforscht hatte. In den vergangenen Tagen hatte er nur daran gedacht, sich im Kampf zu bewähren. Es waren Stunden wie unter der Macht des Rauschtranks für ihn gewesen, großartige, unvergeßliche Erlebnisse! Er hatte Eigenschaften an sich entdeckt, die nichts mehr mit dem träumenden, oft unbeholfen wirkenden Gärtnerburschen aus Kisch zu tun hatten. Zum ersten Mal in seinem Leben hatte er ein Schwert geführt, mit einem Mädchen geschlafen und Männer getötet, von denen er nicht einmal die Namen kannte.

Er war zum Helden geworden – zum Eroberer einer ganzen Stadt! Und doch galt nicht mehr, was er durch seine eigene Kraft, durch die Gunst der Stunde und durch den Ratschluß der Götter errungen hatte. Er war zum Gefangenen geworden.

Gilgamesch wußte nicht, was er suchte. Zwei kleinere Kammern an der Südost- und der Nordwestseite dienten zur Aufbewahrung von kultischen Gegenständen. Gilgamesch entdeckte Gerätschaften, die er noch nie zuvor gesehen hatte. Niemand störte ihn, als er Krüge und Becher, Messer und Löffel mit fingerartigen Zinken, winzige Spielzeugwagen mit drehbaren Rädern und kaum handtellergroße Beterstatuen aus den Verstecken holte.

Die kleinen Figuren faszinierten ihn mehr als alles andere, sogar mehr als die goldenen Geschmeide, die Ringe und steinernen Rollsiegel mit eingeschnitzten Darstellungen aus alter Zeit.

Er trug die Skulpturen ins Licht der Sonne und stellte sie nebeneinander auf die Bank an der Seite des Tempels. Dann kniete er sich auf den Boden und betrachtete jedes der vollkommen unterschiedlichen Gesichter. Die Figürchen sahen wie kleine Menschen aus, doch Gilgamesch wußte, daß er Abbilder der Unsterblichen vor sich hatte.

»Götter!« sagte er noch immer verstimmt. »Was habt ihr denen da unten gesagt während ich schlief? Bin ich nun der Enkel Enmerkars oder werde ich in den Feuerofen gestoßen?«

Seine Wangen begannen zu glühen. Und plötzlich hörte er eine uralte Melodie in sich, ein Klingen aus ferner Zeit, als die Götter noch wie die Menschen auf der Erde weilten. Hatte Schukallituda nicht gesagt, daß er selbst zu zwei von drei Teilen ein Gott sein könnte?

»Einer von euch!« sagte er erschaudernd, während er mit den Fingerkuppen an den steingewordenen Gesichtern von *An* und seiner Gemahlin *Aja*, von *Aruru*, die erschaffen hatte, was *An* gedacht, von *Enki*, dem Herrn der Erde, und von *Enlil*, dem strafenden Gott Sumers, entlangstrich.

Er hielt *Nergal*, den Gott des Todes, in seinen Händen und dann *Ereschkigal*, die Herrin über alle Toten in der Unterwelt. Die ganze Zeit hatte er eine besonders reizvoll ausgeformte Figur gesehen. Er wußte, wen sie darstellte. Dennoch vermied er es, sie zu berühren. Aus irgendeinem Grund bildete die kleine Figur den Mittelpunkt des Götterreigens – genau wie der Stern, der zum Ende der Nacht nicht wie die anderen verglimmen wollte.

Mit einer kurzen Handbewegung drehte er die Figur der Göttin *Inanna* so herum, daß sie zur Tempelwand sehen mußte. Er ließ alle Figurinen in der Sonne stehen und ging in den Tempel zurück. Am Feuerkessel in der Nische vor dem Altar schlug er mit einem Glanzstein und einem Stück Schwarzmetall solange Funken, bis der Zunder eines staubigen Rohrkolbens zu glühen begann. Er führte die Glut an einen kleinen Stapel Holzkohle und wartete, bis sich ein flüchtiger, rotweißer Aschepelz an den verkohlten Aststücken bildete. Dann holte er Fladenbrot, Weichkäse, getrocknetes Fleisch und einen Krug Dickmilch vom Altar. Die Götter Uruks wurden gut versorgt.

Er aß und trank, bis er satt war. Dann stellte er einen Krug Wasser auf die Glut. Schukallituda hatte ihn gelehrt, die Kraft zu achten, die selbst in trockenen Resten von Pflanzen steckte. Gilgamesch hatte gelernt, wie man den Sud aus Kräutern aufsetzte, und wie die schwarzen, ellenlangen Lauchwurzeln des seltenen Gewächses Moly wirkten.

Er konnte nicht wissen, daß alle Kräuter, alle Lauchwurzeln von eingeweihten Priestern besprochen und in magischen Ritualen, die noch aus der Zeit vor der Sintflut stammten, für den geheiligten, *ME*-spendenden Königstrank vorbereitet waren.

Etwa zur gleichen Zeit erwachte Zabardi Banuga aus einem furchtbaren Rausch. Es fiel ihm schwer, die Dämonen aus seinem Kopf zu vertreiben. Dennoch konnte er sich nicht erklären, wie er in das Heiligtum des obersten Gottes von Sumer gekommen war.

Der *Weiße Tempel* war still und leer. Zabardi wollte sich gerade mühsam aufrichten, als er Schritte von draußen hörte. Er ließ sich in den Schatten zurücksinken. Sein Kopf dröhnte und in jedem Muskel seines Körpers schienen *Asakkus* zu beißen.

Die Schritte verdoppelten sich und hallten in seinem Kopf. Eine Weile hörte er nichts mehr. Vorsichtig hob er den Oberkörper. Er hielt sich an einer alten Säule fest, kniff mehrmals die Augen zusammen und erkannte schließlich drei Männer im Inneren des Tempels.

»Welch ein Zufall!« sagte der erste und griff nach dem Dolch an seinem Gürtel.

»Nein, kein Zufall, sondern mein Wunsch«, antwortete der zweite. Er stand hinter dem Altar des Göttervaters *An*. Der schwarzglänzende Steinblock gehörte zu den legendenumwobenen Geheimnissen der Stadt Uruk. Einige erzählten, der Stein sei eine Fehlgeburt *Ereschkigals*, die ihn zur Zeit der Großen Flut mit Rauch und Feuer durch die berstende Erde bis in die Berge zwischen Elam und Aratta geschleudert hätte. Dort sollten ihn die Vorfahren der Sumerer auf ihrer Wanderschaft ins Zweistromland gefunden haben.

Andere Legenden sagten, daß der Stein einer der ersten Versuche der Götter gewesen sei, aus Sand und Gestein der Erde Menschen zu backen, die ihnen bei der Arbeit helfen konnten.

»Fang du an, Urukäer!« sagte der dritte Mann, nachdem sie sich eine Weile wortlos abgeschätzt hatten. Er trug ein verschlossenes Rohrstück an seinem Gürtel.

»Ohne mich hätte das Heer eures Königs die Stadt noch lange Zeit belagern müssen!« behauptete Bir Hurturre.

»Ich will nicht wissen, welche Belohnung du für deinen Verrat erhältst«, sagte Mesche der Schmied abfällig. »Aber ich war es, der einen Mann nach Uruk brachte, vor dessen Schwert die Mauern nicht mehr als Staub waren!«

»Und ich habe seit vielen Wochen alles ausgekundschaftet«, sagte der Mann, der in der Gewandung eines königlichen Boten erschienen war. »Ich kenne jeden Kanal, jede Untiefe des Flusses und jedes Vorratslager auf dem Weg hierher ...«

»Wußtest du auch vom Schwert aus Eisen?«

»Glaubst du etwa, ›das Ohr der Eselsstadt‹ hört nur und sieht nicht?« lachte Mamagal. »Alles, was in den letzten Wochen in Kisch und Uruk vorgefallen ist, geschah mit Billigung der Götter. *Inanna* selbst war es, die unseren Priestern sagen ließ, daß nun die Zeit für die Erfüllung ihres Fluches gekommen sei.«

»*Inanna* also!« sagte Mesche. »Ich hätte eher darauf kommen müssen!« Er stand im Sonnenlicht, das durch die schmalen Fensternischen fiel.

»Sie wollte nicht mehr warten«, bestätigte der Bootsbauer.

»Auf einen Gärtnerburschen?«

»Auf einen König, dessen Lenden nicht so alt sind, wie die des Greises Enmerkar in den letzten Jahren.«

»Mußte deshalb ein Heer aufbrechen und Krieg geführt werden?« fragte Mesche mißbilligend. »Hätte die Göttin nicht mehr davon gehabt, sich ihren Liebhaber unter den Siegern von Spielen auszuwählen?«

»Sie wollte einen König. Also muß Gilgamesch der König dieser Stadt werden!«

»So wie sie schon einmal einen Hirten zu ihrem Gemahl gemacht und anschließend vernichtet hat!« sagte Mesche und spuckte auf den staubigen Boden.

»Wir wußten, auf welcher Seite *Innana* diesmal stand!« sagte Bir Hurturre und lachte schäbig.

»Gegen ihre eigene Stadt! Und warum? Könnt ihr mir vielleicht den Grund für den Verrat dieser Göttin nennen?«

»Was bist du für ein Narr, Mesche!« sagte Mamagal. »Du hast die Kraft des Waffenschmiedes in deinen Armen. Doch wo die eigentliche Kraft sitzen muß, hast du wohl nie begriffen ... hier!« lachte er und schlug mit beiden Händen auf die Innenseiten seiner Schenkel. »Hier hat dein Gärtnerbursche alles, was eine Göttin wie *Inanna* nicht nur zum Neujahrsfest verrückt machen kann!«

Mesche preßte die Lippen zusammen und schüttelte den Kopf. Er sah die beiden grinsenden Männer voller Verachtung an. Gleichzeitig spürte er, daß er nichts mehr mit ihnen zu schaffen hatte. Wortlos drehte er sich um.

Das Lachen von Mamagal und Bir Hurturre hallte noch lange hinter ihm her. Er verließ den *Weißen Tempel*, stieg die Stufen zum Platz hinab und ging zur Zikkurat auf der anderen Seite. Im hellen Sonnenlicht mußte er immer wieder fröhlich lärmenden Gruppen von Tempeldienern und Priestern, Arbeitern und Handwerkern ausweichen. Sie schienen die Leiden der Eroberung bereits vergessen zu haben. Und selbst die Schublugals, denen das Schicksal der Gefangenschaft und Sklaverei erspart bleiben sollte, trugen schon wieder ihre Waffen, als wäre nichts geschehen.

Mesche blickte nicht mehr zurück. Er sah nicht mehr, wie Bir Hurturre und der Bootsbauer aus dem Tempel kamen. Sie schlugen sich freundschaftlich auf die Schultern und gingen in unterschiedliche Richtungen. Und ganz zuletzt wankte auch noch Zabardi Banuga in den hellen Tag.

Bara Nam-tara hatte zwei Nächte hinter sich, die ihr kein Mensch im Hochland von Aratta glauben würde. Sie fühlte sich satt und verausgabt, unglaublich müde, aber auch ein wenig stolz. Ihr dichtes, in den vergangenen Tagen noch blonder gewordenes Haar umgab ihr Gesicht wie ein vom Sommerwind umspieltes Kornfeld. Ihre Lippen wirkten voller als früher, und ihr Gesicht strahlte eine Sinnlichkeit aus, die einer Göttin angemessen war.

Eigentlich hatte sie erwartet, daß jeder in der Stadt ihr ansah, mit wievielen Männern und Frauen sie in den vergangenen Nächten die Qualen und Wonnen der Liebe in jeder nur denkbaren Weise ausgekostet hatte. Sie spürte sie noch auf ihrer Haut, die harten und brutalen, in ihren Herzen furchtsamen und leeren Männer, die Verlorenen und Heimwehkranken, denen auch Rituale und Zeremonien nicht halfen. Eroberer, die voll von Rauschtrank neben ihr eingeschlafen waren und die ganz jungen, die schon beim Aufbäumen ihrer noch ungezügelten Kraft versagt hatten.

Sie hatte mit Priestern und Kriegern, mit Marketenderinnen aus der Eselsstadt und mit Jungfrauen des besiegten Uruk geschlafen. Die Orgien waren ein einziger Rausch gewesen, und irgendwann – im Zustand selbstvergessener Nacktheit, als andere Tempelsklavinnen sich sogar mit Schafböcken und streunenden Wüstenhunden versuchten – irgendwann hatten die höheren Priester von Uruk und Kisch ihr gesagt, daß sie die neue Herrin der Tempeldirnen, die Oberpriesterin der Lust und die erste Dienerin der Göttin *Inanna* sein sollte.

Sie kam vom Adab-Kanal vor den Mauern der Stadt, in dem sie für eine Weile ganz allein gebadet hatte. Der künstliche Wasserlauf verband Uruk mit den Städten Larsa, Ur und Eridu unten am Meer. Das Gewitter in der Nacht nach der Eroberung von Uruk hatte die Kanäle durchspült und die Brunnen überfließen lassen. Das Wasser schmeckte nur noch ein wenig salzig. Menschen und Tiere konnten wieder trinken, und sie war die erste, die mit der Botschaft in die Stadt zurückkehrte.

Bara Nam-tara eilte über die bereits mit Blumen und Räucherkesseln, mit Statuen und bunten Tüchern an den Mauern geschmückte Prachtstraße bis zum *Inanna*-Heiligtum neben dem Stufentempel. Die ganze Stadt arbeitete an den Vorbereitungen für die Krönung des jungen, geheimnisvollen Königs aus dem Norden.

»Er heißt Gilgamesch!« rief ein junges Mädchen. »Und er ist göttlicher Herkunft!«

Bara seufzte und lief weiter.

»Nie schlief seine Mutter Nin-sun mit einem Mann!« rief ein anderer. »Er ist der Sohn des Orakels ...«

»Ein Riese!«

»Ein Held für *Inanna*!«

»Unser König!«

Bara lächelte noch immer, als sie den Platz vor der Zikkurat erreichte. Der Stufenturm zwischen dem Weißen Tempel und dem *Inanna*-Heiligtum ragte wuchtig und stolz in den weißblauen Morgenhimmel. Die schrägen Mauern waren nicht glatt, sondern leicht nach außen gewölbt. Bara sah nach oben. Vom großen Platz aus war nur noch die goldene Kuppel zu sehen. Die smaragdgrünen Büsche und Bäume auf den drei schwarz und rot gestrichenen unteren Ziegelterrassen sahen frisch wie im Frühling aus.

Sie trat in den Vorraum des Tempels. Überall liefen Männer und Frauen in prachtvollen Gewandungen umher. Die meisten waren so geschmückt und geschminkt, daß niemand erkannte, wer aus der Eselsstadt und wer aus Uruk kam.

»Paß auf, Schöne der Nacht!« lachte ein Schublugal. Sie stieß mit dem Krieger zusammen. Sofort legte er einen Arm um sie, hob sie halb hoch und versuchte, sie zu küssen.

»Zabardi!«

»... gleich der glänzenden Bronze ... eng, aber schmiegsam!«

»Laß mich los!« zischte sie.

»Die neue Oberpriesterin von Uruk kennt wohl ihren alten Kampfgefährten nicht mehr! Bist du noch immer wild auf den Meister der Erbsenzucht?«

»Du hast zuviel Bier und Wein durcheinander getrunken!«

»Ach, komm schon! Wir stehen beide auf der Seite der Sieger, und wir werden auch an der Seite des neuen Königs von Uruk sein!«

»Willst du nicht nach Kisch zurück?« fragte sie verwundert.

»Was soll ich in der Eselsstadt? Hier kann aus dem alten Gefährten des Königs ein Ensi werden!«

»Vielleicht hast du recht, Zabardi«, sagte Bara nachdenklich. Sie gingen durch den Tempelvorraum, und Zabardi erzählte ihr, was er im *Weißen Tempel* von Mesche dem Schmied, von Mamagal und von Bir Hurturre gehört hatte.

Gilgamesch blieb nicht nur eine, sondern drei Nächte am einsamsten Platz von ganz Uruk.

In der zweiten Nacht hatte er lange wachgesessen, auf die Stadt hinuntergesehen und versucht, mit den Sternen zu reden. Er hatte sich auf den Rücken gelegt und unter all den funkelnden Symbolen der Götter die fünf Sterne beobachtet, die im Lauf eines Jahres ihren Platz am Himmel behutsam, aber sichtbar veränderten. Alle Götterzeichen bewegten sich zwischen Abend und Morgen um den Stern, der genau in der Mitte der Himmelskuppel stand. Dort befand sich auch das Tor zu den weiteren Himmeln, in denen die Götter wohnten. Gilgamesch wußte, daß all die Bilder und Figuren, die von den Sternen gebildet wurden, seit Urzeiten gleich geblieben waren. Nur die fünf wandernden schienen sich viel näher am Erdkreis zu bewegen als alle anderen. Und der schnellste von allen war das Zeichen *Inannas*.

Die Wachen auf den Stufen der Zikkurat waren alle zwei Minen ausgetauscht worden. Doch auch als die Sterne verschwanden, als nur noch *Inannas* Himmelszeichen in den Tag hinein weiterfunkelte, und als ein neuer Sommertag über dem grünen Land mit seinen friedvoll nach Süden strebenden Flußarmen, den still glitzernden Seen und Sumpfflächen zwischen Palmenhainen und Schilfflächen begann, da hatte sich noch immer nichts für ihn verändert.

Er sah lange auf die unteren Terrassen hinab, zählte von oben die üppigen Bäume und Sträucher und überlegte, wie er sie noch schöner und eindrucksvoller anordnen konnte. Ein Baum fiel ihm besonders auf. Schukallituda hatte ihm einmal erzählt, daß es in Uruk einen Baum geben sollte, der am Ufer des Buranum nicht gedeihen wollte und deshalb von *Inanna* in die Gärten der Zikkurat gebracht worden war.

»Der *Chuluppa*-Baum!« murmelte Gilgamesch. Das Grün des seltsamen Baumes sah wie Nadeln und Blätter zugleich aus. Derartige Bäume gab es im ganzen Zweistromland nicht noch einmal. Und Gilgamesch fragte sich, ob der *Chuluppa*-Baum nicht schon viel älter war, ob sein erster Samen, sein Steckling, vielleicht sogar vor der Großen Flut von den ersten Sumerern aus dem Hochland im Osten mitgebracht worden war.

Die Gärtner von Uruk waren in den vergangenen Jahren nicht

besonders ordentlich gewesen. Gilgamesch entdeckte, daß sie an mehreren Stellen abgeschnittene Äste und Zweige aus den hängenden Gärten einfach über die Randmauern geworfen hatten. Von unten nicht sichtbar vermoderten die Gartenabfälle auf dem Dach des *Inanna*-Heiligtums im Schatten der Zikkurat.

Gegen Mittag des zweiten Tages hatten mehrere Priester Körbe mit frischem Brot und geräuchertem Fleisch, mit Obst und würzigem Käse nach oben gebracht. Sie hatten den Altar im Inneren des kleinen Dachtempels neu dekoriert und die Reste vom Vortag wieder mitgenommen. Alle Versuche Gilgameschs, mit ihnen zu reden, waren vergeblich geblieben. Sie hatten auf seine Fragen nach dem Zustand der Stadt geantwortet, nicht aber darauf, wie die Götter entschieden hatten.

In der dritten Nacht hatte er noch besser geschlafen. Er merkte nichts von den Vorbereitungen für das bevorstehende große Ereignis, sah nicht, wie bereits dreieinhalb Stunden vor Sonnenaufgang ein alter Priester aus dem *Inanna*-Heiligtum kam, ganz allein über die Prozessionsstraße bis zum Buranum ging, um dort mit vielen Gebeten und leisen Gesängen die rituelle Waschung seines Körpers vorzunehmen, ehe er kurz vor Morgengrauen zurückkam, einigen Eingeweihten geheimnisvolle Anweisungen gab und dann die im *Eanna*-Tempel verbliebenen Tempelbeter und Sänger, die Klagepriester und Kräuterkundigen, die Goldschmiede und Figurenformer beauftragte, drei Zeremonien gleichzeitig vorzubereiten.

Als Gilgamesch aufwachte, stand die Sonne bereits hoch über den Feldern. Er ließ das schlechte Wasser und die Reste der Speisen aus seinem Körper in eine Mulde mit einem Röhrenschacht an der Südecke des Tempels ab. Anschließend wusch er sich mit frischem Wasser aus einem Krug. Es schmeckte kaum noch nach Salz. Er nahm sich einen kurzen Rock und eine ärmellose Lederweste aus der Tempelkammer und ging fast eine Mine lang sehr langsam am Mauerrand der obersten Zikkurat-Plattform entlang. Er wäre gern einige Stufen bis zur obersten Gartenplattform hinabgestiegen, doch jedesmal, wenn er den obersten Stufen der Treppen zu nahe kam, faßten sämtliche Wächter bis ganz nach unten ihre Schwerter fester. Er hätte vielleicht zehn oder zwanzig mit einem gewaltigen

Sprung von den Stufen stoßen können, doch nicht einmal er würde die Schwerthiebe aushalten, die dann auf in treffen mußten ...

Er war auf der obersten Plattform gefangen und mußte sich seinem Schicksal fügen! Er wußte nicht mehr, wie oft er das kleine Geviert bereits umwandert hatte. Längst kannte er die Lage von Tempeln und Palästen, von Straßen und Plätzen und von den Gärten, Kanälen und Feldern jenseits der klein und unbedeutend wirkenden Stadtmauer.

Eher aus Langeweile und ganz ohne Ziel begann er, mit einem Stück Holzkohle einen Plan von der Stadt auf Tücher zu zeichnen, die er sich aus dem Tempel geholt hatte. Hier und da, wenn ihm die Versuche nicht gelangen, veränderte er die Straßen und Plätze. Zuerst vertrieb ihm die neue Beschäftigung nur die Zeit, doch dann fand er Gefallen daran, eine neue Stadt mit einem großzügig angelegten heiligen Gebiet, mit neuen Prozessionsstraßen und mit Wohngebieten zu zeichnen.

Am Nachmittag, während aus den verschiedenen Tempeln der Stadt Musik und Gesang bis zu ihm hinaufklang und die Schatten länger wurden, stellte er fest, daß es Stellen gab, an denen die Mauer von Uruk kaum noch vorhanden war. Er zeichnete eine neue, wahrhaft starke Mauer auf seinen Plan der Stadt. Er zeichnete, wischte die Linien fort und begann immer wieder von vorn.

Als er mit seinem Werk zufrieden war, rechnete er aus, daß ein erwachsener Krieger neuntausendfünfhundert große Schritte gehen mußte, um die gewaltige Mauer zu umschreiten. Sie würde zweihundert Seile lang sein ... mehr als ein Biru.

Der Schutzwall würde ein Gebiet umschließen, so groß, daß die Gärten gleich mit gesichert wurden ... ein paar tausend Beete zumindest. Die Mauer sollte an ihrem Sockel mindestens ein *Gar* breit, auf beiden Seiten mit einer Neigung wie bei den Terrassen der Zikkurat und hoch wie fünf Männer sein. Sie sollte zusätzlich durch Wehrtürme gesichert sein, die nicht weiter als zehn, zwanzig Schritte voneinander entfernt waren. Eine solche gigantische Mauer zu bauen – das würde Uruk zur größten befestigten Stadt auf der ganzen Erdscheibe erheben!

Er richtete sich auf, nahm einen halbgeleerten Weinkrug und ging zum Rand der Plattform. Nur noch in einigen Höfen glühten die Reste der Abendfeuer. Menschen und Tiere schliefen nach den Tagen der Eroberung und Versklavung. Die endlosen Stunden voller Schmerz und Tränen, voller Verzweiflung und Trauer ... waren sie so schnell vergangen? Gilgamesch fragte sich, wie lange Besiegte brauchten, um sich der Neuordnung zu unterwerfen. Erst drei Tage und drei Nächte waren vergangen, seit er mit seinem Schwert aus Eisen die erste Bresche geschlagen hatte. Er fühlte plötzlich eine seltsame Sehnsucht nach den Menschen, die tief unter ihm in ihren Behausungen ruhten. Er hörte nichts von ihnen, deshalb lauschte er dem Raunen der Nacht. Jeder Stein des Stufentempels, jede Hütte tief unten, jeder Baum in den Gärten, jeder Halm auf den zertretenen Kornfeldern, jede Welle im großen Strom, jedes Glitzern auf den geheimnisvollen Kanälen und jeder Stern in der schwarzblauen Tiefe des Himmels sprach zu ihm.

Es waren Hunderte von Empfindungen, die bei ihm Einlaß suchten. Er lächelte und lehnte sich noch weiter zurück. Er wußte, daß er selbst nur ein Teil des großen Ganzen war. Magier und Zauberer, Könige und Hohepriester mochten den Lauf der Dinge für einen Augenblick der Ekstase in einem göttlichen oder dämonischen Licht erscheinen lassen, doch ändern ... wirklich verändern ... wer konnte das schon?

Und selbst die mächtigsten Herrscher über Länder und Völker gingen dahin wie die Jahreszeiten. Ihre Bauten zerfielen, sie mußten sterben und ihre Macht an andere abtreten. Neue Könige würden Heere über die Ebenen zwischen den Strömen bewegen, mit immer größeren Kampfwagen und Pfeilen, in denen die Kraft und das Licht des Sonnengottes gebündelt war. Und sie würden die Grenzen aller bekannten Länder überwinden, den Erdkreis umrunden, phantastische Städte errichten und vielleicht sogar Barken bauen, mit denen sie zu den Sternen aufsteigen konnten. Doch was würde anders sein, wenn sie schliefen?

Die Sterne, die Götter, war dort die Heimat aller Gedanken und Wünsche? Kam von dort die ewige Melodie, die sich in jeder Wolke, jeder Bewegung der Grashalme, im Spiel der Tiere und in jedem Mädchenlachen widerspiegelte?

Die göttlichen *ME*.

Waren sie das Geheimnis, das es zu ergründen galt?

Gilgamesch ließ den Weinkrug fallen. Er zerbrach, und die Scherben schaukelten noch eine Weile im letzten Wein hin und her, ehe ihre Bewegungen leise aufhörten.

»O ihr grausamen Götter!« stöhnte Gilgamesch. »Warum ... warum habt ihr uns erschaffen, wenn doch nichts von uns bleibt?«

Mesche der Schmied hatte sich in den Tagen und Nächten in der ganzen Stadt umgesehen. Und wieder einmal kehrte er zum Tempelbezirk zurück. Der Schein von Fackeln und Feuerkesseln beleuchtete die Tempel und die Mauern der Zikkurat. Mesche beschloß, sich die Rituale anzusehen. Es interessierte ihn, wie die Priester von Uruk und Kisch mit dem dreifachen Problem fertigwurden, einen toten König zu verabschieden, einen neuen zu inthronisieren und gleichzeitig den Göttern und einem Eroberer zu huldigen.

Zwei schwerbewaffnete, abweisend blickende Wächter versperrten seinen Weg. Sie trugen die Gewandung der Krieger aus Kisch, doch ihre enganliegenden Helme bestanden aus Bronze, in die die Form von Haarlocken getrieben war. Derartige Helme trugen nur die Männer Uruks.

»Keinen Schritt weiter!« sagte einer der Wächter barsch. »Hier beginnt heiliges Gebiet!«

»Kennt ihr mich nicht? Ich bin Mesche der Schmied.«

»Es wird kein Schmied erwartet!«

»Auch nicht ein Begleiter des Helden Gilgamesch?« fragte Mesche spöttisch.

»Das ist nicht unsere Sache. Wir haben den Befehl, niemanden mehr in den geheiligten Bezirk zu lassen!«

»Ihr meint also, ich muß erst Bir Hurturre holen ...«

Diesmal klang seine Stimme schärfer. Die beiden Wächter sahen sich unsicher an. Ein Karren mit Kupferblechen und großen, blankpolierten Bronzescheiben für den Wandschmuck rumpelte an ihnen vorbei. Die Wächter ließen die Handwerker ohne Aufenthalt passieren.

»Du kennst Bir Hurturre?« fragte einer der Wächter unsicher.

»Es ist noch keine Mine her, seit er mir sagte, daß die Wächter Uruks lernen müssen, wem sie jetzt zu gehorchen haben.«

Mesche spuckte auf den Boden. Die beiden Wächter traten zögernd zur Seite. Mesche grinste und betrat die Vorhöfe des Heiligtums. Die ganze Tempelanlage glich einem Bienenkorb. Während in abgetrennten und bewachten Kammern Goldschmiede und Töpfer, Holzschnitzer und Dubsars damit beschäftigt waren, Statuen und Standarten, Ringe und Ketten, wertvolle Kelche und andere Opfergaben herzustellen, rezitierten in den Sälen die Priester bereits die Gebete für die Götter des Zweistromlandes.

In den Innenhöfen des Heiligtums deuteten Sternkundige und Orakelpriester die Konstellation der nächtlichen Zeichen am Himmel und die Verfärbungen von Hammellebern und Hühnereingeweiden. Andere versuchten, durch zwölfmalige Anrufung alle bekannten Dämonen zu besänftigen.

Niemand beachtete ihn, als er bis in den großen Festsaal vordrang. Er sah, wie Handwerker die gewölbte Decke mit einem Himmel aus goldenen Stoffen verkleideten. Andere strichen die Sockel der Altäre mit schwarzen und roten Erdfarben an. Und wiederum andere richteten Bilder aus hellblauen und grünen, korngelben und kupferglänzenden Mosaiken an den Seitenwänden auf. Ihre Arbeit wurde von Priestern aus beiden Städten überwacht, die gleichzeitig die Hymnen für den alten und den neuen König von Uruk, für den großen Eroberer Mebaragesi und für die Götter beider Stadtstaaten sangen.

»Mebaragesi ist mächtig. Herr zweier Perlen am Fluß ...«, verkündeten die Priester des Königs von Kisch.

»Herr, der du von uns gingst ... fürchte dich nicht vor dem Reich *Ereschkigals* ...« unterbrachen die Priester, denen die Rituale für die Beerdigung Enmerkars übertragen waren.

»Ein Held ist gekommen, der unser König sein soll ...« sangen die Priester, die den neuen Herrscher von Uruk loben sollten.

Mesche erkannte, wie sich die Priester ständig aus den Augenwinkeln beobachteten. Sie hatten die Handflächen vor der Brust zusammengelegt und schienen nur nach oben zu blicken, doch jedermann achtete genau darauf, was die anderen taten.

Mesche wollte gerade den Festsaal verlassen, als er Bara Namtara entdeckte. Sie ging mit Zabardi Banuga und dem kleinen, zierlich wirkenden Eunuchen der Königstochter unter den Säulen am

Westrand des Tempels entlang. Mesche drängte sich an einer Gruppe von Handwerkern vorbei. Er hastete auf einen Innenhof und kreuzte so den Weg von Bara und ihren Begleitern. Das Mädchen aus Aratta erkannte ihn sofort.

»Mesche der Schmied!« rief sie erfreut. »Wo hast du die ganze Zeit gesteckt?«

»Mal hier, mal dort«, antwortete Mesche und grinste.

»Komm zur Seite!« sagte sie. »Es ist zu laut hier.«

»Außerdem stinkt es, als würden die Priester die Eingeweide ihrer Orakeltiere mit Zwiebeln braten«, sagte Mesche und verzog das Gesicht. Bara lachte. Sie zog ihn in einen kleinen Raum, in dem nur Beile und Sicheln, Hacken und andere Werkzeuge auf Ziegelsteinborden lagen.

Mesche trat einen halben Schritt zur Seite. Das Licht der Feuer und Fackeln vom Hof erhellte das Gesicht des Eunuchen. Es dauerte nur wenige Augenblicke, dann ging Mesche auf ihn zu und umfaßte seine Oberarme.

»Dich kenne ich doch!« sagte er nachdenklich. »Ja, du könntest tatsächlich der Geheimnisvolle sein, der mich gelehrt hat, ein Schwert aus Eisen zu schmieden! Hier, diese Glöckchen an deinem Sklavenring verraten dich!«

Er faßte an Harraps Hals.

»Ich hoffe nur, du verzeihst mir, daß ich dir bei jedem unserer Gespräche einige Tropfen in den Wein schüttete, durch die du bis zu diesem Augenblick vergessen hattest, daß du mich kennst!«

»Zaubertropfen?«

»Nein, nur der Saft von Kakteen, die hundert Tagereisen von hier in meiner Heimat wachsen.«

»Und ich Narr habe geglaubt, daß mich die Götter träumen ließen, wie man ein Schwert aus Eisen schmiedet!«

»Wenn du willst, erzähle ich dir, warum ich dich auswählte, mit Gilgamesch hierher zu kommen.«

»Das könnt ihr euch für später aufheben«, unterbrach Bara Nam-tara. »Wir wohnen im Palast von Nin-sun. Du kannst mit uns kommen, wann du willst!«

Mesche betrachtete das Mädchen aus Aratta. Im Licht der Feuer sah ihr Haar wie ein Bündel glühender Goldfäden aus. Mesche lächelte versonnen. Sein Blick glitt langsam über ihre vollendete Figur. Ihr Brusttuch bedeckte nur die rechte Hälfte ihres Oberkörpers, und ihre freie Brust erinnerte ihn an die polierten Steinformen vom Standbild der *Inanna* im großen Saal des Heiligtums. Für einen kurzen Augenblick entdeckte er ein Zucken um ihre vollen Lippen. Sie lächelte, doch ihre Augen sahen traurig aus.

»Gilgamesch wird morgen schon der König dieser Stadt sein! Da ist kein Platz mehr für eine ehemalige Sklavin des Liebestempels!«

»Dabei ist sie inzwischen Oberpriesterin!« sagte Zabardi Banuga mit einem breiten, anzüglichen Grinsen.

»Du ... eine Oberpriesterin?« fragte Mesche erstaunt. »Wie ist das möglich?«

»Nin-sun hat sie freigegeben«, sagte Harrap. Er griff an seinen Hals und nahm den Sklavenring ab. »Auch ich müßte die Glöckchen nicht mehr tragen, aber wenn man erst an eine Fessel gewöhnt ist, dann fehlt sie plötzlich.«

Mesche hörte ihn kaum. Er sah Bara Nam-tara an. Und plötzlich wußte er, daß diese Nacht nur ihm und ihr gehören würde.

»Ich komme mit euch!« sagte er rauh. Sie lächelte und senkte den Blick.

DAS KRÖNUNGSFEST

Wie in den vergangenen Nächten verließ der Deuter-Priester bereits drei Stunden vor Sonnenaufgang die Stadt. Er ging bis zum Fluß und wusch sich mit langsamen Bewegungen, die von vielen Gebeten begleitet wurden. La-abasch rief die drei obersten Himmelsherrscher *An*, *Enki* und *Enlil* an, dann auch noch *Ereschkigal* als Göttin der Unterwelt und *Inanna* in ihrer hohen Stellung als Stadtgöttin von Uruk.

Am östlichen Horizont waren über dem Grün der Gärten, den sandbraunen Wüstenstreifen, dem Violett der Bergvorläufer und dem Schiefergrau des fernen Hochlandes bereits goldene Lichtschleier zu sehen, als der Seher endlich in den Tempel zurückkehrte. Hier hatten inzwischen die Priester verschiedener Ränge die letzten Vorbereitungen beendet. Einige schliefen halb sitzend, halb liegend zwischen den Säulen, während müde Sklaven und wortkarge Tagelöhner aus der Stadt die Überreste der langen Zeremonien beseitigten.

Genau drei Stunden nach Sonnenaufgang zerriß ein vielstimmiges Fanfarensignal den Hauch von Ewigkeit. Die Bläser standen in Höhe der ersten Plattform auf den Treppenstufen der Zikkurat. Es dauerte lange, bis sich die Stadt schlaftrunken und mit vielen Seufzern bereitfand, den neuen Tag zu beginnen. So tief, traumlos und so kurz hatten sie alle schon lange nicht mehr geruht.

Eroberer und Besiegte waren im Lauf der Nacht zu beinahe Gleichen verschmolzen. Doch noch vor den erwachenden Menschen reagierten die Tiere auf den Lärm des Morgens. Sie bellten und blökten, miauten und zwitscherten, als wüßten sie alle, daß dieser Tag einen neuen König für die Stadt und das Land bringen würde.

Die ersten Rauchfäden stiegen über den Dächern der Häuser und Hütten auf. Kinder mit Palmwedeln rannten auf die Straßen. Sie kauten noch an ihren frischgebackenen Brotfladen und begannen, jede Gasse, jeden Weg und jede Straße der Stadt zu fegen.

Gilgamesch war bereits beim ersten Trompetensignal aufgewacht. Er wunderte sich, warum er nicht im Tempel auf der obersten Plattform der Zikkurat geschlafen hatte, sondern auf der Bank an der Außenwand. Obwohl er erst in den letzten Nachtstunden eingeschlafen sein konnte, fühlte er sich stark und ausgeruht. Er reckte sich, verrichtete seine Notdurft in der Ecke, wusch sich Gesicht und Körper mit klarem Waser aus den Tonkrügen und ging, noch immer nackt, bis zum Rand der Plattform.

Das Land am Unterlauf des Buranum begann, sich von den Verwüstungen des Heeres aus dem Norden zu erholen. Die Blätter und Zweige der Obstbäume in den Gärten vor der Stadtmauer wirkten nicht mehr zerzaust, und nur an den Böschungen der Kanäle erinnerten Spuren an die vielen tausend Krieger, die noch vor wenigen Tagen die Stadt belagert hatten.

Gilgamesch ging zur anderen Seite und sah die Treppenstufen hinunter. Die Wächter waren verschwunden. Er beobachtete, wie Schüler aus der E-dubba von Uruk kamen, um laut lärmend mit ihren Palmwedeln die vielen Stufen zu säubern. Junge Mädchen holten in langen Reihen Blumen und Zweige mit bunten Blättern aus den Gärten vor der Stadt. Sie schmückten die Stufen und Mauern der Treppen wie zu einer ›Heiligen Hochzeit‹.

Gilgamesch schaute ihnen eine Weile zu. Einmal, als er nach einem besonders hübschen Mädchen pfiff, hielten ein paar der jungen Urukäer inne und blickten verstohlen zu ihm auf. Gilgamesch entdeckte Furcht und Neugier in ihren großen, schwarzen Augen. Noch ehe er sie ansprechen konnte, senkten sie ihre Köpfe wieder.

»Heh!« rief er, »kommt doch näher!«

Das Gegenteil geschah. Die Jungen und Mädchen zogen sich Stufe für Stufe zurück.

»Ihr braucht keine Angst zu haben. Ich bin Gilgamesch, Gärtner aus Kisch!«

Die obersten Stufen leerten sich noch schneller.

»Ich bin hier geboren ... in dieser Stadt!« rief Gilgamesch immer lauter, doch gleichzeitig wußte er, daß er auf diese Weise nicht mit den Jungen und Mädchen aus Uruk sprechen konnte.

Gilgamesch sah ihnen nach, bis sie die Treppen des Stufentempels verlassen hatten. Er roch den Duft der frischen Blumen und bekam Hunger. Er drehte sich um und ging zum kleinen Heiligtum auf der obersten Ebene des Stufentempels zurück, holte sich etwas zu essen, trug einen Tonkrug mit saurer Milch bis zum Rand der Plattform und setzte sich so, daß er alles beobachten konnte.

Noch lagen Schutthaufen aus zerstörten Stiftmosaiken und halbverkohlten Schilfrohren in allen Ecken. Überall trieben Aufseher Gärtner und Handwerker, Bauern und Landarbeiter zu noch mehr Eile an. Selbst Priester und Soldaten, Schreiber und Tempelsklaven bereiteten sich auf das große Ereignis vor. Und dann kamen die ersten Handwerker, Bauern und Händler mit Opfergaben und Geschenken. Jeder von ihnen wußte ganz genau, was er bringen mußte, und jeder trug das zu den Tempeln, was ihm aufgetragen worden war.

Die Schönheit des Sommertages wurde jäh durch eine Reihe von einzelnen Paukenschlägen zerstört. Überall hielten die Menschen den Atem an. Sie lauschten, warteten auf den nächsten Schlag und sahen sich unwillkürlich nach weiteren Zeichen um. Viele blickten zum Himmel hinauf, so, als könne das Blau jeden Moment aufreißen, um Dämonenhorden und flammende Wagen, zornige Götter oder die Wolken für eine neue verheerende Flut ausspeien.

Im halbverbrannten Haus von Ugnim, dem Tischler, war solange Ruhe, bis seine Tochter Nansche und ihre Freundinnen kichernd und aufgeregt schwatzend von den Reinigungsarbeiten in der inneren Stadt zurückkamen.

Ugnim war gerade dabei, Scherben von zerstörten Mehlkrügen und angekohlte Fellreste von den Schlaflagern zu entfernen. Er warf sie auf einen Haufen Unrat neben der Türöffnung zum Innenhof. Er fand ein kleines, mit magischen Zeichen bedecktes Amulett und starrte es regungslos an.

»Stell dir vor, Vater ... ich habe ihn gesehen!« rief Nansche, nachdem sie sich lachend von ihren Freundinnen verabschiedet hatte. »Ich habe Gilgamesch völlig nackt gesehen! Er stand ...«

Erst jetzt erkannte sie das Gesicht ihres Vaters. Sie hörte auf zu lachen. Ihre Mundwinkel zuckten, und ohne zu wollen mußte sie wieder weinen. Ugnim wischte unbeholfen das Amulett ab.

»Es hat sie nicht beschützt«, sagte er bitter und versuchte, die kleine Scheibe aus gebranntem Ton zwischen den Fingern zu zerbrechen.

»Nein!« rief Nansche erschreckt. Sie fiel ihm in den Arm und entwand ihm die schwarze Tonscheibe. »Wir haben Mutter gestern erst begraben«, rief sie mit einem unterdrückten Schluchzen. »Sie ist noch nicht angekommen, wo sie die ewige Ruhe finden soll!«

»Ich gab ihr Nahrung und Getränke mit«, sagte Ugnim finster. »Dazu den Schmuck und ihre besten Kleider! Was sollte sie mit einem Amulett, das nicht verhindern konnte, daß Krieger sie in ihrem Rausch aus Wein und Blutgeruch aus diesem Haus fortrissen und geschändet sterben ließen?«

»Gib mir das Amulett«, bat Nansche. »Zur Erinnerung ...«

»Es hat den Zauber nicht«, sagte ihr Vater voller Zorn. Er beugte sich vor und lauschte auf die Geräusche im Nebenhaus. Auch dort hatte bis zur Eroberung der Stadt ein Tischler gewohnt. Er war tot, ebenso wie seine Familie.

»Die Pauken schlagen mit großen Abständen«, sagte Nansche.

»Sie schlugen früher jedesmal, wenn sich ein Mensch auf den langen Weg ins dunkle Reich *Ereschkigals* begab«, sagte Ugnim. »Doch dieses Mal starben zu viele gleichzeitig. Und was du jetzt hörst, gilt nur noch für den toten König!«

»Ist's nicht für eine Krönung?« fragte Nansche.

»Niemand von uns hat bisher eine Krönung miterlebt«, antwortete Ugnim nachdenklich. »Enmerkar, unser König und Hohepriester, hatte mehr Jahre gesehen als wir alle. Er ist nicht mehr, doch sein Enkel wird ihm folgen.«

»Ich verstehe nicht, wie das geschehen soll«, sagte Nansche. »Wie kann man gleichzeitig ein Begräbnis voller Trauer und eine Krönung feiern, die doch ein Freudenfest sein soll?«

»Sieh, es ist gar nicht so schwer zu verstehen, meine Tochter!« sagte Ugnim. »Feiern wir nicht auch das Neujahrsfest, obwohl wir wissen, daß das Leben der Pflanzen nur einen Sommer währt?«

Nansche sah ihren Vater liebevoll an. Sie ging zu ihm. Er legte seinen Arm um ihre Schulter.

»Mutter hat mir gesagt, daß in der Freude jedes Neubeginns bereits ein Abschied schlummert«, sagte sie. »Und in jedem Tod die Hoffnung auf eine Wiedergeburt?«

»So, wie es die Legenden von *Dumuzi* erzählen«, nickte Ugnim.

»Diese Legende habe ich nie verstanden«, sagte Nansche. »Warum müssen Männer gegen die Natur kämpfen? Warum müssen sie überhaupt kämpfen?«

»Weil einst vor langer, langer Zeit die Kraft der *Großen Muttergöttin* nicht mehr ausreichte und viele neue Götter kamen.«

»Davon hast du mir nie erzählt«, sagte Nansche.

»Du warst zu jung«, seufzte ihr Vater. Er sah sich vorsichtig nach allen Seiten um, dann führte er seine Tochter in den Innenhof des halbverbrannten Hauses, stieg über angekohlte Balken aus ehemals wertvollem Zedernholz und führte sie zu einer Nische in der Lehmmauer zum Nachbarhof.

»Früher, als ich noch jung war, bin ich mehrmals nach Norden gezogen«, sagte er und deutete auf eine Scheibe aus gebranntem Ton in der Nische. »Ich folgte dem Buranum bis zu den Bergen, in denen Wälder stehen, hoch wie die Zikkurat und endlos wie die Felder Uruks.«

Er zeichnete mit seinen Fingern den Lauf des großen Flusses auf der Tonscheibe nach. »Vorbei an Schuruppak und Kisch, am kleinen Dorf Babylon und an der alten Stadt Sippar«, sagte er versonnen. »Ich habe viele Dinge gesehen und noch mehr Geschichten gehört, aber erst viel später, als ich den Obereunuchen von Enmerkars Tochter Sin-sun kennenlernte, hat dieser weise kleine Mann mir erklärt, wie es gekommen ist, daß alles sich verändert hat.«

Nansche sah ihren Vater mit ihren großen, dunklen Augen an. Sie wischte etwas Asche von einer Bank aus Ziegelsteinen, setzte sich und bedeutete ihm mit einer Handbewegung, sich neben sie zu setzen.

»Glaubst du, daß ich jetzt alt genug dafür bin?«

Er stand noch immer vor ihr. Sein Mund sah ernst aus, doch seine Augen lächelten.

»Es könnte sein«, sagte er schließlich und setzte sich neben sie. »Jetzt, wo deine Mutter nicht mehr bei uns ist, sollst du wissen, daß es nicht immer wir Männer waren, die für den Lebensunterhalt ihrer Familie sorgten ...«

»Wer war die *Große Göttin*?«

»Ich weiß es nicht«, antwortete er mit einem tiefen Seufzer. »Sie muß ganz anders als unsere Götter heute gewesen sein! Sie sorgte dafür, daß die Frauen im ›Goldenen Zeitalter‹ stets genügend Gräserkorn und Früchte sammeln konnten. In jener Zeit entstanden aus Samen, die an den Rastplätzen zu Boden fielen, die allerersten Gärten. Und wenn die Sammlerinnen übers Jahr erneut auf jene Stellen trafen, entdeckten sie, daß es sich lohnte, der Erde einen Teil des Reichtums wieder zurückzugeben. Das war der Beginn des ›Silbernen Zeitalters‹.«

»Du sagst, es waren Frauen, die das entdeckten?«

»Ja«, sagte Ugnim lächelnd.

»Und ihre Männer? Was war mit ihnen?«

»Sie hatten nichts zu tun und störten nur. Deshalb begannen sie, ebenfalls Ausschau nach etwas zu halten, was sie heimbringen konnten. Vielleicht haben sie sich daran erinnert, daß sie vor der Herrschaft der Frauen und der *Großen Göttin* Tiere gejagt und getötet hatten. Sie fingen wieder damit an ... als Spiel zunächst und später als Beweis dafür, daß sie ebenfalls Vorräte beschaffen konnten ...«

»Aber es wäre nicht nötig gewesen, meinst du das?«

»Nein, im ›Goldenen Zeitalter‹ und auch ›Silbernen‹ wäre die Jagd der Männer auf Tiere zu keiner Zeit nötig gewesen«, bestätigte Ugnim. »Aber sie fanden Gefallen daran, von ihren Frauen fortzukommen und für die schnelle Beute Gefahren auf sich zu nehmen, über die sie sprechen konnten, wenn sie zusammensaßen. Und irgendwann begannen sie, sich gegenseitig Beute abzujagen und mehr Vorräte zu horten als sie benötigten. Das war der Beginn des Handels, der Raubzüge und Kriege, der Mauern um die Siedlungen, der Handwerkskünste und das Ende der gütigen *Großen Muttergöttin*!«

Nansche blickte zu Boden. Sie fragte sich, was sie tun mußte, um die friedvollen Zeiten, von denen ihr Vater erzählt hatte, wieder zurückzugewinnen.

»Es ist vorbei!« sagte er ganz so, als könne er ihre Gedanken lesen. »Niemand kann jemals wieder die neue Ordnung beseitigen! Männer und ihre Götter sind uneins und ohne Harmonie mit der

Ewigkeit. Die Herrschaft der Männer will immer nur eins ... den eigenen Samen in jede Furche pflanzen, die sich auftut, um der eigenen Lust zu dienen und gleichzeitig Unsterblichkeit zu erlangen! Und wo das noch nicht genügt, gebären die Männer Waffen und Kriege und immer neue Ideen für die Vergewaltigung der Natur!«

Nansche sah verlegen zur Seite. Sie spürte genau, was ihr Vater meinte.

»Aber die Furche, von der du sprachst ... kann sie nicht ebenfalls die Sehnsucht haben, den Grabstock für den Samen in ihrer schönsten und geheimsten Tiefe zu empfinden?«

»Das mag schon sein«, sagte Ugnim. »Aber die Männer sind es, die mit ihren Grabstöcken jede Furche beherrschen wollen! Und sie entscheiden, ob sie in ihrer Beutelust zur nächsten Furche weiterziehen oder bei einer bleiben wollen ...«

Sie schwiegen lange. Jenseits des Hauses zogen unsichtbar für beide lärmende Gruppen von Festbesuchern, Musikanten und Gruppen von Kriegern vorbei.

»Gab es denn keine Frau, die sich gegen die neue Herrschaft wehrte?« fragte Nansche schließlich.

»Doch, eine gab es! Sie gehörte sogar zur neuen Götterwelt. Als sie merkte, daß die Mysterien der *Großen Muttergöttin* nichts mehr galten, beschwerte sie sich bei ihrem Vater, dem Gott *Enki*. Und als selbst das nichts half, um die alte natürliche Ordnung wiederherzustellen, nahm sie den Kampf auf ...«

»Den Kampf?« fragte Nansche verwundert.

»Sie schwor dem alten Geheimnis der Fruchtbarkeit und der Harmonie zwischen Himmel und Erde, zwischen Mann und Frau ab und spielte fortan nur noch die Reize ihres Körpers aus. Mit dieser Waffe gewann sie eine ganz neue Macht. Ihr erstes Opfer war der Hirte *Dumuzi*, der ihr verfiel, ihr Gemahl und Gott an ihrer Seite wurde. Doch *Dumuzi* war ein Mann. Er vergaß, daß er seine Erhebung einer Frau verdankte. Sie aber rächte sich für alle Frauen, indem sie erzwang, daß dieser Mann nur die Hälfte jeden Jahres, in den Monden des Blühens und Gedeihens, bei ihr sein durfte und den Rest des Jahres in der Unterwelt verbringen mußte!«

Nansche stand auf und ging vor ihrem Vater auf und ab.

»Und heute?« fragte sie zornig. »Wer sorgt heute dafür, daß Männer nicht länger fremde Städte überfallen, Frauen und Kinder abschlachten und ganze Völker versklaven dürfen?«

»Niemand«, sagte Ugnim, der Tischler, trocken.

»Aber es ist nicht gerecht!«

»Nichts mehr ist gerecht, seit wir das Leben in Frieden mit der Natur und dem Kosmos aufgegeben haben!«

»Gibt es denn keine ... überhaupt keine Möglichkeit, Vater?«

Er sah sie schweigend an.

»Komm«, sagte er dann. »Wir müssen uns für die Prozession umziehen. Denn heute wird uns ein neuer König gekrönt!«

»Wieder ein Mann!« sagte Nansche trotzig.

Ihr Vater sah sie lange an. Doch diesmal konnte er nicht erkennen, was sie fühlte und dachte.

»Das wird ein langer, langer Tag!« sagte Harrap zu seiner Herrin Nin-sun. Gilgameschs Mutter saß im Innenhof ihres kleinen, gefängnisartigen Palastes. In ihrem kurzen, schilfgrünen Kleid mit einem spitzen Ausschnitt unterschied sie sich kaum von den Dienerinnen, die aufgeregt Schmuck und Zeremoniengewänder zusammentrugen, verschiedene Salben mit kostbaren Duftstoffen verrührten und farbige Schminken vorbereiteten.

»Ich hätte ihn gern vorher gesprochen«, meinte Nin-sun, während eine junge Sklavin ihr Haar kämmte.

»Er soll groß und stark wie kein anderer sein«, sagte die Sklavin mit einem schwärmerischen Seufzer.

»Er ist zum König geboren«, sagte Nin-sun bestimmt.

»Das mag schon sein«, sagte Harrap zustimmend, »aber er ist als Gärtner aufgewachsen. Schukallituda ist ein guter und fähiger Lehrmeister gewesen, doch von den Aufgaben eines Herrschers konnte er Gilgamesch kaum etwas vermitteln.«

»Gilgamesch hat bewiesen, daß er als Krieger kämpfen kann!«

»Er hatte ein Schwert, das ihn führte ... und Begleiter.«

»Er wird auch hier treue Gefährten finden!«

»Willst du an seiner Seite sitzen, Nin-sun?«

Die Tochter Enmerkars warf ihr langes Haar zur Seite. Sie sah ihren Obereunuchen mit aufblitzenden Augen an. »Genau das werde ich nicht tun, Harrap! Aber du könntest ihn beraten. So, wie du mir in all den Jahren Freund und Berater warst.«

»Ich bin kein Mann, Nin-sun! Was soll ich einem König raten, der noch das Feuer seiner Jugend in den Lenden spürt? Nein, Nin-sun ... dein Sohn braucht Männer um sich, die denken und empfinden können wie er. Und er wird Feinde haben, die ständig darauf warten, daß seine Unerfahrenheit ihn straucheln läßt!«

»Mebaragesis Aufpasser?«

»Nicht nur die, Nin-sun«, sagte Harrap besorgt. »Ich denke auch an unsere eigenen Oberpriester, an gewisse Ensis, denen ein starker Mann auf dem Königsthron Uruks ungelegen kommt ... und ich denke an Bir Hurturre und seine Vasallenkrieger ...«

Nin-sun stand abrupt auf. Sie starrte auf Harrap hinab. Der feingliedrige Eunuch blickte auf den Fall der sternengleich glitzernden Wassertropfen im Brunnen, der von den vollen Zisternen auf dem Dach des kleinen Palastes gespeist wurde.

»Du meinst also, daß nur noch wenige meinen Befehlen folgen würden?«

»Ich fürchte, die Zeit hat sich in den vergangenen Tagen geändert. Solange dein Vater, der ehrwürdige König Enmerkar noch lebte, warst du das Symbol für den Fortbestand seines Königtums.«

»Ich habe niemals mit einem Mann geschlafen!«

»Aber du hättest es noch tun können«, entgegnete Harrap. »Das allein war schon genug, dich zu verehren, solange dein Vater keinen Nachfolger benannt hatte!«

»Und Gilgamesch? Ist er denn nicht Beweis genug, daß Enmerkars Königtum fortdauern kann?«

»Gewiß«, sagte Harrap, »Gilgamesch ist dein Sohn! Aber er wird auch der Statthalter eines anderen Königs sein, eines Eroberers, der viele Männer und Frauen deines Volkes in die Gefangenschaft nach Kisch mitnehmen wird!«

Er hielt seine Hand in das sprühende Brunnenwasser. Die Tropfen veränderten den Weg ihres Falls. Sie wirkten wie kühle Funken im Licht der alles erwärmenden Sonne. »Sieh diese Tropfen, Nin-sun«, fuhr Harrap fort. »Sie werden alle aus der gleichen Quelle gespeist, aber nicht deine Brunnenskulptur lenkt ihren Weg wie seit vielen Jahren, sondern die Hand, die mir, einem Fremden, gehört!«

»Soll das ein Gleichnis sein oder ein Orakel?«

»Ich will nur sagen, daß dein Sohn nicht durch deine oder Enmerkars Macht gekrönt wird, sondern durch Fremde. Das wissen auch die Bewohner dieser Stadt!«

Nin-sun griff nach dem Ausschnitt ihres Kleides. Sie zog ihn zusammen und blickte gedankenversunken in das Spiel des Wassers.

»Wie lange kann eine fremde Hand den natürlichen Lauf des Wassers verändern?« fragte sie plötzlich. Harrap verstand. Er zog seine Hand zurück und lächelte.

»Dein Sohn wird König von Uruk sein«, sagte er. »Aber er muß die fremde Hand abschütteln und mit ihr alles, was nicht zu einem großen Königtum gehört.«

»Er hat viel Zeit zum Nachdenken gehabt.«

»Ich zweifle nicht an ihm«, sagte Harrap. »Aber es ist ein schmaler Steg zwischen dem Stolz eines Mannes und der Selbstüberschätzung!«

Nach und nach strömten immer mehr Bewohner der Stadt zum Festplatz zwischen der Zikkurat und dem *Inanna*-Heiligtum. Seit der Eroberung Uruks war noch keine Woche vergangen, doch schon holten die Besiegten ihre wertvollsten Kleidungsstücke aus Truhen und Kammern. Sie legten das Beste an, was ihnen die Krieger König Mebaragesis noch gelassen hatten.

Gilgamesch sah, wie einige Tempelsklaven über die nördliche Seitentreppe der Zikkurat höher kamen. Sie schleppten schwere Gerätschaften und große Körbe mit Kleidungsstücken nach oben.

Als sie ihn sahen, warfen die ersten sich unmittelbar unter ihm auf die Stufen. Sie blieben regungslos liegen, bis am *Inanna*-Heiligtum die erste Prozession auftauchte. Sie kamen, noch ehe Gott *Utu* seinen höchsten Stand am Himmel erreicht hatte. Zwei Dutzend Priester mit sorgsam gelockten Bärten, mit kahlen Köpfen und in kostbaren, bunt leuchtenden Gewändern schritten zum Klang von Fanfaren die Stufen der Zikkurat herauf.

Die Sklaven rutschten zur Seite, ohne die Köpfe zu heben. Und dann standen Priester aus Kisch und aus Uruk nebeneinander vor Gilgamesch.

»Ich grüße dich, Gilgamesch aus Uruk!« sagte der Urigallu, der Gilgamesch schon einmal zu einer Zeremonie geführt hatte. Wie lange war das jetzt her? Eine Woche? Oder schon zwei?

»Du kennst das schon«, sagte der Oberpriester. Gilgamesch merkte, daß sein Respekt nur gespielt war. »Dieses Mal werden wir dich nicht als Königsopfer salben, sondern zum neuen König eines reichen Landes!«

»König von Mebaragesis Gnaden?« fragte Gilgamesch trocken. Ein Teil der Priester blickte ihn erschrocken an. Die anderen zeigten mit keiner Miene, daß der junge Mann auch eine tiefe Beleidigung ausgesprochen haben konnte. Sie ignorierten einfach seinen spöttischen Tonfall. Doch Gilgamesch hörte nicht auf, den Herrscher von Kisch zu beleidigen.

»Was für ein König wäre ich, wenn der, dem ich diese Ehre verdanke, es nicht einmal für nötig hält, mich zu fragen?«

»Du willst nicht?« fragte der Urigallu aus Kisch verständnislos. Er wirkte plötzlich verstört und unsicher.

»Nur wenn euer König über diese Treppe zu mir heraufkommt und mich als rechtmäßigen Erben von König Enmerkar anerkennt!« sagte Gilgamesch stolz. »Ich bin kein Statthalter und kein Diener der Eselsstadt, sondern der Sohn von Enmerkars Tochter Nin-sun!«

»Gewiß! Gewiß!« sagte der Urigallu schnell. »Deshalb bestreitet auch niemand dein Recht auf das Königtum.«

»Ihr wollt mich, einen Jüngling, einsetzen, weil ihr glaubt, daß ich noch nicht weiß, was ich tue!«

»Du hast dich als großer Krieger bewährt.«

»Schmeichle mir nicht, Oberpriester aus Kisch! Entweder Mebaragesi kommt oder ihr könnt Salben und Gewänder wieder nach unten tragen lassen!«

»Du spielst mit deinem Leben, Gärtner!« zischte der Oberpriester.

»Ich könnte euch alle ohne Anstrengung aus dieser Höhe bis vor das *Inanna*-Heiligtum werfen«, sagte Gilgamesch stolz. »Also los!

Du gehst und holst König Mebaragesi! Alle anderen warten hier! Wenn er nicht kommt, werde ich einen nach dem anderen von euch nach unten schleudern. Und ganz zum Schluß trete ich vor euren König und frage ihn vor allen Augen, ob ich sein Knecht bin oder rechtmäßiger Erbe des Königtums von Uruk!«

Die Priester traten zur Seite. Sie steckten die Köpfe zusammen und beratschlagten leise in einer Sprache, die Gilgamesch nicht verstand. Noch vor wenigen Tagen hätten sie kein Wort über seine Beleidigungen verloren! Bei dem, was er gesagt hatte, wäre nicht einmal ein Richtspruch erforderlich gewesen, um ihn auf der Stelle töten zu lassen.

Der Oberpriester trat erneut vor Gilgamesch. Unter all seiner Gesichtsschminke und in all seinem Schmuck sah er auf einmal unterwürfig und bleich aus.

»Ich werde König Mebaragesi empfehlen, daß er zu dir kommt.« Er zögerte einen Augenblick, schien angestrengt zu überlegen und sagte dann: »Du hast ganz recht, Gilgamesch. Eine Verkündung von Mebaragesis Großmut und Güte wirkt von hier oben wesentlich eindrucksvoller auf das Volk als eine Zeremonie in den Hallen eines Tempels! Wir werden vorschlagen, daß das heilige Ritual der Inthronisierung noch prächtiger als sonst gefeiert wird. Es ist ein guter und weiser Gedanke, den du uns vorgetragen hast.«

Er drehte sich um, noch ehe Gilgamesch antworten konnte. Zusammen mit zwei weiteren Priestern eilte er zum Rand der Plattform. Er verschwand über die Treppen nach unten, und wie zufällig versperrten einige der anderen Priester Gilgamesch den Weg. Sie verneigten sich vor ihm und zeigten ihm ihre leeren Hände. Gilgamesch wollte handeln, doch er erkannte, daß es nicht gut für ihn sein konnte, wenn er Priester zur Seite stieß, die ihm mit jeder Geste ihre Unterwerfung zeigten.

»O ihr Götter und Göttinnen, so viele es gibt,
hört, was die Priester von Uruk und Kisch erbitten!
O ihr guten Dämonen, so viele es gibt,
nehmt euch als Opfer Geschenke und Gaben!
O ihr bösen Dämonen, so viele es gibt,

schlagt nicht die Nacken, die sich vor euch beugen!
O ihr Tiere und Pflanzen, so viele es gibt,
verzeiht, wenn wir schlachten und ernten!
O ihr Steine und Erdkrumen, so viele es gibt,
beklagt nicht, was Hände der Menschen taten!«

Der Vorbeter der Priester neigte sein Haupt vor dem Altar im großen Festsaal des *Eanna*-Tempels. Der Saal war bis auf den letzten Platz gefüllt. Und alle, alle waren gekommen – der König von Kisch und die Anführer seines Heeres, die Oberpriester aus Kisch und Uruk, dazu Ensis und Schublugals beider Reiche, Abgesandte der Städte Schuruppak, Ur und Eridu, ja selbst aus Lagasch und Umma, Nippur und Irsin.

Die Opfergaben füllten den großen Altar und die festlich mit golddurchwirkten Leinentüchern geschmückten Tische zu beiden Seiten. Aus Feuerkesseln an den Mauernischen stiegen farbige Flammen und blaugrün brodelnder Rauch bis zu den Fensteröffnungen direkt unter der gewölbten und ebenfalls mit Tüchern verhängten Decke. Überall standen eingeölte, mit Goldstaub bedeckte Tempelsklaven. Sie wedelten mit großen Schilffächern Luft in den großen Saal.

Die Musikanten in den zum Saal hin offenen Kammern und Nebengelassen verfolgten jede Bewegung der Zeremonien-Priester. Sie zupften die Harfen, rasselten mit ihren Handtrommeln und schlugen nach jedem Gebetsabsatz verhaltene Wirbel auf ihre Kesselpauken.

Nur ein paar eingeweihte Priester wußten, daß sich kurz zuvor an der Spitze der Zikkurat eine kaum glaubliche Szene abgespielt hatte. Der Herrscher von Kisch und Eroberer Uruks war Stufe um Stufe nach oben gestiegen, um einem Jüngling das Königtum über die geschlagene Stadt anzubieten! Einige der Priester vermuteten, daß sich der Herrscher der Eselsstadt auf diese Weise die Gunst der Stadtgöttin von Uruk erobern wollte, doch niemand konnte sagen, was Mebaragesi wirklich bewegte.

Als die strahlende Scheibe des Sonnengottes *Utu* den höchsten Punkt ihres Weges über den Himmel erreichte, bliesen Fanfaren vom Hof her ein vielstimmiges Signal. Die Priester im Inneren des

Inanna-Heiligtums beendeten ihre Gebete. Sie wandten sich wie alle anderen dem Eingang zur Hofterrasse zu. Von dort, durch die Hohe Pforte und die Halle mit massigen Säulen, deren Stiftmosaike bunt im Licht der Sonne leuchteten, kam eine Prozession aus Handwerkern, Gold- und Waffenschmieden, aus Tuchfärbern und Webern, aus Gerbern und Sattlern und Töpfern. Jeder der festlich gekleideten Männer trug ein Geschenk für Götter und Dämonen vor sich her. Und alle Opfergaben waren aus Materialien hergestellt, die den Handwerkern erst kurz zuvor aus dem Schatz des Tempels zur Verfügung gestellt worden war.

Den Handwerkern folgten die Künstler und Statuenformer. Sie trugen Standarten aus Gold und Silber, Bronze und Kupfer, aus Perlmutt, Lapislazuli und anderen Halbedelsteinen. Einige hatten Ketten und Armreifen gefertigt, andere kostbare Dolche und Trinkbecher. Doch noch wertvoller als diese Gaben waren an die sechzig Figuren in der Größe von Neugeborenen. Sie stellten die Vielfalt der Götter und Göttinnen des Zweistromlandes dar.

Die wichtigsten Statuen standen oder saßen auf Sockeln, in die immer wieder der Stern – das *Dingir*-Symbol für die Gottheiten – eingekerbt war. Weitere Bildsymbole verkündeten jenen, die in die Deutung eingeweiht waren, aus welchem Anlaß die Stiftung der Statuen erfolgte. Die größten Figuren waren dem obersten Gott *An* geweiht; einige *Enlil*, dem Herrn der guten und bösen Winde, und *Enki*, dem Gott der Erde und des Süßwasserozeans. Aber die meisten Figuren stellten *Inanna* in all ihren Verwandlungen dar – als Herrin des Himmels, als Göttin des Morgensterns, des Krieges und der Liebe, der Fruchtbarkeit und als göttliche Eigentümerin der Stadt Uruk.

Die Prozession schritt bis vor den großen Altar. Die Priester wichen zur Seite, und die Opferbringer stellten ihre Gaben auf kleine, vorbereitete Podeste aus Schilfrohren. Dann traten sie zurück und machten dem Priester Platz, der in reiche Gewänder gehüllt und mit einem hohen Hut aus dem Schatten trat, um den Versammelten vom Anfang der Dinge zu berichten.

La-abasch, der Deuter, schritt würdevoll durch die Stille. Er hatte sich in all den Nächten auf diesen Moment vorbereitet. Minutenlang stand er schweigend vor König Mebaragesi und dem hünenhaft wirkenden jungen Mann, der neuer König von Uruk werden sollte. Die ungleichen Männer trugen fast die gleiche Kleidung. Mebaragesi hatte Dolch und Schwert, die Königszügel von Kisch und eine Fülle von goldenen Ringen, Ketten und Brustamuletten angelegt. Gilgamesch war ohne Waffen und ohne jeden Schmuck angekleidet worden. Dennoch erkannte jeder im großen Saal des *Inanna*-Heiligtums, daß der junge Mann in seinem über die Schultern gelegten rotgoldenen Mantel aus feinen Wollschlingen viel königlicher aussah als Mebaragesi.

La-abasch, der Deuter, ging an der neuen, kostbar geschmückten und geschminkten Oberpriesterin vorbei und trat vor das große Standbild von *Inanna*, in das noch König Enmerkar sein Stiftertum hatte einkerben lassen. Der Seher und Deuter-Priester verharrte einige Minuten und dann begann er, das große Weltschöpfungsepos zu rezitieren:

»Einstmals, vor langer Zeit,
als der Himmel noch keinen Namen hatte
und festes Land noch nicht Erde hieß,
als *Abzu*, der Allererste, der Zeuger,
das Chaos, genannt *Tiamat*, bewegte,
sein Wasser mit jenem zu mischen,
als noch kein Grün, kein Schilfhalm wuchs,
als auch die Götter nicht existierten,
keine Namen von ihnen bekannt waren,
da schufen *Abzu*, der erste Zeuger
und *Tiamat*, die erste Mutter,
die Wasserdämonen *Lachmu* und *Lachamu*.
Sie waren die ersten Geschaffenen
und wurden später die dienstbaren Geister
von *Enki*, dem Gotte des süßen Wassers ...«

Und La-abasch berichtete weiter. Mit monotonem Singsang erzählte er, wie aus dem Zwiespalt der Schöpfungsgötter *An* und *Ea*, die Götter des salzigen Wassers und der Tiefe entstanden. *Abzu*, der Zeuger, wurde von seinen Geschöpfen erschlagen, *Tiamat*, die erste Mutter, vergewaltigt. In ihrem Zorn schuf sie Drachen und wilde Hunde, furchtbare Schattenwesen und böse Dämonen als Helfer. Doch ihre ersten Geschöpfe erschlugen auch sie. Aus ihrem Leichnam formten sie Himmel und Erde, setzten die Sonne, den Mond und die Sterne an ihren Platz und ließen lange danach auf der Erde die Pflanzen und Tiere entstehen.

La-abasch berichtete von den göttlichen Kindern *Ans*, von ihrem ständigen Streit untereinander, von ihrem Eigennutz und von ihrer Faulheit. Er erzählte von Mord und Intrigen, von ungezügelter Wollust und ständigem Inzest und den ersten Versuchen, durch Paarung mit menschenähnlichen Tieren willige Sklaven für die Arbeiten auf der Erde zu bekommen.

Die Sintflut war über all diese Versuche hinweggegangen ...

Und plötzlich steigerte sich das Tempo seines Singsangs. Er begann von *Inanna* zu erzählen – davon, daß sie sogar mit ihrem Vater geschlafen hatte, um an die Geheimnisse der hundert göttlichen *ME* zu gelangen. Sie, die sich lange gewehrt hatte, die Herrschaft über die unbedeutende Stadt Uruk anzutreten, wollte auf einmal ein eigenes Reich besitzen, in dem die Menschen schon lange vor der Zeit in die Geheimnisse der Götter eingeweiht waren.

La-abasch nahm seine betenden Hände hoch. Er breitete die Arme vor dem Standbild *Inannas* aus, sang mit bebender Stimme, doch immer lauter und flehte *Inanna* an, sich ihrer Stadt und den Versammelten zu zeigen. Wie in Trance ahmten alle die Bewegungen des Deuters nach. Jeder im großen Saal hatte die Arme wie La-abasch erhoben. Jeder murmelte kaum hörbar mit, was er sang.

Und dann geschah es!

Das Standbild *Inannas* bewegte sich. Aus Stein gehauene Korngarben um ihren göttlichen Kopf veränderten ihre Farbe, wurden zu reifen Ähren. Das Haar der Göttin fiel weich auf ihre nackten Schultern. Ihr Gesicht, ihr Hals und ihre Brüste bekamen Farbe. Sie begann zu atmen, schob die Hüften mit einer kurz zuckenden Bewegung vor und stellte ihre langen, schlanken Beine ein wenig auseinander.

Ein Stöhnen ging durch die Menge.

Priester und Handwerker, Ensis und Schublugals sahen, wie die göttliche *Inanna* von ihrem Podest am Ende des Saals herabstieg. Sie ging mit weichen, aber stolz und selbstbewußt wirkenden Bewegungen auf den Deuter zu und berührte ihn kurz an der Stirn. La-abasch brach mit einem röchelnden Schrei zusammen. Er fiel auf den Boden hinter dem Altar. Die Göttin beachtete ihn nicht. Sie kam um den mit Opfergaben überfüllten Altar herum und schritt fast schwebend auf den Eroberer Uruks zu. Mit einer abfälligen Gebärde nahm sie die Regierungszügel aus der Hand von König Mebaragesi. Sie ließ die ledernen Schnüre mit einer lässigen Gebärde zwei-, dreimal durch die Luft sausen. Es klang, als hätte sie eine Peitsche in der Hand.

Sie trat einen Schritt zurück. Mit vorgeschobener Unterlippe betrachtete sie den riesenhaft wirkenden jungen Mann an der Seite König Mebaragesis.

Gilgamesch starrte sie an. Noch nie in seinem Leben hatte er eine echte Göttin gesehen. Er glaubte zu träumen, während er gleichzeitig eine heilige Scheu vor dieser unerwarteten Erscheinung empfand. Er wußte nicht mehr, was er denken, fühlen oder glauben sollte.

Sollten Schukallituda, die Priester und die Alten doch recht gehabt haben? Gab es sie wirklich, die Götter – in menschlicher Gestalt und nicht nur als ferne Symbole am Himmel oder als Dämonen in der Natur?

In diesen Augenblicken voller Furcht und Erstaunen erkannte Gilgamesch, daß er nie richtig an die Götter geglaubt hatte. Er wußte nicht, warum das so war. Doch wenn *Inanna* ... dieses vollendete Bild eines Weibes direkt vor ihm ... wenn sie eine Göttin war, wie konnte er dann noch daran zweifeln, daß er selbst zu zwei Dritteln ein Gott war?

Er wich ihrem abschätzenden Blick nicht länger aus. Sein Gesicht wurde stolz und seine Muskeln strafften sich. Er spürte, wie sich seine Kraft in körperliche Größe verwandelte. In ihren Augen spiegelte sich sein eigenes Bild. Er sah ihr Erstaunen, ihre Bewunderung und ihre gleichzeitig aufflammende Lust auf ihn.

»Uruk ist meine Stadt!« rief sie mit einer so wunderbar klingenden Stimme, wie sie Gilgamesch nie zuvor gehört hatte. Ein heißer Schauer lief von seinem Kopf über den Rücken bis in seine Zehenspitzen. »Und Gilgamesch soll der König sein!«

»Gilgamesch soll der König sein!« wiederholten die Priester, die

Ensis und Schublugals, die Handwerker und selbst die Dubsars, Sklaven und Tempeltänzerinnen andächtig.

»Krönt ihn und führt ihn durch die Prozessionsstraßen!« befahl *Inanna*. Augenblicklich hob ein gewaltiger Jubel an. Die Musikanten bearbeiteten ihre Instrumente wie im Rausch. Überall drängten die im Festsaal des Heiligtums Versammelten nach draußen. Nur *Inanna* und Gilgamesch blieben unverrückt voreinander stehen. Sie lächelte kaum merklich. Gilgamesch hatte tausend Gedanken, tausend Fragen auf den Lippen. Es war, als würde er sie schon sehr lange kennen. Er spürte ein wildes Durcheinander von Gefühlen in sich. Doch während er sich mit allen Fasern seines Körpers zu dieser – seiner – Göttin hingezogen fühlte, wehrte sich sein Verstand.

Sie sah, wie er innerlich mit sich rang und kämpfte, trat auf ihn zu und berührte seine Lippen mit ihren Fingerspitzen.

»Bis zur ›Heiligen Hochzeit‹!« sagte sie. Er wunderte sich, daß er sie in all dem Lärm und Jubel überhaupt verstehen konnte. Zwei Priester faßten seine Arme. *Inanna*, die große Göttin des Morgensterns und der Liebe, diese Inkarnation aller männlichen Sehnsüchte ... sie sah ihn an und lächelte. Und dann bedeutete sie ihm, dieses Mal noch den Priestern ihres Tempels zu folgen. Sie verzehrten sich mit ihren Blicken, aber der Kampf zwischen ihnen hatte gerade erst begonnen ...

La-abasch legte die goldverzierten Regierungszügel über Gilgameschs Schultern, dann stieg er auf einen Schemel, um dem neuen, jung, stolz und riesenhaft wirkenden König von Uruk die Krone auf sein lockiges Haar zu setzen.

»›Hell strahlender Feuerbrand‹«, rief er, »König von Uruk!«

»Gil-ga-mesch!« riefen die Priester.

»Gil-ga-mesch! Gil-ga-mesch!« jubelten die Schublugals und Ensis, die hohen und niederen Priester, die Tempeldirnen, die Eroberer und die Besiegten.

Magischer, blauroter Rauch wallte bis unter die Kuppel des Tempelsaals. La-abasch, der Deuter, übergab Gilgamesch den Meistern, die für die Prozession durch die Stadt zuständig waren. Harfen und Zimbeln, Flöten und Trompeten, riesige Pauken und kleine Trommeln feierten den Ruhm und die Ehre des Gärtnerburschen, der in dieser Stunde Herrscher der Urukäer wurde.

Der nächste Morgen begann still. Es dauerte lange, bis sich die Trunkenen von ihren Lagern erhoben. Und manch einer war noch nach der Mittagsstunde verwirrt im Kopf. Doch dann, unendlich langsam, begann das Heer König Mebaragesis mit seinem Rückzug. Unwirsch und ernüchtert darüber, daß die orgiastischen Tage und Nächte in Uruk nun vorbei waren, trieben die Krieger aus Kisch alles zusammen, was sie als ihre rechtmäßige Beute ansahen.

In den ersten Nachmittagsstunden holten die Bewaffneten Rinder und Kühe, Schafe und Hammel, Schweine und sogar Hühner und Gänse aus den Stallungen in den Höfen der Stadt und von den Weiden vor den Mauern. Sie achteten nicht auf das Schreien und Klagen der Urukäer, lachten höchstens, wenn sich ein Bauer oder ein unbewaffneter Schublugal vor ihnen auf die Knie warf.

»Laßt mir meine letzte Kuh ...«

»Laßt uns doch eine Ziege, nur dieses Schwein ...«

»Was wollt ihr?« riefen sie. »Ihr habt einen König! Fragt ihn doch, was ihr fressen sollt!«

»Nur einen Hammel zum Opfern!« flehte ein Bäcker. »Ich habe alles gegeben, aber das Mehl war feucht vom bösen Wetter in der furchtbaren Nacht!«

»Dann sollst du in Kisch lernen, wie man Brot bäckt!«

Zwei Krieger rissen den flehenden Bäcker hoch. Sie schleiften ihn mit durch das Nordtor und stießen ihn zu den anderen, die weinend oder mit starren Gesichtern zu begreifen versuchten, daß sie zu Sklaven geworden waren. Sie konnten ihr furchtbares Schicksal noch immer nicht fassen. Es hätte ein wunderbarer, sonnendurchfluteter Spätsommertag sein können ... ein Tag, an dem das Wasser in den Kanälen und im großen Buranum wie leuchtendes Silber glänzte ... ein Tag, an dem sonst die letzten Früchte der Gärten köstliche Süße gewannen ... ein Tag mit dem Segen der Götter und dem Frieden des Landes ...

Aber es war nur ein neuer Tag voller Tränen.

Familien wurden auseinandergerissen, und die schon Tage vorher zusammengerafften Reichtümer der Urukäer stapelten sich an den Ufern der Kanäle und des großen Stroms. Nach und nach wurden Kästen mit Schmuck und Geschirr, wertvolle Stoffballen aus den Lagerhäusern der Kaufleute, Krüge mit Wein und Ölen, Tiegel mit Salben und Duftstoffen und Berge von Teppichen, Kleidungsstücken und Waffen auf die Bootsflotte der Eselsstadt verladen.

Die Boote und Schiffe, die Kelegs und Guffas des Heeres reichten nicht aus, um all das aufzunehmen, was die Eroberer und ihre neuen Sklaven heranschleppten. Und viele Urukäer mußten nicht nur ihr eigenes Hab und Gut tragen, sondern auch noch die Boote von Nachbarn beladen, die an anderen Stellen gezwungen waren, das gleiche zu tun. Die Sieger kannten kein Erbarmen. Wer sich weigerte oder versuchte, mit den Kriegern aus Kisch zu reden, lief sofort Gefahr, nicht nur sein Eigentum, sondern auch noch seine Freiheit zu verlieren.

In diesen Stunden wurde niemand mehr getötet. Aber in vielen Augen der geschlagenen und beraubten, der gefangenen und für ein Sklavenleben bestimmten Urukäer stand die gleiche angstvolle und doch verzweifelnd hoffende Frage:

»Wo ist Gilgamesch, unser König?« kreischte plötzlich eine junge Frau. Sie taumelte um einen Ballen Teppiche, und ihr langes Haar hing wirr auf ihre nackten Schultern.

»Ja ... wo ist er?« rief ein Kahlgeschorener vom Adab-Kanal her.

»Wie könnt ihr so nach dem König schreien?« rief ein stämmiger Mann mit einem runden und wohlgenährten Gesicht. »Er ist der Enkel Enmerkars, und ihr seid nichts gegen den Gekrönten!«

Irgendwie paßte er nicht in die Reihe der ohnmächtig leidenden Lastenträger. Er wirkte viel eher wie ein Ensi. ›Ein großer Mensch‹, der noch vor wenigen Tagen ein wichtiger Verwaltungsbeamter der Tempel oder einer der Priester gewesen sein konnte.

»Wenn er wirklich unser König ist, warum läßt er dann zu, daß wir ausgeraubt und in Gefangenschaft geschleppt werden?« klagte die junge Frau neben dem Teppichballen.

»Was soll er denn tun?« rief eine andere Frau.

»Er hat ein Schwert aus Eisen!«

»Aber er kann nicht zaubern damit.«

»Ein Jüngling, der aus der Hand der Sieger eine zerstörte und arm gewordene Stadt erhielt ...«

»Ja, es wird lange dauern, bis er uns zurückfordern kann!« rief der Mann, der wie ein Ensi aussah und warf seine Last aus zusammengebundenen Schlangenhäuten ab. »Was würdet ihr an seiner Stelle tun?« fragte er dann. Eine Gruppe Gefangener ließ sich keuchend an der Böschung des Adab-Kanals nieder.

»Er kann uns nicht aus der Sklaverei befreien«, sagte ein erhitzter Dubsars erschöpft. Er lehnte sich zurück, schloß die Augen und atmete tief ein und aus. »An seiner Stelle würde ich zunächst Vorräte beschaffen. Die Stadt braucht Korn und Mehl, neue Herden und Fleisch! Dazu Öl, getrocknete Früchte und dann ... und dann Waffen und eine neue Mauer.«

»Eine neue Mauer?« fragte der Mann, der wie ein Ensi aussah.

»Ehe man Krieg führt, muß man sich selbst verteidigen können«, erklärte der Schreiber. »Gilgamesch kann der Sauerteig für die Stadt Uruk sein! Aber er braucht Zeit, um zu gären! Oder haben wir nicht gewußt, daß unsere Mauern brüchig geworden waren! Wir kannten den Zustand unserer Wachen und Krieger. Und wir wußten, daß jederzeit die Könige von Kisch und Nippur, von Lagasch und Schuruppak Anspruch auf unseren Reichtum erheben konnten! Selbst wenn das nicht geschehen wäre ... was haben wir getan, als wir von Kriegen Assurs im Norden hörten? Und was, frage ich, als unsere Stadtgöttin sich nicht mehr bei uns sehen ließ?«

»Ja, es stimmt«, sagte ein anderer. »Die Götter haben uns verlassen, seit das Orakel König Enmerkar verwirrt hat! Wir haben geglaubt, daß wir ohne die Strenge des Königs und Hohepriesters und nur mit den notwendigsten Opfern für die Götter leben könnten.«

Ein Trompetensignal gellte über die Lagerplätze.

»Alle beladenen Boote sollen ablegen!« schrien die Anführer in den Lärm hinein. »Los, los, worauf wartet ihr noch?«

Kein Gott, kein Priester und kein König erschien, um den schweren Weg der Urukäer in die Gefangenschaft aufzuhalten. Es war der dreizehnte Tag des zweiten Monats Ululu – sechs Tage nach der Eroberung Uruks.

Die Tage und Wochen vergingen für Gilgamesch in einem Zustand zwischen klaren Gedanken und sanfter Willenlosigkeit. Er wußte, daß ihm die Priester des Tempels geheime Rezepturen unter sein Essen und in seinen Wein mischten. Selbst wenn er frische Milch verlangte, spürte er den süßlichen Beigeschmack, der ihn schon beim ersten Schluck aus dem Becher mit Königstrank gestört hatte. Und manchmal wunderte er sich sogar, warum er sich nicht wehrte, aber er tat nichts, um die Trance zu zerreißen.

Er wohnte und lebte inzwischen im Palast seines Großvaters. Obwohl das Heer König Mebaragesis längst abgezogen war, kam sich Gilgamesch in den wenigen ruhigen Augenblicken, in denen er versuchte, über sich selbst nachzudenken, wie ein Gefangener vor. Er sah an sich herab und fühlte sich wie in einem Traum. Nachdenklich betrachtete er die kunstvoll geflochtenen Sandalen an seinen Füßen. Er bewegte die Zehen, aber sie kamen ihm irgendwie weit entfernt und fremd vor. So saubere, gepflegte und gesalbte Füße hatte er noch nie gehabt! Er bückte sich und strich über die Muskeln seiner Beine. Die Haut fühlte sich sanft und weich an. Er ließ den golddurchwirkten Stoff seines kurzen Rocks durch die Finger gleiten, drehte den breiten Gürtel mit dem goldenen Dolch etwas hin und her, betrachtete das Funkeln der Edelsteine am Saum seines ärmellosen, tief ausgeschnittenen Hemdes und füllte seine Lungen mit der warmen, viel würziger als in Kisch riechenden Luft.

War das das Königtum?

Er mußte unwillkürlich lachen. Als er noch Gärtnerbursche bei Schukallituda gewesen war, hätte er sich nie träumen lassen, wie mühsam, ja, langweilig der Tag eines Königs verlief. Er hatte sich große Taten, Entscheidungen, ein Leben voller Herausforderungen, Mysterien und Abenteuer vorgestellt. Er hatte geglaubt, daß jeder König eine Art Gott war ... ein Auserwählter, der Zugang zu den Geheimnissen der Welt und des Himmels hatte, der den Lauf der Sonne anhalten konnte und der im Einklang mit den Allerhöchsten über Gedeih und Verderb bestimmte.

Er hatte sich geirrt!

Was aber war er dann?

Er ging in den Innenhof hinaus und kletterte über eine Treppe bis zur Dachterrasse des Königspalastes. Überall auf den Feldern arbeiteten Lehmstecher, Ackerleute und Kanalbauer. Er sah, wie Wagen mit bronzebeschlagenen Rädern durch Hohlrinnen rumpelten, wie magere Schafe und Ziegen über die flachen, nur leicht gewellten Wiesen geführt wurden und wie die verbliebenen Boote, die Guffas und Kelegs aus Häuten und Schilfgeflecht über die Wasserarme rund um die Stadt gerudert wurden. Die Eroberer aus dem Norden hatten viel geraubt – und doch ging auch in Uruk das Leben weiter.

Gilgamesch liebte dieses Land. Er sah über die Wipfel der Dattelhaine und Gärten hinweg bis zu den kaum wahrnehmbaren, hinter milchig violetten Dunstschleiern verborgenen Bergen am östlichen Horizont. Gleichzeitig lauschte er den Geräuschen aus der unmittelbar unter ihm liegenden Stadt. Er hörte den monotonen Singsang der Brot-Ausrufer, das helle Quietschen der Töpferscheiben, das Klingen der Schmiedehämmer und die Sägegeräusche der Tischler und Wagenbauer.

Er hörte Flüche von Männern, Gelächter und Kinderstimmen, singende Frauen und dazu das Gackern, Miauen und Muhen, das Blöken und Grunzen der wenigen Tiere, die seinem Volk gnädig belassen worden waren.

Und doch verlief alles auf eine fremdartige, ferne Weise um ihn herum ab. Er überlegte, was er an diesem Tag bereits getan hatte. Es war der zehnte Tag des Monats Taschritu, und nach den alten Überlieferungen waren 24 510 Jahre seit der großen Flut vergangen – eine Zeitspanne, die fast eine völlige Umdrehung der Götterzeichen am Himmel bedeutete. Normalerweise hätte in Uruk bereits der Monat Arachsamnu gezählt werden müssen, doch seit der Eroberung galt auch in der Stadt am Unterlauf des Buranum der Befehl des Königs und Hohepriesters von Kisch.

Gilgamesch setzte sich auf eine Bank aus gebrannten und mit Muscheln verzierten Ziegelsteinen. Fünf kleine, buschige Zypressen in irdenen Töpfen spendeten ein wenig Schatten auf der heißen Dachterrasse.

Er war bereits vor Sonnenaufgang geweckt worden. An jedem siebenten Tag fand noch während der Dunkelheit ein feierliches Ritual im *Inanna*-Heiligtum statt. So auch in der vergangenen

Nacht. Diener und schweigsame Sklaven hatten ihn gebadet und gesalbt, hatten ihn in rituelle Gewänder gekleidet und die Insignien seiner neuen Macht vor ihm hergetragen. In einer kleinen Prozession waren Priester und Tempeldiener vor und hinter ihm vom Palast bis zum Tempel geschritten. Er selbst hatte während der gesamten Zeremonie nichts weiter zu tun gehabt, als mit ernstem Gesicht den Gesängen zu lauschen, den Rauch aus den Feuerkesseln zu ertragen und die Anrufung von Göttern und Dämonen zu beobachten. Bei Tagesanbruch war er in den Palast zurückgeführt worden.

Uruk hatte noch keinen neuen Hohepriester. Der Obereunuch seiner Mutter hatte Gilgamesch gesagt, daß er erst dann zum Hohepriester geweiht werden könne, wenn zum Jahreswechsel das Fest seiner Vereinigung mit der Stadtgöttin zelebriert worden war.

Die ›Herrin des Himmels‹ hatte sich nicht mehr in der Stadt sehen lassen. Und auch kein anderer der vielen Götter Sumers war erschienen, um sich den neuen König anzusehen, der jeden Tag viele Stunden lang von den besten Priestern und Dubsar der Stadt unterrichtet wurde.

Er wußte, daß er schnell lernte. Alles, was mit der Bewässerung des Landes, mit dem Unterhalt von Kanälen, mit der Bearbeitung der Felder und mit der Versorgung vieler Menschen nach dem Verlust der Vorräte zu tun hatte, war ihm nicht fremd. Die Stadt würde es noch bis zur nächsten großen Ernte sehr schwer haben. Aber das Land war reich und der Boden fruchtbarer als in Kisch. Dort hatte die Aussaat in guten Jahren sechsundsechzigfache Erträge gebracht – in Uruk konnte auf einem Feld das zweihundertfache geerntet werden!

Tod und Gefangenschaft hatten große Lücken in die Bevölkerung gerissen. Andererseits mußten nunmehr viel weniger Menschen durch das Verbliebene satt werden. Das größte Problem war, daß viele Esser noch zu verletzt oder zu krank waren, um aufbauen zu können.

Dennoch lebten noch immer mehr als zweitausend Schublugals und Bauern, Gärtner und Hirten in Uruk. Dazu fünfhundert Fischer auf dem Buranum, Bootsbauer und Tagelöhner. Mehr als dreihundert Männer waren von den Dubsars als Töpfer und Ziegler registriert. Dutzende von Grobschmieden und Tischlern, Gerbern und Müllern hatten dem Massaker der Eroberung und der Gefangenschaft entgehen können. Und selbst von den Ärzten und Boten, von Händlern und Bierbrauern, Richtern und Wahrsagern hatten viele hundert die Eroberung und Versklavung überlebt.

Die letzte Zählung hatte zusammen mit Frauen und Kindern sechstausenddreihundert Personen ergeben.

»Wir müssen das Volk immer wieder zählen«, hatte einer der Dubsars ihm erklärt, »denn viele, die sich versteckt hatten, wagen sich erst jetzt wieder auf die Straßen. Und ohne genaue Angaben über Zahl und Fähigkeit jedes Bewohners der Stadt ist keine Planung und keine Vorsorge für die kalten Monate möglich!«

Der Schatten des Schulvaters, der ihm ganz persönlich aus der E-dubba von Uruk zugeteilt war, fiel vor seinen Füßen auf den Boden der Palastterrasse.

»Ist es wieder soweit?« fragte Gilgamesch und blinzelte in die Sonne.

»Ja, Herr«, antwortete der streng blickende Mann, zu dessen Amtsmiene ein Geflecht von Falten zwischen Stirn und Augen gehörte, und der sich ohne die sonst übliche Peitsche zum Bestrafen der Schüler von Anfang an unwohl im Palast gefühlt hatte. »Deine Lehrer werden heute nachmittag damit beginnen, dich in die Mysterien des Himmels und seiner Symbole einzuweihen.«

»Ich kenne fast alle Sterne am Nachthimmel und ihre Namen«, sagte Gilgamesch. »Schukallituda hat sie mir immer wieder erklärt, seit ich ein Kind war.«

»Wenn du nicht nur König, sondern auch Hohepriester werden willst, mußt du mehr wissen als ein Gärtner!« sagte Akil, ›der gestrenge Schulvater‹. »Du mußt die Bedeutungen lernen, die in jeder Veränderung der Sonne, des Mondes und der Sterne, in ihrem Zusammenspiel und in der göttlichen Weisheit ihrer Bewegungen verborgen sind! Denn nichts geschieht, was Eingeweihte nicht erkennen könnten. Und selbst die Steine am Wegesrand können mit wissenden Menschen reden.«

Gilgamesch mußte unwillkürlich an Schukallituda denken. Er lächelte, und plötzlich interessierte ihn, was der Obergärtner von Kisch immer nur angedeutet hatte.

Die anfänglichen Befürchtungen und Sorgen der Urukäer über das Königtum des fremden jungen Mannes wichen zunächst einem Gefühl der Verwunderung und dann einer großen Enttäuschung. Vor allen anderen erkannten die Priester, daß etwas geschehen mußte!

Behutsam ließen sie Gerüchte über ein besonderes Himmelsereignis verbreiten. Es hieß, daß die Götter in den kommenden Nächten ihre mit leuchtendem Staub bedeckten Mäntel hervorholen würden, um sich auf die kalte Jahreszeit vorzubereiten. Nach dem Gesetz Mebaragesis war erst Taschritu, aber die Priester deuteten an, daß die Götter vielleicht den alten Monatszeiten folgen würden. Und im Arachsamnu waren in den vergangenen Jahren viele Leuchtperlen von den Mänteln der Götter zur Erde gefallen.

Auch an diesem Abend sahen viele Männer und Frauen zu den Sternen hinauf. Sie saßen in der beginnenden Dunkelheit auf kleinen Wandbänken vor den Häusern, hielten Becher mit schwarzem und roten Bier in den Händen und saugten bedächtig das herbe Getränk durch lange Strohhalme ein. Auf diese Weise vermieden sie, daß Reste von Kornkernen zwischen die Zähne gerieten. Außerdem war so nicht viel Bier erforderlich, um nach der harten Tagesarbeit einen kleinen, angenehmen Rausch zu bekommen.

Während sich die Jüngsten bereits müde und mit ihren Daumen im Mund gegen ihre Mütter kuschelten, spielten die größeren noch auf den Straßen und Innenhöfen. Ihr fröhliches und unbekümmert klingendes Lachen und Schreien täuschte darüber hinweg, daß viele Erwachsenen mit stiller Besorgnis zum gerade aufgehenden Mond sahen.

Am kleinen Palmengarten zwischen den Häusern der Gerber und dem Platz der Stoffhändler hatten sich mehrere Priester eingefunden, um das Ritual für den Deuter vorzubereiten, der stellvertretend für den König als Hohepriester amtierte. Der Abend war kühl, obwohl aus den Ziegelmauern der größeren Häuser noch immer die lebensspendende Kraft von Gott *Utu* strömte. Die ersten Nachtwinde wehten durch die Gassen. Zehn, zwölf Tempeltänzerinnen hüllten sich enger in ihre Leinenmäntel. Doch als der Deuter kam, trommelten ihre Finger wie eh und je auf ihre straffbespannten Kokosnuß-Trommeln und kleine Mesis.

»La-abasch kommt!«

Der Deuter und Himmelskundige, trat mit langsamen, würdigen Schritten aus dem Dunkel der Nacht in den Lichtkreis der Feuerkessel. Eine der Tempelsklavinnen nahm eine Balag auf. Mit schlanken Fingern strich sie eine eigentümliche Folge von ineinandergleitenden Tönen über die Saiten. Zögernd zuerst und dann zunehmend neugieriger hatten sich immer mehr Frauen und Männer rund um den Platz am Palmengarten versammelt. Was würde La-abasch in dieser Nacht aus den Zeichen des Himmels lesen?

Der Takt der Handtrommeln wurde drängender. La-abasch ließ sich bis zu einem kleinen Podest zwischen den Feuerkesseln führen. Fauchend stiegen immer neue Rauchwolken in das glühende Halbdunkel hinauf. La-abasch, der alte, schamanenhafte Deuter, stand fast zehn Minuten wie versteinert auf dem Podest. Plötzlich bückte er sich, sprang wie von einer Schlange gebissen auf den Boden und schlug dreimal, viermal mit den Handflächen auf die Erde.

Sofort gossen die Priester Wein in die Glut der Feuerkessel. Weißer Dampf und Rauch stieg auf, und gleich darauf wurde der ganze Platz dunkel. Ein Aufstöhnen ging durch die Menge. Die Zuschauer warteten gebannt, bis durch den höher und höher steigenden Rauch die ersten Lichtpunkte der Götterzeichen sichtbar wurden. Plötzlich tauchte auch der Mond wieder auf.

La-abasch stand wieder auf dem Podest. Er hatte die Arme ausgebreitet und den Kopf in den Nacken gelegt. Sein scharfes Profil sah wie eine alte Schnitzerei aus. Und dann bewegte er die Lippen zu einem monotonen, von vielen Wiederholungen unheimlichen Singsang:

»O höre mich im Ring aus Licht,
Nana-suin, Herr des Wachsens!
Erleuchte mir Herz und Verstand,
Nana-suin, Herr des Wachsens!
Ein König kam, ein König starb,
Nana-suin, Herr des Wachsens!
Ein König ging, ein König blieb,
Nana-suin, Herr des Wachsens!
Was wird nun sein mit dieser Stadt,

Nana-suin, Herr des Wachsens?
So ist es wahr, was du mir zeigst,
Nana-suin, Herr des Wachsens?
Der Jüngling wird ein großer Held,
Nana-suin, Herr des Wachsens!
Doch es wird furchtbar dieses Jahr,
Nana-suin, Herr des Wachsens!
Verfluchen wird dich unser Leid,
Nana-suin, Herr des Wachsens ...«

Eine ganz kleine, sehr weiße, wie von Dämonen über den Nachthimmel gezogene Wolke verhüllte das Antlitz des Mondgottes. Und alle anderen Sternzeichen der Götter in den übereinandergetürmten, blauschwarz wie Lapislazuli leuchtenden Himmelsebenen funkelten als seien sie die diamantenen Haarspitzen eines einzigen, über dem ganzen Erdenkreis ruhenden Lebewesens.

La-abasch sank stöhnend zusammen. Die Menschen am Rand des Palmengartens standen ergriffen vor dem Wunder dieser Nacht. Sie hatten die Köpfe in den Nacken gelegt. Sie fürchteten sich und waren gleichzeitig vom Zauber des Himmels über Uruk ergriffen. Und dann fielen Lichtperlen in dichten Schwärmen aus den Mänteln der Götter. Wie weiße Funkenschwärme zogen sie von einer Seite des Firmaments zur anderen.

Ein paar Tage später erhielt Gilgamesch schon in aller Frühe Besuch. Er hatte gerade seine erste Tagesmahlzeit aus frischen Brotfladen, Ziegenmilch, getrockneten Trauben und einer Schale Gerstenbrei beendet, als ihm von einem Diener des Palastes die Ankunft eines Boten aus Kisch gemeldet wurde.

Gilgamesch schob den Tisch mit den Resten des Frühstücks zurück. Bis zum Beginn des Unterrichts war noch etwas Zeit.

»Der Bote sagt, daß er nur mit dir, Herr, zu sprechen wünscht und nicht mit den Priestern und Verwaltern.«

Gilgamesch hob die Brauen. Zum ersten Mal seit er zum König von Uruk gekrönt worden war, spürte er ein Gefühl der Macht.

»Hat der Bote gesagt, von wem er kommt?« fragte Gilgamesch.

Er streckte seine kräftigen nackten Beine aus und lehnte sich in seinem geflochtenen Sessel zurück.

»Er kommt aus dem Palast von König Mebaragesi«, antwortete der dunkelhäutige, glatthaarige Diener und neigte seinen nackten Oberkörper vor.

»Ich werde mit ihm sprechen ... hier.«

Der Palastdiener wurde blaß.

»Aber ... das geht nicht ... Herr!« stammelte er erschrocken. »Boten von fremden Herrschern werden nur im Thronsaal des Palastes empfangen. Sie könnten beleidigt sein, wenn ihnen der gebührende Respekt verwehrt wird.«

»Im Augenblick ist dies mein Thron!« sagte Gilgamesch und schlug mit beiden Handflächen auf die Armlehnen seines Sessels. »Und jetzt soll der Bote kommen oder wegbleiben. Er findet mich nur hier und sonst nirgendwo! Sag ihm das!«

Der Diener blieb einen Moment regungslos stehen, dann zog er den Kopf ein, drehte sich um und eilte aus dem Raum, den Gilgamesch zu seinem Wohnaufenthalt gemacht hatte. Von Anfang an hatte er es abgelehnt, in den Räumen seines Großvaters zu leben. Inzwischen waren die Säle und Zimmer, in denen Enmerkar sich aufgehalten hatte, mit Mauern aus Ziegeln verschlossen worden. Der Palast bot auch so noch genügend Platz.

Gilgamesch sah an sich herab und fand, daß dieser Tag recht gut begann. Er zog mehrmals die Brauen hoch, räusperte sich, drehte den Kopf hin und her und probierte verschiedene Sitzhaltungen aus. Und dann hörte er plötzlich ein belustigtes Lachen.

»Erst versteckt er sich vor seiner eigenen Kraft und Größe und dann probt er, wie er als kühner Held wirkt.«

Gilgamesch erkannte die Stimme sofort.

»Agga! Wie kommst du hierher?«

»Auf einem Anschu-kurra – einem von diesen eselähnlichen Reittieren aus dem Osten. Sie sind schöner und noch schneller als die Anschu-gamale mit ihrem Höcker.«

»Du bist doch nicht etwa auf einem wilden Pferd geritten?« fragte Gilgamesch noch immer erstaunt und verwirrt.

»Ich gebe zu, daß außer mir nicht viele Männer Sumers dazu in der Lage sind«, lachte Agga. »Aber wenn man es versteht, dann fliegt ein Anschu-kurra mit seinem Bändiger wie der Sturm durch die Ebene!«

Gilgamesch schüttelte immer wieder den Kopf. Er war aufgestanden und ging zu dem Freund aus frühen Tagen. Die beiden jungen Männer legten sich die Hände auf die Oberarme und sahen sich lange an.

»Du siehst gut aus, mein Bruder im mißlungenen Königsopfer!« sagte Gilgamesch schließlich.

»Und von dir erzählt man sich in Kisch wahre Heldentaten«, gab Agga belustigt und doch ein wenig respektvoll zurück. Obwohl Gilgamesch sich klein machte, mußte Agga zu ihm aufsehen. »Dein Schwert aus Eisen soll als erstes eine Bresche in die Mauern von Uruk geschlagen haben.«

Er ging zum Tisch mit den Resten von Gilgameschs Morgenmahlzeit. »Darf ich?« fragte er. Gilgamesch nickte.

»Ich kann dir frische Speisen bestellen. Willst du?«

»Nein«, antwortete Agga. »Ich bin zwar seit gestern nachmittag unterwegs, aber ich hatte Vorräte dabei.«

»Seit gestern nachmittag?« fragte Gilgamesch erstaunt. »Soll das heißen, daß du die ganze Strecke von Kisch nach Uruk in einem Nachmittag und einer Nacht zurückgelegt hast?«

»Ich sagte doch, daß Pferde schnell sind!«

»Ein solches Tier will ich auch haben!« sagte Gilgamesch begeistert.

»Freu dich nicht zu früh!« gab Agga mit vollem Mund zu bedenken. »Kein Anschu-kurra würde einen Reiter von deiner Größe auch nur zehn Schritt weit aushalten!«

»Hach«, machte Gilgamesch ärgerlich. »Werde ich diesen Fluch meiner Kraft und Größe denn niemals los?«

»Immerhin hat sie dich zum Helden von Uruk und zum König über ein ganzes Volk gemacht!« sagte Agga grinsend.

»Zum Gefangenen«, antwortete Gilgamesch und preßte die Zähne zusammen. »Mir scheint, als hätte niemand in dieser Stadt etwas dagegen, daß ich hier im Palast festgehalten werde. Ebenso wie meine Mutter ein Leben lang eine Gefangene war!«

»Wie ist sie?«

Gilgamesch drehte sich um und ging schweigend zu einem der

Fenster. »Ich habe sie kaum gesehen«, sagte er schließlich. »Ich weiß nicht, ob sie sich vor mir fürchtet oder ob sie sich nur scheut, zu erklären, warum sie mich damals in den Buranum werfen ließ.«

»So darfst du nicht denken, Gilgamesch!« sagte Agga ernst. Er kam ebenfalls zum Fenster. »Du weißt, daß du als Kind niemals in dieser Stadt überlebt hättest!«

»Ja, vielleicht hast du recht«, nickte der junge König. »Trotzdem weiß ich nicht, wie es weitergehen soll! Was erwarten die Urukäer von mir? Und was kann ich tun, solange ich nur ein Vasall deines Vaters bin?«

»Du hast ein Orakel erfüllt, das in ganz Sumer bekannt und berühmt war, Gilgamesch! Das wissen die Priester von Uruk ebenso wie mein Vater und unsere Oberpriester. Deine Kraft, dein Mut und dein Schwert aus Eisen sind eine Sache, aber das eigentliche Geheimnis deines schnellen Königtums ist das Orakel gewesen.«

Gilgamesch drehte sich zur Seite.

»Du hast uns beiden in der Nacht des Königsopfers das Leben gerettet«, sagte Agga. »Ich bin dir also noch einen Dienst schuldig! Drei Nächte hintereinander hatte ich den gleichen Traum. Ich weiß nicht, ob Dämonen, die Götter oder Priester mit mir gesprochen haben – ich weiß nur, daß ich hierher reiten mußte, um dich zu warnen.«

»Mich zu warnen? Wovor?« fragte Gilgamesch verwundert.

»Du mußt Uruk stark machen! König Mebaragesi, mein Vater, hat viele Gefangene und gute Beute zurückgebracht. Er hat unserem Volk verkündet, daß Uruk fortan für seine Unterwerfung große Mengen von Früchten und Korn, Schlachttieren und Wolle, Waffen und Waren eurer Handwerker zu liefern hat. Doch das alles reicht einigen hohen Ensis und Priestern nicht. Sie wollen die totale Sklaverei Uruks.«

»Was meinst du damit?«

Agga holte tief Luft und seufzte. »Ich träumte von einer Stadt in Trümmern. Und ich sah meinen Vater mit einer tiefen Schwertwunde straucheln. Ich sah ein Heer von Sklaven, und ich sah dich, Gilgamesch! Du lagst mit einem Weib zusammen, während deine Stadt unterging.«

»War das dein Traum?«

Agga nickte.

»Und wann soll das geschehen?«

»Im nächsten Sommer ... vielleicht auch im übernächsten!«

»Niemals!«

»Uruk ist schwach geworden«, sagte Agga ernst. »Viele der Besten von euch sind bereits in Gefangenschaft. Eure Mauern sind brüchig und der Rest eures Heeres wird von bestechlichen Anführern geleitet. Selbst eure Priester sprechen bereits davon, ob sie mit den Stadtgöttern von Kisch nicht besser auskommen würden als mit eurer *Inanna*, die sich nicht blicken ließ, als Uruk bedroht war.«

Gilgamesch starrte wie abwesend auf einige Beterstatuen an der anderen Seite seines Wohnraumes.

»Ein Jahr sagst du?« fragte er tonlos.

»Vielleicht auch zwei«, sagte Agga und nickte. »Vergiß den Gedanken, in dieser Zeit deine Stadt neu zu ordnen, neue Anführer zu benennen, ein Heer aufzustellen und genügend Waffen für eine Verteidigung schmieden zu lassen! Du hast zwar dein Königtum, aber du hast noch keine Gewalt über Priester und Volk. Und Götter, die zu dir stehen, hast du ebenfalls nicht!«

Gilgamesch ging mit langen Schritten immer wieder quer durch den Raum. Er hörte raschelnde Geräusche in den Nebenzimmern, und er war sicher, daß sie belauscht wurden. Ein hartes Lächeln spielte um seine Mundwinkel.

»Und du?« fragte er und blieb abrupt vor Agga stehen. »Würdest du auch gegen Uruk ... gegen mich ... kämpfen?«

»Ich muß zurück!« sagte Agga ausweichend. »Wir werden uns für viele Monde nicht mehr sehen.«

»Und wenn du wiederkommst?«

»Dann werde ich bereit sein, dich zu töten!«

Gilgamesch lachte trocken.

»Ich könnte dich schon hier und jetzt mit einer Hand ins Reich *Ereschkigals* befördern.«

»Das wirst du nicht tun«, sagte Agga. »Denn dann brennt Uruk noch in diesem Monat bis auf den letzten Rest der Mauern ab! Und selbst du würdest diesen zweiten Feldzug nicht mehr überleben!«

Für eine Ewigkeit sprach keiner der beiden jungen Männer. Der

König und der Sohn des Königs von Kisch sahen sich lange in die Augen.

»Du kannst dich ausruhen, ehe du wieder zurückreitest«, sagte Gilgamesch schließlich. »Und laß dir Brot und Fleisch mitgeben, wenn du aufbrichst.«

Er reichte Agga seine Hand.

»Zum letzten Mal«, sagte er.

»Der Wille der Götter ist unergründlich«, antwortete Agga.

Die folgenden Wochen vergingen mit Ausbesserungen an Häusern und Hütten, an den Kanälen und am Hafen vor der Stadtmauer. Kamelkarawanen zogen erneut durch die Stadttore, und die Händler aus Ur und Eridu im Süden, vom schnellen Idigna und sogar vom Hochland im Osten kamen wieder nach Uruk. Sie hatten sich eine Weile vorsichtig verhalten, denn niemand wußte, welche Gefahr ihm in der Stadt drohte, die durch den Herrscher von Kisch einen Jüngling als König erhalten hatte.

»Möge das gute Land wieder Tempel versorgen und die Speicher füllen«, sangen die Priester während der Zeremonien, die noch immer so abgehalten wurden, als sei nichts geschehen. »Wir preisen Mebaragesi, den mächtigen König, und wir haben gelernt, nicht länger über den harten Tribut zu klagen.«

Jeder Mann, jede Frau, und sogar die älteren Kinder wußten, daß dennoch nichts mehr so war wie früher. Die alte Ordnung, die sich seit der Flut bis zum Tod König Enmerkars über viele Generationen in steter Wiederkehr der Tages- und Jahresabläufe erhalten hatte – diese Ordnung war in einer einzigen, furchtbaren Nacht untergegangen.

Die Menschen sprachen davon, daß es auch früher Kriege und Eroberungen, Raubzüge und gegenseitige Belagerungen gegeben hatte. Doch nie zuvor waren so viele Bewohner einer Stadt getötet oder in die Sklaverei verschleppt worden. Das Uruk unter der Oberhoheit Mebaragesis war nicht mehr die geliebte, still blühende Wohnung *Inannas*, in der die Götter geehrt wurden und die alten Überlieferungen Geborgenheit garantierten.

»Wir sind nicht mehr, was wir seit vielen Geschlechtern waren«, sagten die Sieben Weisen des Volkes in ihren geheimen Zusammenkünften irgendwo in den Innenhöfen der verwinkelten, labyrinthartigen Gassen der alten Stadt. »Nachts dringen Koyoten und Räuber bis in die Außenbezirke vor. Sogar Panther und hungrige Löwen aus den Steppen und Wüsten gen Westen hin sind bereits in die Pferche eingebrochen.«

Der Rat der sieben Weisen beauftragte Ugnim, den Tischler, und Tibir, den Händler, Klage bei La-abasch zu führen. Die beiden Abgesandten mußten lange warten, bis sie an einem kühlen Morgen bis zu dem Deuter-Priester vorgelassen wurden. Sie trugen dem amtierenden Hohepriester des *Inanna*-Heiligtums vor, was in den Straßen bemängelt wurde. Doch La-abasch, der Deuter, hob nur die Hände und verwies die Klagenden auf Gilgamesch.

»Seht, was geschieht«, sagte er. »Wir haben einen König, doch dieser König ist zu jung und zu unerfahren, um zu erkennen, was nötig ist!«

»Er weilt Tag für Tag im Palast Enmerkars, und sein Volk sieht ihn nur, wenn er in den hängenden Gärten der Zikkurat wandelt«, sagte Tibir.

»Und er umgibt sich mit Leuten, die nur an Spiele denken«, ergänzte Ugnim.

»Geht zurück«, sagte La-abasch. »Seit Urzeiten waren in dieser Stadt König und Hohepriester eins. Ich habe die besten von uns damit beauftragt, Gilgamesch alles über die große, heilige Herrschaft als Stellvertreter der Götter auf Erden zu lehren. Gebt uns die Zeit, unser Werk zu vollenden. Ich verspreche euch, daß Uruk schon in wenigen Monden einen neuen Hohepriester haben wird!«

Die Abgesandten der sieben Weisen gingen zurück. Sie behielten das Geheimnis für sich, das ihnen der alte Seher anvertraut hatte. Mit keinem Wort beantworteten sie die Fragen, die ihnen an jedem Haus, an jeder Straßeneinmündung von den Bewohnern der Stadt gestellt wurden.

»Warum tut er nichts?« fragten sie murrend.

»In Kisch darben unsere Väter und Brüder in schmachvoller Gefangenschaft.«

»Unser Wein, unsere besten Schlachttiere und die Früchte der Felder wurden uns genommen.«

»Wovon sollen wir bis zur nächsten Ernte leben?«

»Ist das der Wille der Götter?«

Ugnim und Tibir konnten nur abwehrend die Arme heben. Sie kamen an einen Marktplatz. Auch hier klagten die Händler, die Männer und Frauen über den jungen König.

»Hat man ihn nach der Prozession wieder gesehen?« fragten Händler aus anderen Städten.

»Nein, er ist noch nicht durch seine Stadt gegangen!«

»Manchmal sitzt er auf dem Dach von Enmerkars Palast.«

»Hin und wieder steigt er auch ganz allein die Zikkurat hinauf und bleibt eine ganze Nacht dort oben.

»Man sagt, er soll mit eigenen Händen den *Chuluppa*-Baum auf der ersten Plattform der Zikkurat beschnitten haben!«

»Der König?«

»Er war Gärtner in Kisch!«

»Und was ist er hier?« fragte ein Perlenhändler aus Eridu.

»Der Enkel Enmerkars und Sohn seiner Tochter Nin-sun.«

»Regiert sie die Stadt?«

»Das weiß niemand von uns. Aber die Priester sagen, daß sie tun müssen, was die Götter und die Aufseher aus Kisch befehlen!«

»Also gibt es sie doch, die fremden Herren?«

»Einer ist Eisenschmied.«

»Einer war Schublugal.«

»Der dritte nennt sich ›Ohr der Eselsstadt‹.«

»Sie wohnen in den Palästen«, sagte ein junges Mädchen, das kleine Tischchen für Beterstatuen auf dem Markt anbot. »Und jeden Tag geht Akil, der gestrenge Schulvater, zum König, um ihn über alles zu unterrichten.«

»Sei still, Nansche!« sagte Ugnim und ging wieder zu seinem Arbeitstisch hinter seiner Tochter. »Wenn die Zeit kommt, wird Gilgamesch tun, was ihm von den Göttern bestimmt ist!«

Sie sah ihren Vater an und lächelte kaum merklich. »Ich würde gern einmal in den Palast gehen und ein Geschenk abgeben.«

»Du bleibst hier!« bestimmte Ugnim streng. »Du weißt, daß ich jetzt zu den sieben Weisen des Volkes gehöre. Wir haben beschlossen, alles zu vermeiden, was Gilgamesch auf den Gedanken bringen könnte, sich seiner Rechte als König bewußt zu werden! Solange er im Palast Enmerkars und in den hängenden Gärten bleibt, sind wenigstens die Töchter Uruks vor ihm sicher!«

Die Umstehenden lachten. Nur Nansche errötete unwillkürlich. Ihr Vater sah es, und zutiefst besorgte Gedanken ließen ihn auch in den nächsten Tagen und Nächten nicht mehr los.

DER VERZAUBERTE BAUM

Als *Werwer* die ersten kalten Winde von Südosten her über die Ebenen des Zweistromlandes fegen ließ, als die Tage kürzer und die Nächte immer länger wurden, als Bäume und Sträucher ihre Blätter nur noch mit Mühe hielten, da beendeten die Oberpriester von Uruk und der gestrenge Schulvater die Unterweisung des jungen Königs.

»Du weißt jetzt alles, was ich dich über Uruk und das Land deines Großvaters lehren konnte«, sagte Akil eines Tages. Die Falten auf seiner Stirn glätteten sich, und in seinen Augen leuchtete Stolz und Bewunderung über die Leistung, die sein zu groß geratener Schulsohn in den vergangenen Wochen gezeigt hatte. Selbst wenn er seine Peitsche mit sich geführt hätte – sie wäre kein einziges Mal nötig gewesen.

»Wenn du noch irgendetwas wissen willst, Herr, werde ich stets versuchen, dir eine Antwort zu geben«, sagte Akil während er seine mit Bildsymbolen versehenen Tontafeln in eine aus Schilf geflochtene Tasche packte.

»Du warst ein guter Lehrer«, sagte Gilgamesch. Er stand am Fenster seines Unterrichtsraums und blickte in den Innenhof von Enmerkars Palast. Unten übten Mesche der Schmied und Zabardi Banuga mit einigen Kriegern der Wachen die Kunst des Zweikampfs mit auf den Rücken gebundenem linken Arm. »Ich habe in diesen Wochen viel über das Land und sein Volk, über unsere Götter und das Königtum gelernt«, fuhr Gilgamesch fort, »aber ich weiß auch, daß du mir nicht auf alle Fragen geantwortet hast.«

Der gestrenge Schulvater senkte den Kopf.

»Ich ahnte, daß du mich deswegen rügen würdest«, sagte er verlegen. Gilgamesch schüttelte den Kopf.

»Ich rüge dich nicht, Akil, denn ich weiß inzwischen, daß du die Anweisung hattest, auf einige Fragen nicht zu antworten. Bei anderen warst du ehrlich, als du sagtest, daß darauf nur die Götter eine Antwort wissen!« Er drehte sich um und ging quer durch den hellen, von rauchlosen Flammen an öligen Holzspänen beleuchteten Raum. An seinem Unterrichtstisch nahm er eine Tonform auf, die er erst gestern mit winzigen Zeichen und Bildsymbolen versehen hatte. Der Ton fühlte sich noch immer weich und feucht an. Er ging mit der Scheibe zum Tageslicht, sah sie lange an und sagte:

»Du warst manchmal unzufrieden mit mir, wenn ich die Vertiefungen zu schnell und so, wie ich es wollte, mit dem angespitzten Stab in den Ton gedrückt habe. Meine Zeichen waren oft keine korrekten Bilder für dich.«

»Nun ja, sie sahen eher wie Krallenspuren von wilden Wüstenhunden aus«, nickte Akil. »Aber bei deinen großen Händen, dachte ich...«

»Für mich waren sie eine Fährte«, nickte Gilgamesch zustimmend. Er mußte lachen, als er die fragenden Falten sah, die sich sofort wieder auf Akils Stirn bildeten. »Ich habe es dir nie gesagt«, meinte Gilgamesch verschmitzt, »aber ich kann meine eigenen Fährtenzeichen im weichen Ton jederzeit lesen, auch wenn sie keine Bilder sind.«

»Herr!« stieß der gestrenge Schulvater hervor. »Du versündigst dich, wenn du so etwas tust! Wie kannst du dir Zeichen machen, die nicht so aussehen wie die Wirklichkeit? Wie sollen die Götter wissen, was du aufzeichnest?

»Meine Zeichen sind die Wirklichkeit, Akil!« sagte Gilgamesch stolz. »Außerdem gefällt mir der Gedanke, daß ich etwas habe, was kein Gott verstehen kann!«

»Das geht nicht!« stöhnte Akil entsetzt. »Niemand darf sein Tun und seine Gedanken vor den Göttern verbergen!«

»So?« fragte Gilgamesch mit einem Aufwallen seines alten Trotzes, der schon Schukallituda so oft verstört hatte. »Und wenn ich meinen eigenen Weg gehen will? Wenn ich sage, ›*ich bin ich*‹, und die Götter haben nichts in meinen Gedanken und Gefühlen zu suchen?«

»Das ist unmöglich!«

»Ich werde beweisen, daß es möglich ist!« sagte Gilgamesch entschlossen. »Du hast mir erzählt, daß alles in uns und um uns eine einzige große Harmonie bildet. Und doch streiten sich die Götter so wic wir. Dämonen schlagen uns mit Krankheiten. Böse Winde reißen die Früchte von Bäumen, die Flüsse steigen über die Ufer, und jede Stadt ist der anderen Feind! Hast du die Toten bei Mebaragesis Gemetzel schon vergessen? Die Tränen der Frauen und Kinder, als ihre Männer in die Sklaverei verschleppt wurden? Wer lenkt diese Untaten, Akil? Wer ist verantwortlich für das Leid und die Grausamkeit? Wer hat bestimmt, daß wir geboren werden, nur um zu sterben?«

»Wir sind keine Götter, Herr!«

»Was sind wir dann, Akil? Ihre Sklaven, ihr Spielzeug?«

»Ich weiß es nicht ...«

»Ich werde es wissen!« sagte Gilgamesch grimmig. »Eines Tages werde ich wissen, ob es wirklich keinen Weg gibt, frei von Dämonenangst, Leiden und Sterblichkeit zu sein ... frei wie die Götter waren, als sie das Königtum zum ersten Mal vom Himmel brachten!«

Der gestrenge Schulvater hatte sich verängstigt bis in eine halbdunkle Ecke des Raumes zurückgezogen. Er legte die Handflächen vor der Brust gegeneinander und murmelte ein Gebet.

»Ja, bete nur!« sagte Gilgamesch kopfschüttelnd. »Vielleicht hilfst du dir selbst damit, wenn es schon die Götter nicht tun! Aber ich werde von nun an nicht mehr beten. Was ich fühle und denke, werde ich mit meinen eigenen Zeichen in Tontafeln kerben! Keine Bilder und Symbole mehr, Akil, nur noch die Spuren des angespitzten Schilfstabes, der wie ein Grabstock Furchen markiert. Meine Gedanken sollen der Samen sein, der in feuchtem und jungfräulichem Ton seine Spur hinterläßt. Und so wird weiterleben, unsterblich werden, was ich, König Gilgamesch von Uruk, erschaut und gefühlt habe!«

»Aber du sagtest, deine geheimen Zeichen könnten nur von dir selbst gedeutet werden.«

Gilgamesch lachte vergnügt.

»Einige Urukäer können sie bereits verstehen!«

»Wer?« fragte der gestrenge Schulvater ahnungsvoll.

»Deine Schüler, Akil! Die Jungen aus der E-dubba!«

»O dieser Frevel!« stöhnte Akil erschrocken. Stolpernd wich er bis zur Tür zurück. Er öffnete den Mund, wollte noch etwas sagen und schüttelte schließlich den Kopf.

Gilgamesch sah noch lange auf die leere Türöffnung. Von draußen drang das Klirren von Schwertern und das Rufen der Kämpfer bis in den stillen Unterrichtsraum. Gilgamesch sah auf die Tonform in seiner Hand. Er traute den Göttern nicht, die sich ganz nach Belieben einmal für Uruk, dann wieder für Kisch oder andere Städte entschieden. Mit seinen neuen, nur aus dreieckigen Vertiefungen bestehenden Schriftzeichen hatte er in langen Nächten aufgeschrieben, wieviele Männer, wieviel Lehm und wieviel Schilf für eine Mauer rund um Uruk nötig war. Und er würde sie bauen, ohne zuvor die Götter zu fragen!

Er ging zum Fenster, das zum großen Platz vor dem Palast führte. Die Menschen in der Stadt schienen bereits vergessen zu haben, daß Kisch noch immer eine ungeheure Gefahr darstellte. Gilgamesch dachte an den Bericht Aggas. ›Im nächsten Sommer‹, hatte er gesagt. Und wenn er wirklich ein König sein wollte, dann durfte er keine Zeit mehr verlieren.

Als Gilgamesch am kürzesten Tag des Jahres im Monat Tebutu wie schon so oft ganz allein die Zikkurat bestieg, spürte er, wie sehr sich die Luft verändert hatte. Selbst Gott *Utu* gelang es nicht, mehr als ein milchiges Rosa hervorzubringen. Er wanderte als matte, kraftlose Scheibe von Osten her über den Himmel, dessen Blau schon seit Tagen nicht mehr zu sehen war.

Gilgamesch hatte sich in einen wärmenden Mantel aus Wollschlingen gehüllt. Seit seiner Krönung war er stets barhäuptig aus den Gemächern gegangen. Mochten andere kunstvoll gehämmerte Helme oder mit Karneolen, Chrysopasen und Nuz-Nuz-Steinen verzierte Topfhüte tragen – er fühlte sich hochgewachsen genug, um auf derartige Zeichen des Ranges zu verzichten!

Bereits auf der ersten Plattform der Zikkurat sah Gilgamesch, daß sich einige Stufen höher etwas verändert hatte. Er beschleunigte seine Schritte, nahm zwei, drei Stufen auf einmal und erreichte die zweite Stufenplattform. Die seltsamen Blätter überall auf den Bodenplatten waren nicht zu übersehen. Sie sahen verdorrt aus und knirschten trocken unter seinen Schritten. Sollten das etwa die sonst immergrünen Nadelblätter des ...

Gilgamesch lief bis zu der Stelle, an der er noch vor zwei Tagen den *Chuluppa*-Baum beschnitten hatte. Er wischte Zweige und kahl gewordene Äste von Büschen beiseite. Und dann stand er direkt vor dem uralten Stamm des *Chuluppa*-Baumes. Er war völlig verdorrt!

Im gleichen Augenblick sah er im licht gewordenen Astwerk der anderen Bäume und Büsche eine von farbig leuchtenden Strahlen umhüllte Gestalt. Gott *Utu* wich hinter weißen Wolkennebeln zurück. Die letzten Schatten auf den schrägen Seitenmauern der Zikkurat verloren sich in düsterem Grau. Nur die wie in einem Regenbogen gefangene Frauengestalt leuchtete weiter.

Gilgamesch ahnte plötzlich, wer sie war. Und dann erkannte er *Inanna*, die sonst so abweisende und eigenwillige Stadtgöttin von Uruk.

Im ersten Überschwang seiner Gefühle wollte er stolz auf sie zugehen, doch dann sah er, daß die schöne und göttliche *Inanna* wie ein menschliches Mädchen weinte.

Er hatte nie gehört, daß eine Göttin weinen konnte!

In diesem Augenblick vergaß er all seine Auflehnung, seinen Trotz und alles, was er zu Schukallituda und Akil über die Götter gesagt hatte. Er sah, wie ihr hoher Busen bebte, wie sie schluchzend die Arme um ihren kaum bekleideten Oberkörper schlang und wie immer neue Tränen über ihre Wangen liefen.

Er wußte nicht, wie er sich verhalten sollte. Doch dann siegte die Erziehung und die uralte Erfurcht vor den Göttlichen. Er beugte die Knie und sank vor ihr auf den Boden. Sie sah ihn und erkannte durch ihre Tränen hindurch, wer er war. Gilgamesch neigte kaum merklich den Kopf. Gleichzeitig streckte er ihr seine Hände entgegen.

Mit trauriger, und gerade deshalb wunderbar in Gilgameschs Ohren klingender Stimme erzählte sie ihm, was geschehen war:

»Einst wuchs ein Baum, ein wundersam grüner Baum,
er stand am Ufer des großen Buranum.
Vom großen Wasser erhielt er sein Leben,
doch die vernichtende Macht des Südwinds
riß seine Krone weg ... fraß seine Wurzeln.

Mich, ein Weib, dauerte der Baum,
und ich brachte ihn in die Gärten der Stadt,
pflanzte ihn neu, pflegte ihn, fragte
›Wann wird er Thronsitz für eine Göttin sein?‹
›Wann weiches Bett, darauf ich liege?‹
Ach, der Baum ... mein Baum, wuchs kläglich,
er trug keine Frucht, kein Blätterdach!
In seinen Wurzeln war die Schlangenfäule,
in seiner Krone nistete *Anzu*, der Adler,
und im Stamm hauste die Dämonin *Lilith*.
Ich aber, die lebensfrohe Göttin *Inanna* ...
ich kann nur klagen ob dieses Baums!
Schicksale haben die Zeichen gesetzt,
Fülle um Fülle hat das Land gesehen,
Himmel und Erde gingen weit dahin,
ich aber schützte den Baum ... rettete ihn,
doch ach! Mit ihm auch die eklige Schlange,
die im Geflecht seiner Wurzeln haust,
den Adler mit seinem Nest voller Jungen,
und den Dämon, der nie zu fassen ist ...
Mein Bruder, Gott *Utu*, wollte nicht helfen,
und nun hat mich der alte Baum verlassen!«

Gilgamesch richtete sich auf. Er hob die Hände noch weiter und streckte sie der verzweifelten Göttin entgegen. Sein Gesicht glühte, als er fragte: »Wo ist das Grün des *Chuluppa*-Baumes? Was geschah mit den Blättern, die keine Jahreszeiten kannten?«

Inanna begann erneut, bitterlich zu weinen.

»Sag mir, wie ich dir helfen kann!« flehte Gilgamesch.

Sie sah ihn mit ihren großen, wunderschönen Augen an. »Wenn du mir einen wahrhaft edlen Dienst erweisen willst, dann fälle den alten Baum mit deinem Schwert aus Eisen!«

»Du willst, daß ich umbringe, was du liebst? Den heiligen Baum, der selbst die Sintflut überstanden hat?«

»Töte ihn, denn das ist seine Befreiung!« stieß *Inanna* hervor.

»Aber du warst es doch, die ihn gerettet hat!« rief Gilgamesch verstört. *Inanna* wischte die Tränenspuren fort.

»Selbst wenn es *An*, dem Vater aller Götter nicht gefällt ... wenn dir die Tat gelingt, sollst du mit neuem Wissen und großer neuer Macht belohnt sein!«

Das Licht um ihre makellose Gestalt wurde zu einer betörenden, verführerischen, himmlischen Aura. Er sah nur noch die Göttin. Alles andere um ihn herum wurde völlig bedeutungslos. In diesem Augenblick hätte er freudig ganz Uruk und sein Königtum, ja selbst sein Leben für *Inanna* hingegeben.

Gilgamesch rannte durch den ganzen Palast seines Großvaters. »Wo ist mein Schwert ... mein Schwert aus Eisen?« brüllte er laut.

Sklaven und Bedienstete wichen erschreckt bis in die Nischen der Mauern zurück. Niemand wagte, dem aufgebrachten jungen König in den Weg zu treten, so furchtbar tobte er durch Hallen und Räume, durch Gänge und Innenhöfe.

Er traf auf Zabardi Banuga und Mesche den Schmied. Sie standen in einem düsteren Raum im Seitenflügel von Enmerkars Palast, in dem seit vielen Generationen die Waffen der Könige geschmiedet und aufbewahrt wurden. Der Raum war nur notdürftig durch die Glut eines gewaltigen Herdes erwärmt und erhellt.

»Wo ist mein Schwert aus Eisen?« fuhr er sie an.

»Das Schwert, das Schwert«, sagte Mesche verlegen. »Du meinst, ich soll dir ein Schwert schmieden?«

»Was redest du?« entgegnete Gilgamesch ungeduldig. »Wolltest du nicht mein Schwert aus Eisen von den Blutspuren säubern und es zu neuem Glanz bringen?«

»Bei allen Göttern, ich habe es versucht!« sagte Mesche verlegen. Er knetete seine schweren Hände und sah verstohlen in eine Ecke neben der Feuerstelle.

»Das Schwert taugt nichts mehr!« sagte er schließlich. »Ich wollte die Spuren deiner Kämpfe mit einem Wetzstein abschleifen, aber das neue Metall entzog sich all meinen Mühen.«

Er ging bis in die dunkle Ecke und brachte das in Leinen gehüllte Schwert zu Gilgamesch. Vorsichtig wickelte er aus, was von der einst furchtbaren Waffe noch übrig war.

»Das soll mein Schwert sein?« fragte Gilgamesch ungehalten.

»Mein Schwert aus Eisen, das den Nubanda von Kisch und König Enmerkar, meinen Großvater, tötete? Das uns aus den Gräbern der Ahnen befreite und die Mauern von Uruk spaltete?«

Er starrte ungläubig auf die schäbige, von rotbraunen Flecken verunstaltete und an vielen Stellen wie abgenagt aussehende Schneide des Schwertes.

»Ich weiß nicht, wie es geschah«, sagte Mesche der Schmied. »Auch Harrap konnte mir nicht sagen, warum sich das Eisen durch Blut und Regen in braunen Staub verwandelt.«

»Dann schmiede es erneut!«

»Ich nahm ein kleines Stück, das abgebrochen war«, sagte Mesche. »Die Glut des Feuers verzehrte es.«

Gilgamesch drehte sich abrupt um. Er ging bis zur Türöffnung der kleinen Schmiede und blickte lange in den grauen Tag hinaus. Sollten die Götter und Dämonen bereits ebenso gegen ihn sein wie gegen die unglückliche *Inanna*? Er drehte sich ruckartig um.

»Gebt mir die beste Axt, die ihr finden könnt!« befahl er. Zabardi Banuga reagierte schneller als Mesche. Er lief in den Nebenraum, wuchtete eine scharfe, zweischneidige Axt mit einem Stiel aus Hartholz aus einem Wandbord und schleppte sie keuchend bis zu Gilgamesch.

Der junge König griff nach der Waffe, die in seinen riesigen Händen kaum schwerer erschien als ein Paukenschlegel. Er strich mit dem Daumen über die halbrunden, ölglänzenden Schneiden der Axt.

»Du, Mesche, kommst mit mir!« sagte er knapp. »Und du, Zabardi, holst die sieben Weisen der Stadt in den Palmengarten hinter dem *Eanna*-Tempel! Ich erwarte alle Ensis, alle hohen Priester und alle Kundigen genau zur Mittagsstunde an der Zikkurat!«

»Aber ...«

»Ich will, was ich sage!« unterbrach Gilgamesch den Schmied. »Der *Chuluppa*-Baum auf der zweiten Plattform der Zikkurat ist über Nacht verdorrt! *Inanna* hat mich beauftragt, ihn endgültig zu fällen. Ich muß ihr helfen und den Zauber töten!«

Banuga raffte seinen Wollumhang zusammen und verschwand, noch ehe Mesche richtig begriffen hatte, was Gilgamesch beabsichtigte.

Ugnim, der Tischler, zog sich in aller Eile sein feinstes Gewand an. Er schimpfte, grummelte und fluchte leise, aber dachte nicht einen Augenblick daran, sich gegen den Befehl zu stellen.

Seine Tochter trat auf ihn zu. Sie legte ihren Arm um seine Schulter, ehe sie mit leiser Stimme sagte: »Du darfst Gilgamesch nicht nach den alten Regeln beurteilen, Vater! Er braucht dich und die anderen Männer des Volkes vielleicht mehr als ihr glaubt! Ich sage dies, weil ich spüre, daß er noch immer auf der Suche ist.«

»Ach Nansche ...«, sagte Ugnim besorgt und liebevoll zugleich. Er drehte sich um und umfaßte mit beiden Händen die Arme seiner einzigen Tochter, die ihm geblieben war. »Du darfst nicht länger mit dem Gedanken spielen, daß unser junger König dich eines Tages erschaut.«

»Ich weiß, er wird mich sehen«, antwortete Nansche schlicht.

Ugnim nahm seine Hände von ihr und legte sie auf seine Augen.

»Was ist mit dieser Stadt geschehen?« fragte er stöhnend. »Ist denn nichts mehr, wie es seit Ewigkeiten war?«

Nansche legte ihre zierlichen Hände auf seine und nahm sie herab. »Glaube ihm, Vater«, sagte sie. »Ich war gestern bei den Orakelpriestern. Dein Blut und sein Blut werden sich durch mich zusammenfinden. Die Priester sagen, daß ich es sein könnte, die Gilgamesch einen Sohn gebären wird.«

Ugnim, der Tischler, riß sich von seiner Tochter los.

»Nie ... nie ... und nochmals nie!« schrie er. »Eher töte ich dich, als daß ich zulasse, daß sich mein einzig noch verbliebenes Kind unter den Mörder Königs Enmerkars legt!«

»Enmerkar war sehr alt. Er ist gestorben wie es ihm bestimmt war!« sagte Nansche. »Geh jetzt, Vater! Gilgamesch wird versuchen, die Schlange und den Baum, den Adler und *Inanna* gleichzeitig zu besiegen.«

Ugnim strich über ein Stück frisches Holz. Er wußte längst, daß er gegen die junge Frau, die seine Tochter war, nicht länger ankam. Jede Niederlage in den Gesprächen mit ihr machte ihn froher und glücklicher. Er *wollte*, daß sie sich gegen ihn und seine alte Ordnung auflehnte! Doch genau das durfte sie nie spüren.

»Also gut, ich gehe!« sagte er. Er drehte sich um und verließ das Haus, das Nansche inzwischen wie die Frau eines Mannes führte.

Er merkte nicht, wie sie ihm nachsah. Sein Weg führte ihn durch die engen Gassen bis zu den Prozessionsstraßen der inneren Stadt.

Am *Eanna*-Tempel waren bereits viele der eilig zusammengeholten Ensis und Schublugals versammelt. Die Kunde von Gilgameschs Vorhaben hatte auch Händler und Handwerker, Aufseher aus den Ziegelbrennereien und Verwalter der Vorratshäuser erreicht. Jeder, der es ermöglichen konnte, kam auf den großen Platz vor der Zikkurat.

Ugnim, der sich stets wie ein treuer Diener der Priester und Herren, der Götter und des Königtums verhalten hatte, bemerkte, wie andere ihm Platz machten. Alte Frauen berührten seinen Mantel aus blau gefärbten Wollschlingen und steckten ihm mit beschwörenden Worten Amulette und kleine Büschel aus magischen Kräutern zu.

Erst jetzt erkannte Ugnim, wie hoch die Achtung war, die ihm als Mitglied im Rat der Sieben Weisen entgegengebracht wurde. Obwohl er nie daran gedacht hatte, begann er auf einmal, langsamer und würdiger zu gehen. Er betrat den großen Platz vor der Zikkurat und schritt langsam auf das *Inanna*-Heiligtum zu.

Ein paar junge Leute waren bereits dabei, die günstige Gelegenheit zu nutzen. Sie hatten Feuerschalen mit flachen Pfannen aufgestellt und boten geröstete Zwiebeln mit Honig und heiße Hirsefladen an. Andere Urukäer schenkten Bier und warmen Rauschtrank aus. Die Fischer vom Hafen hatten ebenfalls vom Auflauf an der Zikkurat gehört. Ihre Weiber brachten Krebse und Muscheln aus dem Morgenfang, während sie selbst schnell noch in die Guffas gesprungen waren, um frische Fische aus den Reusen im Fluß und in den Kanälen zu holen.

Kein Priester und kein Verwalter der Magazine hatte die Zusammenkunft vorbereitet. Und doch schien ganz Uruk nur darauf gewartet zu haben, daß der junge König endlich aus seiner Abgeschiedenheit hervortrat und Taten zeigte.

Ugnim sah, wie Musikanten auf die Gründungsmauern der Tempel kletterten. Er hörte neue Worte zu den alten Melodien: »Gilgamesch will den *Chuluppa*-Baum erlösen ... den magischen Baum ... den verzauberten Baum ... den Baum, in dem Dämonen hausen ...«

Überall breitete sich eine erwartungsfrohe Stimmung aus. Der graue, sonnenlose Wintertag wurde vollkommen ungeplant zu einem Ereignis, das die Herzen wärmte und vergessen ließ, was in den letzten Monaten wie ein Geflecht aus unsichtbaren und verwirrenden Regierungszügeln die Seele des geschlagenen Volkes eingeschnürt hatte.

Ugnim hätte gern einen gebratenen Fisch gegessen, aber er wußte nicht, ob er das durfte. Er entdeckte Tibir, den Händler, und ging erleichtert auf ihn zu.

»Was geht hier vor?« fragte er halblaut. »Was müssen wir fürchten?«

»Gut, daß du da bist«, sagte der reiche Händler. Seit Ugnim zum Rat der Sieben Weisen gehörte, behandelte er ihn wie seinesgleichen. Ugnim sah, wie Sanga-machs und Urigallus in offensichtlich viel zu eilig angelegten Festgewandungen versuchten, Ordnung in das herbeiströmende Volk zu bringen.

»Was geht hier vor?« fragte Ugnim erneut. Tibir, der Händler vieler Dinge, lachte. »Hörst du nicht, was die Musikanten singen? Gilgamesch will den *Chuluppa*-Baum erschlagen!«

»Den heiligen, magischen Baum?« fragte Ugnim verstört, »heißt es nicht, daß unser König ein Gärtner war, der jeden Baum liebt und achtet?«

»*Inanna* hat es von ihm verlangt«, antwortete Tibir. »Zwei Priester, im Gebüsch versteckt, sahen, wie sie ihn betörte.«

»Will sie ihn etwa demütigen und bloßstellen?«

»Ich weiß es nicht«, sagte Tibir, der Händler. »Niemand kann auch nur ahnen, wie die Götter denken!«

Der Priester aus dem *An*-Heiligtum, dem die Verantwortung über die Zeit oblag, blickte besorgt auf die wenigen Wassertropfen, die sich noch im oberen Gefäß des Stundenzählers befanden. Der untere Krug war bereits bis zum Rand gefüllt.

»Gleich ist wieder eine Mine vergangen«, verkündete er den Umstehenden. »Genau zur Mittagsstunde sollten alle hier sein, doch La-abasch fehlt noch immer.«

»Er wollte auf die Felder, um aus den Resten der Kornhalme, die von den Vögeln und den Tieren noch nicht eingesammelt sind, herauszulesen, wie lange dieses Jahr die kalte Zeit andauern kann«, antwortete einer der Priester.

»Ohne La-abasch wird der König die Stufen der Zikkurat nicht betreten«, bestätigte ein anderer.

»Du meinst, es ist nicht recht, wenn er den Baum fällt?« fragte Ugnim.

Die Priester blieben unschlüssig.

»Der *Chuluppa*-Baum ist nicht wie andere Bäume!«

»Er ist heilig.«

»*Inanna* hat gesagt, daß er ihn fällen muß!«

In diesem Augenblick begannen die Torpfosten am alten Königspalast zu knarren. Gleich darauf trat König Gilgamesch mit großen und entschlossenen Schritten auf den Platz vor der Zikkurat. Er trug einen schlichten kurzen Wollmantel und die Königsbinde um seine goldfarbenen Locken. Hinter ihm gingen schwerbewaffnet und in voller Kriegsausrüstung Zabardi Banuga und Mesche der Schmied. Mit einigem Abstand folgte ihnen Bir Hurturre mit dreißig Mann aus der Wache der Stadt.

Das Volk wußte nicht, ob es schweigen oder jubeln sollte. Einige begrüßten den König mit murmelndem Singsang, andere warfen ihm Blumen und Amulette zu, doch die meisten der Menschen zogen nur die Köpfe ein und schwiegen abwartend.

Gilgamesch erreichte die untersten Treppenstufen der Zikkurat. Mit zwei, drei gewaltigen Schritten sprang er bis in eine Höhe, von der aus er den ganzen Platz überblicken konnte. Dann hob er die mächtige, zweischneidige Axt. Priester und Händler, Handwerker und Bauern blickten erwartungsvoll zu ihm auf. Nur an der Westseite des Platzes bewegte sich ein alter Mann weiter durch die Menge. Die Menschen wichen respektvoll vor ihm zurück.

»*Inanna*, die göttliche Herrin Uruks hat mich um Hilfe gebeten!« rief Gilgamesch mit klarer, weittönender Stimme. »Ihr Bruder, der Gott der Sonne, will nichts von ihren Tränen wissen, deshalb werde ich – der König ihrer Stadt – den heiligen *Chuluppa*-Baum fällen, denn der Baum ist verdorrt. In seinen Wurzeln kriecht eine Schlange, an seiner Spitze hat der *Anzu*-Adler ein Nest gebaut und Dämonen haben seinen Stamm verhext ...«

La-abasch, der Deuter, hatte die untersten Stufen der Zikkurat erreicht.

»Du kannst den *Chuluppu*-Baum nicht fällen!« rief er zu Gilgamesch hoch. Gilgamesch sah auf den alten Priester hinab.

»Und warum nicht?« fragte er so laut, daß alle ihn hören konnten.

»Weil wir Menschen machtlos gegen die verborgenen Kräfte des Himmels und der Unterwelt sind!«

»Habe ich keine Kraft?« gab Gilgamesch stolz lachend zurück. »Seht mich an, Männer und Frauen von Uruk! Mit dieser Axt werde ich den verzauberten Baum fällen – so, wie ich es der weinenden Göttin *Inanna* versprochen habe! Und wer Mut hat, soll mit mir kommen!«

»Nein!« rief der alte Deuter bestimmt. »Nur Auserwählte dürfen die Stufen der Zikkurat betreten!«

Ein paar Urigallus folgten den knappen Handbewegungen von La-abasch. Sie stellten sich unterhalb von Gilgamesch auf die ersten der steil nach oben führenden Stufen. Die Urukäer standen wie gelähmt auf dem weiten Platz.

Zum ersten Mal seit der Großen Flut konnten Hunderte, ja, fast Tausend Bewohner der Stadt miterleben, wie sich die Priester gegen ihren eigenen König stellten. Die meisten wußten, daß auch ein König nur solange Macht besaß, wie es die Diener der Götter zuließen. Und Gilgamesch war noch nicht zum Hohepriester der Stadtgöttin geweiht worden. Aber wollte er nicht gerade in ihrem Auftrag einen Dienst verrichten, ihr zeigen, daß er würdig für die ›Heilige Hochzeit‹ in wenigen Monaten war?

Die Menschen starrten gebannt auf den jungen König. Einige hielten es mit den Priestern der alten Werte. Sie wollten Gilgamesch nicht anerkennen – jenen Eroberer, dessen Schwert die Stadtmauern zerschlagen und den alten König getötet hatte. Für sie war er ein Vaterloser und nicht der rechtmäßige Nachfolger Enmerkars – auch wenn er der Sohn von Nin-sun sein sollte. Andere hingegen bewunderten den stolzen Helden. Wenn er der Gemahl *Inannas* würde, konnte Kisch nicht mehr lange triumphieren.

»Wer den Mut hat, mir zu folgen, ist auserwählt!« rief Gilgamesch. »Das sage ich, König von Uruk!«

Einer der Männer aus dem Rat der Sieben Weisen schob sich bis an die Reihe der Priester.

»Laßt mich durch!« sagte Ugnim, der Tischler.

»Du darfst nicht auf die Zikkurat!« zischte ein Urigallu. Ugnim schob ihn zur Seite. Zwei Gurus wollten ihn aufhalten, doch da löste sich Bara Nam-tara aus der Menge. Die neue Oberpriesterin nahm Mesche den Schmied am Arm. »Komm!« sagte sie nur. Mesche hob die Brauen, dann grinste er. Gemeinsam schoben sie die Tempelsklaven zur Seite. Sie sahen die Schweißperlen auf den Gesichtern der Priester. Unsicherheit flackerte in ihren dunklen, weit aufgerissenen Augen. Bara Nam-tara erreichte Ugnim. Gemeinsam begannen sie, die Stufen hinaufzusteigen.

Das Ungeheuerliche geschah. Mehr und mehr Männer drängten sich an den Priestern vorbei. Menschen, die selbst im Weinrausch nie daran gedacht hätten, den großen Altar der Götter mit ihren Füßen zu berühren, hielten sich aneinander fest und folgten dem Tischler und dem Händler.

Gilgamesch blickte lächelnd auf sie herab. Mit leicht gespreizten Beinen stand er über ihnen. Er wartete nicht, bis sie ihn erreicht hatten, sondern drehte sich um und ging Stufe für Stufe höher. Er wußte genau, daß sein Rücken in diesem Augenblick für jeden Speer und für jeden Pfeil aus den Reihen der Tempelwächter ein breites Ziel abgab. Bereits ein Wort, eine einzige Geste der Urigallus und Sanga-machs, ein Stirnrunzeln von La-abasch, dem Deuter, hätte genügt.

Doch keiner der Priester wagte es, die alte Ordnung gegen den Frevel des jungen und strahlend wirkenden Jünglings durchzusetzen. Sie zögerten so lange, bis es zu spät war.

Gilgamesch sah sich nur zwei-, dreimal mit blitzenden Augen um. Ein buntes Gemisch aus Ensis und Schublugals, Bauern und Fischern, Händlern und Handwerkern folgte ihm. Mesche und Zabardi waren dabei, aber auch Bara und ein paar Dirnen aus den Tempeln.

Kaum jemand aus dem Gefolge von Gilgamesch war jemals auf der zweiten Plattform des Stufentempels gewesen, hatte von oben über Uruk und das Land blicken können oder den heiligen Baum *Inannas* so nah gesehen. Selbst Ugnim spürte eine eigenartige Scheu im naßgrauen Licht des Wintertages. Die schräge Mauer der nächsten Tempelplattform ragte wie ein Wall gegen Gott *Utu* in die Wolken. Wasser rann von den rotgefärbten Ziegeln und dort, wo das aufgetragene Erdreich begann, sah der Boden wie blutgetränkt aus.

Gilgamesch hielt seine Axt locker in der rechten Hand. Er ging dreimal um den Stamm des *Chuluppa*-Baums herum, dann blieb er stehen und sah zu den Mutigen hinüber, die ihm gefolgt waren. Einige hatten Messer und kurze Schwerter in den Händen, andere trugen Seile und Fischernetze, Sägen und Sicheln mit sich.

»Dies ist der Baum, über den *Inanna* geweint hat«, rief Gilgamesch ihnen zu. »Ich werde jetzt meine Axt gegen ihn erheben, auch wenn die Priester von Kisch und Uruk sämtliche Götter anrufen!«

»Ich hoffe, er weiß, was er tut!« sagte Mesche leise zu Bara.

»Ich habe schon zu ihm gehalten, als ich den Korb für ihn baute, in dem wir ihn dem Fluß übergaben«, seufzte Ugnim.

»Du warst das?« fragte Mesche überrascht. »Dann stimmt also, was man über seine geheimnisvolle Geburt erzählt?«

»Er ist der König, den das Orakel bestimmt hat!« antwortete Ugnim bedächtig. »Aber es wird nicht leicht sein, weder für ihn noch für uns!«

»Helft mir, wenn ich schwach werden sollte!« rief Gilgamesch. Er zeigte auf die Fischer. »Ihr da ... werft ein Netz über mich und zieht mich zurück, wenn die Dämonen mich lähmen! Und ihr ...«,wies er die Schublugals an, »ihr werft mir Schwerter zu, wenn meine Axt stumpf wird!«

»Wir kämpfen mit dir!« rief Mesche der Schmied. Gilgamesch lachte kurz. »Du hättest besser daran getan, ein neues Schwert aus Eisen für mich zu schmieden!« Er wog die zweischneidige Axt in seinen Händen, ließ seine gewaltigen Muskeln in Schultern, Armen und Schenkeln spielen, saugte die naßkalte Luft in seine Brust, trat einen Schritt zurück, holte ganz langsam aus und spürte im gleichen Augenblick, wie die Kraft seiner eigenen Göttlichkeit in ihn zurückkehrte.

Er wuchs, wurde größer, sah die Stadt und das Land und die fernen Gesichter des Volkes wie ein Meer tief unter sich, hörte die Beschwörungen der Priester ...

... und schlug zu.

Metall brach krachend in das taube Holz ein. Der Stamm des *Chuluppa*-Baumes zitterte. Im hohen Nest des Kronastes stieg kreischend der *Anzu*-Adler in die Höhe. Sein schwarzer Schatten flog wie ein böses Unwetter über den erstarrten Haufen, der Gilgamesch in die verbotene Höhe der Zikkurat begleitet hatte. Der Adler stieß einen weit über die Stadt und das Land gellenden Warnschrei aus. Frostige Starre versteinerte Gilgameschs Gefolgschaft. Der König holte zu einem weiteren mächtigen Schlag aus.

Er spürte, wie der Adler plötzlich die Schattenform des ›nachtdunklen Sturmvogels‹ annahm. Er griff nicht an, sondern rettete ihn zum zweiten Mal. Er warnte ihn mit Schreien und weit durchschwingenden Flügelschlägen. Gilgamesch sah nach oben. Erst im letzten Augenblick erkannte er, was ihm der Adler mitteilen wollte.

Der *Chuluppa*-Baum verlor seinen Halt. Sein mächtiges, blattloses Geäst neigte sich dem Rand der Plattform zu. Gilgamesch hätte ihn trotz seiner Kraft und seiner hart angespannten Muskeln niemals allein auffangen und halten können.

Doch da flogen die Netze der Fischer über seine Schultern. Sehr weit geschleuderte Seile schlangen sich peitschend um seine Brust. Gilgamesch stemmte sich mit beiden Beinen in den nachgebenden Boden. Und fast zu spät sah er die feurige Zunge der Schlange im Wurzelwerk des *Chuluppa*-Baumes.

Er warf seine Axt wie einen Blitz nach unten. Eine der Schneiden spaltete die Zunge des Reptils, doch die Schlange schoß höher. Giftzähne in einem blutigen Maul schnellten auf sein Gesicht zu.

Gilgamesch packte die Schlange direkt hinter dem Kopf, preßte sie auf den Boden, griff nach der Axt und trennte mit einem harten Hieb auch noch ihr Leben ab. Der *Chuluppa*-Baum krachte auf die Randmauern der Plattform. Sein Stamm schlug eine Lücke in berstende Schichten aus Ziegelsteinen. Von unten schallte ein vielstimmiger Aufschrei in den grauen Himmel. Der *Anzu*-Adler schrie noch einmal, dann stieß er herab, griff nach seinen Jungen im hohen Nest und flog über die Stadt davon. Gleichzeitig knirschte es im Stamm des gefällten *Chuluppa*-Baumes. Gilgamesch und alle anderen sahen, wie sich die trockene Borke des Stammes in Staub auflöste. Schwarznebelig stieg die Dämonengestalt aus dem Holz und wehte mit einem schmerzvoll klagenden Geräusch an der Mauer der Zikkurat entlang.

Gilgamesch bückte sich. Er löste sich aus den Netzen und Seilen. Ganz langsam nahm er die vom Schlangenblut verfärbte Axt auf und trat ein paar Schritte zurück. Er blickte auf den toten Baum und empfand plötzlich nichts als Trauer in sich, keinen Triumph, keinerlei Freude über seine Tat. Der Jubel seiner Gefährten drang nicht mehr zu ihm durch.

Mesche und Bara bestimmten, wie die Äste des *Chuluppa*-Baumes abgetrennt werden sollte. Aus dem einst heiligen Wesen wurden sehr schnell Stapel von Brennholz, Zweigbündel und lange Balken, aus denen später Holzräder zusammengefügt werden konnten, gesammelt. Die Männer zerteilten den Baum mit einem Eifer als hätte Gilgamesch ein großes, wildes Tier für sie erlegt.

Gilgamesch ging zum Kronast. Das Nest des Adlers lag als Gewölle neben den eingeschlagenen Mauertrümmern. Für einen kurzen Augenblick glaubte er, *Inanna* zwischen den Zweigen zu sehen. Die Spuren der Tränen standen noch immer im Gesicht der Göttin.

»Geh mit dem Holz des Kronastes und mit der Stammwurzel des *Chuluppa*-Baumes für sieben Tage und sieben Nächte zu einem Meister, der auch im kargen Holz zu lesen weiß«, sagte ihre Stimme. Sie klang wie eine geheimnisvolle, überirdische Musik, und nur er konnte sie verstehen.

Er sah sich um, dann packte er den gewaltigen Kronast und löste ihn mit einer einzigen Drehung vom Rest des Stammes. Er nahm ihn auf die Schultern. Einige Schritte weiter griff er sich die wund und verschlungen aussehende Stammwurzel. Er ging mit beiden Teilen des heiligen Baums bis zu den Treppen der Zikkurat zurück. Gleichzeitig verklang die ferne, nicht aus den Tempeln kommende Melodie. Zum ersten Mal verstand er, daß Musik die eigentliche Sprache der Götter und des Universums war.

Gilgamesch blieb sieben Tage und sieben Nächte im Haus von Ugnim. Kein Wind von draußen und kein Sonnenstrahl konnten ihn in dieser Zeit davon abhalten, den Kronast und das Wurzelstück des *Chuluppa*-Baumes mit seinen eigenen Händen immer feiner zu bearbeiten.

Am ersten Tag hatte ihm Ugnim bis tief in die Nacht gezeigt, welche Werkzeuge er besaß und wie sie benutzt wurden. Am zweiten Tag versuchte sich Gilgamesch an den verschiedensten Holzproben. In diesen Stunden faßte er die Äste des *Chuluppa*-Baumes nicht an. Er hatte sie in den Innenhof gelegt und mit großen Leinentüchern abgedeckt. Mesche der Schmied, und Zabardi Banuga hielten mit ein paar Männern, die mit Gilgamesch auf der Zikkurat gewesen waren, in den Straßen und in den Höfen der Nebengebäude Wache. Sie ließen nicht einmal neugierige Kinder in die Nähe von Ugnims Haus.

»Willst du wirklich nichts essen, Herr?« fragte Ugnim immer wieder. Und jedesmal hatte Gilgamesch nur die Hand ausgestreckt, um einen Becher Milch, ein Stück Trockenfleisch oder eine Schale mit Weichkäse zu empfangen. Die ganze Zeit redete er kein Wort mit Ugnim oder seiner Tochter Nansche. Am dritten Tag waren Abordnungen von Priestern bis in die Straße gekommen, in der sich Ugnims Werkstatt befand. Sie hatten versucht, den Grund für das eigenartige Verhalten des jungen Königs herauszufinden, doch Gilgamesch ließ ihnen nur mitteilen, daß ab sofort jedes Schlagen der Trommeln, jeder Flötenton und jeder Harfenklang in Uruk verboten sei. Er bestimmte, daß nicht einmal bei den vorgeschriebenen Zeremonien musiziert oder gesungen werden durfte.

Nicht nur die Priester erschraken über diese Anordnung. Verstört gingen sie in die Tempel. Sie wußten nicht, wie sie sich verhalten sollten, denn Musik und Gesang waren seit Urzeiten die heiligsten Vorrechte jener, die in direktem Kontakt mit den Göttern und Dämonen des Himmels, der Erde und der Unterwelt standen.

»Was ist das für ein Mensch?« fragte La-abasch, als ihm die Urigallus vom Befehl des jungen, eigenwilligen Königs berichteten. »Wie kann er uns den Klang der Töne verbieten? Sind sie es nicht, die unsere Welt am Anfang entstehen ließen, als aus dem ewigen Raum zwischen den Himmeln ein Ton und dann ein Wort wurde? Sind die fünf Töne unserer heiligen Melodien nicht Brücken zu den Göttern und Dämonen – zu allen Wesen und den belebten Dingen? Wie können wir weiterleben, wenn sein Befehl unsere Herzen mit Stille ohne Lieder und Musik erstickt?«

Überall in der Stadt begannen die Menschen, unsicher und ängstlich zu werden. Es war, als ahnten sie, daß ihr junger König etwas Ungeheuerliches, noch nie Dagewesenes plante.

Am vierten Tag versperrte Gilgamesch den Zugang zum Innenhof. Er hängte die Leinentücher vor die Fensteröffnungen und bedeutete Ugnim, daß ihn jetzt niemand mehr beobachten oder stören dürfe.

»Ich werde jeden Mann und jede Frau, jeden Sklaven und selbst den Priester, der es wagen sollte, ein Instrument zu spielen, zu den Bestien in die Wüste der Verlorenheit schicken!« sagte Gilgamesch zu Mesche. »Und du, Zabardi, bist mir mit deinem Kopf dafür verantwortlich, daß niemand meinem Befehl zuwiderhandelt!«

Die Gefährten erkannten, wie ernst es Gilgamesch mit seinem unverständlichen Befehl war. Sie hatten lange Zeit geglaubt, daß Gilgamesch nur Ruhe brauchte, weil er als Unrecht ansah, daß er den *Chuluppa*-Baum gefällt hatte.

»Er ist kein Kind mehr«, sagte Nansche, als sie in Ugnims Wohnraum darüber sprachen. »Kein Jüngling, der nicht weiß, was er mit sich und anderen tut.«

»Er hat ein Ziel, eine Aufgabe!« sagte ihr Vater zustimmend.

»Wenn wir nur wüßten, was er vorhat!« seufzte Zabardi unbehaglich. Mesche nahm einen Becher weißen Wein aus Nansches Hand.

»Wir werden es erfahren!« sagte er, nachdem er einen tiefen Schluck genommen hatte.

Von dieser Stunde an hörten die Urukäer nur noch das Schlagen und Klicken, das Schleifen und Bohren von Ugnims Werkzeugen in der Stille der Nächte. Sobald es dunkel wurde, stieg feiner Rauch aus dem Innenhof von Ugnims Werkstatt auf. Gilgamesch zündete jeden Abend ein kleines Feuer an, um in seiner Wärme und seinem flackernden Licht an etwas zu arbeiten, von dem niemand wußte, was es nach seiner Fertigstellung sein würde.

Am fünften Tag hielt Gilgamesch zwei vollendet geformte Holzstücke in seinen Händen. Eines stammte aus dem Kronast des *Chuluppa*-Baumes, das andere aus seiner Stammwurzel. Er legte die beiden ganz unterschiedlich aussehenden Schnitzstücke neben die Glut des Feuers, um sie durch Wärme und durch das Licht der Sonne zu beleben. Für eine volle Stunde setzte er sich in eine helle Ecke des Innenhofes und wartete. Er hatte die Augen geschlossen, aber er schlief nicht, sondern versuchte, durch die Geräusche aus der Stadt etwas von der verborgenen Sprache zu verstehen, die in den beiden Holzformen versteckt war.

Er arbeitete den ganzen Nachmittag weiter und auch die Nacht hindurch, am folgenden Tag und in der folgenden Nacht. Seine Bewegungen wurden immer behutsamer, und als Gott *Utu* am siebenten Tag sein mattes Winterlicht über der Zikkurat und den Tempeln, über Häusern und Hütten Uruks aufsteigen ließ, da legte Gilgamesch zwei völlig neuartige Musikinstrumente auf die Steinbank an der Westseite des Innenhofes. Aus der einst mächtigen Stammwurzel des *Chuluppa*-Baumes war unter seinen großen und doch so fein empfindenden Händen ein hohles Gefäß entstanden, das wie eine Trommel aussah. Den Kern des Kronastes hingegen hatte Gilgamesch zu einem Schlegel geformt.

Er wartete den ganzen Tag, ehe er wagte, den Schlegel aufzunehmen und ihn behutsam gegen die wellige Oberseite der Trommel zu führen. Schon der erste, nur angedeutete Ton sagte ihm, daß er es geschafft hatte!

Kein Musikinstrument zwischen Eridu und Kisch, zwischen dem fernen Hochland von Aratta und der Wildnis im Westen hatte jemals diesen Ton hervorgebracht. Er schlug noch einmal zu – ein wenig neben der Stelle des ersten Versuchs. Und hier klang rein und klar wie nie zuvor der Ton auf, den er und alle anderen oft gehört hatten. Es war der Leitton der Trommeln und Trompeten, der Harfen und der Pauken. Gilgamesch kannte den heiligen Ton, der entstand, wenn Flöten genau einen Fuß lang waren. Er und vier weitere Töne bildeten seit Urzeiten die heilige Einheit jeder Melodie.

»Fünf Töne, fünf Elemente, aus denen die Welt besteht«, sagte Gilgamesch andächtig. »Erde und Holz und Metall ... dazu Feuer und Wasser. So ist es bis heute gewesen.«

Er schlug erneut auf die Stelle der Trommel, an der ein neuer Ton anklang, lächelte und machte die letzte, entscheidende Probe.

Der siebente Ton!

Er klang so wunderbar und rein, daß Gilgamesch nicht mehr aufhören konnte, die hölzerne Trommel mit dem Schlegel anzurühren. Er wußte, daß er ganz neue Melodien hervorrief. Er spielte die sieben Töne Stufe für Stufe wie auf einer Leiter, wie das erhabene Aufsteigen in die heilige Höhe der Zikkurat.

Der Aufstieg, der drohende, tiefer und finster werdende Abstieg ... Plattform für Plattform, jetzt ohne den uralten Leitton. ... Akkorde und Sprünge ... neue, berauschende Melodien.

Gilgamesch spielte die ganze Nacht. Er wußte, daß niemand in der Stadt dem neuen wilden und sanften Zauber der sieben Töne entrinnen konnte.

»Pukku!« sagte Gilgamesch, als er erschöpft neben der Trommel auf den Boden sank, und »Mikku!« als er den Schlegel küßte, ehe er einschlief. Nur Nansche hörte die beiden geheimnisvollen Namen für Gilgameschs Instrumente.

»Eine Trommel!« sagte Mesche der Schmied, fassungslos zu Harrap. »Nichts als eine Trommel! Kein Schwert aus Eisen, kein Standbild zur Ehre der Götter, nur eine hölzerne Trommel und ein Stück Holz als Schlegel! Und dafür haben wir sieben Tage und sieben Nächte den König beschützt, die ganze Stadt in Aufregung gehalten und die Priester gegen uns aufgebracht!«

»Ich fürchte, du verstehst nicht ganz, was Gilgamesch in dieser einen Woche gelungen ist«, sagte Harrap.

»Nein, das verstehe ich wirklich nicht!« antwortete Mesche gereizt. Er lief in voller Rüstung von einer Ecke des Raumes in die andere. Seit der Nacht, in der sich Gilgamesch nach seiner Meinung wie ein verspieltes Kind benommen hatte, war eine weitere Woche vergangen. Das Volk von Uruk hatte noch einige Zeit über die seltsamen Neigungen des jungen Königs gesprochen, doch dann waren die meisten zu der Überzeugung gelangt, daß Gilgamesch von *Inanna* betört worden war. Sie hatte sich nur am *Chuluppa*-Baum rächen wollen, weil er andere Wesenheiten an sein Geäst, seinen Stamm und seine Wurzeln gelassen hatte. Eine Göttin wie *Inanna* teilte nicht! Nicht einmal einen Baum! Inzwischen gaben sich die Männer am Hafen und die Wäscherinnen an den Kanälen mit kaltem Wasser durch deutliche Handzeichen zu verstehen, wie sie den ganzen Vorfall sahen. Gilgamesch war ein schöner, ungewöhnlich starker und unnahbarer Mann, und Uruks Stadtgöttin hatte schon immer das Ungewöhnliche für sich beansprucht.

Doch nicht alle konnten so einfach zur alten Ordnung zurückkehren. Die Priester des *Eanna*-Tempels und des *Weißen Tempels* von Gott *An* hatten sehr schnell erkannt, was geschehen war.

»Wenn er will, kann er von nun an bestimmen, in welche Stimmung das Volk fallen soll«, sagte La-abasch, der Deuter, in jenen Nächten. Die Priester fanden sich viel öfter als sonst zusammen. Sie hockten um schwach glühende Feuerkessel und bemühten sich, nicht zu zeigen, wie kalt ihnen wirklich war.

»Er hat seine Instrumente Pukku und Mikku genannt«, berichtete Bara Nam-tara eines Abends. Sie war eingehüllt in einen langen Mantel aus dunkelroten Wollschlingen aus dem kleinen Palast von Nin-sun gekommen und hatte sich neben das Feuer im Südteil des *Eanna*-Tempels gesetzt. »Ihr wißt, daß ich ihn bereits in Schuruppak kennengelernt habe. Ich war es, die ihm gezeigt hat, welche köstlichen Wonnen das Tier mit zwei Rücken bietet, aber der große, unberührte Held mit weichen Lippen und den staunenden Augen von damals existiert nicht mehr!«

Sie fuhr sich versonnen mit den Fingern in ihr dichtes, kornblondes Haar, spielte mit einer Strähne und sah traurig lächelnd in die Glut der Feuerschale. Die höheren Priester tranken mit winzigen Schlucken einen besonderen Rauschtrank, in den sie Staub von Pilzen und zermahlene Samen der wilden Steppenraute gemischt hatten. Für lange Minuten sah es so aus, als hätte keiner von ihnen der neuen Oberpriesterin zugehört. Doch der Schein trog.

»Wir haben dich nicht ohne Grund zur Herrin über die Tempeldirnen erhoben«, sagte La-abasch schließlich. Wie alle anderen hockte er fast unbeweglich vor der Feuerschale. Die Priester bildeten einen Kreis, der wie eine Versammlung von Beterstatuen aussah.

»Du hast den Jüngling in Gilgamesch gesehen«, fuhr der alte Deuter nach einer weiteren Pause fort. »Du kennst seine Schwächen und Gefühle. Und du hast miterlebt, wie er sich in den vergangenen Monaten verändert hat.«

»Er ist ein Mann geworden!« sagte Bara mit einem tiefen, sehnsüchtigen Seufzer. Jeder der Priester konnte ihr ansehen, daß sie den jungen König noch immer liebte.

»Dein Name ist ›Altar des Schicksals‹«, sagte La-abasch. »Und niemand kann vor seinem Namen fliehen! Deshalb wirst du uns auch fortan berichten, was wir als Hüter dieser Stadt und der großen Ordnung wissen müssen!«

»Und wenn ich nicht mehr will?«

Keiner der Priester hatte mit Widerspruch gerechnet. Sie starrten Bara mit ihren großen, runden Augen an.

»Hüte deine Zunge, Weib!« sagte La-abasch scharf. »Vergiß nie, daß du eine Sklavendirne dieses Tempels warst! Keine Priesterin, keine Göttin! Und du wirst niemals wissen, was in deinen Bechern ist! Ich warne dich, Bara Nam-tara! Unsere Macht und unser Wissen reichen über deinen Tod hinaus bis ins Reich *Ereschkigals*! Was du auch planst – du kannst uns nicht entfliehen!«

Die Priester Uruks hatten sie von Anfang an als geheimes Werkzeug gegen den Erfüller des Orakels eingesetzt. Doch jetzt veränderten sich die Waagschalen. La-abasch wandte sich an einen hohen Urigallu: »Spätestens zum Neujahrsfest wird König Gilgamesch von uns verlangen, daß wir ihn zum Hohepriester weihen!«

Das Mädchen aus Aratta hob verwundert den Kopf.

»Ist das eure Befürchtung?« fragte sie. »Glaubt ihr tatsächlich, daß Gilgamesch nur ein Vasallenkönig ist? Eine Riesenpuppe, die nichts gegen die ehemaligen Kampfgefährten ausrichten kann?«

»Er ist in Kisch aufgewachsen«, sagte La-abasch. »Er hat gegen uns gekämpft, und es war sein Schwert, das unseren König getötet hat. Außerdem weiß jeder, daß er sich nur mit Männern umgibt, die nicht aus Uruk stammen.«

»Du meinst Mesche und Zabardi?« Bara lachte. »Die beiden sind Gefährten, auf die er sich verlassen kann.«

»Und Mamagal, ›das Ohr der Eselsstadt‹?« fragte einer der Urigallus. »Ist jener Bootsbauer oder nicht viel eher der Berichterstatter für König Mebaragesi?«

»Das mag richtig sein«, sagte Bara zögernd. »Ich glaube auch, daß Mamagal eine Art Nubanda der Nachrichten aus Uruk ist. Ich sah mehrmals, wie Boten in seinem Auftrag die Stadt verließen.«

»Und andere kamen zu ihm«, meinte La-abasch. »Wir wissen, daß sogar Agga, der Sohn Mebaragesis, bei Gilgamesch gewesen ist!«

Bara schüttelte den Kopf. »Das glaube ich nicht!«

»Es ist, wie es ist!« sagte La-abasch mit der Gesprächsformel, die jede weitere Diskussion unterband. Bara Nam-tara fühlte sich plötzlich sehr unwohl im Kreis der unnachgiebigen Diener der Götter.

Am nächsten Morgen – es war der fünfzehnte Tag im Monat Tebutu und neun Tage nach der längsten Nacht des Jahres – ließ König Gilgamesch einen ungewöhnlichen Befehl in der Stadt verbreiten:

»Jeder Junge zwischen dem zehnten und fünfzehnten Lebensjahr soll morgen früh sobald es hell wird in den Palast Enmerkars kommen! Alle anderen haben auf dem großen Platz vor der Zikkurat zu erscheinen! Als Zeitpunkt hierfür wird das Ende der ersten Mine nach der Beendigung der morgendlichen Viehfütterung angesetzt!«

Die Boten des König trugen die kurzen Röcke, die Helme und die Waffen der Wächter vor der Zeit der Eroberung. Sie sahen ganz anders aus als die Krieger, die Bir Hurturre im Auftrag von Mebaragesi nach der Verheerung um sich geschart hatte. Die Boten hatten Anweisung, jeden, dem sie die Nachricht überbrachten, nach seinem Namen und seiner Stellung zu fragen. Dubsars in ihrer Begleitung drückten die Namenszeichen und Angaben über den Wohnort in immer neue Tontäfelchen und ließen diese, sobald kein Zeichen mehr auf den feuchten Ton paßte, von Tempelsklaven zu den Ziegelherstellern im Westen und Norden der Stadt bringen. Bereits in den vergangenen Tagen hatten sich viele Urukäer gewundert, warum der König gerade den Ziegelherstellern große, neue Öfen und weite Freiflächen zum Trocknen geformten Tons zugewiesen hatte. Was hatte er – der Gärtner – mit den Zieglern vor? Wollte er nach dem Fällen des *Chuluppa*-Baumes und der Herstellung seiner unheimlichen Instrumente nun etwa alles und jedes in Ton brennen lassen?

In den folgenden Stunden geriet die Stadt in immer größere Aufregung. Einige der jüngeren Urukäer weigerten sich, den Boten des Königs ihre Namen zu nennen. »Wir haben die Priester in den Tempeln gefragt«, sagten sie. »Sie haben keine Erlaubnis der Götter für eine neue Zählung des Volkes eingeholt.«

»Ihr sollt nicht gezählt werden«, antworteten die Boten des Königs unermüdlich. »Gilgamesch will nur wissen, wer nicht kommt, obwohl er den Befehl gehört hat!«

»Die Priester sagen, daß niemand kommen muß.«

»Die Priester besitzen nicht das *ME* des Königtums!«

»Will er uns auch noch in die Sklaverei nach Kisch schicken?«

»Im Gegenteil, es geht um ein neues Heer!«

Entsetzt hörten die Urukäer, was die Boten verbreiteten. Sie standen auf den Straßen vor ihren Häusern, und niemand konnte mehr seinem Tagewerk nachgehen. Was zunächst mit dem alten, vertrauten Bild der Wächter begonnen hatte, verwandelte sich zunehmend in ängstliches Zagen.

»Was wird geschehen?« fragten sich die Männer.

»Was müssen wir fürchten?« wollten die Frauen wissen.

»Zuerst der *Chuluppa*-Baum, dann eine ganz Nacht lang die neuen Töne und nun dieser Befehl ohne den Segen der Priester.«

Die Sieben Weisen der Stadt kamen am späten Nachmittag zusammen. Sie beschlossen, direkt zu La-abasch zu gehen. Als sie am *Inanna*-Heiligtum ankamen, versperrten ihnen Krieger unter dem Befehl des Schmiedes aus Kisch den Weg.

»Geht nach Hause, Leute!« rief Mesche immer wieder. »Die Priester wissen nicht mehr als ihr! Ihr werdet morgen erfahren, was König Gilgamesch beschlossen hat!«

Ugnim ging auf Mesche zu.

»Ich bin Tischler, du bist Schmied«, sagte er. »Wir wissen beide nicht sehr viel von den Regierungsdingen. Aber du weißt ebenso wie ich, daß Gilgamesch nur König wurde, weil Mebaragesi von Kisch es so gewollt hat! Er kann nicht gegen den Rat der sieben Weisen, gegen die Priester und gegen das Volk dieser Stadt bestimmen, was er will!«

»Und wenn er es doch tut?« brummte Mesche mürrisch.

»Dann wissen wir, daß er sich gegen uns und gegen jede Ordnung wendet!« stieß Ugnim zornig hervor. »Dann ist er nur die Knute Mebaragesis und nicht der Herrscher, den wir lieben und verehren können!«

»Macht das denn einen Unterschied?« fragte Mesche. »Gilgamesch will nicht, daß ihr ihm die Füße küßt. Er hat befohlen, daß jedermann ihm morgen zuhört. Das ist alles!«

»Aber so kann kein König ...«

»Gilgamesch kann!« sagte Mesche nur. Er drehte sich und ließ Ugnim, den Tischler, einfach stehen.

Am nächsten Morgen stieg der König von Uruk noch vor dem Morgengrauen ganz allein die Stufen der Zikkurat hinauf. Er hatte Zunder und einen Eisenstein mitgenommen. Als er die Stelle erreichte, an der der heilige *Chuluppa*-Baum gestanden hatte, schlug er solange Funken in das Zunderbüschel, bis er einen Holzspan anstecken konnte. Zabardi hatte gute Arbeit geleistet. Obwohl er niemals Gärtner gewesen war, hatte er zusammen mit seinen Gehilfen die Wurzelmulde mit guter Erde gefüllt und glattgeharkt. Gilgamesch war mit dem Werk zufrieden.

Er stieg die restlichen Stufen hoch und erreichte den kleinen Tempel auf der obersten Plattform. Im Osten deutete ein mildes Violett das Nahen des Sonnengottes an. Gilgamesch ging in den Tempel, nahm sich einen rotgelben Granatapfel vom Altar für die Götter, schlug die hart gewordene Schale auf und drückte sich die saftigen Kerne zwischen die Lippen. Er verließ den dunklen Tempel und ging einmal um die Geviert der obersten Plattform. Er blickte in alle Himmelsrichtungen, beobachtete, wie die Nebel der Nacht über den dunklen Linien der Bewässerungskanäle aufstiegen und wie die Felder und Palmenhaine immer deutlicher zu erkennen waren. Die Geburt des neuen Tages wurde vom Tirilieren der Nachtigallen, dem fernen Quaken der Frösche und dem unermüdlichen Zirpen der Zikaden begleitet.

Gilgamesch spuckte die Reste von Granatapfelkernen über die Einfriedung der Plattform. Noch lag die Stadt im Schlaf. Nur im Seitentrakt von Enmerkars Palast loderten rötliche Schatten bis in die Innenhöfe. Dort arbeitete Mesche an einem neuen Auftrag.

Gilgamesch dachte einen Augenblick über sich selbst nach. War er wirklich der König von Uruk? Folgten die Priester seinen Befehlen? Und nahm ihn das Volk als neuen Herrscher an? Er wußte es nicht. Viel war geschehen, doch irgendwie kam er sich noch immer wie ein Fremder im System aus Überlieferungen und Ritualen, aus alten Regeln und den Gesetzen dieses Landes vor.

›Was wird geschehen, wenn ich die Stufen hinuntergehe und wortlos Uruk verlasse‹, dachte er. ›Was hält mich hier – in dieser Stadt, die mich als Usurpator sieht – als unreifen, vaterlosen Thronhalter und als Vasallen eines fremden Herrschers.‹

Gott *Utu* ließ seinen Lichtzauber in flammendhellen Strahlen aus dem Hochland im Osten hervorbrechen. Die Schatten der Nacht flohen vor seiner Herrlichkeit, und selbst die Nebel über den Kanälen lösten sich widerspenstig auf.

Der neue Tag begann. Gilgamesch streckte die Arme aus, dehnte seinen gewaltigen Brustkorb und holte tief Luft. Er wußte, daß die kommenden Tage, Wochen und Monate nicht leicht sein würden. Kaum einer würde verstehen, was er befahl. Aber es gab keine andere Möglichkeit, wenn er die Warnung Aggas nicht leichtfertig den Großen Fluß hinab und bis zum Meer im Süden treiben lassen wollte. Er hatte alles gelernt, was ihm die Priester und der gestrenge Schulvater beibringen konnten. Jetzt lag es ganz allein bei ihm, was er daraus machte.

Sie kamen zögernd und mit verhaltenen Schritten. Einer schob den anderen vor, und jeder schien sich hinter seinem Vordermann zu verstecken. Der Tag war noch nicht voll erblüht, als sich bereits viele Hundert von unsicher und verstört wirkenden Urukäern auf dem großen Platz vor der Zikkurat eingefunden hatten.

Sie wußten nicht, von welcher Seite Gilgamesch kommen würde – aus dem *Eanna*-Tempel, aus dem Palast Enmerkars oder vom hohen Stufentempel der Zikkurat, für die der junge König in den vergangenen Wochen eine besondere Vorliebe entwickelt hatte. Zunächst kam Mesche der Schmied. Er führte eine Reihe von zweirädrigen Ochsenkarren an, auf denen lange Schilfrohre und Berge von blutrot gefärbten, noch feuchten Hanfseilen lagen. Die Wagen wurden von Kriegern Bir Hurturres begleitet. Sie trugen wieder die alten urukäischen Kampfgewandungen. Trotzdem machten die Stadtbewohner nur unwillig Platz, denn niemand wußte, was dies bedeuten sollte.

Mesche wartete, bis sich die Wagen in einer Reihe vor dem kleinen Palast von Nin-sun aufgestellt hatten, dann winkte er einer Gruppe von Bläsern an den Stufen zur Zikkurat. Die Gurus aus dem *Weißen Tempel* hoben ihre Instrumente, und dann brach ein entsetzlicher, mißtönender Lärm in die Stille. Es war als hätte jeder der Gurus die Anweisung erhalten, möglichst laut und möglichst falsch zu blasen.

Die Menschen auf dem Platz zogen instinktiv die Köpfe zwischen die Schultern. Sie rissen die Hände hoch und preßten sie auf die Ohren. Mit entsetzten Gesichtern kamen verstörte Priester hinter allen Säulen der Tempel hervor. Mesche grinste zufrieden, als er sie sah. Genau das war die Absicht des bösen Lärms: Gilgamesch hatte gesagt, daß alle auf den Platz kommen sollten, auch die Ensis und Priester der Stadt.

»Ich weiß jetzt, wie sie ihre Macht einsetzen«, hatte er noch am Vorabend zu Mesche, Zabardi und Harrap gesagt. »Wer ohne Gewalt des Schwertes und allein mit magischer Kraft die Menschen beherrschen will, der muß die uralten Zeichen und Symbole, den Zauber des Lichts und den farbigen Rauch der Träume wie Orakel benutzen. Aber die stärksten von allen unsichtbaren Waffen sind Rhythmus und Melodie in jedem Gebet, jedem Gesang und jeder Bewegung. Wer das versteht, kann mit jeder sterblichen Seele spielen!«

Mit einer kurzen Handbewegung ließ Mesche die Bläser verstummen. Er kletterte auf einen der Wagen und blickte über die Menschenmenge hinweg.

»Was hast du vor?« rief der alte Lu-abal, der viele Jahre lang untersucht hatte, was hinter Streitigkeiten steckte, und auf dessen Rat sogar die Priester gehört hatten.

»Ich bin der Waffenschmied aus Kisch!« rief Mesche so laut, daß ihn selbst die Entferntesten noch verstehen konnten. »Ich habe das eiserne Schwert geschmiedet, mit dem Gilgamesch, euer König, die alten Mauern der Stadt zerstörte.«

Er wartete einen Atemzug, dann fuhr er fort: »Das Schwert ist zu Staub zerfallen, doch Gilgamesch hat auch ohne diese Waffe den *Chuluppa*-Baum gefällt!«

Mesche wartete, bis sich das Aufstöhnen des Volkes gelegt hatte. »Er tat es, weil ihn die Göttin *Inanna* unter Tränen darum gebeten hat! Der Baum der heiligen Ordnung eurer Stadt war alt geworden, zu alt, um sich gegen den *Anzu*-Adler, gegen freche Dämonen in seinem Stamm und gegen die satte Schlange in seinen Wurzeln zu wehren!«

Die Menschen starrten Mesche auf dem Ochsenkarren mit weit aufgerissenen Augen in unbewegten Gesichtern an. Nur die Priester an den Tempelsäulen und die Würdigen der Stadt wurden zunehmend unruhiger. Ein paar Händler aus anderen Städten begannen bereits, miteinander zu tuscheln. Sie schienen zu ahnen, daß alles, was der Schmied aus Kisch sagte, nur eine Vorrede sein konnte.

In diesem Augenblick setzten die Gurus auf ein kleines Zeichen von Mesche hin erneut ihre Trompeten an die Lippen. Der fanfarenartige Stoß bestand aus dem einen fordernden Ton, den jeder Mann, jede Frau und jedes Kind in der Stadt kannte. Mesche drehte sich um. Von seinem Eselskarren aus blickte er zum Hoftor des Palastes, in dem König Enmerkar mehr als ein übliches Menschenleben gewohnt hatte. Das Tor bewegte sich knarrend an seinen Angelsteinen. Und dann kam Gilgamesch auf den Platz.

Er hatte nur einen goldgelb gefärbten, bis an die Oberschenkel reichenden Umhang aus Wollschlingen umgelegt, der seine Brust und seine muskelbepackten Arme freiließ. Ein einfacher, handbreiter Gürtel aus rotem Ziegenleder umschloß seine Taille. Er trug Sandalen und am linken Arm ein mit Rosenquarzen aus dem Hochland von Aratta und weißen Muschelgehäusen besetztes Gelenkband aus dem gleichen Material. An einer dünnen Silberkette hing sein erstes eigenes Rollsiegel bis in den Ausschnitt des für die Jahreszeit viel zu luftigen Umhangs. In seinen Händen trug Gilgamesch eine eigenartig geformte hölzerne Trommel und einen Schlegel, der wie der Beinknochen eines geheimnisvollen Tieres aussah.

Die Näherstehenden senkten unwillkürlich die Köpfe. Sie sahen verstohlen zu ihm auf, erblickten seine straffe, gebräunte Haut und erkannten, woher der neue König seinen Namen hatte. Gilgameschs klares, bartloses Gesicht leuchtete unter seinen kurzen Locken wie das Abbild des Sonnengottes.

Mesche sprang von seinem Wagen. Er bahnte sich einen Weg durch die Wartenden und erreichte Gilgamesch kurz vor den Stufen der Zikkurat. Der König überragte alle Männer der Stadt, so als würde er sich auf den Rücken im Staub kriechender Sklaven voranbewegen.

»Gil-ga-mesch! Gil-ga-mesch!« riefen vereinzelte Stimmen.

»Viel zu jung für einen König in schwerer Zeit«, murmelte der alte Lu-abal.

»Schöner als *Utu*!« hauchten die Mädchen.

Gilgamesch stieg die ersten Stufen zur Zikkurat hinauf. Er wartete, bis Mesche an ihm vorbeigekeucht war und die Gurus mit ihren Trompeten wieder nach unten geschickt hatte. Dann drehte er sich um, sah zu den Priestern und Ensis an den Säulen der Tempel hinüber und hob seine Trommel hoch.

»Männer und Frauen von Uruk!« rief er mit einer Stimme, die nicht nur bei den ganz jungen Mädchen sehnsüchtige Seufzer auslöste. »Ich weiß, daß mich viele von euch in den vergangenen Monaten nicht verstanden haben! Ich kam als Fremder und hatte in euren Augen nicht einmal einen Vater. Ja, ich war jung und mußte lernen, aber ich sage euch hier und an dieser Stelle, daß ich kein Knecht der Eroberer bin!«

Er hob die Trommel und den Schlegel, die er mit seinen eigenen Händen in sieben Tagen und sieben Nächten aus dem Holz des *Chuluppa*-Baumes erschaffen hatte.

»Ich werde Uruk verteidigen und von den Mächten der alten Finsternis befreien!« rief er. »Ich werde dem Namen dieser Stadt einen Platz in der Ewigkeit sichern und dafür sorgen, daß sich die kommenden Geschlechter noch in Jahrtausenden mit Staunen und Bewunderung an uns erinnern.«

Er setzte sich auf die Stufen der Zikkurat, klemmte die Trommel aus Holz des *Chuluppa*-Baumes zwischen seine Schenkel und verkündete ohne Hilfe der Priester, ohne Zeremonie und ohne Anbetung der alten Götter seine Befehle:

»Vergeßt das Alte!« rief er. Drei Trommelschläge.

»Geht vor die Stadt!« Fünf Trommelschläge.

»Baut für die Ewigkeit!« Sieben Trommelschläge.

Die Menschen auf dem großen Platz zögerten verwirrt.

»Geht! Geht! Geht!« rief Gilgamesch wie ein mächtiger, großer und unnachgiebiger Gott. »Wir bauen die neue Mauer ... für jeden in Kisch gefangenen Urukäer einen Schritt ... für jeden Getöteten einen Schritt.«

Er sprang auf, schlug die sieben neuen Töne mit Pukku und Mikku und zwang das Volk von Uruk unter dem rhythmischen Klang, der von nun an die Tage und Nächte wie eine einzige rauschhafte Plage begleiten sollte.

Und dann traten die Jungen aus dem Innenhof des Enmerkar-Palastes. Jeder von ihnen trug lederne Gurte um den Oberkörper, dazu einen Lendenschutz und einen breiten Gürtel mit Dolchen und dem Gehänge für ein Schwert.

»Bei allen Göttern!« stöhnte der alte Richter des Volkes. »Er hat Kinder in Kriegerrüstungen gesteckt.«

Die langen, rottriefenden Hanfseile spannten sich zwischen immer neu in den kalten Boden gesteckten Rohrstangen. Schublugals, die sich bisher als privilegierte Bogenschützen gesehen hatten, zogen mit verbissenen Gesichtern ein Seil nach dem anderen hoch.

»Was ist aus dieser Stadt geworden!« knurrten sie. »Und welch ein König, der seine besten Bogenschützen dem Kommando von Kindern unterstellt.«

»Könnt ihr denn lesen, was Gilgamesch aufgeschrieben hat?« lachte ein etwa vierzehnjähriger Junge und hielt eine im Schmiedefeuer des Palastes gebrannte Tonplatte hoch.

»Ich verstehe alle Zeichen und Symbole zwischen den kalten

Bergen zwanzig Tagereisen weit im Norden und dem großen Meer im Süden!« behauptete ein finster aussehender Unterführer der Schublugals.

»Na dann versuch's doch mal!«

Der Junge hielt dem erfahrenen, fast kahlköpfigen Krieger seine Tonplatte hin. Der Schublugal starrte auf die winzigen, keilförmigen Eindrücke. Es sah aus, als hätte jemand gespaltene Gerstenkörner zu einem geheimnisvollen Muster in den Ton gepreßt.

»Was soll das?« schnaufte der Unterführer der Bogenschützen. »Das sind keine Zeichen und Symbole für ... für irgendetwas!«

»Stimmt!« lachte der Junge stolz. »Du kannst nur erkennen, was so aussieht wie in Wirklichkeit. Aber diese Spuren des Griffels sprechen eine Sprache, die nur Eingeweihte verstehen.«

»Magie!« fluchte der Schublugal. »Hexenspuren!«

»Nein – Buchstaben, Silben und ganze Wörter, Töne und Laute wie in der Musik!«

»Ha!« keuchte der Schublugal. »Und du Wicht kannst erkennen, was diese ... die Laute bedeuten?«

»Ja«, antwortete der Junge ernsthaft. »›Nimm das nächste Seil, spanne es in der gleichen Linie wie das letzte. Dann geh mit seinem Ende die Strecke von zwei Hohen Rohren gegen Westen.‹«

»Wer sagt das?«

»Das sagt Gilgamesch. Und hier steht es geschrieben!«

»Zeig her!«

Der Schublugal riß dem Jungen die Tontafel aus der Hand. Er starrte auf die Zeichen. An seinen Schläfen traten vor Zorn und Erregung die Adern hervor. Schon wollte er die Tafel auf dem Boden zerschmettern, als Pukku und Mikku auf der obersten Plattform der Zikkurat erneut ihre Tonfolgen über die Stadt und das Land hallen ließen.

Der Schublugal knirschte mit den Zähnen. »Was ist nur aus uns geworden!« knurrte er dann und gab dem Jungen die Tafel zurück. Er riß ein neues Seil hervor und schlang sein feuchtes Ende um die letzte Rohrstange. Dann stampfte er achtundvierzig Schritt nach Norden.

»Jetzt fünf Schritte nach Westen!« rief der Junge. »Genau die Strecke von zwei Hohen Rohren.«

Der Unterführer der Bogenschützen gehorchte.

»Jetzt spannen und auf den Boden schlagen!«

Das Seil klatschte nach unten. Es zeichnete eine klare, blutrote Linie auf das seit Wochen braune Gras der Wiese.

»Siehst du, hier wird die Mauer wieder einen kleinen Knick machen!« rief ihm der Junge zu. Sie waren mindestens fünf Steinwürfe von der alten Stadtmauer entfernt. Der Schublugal sah sich um. So weit er blicken konnte, bewegten sich überall Kinder mit gebrannten Tontafeln und erwachsene Männer mit gefärbten Seilen über das Land. Sie sprangen über kleine Kanäle, liefen über abgeerntete Felder, verschwanden hinter Buschgruppen und eilten fröhlich lärmend quer durch kleine Palmenhaine.

»Los, weiter!« riefen ihre hellen Stimmen immer wieder. Die Krieger fügten sich widerwillig, und neue Hanfseile klatschten auf den Boden. Sie zeichneten die rote Linie weiter und weiter.

Zur gleichen Zeit begannen überall in den Feuchtgebieten und an den Lehmsenken die Pflüger und Tagelöhner von Uruk damit, Ton auszugraben. Sämtliche Schmiede und Ochsentreiber, aber auch Gärtner und Müller, Fischer und Fleischer, Gerber und Sattler waren verpflichtet worden, ihnen zu helfen.

Rund um die Stadt schleppten Sklaven Schilfrohre und Holzbalken von den Schöpfwerken und sogar Kelegs aus dem Hafen zu vorbestimmten Stellen. In der Stadt wurden die Dächer von Ställen eingerissen. Jedes verfügbare Stück Holz, jedes Brett und jede einigermaßen gerade Leiste wurde zu den Plätzen gebracht, an denen Tischler und Wagenbauer, Steinmetze und Rollsiegelschneider den Boden glätteten und dann riesige Gitter für neue Tonziegel auslegten. Der Tag hatte seine Mitte noch nicht erreicht, als bereits sichtbar wurde, wie gigantisch das neue Werk werden mußte.

»Ein Schritt von ihm ist so groß wie fünf Schritte von uns«, riefen die Kinder aus der E-dubba. Sie waren die einzigen, denen es nichts ausmachte, daß die neue Mauer um die Stadt viel umfangreicher wurde als die meisten gedacht hatten.

»Wir bauen eine neue Mauer!« hatte Gilgamesch am Morgen verkündet. »Und für jeden Getöteten, jeden Gefangenen in Kisch ein Bollwerk!«

Die roten Seilschläge auf dem Boden umfaßten inzwischen nicht nur die alte Stadt bis zum Hafen am Buranum, sondern auch die Tempelgärten vor den Stadttoren und die Gemüsefelder, die Haine der Dattelpalmen und die Äcker der Schublugals in den Senken, ja selbst unbebaute Sumpfflächen, in denen Vögel und kleine Tiere ihre Behausung hatten.

»Wem soll dieses Werk, diese gewaltige Mauer dienen?« fragten die Alten in der Stadt.

»Wissens's die Priester? Wissens's die Götter?«

»Weiß er es selbst?«

»Er weiß es!« antwortete Mesche wo und wann immer er gefragt wurde. Zabardi Banuga begleitete ihn mit rasselndem Waffengehänge durch die fast leeren Straßen der Stadt. Sie kamen bis zu den Ziegelherstellern, die zum ersten Mal ihre neuen, gewaltigen Brennöfen anheizten. Alle Schmiede der Stadt waren auf königlichen Befehl hin den Ziegelbrennern zugeordnet. Sie mußten für Feuer sorgen, wie sie die Ziegler noch nie gesehen hatten.

Mesche blieb eine Weile vor den Flammenöfen stehen. Er hatte die Ziegler nie gemocht. Sie konnten nur mit der weichen, der feuchten Erde arbeiten, während er und die anderen Schmiede das Erz und Metall durch Kraft und Feuer zu formen wußte. Doch jetzt war nicht die Zeit für Kupfer, Bronze, Gold und Silber. Der König Uruks brauchte Ziegel, tausende von luftgetrockneten Ziegeln und ebensoviele, die in unzähligen Feuern zu festen und harten Steinen gebrannt wurden.

ZEICHEN DES HIMMELS

Der große Gott *Nana-suin* ließ auf sich warten. Kein noch so reichhaltiges Opfer und keine der vielen nächtlichen Zeremonien in den Tempelanlagen und auf den Feldern vor der alten Stadtmauer konnte den ›Herrn des Wachsens‹ veranlassen, schneller über den Nachthimmel zu ziehen. Und genauso, wie es La-abasch dem ungeduldigen König Tag um Tag voraussagte, nahm das Antlitz des Mondes in jeder folgenden Nacht nur um das uralte, geheimnisvolle Lichtmaß zu.

»Was nützt mir deine Sehergabe, wenn du nur siehst, was sogar Akil jedem Schüler beibringt!«

Wieder einmal war Gilgamesch allein aus dem Enmerkar-Palast in das *Inanna*-Heiligtum geeilt. Er hatte verboten, daß irgendjemand ihn begleitete. Selbst Mesche und Zabardi Banuga durften ihm nicht mehr folgen, wenn er ohne nach links und rechts zu sehen mit weiten Schritten durch die Straßen lief, wenn schon die Kunde seines Nahens jedes Gespräch verstummen ließ, und nur die mutigsten der Kinder noch wagten, den jungen Herrscher Uruks aus Mauernischen und Ritzen in den Türen zu beobachten.

Seit dem Beginn der Feldvermessung waren bereits fünf lange, kalte Nächte vergangen. An vorbestimmten Stellen häuften sich Stapel frisch gebrannter Gründungsziegel für das Fundament der großen neuen Mauer. Obwohl noch keine Schaufel Erde ausgehoben war und kein Ziegel an seinem richtigen Platz lag, stöhnten die Männer bereits über die langen Arbeitszeiten, die knappen Pausen und über die Härte, mit der die Antreiber unter dem Kommando von Bir Hurturre vorgingen. Niemand verstand, warum Gilgamesch ausgerechnet den schlechten Wächtern der Stadt Aufseherpeitschen übergeben hatte.

»Vielleicht kann er nichts daran ändern«, sagten einige. »Vielleicht muß er nur ausführen, was der König der Eselsstadt und dessen Priester ihm befehlen.«

»Warum sollte Mebaragesi zulassen, daß eine neue Mauer um

unsere Stadt errichtet wird?« fragten andere, ehe das Peitschenknallen trunkener Aufseher sie wieder an die Ziegelsteinwagen und an die Karren mit frischgestochenem Lehm trieb.

»Was muß ich wissen, damit ich endlich mit dem Bau meiner Mauer beginnen kann?« fragte Gilgamesch den alten Seher. La-abasch hob für einen Moment die Brauen. Seit Gilgamesch König von Uruk geworden war, hatte er immer wieder mit den unsichtbaren alten Göttern geredet. Viele der Priester in den Tempeln wollten noch nicht wahrhaben, daß die alte Ordnung niemals wiederkehren konnte. Für sie war Gilgamesch, der vaterlose König, eine Art Krankheit ... ein Übel, von dem die Stadt nur durch inbrünstige Gebete geheilt werden konnte.

La-abasch dachte nicht so.

»Du meinst also, daß du dich gegen alle alten Regeln stellen kannst, die von den Göttern für die Welt und für uns Menschen vorgesehen sind.«

»Ich weiß, was ich will!« sagte Gilgamesch stolz.

»Kannst du die Flüsse zurück zur Quelle fließen lassen?«

»Natürlich nicht! Aber mich interessiert der Mond viel mehr!«

Zum ersten Mal lächelte der alte Deuter. Er ging vor Gilgamesch auf und ab und überlegte, wieviel vom großen und geheimen Wissen der Sternen-Priester er dem jungen König enthüllen durfte.

»Ich will dir sagen, was ich weiß«, meinte La-abasch schließlich. »Der Mond war einst das Zeichen der *Großen Muttergöttin*. Er zeigte uns den Wechsel vom Werden und Vergehen bis zur Wiedergeburt: vom Hell zum Dunkel, vom Frühlingsblühen bis zur Herbstfrucht, vom Leben bis zum Tod.«

»Solange, bis *Inanna* die hundert *ME* zur Erde brachte?«

»So ist es!«, sagte La-abasch zustimmend. »Die alten Gesetze sind voller Geheimnisse für uns! Als Gärtner hast du viel über die stete Wiederkehr in der Natur gelernt, aber was weißt du von den Menschen, Gilgamesch? Von ihrer Ohnmacht und dem Frevel, ›Ich‹ zu sagen und nicht mehr ›Wir‹? Wir lassen nur noch den gelten, der einen eigenen Namen hat. Doch jedes Namenmachen zerstört etwas von der großen Gemeinsamkeit, in der wir alle einmal geborgen waren.«

»Du sprichst in Rätseln!« sagte Gilgamesch.

»Ich spreche stets in Rätseln«, antwortete der Deuter nachsichtig. »Als Priester kann ich nur versuchen, jedem, der mich nach Wahrheit fragt, die verschlungenen Wege des Seins in seinen vielen Ebenen zu offenbaren. Nur wer erkennt, daß es viel mehr als eine Wahrheit, mehr als ein Bild der Welt gibt, wird auch das Wunder sehen, bei dem sogar ein Schmetterling oder der regungslose Stein am Wegesrand Teile der großen Harmonie und Schöpfungsweisheit sind!«

»Ich glaube nur, was ich selbst sehe, höre, rieche, schmecke oder fühle!« sagte Gilgamesch abweisend.

»Ja«, sagte La-abasch. »Du denkst, daß du ein ganz besonderer Mensch bist! Ein König und ein Held, vielleicht sogar ein Gott, der jedes Recht hat, aus flüchtigen Gedanken und seinen eigenen Gefühlen Gesetze abzuleiten! Aber ich sage dir, du bist und bleibst ein Sterblicher, denn jeder Mensch mit einem Namen muß eines Tages sterben und verwehen.«

»Ich bin zu zwei Dritteln ein Gott!« sagte Gilgamesch stolz. »Warum sollte ich sterben? Und warum kann mein Name nicht wie ewig wiedergeboren über alle Zeiten leuchten?«

La-abasch lachte leise. »Nur Frauen kennen das Geheimnis ewiger Wiedergeburt!« sagte er. »Der Mann steigt wie sein Grabstock auf, schüttet den Samen aus und ist nicht mehr. Denn wenn ein Mann Leben erzeugt, verliert er seine Freiheit. Die Macht der *Großen Muttergöttin* triumphiert über ihn. Er kann fortan nicht mehr für sich allein bestimmen, darf nicht mehr durch das Unbekannte streifen, mit seinen Kampfgefährten an den Feuern sitzen. Er wird zum Sklaven und muß viele Jahre für die Folgen der Begierde zahlen.«

Gilgamesch starrte auf die Beterstatuen im großen Innenraum des *Eanna*-Tempels.

»Und Frauen?« fragte er. »Sind Frauen nicht viel länger an jede Lust der Nacht gebunden?«

Der alte Priester blieb vor einem Opferfeuer stehen. Er wärmte sich seine welken Hände, ehe er sich erneut zum König von Uruk umdrehte.

»Für Mädchen, Jungfrauen und Bräute ist unser Mondgestirn Göttin und Gatte zugleich. Wie ein Geliebter, der ihnen Fruchtbarkeit schenken oder Schmerzen zufügen kann, bis Blut aus ihrem Schoß fließt.«

»Was ändert sich?« fragte Gilgamech drängend, »was läßt sich nicht vorausberechnen?«

La-abasch musterte aufmerksam das helle, in vielen Zügen noch jungenhafte Gesicht des neuen Königs. »Wir sagen ›Herr des Wachsens‹, aber es ist die alte *Große Muttergottheit*! Manchmal reist sie sehr langsam, dann wieder schneller. Und doch bewegt sie sich auf Wegen, die jeder Eingeweihte kennt! Es ist, als würde sie in jeder Nacht drei Reiseziele gleichzeitig verfolgen, bis sie erneut die gleiche Position am Himmel einnimmt: ein nahes, das siebenundzwanzig Tage und einen Dritteltag erfordert, ein mittleres mit siebenundzwanzig Tagen und einem halben Tag und ein entferntes, das neunundzwanzig Tage und einen halben Tag währt. Letzteres ist die Zeit der Weiberfruchtbarkeit ...«

»Drei Wege gleichzeitig«, wiederholte Gilgamesch. »Ist dies das eigentliche Geheimnis?«

»Du lernst sehr schnell, Herr!« sagte La-abasch mit einer Spur von Anerkennung in seiner Stimme. Seit Gilgamesch ihn kannte, war er von La-abasch noch nie mit ›Herr‹ angesprochen worden. »Wenn du das ganze Geheimnis verstehen willst, mußt du nicht nur die Jahreszeiten, sondern auch alle Wege und alle Machtproben der Götter einbeziehen.«

»Du meinst, die Götter spielen nur mit uns?«

»Ja, Gilgamesch! Wenn sie es wollen, bewerfen sich *Nana-suin* und *Utu* mit dem Schatten der Erdscheibe. Und kein Gebet, kein Opfer kann diese grauenhaften Stunden verhindern!«

»Sind das die Nächte, in denen wilde Hunde heulen und niemand von uns schlafen kann?« fragte Gilgamesch entsetzt.

»Die Hunde heulen auch beim vollen Mond. Wenn aber *Utu* Sieger über den ›Herrn des Wachsens‹ ist, dann fliegen Vögel rückwärts, Schlangen verschlingen ihren eigenen Leib, Kühe gebären Kälber mit zwei Köpfen und manchmal regnen Fische aus den südlichen Königreichen über das Land, in dem die Zeit ohne Bedeutung ist ...«

Gilgamesch dachte angestrengt nach.

»Wovor willst du mich warnen?«

»Ich will dir sagen, daß noch nie ein König stärker war als die Götter, die unsterblich sind!«

»Ich könnte auch unsterblich werden.«

La-abasch lachte leise.

»Ist es nicht so?« fragte Gilgamesch.

»Weder du noch Pukku und Mikku oder dein Plan von einer Mauerfestung werden am Lauf der Himmelszeiten und am Gesetz vom Werden und Vergehen irgendetwas ändern!«

»Du weißt, warum ich die große Mauer bauen will!«

»Baust du für Uruk oder baust du für dich?« fragte La-abasch ganz direkt. Gilgamesch sah den alten Priester an, dann sagte er: »Könnte nicht beides richtig sein?«

»Ja«, sagte La-abasch nach einem erneuten, prüfenden Blick. »Wenn du ertragen kannst, daß dich das Volk von nun an hassen wird, geh deinen Weg! Aber vergiß niemals, daß niemand dir die Hand entgegenstrecken wird!«

»Auch du nicht, La-abasch?«

Der alte Deuter schüttelte bedächtig den Kopf.

»Ich diene nur *Inanna* und den alten Göttern! Aber ich sage, daß wir noch vor dem vollen Lichte von *Nanna-suin* erleben werden, wie Gott *Utu* vom großen Schatten gefressen wird! Wenn das vorüber ist, kannst du die Mauer gründen.«

Von Ur und von Eridu her, von den östlichen Königreichen und von den weiten Ländern der unwirtlichen Einöden im Westen huschten Luftwirbel wie bösartige Dämonen über die Felder Uruks. Niemand konnte sie sehen, und nur direkt über den kalten Furchen der Pflüger fegten sie Staubwirbel, Grasreste und alte Halme nach oben.

Die Schatten des bleich gewordenen Sonnengottes verflogen. Sie wichen einem unwirklichen, klaglos sterbenden Licht, das keinem Tag und keiner Nacht gehörte. Auf allen Weiden, in allen Pferchen und sogar in den Ställen verstummten die Tiere. Nie sah man so leidende Augen, nie hilflosere Kreaturen.

Die Schlangen vergaßen ihr Gift, Löwe und Schaf schlichen aufeinander zu, der Wolf floh zum Koyoten, Skorpione verließen die

Höhlen unter den Steinen und selbst die Fische im großen Buranum schienen die Reusen der Fischer zu suchen, um sich vor dem zu schützen, was draußen geschah.

Die Stille saugte mit Dämonenkraft alle verbleibenden Geräusche auf. Sie kroch in jede Bodenfurche, jeden Mauerwinkel, nahm den verstörten Menschen und selbst dem letzten Wind den Atem. Die kleinen Himmelswolken blieben stehen. Es war nicht völlig dunkel, doch das restliche Licht über erstarrtem Land sah aus, als hätte sich die Unterwelt geöffnet.

In diesem Moment wurde im *Weißen Tempel* ins alte Horn einer wilden Kuh geblasen. In der kalten und düsteren Stadt standen seit geraumer Zeit Gurus an vorbestimmten Straßenecken. Ihre Augen waren leer, und von ihren halbgeöffneten Lippen ging der Hauch heiligen Rauschtranks aus. Sie schlugen kleine Trommeln, auf denen Leinentücher und dämpfende Felle lagen. Es war, als würden die dumpfen Schläge der betäubten Gurus dem großen Schatten dabei helfen, das Licht des Gottes *Utu* Stück um Stück weiter aufzufressen.

Die Urukäer verharrten in entsetztem Schweigen. Ihre ganze Hoffnung galt jetzt den Priestern der alten Heiligtümer. Als der letzte, schmerzhaft scharf ausstrahlende Lichtrand des Sonnengottes im Schlund des unheimlichen Schattens am Himmel verschwand, stürzten Männer und Frauen, Krieger und Priester aus den Tempeln und größten Häusern. Mit entsetzten Gesichtern rannten sie durch die Straßen davon. Aber keiner von ihnen stammte aus Uruk. Es waren die Fremden aus Kisch, die nicht länger ertragen konnten, was in der eroberten Stadt geschah.

Auch Mesche und Zabardi Banuga rannten voller Panik durch die verlassenen Straßen bis zum Hafen. Die Angst in ihren Herzen war stärker als alle Annehmlichkeiten des Palastes, ja, stärker noch als das Versprechen treuer Gefolgschaft für den König der Urukäer.

Zabardi und Mesche sprangen in die nächstbeste Guffa, rissen die Seile los, griffen nach den Rudern und versuchten verzweifelt, den drehenden Schwimmkorb gegen die Strömung des Buranum nach Norden zu treiben. Weder der Schmied noch der Krieger verstanden etwas von den Kräften der Natur. Sie trieben die Guffa immer tiefer in die Sumpfgebiete zwischen den östlichen Wasserarmen des großen Flusses. Sie sahen nichts mehr von den Mauern Uruks, aber die monoton klagenden Gesänge der Priester von Uruk folgten ihnen noch lange durch die erstarrte Luft:

»Verzeih uns Erde, was wir dir
und deinen Kreaturen nahmen!
Es sind deine Pflanzen, dein Korn
und deine Früchte der Gärten ...
niemand kann wissen, ob du uns
noch einmal dein Grün schenkst
und ob wiedergeboren wird,
was in der Ernte starb ...«

In der Stadt trugen die Priester winzige Öllampen zum Altar *Ans*. Jeder von ihnen brachte eine andere Frucht, ein anderes Saatkorn und legte die symbolische Gabe zwischen die kreisförmig aufgestellten Flammen der Öllampen. Sie sangen und sangen, und bei aller Furcht wurden die Klagen immer deutlicher:

»Wie voll waren die Scheunen
ehe das Unglück hereinbrach ...
Doch nun sind sie viel leerer
als vor der Erfüllung des Orakels.
Wo ist das Futter für die Tiere?
Wo Nahrung für die Hungernden?
Geschlagen sind wir, ohne Hoffnung.
Verlaß uns nicht, großes Licht!
Sei Gott der Gerechtigkeit,
leuchtender Bruder *Inannas* ...«

Der Gesang der Priester verstummte. Jetzt konnten alle in der Stadt nur noch still beten und darauf warten, daß *Utu* stärker blieb als der böse Schatten des Mondes.

Kaum eine halbe Mine später begann der größte Jubel seit der Eroberung der Stadt. Die Gebete hatten geholfen, und Gott *Utu* strahlte wie nach einem reinigenden Bad in neuer Klarheit vom Himmel herab. Es schien, als hätte er kein Sekel seiner Kraft eingebüßt. Im Gegenteil: schon seit Monaten war sein Licht nicht mehr so warm und angenehm gewesen.

Die Priester von Uruk gingen in kleinen Gruppen durch die Stadt. Sie lächelten, wenn andere Hände ihre Hände griffen, um ihnen Dank zu sagen. Nach allem, was seit der furchtbaren Erfüllung des Orakels geschehen war, sahen sie, wie ihre alte Macht zurückkehrte.

»Fürchtet euch nicht!«, sagten sie. »Es wird viele Jahre dauern, ehe der Gott der Gerechtigkeit erneut sein Gesicht verhüllt! Hütet die letzten Vorräte, denn einige Wochen müssen noch vergehen, ehe wieder Knospen aus kahlen Ästen sprießen und Lebensgrün aus den Saatkörnern wächst.«

»Wann wird es Zeit, die Saat einzubringen?« fragten Schublugals, die ihr Land noch von König Enmerkar erhalten hatten.

»Wir werden zeitig die Götter befragen«, antworteten die Priester. Sie nahmen die Becher und Krüge mit Bier und Wein an, die ihnen auf ihren Wegen durch die Stadt gereicht wurden, hielten sie vor jedem Schluck hoch über den Kopf und blickten stolz über die Menschen hinweg, die sich erneut vor der alten Ordnung verneigten.

Doch dann – mitten in die Ausgelassenheit, das fröhliche Gelächter auf allen Straßen und die beschwingte Stimmung in den Werkstätten und Höfen – dröhnte plötzlich der fast schon vergessene Schlagwirbel von der Zikkurat herab.

»Pukku und Mikku!« stöhnte Ugnim, der Tischler, und hielt in der Bearbeitung einer Meßlatte für die Wehrtürme der neuen Mauer inne. Drei Tage zuvor hatte er einen Lehrjungen aufgenommen, der auf die Werkstatt achten sollte, wenn er im Rat mit den sechs anderen Weisen der Stadt zusammensaß.

»Ist das der Klang der furchtbaren Königstrommel?« fragte Dimus. Er war der Sohn des Jägers Nimrud aus der Gegend der Buschdickichte zwischen den letzten Feldern südlich der Stadt und der Einöde, die gegen Abend kein Ende hatte. Dimus konnte Fallen stellen und verstand viel von den Hölzern der Dickichte. Er war ein gelehriger Geselle und seine wachen Augen sagten, daß er einmal ein guter Tischler, ein Jäger wie sein Vater oder vielleicht ein Händler werden konnte. Ugnim wußte, daß der Fünfzehnjährige eigentlich zu jung für seine Tochter Nansche war, aber die Zeiten fragten nicht mehr nach den alten Überlieferungen, nach denen ein Mann älter als seine Frau sein sollte. Nansche mochte den schnellen, behenden Jungen, dessen lange Wimpern über großen, schwarzen Augen ihn wie ein edles Wildtier aussehen ließen. Auch das war ein Grund dafür gewesen, daß Ugnim den Sohn Nimruds bei sich aufgenommen hatte. Er hoffte, daß sein einziges ihm noch verbliebenes Kind durch Dimus wieder vernünftig wurde und nicht länger von Gilgamesch träumte.

»Weißt du, was die Trommelschläge bedeuten?« fragte Ugnim den Jungen. Dimus nickte ernst. »Nansche hat mir davon erzählt«, sagte er. Er überlegte eine Weile, dann fragte er: »Ist sie noch in der E-dubba?«

»Ja«, antwortete Ugnim. »Ich konnte ihr einfach nicht abschlagen, daß sie noch einmal zum gestrengen Schulvater gehen darf. Ich weiß, warum sie diesen Wunsch hatte, aber seit dem Tod ihrer Mutter und ihrer Geschwister ...«

Ugnim sprach nicht weiter. Dimus sah, wie sich der Tischler die Augen wischte, ehe er einen Wetzstein nahm und damit begann, wie besessen sein Schnitzmesser zu schärfen.

In der E-dubba ging Akil mit zerfurchtem Gesicht vor Nansche auf und ab. Sie war seit Tagen die einzige Schülerin im leer gewordenen ›Haus der Tafeln‹. Seit er den jungen König unterrichtet hatte, brachten die Väter ihre Kinder nicht mehr zu ihm. Vielleicht war das der Grund dafür, daß er die Tochter seines Freundes Ugnim noch einmal aufgenommen hatte, obwohl sie eigentlich längst Frau eines Mannes oder eine Braut sein sollte.

Als der Klang der geheimnisvollen Trommel aus dem Holz des *Chuluppa*-Baumes über die Dächer der Stadt dröhnte, lief ein Beben über den jungen, schlanken Körper von Nansche. Sie starrte auf die Fensteröffnungen und hörte nicht mehr, was Akil sagte.

Dann sprang sie auf und lief an leeren Tischen entlang bis in den Vorraum. Akil hatte ihr gesagt, daß ihm auch in den vergangenen Wochen niemand mehr Brot und Fleisch, Schafwolle oder einen Krug Wein als Bezahlung des Unterrichts für seine Kinder gebracht hatte.

Nansche beobachtete, wie aus allen Straßen die Priester zu ihren Tempeln zurückeilten. Ihre Gesichter waren verwirrt, und einige ließen sogar die Geschenke fallen, die sie gerade erst von den Bewohnern der Stadt erhalten hatten.

Akil trat neben Nansche. »Die Verfinsterung des Sonnengottes hat die Stadt von den letzten Eroberern befreit«, sagte er mit einem kurzen, trockenen Lachen. »Aber die Priester haben zu schnell triumphiert! Vielleicht können sie nicht verstehen, daß Uruk einen neuen, unvergleichbaren König erhalten hat.«

»Gil-ga-mesch«, sagte Nansche versonnen. Sie betonte jede Silbe seines Namens als wären sie kleine Bissen einer köstlichen Frucht.

»Ja, Gilgamesch!« sagte Akil. »Jetzt kann ihn nichts mehr daran hindern, die Gründungssteine für die neue Mauer in der Erde zu versenken!«

Nansche drehte sich halb zur Seite.

»Warum tut er das alles?« fragte sie. »Du kennst ihn doch und hast ihm viele Wochen lang seine Fragen beantwortet.«

Der gestrenge Schulvater strich sich über die Falten auf seiner Stirn. Er holte tief Luft, dann sagte er mit einer Mischung aus Bewunderung und Trauer: »Einige Sanga-machs und Urigallus meinen, daß Gilgamesch nur deshalb anders ist als wir, weil er nie einen Vater hatte. Sie denken, daß sein ganzes Trachten danach geht, den Namen, den ihm Schukallituda von Kisch einst gab, über die Zeit hinweg als seinen Namen zu bewahren. Andere sagen, daß er zu zwei Dritteln ein Gott ist und daß sein Königtum, wie die hundert *ME* Inannas, eine ganz neue Zeit einleiten wird.«

»Und was glaubst du, Akil?« fragte Nansche.

»Ich glaube, daß Gilgamesch ein eigenwilliger und nachdenklicher junger Mann ist, der noch nicht weiß, was er mit seiner Stärke und seinem Königtum anfangen soll. Er sucht nach Antworten, die ihm kein Schulvater und kein noch so weiser Priester geben kann!«

»Einige sagen, daß er Knecht der Eselsstadt ist, ein Vasallenkönig von Mebaragesis Gnaden.«

Akil sah das junge Mädchen verdutzt an.

»Gilgamesch ein Knecht oder ein Vasall?« wiederholte er lachend. »Nein Nansche! Wenn es je einen Menschen gegeben hat, der seinen eigenen Weg gesucht hat, dann ist es Gilgamesch! Und ich sage dir, er wird sich niemals einem anderen Menschen und nicht einmal den Göttern unterwerfen!«

»Nicht einmal den Göttern?« wiederholte Nansche erschrokken.

»Nicht einmal den Göttern!« bestätigte Akil. »Er wird die Freiheit und das Abenteuer noch über Macht und Reichtum stellen. Und die Unsterblichkeit wird ihm noch mehr bedeuten als Freundschaft, Liebe oder Glück!«

»Der arme Mann«, sagte Nansche leise. Akil sah, wie plötzlich Tränen über ihr wunderschönes, trauriges Gesicht rannen. Sie glitzerten wie kleine Diamanten im hellen Licht der Mittagssonne.

Der Festzug begann am Palast des toten Königs Enmerkar. Priester in bunten Gewändern und hohen Topfhüten, Musikanten mit Hörnern, Trommeln und Leiern, Dubsars mit dem Gründungsstein und Tafeln aus blau leuchtendem Lapislazuli, Verwalter mit Opfergaben aus den Speichern der Tempel, Ensis mit Kupferkrügen, in denen sich die letzten Gold- und Silberreste ihres früheren Reichtums befanden, Händler, Handwerker und Bauern, Schublugals mit polierten Metallhelmen, die Fischer des großen Buranum, Kanalbauer, Gerber und Gärtner und selbst die Vogelfänger und Hirten der Herden hatten sich eingefunden, um der Gründungszeremonie beizuwohnen.

Nach vielen Gesängen der Priester und der Versammelten öffnete sich das große Tor des Palastes, und Gilgamesch trat in Begleitung seiner Mutter Nin-sun auf den Platz. Die meisten der Urukäer hatten Nin-sun seit vielen Jahren nicht mehr gesehen. Als sie mit hochgesteckten Haaren und kostbaren Edelsteinketten über einem honigfarbenen Mantel erschien, verstummten die Gesänge und ein bewunderndes Raunen ging durch die Menge.

Ihr Sohn, der ›hell strahlende Feuerbrand‹, hatte zu einem kurzen, weinroten Schlingenrock einen Brustharnisch aus Rindsleder mit goldenen Höckern angelegt,und zu einem breiten Gürtel einen bis auf den Boden reichenden hellblauen Mantel aus Wollschlingen mit golden verwebten Schnüren. Er trug kunstvoll verzierte Sandalen und einen noch von Mesche dem Schmied angefertigten Bronzehelm, der seine Wangen nur halb bedeckte. Der Helm hatte Kanten und spitze Grate aus Resten, die einmal das Schwert aus Eisen gewesen waren.

Gilgamesch und Nin-sun schritten zu der Stelle zwischen Priestern und Musikanten, an der ein von Eseln gezogener Wagen mit geschnittenem Stroh wartete. Harrap und Bara folgten in festlicher Gewandung und mit gebührendem Abstand dem königlichen Paar.

Auf den unteren Treppenstufen der Zikkurat standen mit bunten Farben geschminkte Tempeldirnen neben Trompetern und Paukenschlägern. Ein unsichtbarer Meister des Zeremoniells gab sein Zeichen. Sofort hoben die Trompeter ihre Instrumente. Die Paukenschläger ließen die Schlegel auf die gespannten Felle prallen, und dann gab eine Serie von vielstimmigen Trompetenstößen das Zeichen für den Beginn der Prozession.

Das Volk von Uruk formte sich langsam zu einem langen Festzug. Nicht nur die Teilnehmer, sondern auch die Frauen und Kinder an den Straßenrändern sangen die Hymnen mit. Die Spitze des Zuges erreichte das Nordtor, und dann schritten alle mit langsamen Bewegungen den sanften Hügelhang vor der alten Stadtmauer hinab. Am Adab-Kanal wandten sich die vorangehenden Priester nach Osten. Sie lenkten die Prozession bis zu einer Stelle, an der neben einem gewaltigen Ziegelhaufen ein neuer Altar aufgebaut worden war.

Sieben Ziegen, sieben Lämmer, sieben Hammel und sieben Schweine waren neben dem Altar in einen Pferch gesperrt. In zwei großen, geflochtenen Schilfgattern flatterten sieben Hühner und sieben Gänse. Die siebte Siebenzahl bildete ein Holztrog mit sieben verschiedenen Fischen aus dem großen Buranum und den Kanälen.

Die Musikanten bildeten den äußeren Kreis, die Priester ihrem

Rang nach den inneren Pferchen. Und alle blickten erwartungsvoll dem König und seiner Mutter entgegen. Gilgamesch schritt strahlender, schöner und überragender denn je über den Pfad aus geschnittenem Stroh, den Tempeldirnen vom Eselswagen aus vor ihm auf den Boden streuten. Gurus brachten zwei Thronsessel herbei und stellten sie auf ein Podest, das mit gefärbten Rinderhäuten verkleidet war. An den vier Ecken des Podestes hatten die Zeremonien-Priester alte Standarten Uruks aufgerichtet, die Nin-sun in ihren eigenen Gemächern vor dem Heer Mebaragesis versteckt gehalten hatte.

Gott *Utu*, der am Morgen fast vom Schatten des Mondes gefressen worden war, stand bereits tief über den wilden Einöden im Westen, als Gilgamesch und seine Mutter sich auf den Thronsesseln niederließen. Flammen aus edlen Hölzern loderten hoch über den Altar. Die Opfer-Priester traten barfuß und mit nackten, in blutrotem Fettglanz geschminkten Oberkörpern vor die Opfertiere. Jeder der zwölf Priester hatte nur ein weißes Leinentuch um seine Hüften geknotet. Sie trugen weder Gürtel, noch Helme, weder Halsketten noch Armreifen.

Es dauerte sehr lange, bis alle Opfergebete, alle uralten Gesänge und alle Schritt-Rituale durchgeführt waren. Während der ganzen Zeit brachten Sklaven immer neue Tonkrüge mit Rauschtrank auf das Podest zu Gilgamesch und Nin-sun, zu den höheren Priestern auf anderen Sesseln und zu den Ensis innerhalb des Zeremonienringes. Das Volk von Uruk wartete geduldig auf den leicht ansteigenden Feldern, die bis an die Gräben vor der alten, an vielen Stellen eingestürzten Stadtmauer reichten.

Als Gott *Utu* im Westen sich ebenfalls blutrot verhüllte, beendeten die Zeremonien-Priester die vorbereitenden Gesänge. Sie warteten, bis das funkelnde Symbol *Inannas* am immer noch tiefblauen Himmel auftauchte, dann gaben sie den Opfer-Priestern mit Wolken aus Weihrauch und Myrrhe das Zeichen für den Beginn der Mauerweihe:

»Lobet den König, den König von Uruk,
vor dem selbst Mauern zerfallen!
Lobet das mächtige Bild eines Helden,

das von den Göttern erschaffen!
Lobet den Sohn von Enmerkars Tochter,
›Wildstier, hell strahlender Feuerbrand‹!
Lobet *Inannas* göttliche *ME*,
die Stadt und Mauern gründen!
Lobet, was keiner von euch versteht ...
Lobet die Taten des Königs!«

»Wir loben! Wir loben! Wir loben!« riefen Ensis, dann Opfer-Priester und schließlich das Volk an den Hängen. Die Flammen des Altars schossen hoch in den Abendhimmel. Gott *Utu* berührte mit seinem unteren Rand den Horizont. Alle zwölf Opfer-Priester traten gemeinsam an den Pferch, und jeder griff nach einem Tier. Sie brauchten weder Beile noch Dolche. Sie packten die Opfertiere und schleuderten sie mit gewaltiger Kraft solange über ihre Köpfe, bis ein Leben nach dem anderen in die blutrote Abenddämmerung entwichen war.

Die Opfer-Priester warfen die Körper der toten Tiere in die Flammen des Altars, als seien sie nur neues Feuerholz. Erst als das letzte Opfertier verglühte, trat La-abasch der Deuter, aus dem Kreis der Zeremonien-Priester. Er ging bis zum Podest, auf dem der junge König und seine Mutter thronten.

»Nicht jeder, Herr ... nicht jeder kann verstehen, warum du eine neue Mauer bauen willst, wenn doch noch immer Männer, Brüder, Söhne Uruks als Sklaven in der Eselsstadt gefangen sind! Man fragt, ob es nicht besser wäre ...«

»Schweig!« stieß Gilgamesch hart hervor. Sein Oberkörper ruckte so weit vor, daß La-abasch unwillkürlich einige Schritte zurücktaumelte. Gilgamesch merkte nicht, daß seine Mutter ihre Hand auf seinen Arm legte. »Ich werde diese Mauer bauen!« rief er. »Zuerst die Stadt und ihre Sicherheit ... und dann die Pläne für die anderen Taten!«

La-abasch senkte den Kopf. Gilgamesch war noch nicht Hohepriester von Uruk, aber der Deuter-Priester spürte immer deutlicher, daß er dem jungen, unfertigen Mann und König gehorchen mußte.

»Hier ist die Gründungsurne«, sagte er und hob die Bronzekapsel, die in den ersten Steinen der neuen Mauer eingeschlossen werden sollte.

»Du mußt selbst hingehen«, sagte Nin-sun zu ihrem Sohn. Er sah zur Seite und bewunderte innerlich ihre Ruhe. Dennoch kam auch in diesem Augenblick kein Gefühl von Mutterliebe in ihm auf. Er achtete Nin-sun als schöne, reife Frau, als Tochter seines Großvaters und als Gefangene des Schicksals. Sie hatte ihn geboren, aber wie lange, wie viele Jahre war das her?

Er faßte so hart an die Armlehnen seines Thronsessels, daß mehlig-trockene Holzspäne durch seine Finger quollen und als Staubwolken zu Boden sanken. Er richtete sich auf und sah über die Priester, den Altar und die aufgereihten Edlen der Stadt hinweg. Er sah die Bronzekapsel mit den Bildzeichen, die späteren Generationen einmal alles erklären sollten, musterte die ärmlichen Gold- und Silbergaben der Ensis und nahm mit einer heftigen Bewegung den zweifach gebrannten, schwarzrot und wertvoll glänzenden Siegelstein auf, der seinen Namen und den *Dingir*-Stern der Götter trug. Fanfaren schallten über den Altarplatz, über die Hänge, die leeren Gärten und die Felder.

»Tum-tum ... wumm-wumm«, sprachen die Kesselpauken.

Gilgamesch ging bis zum Gründungsaltar. Drei Urigallus gossen Wein über die letzten Opferflammen. Gilgamesch beugte sich ganz langsam vor und legte den Siegelstein wie ein Neugeborenes in die heiße Wiege der anderen Steine. Neben ihm blitzte ein scharfer Dolch im Abendrot. Er nahm ihn aus der Hand des Orakel-Priesters, stach sich die Spitze in sein Handgelenk und ließ sein Blut auf den gebrannten Stein mit seinem Namen tropfen.

Die Priester klatschten in die Hände. Gleich darauf jubelte das Volk, das noch nicht wußte, was geschah. Harfenspieler ließen ihre behenden Finger so schön über die Saiten gleiten als hätte es niemals Eroberung und Gefangenschaft, nie eine Verfinsterung der Sonne und nie diesen König mit der Vision von einer neuen, ungeheuer großen Mauer um die Stadt gegeben.

Die große Gründungsfeier zog sich bis tief in die Nacht hinein. Die Sterne und auch der volle Mond standen klar am Himmel, der wie eine riesige Kuppel aus einem einzigen schwarzblauen Lapislazuli-Stein aussah.

Die gesamte Bevölkerung Uruks sang, trank und tanzte um die Feuer, deren würziger Rauch bis zu den Zeichen der Götter emporstieg. Von den entferntesten Weiden und Pferchen waren die Schäfer gekommen, und selbst die nicht in der Stadt wohnenden Jäger und Fallensteller aus den Buschdickichten waren mit erlegten Tieren und allerlei anderen Geschenken gekommen.

Überall drehten sich Braten an Spießen. Die großen Krüge mit Bier und Wein aus den Vorratshäusern der Tempel wurden nicht leer und mancher, der geglaubt hatte, daß sich die Götter der Eselsstadt zugewandt hatten, sah mit neuer Dankbarkeit zu den hell funkelnden Sternen hinauf.

Nin-sun blieb die ganze Zeit in der Nähe des Altarfeuers. Sie sah ihrem Sohn zu, wie er alle anderen überragend und mit leuchtendem Gesicht von Gruppe zu Gruppe ging, nie ein Stück Braten oder einen angebotenen Becher ablehnte und mehrmals sogar einen großen Weinkrug mit einem einzigen Zug leerte. Sie sah, wie sich die Männer bewundernd in seine Nähe drängten und hörte, wie er mit lauter Stimme sang und lachte.

›Er ist der König‹, dachte sie immer wieder. ›Kein anderer Mann erreicht seine Größe und Stärke, seine im Schein der Feuer noch göttlicher wirkende Schönheit und die geschmeidige Kraft seiner Bewegungen.‹

»Mein schöner Wildstier!« sagten ihre Lippen leise. Sie summte versonnen die alten Lieder der Männer und Frauen an den Feuern mit, und irgendwann sah sie, wie er die Arme gleich um zwei Tempeldirnen legte. Sie zogen ihn in einen Kreis aus großen Feuern und warfen ihre Brusttücher in die Flammen. Schweiß glänzte auf ihren geschminkten Brüsten und ihre Schenkel zitterten, als sie sich im Takt der Musik wie bei der ›Heiligen Hochzeit‹ bewegten.

Nin-sun sah, wie Gilgamesch ebenfalls zu tanzen begann. Bereits seine ersten Schritte riefen bei allen Erstaunen und Bewunderung hervor. Niemand hätte gedacht, daß dieser große und starke Krieger sich so vollendet bewegen könnte. Es war, als hätte der König von Uruk ein Gefühl für Musik im Blut, das ihn leicht wie den Traum einer Jungfrau machte.

»Das ist der andere Gilgamesch!« sagte eine faszinierte Stimme neben Nin-sun. Sie hatte nicht bemerkt, daß Harrap neben sie getreten war.

»Der göttliche Gilgamesch!« antwortete sie strahlend.

»Nein, Nin-sun ... der menschliche!« sagte Harrap weise.

»Siehst du nicht wie er tanzt, wie er die Priesterinnen in seinen Armen hält, wie sich die Mädchen Uruks nach ihm sehnen?«

»Ich sehe es«, sagte Harrap mit einem tiefen Seufzer. »Mag seine Kraft und Schönheit auch von den Göttern stammen. Das, was ihn hier bewegt, kommt aus ganz anderen Quellen!«

Der Tanz des Königs wurde immer aufregender. Zehn, zwölf Mädchen, die nicht zu den Sklavinnen und nicht zu den Priesterinnen Inannas gehörten, drängten sich in den Feuerkreis und warfen tanzend ihre Brustkleider in die Flammen.

Gilgamesch lachte, griff nach den ersten beiden und wirbelte sie an Bara und den geschminkten Sklavinnen vorbei. Dann faßte er die nächsten und wieder die nächsten. Es schien, als könne er mit allen Mädchen gleichzeitig so wie mit einem einzigen den Tanz der ›Heiligen Hochzeit‹ feiern.

»Müssen nicht Götter die Musik so wie Gilgamesch empfinden?« fragte Nin-sun atemlos.

Harrap hob vielsagend die Hände.

»Warum sollten sie, die weder Tod noch wahre Trauer, nicht die Wehmut des Alterns und nicht das Glück eines einzigen zeitlosen Augenblicks erkennen?« sprach er mehr zu sich selbst. »Nein, Nin-sun. Ich glaube, wahre Musik kann nur von Menschen und für Menschen gemacht werden. Sie ist die Sprache, die nie ein Gott verstehen wird. Sie ist ein Geheimnis, das seinen Zauber aus Sehnsucht und Erinnerung in der Vergänglichkeit des Augenblicks bezieht.«

Das Volk von Uruk bildete einen enger werdenden Ring um Gilgamesch und die extatisch tanzenden Mädchen. Hunderte zuerst, dann Tausende blickten gebannt auf das magische Schauspiel, das kein Mensch je zuvor in solcher Schönheit miterlebt hatte.

KLAGE BEIM RAT DER GÖTTER

Gilgamesch stand auf der obersten Plattform der Zikkurat. Er hatte nicht geschlafen. Noch vor dem Morgengrauen war er über die verlassenen Felder gegangen, hatte hier einen halbleeren Weinkrug mit dem Fuß umgestoßen und dort ein paar Bratenknochen in die Glut der Flammen geworfen. Einige Festbesucher waren nicht in die Stadt oder in ihre Behausungen in den Dickichten zurückgekehrt. Sie schliefen eng aneinandergeschmiegt unter wollenen Decken auf dem Boden.

Als Gilgamesch die roten Gründungslinien im ersten Licht des Tages erkannt hatte, war er einmal die ganze Strecke um die Stadt herum gerannt: neuntausendfünfhundert große Schritte für einen Botenläufer, zweihundert Aschlu-Seillängen, aber keine besondere Anstrengung für den jungen König.

Anschließend hatte er an der Stelle im Buranum gebadet, an der sich der Deuter-Priester seine Eingebungen holte. Er war in die Stadt zurückgeeilt, hatte die hundert Stufen der Zikkurat-Treppe genommen und im Altarraum einen Krug mit Opferwein getrunken.

Er wußte inzwischen, daß er von nun an ganz allein war. Auch Mesche und Zabardi Banuga hatten ihn verlassen. Was kein Schwert, keine Beschwörung und kein hinhaltender Widerstand geschafft hatten, war durch eine einzige Stunde des Entsetzens am Himmel erreicht worden. Der Schatten der Erde im Antlitz *Utus* hatte die Statthalter König Mebaragesis wie ein göttlicher Besen aus der Stadt Uruk gefegt.

Gilgamesch sah über die friedlich schlafende Stadt und das Land hinweg. Er machte sich keine Illusionen. Wenn Mebaragesi erfuhr, welche Priestermagie seine Aufseher vertrieben hatte, würde er seinen eigenen Oberpriestern Rede und Antwort stehen müssen! Sie würden ihn fragen, warum er nicht mehr Aufseher und mehr Krieger in Uruk zurückgelassen hatte und warum er keinen erfahrenen Ensi aus Kisch, sondern einen noch nicht erwachsenen Gärtnerburschen als neuen König eingesetzt hatte.

Gilgamesch kannte inzwischen die Macht und die Möglichkeiten der Priester. Schukallituda hatte ihn gelehrt, erst zu beobachten und dann zu handeln. Weder La-abasch noch die anderen Priester würden einen Finger rühren, wenn er auch nur die geringste Schwäche zeigte. War er vielleicht schon jetzt in einer ähnlichen Situation wie König Mebaragesi im Norden?

Er dachte an seine Mutter. Nin-sun lebte in einer Welt, die kaum noch etwas mit den Ereignissen in der Stadt zu tun hatte. Sie war zu lange die Gefangene ihres Vaters und in gewisser Weise eine Schülerin von Harrap gewesen. Harrap war eifersüchtig auf Gilgamesch, auf seine Jugend, seine göttliche Größe und auf die Lendenkraft, die sein verschnittenes ›Haus des Lebens‹ nicht mehr bieten konnte. Doch Harrap würde nicht gegen ihn sein, solange er Nin-sun dienen konnte.

Blieb noch Bara Nam-tara. Die neue Nin-dingirra würde alles für ihn tun, aber sie würde ihn hassen, sobald er ihr irgendein anderes Mädchen vorzog.

Er ging an den Umfassungsmauern der hohen Plattform entlang. Für einen Augenblick dachte er an die Mädchen und die Blicke, die sie ihm in der vergangenen Nacht geschenkt hatten. Nein, die Mädchen und Frauen Uruks waren nicht gegen ihn, im Gegenteil!

Er lächelte und nickte gleichzeitig mit dem Kopf. Genau das war der Weg, über den er es schaffen konnte, ohne ein eigenes Heer die Stadt vor der Macht Mebaragesis und seiner Priester zu retten! Er mußte die Frauen und Mädchen für sich gewinnen, um den Zorn jedes einzelnen Mannes in Uruk in verbissene Kraft für den Bau der Mauer umzusetzen! Sie würden ihn hassen, ihn verfluchen. Sie würden ihre Wut in Steine und Erde schlagen.

Er aber würde das alte Recht der Könige wieder einführen: das Recht auf die erste Nacht mit jeder Braut, auf die Lust jeder Geliebten und auf die unerfüllten Wünsche der Weiber, die schon mit einem Mann zusammenlebten!

Gilgamesch drehte sich vergnügt lachend um. Er ging zum kleinen Tempel und holte Pukku und Mikku aus ihrem Versteck in der Wand. Die Stadt schlief noch immer, doch dann schlug er mit freudig erregtem Gesicht die sieben Töne, die ganz allein ihm gehörten. Er blickte in die Straßen und Innenhöfe der Häuser, lachte darüber, wie sich angstvolle weiße Gesichter zu ihm erhoben und zwang die Menschen Schlag um Schlag in seinen Bann.

Bir Hurturres Krieger schwärmten wie wilde Hunde aus. Sie waren nur notdürftig gewappnet, und noch im Laufen schnallten sie ihre Brustschilde fester. Sie trugen weder Speere noch Bogen, weder Schwerter noch Kampfäxte. Nach jeweils drei, vier eiligen Schritten sahen sie zur Zikkurat hinauf, wohl wissend, daß der König sie aus der Höhe jederzeit sehen konnte.

»Los, los, ihr faulen Tagediebe!« brüllten sie die benommen aus den Häusern taumelnden Männer und Frauen an. »Raus auf die Felder ... zur Gründungsmauer ... an die Ziegelhaufen ...«

Pukku und Mikku schlugen den Takt wie eine Sklaventrommel. Gilgamesch hatte sich entschieden. Er wußte, daß keine Zeit mehr zu verlieren war. Nun war Tyrannei die einzige Möglichkeit, den Untergang des wehrlosen Königreichs Uruk zu verhindern!

Die Kinder spielten nicht mehr. Selbst die verwahrlosten Hunde und magere, im Straßendreck schnüffelnde Schweine schnieften verhalten in den Morgen. Der erste Tag nach dem Gründungsfest wurde zum Alptraum – zum bösesten Tag seit König Mebaragesi von Kisch die Stadt wieder verlassen hatte. Die Männer von Uruk waren kaum in der Lage, ihre von Bier, Wein und Rauschtrank noch schweren Glieder anders als dumpf und im Takt von Pukku und Mikku zu bewegen. Verstörte Priester, die protestierend Einhalt gebieten wollten, wurden vom Knallen der Aufseherpeitschen vertrieben. Sie knieten mit fünfzig und hundert Schritt Abstand auf dem kalten Boden nieder, schlugen die Handflächen vor der Brust zusammen und flehten wieder und wieder die Götter an.

Am zweiten Tag erhielten einige Männer die Erlaubnis, sich um die Tiere in den Ställen, den Pferchen und auf den Weiden zu kümmern. Kühe, Schafe und Ziegen wurden von Frauen gemolken, aber für Schlachtungen wurden Männer benötigt.

Der dritte Tag reichte wie die vorausgegangenen von Sonnenaufgang bis Sonnenuntergang. Als Pukku und Mikku endlich schwiegen, fielen die Männer Uruks neben der zwölf Schritte breiten und fast mannstiefen Grube rund um die Stadt wie tot zu Boden. Als es dunkel wurde und *Suin* sein abnehmendes Gesicht am Himmel zeigte, stieg der König von Uruk zum ersten Mal wieder von der obersten Plattform der Zikkurat herab. ›Drei Tage‹, dachte er, ›drei Tage und nicht mehr als die Grube für den Sockel der Mauer geschafft!‹ Es wurde Zeit, den Zorn der Männer von Uruk noch mehr anzufachen!

Er blieb auf der zwölften Stufe der großen Treppe stehen und horchte auf die vielfältigen Geräusche aus den Häusern und Innenhöfen. Viele der Frauen und Mädchen befanden sich noch auf den Straßen. Die meisten eilten mit Körben und Stofftaschen, in denen sich Brot und Fleisch, Bierkrüge und Trockenfrüchte befanden, zu den vier Toren der Stadt hinaus. Gilgamesch lächelte grimmig. Er hatte nichts dagegen, daß die Männer Uruks so gut wie möglich von ihren Frauen und Töchtern versorgt wurden. Wer arbeitete, mußte auch essen! Viel essen sogar und so reichlich wie sonst nur bei Freudenfesten!

Er sprang die letzten Stufen hinab und ging mit großen Schritten zum Eingangsportal des *Eanna*-Tempels.

»Wo ist La-abasch?« fragte er schroff eine Schugitu. Die Tempeldirne hatte noch vor drei Tagen am Altar der Gründungssteine mit ihm getanzt. Gilgamesch erkannte sie nicht mehr.

»Er betet im *Weißen Tempel* zu *An*«, antwortete das Mädchen verschreckt.

»Der Hohepriester des *Inanna*-Heiligtums?« fragte Gilgamesch unwillig. »Er hat hier zu sein und nicht dort!«

»Fast alle Priester beten heute abend im Hain des obersten Gottes ...«

»Sie beten gegen mich?« lachte Gilgamesch trocken. »Sie erflehen den Beistand der alten Götter, weil ihre Stadtgöttin nichts gegen mich unternimmt? Weil ich mit Pukku und Mikku aus *Inannas Chuluppa*-Baum stärker geworden bin als der Schatten, der ihren Bruder, Gott *Utu*, fast aufgefressen hat?«

»Wir können dazu nichts sagen«, antwortete die Tempeltänzerin verschüchtert. Sie sah sich hilflos nach beiden Seiten um. Aus dem Halbdunkel spärlicher Tempelfeuer waren auch fremde Naditus nähergekommen. Sie trugen die winzigen silbernen Sklavenglöckchen an feinen Bändern um den Hals.

»Kommst du zu mir, großer Herr?« fragte eines der kindlich kleinen Mädchen mutig. Die Stimme hörte sich naiv und verführerisch an – wie der Gesang eines fremdartigen Vogels. Sie hatte ein glattes, rundes Gesicht, mit schön vorgewölbten Lippen und dunkle, leicht mandelförmige Augen. Von ihren Brüsten, die wie frischgebackene Kuchen aussahen, hätten leicht fünf in eine Hand des jungen Königs gepaßt.

Gilgamesch trat einen Schritt zur Seite. Er sah die Naditu prüfend im Schein der Tempelfeuer an, dann fragte er spöttisch: »Woher kommst du? Und was könntest du mit mir wollen?«

»Ich komme von weit, weit her ... aus dem Flußtal von Harrap«, sang der kleine Vogel, »und ich mache es schön ... alles ...«

Sie trat auf ihn zu, schmiegte ihren kleinen Körper gegen seine Schenkel und Hüften und fuhr mit ihren Händen unter seinen kurzen Wollrock. Gilgamesch genoß ihr Streicheln an seinem ›Haus des Lebens‹ für einen kurzen Augenblick, dann drückte er sie behutsam von sich.

»Ihr nicht«, sagte er wie zu alten Freundinnen. »Ich will die anderen Mädchen. Ich will alle, die denken, daß sie besser sind als ihr! Und genau die werde ich mir von heute an holen.«

Er drehte sich zu der Schugitu um. »Sagt Bara Nam-tara und Laabasch, daß von heute Nacht an die letzten Vorräte der Tempel nicht mehr an Ensis und Priester, sondern Tag für Tag an die Bauleute auf den Feldern verteilt werden!«

Er drehte sich um und verließ das *Inanna*-Heiligtum. Würzige Düfte von vielen Herdfeuern empfingen ihn. Er ging über den weiten Platz zwischen dem *Eanna*-Tempel, der Zikkurat und den beiden Palästen. Wiederum sah er Frauen und Mädchen mit Körben und Stofftaschen. Doch nun waren sie leer. Er bog von der Einmündung der Prozessionsstraße in eine Nebengasse ab. Irgendwo weinten Kinder. Gilgamesch trat behutsamer auf. Er ging wie ein ganz normaler junger Mann an den Lehmhäusern entlang.

Er sah sehr gut, was geschah. Frauengesichter suchten dämonengleich günstige Hausöffnungen und flohen sofort in die Dunkelheit zurück, sobald sie sich erkannt glaubten. Gilgamesch spürte genau, daß sie ihn sehen wollten, obwohl sie sich vor ihm fürchteten. Er, der ihre Männer, Brüder und Söhne noch schlimmer als Sklaven behandelte, der sie härter als jeder Aufseher antrieb und den doch niemand verstand ... dieser König war ein Mann, der jede Frau Uruks instinktiv an die vom Himmel gekommenen Götter vor der Großen Flut erinnerte, an jene Götter der alten Legenden, die mit den Weibern der Menschen heroische Recken, die ersten lichtumfluteten Könige, aber auch furchtbare Zwitterwesen gezeugt hatten.

Außer dem König befanden sich in dieser Nacht nur ein paar alte und kranke Männer in der Stadt. Dazu Gurus, die über die Altarfeuer wachten und Priester, denen die stete Beobachtung der blinkenden Götterzeichen am Himmel anvertraut war. Keiner von ihnen hätte gewagt, Gilgamesch aufzuhalten!

Nin-sun stand lange auf dem Dach ihres Palastes. Sie hatte sich in einen langen wollenen Umhang gehüllt und wärmte sich an der abgeschirmten Glut eines kleinen Feuerkessels. Seit ihr Sohn nach endlosen Stunden wie ein Bote der Götter von der Zikkurat herabgestiegen war, versuchte sie, seine Schritte durch die leeren und verlassenen Straßen zu verfolgen. Sie konnte ihn nicht sehen, aber sie ahnte, in welchem Teil der Stadt er sich gerade befand. Es war, als könne sie seinen Weg allein an der ängstlichen Stille verfolgen, die sein Nahen begleitete.

Nin-sun dachte lange über Gilgamesch nach. Einerseits war sie stolz auf ihn und empfand zunehmend die Liebe einer Mutter für ihn. Sie hatte den Schock seines ersten, todbringenden Auftauchens im Heer von Mebaragesi längst überwunden. Dennoch hatte sie wochenlang vermieden, mit ihm allein zu sein. Auch er hatte zu keiner Zeit ihre Nähe gesucht. Sie wußte, daß es dafür mehrere Gründe gab – die Tatsache, daß sie ihn einfach in einem Schilfkorb dem Großen Buranum übergeben hatte, gehörte ebenso dazu wie der Fluch des Orakels, durch den sein Großvater umgekommen war. Viel schlimmer aber mußte ein anderes Schweigen für ihn sein, das Schweigen über seinen Vater, den sie ihm niemals nennen konnte, selbst wenn sie gewollt hätte.

Sie schrak plötzlich zusammen. Hatte sie eben einen Schrei gehört, unten vom Südtor her?

Sie ließ den wollenen Umhang fallen und beugte sich lauschend vor. Die Konturen der nächtlichen Stadt strahlten kaum noch Licht von Herdfeuern aus. Und selbst die Stille schien auf einmal kälter zu werden.

Da! Wieder der ferne, verhaltene Schrei einer jungen Frau oder eines Mädchens, doch diesmal ganz anders: nicht mehr erschreckt und verängstigt, sondern mit einem eigenartigen, ihr völlig fremden, fast lustvollen Klang.

Nin-sun fröstelte. Sie zog die Schultern zusammen, wollte sich abrupt abwenden und blieb doch wie gebannt in der Dunkelheit auf dem Dach ihres Palastes stehen. Nur wenig später klang eine neue Frauenstimme durch die Stille der Nacht, und dann noch eine.

Was tat Gilgamesch, ihr Sohn? Hatte er deshalb die Männer von Uruk an die Baugruben rund um die Stadt geschickt, um sich, wenn sie erschöpft und ausgelaugt nach der Sklaverei des Tages in tiefen, traumlosen Schlaf gefallen waren, mit ihren Frauen, Töchtern und Schwestern zu vergnügen?

Nin-sun konnte die fernen, lustvollen Schreie nicht länger ertragen. Sie wandte sich aufschluchzend um, schlang den wollenen Umhang um Schultern und Kopf und eilte zur Treppe, die vom Dach des kleinen Palastes in die obere Etage führte.

Unten blakte nur eine kleine Fackel an der Galerie über dem Innenhof. Erst jetzt wurde der Tochter König Enmerkars bewußt, wie mächtig ihr Sohn mit Pukku und Mikku geworden war. Er hatte nicht nur die Männer aus der Stadt, sondern auch die Beamten und Schreiber der Tempel und selbst die Diener und Sklaven aus den Tempeln auf die Felder gezwungen. Nin-sun konnte sich nicht erinnern, daß ihr Gefängnis jemals so still und leer gewesen war.

Und doch waren selbst die Mauern nicht dick genug, um die Lustschreie aus der Stadt auszusperren. Gilgamesch gab keine Ruhe, die ganze Nacht nicht. Und als Nin-sun irgendwann doch noch einschlief, hatte sie längst aufgegeben, die Schreie der Frauen und Mädchen zu zählen, die ihr rasender, unersättlicher Sohn in einer einzigen Nacht zur Verzückung brachte.

Die Tage auf den Feldern vergingen in dumpfer Monotonie. Kaum jemand am großen Bauplatz achtete darauf, daß es langsam wärmer wurde und auch die Nächte den Atem nicht mehr in Wolken verwandelten. Pukku und Mikku trommelten nur noch, wenn die Bewegungen der müden, erschöpften Männer an der Mauer zu langsam wurden. Längst zog sich das Ziegelwerk aus Gründungssteinen wie ein braunes, fein ziseliertes Band in weiten Schwüngen rund um die Stadt. Auch wo die Alten noch festgestampften Lehm verwendet hätten – zwischen den Blendsteinen auf beiden Seiten – hatte der König von Anfang an Mauerwerk verlangt.

Die Männer klagten nur noch leise, wenn sie die uralten Gesänge zum Lob der Götter anstimmten. Bauleute schichteten ohne zu denken und ohne Gefühlsregung Ziegel um Ziegel übereinander. Die Träger brachten ohne Pause Körbe mit gerade erst gebrannten Tonblöcken, doch je wärmer die Sonne schien, umso schneller trockneten auch die nicht gebrannten Ziegel.

Zweimal am Tag brachten die Frauen und Mädchen Wein, Bier und Brot aus der Stadt an die Mauer. Wenn sie am Abend kamen, schleppten sie oft auch Töpfe mit Gemüsesuppen, Käse oder ein Stück Fisch zu ihren Männern hinaus. Manch einer wunderte sich, woher die Vorräte stammten, doch niemand fragte danach. Die wenigen, kargen Gespräche fanden meist gegen Abend statt.

»Wie geht es den Kindern?« wollten die Väter wissen.

»Sie müssen nicht mehr in die E-dubba«, antworteten die Frauen wie an allen Tagen zuvor.

»Und du? Wie kommst du aus ohne mich?«

»Wir arbeiten ebenso hart wie ihr, versorgen die Tiere, backen das Brot und schlachten aus, was uns die Jäger und Fallensteller, die Fischer und Händler aus den Städten im Süden bringen.«

Die Männer nickten stumpf, während sie mit ganz langsamen Bewegungen ihre Suppe schlürften.

»Was könnt ihr noch bei den Händlern eintauschen?« fragten die Männer. Die Frauen sahen zu Boden und hoben die Schultern. »Da gibt es noch dies und das«, sagten sie.

»Ich könnte ein neues Hemd brauchen«, sagte mancher und »sieh, wie zerschlissen mein Wollrock ist.«

»Dafür bleibt keine Zeit«, antworteten die Frauen in jeder der

Gruppen, die sich zur Pause rund um die Stadt gebildet hatten. »Tagsüber müssen wir zusehen, daß wir das Haus bestellen, und nachts haben wir nicht mehr die Kraft für den Webstuhl und die Nadel.«

Immer wenn die Gespräche diesen Punkt erreichten, sahen sich die Frauen und Mädchen verstohlen an. Einige senkten den Blick, andere begannen, Krüge, Körbe und Tücher einzusammeln.

»Viele von uns können auch nach den harten Tagen vor Zorn und Erschöpfung nicht schlafen«, sagten die Männer. »Dann hören wir furchtbare Schreie aus der Stadt. Sind das die Dämonen des Königs oder wißt ihr, was diese Schreie bedeuten?«

»Wir wissen nicht, wovon ihr sprecht«, antworteten einige der Frauen immer wieder. Sie waren es, die auch am folgenden Morgen mit hoch erhobenen Köpfen auf die Felder kamen. Andere begannen verhalten zu weinen, doch die meisten schwiegen nur und starrten mit zusammengepreßten Lippen zur Erde, ehe sie wortlos die leergegessenen Schüsseln und Töpfe im Wasser der Kanäle oder im Fluß reinigten, um sie erneut in die Stadt zurückzutragen.

Weiber, die jeden Morgen und jeden Abend nur noch weinten, konnten sich viel schwerer als alle anderen von ihren geliebten Männern trennen. Aber auch sie sagten nicht, was die nächtlichen Schreie in der Stadt bedeuteten.

Es war Nansche, die eines Morgens zusammen mit einer Priester-Prozession aus dem Nordtor ging, um ihrem Vater und seinem Gesellen Dimus, die jetzt ebenfalls an der Mauer arbeiteten, ihr Brot und ihren Bierkrug zu bringen. Sie traf dabei auf Jungen, mit denen sie früher in der E-dubba gewesen war.

»Heh, Göttin!« rief einer von ihnen. »Warum bleibst du nicht bei uns. Wir arbeiten hart am Tag, aber wir sind noch kräftig genug für eine Nacht mit dir!«

»Heißt du etwa Gilgamesch?« lachte Nansche. Sie ließ die Prozession der Priester weiterziehen und blieb stehen. Ein paar andere kamen ebenfalls näher.

»Hast du ihn gesehen oder verbringt er Tag und Nacht auf der Zikkurat?« fragte der Junge, der sie zuerst angesprochen hatte.

»Jetzt wird er wieder auf der obersten Plattform in seinem kleinen Tempel schlafen«, antwortete Nansche mit einem Blick zum Stufentempel hinüber. »Wenn einer von euch das leisten würde, was Gilgamesch jede Nacht schafft, würde er bis zum Erntedankfest schlafen wollen!«

»Und was ist das? Baut er noch eine Mauer mitten durch die Stadt?« lachte ein Junge.

»Nein«, sagte Nansche mit einer Mischung aus Stolz und Verbitterung. »Er nimmt sich nur, was ihm als König zusteht. Und da in diesen Wochen niemand von euch heiratet, kümmert er sich nicht nur um die erste Nacht von Bräuten ...«

Die Jungen sahen Nansche ungläubig an.

»Du meinst doch nicht, daß Gilgamesch, unser König ...«

»Die Männer sind hier und die Frauen in der Stadt bleiben jede Nacht allein«, sagte Nansche und hob mit einem spöttischen Lächeln die Schultern. »Wundert euch dann, was geschieht?«

»Soll das heißen, daß Gilgamesch mit unseren ... und vielleicht auch mit dir ...«

»Nein«, sagte Nansche versonnen. »Mit mir nicht. Aber mit sehr vielen anderen. Das ist die Wahrheit! Nacht für Nacht!«

»Oh ihr Götter!« schrie der Junge, der Nansche zuerst angesprochen hatte und schlug seine Fäuste gegen die Schläfen. »Und wir bauen hier wie Sklaven diese verdammte Mauer!«

Ein paar Ältere wurden aufmerksam. Sie kamen langsam näher.

»Nansche sagt, daß der König sich jede Nacht mit den Frauen in der Stadt vergnügt!« rief einer der Jüngeren vorlaut.

»Mit welchen Frauen?« fragte ein hart aussehender bärtiger Schublugal, der aus irgendeinem Grund nicht in Gefangenschaft geraten war. Von der anderen Seite näherte sich Bir Hurturre mit einigen Wächtern. Nansche wollte ausweichen. Er packte sie mit beiden Händen an den Oberarmen.

»Was redest du da? Sprich, wenn du etwas weißt!«

»Du tust mir weh, Herr!« stieß Nansche gequält hervor.

»Ich werde dir solange weh tun, bis du mir sagst, ob etwa meine Frau auch bei diesem namenlosen Findling buhlt!«

»Ich ... ich kenne deine Frau nicht«, jammerte Nansche.

»Natürlich kennst du sie! Sie war eine von deinen Freundinnen. Außerdem habe ich einen Schild bei deinem Vater machen lassen, und du bist mit ihm gekommen, als er es in mein Haus am Palmengarten brachte! Das Haus mit Muschelschnuren an der Tür zur Straße und der Bronzestandarte darüber!«

»Ja, ich kenne das Haus, aber ...«

»Hat sie mit ihm?« brüllte Bir Hurturre zornrot. »Oder hat sie nicht?«

»Ja ... nein ... ja, aber sie ist so jung! Du darfst sie deswegen nicht verurteilen.«

»Ich bring' sie um! Und ihn dazu, den nur ein böser Dämon davor bewahren konnte, daß ich ihn nicht schon vor siebzehn Jahren erschlug.«

Er stieß Nansche zur Seite. Im gleichen Augenblick dröhnte der schwere Klang von Pukku und Mikku von der Zikkurat herab. Die Männer und Frauen vor den alten Mauern der Stadt erstarrten. Sie ließen ihre Becher und Krüge sinken, starrten auf die golden im Sonnenlicht blinkende Kuppel des höchsten Tempels hoch über den Häusern und spürten die Macht, die von dorther über sie kam.

»An die Arbeit!« brüllten die Aufseher und ließen ihre Peitschen in die frische Morgenluft knallen. Die Zeremonie der Priester am Steilufer des alten Adab-Kanals brach ab.

Nansche sah, wie Bir Hurturre mit geballten Fäusten zu den verwirrten Priester eilte.

»Hört nicht auf!« schrie er. »Betet zu allen Göttern! Klagt gegen Gilgamesch! Er macht uns zu Sklaven, damit er nachts unsere Weiber bekommt! Betet, ihr Priester! Schreit bis zum obersten Himmel!«

La-abasch, der Deuter, sah zu Bara Nam-tara hinüber. Sie stand in bunte Gewänder gehüllt auf der anderen Seite des tragbaren Altars. Sie blickte zur Zikkurat hinauf, zögerte für einen Moment, dann senkte sie mit einem entschlossenen Gesichtsausdruck den Kopf und nickte.

»Wir beten zu *An*, dem obersten aller Götter!« rief La-abasch mit zitternder Stimme über die Köpfe der Menschen hinweg. Der Freudenschrei aus tausend Kehlen lief an der gesamten Mauer entlang. Doch Pukku und Mikku trommelten gnadenlos Schlag um Schlag weiter.

Zuerst klagten die Priester nur verhalten. Sie fürchteten, daß Gilgamesch sie hören konnte. Doch Tag für Tag wurden sie mutiger. Und schon bald verging kein Zeremoniell mehr, an dem nicht alle Urigallus, alle Sanga-machs und selbst Bara Nam-tara mit ihren Priesterinnen nur noch ein einziges Gebet zu den Göttern hinaufriefen.

Genau eine Woche nach der Kunde von dem, was der König mit den Frauen und Mädchen Uruks machte, entschloß sich La-abasch zu einem ungewöhnlichen Schritt. Die Priester hatten in den vergangenen Monaten nicht ungern gesehen, daß sich der junge König seltener im alten Palast Enmerkars als auf der Spitze der Zikkurat aufhielt. Solange er im kleinen Tempel auf der obersten Plattform lebte, konnte er ihre Zeremonien und Rituale nicht stören. Dennoch erinnerte La-abasch die Priester daran, daß der Stufentempel nicht dem König, sondern dem Hohepriester der Stadt gehörte.

»Die Götter haben sich in all den Jahren immer weiter zurückgezogen«, sagte La-abasch zu den im *Inanna*-Heiligtum Versammelten. »Die Zeit, in der sie täglich für uns sichtbar waren, ist lange dahin. Vielleicht können wir sie doch noch erreichen, wenn wir sie vom höchsten Altar Uruks anrufen.«

»Aber er soll selbst zu zwei Dritteln ein Gott sein«, warf einer der Urigallus ein. »Wie können wir die Götter um Schutz vor einem der ihren bitten?«

»Er ist ein Vaterloser!« knurrte ein anderer.

»Der Sohn Nin-suns ...«

»Ein Tyrann!«

»Er läßt die Mauer als Bollwerk gegen einen neuen Angriff aus Kisch errichten.«

»Und wann kommt dieser Angriff? Wer sagt, daß er überhaupt geplant ist?«

»Der König sagt es!«

»Damit er Nacht für Nacht seine Wildheit an den Frauen und Mädchen der Stadt auslassen kann! Ist das unser König? Ein edler und weiser Hirte, der die Geliebten nicht zu ihren Mädchen läßt, die Frauen nicht zu ihren Männern?«

»Laßt uns die Zikkurat hinaufsteigen, sobald es dunkel geworden ist und Gilgamesch weit im Süden der Stadt seine mächtige

Manneskraft austobt!« schlug La-abasch vor. »Wir werden ein Nachtopfer bringen und unser Flehen wird alle Sterne, alle Symbole der ewigen Gottheiten und alle guten Geister erreichen!«

Die Priester murmelten zustimmend. La-abasch wartete einige Minuten, dann gab er das Zeichen, mit den notwendigen Vorbereitungen zu beginnen.

In den folgenden Stunden beschafften die Tempel-Gurus Hammel und Ziegen, Tauben und ein neugeborenes Kalb. Sie trugen Kräuter und Holzkohle zusammen, polierten die letzten heiligen Gerätschaften und halfen den Priestern in ihre Zeremoniengewänder. Bei den Priesterinnen und Tempeldirnen sorgte Bara Nam-tara dafür, daß alle Mädchen badeten und sich mit den kostbarsten Salben und Parfümölen einrieben. Die neue Nin-dingirra gab ihre Anordnungen so umsichtig, daß ihre Untergebenen noch eher bereit waren als die männlichen Priester.

Es wurde jetzt immer später dunkel. Die Teilnehmer an der Zeremonie mußten lange in den Vorräumen des *Eanna*-Tempels warten, ehe die Späher von draußen meldeten, daß Gilgamesch die Stufen der Zikkurat herabkam.

»Er geht über den Platz nach Westen ...«

»Hat er Pukku und Mikku bei sich?«

»Nein.«

»Dann mögen die Götter uns helfen, die furchtbare Trommel zu finden und zu zerstören!«

La-abasch gab das Zeichen zum Aufbruch. So leise wie möglich gingen Priester und Priesterinnen, Gurus und Tempeldirnen, Musikanten und Dubsars in die Nacht hinaus. Zuvor waren fast alle Feuer in den Höfen und Hallen des *Inanna*-Heiligtums gelöscht worden. Zum ersten Mal seit Menschengedenken schritt eine nächtliche Prozession ohne den Schein von Fackeln und ohne rauchende Kräuterkessel Stufe um Stufe zur obersten Plattform der Zikkurat hinauf. Es dauerte lange, bis alle oben angekommen waren. Sie warteten schweigend auf den ersten Laut eines Weibes in seinen Armen.

Der Lustschrei kam von Südwesten her. Das war das Zeichen für die Gurus, die Fackeln und Feuerkessel anzuzünden. Blutroter Rauch wallte in dichten Wolken in den klaren, mondlosen Himmel hinauf. Während die Gesichter der Priester im farbigen Lichtschein wie zu Masken erstarrt wirkten, huschte um manchen Mundwinkel der Priesterinnen ein feines Lächeln, blitzen hier und da große Augen von Tempeldirnen im Halbdunkel auf.

La-abasch trat an das Feuer für die Opfertiere. Er hob die Hände und ließ sich von Rauch umwallen. Ein Sanga-mach reichte ihm einen schmalen Dolch mit einer langen Bronzeklinge. Sechs Priester mit roten Umhängen, goldenen Armreifen und frischgewellten Bärten brachten das neugeborene Kalb heran. La-abasch wartete, bis sie den Kopf des Tieres angehoben hatten. Die anderen Priester und Priesterinnen sangen verhalten die vorgeschriebenen, ständig wiederholten Opferlieder.

Als der richtige Zeitpunkt gekommen war, stach La-abasch so schnell den Dolch in den Hals des neugeborenen Kalbes, daß kaum jemand eine Bewegung erkannte. Ein dünner Blutstrahl schoß zischend in die Flammen des Opferfeuers. Das Kalb bäumte sich auf. »Hört uns, ihr Götter des Zweistromlandes!« rief La-abasch mit drängender Stimme. Er wußte, daß er nicht viel Zeit hatte. Seine Stimme wurde lauter: »Höre uns, *An* ... höre uns *Aruru*, du große Göttin, die alles erschaffen hat. Du schufst auch Gilgamesch, der uns zum Fluch, zum Tyrannen wird.«

Überall blitzten Messer und Dolche auf. Die Opfertiere wurden so blitzartig getötet, wie es die alten Regeln befahlen. Sie bluteten aus, wurden sehr schnell zerteilt und dann Stück für Stück den Flammen des Opferfeuers übergeben.

»Ist das unser König ...«, rief La-abasch voller Ekstase. »Ein edler und weiser Hirte, der die Geliebten nicht zu ihren Mädchen läßt, die Frauen nicht zu ihren Männern?«

Seine Stimme überschlug sich fast als er inbrünstig rief: »Du, große Göttin *Aruru*, du weißt, daß *Inanna* sich nicht um uns kümmert! Wir sind zu schwach allein. Jeder muß dem Schlag seiner Waffen weichen, und seine Trommelwirbel sind wie Peitschenhiebe in den Herzen der Männer! Oh ihr Götter, ihr großen Unendlichen! Schickt uns den einen, der Gilgamesch Einhalt gebieten kann!«

Die dumpfen Schläge auf große Kesselpauken donnerten wie Gewitter durch die Nacht. Leiern und Flöten fielen ein, dann Zimbeln und Rasseln, Trompeten und Hörner.

An den Ziegelsteinfeldern und an der Mauer erwachten die Männer von Uruk aus schwerem Schlaf. Sie blickten benommen zur Zikkurat, die wie eine einzige wallende Fackel über den Häusern der Stadt leuchtete. Der Lärm von der obersten Plattform des Stufentempels klang wie ein letzter, verzweifelter Aufschrei des gequälten Volkes von Uruk.

Und alle ahnten beklommen, daß der tyrannische junge König keinen zweiten Versuch zulassen würde.

Jeder der Eingeweihten aus Uruks Tempeln wußte, daß die Götter der Alten, die sich noch vor der Großen Flut oftmals ihren Geschöpfen, den Menschen, gezeigt hatten, daß diese Götter so vielfältig waren wie die leuchtenden Punkte am Firmament. Denn auch die Sterne glichen einander nur auf den ersten Blick. Wer tiefer in ihre Geheimnisse eindrang, erkannte, daß es große und kleine, nahe und ferne, gute und böse geben mußte. Manche der Lichtpunkte zogen in bestimmten Monaten wie Dämonenschwärme über den Himmel; einige stürzten zur Erde hinab und in Jahren des Umbruchs und der Katastrophen tauchten sogar verlorene Götter auf, deren Spur wochenlang alles Leben mit einem Schweif aus gefrorenem Feuer bedrohte.

Es wäre einfacher gewesen, nur einen einzigen Gott zu haben: ein Götterpaar aus Gut und Böse oder eine Dreieinigkeit für den Körper, das Herz und das Denken.

Die Götterwelt Uruks und der anderen Städte zwischen dem großen Buranum und dem schnellen Idigna war nicht so einfältig aufgebaut. Die Priester brauchten ein Leben voller Beobachtung und Meditation, voller Gedanken und Gebete, um nach und nach immer tiefer in die Geheimnisse des Himmels, der Erdscheibe und der Unterwelt einzudringen. Wer Sanga-mach wurde, kannte die tausendfachen Beziehungen zwischen dem Oben und Unten, dem Innen und Außen, der Zeit und der Ewigkeit. Und wer den Rang eines Urigallu erreichte, der hatte die Melodie gehört, die in jedem Stein, jedem Grashalm und jedem Lächeln mitschwang. Er hatte das Licht des göttlichen Seins gesehen und erkannt, daß irdisches Leben für Götter nur eine vergängliche Nichtigkeit sein konnte.

Die Götter hatten die Menschen geschaffen. Sie hatten es zweimal getan. Mit einer Flut, die vom Meer im Süden dreißig Tagereisen nach Norden und von den Bergen im Osten bis zur Wüsteneinöde im Westen reichte, hatten sie ihre ersten Versuche ertrinken lassen. Und nur ein einziger Mensch mit seiner Familie und einem Pferch voller Tierpaare hatte den Fehler der Götter überlebt. Es war Ziusudra, der ›Sproß des Tages, der weit dahinging‹. Der Sohn des letzten Königs von Schuruppak war nicht gestorben. Er lebte noch immer auf der geheimnisvollen Insel Dilmun, von der niemand sagen konnte, wo sie zu finden war.

Das alles wußten die Priester, als sie in dieser Nacht die unendliche Zahl der Götter um Hilfe anflehten. Sie fürchteten sich vor einer neuen Flut, aber sie hatten gesehen, wie sehr die Menschen unter jenem litten, den das Orakel und der König von Kisch zu ihrem Herrn gemacht hatten. In dieser Nacht drang ihr schreiendes Flehen durch alle sieben Sphären des Himmels. Die Klage der Urukäer erreichte sogar die Götter, die sich seit vielen Menschengenerationen nicht mehr um das kümmerten, was sie einst voller Neugier und wie im Spiel geschaffen hatten.

Die niederen Götter gaben die Klage an die *Anunnaki* weiter, und jene wiederholten vor *An*, was sie gehört hatten:

»Die Priester von Uruk flehen zu uns wie nie zuvor«, sagten sie. »Sie beklagen sich über den Wildstier, den du selbst durch deinen göttlichen Geist im *Lilith*-Dämon mit der jungfräulichen, Tag und Nacht eingesperrten Tochter von König Enmerkar gezeugt hast. Er ist deine Schöpfung, *An*, dein eingeborener Sohn!«

An sah, daß fast alle der höheren Götter sein Eingreifen forderten. Er nahm mit seinem weit entfernt weilenden Weib *Aruru* Verbindung auf. Sie suchte längst nach anderen Welten, auf denen sie ihr Schöpfungsgeschick erproben konnte. *Aruru* kam und wieder berichteten die *Anunnaki* von der Klage.

»Du hast dir ausgedacht, wie der Held aussehen soll, den dein Mann *An* mit einer Irdischen zeugen wollte«, sagten sie. »Doch das Geschöpf eurer Spiele bringt nur noch Unglück. Er ist ein schlechter Hirte, der seine Herde nur noch unterdrückt. Einer, der die Männer nicht mehr zu ihren Frauen läßt und die Mädchen nicht mehr zu ihren Liebsten!«

»Wir werden einen Ausgleich schaffen!« sagte der Herr aller Götter. »Denn es ist nicht gut, wenn eine Kraft ohne Gegenkraft existiert!« Er wandte sich an *Aruru*. »Kannst du ein Wesen erschaffen, das nicht stärker, sondern ebenso stark und ungestüm ist wie Gilgamesch?«

»Einen König?« fragte *Aruru*. »In einer anderen Stadt vielleicht?«

»Nein«, sagte *An*. »Gilgamesch baut eine gewaltige Mauer. Er beherrscht die *ME* der Veränderung und der Baukunst fast vollkommen. Ich denke, wir sollten ihn daran erinnern, daß er nicht mächtiger ist als die Kraft der Natur.«

»Sprichst du von einer neuen Flut? Einem gewaltigen Sturm?«

»Ich denke an einen Mann, wild wie ein Löwe, stark wie ein Wasserbüffel und klug wie ein Adler! An einen Mann, der keine Mauern, Kanäle und Städte baut, sondern die Tiere der Felder und des Waldes als seine Gefährten betrachtet.«

»Ich werde ihn für dich erschaffen«, sagte *Aruru*. Ihr Gemahl lächelte. Er blickte zu den wartenden *Anunnaki* und sah, daß sie einverstanden waren.

Sie lachten und stöhnten und bogen sich wie gerade erwachende Tigerinnen unter den streichelnden Händen des Unersättlichen. Drei, vier junge Frauen, Mädchen noch, versuchten gleichzeitig, ihre erhitzten, ölglänzenden Körper unter seine gewaltigen Schenkel zu pressen. Sie umschlangen seine Schultern, klammerten sich an seinen Armen fest und küßten jauchzend jede nur denkbare Stelle seiner straffen Haut. Die eine aber, die ihn in sich spürte, zerriß es fast. Ihr animalischer, aus größter Tiefe kommender und nicht endenwollender Schrei bewirkte, daß Gilgamesch lachend seine Zähne zeigte, und die anderen noch wilder wurden.

Doch da ... urplötzlich ... verharrte der junge König mitten in der Bewegung. Er hob den Kopf, lauschte für einen endlosen Augenblick und machte sich mit einer kurzen, ruckartigen Bewegung frei. Zwei der jungen Frauen schrien schmerzhaft auf. Er hatte ihnen weh getan.

»Still!« befahl Gilgamesch rauh. Aus weiter Ferne drang ein Lärmen wie von Pauken und Trompeten, von Flötentönen und Männergesang bis in das Haus, in dem er diesmal die Schönen für eine Nacht erwählt hatte.

»Was ist das?« stieß er hervor. Sein Gesicht wurde hart und böse. Die nackten Mädchen glitten vom zerwühlten Lager. Sie zogen sich angstvoll in das Halbdunkel neben der Glut des Räucherfeuers zurück. Draußen, im Innenhof, war alles dunkel.

»Was ist das?« wiederholte Gilgamesch, diesmal brüllend.

»Es sind .. es sind die Priester«, stammelte eine vollbusige Schöne mit lang auf die Schultern fallenden Haaren. »Sie singen von der Zikkurat herab.«

»Was? Jetzt? Zu dieser Stunde?« wütete der König. Er mahlte mit den Zähnen, ballte die Hände zu Fäusten und schob sein Kinn vor. Die Priester! Sie schürten den Aufstand!

Er riß ein Stück Leinen vom Lager, teilte es mit einem kurzen Ruck in zwei Hälften, drehte es zusammen und knotete es um seine Hüften. Ehe die Mädchen begriffen, was ihn zornig machte, hatte er bereits das längere Ende des Tuches zwischen den Beinen und durch den Stoffwulst am Rücken hindurchgezogen.

»Nun gut!« preßte er zwischen den Zähnen hervor. »Ihr wollt euch bei den Göttern beklagen ... dann muß ich euch eben zeigen, was ich von euren verdammten Götterlegenden halte!«

Er lachte den Mädchen zu, griff nach einem Krug Wein auf dem Tisch neben dem Lager und trank ihn mit einem einzigen Zug aus. »Wir sehen uns wieder!« rief er, sprang in den dunklen Innenhof. »Laßt Harrap wissen, wie eure Namen sind.«

Er lachte noch einmal und lief barfüßig über die Steinplatten des Hofes. Das Haus hatte nur einen Ausgang. Er mußte den Kopf einziehen, um sich nicht an der Decke des Durchgangsraumes zur Straße zu stoßen. Draußen war alles leer. Die Wände der Häuser bildeten keine gerade Linie, sondern ragten mal mehr und mal weniger weit in die gebogene Gasse.

Gilgamesch begann schneller zu laufen. Zweimal bog er in Abzweigungen ein, die schon nach wenigen Schritten vor einem Haus endeten. Er wußte längst, daß Uruk ein Labyrinth ohne Plan war, in dem sich ein Fremder niemals zurechtfinden konnte. Nur die Prozessionsstraßen waren breit und gerade angelegt. Doch Gilgamesch brauchte keinen Führer. Er kannte seine Stadt inzwischen besser als viele andere. Diesmal mußte er nur einen Weg in die Richtung finden, aus der der Lärm kam.

Noch ehe er den Platz der Tempel erreichte, sah er bereits den Widerschein der Feuer an den Wänden der Häuser. Und dann erblickte er die Zikkurat. Sie sah wie ein gewaltiger, hoch in den Nachthimmel ragender Altar aus, von dessen höchster Spitze ein flammender Lichtschein bis zu den Göttern hinaufstieg.

Er hatte recht gehabt: die Priester von Uruk opferten! Gilgamesch zweifelte keinen Augenblick daran, gegen wen sich die Anrufung der Götter richtete! Der Geruch von verbranntem Fleisch, von Kräutern und Ölen hing schwer über dem ganzen Platz.

»Nein!« sagte er hart. So leicht gab er sich nicht geschlagen! Und wenn er gegen alle Priester, gegen das Heer Mebaragesis, gegen die Männer von Uruk und gegen ihre Götter gleichzeitig kämpfen mußte – die Stadt und die Zikkurat gehörten ihm! Er hatte sie erobert, war zum König gekrönt worden und hatte *Inannas* verzauberten *Chuluppa*-Baum gefällt. Sie hatte ihn dafür Pukku und Mikku, die äußeren Zeichen seiner Macht, schnitzen lassen.

Pukku und Mikku!

Sie lagen oben, im kleinen Tempel hinter den Opferfeuern.

Gilgamesch holte tief Luft. Gleichzeitig spürte er wieder die Kraft in sich, die in das Schwert aus Eisen geflossen war und die ihn jetzt auch ohne jede Waffe erfüllte.

Er beugte seinen mächtigen Körper leicht nach vorn, dann stieß er einen ungeheuren Schrei aus und rannte mit langen Schritten über den Platz. Für sämtliche hundert Stufen der Zikkurat brauchte er kaum mehr als zwei Dutzend Schritte. Noch ehe er oben war, gerieten Priester und Gurus, Musikanten und Tempeldienerinnen in eine schwirrende Panik.

Der kaum bekleidete Hüne fuhr wie ein Kampfstier unter die kostbar Gewandeten und fegte sie wie ein Gewittersturm zur Seite. Feuer und goldene Gerätschaften flogen weit über die Randmauern der Zikkurat hinaus in die Dunkelheit. Die Priester flohen zur Treppe. Sie stürzten, fielen übereinander und hatten nur noch den einen Gedanken, ihr Leben vor dem schrecklich Wütenden zu retten.

Gilgamesch säuberte die oberste Plattform so schnell, daß niemand auch nur einen Lidschlag Zeit hatte, irgendetwas aus dem Tempelschatz mitzunehmen. Als letzte blieb nur eine Frau übrig, die wie eine Königin, wenn nicht wie eine strahlende Göttin gewandet war: Bara Nam-tara.

Gilgamesch hielt plötzlich inne. Er starrte die Oberpriesterin an. Es dauerte einen Augenblick, bis er das Mädchen aus dem Hochland von Aratta erkannte.

»Ist das eines Königs würdig?« fragte sie furchtlos. Gilgamesch spürte, wie sein Zorn langsam abebbte. Die schon fast magische Kraft in ihm verflog wie das Leben aus einer erwürgten Taube.

»Was machst du hier?« fragte er unwirsch. »Was wollten die Priester auf dieser Plattform? Sie gehört mir!«

»Die Zikkurat ist der Altar der Götter«, sagte sie. »Und zu den Göttern haben wir gebetet!«

»Mit so reichen Opfern? Warum?«

»Mußt du das fragen?« gab sie kühl zurück. »Du bist ein Tyrann geworden, Gilgamesch, ein Gärtner, dem das Königtum jedes Maß geraubt hat!«

»Und ihr glaubt, daß euch die Götter helfen?« fragte er abfällig. »Die Götter Uruks sind weder deine noch meine Götter!«

»Und welches sind deine Götter?«

Gilgamesch lachte stolz:

»Brauche ich Götter? Ich, Gilgamesch, König von Uruk? Sieh mich an, Nin-dingirra! Und dann sag mir, welcher Gott mehr ist als ich!«

»Wenn ich noch lieben könnte, würde ich um dich weinen«, sagte sie leise. »Aber ich sage dir, du wirst dich selbst mit deinem Hochmut strafen.«

Gilgamesch lachte nur. Er hob die Schultern, dann drehte er sich um und ging in den kleinen Tempel in der Mitte der Plattform. Nur die Sterne am Firmament warfen ihr sanftes Licht in den halbdunklen Innenraum. Pukku und Mikku lagen noch immer auf dem Altar. Niemand hatte gewagt, sie zu berühren.

Noch in der gleichen Nacht kam die Göttin *Aruru*, die alles erschaffen konnte, was *An* dachte, zur Erde herab. Sie vermied es, zu nahe bei der Stadt aufzutauchen, die *Inanna* gehörte. Sie suchte lange, bis sie einen geeigneten Platz südlich der Stadt fand. Der große Strom hatte es nicht mehr weit bis zum Meer. Nur noch die alten Städte Ur und Eridu lagen an seinen Ufern, ehe er sumpfig wurde und sich mit den salzigen Wassern des Ozeans vermählte.

Aruru konnte am nördlichen Horizont die Feuer auf der Zikkurat von Uruk sehen, ehe sie unvermutet verloschen. Sie ging am westlichen Ufer des Flusses entlang nach Norden. Es war lange her, daß sie in körperlicher Gestalt durch das Schilf am Rand eines irdischen Flusses gestreift war. Für eine Weile genoß sie die Berührungen der Pflanzen auf ihrer nackten Haut, dann ging sie die sanfte, kaum wahrnehmbare Uferböschung hinauf. Gras kitzelte ihre Fußsohlen und ein lauer Wind schmeichelte um ihre Schultern. Es gab Augenblicke der Ewigkeit, in denen sie bedauerte, eine Unsterbliche zu sein.

Sie erreichte ein waldartiges Gebüsch und trat in die Dunkelheit ein. Schon nach wenigen Schritten gelangte sie an einen leise plätschernden Kanal, der wie ein Bach angelegt war. Nachttiere surrten und schnarrten in der Dunkelheit; einige Äste knackten und manchmal fauchte es aus dem Unsichtbaren.

Aruru ging am Kanalbach bis zum Fluß zurück. Sie bückte sich und strich mit den Händen über das feuchte Erdreich. Der Boden war gut. Sie wusch sich die Hände, und dann begann sie mit der erregenden Arbeit, ein neues, lebendes Wesen zu schaffen.

Sie teilte mehrere Lehmklumpen ab und legte sie nebeneinander an die Uferböschung. Als sie glaubte, daß es genug seien, baute sie sich ein Lager. Sie legte sich lang auf den feuchten Lehm und bewegte ihren Körper sanft hin und her. Ein eigenartiges Gefühl durchströmte sie. Sie spürte, wie die Sterne ihr zusahen als ihre Hände damit begannen, einen Körper zu formen, der fast die gleichen Maße hatte wie der, den sie für ihren Besuch auf der Erde angenommen hatte.

Als der Lehm wärmer wurde, richtete sie sich auf und betrachtete die Mulde im Lehm. *Aruru* sammelte Gräser und Wolle von Wildtieren. Anschließend bettete sie Blätter und den Flausch alter Schilfkolben in die Mulde. In die Vertiefung, die ihr Gesicht im Lehm hinterlassen hatte, legte sie einige Haare von sich selbst. Und dann begann sie, aus allem einen neuen Körper zu kneten.

Die Mulde hob sich, wurde flach, wölbte sich höher. *Arurus* Hände strichen mit sanften und gleichmäßigen Bewegungen vom Kopf bis zu den Füßen und wieder zurück. Und mit jedem Mal wurden die Formen im Lehm deutlicher. Sie hatte kein Gefühl für die Zeit, doch als das erste Glühen von Gott *Utu* am Osthimmel erschien, war der Körper des neuen Mannes fertig. Er lag unbelebt im Gras – ein Hüne von Gestalt, mächtig und stark schon jetzt. Der Sproß der Nachtstille war wie der Tiergott *Sumukan* über und über mit zottigen, fellartigen Haaren bedeckt. Der Pelz verbarg die Kraft gewaltiger Muskeln, wie sie selbst der Kriegsgott *Ninurta* nicht besaß, und sein Haupthaar wirkte wie die dicken Locken der Getreidegöttin *Nisaba*.

Aruru sah ihre Schöpfung zufrieden an. Sie war genau so geworden, wie es Gott *An* gewünscht hatte!

Sie beugte sich langsam vor, fiel auf die Knie und legte sich erneut auf den Lehm. Doch diesmal formte sie keine Mulde, sondern blieb leicht, bis der göttliche Odem aus ihr selbst in den Lehm floß. Sie küßte die Lippen ihres Geschöpfes und hauchte ihm ihren Atem ein. Sie sah, wie die letzten Wasserspuren von den Augen des Mannes aus Lehm an den bärtigen Wangen herabliefen. Leise, ganz leise wich sie zurück. Ihr Geschöpf öffnete die Augen.

»Enkidu!« flüsterte die Göttin. »Wach auf, ›Mann der guten Erde‹! Du sollst mit den Tieren umherziehen und mit ihnen sprechen wie wir es können ... wach auf ... wach auf!«

Sie zog sich bis in den Schatten der Büsche zurück. Enkidu bewegte seine noch schweren Arme und Beine. Er saugte die Nachtluft tief in seine mächtige Brust, während sein Grabstock am doppelten ›Haus des Lebens‹ steif und steil in den Himmel ragte. Die Gemahlin des Schöpfergottes lächelte. Jetzt wußte sie, daß ihr Werk gelungen war!

Seit dem letzten, verzweifelten Versuch, die Götter um Erlösung von der Tyrannei zu bitten, hatte niemand mehr gewagt, sich gegen Gilgamesch und seine Macht aufzulehnen. Der König verließ kaum noch die Zikkurat. Zweimal am Tag ließ er sich Brot, Fleisch und Käse, Wein, Bier und Trockenobst auf die oberste Plattform des großen Stufentempels bringen. Und doch spürte Gilgamesch selbst in der einsamen Höhe, wie sich das Land und die Menschen langsam veränderten.

Die Tage wurden länger und die Nächte kürzer.

Er saß viele Stunden auf den Blendsteinen der obersten Plattform, stützte sein Kinn in die Hand und dachte nach. Gelegentlich und wenn die Aufseher mit ihren Peitschen nicht aufmerksam genug waren, entfernte sich einer der Jungen von der Baustelle. Sie huschten im Schatten der neunhundert, bereits mannshohen Rundtürme zwischen der Doppelmauer zu Buschgruppen oder Schilfflecken in der Nähe ihrer Arbeitsplätze, um wenig später mit einer eilig gefangenen Sumpfente, einer Wildziege oder ein paar Fischen zurückzukommen. Gilgamesch sah und beobachtete alles, aber er unterband die Mißachtung seiner Befehle nicht. Die Vorräte der Stadt waren schmal geworden. Bis zur ersten Ernte würden noch viele Tage und Nächte vergehen, und sein Verstand mußte weiter schauen als bis zu den Jungen und Männern an der Mauer.

Nach weiteren Tagen und Nächten war ein neuer Plan in ihm gereift. Er nahm Pukku und Mikku auf und ging hinaus bis zu den obersten Stufen der schrägen Treppe. In den Straßen der Stadt waren nur Frauen und Kinder zu sehen. Er schlug ein kurzes Signal auf der Trommel. Es dauerte nur wenige Minuten, bis zwei Priester mit eiligen Schritten aus dem *Eanna*-Tempel kamen. Sie liefen zur Zikkurat und stiegen ohne nach oben zu sehen die Stufen hinauf.

»Du hast gerufen, Herr?« fragte der Jüngere, noch ehe er Gilgamesch erreichte.

»Ich will, daß ihr eine Veränderung an La-abasch und Bir Hurturre weitergebt«, sagte er. »Und sagt auch jedem Mann an der Mauer, was ich jetzt befehle!«

Der zweite Priester erreichte schwer atmend die oberste Plattform. Es war ein Sanga-mach mit kahlgeschorenem Kopf und einem langen, vernachlässigten Vollbart.

»Die Mauer wächst zu langsam!« sagte Gilgamesch. Eine steile Falte bildete sich zwischen seinen Brauen. »Ich will, daß die Zeit des Tageslichts besser genutzt wird. Deshalb befehle ich, daß jeder Junge und jeder Mann ab sofort von Sonnenaufgang bis Sonnenuntergang arbeitet!«

»Herr ...«, stöhnte der ältere Priester entsetzt. »Die Männer überstehen kaum die bisherige Frohn. Sie fallen um, sobald sie zu abend gegessen haben, und viele schlafen bereits über den Schüsseln mit dünn gewordener Suppe ein.«

»Von Sonnenaufgang bis Sonnenuntergang!« wiederholte Gilgamesch hart. »Jedermann kann so viel Wasser trinken wie er will, aber gegessen wird nur vor und nach dem Tagewerk! Wein und Bier wird ab sofort nur noch am Abend ausgegeben. So befehle ich es, denn König Mebaragesi wird nicht warten, bis die neue Mauer die Stadt wirksam schützen kann!«

»Wie willst du die Stadt verteidigen, wenn die besten Urukäer an deiner Mauer zusammenbrechen und niemand mehr die Kraft hat, ein Schwert zu führen? Wenn kein Vieh mehr auf den Weiden steht, keine Kanäle gesäubert werden und kein Saatkorn in die Erde gebracht wird? Unsere Vorräte reichen kaum noch bis zur ersten Ernte.«

»Dies ist der zweite Teil meines Befehls«, sagte Gilgamesch abweisend. »Teilt alle Männer in sieben Gruppen ein! Jede Gruppe soll fünf Tage an der Mauer arbeiten. Der sechste Tag ist für die Kanäle und Felder bestimmt.«

»Und der siebente Tag?« fragte der jüngere Priester gespannt.

»Am siebenten Tag soll jede Gruppe ruhen, zu ihren Weibern gehen und die eigenen Gärten bestellen.«

»Opfern und beten?« fragte der Sanga-mach. Gilgamesch sah ihn mit vorgeschobener Unterlippe an. Er überlegte lange, dann nickte er.

»Von mir aus auch opfern und beten, wenn ihr dafür garantiert, daß in den anderen fünf Tagen ebensoviel geschafft wird wie jetzt in einer Woche!«

»Unmöglich!« stöhnte der jüngere Priester.

Der alte Sanga-mach schüttelte den Kopf. Er starrte Gilgamesch mit seinen großen dunklen Augen an, dann sagte er: »Wir werden deinen Plan besprechen. Ich glaube, wir könnten dem Weg deiner Gedanken folgen.«

Gilgamesch lächelte überlegen.

»Du bist ein kluger Mann, Urigallu!« sagte er. Der alte Priester hatte schneller begriffen als sein Begleiter. »Du siehst, daß ich versuche, dem *ME* des Königtums gerecht zu werden!«

»So ist es, denn dein Befehl bewirkt, daß jeden Tag der siebte Teil aller Männer den Göttern Uruks dienen kann.«

Die Priester verbeugten sich erneut und gingen rückwärts bis zu den Treppenstufen. Gilgamesch wartete, bis sie verschwunden waren. Sie sahen nicht mehr, wie triumphierend seine Augen leuchteten. Er hatte sie mit ihren eigenen Waffen geschlagen, indem er ihnen von jedem Mann Uruks einen Tag in der Woche für den Dienst an den Göttern angeboten hatte!

Dieses Geschenk würde mehr erreichen als alle Aufseherpeitschen zusammen.

Die Männer auf den Trockenfeldern und an der Mauer wußten nicht, wie sie den neuen Befehl des Königs aufnehmen sollten. Einige verfluchten ihn, während sie immer neue Ziegelstapel herankarrten und über angeschüttete Erdrampen höher schleppten. Andere wandten ein, daß sie nach den langen Wochen nächtlicher Trennung endlich ihre Frauen und Schwestern, ihre Töchter und die kleinen Söhne in der Stadt besuchen durften.

»Auch wenn die Arbeit noch schwerer wird«, sagten sie, »so können wir uns doch auf den sechsten und siebenten Tag freuen!«

»Der sechste Tag wird von uns verlangen, was wir in anderen Jahren in einer ganze Woche geschafft haben.«

»Und der siebente Tag gehört ab sofort den Priestern.«

»Nur für ein paar Gebete, einige Zeremonien! Sie können helfen, den Fluch zu tilgen, der seit Enmerkars Tod über der Stadt liegt, die einst von den Göttern geliebt wurde ...«

»Weiß man's?« fragten die anderen mißtrauisch. Fünf Tage vergingen, dann kam der Abend, an dem die erste Gruppe mit ihren Frauen in die Stadt zurückkehren durfte. Ugnim, der Tischler, und sein Geselle Dimus gehörten dazu.

»Ich kann kaum erwarten, mein Haus wiederzusehen«, sagte Ugnim zu Nansche. »Zwei Tage lang keine Ziegel mehr in den Händen, sondern Holz, das gelebt hat und Gartenerde, in die wir Samenkorn stecken können. Kein Gebet auf den Feldern, sondern im heiligen Halbdunkel der Tempel.«

Er schlürfte seine dünne Suppe, in der nur noch ein paar kleine grüne Linsen schwammen. Wenn Dimus nicht gewesen wäre, hätten ihn wie so viele andere längst der Mut und die Freude am Leben verlassen. Nansche lächelte und sah zu Dimus hinüber. Der schöne Sohn des Jägers Nimrud aß mit gesenkten Augenlidern den Rest eines trockenen Brotfladens auf.

»Was hast du?« fragte sie ihn. »Freust du dich nicht, zwei Tage von der Mauer wegzukommen?«

»Doch«, antwortete Dimus bedrückt. »Aber ich habe gemerkt, wie sehr mir der Busch und die Tiere des Dickichts fehlen. Bei euch in der Stadt habe ich nicht so empfunden, doch jetzt würde ich gern wieder einen ganzen Tag allein durch Gegenden streifen, in denen es keine Felder, keine Kanäle und keine Mauern gibt.«

Ugnim sah seinen Gesellen ebenfalls an. Er wischte die letzten Suppentropfen mit einem Brotrest aus seiner Schüssel.

»Wenn du mir morgen im Haus und im Garten hilfst, mußt du am siebenten Tag nicht mit in den Tempel! Dann darfst du deinen Vater besuchen!«

Ein Leuchten huschte über das Gesicht des Jungen.

»Ist das wahr? Ein versprochenes Wort?«

Ugnim nickte und führte das letzte Brotstück in seinen Mund. Dimus sah auf den Boden. Er strich sich mit den Händen über die Wadenmuskeln. Dann fragte er: »Könnte ich nicht schon heute ... Die Sonne scheint nicht mehr, aber ich kenne den Weg, und der Schein von *Nanna-suin* wird mir leuchten.«

Ugnim schüttelte den Kopf.

»Ich würde nur einen Tag wegbleiben und könnte in deinen Garten gehen, wenn du in den Tempeln bist!«

»Vielleicht ist es gut, wenn Dimus am Tag darauf wässert, was du morgen pflanzen wirst, Vater«, sagte Nansche. Ugnim wischte sich mit dem Handrücken über die Lippen.

»Die Dubsars zählen jeden, der heute noch in die Stadt geht!« sagte er. »Dimus muß dabei sein!«

»Unser Garten liegt außerhalb der alten Stadtmauer. Dimus könnte sagen, daß er schon heute nacht dort geschlafen hat.«

»Ja«, nickte Dimus. »Sie wissen, daß meines Vaters Haus nicht in Uruk, sondern im Dickicht steht.«

»Du bist mein Geselle und gehörst zu mir!«

»Und zu deinem Garten«, sagte Nansche beharrlich. Ugnim beobachtete, wie sich die ersten Männer für die Rückkehr nach Uruk bereitmachten.

»Die Dubsars müssen erst lernen, Abend für Abend eine neue Gruppe aufzuzeichnen«, sagte Nansche. »Sie werden nicht merken, wenn Dimus morgen und nicht schon heute in die Stadt geht.«

»Nun gut«, sagte Ugnim. »Du kannst gehen, Dimus! Doch danke dafür nicht mir, sondern meiner störrischen Tochter!«

Sie beugte sich zu ihrem Vater, nahm ihn in die Arme und küßte ihn auf die verschmutzte Stirn.

»Ich danke dir!« sagte sie und blinzelte Dimus fröhlich zu. Der Sohn von Nimrud brauchte einen Augenblick, ehe er begriff, daß er gehen durfte. Doch dann stieß er einen verhaltenen Jubelschrei aus, raffte das Bündel mit seinen Sachen vom Boden und schnürte es hastig zusammen.

»Nimm einen Gruß von uns für deinen Vater mit!« sagte Ugnim. »Und erzähle ihm, was aus Uruk geworden ist!«

»Er weiß es«, sagte Dimus. »In jeder Stadt Sumers und in jeder Hütte wird von König Gilgamesch und von der Mauer gesprochen!«

»Wie kannst du derartiges behaupten?« fragte Ugnim unwillig. Der Sohn des Jägers zog seine Schultern hoch.

»Ich sah eine Keleg den Fluß hinabtreiben, als ich neulich ein Netz ins Wasser warf. Die Männer auf dem Floß fragten mich, was wir hier tun, und ich sagte es ihnen. Sie riefen mir zu, daß jedermann in Sumer längst weiß, daß wir die Sklaven unseres eigenen Königs sind.«

»Das haben sie gesagt?« fragte Ugnim. Dimus nickte. Ugnims Gesicht verfinsterte sich. »Geh jetzt!« brummte er. »Ich könnte sonst meine Großmut verlieren!«

Dimus sprang auf. Die Aufseher und die Dubsars sahen in andere Richtungen. Sie waren überall damit beschäftigt, die erste Gruppe der Männer zu zählen, die an diesem Abend in die Stadt zurück durften.

»Bis morgen abend!« sagte Dimus. Nansche hob die Hand. Für einen langen Augenblick sahen sich beide vergnügt an, dann duckte sich Dimus, eilte über die schräge Rampe bis zur Mauerkrone und verschwand auf der anderen Seite.

Die Sterne glitzerten wie Freudentränen am hohen, blauschwarzen Nachthimmel. Dimus eilte durch die Nacht in die Richtung, aus denen im Herbst die Sturmwinde kamen. Die Stadt blieb im Nordosten zurück. Eine Weile folgte er dem Lauf des Buranum, kletterte über Schöpfwerke in den Kanälen und orientierte sich an den Himmelsbildern des Löwen und der Zwillinge. Dann hörten die Gärten und Felder, die Kanäle und Dattelhaine Uruks auf, und die Steppe begann.

Dimus genoß das lang entbehrte Gefühl von Freiheit und

Glück. Dies war das Land, in dem er aufgewachsen war. Erinnerungen an die Kindertage wurden in ihm wach. Er dachte daran, wie ihm sein Vater von den großen und reichen Städten am Fluß erzählt hatte. Damals hatte er oft davon geträumt, eines Tages selbst in einer Stadt zu wohnen, die prächtigen Tempel zu bewundern, den Lärm der Märkte zu genießen und im Schatten einer Zikkurat etwas vom Glanz der Götter zu spüren. Inzwischen wußte er, wie grausam eine Stadt sein konnte.

Ohne nach unten zu sehen, wich er Steinen und kleinen Büschen aus. Er hörte die Geräusche der Nachttiere, ihr Zirpen und Schnattern, ihr Rascheln und Knistern. Seil um Seil eilten seine Füße weiter. Beinahe unmerklich näherte er sich wieder dem großen Buranum, der eine Biegung nach Osten hinter sich gebracht hatte und nun wieder in seiner Hauptrichtung dem Meer entgegenstrebte.

Dimus überwand geschickt ein paar schwarze, mit schwimmenden Schilfinseln bedeckte Sumpfflächen, schreckte Frösche und Pelikane auf und ließ ein paar große Warane mit ihren Schwänzen schlagen. Hinter dem letzten Sumpfloch wurde der Boden wieder trocken. Dimus betrat ein Dickicht aus verfilztem Wacholder, buschigen Tamarisken, Oleander und stachligem mannshohem Sanddorn. Die ersten Büsche trugen bereits kleine Blätter und Knospen. Dimus genoß den Duft der Nacht und erkannte, daß es nicht mehr weit bis zum Haus seines Vaters sein konnte.

Er erreichte eine Lichtung, die sich sanft bis zu einer Wasserstelle absenkte. Hier hatte er oft nach den Fallgruben und Netzen für die Tiere gesehen, die seit Urzeiten zur Tränke im Busch kamen. *Nanna-suin* spiegelte sich am Rand des kleinen Teiches. Dimus lauschte, denn er kannte die Geräusche von Vögeln in den Netzen und großen Tieren, die in eine der mit Zweigen bedeckten Gruben gefallen waren.

Nichts rührte sich. Die Lichtung war so still, als hätte sein Vater gerade erst die Beute eingesammelt. Dimus zog die Brauen hoch. Irgendetwas stimmte hier nicht! Sein Instinkt sagte ihm, daß Tiere dagewesen waren. Er roch die Losung von Ziegen und Gazellen, von Wüstenhunden und wilden Eseln und sogar von Panthern und Löwen. Behutsam ging er einige Schritte weiter. Sein Fuß verfing sich in einem Vogelnetz. Er bückte sich und betastete die Schlingen. Sie waren leer. Vorsichtig hob er das Netz hoch. Ein paar Schwanzfedern schimmerten im Mondlicht, doch kein einziger Vogel war im Netz gefangen.

Dimus schüttete ungläubig den Kopf. Er starrte auf die zerrissenen Schlingen und ließ dann das Netz wieder fallen. Gleich darauf sah er eine dunkle Stelle am Boden. Die Zweige der Abdeckung ragten senkrecht aus der Fallgrube. Dimus schlich sich näher an das Loch, legte sich auf den Boden und ließ seine Nase den Geruch aus der Dunkelheit aufnehmen.

»Ur-mah!« murmelte er erschrocken, »ein Löwe!«

Aber die tiefe Grube war leer. Er verstand nicht, was geschehen war. Noch nie hatte sein Vater eine Grube, in der Beute gewesen war, offen gelassen! Selbst in der Freude über so ungewöhnliches Jagdglück hätte er nie vergessen, neue Zweige über die Fallgrube zu legen!

Dimus wollte sich gerade wieder aufrichten, als er ihn sah. Der Löwe kam lautlos aus dem Dickicht auf der anderen Seite der Lichtung. Ohne zu warten und zu wittern schritt er mit ruhigen Bewegungen auf die Wasserstelle zu. Gleich darauf traten zwei Löwinnen ins Mondlicht. Dimus wagte kaum zu atmen. Er war nicht bewaffnet, und gegen drei Löwen konnte er weder durch Mut noch durch Geschicklichkeit bestehen.

Der leise Nachtwind stand günstig für die mächtigen Raubtiere. Sie bewegten sich am Rand der Tränke – kaum einen Steinwurf von Dimus entfernt – mit kraftvoll gemessenen Bewegungen hin und her.

Und dann geschah das Unglaubliche!

Dimus wollte sich gerade kriechend in den Busch zurückziehen, als auf der anderen Seite trockene Äste knackten. Im gleichen Augenblick tauchte ein neues Tier auf. Es trat ins helle Licht von *Nanna-suin*, und Dimus konnte nur mühsam einen Entsetzensschrei unterdrücken. Das riesige Tier ging auf zwei Beinen. Es hatte die Form eines Mannes, der über und über behaart war ... mit einem wallenden Bart und wilden, bis auf die breiten Schultern reichenden Haaren ...

Das Tier ... der Riese ... der Mann ... er ging ganz ruhig auf die drei Löwen zu. Sie wandten ihm ihre Köpfe zu, warteten, bis er sich niedergebeugt und ebenfalls getrunken hatte, und begannen dann, verspielt mit ihren Pranken nach ihm zu streichen.

Der Tiermann lachte nur. Dimus kniff sich in den Arm, bis er den Schmerz spürte. Nein, was er sah, war kein Traum! Der Tiermann zeigte nicht die geringste Angst vor den krallenbewehrten Tatzen und vor den weiß blinkenden Reißzähnen der Löwen. Er richtete sich halb auf, und dann begann er, mit ihnen zu sprechen.

Nie zuvor hatte der Sohn des Jägers, der alle Tiere der Steppe und des Dickichts kannte, von einem Mann gehört, der mit Löwen zu reden verstand!

Dimus spürte, wie er am ganzen Körper zu zittern begann. Die Angst vor dem Ungewöhnlichen schnürte seine Kehle zusammen und schlang sich wie ein metallenes Band um seine Brust. Was war hier draußen geschehen, als ihn das Schlagen von Pukku und Mikku in der fernen Stadt festgehalten hatte? Wie konnte ein Mann, der wie ein Tier aussah und doch keines war, mit den gefährlichen Raubtieren reden? Welche Magie hatte die Vogelnetze zerrissen und sogar Löwen aus Fallgruben befreit? War er es gewesen, dieser furchtbare Fremde?

Dimus fühlte sich plötzlich klein, schwach und verlassen. Arme und Beine schmerzten ihn, als würde erst jetzt die Anstrengung der vergangenen Tage und Wochen seine Körperkraft aussaugen. Er starrte wie gebannt auf die unheimliche Szene am Wasserloch. Kein Dämon hätte ihm mehr Furcht einflößen können als diese Friedfertigkeit, mit der die Löwen und der riesige Tiermensch einander begegneten.

Dimus spürte, wie schwarze Schleier vor seinen Augen zu wallen begannen. Er unterdrückte das Keuchen seines Atems, doch dann wurde seine Angst übermächtig. Er sank nach vorn und spürte nicht mehr wie sein Gesicht auf den Boden schlug.

Gilgamesch wälzte sich unruhig auf seinem Lager hin und her. Das helle Licht von *Nanna-suin* strich über seine Stirn und seine geschlossenen Augen.

›Der Herr des vollen Mondes‹ quälte den König von Uruk mit Traumbildern, die ohne Lösung und ohne Erklärung blieben. Gilgamesch sah sich plötzlich selbst, wie er in leichter Lederrüstung mit einem goldenen Dolch im Gürtel und dem eisernen Schwert in den Händen inmitten einer Gruppe von jungen, aber gesichtslosen Schublugals über reiche Frucht tragende Felder schritt. Schöpfwerke hoben wie Sklavengerippe in stetem Rhythmus Wasser von einem Kanal in den anderen. Die Männer an den Stangen mit Wasserkörben zeigten frohe Gesichter und verneigten sich, als er vorbeiging.

Gott *Utu* schickte sein wärmendes Licht auf das Land, doch seltsamerweise waren auch die Sterne am Himmel zu sehen. Gilgamesch wunderte sich über die Gleichzeitigkeit des Tages- und Nachthimmels.

»Seht ihr das auch?« fragte er seine Gefährten.

»Wir sehen es, Herr!« antwortete einer, der wie Zabardi Banuga aussah. Die Sterne verdichteten sich. Sie schienen auf einmal zu einem einzigen Leuchten im Blau des Himmels zu verschmelzen. Gilgamesch starrte wie gebannt nach oben. Der Lichtschein wurde heller und überstrahlte das Leuchten des Sonnengottes.

»Herr, was geschieht?« riefen die Krieger erschreckt. Gilgamesch konnte ihnen keine Antwort geben. Mit einem schrecklichen Jaulen und Pfeifen stürzte der riesige leuchtende Stern direkt auf ihn zu. Der König konnte gerade noch zur Seite laufen, ehe der Stern nur zehn Schritt von ihm entfernt in den aufspritzenden Akkerboden schlug. Rauch und ein Ring aus knisternden Flammen hüllte den Platz ein.

»Holt Wasser!« brüllte Gilgamesch. Er selbst konnte sich nicht bewegen. Die gesichtslosen Schublugals rannten wie von Dämonen gehetzt zu den Schöpfwerken. Sie kamen mit gefüllten Wasserkörben zurück. Dampf und Rauch wallten in den hellen Tag.

Es dauerte fast eine Mine, ehe der Stern durch immer neue Wasserschwälle soweit abgekühlt war, daß Gilgamesch ihn berühren konnte. Er stemmte seine Beine in den aufgeweichten Ackerboden und packte mit beiden Händen den schwarzen Stern. Er war nur eine Elle groß und sah genauso aus wie der glänzende Stein im *Weißen Tempel.* Der Stern ließ sich nicht bewegen. Gilgamesch spürte die Blicke seiner Gefährten im Rücken. Seine Muskeln spannten sich und die Sehnen an seinem Hals traten wie Stricke hervor. Er keuchte und packte noch fester zu, doch der Stern blieb wie festgewachsen im Boden stecken.

Da traten die Männer aus seiner Gefolgschaft zu ihm. Sie warfen sich neben ihm in den Schlamm, umfaßten seine Schenkel und gaben ihnen neuen Halt. Gleichzeitig küßten sie den wundersamen Stein, der plötzlich wie eine Figur, eine Statue aussah.

Die gemeinsame Kraft löste den immer noch heißen Stern aus dem Acker. Mit einem triumphierenden Aufschrei stemmte Gilgamesch den schwarzen Brocken hoch. Er wuchtete ihn weit über seinen Kopf. Die anderen stützten ihn, bis er trockenen Boden erreichte. Und ohne abzusetzen, brachte der junge König seinen himmlischen Fund in die Stadt. Er ging direkt zum Gefängnispalast seiner Mutter.

Nin-sun kam ihm im Hof entgegen. Gilgamesch setzte den schwarzen Stern vorsichtig ab und legte ihn neben den sprühenden Brunnen. Nun spürte er, daß er am ganzen Körper zitterte.

Er öffnete die Augen. Das volle Antlitz von *Nanna-suin* starrte ihn kalt und abweisend an. Er fror tatsächlich! Voller Entsetzen sprang er von seinem zerwühlten Lager.

Was war geschehen? Und welche Bedeutung hatte der Traum?

Er warf sich einen Mantel aus Wollschlingen über die Schultern und eilte nach draußen. Die Sterne standen glitzernd wie eh und je am schwarzblauen Himmel. Gilgamesch suchte nach dem, der vom Himmel gestürzt sein konnte, aber er vermißte kein Gestirn im Abbild der Ewigkeit.

Noch immer zitternd entschloß er sich, seine Mutter zu fragen. Sie verstand sich auf Orakel und die Deutung von Träumen. Er eilte die Stufen der Treppe hinab, rannte über den weiten Platz vor den Palästen und hämmerte mit seinen Fäusten gegen das Tor. Es dauerte lange, bis Harrap kam und ihm öffnete.

»Geh zur Seite! Ich muß zu Nin-sun ... sofort!«

»Zu dieser Stunde, Herr?«

Gilgamesch hatte keine Lust, mit Harrap zu diskutieren. Er eilte an ihm vorbei, lief die Treppe zum oberen Stockwerk hinauf und erkannte seine Mutter am Geländer der Hofgalerie. Noch ehe sie ihm Vorwürfe machen oder nur eine einzige Frage stellen konnte, erzählte er ihr Bild für Bild seines seltsamen Traumes.

»Was bedeutet das alles?« fragte er drängend. »Wie kann ein Stern so schwer vom Himmel fallen, daß ich ihn nicht zu bewegen vermag? Und wie konnte ich ihn zu dir tragen, nachdem meine gesichtslosen Gefährten ihn geküßt hatten?«

»Sorge dich nicht, mein Sohn!« sagte Nin-sun. Sie legte ihre Arme um ihn »Dein Traum bedeutet, daß einer wie du in der Steppennacht geboren wurde, ein starker Mann, doch er ist nicht dein Feind. Er wird der Freund deines Herzens sein, und deine Gefährten werden ihn ebenfalls lieben und ihm die Füße küssen.«

Sie schob ihn von sich fort.

»Geh wieder schlafen, Gilgamesch! Und fürchte dich nicht, wenn dich Träume bewegen, die wie Orakel sind.«

Er preßte die Lippen zusammen und nickte. Noch immer benommen stieg er in den Hof hinab. Er sah zum Brunnen, doch dort lag kein schwarzer Stern. Solange er zurückdenken konnte, hatte er noch nie einen derartig aufwühlenden Traum gehabt. Und erst als er wieder auf der obersten Plattform der Zikkurat angekommen war, fühlte er sich leichter.

Er legte sich hin und schlief augenblicklich ein.

Nanna-suin stand noch immer am Nachthimmel. Sein Licht griff erneut nach Gilgamesch und füllte ihn mit einem zweiten Traum. Gilgamesch sah sich inmitten einer verängstigten Ansammlung des Volkes. Der Auflauf auf dem großen Platz verhieß nichts Gutes. Männer und Frauen standen mit angstvoll eingezogenen Köpfen in einem weiten Kreis um ein Ding, das er nicht erkennen konnte.

Gilgamesch kam aus dem *Eanna*-Tempel. »Was haben jene?« fragte er eine Priesterin in seiner Begleitung. Es war Bara Nam-tara, die schöne Nin-dingirra. Das Mädchen aus Aratta lachte.

»Sieh es dir an, wenn du Mut hast!«

»Wie kommst du dazu, an meinem Mut zu zweifeln?« gab Gilgamesch verärgert zurück.

»Du hast keine Frau mehr angerührt, seit die Priester die Götter anriefen, nicht einmal mich.«

Gilgamesch knurrte nur und ließ sie stehen. Mit großen Schritten ging er auf die angstvoll flüsternden Männer und Frauen in der Mitte des Platzes zu. Sie machten ihm Platz und legten die Handflächen zum Gebet aneinander.

Gilgamesch schnippte mit den Fingern. Fackeln wurden über die Stelle gehalten, an der eine drohende, unheimlich wirkende Axt im festgetretenen Boden steckte. Die Axt hatte nicht zwei Schneiden, sondern vier!

Gilgamesch lächelte plötzlich. Seit er sein Schwert aus Eisen verloren hatte, war ihm keine Waffe zu Gesicht gekommen, die so wunderbar aussah wie diese! Der Schein der Fackeln ließ die mächtigen Schneiden wie Umrisse von Frauenbrüsten aussehen. Gilgamesch empfand eine seltsame Erregung. Er bückte sich und strich mit seinen Fingerkuppen über das glatte Metall. Es war, als würde seine Kraft mit der geheimnisvollen Macht der vierschneidigen Axt verschmelzen. Kein Weib in ganz Uruk hatte ihn mehr erregt als diese ungewöhnlich Waffe.

»Du wunderbare!« flüsterte er leise. Er faßte ihren Griff und zog sie so sanft wie möglich aus dem Boden. Ganz langsam richtete er sich auf. Er hielt die vierschneidige Axt senkrecht nach oben und betrachtete ergriffen das schimmernde Ebenmaß ihrer metallenen Flügel. Dann schob er den Stiel der Axt vorsichtig in seinen Gürtel, drehte sich lächelnd um und ging zum Palast seiner Mutter.

Er erwachte und dachte eine Weile über den zweiten Traum nach. Dann stand er erneut auf, nahm sich den Mantel aus Wollschlingen und stieg die Stufen der Zikkurat hinab. Der große Platz war vollkommen leer. Nichts deutete darauf hin, daß irgendwo eine vierschneidige Axt gesteckt haben könnte.

Nin-sun erwartete ihn bereits am Brunnen im Hof.

»Ich wußte, daß du noch einmal kommen würdest«, sagte sie.

»Ich hatte einen zweiten Traum«, berichtete er und erzählte ihr von der Axt mit vier Schneiden, die er wie ein Weib liebgewonnen hatte.

»Die Axt war kein Weib, sondern ein Mann«, berichtigte ihn seine Mutter. »Und du wirst ihn lieben wie du noch keine Frau und kein Mädchen geliebt hast! Auch wenn du und ich ihn noch nicht kennen, weiß ich doch, daß ich ihn ebenfalls lieben werde wie einen Sohn! Er wird kommen, Gilgamesch. Und er ist stark und gewalttätig wie du es sein kannst. Doch eure Freundschaft wird jede Gefahr überwinden.«

»Ich hatte nie einen echten Freund«, sagte Gilgamesch. »Wenn

An und *Enlil* es zulassen, würde ich gern einen Gefährten haben, dem ich in allem vertrauen kann.«

»Ich habe dir deine Träume gedeutet«, sagte Nin-sun. »Jetzt weißt du, was der schwarze Stern und die vierschneidige Axt bedeuten. Du weißt es, ich weiß es und die Götter wissen es, denn sie waren es, die dir diese Träume schickten.«

FRÜHLINGSZEICHEN

Als er erwachte, stand die Sonne erneut am Westhimmel. Die schweren Monate an der Mauer hatten Dimus mehr Kraft gekostet als er zugeben mochte. Er hatte die ganze Nacht und auch noch den Tag in schlafartiger Erschöpfung zugebracht. Erschrocken erkannte er, daß es zu spät war, um nach Uruk zurückzukehren. Er konnte die Stadt, in der sein Meister auf ihn wartete, nicht mehr rechtzeitig und wie vereinbart erreichen.

Enttäuscht und wütend über sich selbst, richtete sich Dimus auf. Er suchte nach einem Stück Brot und Käse in seinem Beutel. Die Mahlzeit schmeckte ihm nicht. Er stand ganz auf und ging mit schwankenden Schritten zur Tiertränke hinunter. Das Wasser war so klar, daß er die Buschwurzeln und Schlinggewächse auf dem Grund sehen konnte. Silberne Fische standen in kleinen Schwärmen beieinander. Dimus bewunderte das Bild des Friedens, doch sein Herz konnte nicht froh über das Wunder der unberührten Wildnis sein. Er quälte sich bei dem Gedanken, wie er Ugnim und den Dubsars der Stadt erklären sollte, was er in der vergangenen Nacht gesehen hatte.

Niemand würde ihm glauben. Sie würden sagen, daß er geträumt hätte und daß seine Entschuldigung keiner Prüfung durch den Lu-abal standhalten konnte.

Er sank auf die Knie, beugte sich vor und trank vom klaren Wasser. Dann ließ er sich ganz in die Kühle gleiten und wusch den Staub der letzten Tage von seinem Körper. Erfrischt und nicht mehr ganz so mutlos schwamm er zum Ufer zurück. Er schüttelte die Tropfen ab und wollte gerade zu seinem Beutel zurückgehen, als er die Fußspur in der weichen Ufererde sah.

Dimus blieb wie versteinert stehen. Er zitterte, sei's von der Kälte des Wasser, sei's vor Angst, dem unheimlichen Tiermenschen noch einmal zu begegnen. Nein – jetzt konnte ihm nur noch sein Vater helfen.

Er rannte zu seinem Beutel, raffte ihn auf und warf sich in das verfilzte Buschwerk. Hinter ihm brüllte ein Löwe, so laut und mächtig, daß der ganze Busch erzitterte. Dimus konnte gerade noch einen Entsetzensschrei unterdrücken. Er fiel nach vorn. Stachlige Zweige zogen blutige Spuren über sein Gesicht. Er blieb keuchend liegen und wagte nicht, sich umzudrehen. Gott *Utu* versank hinter den Büschen, und langsam hüllte das erste Dunkel einer neuen Nacht ihn ein.

Er wußte nicht, wie er den Mut fand, sich doch noch umzudrehen. Ganz langsam schob er seinen bebenden Körper etwas zur Seite. Und wieder sah er die Löwen. Ein paar Schritte weiter tranken Gazellen breitbeinig vom Wasser des Teiches. Und mitten zwischen ihnen stand der riesige Tiermensch!

Dimus biß sich in seine Hand. Der Tiermensch sprach mit den Löwen, sprach mit Gazellen! Sie knurrten, schnurrten, schienen diesem Mann zu antworten. Dimus konnte vor Angst kaum atmen. Er spürte, wie das Blut aus seinem Kopf wich, stöhnte noch einmal auf und versank in eine neue Starre.

Den ganzen Tag über war die Freude unter dem siebenten Teil der Stadtbewohner ungläubig und groß gewesen. Die glücklichen Familien konnten kaum fassen, daß sie nach so langer Zeit wieder zusammen sein durften. Von allen anderen beneidet waren die Männer schon am frühen Morgen frisch gekämmt und in ihren eindrucksvollsten Gewandungen vor die Häuser getreten.

Viele erzählten den Alten und Kindern, wie hart und schwer die Arbeit an der Mauer war, andere schritten die Innenhöfe und Fassaden ab, gaben hier eine Anweisung und lobten dort die Sorgfalt, mit der die Frauen während ihrer Abwesenheit Haus, Hof und Garten bestellt hatten. Die wenigen Haustiere wirken in fast allen Familien gepflegt und gut versorgt. Viel war es nicht, was sich noch an Vorräten in den großen Tonkrügen und in den Körben befand.

Ugnim betrachtete besorgt die schmalen Reste seines ehedem reichen Lagers.

»Ich mußte Holz verkaufen«, sagte Nansche entschuldigend. Ugnim wußte davon und nickte ernst.

»Wie steht es mit der Ziege, den Hühnern und den Schweinen?«

»Wir ich dir sagte«, antwortete Nansche. »Die Ziege grast auf der Wiese unseres Nachbarn zur linken. Ich habe ihm gesagt, daß er dafür die Milch bekommt, denn er hat keine Ziege mehr und seine Kinder sind zu klein für Bier und Wein ...«

»Und die Hühner?«

»Ich durfte jeden Tag nur drei Eier behalten. Die anderen gehören zu den Abgaben für die Tempel.«

»Das hattest du mir nicht gesagt«, knurrte Ugnim. »Und unsere Schweine? Fünf waren es, als ich zur Mauer mußte.«

»Wir haben keine Schweine mehr«, sagte Nansche und schlug die Augen nieder. »Eins ließ ich schlachten, um dir und Dimus Fleisch in die Suppe einzulegen, eins ging als Opfer an die Tempel, zwei wurden als Tribut für Kisch geholt und das letzte konnte ich gegen Emmer und Hirse, Mehl, Linsen, Trockenfrüchte und Gewürze tauschen. Sieh hier, diesen Weihrauchbrocken habe ich für den Tag aufgehoben, an dem du zurückkehrst.«

»Dann ist das alles, was wir noch haben?« fragte Ugnim, ohne auf Nansches Weihrauchschatz zu sehen.

»Ja, das ist alles, Vater!«

Ugnim schob seine Unterlippe vor und starrte auf die armseligen Reste seiner Vorsorge. Er überlegte lange, dann saugte er die Luft durch seine Nase ein und sagte: »Ich werde heute doch nicht mehr in den Garten gehen!«

»Was hast du vor?« fragte Nansche, die ihren Vater kannte.

»Es ist längst an der Zeit, Gärten und Felder zu bestellen«, antwortete Ugnim. »Aber in all den Wochen an der Mauer habe ich erkannt, daß sich mit Grabstöcken aus Holz nur schwer die Erde lockern läßt. Ich habe mich daher entschlossen, mit Gilgamesch zu reden!«

»Mit Gilgamesch?« fragte Nansche erschrocken. »Wie kannst du glauben, daß der König dich auch nur vorläßt? Er ist oft tagelang nicht einmal für den Deuter und Ensis aus der Stadt zu sprechen!

»Er wird mich anhören!«, sagte Ugnim beharrlich.

»Willst du dein Anliegen nicht zuerst im Rat und bei den Priestern vortragen?«

Ugnim schüttelte den Kopf.

»Es nützt nichts, wenn ich nur ihnen erkläre, was ich will!«

»Aber was, Vater, welches Geheimnis bewegt deine Gedanken?« fragte Nansche und umschloß ihn mit beiden Armen. Er strich über ihr langes, schwarzes Haar und küßte sie auf die Stirn.

»Ich weiß, daß du den stolzen, unbarmherzigen Herrscher Uruks gleichzeitig liebst und verabscheust«, sagte er. »Gilgamesch mag ein Tyrann sein, der uns wie Sklaven antreibt, bis unsere Hände blutig sind und unser Wille sich nur noch nach Schlaf im Reich der Toten sehnt. Aber ich weiß, warum er so besessen ist.«

»Pukku und Mikku«, hauchte Nansche.

»Nein, meine Tochter!« sagte Ugnim. »Pukku und Mikku sind nur die Instrumente. Sein Ziel ist, unsere Stadt vor einem neuen Überfall, einer neuen Verheerung zu bewahren! Hat er denn Krieger? Sie leben in Gefangenschaft. Hat er das Gold für neue Waffen? Es liegt gehäuft in allen Tempeln der verfluchten Eselsstadt, auch wenn Kisch in den vergangenen Wochen keinen Tribut mehr ...«

Er stockte, wischte sich über den Mund als hätte er etwas Falsches gesagt und sprach hastig weiter: »Wir sehen nur den Tag mit seinen Qualen. Aber ein König muß das Ganze überschauen. Das ist sein *ME*, dem wir uns unterwerfen müssen ...«

Nansche löste sich aus den Armen ihres Vaters.

Sie blickte ihn mit ihren großen, schwarzen Augen beinahe vorwurfsvoll an.

»Daß eure Körperkraft durch seine Mauer ausgedörrt wird, das sah ich jeden Tag«, sagte sie. »Aber ich hätte nie gedacht, daß mein eigener Vater einmal seinen Stolz und seine Ehre an dieser grausamen Mauer verlieren könnte!«

»Du tust mir Unrecht, Nansche«, sagte Ugnim mit einer Spur von Trauer und Enttäuschung in der Stimme. »Ich weiß nicht, ob du Gilgamesch haßt, weil er dich bisher verschmähte. Ich aber habe ihm vor siebzehn Jahren mit dem Eunuchen Harrap und dem Seher das Leben gerettet, indem ich gegen den Befehl König Enmerkars handelte. Wir alle wissen, daß sich mit Gilgamesch das Orakel erfüllte. Er hat die Mauern unserer Stadt mit einem Schwert aus Eisen wie einen Butterwall zerschnitten! Ihr in der Stadt wißt nicht, was in den dunklen Nächten draußen auf den Kanälen geschieht, wenn Händler aus Ur und Eridu im Süden gebrannten Kalk und Erz nach Uruk bringen. Sie tun es heimlich, denn niemand darf erfahren, daß sie Gilgamesch gegen Kisch helfen ...« Und wieder stockte er.

»Willst du ihn etwa bitten, daß er aus den Erzladungen Schwerter schmieden läßt?« fragte Nansche arglos.

»Nein, Nansche! Grabstöcke! Aus Bronze, Eisen und jedem Metall, das hart genug ist. Mit Schneiden an den Kanten, und nicht für uns als Bauleute, sondern für alle, die nun an einem Tag soviel auf ihren Feldern umgraben müssen wie sonst in einer Woche! Ich weiß, daß dies jetzt unmöglich ist, aber mit schmalen Beilen, die Schneiden wie die Schwerter haben, könnte es möglich werden!«

»Ich habe nie davon gehört«, sagte sie. Ugnim blickte bedächtig. »Wenn einer die Idee versteht, dann Gilgamesch!« sagte er lächelnd.

Und wieder verging eine Nacht und ein Tag, ehe Dimus erneut aufwachte. Als ihm bewußt wurde, wo er war, wollte er aufspringen und weglaufen, doch irgendetwas hielt ihn wie mit einem unsichtbaren Netz gefangen. Er fürchtete sich, aber er war nicht in der Lage, den magischen Kreis rund um den Tümpel zu verlassen.

Er ging zum Teich, trank vom klaren, kühlen Wasser und wusch sich. In seinem Beutel war kein Brot und kein Stück Käse mehr. Er erinnerte sich an das Netz, das er am ersten Abend aufgespannt hatte. Er suchte die Stelle. Als er sie fand, blieb er verzagt vor den zerstörten Schlingen stehen. Er wollte nicht mehr nach der Grube sehen. Sein Blick erfaßte trotzdem, daß auch dort die Zweige fortgerissen waren.

Dimus hatte nur noch einen Gedanken: er mußte fliehen, ehe der Tiermann erneut mit wilden Löwen und den scheuen Gazellen an die Tränke kam!

Doch dann wiederholte sich alles genauso, wie er es schon zweimal gesehen hatte: die Löwen traten aus dem Dickicht, und der riesige Tiermensch kam ohne Furcht aus dem Halbdunkel, um mit ihnen zu sprechen. Als die Gazellen erschienen, ging der nackte Behaarte zu ihnen. Sie hatten keine Angst vor ihm. Gemeinsam mit den Tieren suchte er eine Stelle, an der frisches Gras wuchs. Er senkte seinen großen Körper, bis er auf Händen und Füßen stand, neigte seinen Kopf und begann Gras zu fressen!

Der Sohn des Jägers hatte noch nie zuvor etwas Ähnliches gesehen. Er konnte sich auch nicht daran erinnern, daß sein Vater oder die anderen Jäger jemals von einem wilden Tier gesprochen hatten, das wie ein riesiger, am ganzen Körper behaarter Krieger aussah.

Er trat vorsichtig einen Schritt vor. Im gleichen Augenblick knackte ein trockener Ast unter seinem Fuß. Der Schreck fuhr Dimus durch alle Glieder. Die Löwen auf der anderen Seite des Teiches hoben die Köpfe. Die Gazellen verharrten mitten in ihren Freßbewegungen. Jetzt drehte auch der Tiermensch lauschend den Kopf. Er kniete auf dem Boden, richtete sich ganz langsam auf und sah mit großen Augen zu Dimus.

Der Junge und der wilde Tiermensch starrten sich über den Teich hinweg an. Keiner von beiden bewegte sich. Und dann geschah etwas, womit Dimus nicht einen Gedanken lang gerechnet hatte: der riesige Tiermensch begann zu zittern. Seine Hände und Arme zuckten, und sein Mund mit zwei Reihen blinkender Zähne öffnete sich in seinem Bartgewirr zu einem unheimlich drohenden und gleichzeitig angstvollen Schrei.

Die Gazellen sprangen hoch in die Luft. Sie schlugen blitzartig Haken und flohen wie von Dämonen gehetzt in das Dickicht zurück. Selbst die gefährlichen Löwen vergaßen ihre würdige Behäbigkeit. Sie streckten die Schwänze und rannten ebenfalls davon. Der Tiermensch erkannte, daß er allein war. Noch einmal fletschte er sein Gebiß und schrie, dann zog er den Kopf ein und jagte mit geduckten Sprüngen hinter den Tieren her.

Dimus brauchte lange, bis er sich wieder bewegen konnte. Er verstand nicht, was geschehen war. Was hatte den furchtlosen Tiermenschen derartig erschreckt, daß er nur noch fliehen konnte?

Der Sohn des Jägers spürte plötzlich, daß die magischen Fesseln, die ihn so lange an der Tränke gefangengehalten hatten, auf einmal nicht mehr existierten. Hatte der Schrei des wilden Mannes sie zerrissen? Er drehte sich um und rannte so schnell er konnte in das Dickicht zurück. Der Mond ging auf, und Dimus folgte den Bildern der Götter am Firmament. Äste und Zweige peitschten über seinen Körper, aber er achtete nicht darauf. Er lief und lief bis er das Licht aus seines Vaters Haus im Busch erkannte.

Tränen standen in seinen Augen, als er endlich das vertraute Heim aus lehmverputzten Zweigwänden und dem gewölbten Dach aus Schilf und Rohr erreichte. Vor dem Haus standen Gestelle mit aufgespannten Fellen, mit Streifenfleisch an Trockenseilen und mit Netzen, in denen Vogelfedern hingen. Dimus stolperte über einen Fallenstapel neben dem Eingang. Er sah, wie die Männer rund um das rauchende Feuer in der Mitte des Hauses nach ihren Messern griffen und gegen ihn aufspringen wollten.

»Nein! Nicht!« rief er. »Ich bin es, Dimus!«

Einer der Jäger griff nach einem brennenden Ast im Feuer. Dimus kam schnell auf ihn zu, stieß ihn wortlos zur Seite und drängte sich an ihm vorbei durch die Tür.

»Ich bin allein, Vater«, keuchte Dimus mit letzter Kraft. Er spürte, wie seine Beine ihm den Dienst versagten.

»Was suchst du hier?« fragte Nimrud, der Jäger scharf. »Ist dein Platz in der Nacht nicht bei Ugnim, dem Tischler, in der Stadt?«

»Ich ... ich habe einen Mann gesehen ... ein riesiges, behaartes Tier, das auf zwei Beinen geht ...«

Die Jäger an der Feuerstelle starrten ihn schweigend und mit wetterharten, grimmigen Gesichtern an.

»Was soll das?« fragte Nimrud ungehalten. »Hast du nichts Besseres als das zu sagen? Ein Mann ... ein Tier, das auf zwei Beinen geht, na los! Berichte uns von den Vergehen, die dich aus Uruk fliehen ließen!«

Dimus senkte den Kopf. Sein Vater würde ihm nicht glauben! Keiner der Jäger würde ihm glauben! Er wollte sprechen, aber er brachte keinen Ton mehr über die Lippen.

Gilgamesch erwachte durch ein leises, wie aus weiter Ferne kommendes Geräusch. Er blieb einen Moment mit geschlossenen Augen liegen und lauschte. Ihm fiel ein, daß an diesem Morgen die erste Gruppe der Männer, die vor zwei Tagen in die Stadt gekommen war, wieder an die Mauer mußte. Bisher war sein Plan ein großartiger Erfolg. Die Priester waren zufrieden und die Urukäer lachten wieder. Sie feierten, sangen und tanzten – auch wenn bisher erst zweimal eine Gruppe in die Stadt zurückgekehrt war.

Da! Aus der Gegend des großen Buranum klang leiser Chorgesang bis in die Höhe der Zikkurat. Gilgamesch richtete sich auf. Er hatte nackt geschlafen. Mit bloßen Füßen ging er über die Bodenmatten und betrat die Steine der obersten Stufenplattform. Ein fahler, violetter Lichtstreifen glühte über dem Land im Osten. Der Lauf des großen Flusses wand sich wie ein Band aus matt glänzendem Metall durch die Schatten von Schilf und Palmenhainen.

Ungefähr zwanzig Seile entfernt entdeckte Gilgamesch ein paar kleine, schwach leuchtende Feuerstellen. Er konnte nicht erkennen, wieviele Personen sich am Ufer des Buranum versammelt hatten. Sie sangen eine beschwörend klingende Melodie. Gilgamesch verstand die Worte nicht. Trotzdem spürte er, daß sich etwas verändert hatte.

Er schüttelte den Kopf und wollte sich gerade abwenden, als er die Oberkante des aufsteigenen Sonnengottes sah. Im gleichen Augenblick erkannte er, was ihn am friedvollen Bild in der Morgendämmerung gestört hatte.

Der Fluß!

Der große Buranum war über Nacht noch breiter und mächtiger geworden! Gilgamesch blickte erstaunt über die Gärten und Felder hinweg. Wie konnte der Buranum einen ganzen Mond vor der üblichen Zeit der Überschwemmungen über die Ufer treten? Und plötzlich verstand er, was geschehen war: der zweite Monat Ululu! Was König Mebaragesi für Kisch angeordnet hatte, galt auch für Uruk!

Seit Gilgamesch denken konnte, war das Frühjahrshochwasser stets im Monat Simanui von den Bergen hoch im Norden gekommen. Jetzt war erst Ajaru, und das Wasser des schmelzenden Schnees aus den Bergen kam einen Monat zu früh. Es kam, obwohl Mebaragesi und die Priester von Kisch die Zeit verschoben hatten.

Er erkannte die Priester von Uruk am Ufer des Flusses. Sie mußten gewußt haben, daß sich der Fluß nicht dem Befehl des Königs und Hohepriesters von Kisch unterwerfen würde. Sie streuten Kräuter und brennende Strohbüschel in die steigenden Wasser des Buranum, stiegen mit nackten Beinen in die flachen Wellen und versuchten wieder und wieder, sie mit rhythmischen Tanzbewegungen zurückzutreten! Die Priester waren nicht allein. Aus den Büschen kamen mit Schleiern umhüllte Priesterinnen und Tempelsklavinnen. Sie schritten in einem langen Zug bis zu den Feuerkesseln. Einige von ihnen begannen zu tanzen. Sie hoben die Arme und ließen nach und nach ihre Schleier fallen. Kräftige Tempelsklaven nahmen die nackten Tänzerinnen, trugen sie wie Opfertiere bis zum Wasserrand und warfen sie auf Geheiß von La-abasch in den Buranum.

Gilgamesch wollte bereits eingreifen, Pukku und Mikku holen und mit harten Schlägen die Zeremonie beenden. Doch da sah er, wie die Tänzerinnen zum Ufer zurückschwammen. Ihr Opfer war symbolisch.

Dennoch ärgerte sich Gilgamesch. Sie hätten ihm sagen müssen, was sie planten! Hatte er etwa weniger Rechte als Urigallus und Sanga-machs, weniger noch als Dubsars, Gurus und Tempeltänzerinnen? Zumindest seine Mutter oder Bara Nam-tara hätten ihm eine Nachricht übermitteln können!

Noch immer verärgert lief er in den Tempel zurück. Er wusch sich mit Wasser aus einem großen Tonkrug, kleidete sich an und nahm sich ein paar Trockenpflaumen vom Altar mit den Opfergaben für die Götter. Mit finsterem Gesicht eilte er über die Plattform und sprang die Stufen der Treppe hinab. Noch aus halber Höhe sah er, wie die Männer der ersten Gruppe langsam zu den Toren der alten Stadtmauer schlurften.

Sie gingen zu spät zur Baustelle zurück! War nicht der Befehl ergangen, daß jeder Mann an der Mauer von Sonnenaufgang bis Sonnenuntergang arbeiten sollte?

Gott *Utu* hatte sich längst von der Erde gelöst. Für einen Moment spielte Gilgamesch mit dem Gedanken, den ganzen Plan rückgängig zu machen. Was aber würde geschehen, wenn der Buranum immer mehr von seinen Wassern über die Felder strömen ließ; wenn er die Kanäle über die Uferböschungen drängte, Schleusen zerbrach und bis zu den ungeschützten Fundamenten der neuen Mauer schwappte?

Gilgamesch blieb unwillkürlich stehen. Er befand sich in der Höhe des Gartens, in dem er den *Chuluppa*-Baum gefällt hatte.

Bisher war ihm nicht aufgefallen, daß die Wärme auch die Pflanzen verändert hatte. In Kisch hätten er und Schukallituda schon Tage vorher bemerkt, daß überall kleine, hellgrüne Blattspitzen und Knospen aus den Zweigen der Büsche und Bäume sprossen. Ein neuer Lebenskreis begann in der Natur!

In diesen Minuten fühlte Gilgamesch, daß er in seinem Herzen noch immer Gärtner war. Das Wunder des Wiedererwachens ließ ihn seinen Unmut vergessen. Er sah, wie ein einzelner Mann schräg über den Platz vor der Zikkurat kam, aber er hatte nur Augen für den überall sichtbaren Beweis, daß die Götter die Stadt und das Land nicht verderben wollten. Aus kahlen Zweigen wuchs neues Grün. Es war, als würden Tausende von Götterherolden versprechen, daß es auch in diesem Jahr wieder Blüten und Früchte geben würde!

Gilgamesch lächelte, dann drehte er sich um und sprang beschwingt die letzten Stufen nach unten.

»Ich müßte an der Mauer sein, Herr!« sagte der Mann, der unten auf ihn gewartet hatte.

»Und warum bist du's nicht, Ugnim?«

»Du hast in meinem Haus Pukku und Mikku aus dem Kronast und dem Wurzelholz des *Chuluppa*-Baumes geschnitzt«, sagte Ugnim. »Damit hast du am Holz mehr vollbracht als es irgendein Tischler Uruks könnte!«

»Stimmt es, daß du es warst, der mir den Korb geflochten hat, in dem ich ausgesetzt wurde?« fragte Gilgamesch, ohne auf Pukku und Mikku einzugehen.

»Ja, Herr!« sagte Ugnim und nickte.

»Wolltest du mich damals retten oder verschwinden lassen?«

Ugnim sah den jungen König direkt in die Augen.

»Es gibt in Uruk keinen Mann deines Alters«, antwortete er schließlich. »Denn damals hat kein Junge überlebt, der im gleichen Jahr wie du geboren wurde.«

»Dann hast du mir das Leben geschenkt!«

»Ich habe gegen den Befehl deines Großvaters verstoßen!«

»Du mußt nicht mehr an der Mauer arbeiten!« sagte Gilgamesch. »Das will ich dir als Dank für deinen Mut geben ...«

»Das reicht mir nicht!« antwortete Ugnim. Gilgamesch sah ihn verdutzt an. »Ich bin Tischler, aber du hast mich am Holz übertroffen!« fuhr Ugnim ohne Furcht fort. »Laß mich jetzt zeigen, daß in Bronze und im Eisen nicht nur Schwerter und Kampfäxte verborgen sind!«

Er wickelte ein neues, seltsames Gerät aus einer Wolldecke.

»Was ist das?« fragte Gilgamesch.

»Ich dachte an ein Beil, eine Axt, ein scharfes Schwert. Was du hier siehst, hat mir ein Waffenschmied geformt, der für die Sklaverei in Kisch bereits zu alt war. Ich selbst habe nur den Stiel und den Griff aus Holz gemacht.«

Gilgamesch nahm das Gerät, sah sich die kurze, breite Klinge an und ließ sie am kräftigen Griff pfeifend die Morgenluft zerschneiden.

»Nein, nein, Herr!« wehrte Ugnim ab. »Dieses Gerät soll keinen Feind besiegen, sondern die Erde! Wenn du es zuläßt, kann ich dir auf der Plattform des *Chuluppa*-Baumes zeigen, was kein Grabstock aus Holz in der gleichen Zeit schaffen könnte.«

»Du willst damit die Erde schneiden?«

»Genauso, wie du die Mauern Uruks mit deinem Schwert aus Eisen eingeschnitten hast!«

Gilgamesch blickte abwechselnd zu Ugnim und auf sein eigenartiges Werkzeug. »Die Männer Uruks würden schneller und mit weniger Anstrengung Felder und Gärten umgraben können«, überlegte er. »Ist es das, was du mir vorschlagen willst?«

»Ja«, sagte Ugnim mit einer Spur von Stolz in seiner Stimme. »Und wenn die Metallplatte schräg an einem Grabstock befestigt wird, könnten Esel und Ochsen das Erdschwert ziehen. Es würde viel tiefer graben als wir es bisher vermögen.«

»Komm!« sagte Gilgamesch entschlossen. »Ich will sehen, was dein Erdschwert kann!«

Die Jäger hatten bis in die Morgendämmerung hinein versucht, den Sohn von Nimrud zum Sprechen zu bringen. Sie hatten gelockt und gedroht, doch Dimus saß nur zusammengekauert in einer halbdunklen Ecke des Hauses auf dem Boden. Er hatte die Arme um seine eng an den Körper gezogenen Knie geschlungen und starrte auf eine Stelle des Herdes, an der verschmortes Tierblut eine schwarze Spur gebildet hatte.

Die Jäger waren längst fort. Nur seine Mutter versuchte immer wieder, Dimus aus seiner Erstarrung aufzuwecken. Beim ersten Sonnenlicht ging Nimrud, der Jäger, zu seinen aufgespannten Fellen hinaus. Sein Gesicht war finster und vom Rauschtrank gerötet. Er zerbiß eine Verfluchung nach der anderen zwischen seinen von Beerensaft blau gewordenen Zähnen, während er an den Spannschnüren für die Felle riß. Seine Gedanken waren noch zu schwer, um eine Antwort auf das demütigende Verhalten von Dimus zu finden. Er wußte nur, daß irgendetwas seinen Sohn sehr tief erschreckt hatte.

Aber was? Was konnte den bisher so furchtlosen und aufgeweckten Jungen zu einem im Kopf verwirrten Feigling gemacht haben? Nimrud stieß mit den Füßen gegen einen Stapel Waranhäute. Sie fielen mit einem trockenen Geräusch auf den Boden. Nimrud bückte sich und schlug mit den Fäusten auf die harten, schuppigen Lederstücke. Es klang wie das dumpfe Trommeln von Lilis.

Er merkte nicht, wie sich die Fellvorhänge am Haus bewegten. Dimus blinzelte ins Sonnenlicht, wischte sich mit dem Handrükken über die Lippen und kam langsam näher.

»Du mußt mir glauben, Vater!« sagte er schließlich. »Ich habe nicht gelogen!« Nimruds bereits zum Schlag erhobenen Arme senkten sich nach unten. Der Jäger drehte sich nicht um. Er starrte auf die Waranhäute und sagte: »Du hast mich heute nacht vor allen Jägern und Fallenstellern in diesem Gebiet beschämt und lächerlich gemacht.« Er drehte sich mit einem Ruck um. Mit blutunterlaufenen Augen starrte er seinen Sohn an.

»Geh zurück, Dimus! Und komm erst wieder, wenn du gelernt hast, daß erfundene Heldentaten kein Weg zu einem großen Namen sind! Du hättest uns von Uruk erzählen können, von den grausamen Kriegern aus Kisch, von Gold und den Reizen der Tempelsklavinnen! Aber du hast uns, den Jägern dieses weiten Landes, von einem Tier berichtet, das wie ein Mann von den Bergen aussehen soll.«

»Ja, Vater!« sagte Dimus schnell. »Er sah wirklich so aus, wie ich mir Riesen in fernen Bergen vorstelle: wie der Mächtigste im ganzen Land, groß wie eine Statue am Tempel von Ga[illegible], und er hat Gras gefressen wie die Gazellen.«

»Wer weiß, was du in der Dunkelheit gesehen hast!«

»Ich sah ihn dreimal, Vater! Er zerriß mein Fangnetz, zerstörte deine Fallgruben, und den ganzen Tag konnte ich kein einziges Tier so fangen, wie ich es von dir gelernt habe!«

»Du hast kein Tier gefangen? Nicht einmal ein ganz kleines?« fragte Nimrud mißtrauisch.

»Der Tiermann muß sie gewarnt haben«, sagte Dimus und nickte. »Ja, denn ich sah sogar, wie er mit den Löwen sprach.«

Nimrud trat zu seinem Sohn. Er legte ihm seine harten, vom Pflanzensaft verfärbten Hände auf die Schultern.

»Es fällt mir schwer, dir zu glauben«, sagte er rauh. »Warum solltest gerade du und nicht einer von uns, die wir doch Tag für Tag im Busch sind und durch die Steppe streifen, die Erscheinung gesehen haben? Ich glaube, du warst zu lange in der Stadt und hast unter Dächern von Häusern geschlafen! Du kennst die Geräusche der Nacht und die Schatten im Dickicht nicht mehr.«

»Ich habe wochenlang an der großen Mauer von König Gilgamesch übernachtet«, widersprach Dimus seinem Vater. »Ich schlief ein, wenn die Zeichen der Götter am Himmel erschienen, und wachte auf, noch ehe Gott *Utu* das Licht des Tages brachte. Die Männer von Uruk schlafen schon lange nicht mehr unter Dächern ...«

»Dann stimmt also, was die Jäger erzählen?« fragte Nimrud erstaunt.

»Ich war verwirrt«, sagte Dimus, »aber ich habe gehört, was ihr euch heute nacht erzählt habt. Ihr wißt alle nicht, wie groß und gnadenlos König Gilgamesch ist. Er überragt selbst dich um drei Köpfe, Vater. Sein Schwert aus Eisen zerteilte die alte Mauer der Stadt wie dein Messer den Leib einer Hirschkuh. Er ist der stärkste und mächtigste Mann, den es jemals in Uruk gab!«

Nimrud, der Jäger, lachte plötzlich.

»Wer ist nun stärker? Der König von Uruk oder das Wesen, das du im Dickicht der Tränke gesehen haben willst? Warum gehst du nicht zu Gilgamesch und berichtest ihm von deinen Visionen?«

Dimus starrte seinen Vater an. Er wunderte sich, warum er nicht selbst auf diese Idee gekommen war. Gilgamesch! Dimus dachte kurz nach, dann seufzte er und schüttelte betrübt den Kopf.

»Gilgamesch ist kein Jäger, Vater. Ich glaube, er und die Männer Uruks würden nicht einmal einen halben Tag verschwenden, um den Tiermenschen zu suchen. Es gibt keinen Grund für ihn, das zu tun oder zu befehlen. Er denkt nur an den Bau der gewaltigen Mauer, die Uruk vor einer neuen Verwüstung schützen soll.«

»Nun gut«, sagte Nimrud. »Wenn dir weder der König noch die Männer von Uruk helfen können, dann bitte Gilgamesch, daß er durch eine Frau den Zauber im Busch zerstört! Sag ihm, er soll dir eine Tempeldirne mitgeben. Ist dein starkes Wesen mehr Tier als Mensch, wird es Zutrauen fassen und du kannst es erlegen! Ist es aber ein Mann, dann soll die Tempeldirne ihre Kleider ablegen und ihm nackt jene Stellen darbieten, die für jeden Mann verlockend sind! Wenn er wie ein Mann darauf eingeht und seinen Grabstock in die Furche des Menschenweibes senkt, ist sein Zauber und seine Macht über die Tiere für alle Zeit dahin! Die Tiere des Busches und der Steppe werden seine Sprache nicht mehr verstehen und die Flucht vor ihm ergreifen!«

Dimus sah seinen Vater verwirrt an.

»Was erschreckt dich an meinem Rat?« fragte Nimrud. »Vor der Flut haben die Weiber nicht anders gehandelt! Sie paarten sich mit den Göttern und raubten ihnen damit einen Teil jener Macht, die manche heute noch anbeten. Jede Frau kann jeden Mann alles vergessen lassen! Das ist ihr großes Geheimnis, und es ist stärker als alle Mauern und Waffen zusammen!«

Dimus mußte unwillkürlich an Nansche denken. Hatte sie auch die geheimnisvolle Macht, von der sein Vater sprach?

»Ich werde tun, was du gesagt hast«, meinte Dimus schließlich.

»Vergiß nicht, mir und den anderen Jägern zu berichten, ob die Falle der List wirksamer war als die Kraft des Tiermenschen«, sagte Nimrud. »Du weißt ... die anderen glauben dir nicht, und ich habe einen Namen, auf den durch dich ein Schatten gefallen ist!«

»Dein Name wird heller leuchten als das Wasser der Tränke im Sonnenlicht«, versprach Dimus. Er umarmte seinen Vater und lief zum Vorratshaus, um sich von seiner Mutter Wegzehrung zu holen.

Noch ehe Gott *Utu* seinen höchsten Platz am Himmel erreicht hatte, strömten die Wasser des großen Buranum glucksend und schmatzend über die ersten Felder. Die Gärten und Uferweiden waren bereits seit den Morgenstunden überflutet. Gilgamesch stand auf der obersten Plattform der Zikkurat. Er hatte Priester und Schreiber kommen lassen, dazu die Vermesser des Landes, Kanalbauer und den Rat der Sieben Weisen. Jeder von ihnen hatte inzwischen seine Empfehlung abgegeben.

»Die Mauer wird die Wasser aufhalten«, sagten einige Aufseher mit hoffnungsvollen Verneigungen zum König hin. Die Dubsars waren skeptischer. »Hat irgendetwas die große Flut aufhalten können?« murmelten sie besorgt.

»Die Strafe der Götter!« jammerten einige niedere Priester weinerlich. »Das ist die Strafe der Götter für zuviel Hochmut!«

»Der Lehm zwischen den gebrannten Ziegeln ist noch nicht lange genug getrocknet«, sagte ein alter, erfahrener Ziegelbrenner bestimmt. »Er wird aufweichen und die Mauer einstürzen lassen.«

»Dann können wir nur noch Altäre errichten und die Götter bitten, daß der Buranum nach Osten hin in die Sümpfe ausweicht!«

Gilgamesch sah den Oberpriester aus dem *Weißen Tempel* mißbilligend an. Er wandte sich um und ging zum Rat der Sieben Weisen. Die Ensis standen in der nordöstlichen Ecke der Zikkurat-Plattform.

»Habt ihr besprochen, was wir tun können?« fragte Gilgamesch. Sein Gesicht sah ernst aus. Trotzdem lächelte er Ugnim beinahe verschwörerisch zu. Ohne von anderen bemerkt zu werden, hatten die beiden ungleichen Männer die ersten Stunden des Tages damit verbracht, in den hängenden Gärten der Zikkurat ein Beet nach dem anderen umzugraben. Zuerst hatte Ugnim gezeigt, wie er sich den Gebrauch seines Erdschwertes vorstellte. Gilgamesch hatte sofort erkannt, welche ganz neuen und wunderbaren Möglichkeiten das Metallwerkzeug bot. Und dann hatte der König ein Seil aus den Wandkammern des kleinen Tempels auf der obersten Plattform geholt. Zurück in den Gärten hatte er das Seil an verschiedenen Stellen des Grabstockes befestigt und ihn dann vorsichtig durch die Erde gezogen.

»Du mußt ein Joch am Griff anbringen, dann läßt sich das Erdschwert besser lenken«, hatte Gilgamesch gesagt, und Ugnim war sofort an die Arbeit gegangen. Noch ehe die Priester und Ensis die Stufen der Zikkurat hinaufstiegen, hatten der Tischler und der König den ganzen Garten der zweiten Plattform umgepflügt. Und niemand hatte gesehen, daß Gilgamesch das Erdschwert wie ein Wildstier am Seil zog, während Ugnim immer freudiger und genauer lenkte.

»Alle Schmiede der Stadt, alle Wagenbauer und alle Tischler sollen ab sofort Erdschwerter anfertigen!« hatte Gilgamesch vergnügt gesagt. Und Ugnim hatte den jungen König ob seiner weisen Voraussicht bewundert. Doch dann war das Wasser gekommen ...

»Wir wissen nicht, wieviel Land der große Buranum in diesem Jahr für sich verlangt«, sagte Tibir, der Händler. Er massierte seine schmerzenden Gelenke, und sein feistes Gesicht sah besorgt aus. Gilgamesch sah den Lu-abal an. »Was meinst du, ›der untersucht, was dahinter steckt‹?«

Der stille Schlichter von Streitigkeiten des Volkes hob hilflos die Hände. »Man sagt, daß es im Norden sehr kalt gewesen ist«, meinte er. »Wir selbst hatten sogar im Ululu den trockenen weißen Regen auf unseren Häusern und in den Straßen. Wenn sich in diesem Jahr viel davon in den nördlichen Bergen angehäuft hat, dann wird der Buranum bis zur Mauer steigen ...«

»Kann König Mebaragesi die Überschwemmung nutzen?« fragte Gilgamesch. Die Männer im Rat der Sieben Weisen schüttelten nacheinander den Kopf.

»Es wird nicht lange dauern, bis einige von seinen Kelegs und Guffas den Strom hinab treiben. Der Buranum schwemmt bei jeder Hochflut Boote und Bäume, ja selbst die Kadaver von Schafen und Eseln, von Kühen und Schweinen bis ins Südmeer.«

»Ja, ich weiß«, sagte Gilgamesch. »Auch in Kisch stieg der Fluß in jedem Frühjahr an«, sagte Gilgamesch. »Aber die Gärten, in denen ich aufgewachsen bin, lagen nicht so tief wie die Felder von Uruk!«

»Wir müssen mit den Überschwemmungen leben«, sagte der Lu-abal. »Sie tränken Gärten und Felder, ehe die Monate der großen Hitze kommen. Der Buranum bedroht uns, aber er läßt gute Erde als Geschenk für die Saat zurück!«

»Die Deuter und Sternkundigen hätten mich warnen müssen!« sagte Gilgamesch. Er legte die Stirn in Falten. »Sie haben von Anfang an gewußt, daß die Mauer auf Feldern gebaut wird, die nach der Zeit der Nachtkälte vom großen Strom überschwemmt wird!«

Er preßte die Lippen zusammen und blickte zu den Priestern hinüber. Einige hatten bereits die Handflächen zusammengelegt und beteten.

»Vielleicht können sie ein Wunder erflehen«, sagte Tibir gequält. Gilgamesch knurrte abweisend. »Sie sollen beten solange sie wollen!« sagte er dann. »Ich halte mehr von Taten als von Worten! Ich will, daß die Arbeiten an der westlichen Seite der Mauer sofort eingestellt werden! Alle verfügbaren Männer und Jünglinge von dort sollen auf die Flußseite kommen! Wir errichten einen Erdwall vor der Mauer. Kein Tropfen des Flusses darf sie berühren!«

»Aber Herr, das ist unmöglich!« sagte der Lu-abal. »Selbst tausend Männer können nicht schnell genug arbeiten, um das steigende Wasser aufzuhalten?«

»Sie können nicht?« fragte Gilgamesch grimmig. »Ich werde euch zeigen, was sie können! Und jetzt geht. Alle! Kein Ensi, kein Priester, kein Mann und keine Frau darf sich für den Rest des Tages und der Nacht in der Stadt aufhalten. Nur in Familien mit kleinen Kindern sollen die alten Frauen das Haus hüten!«

Er drehte sich abrupt um und lief in den kleinen Tempel. Als er wieder auftauchte, hatte er Pukku und Mikku in den Händen. Die Priester wichen entsetzt zurück.

»Räumt die Zikkurat!« befahl der König. »Ugnim und Laabasch bleiben hier, dazu fünf Gurus als Boten zwischen mir und Bir Hurturre. Sagt ihm, daß heute niemand mehr an der Mauer bauen soll. Auch seine Aufseher sollen arbeiten ... und wenn sie die Erde mit ihren Schwertern zerschneiden!«

Er sah kurz zu Ugnim. Der Tischler senkte die Augen. Er war der einzige, der ihm verstohlen zunickte.

KAMPF GEGEN DEN FLUSS

Der Tag verging und auch die folgende Nacht. Während die Überschwemmung des großen Stroms die Stadt mit gewaltigen Wirbeln immer mehr einschloß, versuchte Dimus vergeblich nach einem Weg, der ihn nach Uruk führen konnte. Er kam von Süden und war am Abend des vergangenen Tages bis an die weite Wasserfläche gelangt, die wie ein großes Meer alle tiefliegenden Felder überspült hatte.

Dimus hatte die Nacht auf einem zerzausten Weidenbaum verbracht. Als er aufwachte, war das Wasser bereits bis zur halben Höhe des Stammes angestiegen. Nur noch wenige flache Hügel erhoben sich wie die Rücken von Schildkröten aus den unendlichen Fluten. Weiter nördlich sah er die doppelte Mauer, die runden Dächer der Häuser, die Tempelfriese und die Zikkurat von Uruk. Er fühlte sich müde und mutlos. Wie sollte er das große Wasser überwinden? Wie auf der Weide überleben, wenn das Wasser für Tage und Wochen nicht abfloß?

Er sah, wie aufgeblähte Kadaver von Schafen und Ziegen langsam an seiner winzigen Insel vorbeitrieben. Äste und Abfälle und dann sogar Fetzen von Kleidungsstücken stauten sich an den Zweigen von halbüberschwemmten Büschen. Dimus drehte sich vorsichtig um und sah nach Süden. Auch in dieser Richtung war bis zum weit entfernten Dickicht alles überflutet. Er konnte weder vor noch zurück.

Und dann riß der Sohn des Jägers erstaunt die Augen auf. Er fiel fast von seiner Weide, als er die kleine, schräg im Buschwerk hängende Guffa entdeckte. Der runde Schwimmkorb aus gebogenen Rohrstücken und mit Erdpech versiegelten Häuten trug Zeichen der Fischer von Schuruppak.

Dimus zitterte vor Erregung. Er nahm sein Bündel und ließ sich so vorsichtig wie möglich am Stamm des Weidenbaums herab. Seine nackten Füße berührten die feuchten Häute des Schwimmkorbes. Nur eine Handbreit Wasser war in den Korb gelangt. Der

Korb sank unter seinem Gewicht etwas tiefer, doch Dimus war geschickt genug, ihn nicht kentern zu lassen. Er sah, daß sich eine Seilschlinge in den Zweigen der Büsche verfangen hatte. Er nestelte sein Bündel mit Wegzehrung auf und suchte nach seiner Trinkschale. Mit vorsichtigen Bewegungen begann er, die Guffa auszuschöpfen.

Als nur noch ein kleiner Wasserrest den Boden bedeckte, ging er daran, sich ein Ruder zu bauen. Er fischte sich einen starken, gegabelten Ast aus dem Wasser und schnitt mit seinem Messer die Zweige einen Fußbreit über der Gabelung ab. Dann knotete er den Stoff seines Vorratsbündels so um die Zweigreste, daß ein Ruder entstand. Gott *Utu* schien bereits hell und warm, als Dimus endlich fertig war. Er beobachtete die Wirbel und kleinen Wellen des Wassers. Wenn er ihnen in Richtung Westen folgte, würde es leichter sein, die Guffa mit dem Ruder zu bewegen. Dimus schloß für einen Moment die Augen.

»Hilf mir, Gott *Enki*, gütiger Herr des süßen Wassers!« betete er. Mit seinem scharfen Jägermesser aus schwarzglänzendem Obsidianstein schnitt er die Seilschlinge der Guffa durch. Der Schwimmkorb drehte sich, als die Wirbel des Wassers ihn einfingen. Behutsam tauchte der Sohn des Jägers sein Stoffruder in die Flut. Er drückte dagegen, und die Guffa löste sich langsam aus dem Sog. Dimus konzentrierte sich ganz auf die gegeneinander wirkenden Bewegungen. Er versuchte, eins mit dem Schwimmkorb und seinem Ruder zu werden. Mit weichen Bewegungen ruderte er einmal auf der linken und einmal auf der rechten Seite der Guffa. Er spürte, wie er sich in westliche Richtung bewegte.

Die winzige Insel mit dem Weidenbaum blieb immer weiter zurück. Dimus wußte, daß er mindestens zwei Minen brauchen würde, um so weit nach Westen und Norden zu kommen, daß die Stadt zwischen ihm und dem alten Flußbett lag. Erst dann durfte er sich von der Strömung einfangen und bis an die neue Mauer von Uruk treiben lassen.

Der zweite Tag der Überflutung war noch schlimmer als der erste. Gegen Mittag erkannte Gilgamesch, daß alle Anstrengungen vergeblich sein mußten, wenn nicht noch in letzter Minute ein Wunder geschah.

Er hatte Mine um Mine mit Pukku und Mikku die Männer auf den Feldern angetrieben, doch jetzt sah er, daß sie einfach nicht mehr konnten. Sie taumelten mit halbgefüllten Schilfkörben hin und her, fielen auf die Knie und schütteten lächerliche kleine Portionen Erde auf den Wallring, der das Wasser von den Fundamenten der neuen, erst halbfertigen Mauer abhalten sollte.

»Gib auf, Herr!« rief La-abasch beschwörend. Er stand im Kreis der Priester, die auf der Zikkurat verblieben waren, rang seine Hände und sah den alle überragenden König flehentlich an. »Warum willst du nicht einsehen, daß die Natur stärker ist als du? Warum mußt du auch jetzt noch die Männer erbarmungslos antreiben?«

»Sie werden noch mehr leiden, wenn es Mebaragesi gefällt, noch einmal nach Uruk zu kommen!« preßte Gilgamesch zwischen den Zähnen hervor. Er sah mit starrem Blick weit nach Norden. »Ich muß die Mauer retten ... und ich werde sie retten!«

»Dann geh doch selbst mit nach unten!« sagte in diesem Augenblick die Nin-dingirra. Ihre Stimme ließ jeden Respekt vermissen. Einige der Priester wandten sich erschrocken zu Bara Nam-tara um. »Ja, hör auf zu trommeln und kämpfe mit deinem Volk!« sagte sie wie in Trance. »Du konntest die Stadt für den König von Kisch erobern ... dann rette sie jetzt mit der gleichen Kraft!«

Gilgamesch blickte die Nin-dingirra verwundert an. Es war, als würde er nicht glauben, was er gerade gehört hatte. Sprach so eine Priesterin, die noch dazu Dirne und Sklavin gewesen war, mit ihrem König und Herrscher?

»Du hast recht, Bara!« sagte er wie abwesend. »Jeder soll tun, was er am besten kann! Die Priester sollen wieder beten und du, Nin-dingirra, du gehst ebenfalls hinab und tanzt mit den Priesterinnen! Aber dein Tanz muß die Männer, den Fluß und die Tiere zwischen Himmel und Erde betören!«

Er drehte sich kraftvoll um, eilte zur Treppe der Zikkurat und sprang mit großen Sätzen tiefer. Bara Nam-tara hatte in ihm einen neuen, phantastischen Gedanken geweckt. Ugnims Erdschwert war erst der Anfang gewesen. Gilgamesch erinnerte sich an etwas anderes. Als Mesche noch in der Stadt gewesen war, hatte er ihm in der Schmiede Enmerkars Waffen, Gerätschaften und als Schilde vorgesehene Metallplatten gezeigt. Genau diese Platten brauchte er.

Ein schmutziger, durchnäßter, müder Junge stand ganz allein auf dem großen Platz. Er wich nicht zurück, sondern trat furchtlos in den Weg des voranstürmenden Königs.

»Hör mich an, Lugal!« rief er. Gilgameschs Mundwinkel zuckten verächtlich. Er wehrte ihn wie einen lästigen Wildhund ab. Doch Dimus drehte sich um und lief mit zwei Schritt Abstand hinter dem König her.

»Du brauchst Hilfe, Herr ... ich weiß, wo Hilfe ist ... ebenso stark wie du ...«

Gilgamesch eilte noch zwei, drei Schritte weiter. Dann stoppte er so plötzlich, daß der Staub des Platzes unter seinen Füßen hochwirbelte. »Was sagst du? Und wer bist du, daß du mich ohne Verehrungsgeste anzusprechen wagst?«

»Ich bin Dimus, der Sohn des Jägers Nimrud«, stieß Dimus keuchend hervor. »Ich war mit Erlaubnis von Meister Ugnim, dessen Lehrjunge ich bin, bei meinem Vater im südlichen Dickicht ...« Er schnappte nach Luft, und sein ganzer Körper zitterte vor Aufregung. »Unterwegs habe ich einen Mann gesehen: groß wie ein Riese von den Bergen, mächtig wie die Standbilder am *Weißen Tempel*, und stark wie du selbst es bist, Herr ...«

»Was redest du da?«

»Ich habe ihn dreimal an der Tränke gesehen. Er frißt Gras wie Gazellen, zerreißt alle Fangnetze, zerstört die Fallgruben und redet mit wilden Löwen!«

Gilgamesch sah, daß inzwischen auch Bara, einige Priester und Boten-Gurus herangekommen waren. Sie bildeten einen Halbkreis um ihn und den Gesellen von Ugnim.

»Er ist wie der Tiergott *Sumukan* über und über mit Haaren und Fell bedeckt«, sprudelte Dimus hervor. »Seine Muskeln sind mächtig wie vom Kriegsgott *Ninurta* geformt und um seinen Kopf hat er dicke Locken wie *Nisaba*, die Göttin des Getreides.«

»Ein Tiermensch!« murmelte La-abasch andächtig. Gilgamesch warf ihm einen strafenden Blick zu. Der alte Deuter ließ sich nicht beirren. »Wenn es zutrifft, was dieser Junge berichtet, könnte er der Retter sein, den uns die Götter schicken!«

Gilgamesch spürte, wie es in seinem Kopf zu dröhnen begann. Was sollte dieses Gerede von einem Tiermann und Retter?

»Hast du seinen Namen gehört?« fragte La-abasch. Dimus nickte. »Im Brüllen der Löwen klang sein Name wie En-ki-du.«

Ein hoffnungsvolles Leuchten huschte über das Gesicht des alten Oberpriesters. »Dann ist er ›der Mann der guten Erde‹, den wir von den Göttern erflehten!«

Der König von Uruk erkannte, daß etwas geschehen sein mußte, wovon er nichts wußte. Und plötzlich erinnerte er sich wieder an die nächtlichen Feuer auf der Spitze der Zikkurat. Das also war der Zweck der heimlichen Zeremonie gewesen! Die Priester hatten die Götter gegen ihn aufgebracht!

»Schafft ihn herbei!« befahl Gilgamesch. Im gleichen Augenblick erinnerte er sich an die beiden Träume, die ihn noch vor wenigen Tagen beunruhigt hatten. Sollte der Tiermensch der gleiche sein, der ihm symbolisch erschienen war? Oder war er ein Dämonenwesen, über das La-abasch die Herrschaft besaß?

»Was hat dein Vater, der Jäger, gesagt?« fragte Gilgamesch ungeduldig. »Wie können wir das Wesen einfangen und hierher bringen?«

Dimus schlug die Augen nieder.

»Sprich!« befahl Gilgamesch. Dimus schluckte und dann erzählte er dem König und den Priestern, was ihm sein Vater aufgetragen hatte. Als er geendet hatte, herrschte für einen Moment Schweigen. Und dann begann Gilgamesch leise zu lachen. Er drehte sich ganz langsam zu Bara Nam-tara um.

»Nun, Nin-dingirra? Jeder soll tun, was er am besten kann! War es nicht so? Ich werde ein mächtiges Erdschwert herstellen und einen Wall um die Stadt und die Mauer gegen die Flut des Buranum errichten. Du aber, Oberpriesterin des *Innana*-Heiligtums – du gehst mit diesem Jungen zur Tränke im Dickicht der Jäger! Ich befehle auch dir: tu, was du am besten kannst! Warte auf den angeblich so kraftvollen Tiermenschen, und wenn er mit seinen Gazellen und Löwen kommt, dann wirf dein Kleid ab und zähme ihn mit der Magie deines Schoßes!«

Das Mädchen aus Aratta zuckte kaum merklich zusammen. Sie sah dem König von Uruk lange in die Augen.

»Du willst, daß ich dies tue?«

»Ja!« lachte Gilgamesch hart. »Ich hatte Träume, die mir sein Kommen weissagten. Du weißt, daß die Überflutung mich hier zurückhält. Aber ich will ihn sehen! Hier ... und durch dich!«

Sie wandte sich hilfesuchend an La-abasch.

»Was soll ich tun?« fragte sie leise.

»Er ist die Antwort auf unser Flehen«, gab der Deuter ebenso leise zurück. »Als Nin-dingirra mußt du das Opfer bringen! Ebenso wie du dich zur ›Heiligen Hochzeit‹ an *Inannas* Stelle mit Gilgamesch vereinen würdest ...«

»Ich soll mich mit einem wilden Tier paaren?«

»Ein Wesen der Götter«, sagte La-abasch mit einem ehrfürchtigen Beben in seiner Stimme. Gilgamesch hörte schon längst nicht mehr zu. Er starrte abwesend zur Schmiede Enmerkars hinüber.

»Holt Ugnim her!« befahl er. »Und dann brauche ich einen Torpfosten aus dem *Weißen Tempel*!«

Ohne ein weiteres Wort ließ er alle anderen auf dem Platz vor der Zikkurat stehen und eilte mit weitausholenden Schritten zum Palast seines Großvaters.

Es dunkelte bereits, und noch immer bemühte sich Dimus verbissen, den winzigen Schwimmkorb gegen den Sog und die Wirbel der endlosen Wasserfläche in jene Richtung zu steuern, in der die flachen, zu Inseln gewordenen Hügel mit dem Haus seines Vaters lagen.

Die Nin-dingirra war während der ersten beiden Minen sehr still gewesen. Sie hatte mit halbgeschlossenen Augen auf dem gewölbten Boden der Guffa gehockt und ihre Arme um die angezogenen Knie geschlungen. Während der ganzen Zeit sah sie nur den Rükken vom Sohn des Jägers. Sie beobachtete, mit wieviel Mut und Geschick der schöne Junge die schwankende Nußschale durch die Wellen lenkte, wie er ab und zu heftig ruderte und dann wieder still hielt, um nur noch zu steuern.

Dimus hatte neue Ruder mitgenommen, dazu einen Schlag Seile,

Schöpfkellen, wollene Decken und Kissen, getrocknetes Fleisch, einen Krug Wein, Käse und Brot. Es kam nicht oft vor, daß die Frauen am Hafen so bereitwillig alles herantrugen, was ein halbwüchsiger Junge sich wünschte. Für die Oberpriesterin hatten die Frauen auch noch Pistazienkerne, Mandeln geheimnisvolle Kräuterbüschel und kleine Tiegel mit Salben, Tinkturen und duftenden Schmuckfarben aus den Tempeln geholt.

Bara Nam-tara und Dimus sprachen nicht über das, was sie tun sollte. Nur einmal hatte das kornblonde Mädchen aus Aratta einen vorsichtigen Versuch gemacht, mehr über den Tiermann vom Sohn des Jägers zu erfahren.

»Ist er größer als Gilgamesch?« fragte sie. Dimus richtete sich auf und überlegte.

»Nein«, sagte er dann. »Ich glaube, der König ist einen Kopf größer. Aber Enkidu sieht viel breiter aus und stark wie der Herr der Löwen.«

»Du hast gesagt, daß er am ganzen Körper behaart ist.«

»Das stimmt«, sagte Dimus und nickte heftig. »Seine Haare sind so wie deine eigenen, Herrin. Sein Bart ist zottig wie die Blütenzweige von Tamarisken und das Haar von seiner Brust bis zu den Schenkeln ist dunkel wie das Fell des Panthers.«

»Seltsam«, sagte Bara Nam-tara. »Ich dachte, daß er am ganzen Körper das gleiche Haar besitzt.«

Das waren die einzigen Worte, die sie mit Dimus gewechselt hatte. Stunde um Stunde zog die Guffa in immer neuen, weit über das Wasser ziehenden Schleifen dahin. Manchmal erschien das Dickicht zum Greifen nah, dann wieder trieb der Schwimmkorb bis über den Lauf des Buranum hinaus in die Schilfsümpfe auf der anderen Seite des überschwemmten Ufers.

Bara sah, daß es sinnlos war, dem Jungen Vorwürfe zu machen. Er unternahm alles, was in seiner Kraft stand, doch die glucksenden, raunenden Wasser waren stärker. Und erst als die blinkenden Zeichen der Götter erneut am Himmel standen, fragte sie ihn, wo sie in dieser Nacht schlafen sollten.

»Ich muß den Schwimmkorb an einen Baumstamm anbinden, der aus der Überschwemmung ragt«, sagte Dimus verlegen. »Es hat keinen Sinn, in der Dunkelheit weiterzurudern.«

»Du meinst, wir müssen in dieser unsicheren Nußschale schlafen?« fragte Bara erschrocken. Dimus hob die Schultern und nickte vorsichtig. Er spürte, wie die Unnahbarkeit der Nin-dingirra geringer wurde. Er sah sie genauer an. Sie erwiderte seinen sanft forschenden Blick, und erst jetzt erinnerte sich der Sohn des Jägers an die Geschichte, die er von Nansche gehört hatte. Konnte die betörend schöne Oberpriesterin des *Inanna*-Heiligtums jene sein, die aus dem fernen Hochland von Aratta im Osten stammte und die als Sklavin des Tempels das gleiche mit dem jungen Krieger Gilgamesch getan hatte, was sie jetzt mit dem Tiermann versuchen sollte?«

»Woran denkst du?« fragte die Nin-dingirra.

»Ich dachte über dich nach«, antwortete Dimus verlegen.

»Du hast von mir gehört?«

»Ich weiß nicht, ob du die bist, von der ich hörte.«

»Es ist so«, sagte Bara Nam-tara mit einem leisen, spöttischen Lächeln. »Aber sei unbesorgt, ich brauche dich nur als Steuermann meiner Bestimmung und nicht als Jüngling, den ich erwecken könnte.«

Dimus wußte nicht, wie er ihre Worte verstehen sollte. Einerseits war er froh darüber, doch andererseits kränkte es ihn, daß sie ihn wie einen Knaben behandelte.

Die schweren Hammerschläge aus der Schmiede des alten Königs hallten bis spät in die Nacht durch die Stadt. Nur wenige wußten, welche Bedeutung sie hatten. Gleichzeitig geschahen seltsame Dinge am *Weißen Tempel*. Ugnim, der Tischler, und einige Sklaven hatten ein Gerüst vor dem Portal errichtet. Im Schein von Fakkeln und unter den Klagegesängen kleiner Priestergruppen brachen sie die gewaltigen Torflügel auseinander und ließen die reichverzierten Bohlen zur Schmiede bringen. Auch dort bewegten sich Gurus ächzend hin und her. Einige zerhackten das Holz, andere schleppten es bis an das wild aufstiebende Kaminfeuer. Sie mischten Holzkohle unter die Glut und bliesen mit zusammengenähten Schweineblasen und Ziegenhäuten Luft in das Feuer. Drei Urigallus und drei niedere Priester warfen Kräuter und staubige Metallerde hinzu. Das Feuer veränderte seine Farbe, wurde grün, blau und immer heißer.

»Mehr Glut!« rief Gilgamesch mit seiner voll und dröhnend klingenden Stimme. »Ich brauche mehr Glut!«

Schweißbäche strömten über die nackten Oberkörper der Priester und Tempelsklaven. Ruß bedeckte ihre Gesichter und Bärte, und ihre großen Augen waren von der Hitze gerötet. Der Steinhammer in Gilgameschs riesigen Fäusten schlug auf eine gewaltige, glühende Eisenplatte. Ein halbes Dutzend kahlköpfiger Eunuchen hielt die Platte mit langen Eisenzangen fest. Sie zuckten bei jedem Hammerschlag des unermüdlichen Königs zusammen. Der Schild veränderte seine Form. Er wurde rund wie die Borke von einem halben Baumstamm, dann spitz in der Mitte und schließlich immer schärfer.

»Ins Feuer damit!« befahl Gilgamesch. Er ließ den Hammer fallen, tauchte die Arme in einen Trog Wasser und warf sich einen Schwall davon ins Gesicht. Die Priester gaben neue Erzbrocken in die Kaminglut.

»Es muß rot glühen ... und dann weiß«, rief ihnen Gilgamesch zu. Er nutzte die Wartezeit und ging in den Innenhof von Enmerkars Palast. Jetzt hätte er Mesche und Zabardi Banuga brauchen können! Ehe er weiter an sie denken konnte, wischte er die Erinnerung an vergangene Tage beiseite. Er klatschte in die Hände. Ein paar wartende Boten eilten heran.

»Wie sieht es draußen aus?« fragte Gilgamesch. Einer der Diener aus Nin-suns Palast reichte ihm einen Krug mit ungesüßtem Essigwasser. Gilgamesch spülte seinen Mund, spuckte den Kaminruß aus und trank einen großen Schluck.

»Los, rede!« drängte er.

»Das Wasser steigt noch immer«, berichtete der erste Bote.

»Der große Buranum wird noch vor Mitternacht über den Erdwall strömen«, sagte der nächste.

»Die Aufseher haben alle Männer zu den flachsten Stellen der Felder befohlen«, berichtete der dritte. »Sie graben im Schein der Feuer eine tiefe Rinne vor der Mauer und tragen die Erde auf den Wall davor ...«

»Gut«, sagte Gilgamesch. »Auf diese Weise wird Uruk zur ersten Stadt Uruks mit zwei Stadtmauern, einem Graben davor und einem Wall!«

»Aber das Wasser des Buranum ...«

»Es wird die äußere Mauer nicht erreichen!« sagte Gilgamesch grimmig. »Selbst wenn es in den Graben eindringt, werde ich nicht zulassen, daß es auch nur einen Gründungsstein benetzt!«

»Wie willst du das verhindern?« fragte einer, der bisher still zugehört hatte. Erst jetzt wurde Gilgamesch bewußt, daß Harrap auch gekommen war. Der frühere Obereunuch seiner Mutter sah noch kleiner und zierlicher aus als sonst. Sein zerrissenes Gewand zeigte, daß auch er sich an den Arbeiten beteiligt hatte.

Laute Rufe aus der Schmiede hinderten Gilgamesch an einer Antwort. Er drehte sich um und rannte zurück. Noch im Laufen hob er den Hammer vom Boden auf. Das glühende Eisenstück strahlte hell wie Gott *Utu* zur Mittagszeit. Von nun an mußte Gilgamesch behutsam vorgehen. Er nahm einen Bronzehammer in seine gewaltigen Hände und schlug sanft wie mit einem fellumwikkelten Trommelschlegel zu. Dann der nächste Schlag. Und noch einer. Weißglühende Funken stoben in weichen Bogen nach allen Seiten. Das Metall klang nachgiebig und ließ sich wie frischer Schafskäse formen.

Atemlos verfolgten die Männer in der Schmiede die Kunstfertigkeit des jungen Königs. Es war, als würden seine Hammerschläge sie vergessen lassen, daß die gleichen Hände Monat um Monat nur Angst mit Pukku und Mikku verbreitet hatten. Die glühende Platte nahm eine seltsame und ungewöhnliche Form an. Sie sah jetzt wie ein Schiffsbug mit einem scharfen Rammsporn und zwei Flanken aus, die wie die Schwingen des Adlers im gleitenden Flug nach beiden Seiten gewölbt waren.

»Ins Wasser damit!« befahl Gilgamesch. Die Eunuchen hoben die schwere Platte gemeinsam an. Sie tauchte zischend in eine große, mit eiskaltem Wasser gefüllte Doppelschale aus ungebranntem Ton. Sofort füllte sich der stickige Schmiederaum mit heiß wallenden Dampfnebeln.

»Ugnim!« brüllte Gilgamesch.

»Ich bin bereit, Herr!« antwortete der Tischler vom Hof her.

»Tragt die Eisenplatte hinaus!« befahl Gilgamesch und lief voraus. Die Männer um Ugnim wuchteten einen mannshohen Torpfosten mit einem quer angebrachten und verkeilten Balken an einem Ende auf einen Steinhaufen. Und dann erschienen die keuchenden Eunuchen.

»Rammt den Pfosten hinter der Schneide ein!« befahl Gilgamesch. Holz und Metall stießen knirschend gegeneinander. »Verkeilen!« rief Ugnim. Und wieder hallten Hammerschläge durch den Hof. Gilgamesch stieß sich mit der Schulter von der Mauer der Schmiede ab. Ugnim versuchte, die Konstruktion zu bewegen, aber er schaffte es nicht einmal, sie nur einen Fußbreit anzuheben. Gilgamesch wischte seine Hände an den Seiten seines Wollrocks ab. Er spuckte in seine Handflächen, packte die beiden Enden des Querbalkens und begann, die Eisenplatte mit den gewölbten Seiten hin und her zu bewegen. Er lachte, bis seine Zähne zu sehen waren und nickte erst Ugnim, dann Harrap zu.

»Siehst du jetzt, wie ich verhindern werde, daß der Buranum meine Mauer unterspült?« rief er Harrap zu.

»Ich sehe, aber ich verstehe nicht«, antwortete der Berater Ninsuns.

»Dies ist der Grabstock, der eines Königs würdig ist!« rief Gilgamesch stolz. »Schafft die wildesten Jungstiere an die Mauer! Nehmt Jochbalken und Seile für diesen Pflug mit! Und dann sagt den Priestern Bescheid, daß sie singen sollen, wenn ich euch und den Göttern zeige, wie ich einen Graben rund um die Mauer aushebe ... mit soviel Erde, daß sich der Wall davor wie von selbst aufwirft!«

Er lachte so laut und kraftvoll, daß die Männer im Hof angstvoll zurückwichen.

»Los jetzt! Auf den Wagen damit! Und dann zur Mauer hinunter!« befahl Gilgamesch dröhnend. Er lehnte sich erneut mit den Schultern gegen eine Mauer. Zwei Palastsklaven schleppten eine polierte Kupferplatte mit gebratenen Hammelkeulen, in Öl eingelegten Weinblättern und Essigfrüchten heran. Gilgamesch griff eine Keule und riß mit den Zähnen das scharf gewürzte Fleisch ab, während die anderen Männer Seile um ihre Oberkörper schlangen und den Wagen mit dem neuen, gewaltigen Werkzeug des Königs aus dem Palasthof zogen.

Zwei höhere Priester traten mit zögernden Schritten vor Gilgamesch. »Man sagt, wir sollten die Götter um Hilfe anflehen«, rief der erste durch den polternden Lärm.

»Ich will einen Graben ausheben und einen hohen Wall um die Mauer errichten!« antwortete Gilgamesch mit vollem Mund.

»Niemand kann den Buranum aufhalten, auch du nicht, Herr!« rief der zweite Oberpriester warnend. Gilgamesch warf die halb abgenagte Hammelkeule auf die Kupferschale der wartenden Sklaven zurück.

»Niemand?« lachte er und spuckte ein paar Knochenreste aus. »Dann kommt mit und seht!«

Er drehte sich um, griff nach einem Krug Wein, trank ihn im Laufen leer und warf ihn zur Seite. Seine Schritte wurden immer länger. Der vierrädrige Wagen mit dem Pflug hatte bereits das nördliche Stadttor passiert. Vor der alten Mauer mußten die Männer sich mit aller Kraft gegen sein abwärtsziehendes Gewicht stemmen. Nur mühsam gelang es ihnen, den Wagen mit dem Werkzeug des Königs so zu steuern, daß er auf dem Weg durch die Felder nicht umstürzte. Auf halber Strecke kamen ihnen einige Muschkenus mit einem schon im Geschirr stehenden Stier entgegen. Sie banden den Wagen an. Von nun an ging es leichter.

Die Mitte der Nacht war nicht mehr fern, als alle Vorbereitungen mit viel Lärm und einem immer dichteren Gewirr aus fackelbeschienenen Männerkörpern beendet waren. Der junge König stand hinter dem Steuerbalken seines gewaltigen neuen Werkzeugs. Er hatte nur noch ein um die Hüften geschlungenes Tuch an. Acht Männer hielten die stampfenden Jungstiere vor der glänzenden Schneide des Pfluges fest. Vier andere zogen die Seile vom Zaumzeug straff und banden die Enden nach Gilgameschs Anweisungen um seine im Feuerschein glänzenden Schultern.

»Laßt die Trompeten schmettern und alle Pauken wie Pukku und Mikku dröhnen!« befahl Gilgamesch. Er holte mehrmals so tief Luft, daß sich die Seilzüge zitternd spannten und die Stiere ihre Köpfe nach oben warfen.

»Hoooh!« brüllte der König mit einer Stimme, die selbst in Uruk noch gehört wurde. Pauken und Trompeten fielen mit aller Macht ein. Zwölf Boten mit frischen Fackeln rannten wie von Peitschen gehetzt los – sechs liefen an der Seite der neuen Mauer, sechs auf dem bereits aufgeschütteten Wall.

Gilgamesch ließ die Luft aus seinem gewaltigen Oberkörper entweichen. Die Jungstiere schlugen aus. Gilgamesch drückte den Torpfosten des *Weißen Tempels* behutsam nach vorn. Die Schneide des eisernen Pfluges senkte sich in die feuchte Erde des Grabens. Sie glitt tiefer und tiefer.

»Hoooh!« brüllte Gilgamesch erneut. Seine Armmuskeln schwollen an. Er drückte nach, tiefer und tiefer bis in das jungfräuliche, noch nie zuvor von einem Grabstock berührte Erdreich. Und dann zogen die Jungstiere an. Glänzende Erdschollen brachen zur Seite.

»Hoh! Hoh! Hoh!«

Sie wurden eins: die Stiere, der König, der Pflug und die Erde. Gilgamesch jubelte innerlich, als er erneut die alles umfassende, zu jeder Ruhmestat fähige Kraft in sich spürte. Er glaubte und wußte, daß er schaffen konnte, was er wollte – selbst wenn ihm kein Gott des Himmels dabei half! Und niemand, der dieses Wunder der Nacht mit eigenen Augen sah, hatte je zuvor von etwas Ähnlichem gehört. Schneller und schneller stampfte und glitt das Gespann mit dem Werkzeug des Königs zwischen der neuen Mauer und dem mühsam aufgeworfenen Wall entlang. Die Erdfurche wurde tiefer, und die Erdschollen flogen so mächtig zur Seite, daß sie wie eine magische schwarze Welle den steigenden Wassern des großen Buranum Einhalt geboten.

Ein leises Rucken ließ den Sohn des Jägers aus dem Schlaf hochfahren. Für einen Moment glaubte er, erneut in den Ästen eines Weidenbaumes zu hängen. Seine Beine bewegten sich sanft auf und ab. Er blinzelte in die bereits hoch am wolkenlosen Himmel stehende Sonne und sah, wie sich ein Zweig mit ersten Blattspitzen über ihm hin und her bewegte. Ganz langsam kehrte seine Erinnerung zurück. Er hatte bereits zum zweiten Mal eine Nacht in der winzigen Guffa verbracht! Er richtete sich ruckartig auf. Die Oberpriesterin aus dem *Eanna*-Tempel von Uruk mußte gleichzeitig mit ihm aufgewacht sein. Sie sah sich nach allen Seiten um.

»Nun?« fragte sie, schloß noch einmal die Augen und legte den Kopf in den Nacken. Ihr langes, kornblondes Haar fiel in dicken Strähnen über ihre Schultern. »Habe ich dich gestört, als du geschlafen hast?«

»Nein«, sagte Dimus. »Nicht auf dem langen Weg hierher und nicht in den beiden Nächten, die wir am Dickicht warteten ...«

»Glaubst du noch immer, daß dein Wildmensch hierher kommt?« fragte sie spöttisch. »Oder willst du erst zurückgehen, wenn der Buranum ganz in sein Bett zurückgekehrt ist?«

»Die Guffa war unser Lager in den vergangenen Nächten. Sie hat uns ein Stück auf dem abfließenden Wasser mitgenommen«, sagte Dimus besorgt. »Wir sind jetzt auf der anderen Seite des Dikkichts, in der die Tränke der wilden Tiere verborgen ist.«

»Du könntest recht haben«, meinte Bara zustimmend. »Die Büsche sehen hier anders aus als auf der Nordseite. Sie sind schon viel grüner.«

Dimus beugte sich zur Seite. Das Seil, mit dem er die Guffa angebunden hatte, hing lose im leise schwappenden Wasser. Dimus fischte das Seil auf und kletterte vorsichtig aus dem Schwimmkorb. Mit einer behutsamen Bewegung zog er die Guffa weiter an Land und band sie am schrägen Stamm einer Dattelpalme fest. Er sah sich nach allen Seiten um. Im Osten lagen dunstige Schleier über dem weiten Land. Es war nur noch an wenigen Stellen überschwemmt. Im Westen erkannte er sehr weit entfernt die graugelbe Linie der Wüstengebiete, doch nach Süden hin war nichts zu sehen – keine Felder und Gärten, nicht einmal die Silhouette einer Zikkurat.

»Komm, iß etwas!« sagte Bara. Der Sohn des Jägers schüttelte den Kopf. Er ging ein paar Schritte zur Seite und zog sich an einem Ast etwas nach oben. Im gleichen Augenblick ließ er sich wieder fallen.

»Er ist da!« keuchte er und begann erneut zu zittern. Seine schönen dunklen Augen waren weit aufgerissen. »Er ist da, kaum hundert Schritte entfernt!«

»Soll das heißen, wir sind am Ziel?« fragte das Mädchen aus Aratta überrascht. Unwillkürlich warf sie den angebissenen, mit kleingeschnittenem Hammelfleisch und zerrupften, welk gewordenen Salatblättern gefüllten Brotfladen in den Verpflegungskorb zurück. Sie wischte sich mit dem Handrücken über den Mund und griff von unten in ihre Haare.

»Er muß aus der Einöde gekommen sein als das Wasser zurückwich. Sein Haarkleid ist staubig und sein Bart hat die Farbe des rötlichen Wüstensandes ...«

»Bist du ganz sicher, daß du nicht träumst?«

»Ich habe ihn mehr als einmal beobachtet«, sagte Dimus bestimmt. »Ich habe gesehen, wie er zur Tränke ging und mit den Vögeln im süßen Wasser redete! Auch jetzt schickt er sich an, mit den Löwen zu schwimmen!«

»Er badet mit Löwen?« fragte Bara verwundert. Dimus nickte.

»Ich will ihn sehen!«

Dimus wußte nicht, was er antworten sollte. Noch ehe er richtig begriff, was sie tat, hatte sie bereits die goldene Spange von ihrem Brusttuch gelöst, ihr langes Wollkleid abgestreift und ihre Sandalen ausgezogen. Sie glitt über den Rand der Guffa und tauchte, ohne daß Dimus sie sehen konnte, in einen Bach abfließenden Wassers. Es dauerte eine ganze Weile, ehe sie fast zwanzig Schritt weiter östlich wieder auftauchte. Die Zweige der Büsche verdeckten ihre schlanke und doch kräftige Gestalt nur unvollkommen. Sie kletterte auf eine Astgabelung und blickte zur Tränke hinüber. Vor Aufregung griff der Sohn des Jägers einen Brotfladen nach dem anderen. Sie waren schon vertrocknet, aber er aß und aß, während er angespannt neben der Guffa hockte und die nackte Priesterin zwischen den Büschen beobachtete.

Er wußte nicht, wieviel Zeit verging, bis sie endlich wieder von der Astgabel herabstieg und zurückkam. Sie machte keinen Versuch, ihre Blöße zu bedecken.

»Komm, hilf mir«, sagte sie mit einem eigenartigen Lächeln, als sie wieder an der Guffa ankam. Sie öffnete den Deckel eines runden, geflochtenen Korbes. Dimus erkannte Kämme und goldene Haarspangen, Tiegel mit Salben und farbigen Pasten, kleine Tonfläschchen, säuberlich zusammengelegte Schleier und Tücher aus bunten Stoffen.

»Trockne mir die Haare und hilf mir, diese Bänder einzuflechten«, sagte sie. Dimus zögerte, doch dann erinnerte er sich daran, was sein Vater gesagt hatte. Die betörenden Formen dieser wie eine Göttin aussehenden Nackten waren nichts, woran er sich selbst erfreuen durfte. Er mußte seine Erregung und sein plötzlich auftauchendes Verlangen dem großen Dienst unterwerfen, den sein Vater, die Priester von Uruk und König Gilgamesch von ihm und ihr erwarteten.

Gott *Utu* stieg immer höher, aber die Nin-dingirra schien über alle Zeit der Welt zu verfügen. Der Sohn des Jägers kämmte und salbte sie. Er flocht ihr dicht und weich gewordenes Haar, hielt die glänzende Kupferscheibe, in der sie ihr immer schöner werdendes Gesicht sehen konnte und wartete, bis sie auch ihren Hals und ihre großen, festen Brüste mit duftenden, farbig getönten Cremes massiert hatte.

Sie legte sich durchscheinende Schleier um Schultern und Hüften, band sich goldfarbene Sandalenbänder um und schminkte sich zum Schluß Augen und Lippen.

»Was sagst du?« fragte sie schließlich mit stolzem Lächeln. »Wird er mich so erkennen?«

»Bei allen Göttern des Himmels und der Erde!« stöhnte Dimus ergriffen. »Kein Mann im ganzen Zweistromland könnte dieser Schönheit widerstehen!« Noch während er sprach, wurde er rot.

»Ich weiß, daß du mir etwas sagen sollst, wenn wir Enkidu gefunden haben«, sagte sie. »Sprich es aus – auch wenn dir die Worte schwerfallen mögen!«

Der junge Sohn des Jägers senkte den Blick, dann sagte er leise: »Zeige ihm deine Brüste und öffne den Schoß, damit er dir näher kommt, überwinde die Angst vor seinem wildem Atem und bereite ein Lager für dich und ihn. Die Lust auf deine Schönheit wird ihn betören und seine Scheu vergehen lassen. Und wenn du tust, was nur Frauen können, wird er sagen, daß er nur dich und nicht die Tiere liebt, und wenn ihr ermattet seid, werden die Tiere geflohen sein.«

Sie legte ihre Handflächen zusammen, blickte gen Osten und neigte den Kopf zu einem kurzen Gebet. Dimus konnte nur ahnen, mit welchen Göttern sie sprach.

»Dann komm jetzt!« sagte sie. Ein leiser Wind spielte mit ihren Schleiern. »Zeig mir den Weg durch das Dickicht zur Tränke!«

Dimus griff nach seinem Messer. Er kannte die Stelle, an der die Guffa angetrieben war. Nur wenige Schritte weiter war er selbst zur Tränke gegangen. Sie folgte ihm, bis sie die glatte Fläche des klaren, süßen Wassers sehen konnte.

»Von hier an muß ich meinen Weg ganz allein gehen!« sagte sie. Ihre Finger strichen über sein Haar. »Du hast deine Sache gut gemacht. Und wenn jener nicht wäre, hätte ich gern eine Nacht mit dir verbracht, um dich zum Mann zu machen.«

Dimus errötete. Sie lächelte, drehte sich um und ging ohne zu zögern auf die Wasserstelle zu. Der Tiermensch lag, nur mit seinen Körperhaaren bedeckt, zwischen den Löwen. Ein paar Gazellen grasten friedlich in ihrer Nähe. Hin und wieder rief der kraftvolle Wildmann ihnen etwas zu, und nicht nur Bara, sondern auch Dimus erkannten, daß sie miteinander sprachen.

Die Oberpriesterin des *Inanna*-Heiligtums erreichte den Rand der Wasserstelle. Sie sah die silbernen Fische im Wasser, die Pflanzen in der Tiefe und die Libellen, die sich wie zärtliche Liebesboten im Wasser spiegelten.

Eine der Löwinnen hob nachlässig die Ohren und gleich darauf den ganzen Kopf. Es war, als würden die Tiere die Fremde wie eine drohende Gefahr wittern. Die Gazellen blieben stehen und blickten ihr scheu entgegen. Und dann merkte auch der Tiermann etwas. Er richtete sich unwillig auf, stützte sich vom Mähnenhals des mächtigen, seine Zähne zeigenden Löwen ab und wollte die langsam Näherkommende verscheuchen.

Bara, die Sklavin aus dem Hochland von Aratta, die Tempeldirne und Nin-dingirra – sie ging weiter auf ihn zu. Und dann, kaum fünf Schritte von ihm entfernt, begann sie, ihre Schleier zu lösen. Sie wehten wie große Schmetterlinge in den Teich und breiteten sich zu bunten Schwimmblumen aus.

Der große, starke Wildmann nahm ihren Geruch wahr. Nie zuvor hatten ihn derartige Düfte erreicht. Die Sonne beleuchtete die Pracht ihrer Brüste, die mit jedem noch so sanften, verführerischen Schritt schwer wie die reifen Früchte des Sommers wippten. Enkidu kannte noch nichts dergleichen. Er starrte sie an und fühlte sich wie betäubt. Da ließ sie ihn ganz kurz sehen, was unter ihren Hüftschleiern verborgen war. Er schnaufte und seine Lippen stießen

Laute aus, die sie nicht verstand.

Sie wich kaum merklich zurück. Seine Hände bewegten sich auf sie zu. Sie lachte, drehte sich einmal im Kreis und ließ auch den letzten Schleier ins frische Gras fallen. Und dann sank sie auf den Schleier. Er umgab ihre Nacktheit wie ein großes Blütenblatt. Ganz langsam bewegte sie ihre Beine auseinander. Sie strich sich über ihre Brüste, schloß langsam die Augen und erwartete leise summend den wildesten Mann, der sich ihr jemals genähert hatte.

DER RUF IN DIE WILDNIS

Deine Tat war der größte und machtvollste Sieg über die Natur, seit sich die Götter von der Erde zurückgezogen haben!« sagte Harrap mit aufrichtiger Bewunderung. »Wenn jemals ein Mensch das Recht erworben hat, stolz auf eine Leistung zu sein, dann bist du es, Herr.«

»Nun hör schon auf!« ächzte Gilgamesch unter den energischen Fingern des Masseurs, den ihm Harrap beschafft hatte. Der Mann kam aus dem Gebirge im Norden, in dem die Quellflüsse des großen Buranum beginnen sollten. Er hatte ein kantiges, braungelbes Gesicht, fleischige, scharfkonturierte Lippen, eine große, hakig wirkende Nase und dichte Augenbrauen über hellblauen Augen. Obwohl er nicht älter als der König war, sah er wie dreißig aus. Harrap hatte gesagt, daß er der Sohn eines Händlers namens Terech war, der hölzerne und aus Stein geschnitzte Götterstatuen bis zum inselreichen Meer im Norden und bis in die fernen Täler seines Heimatlandes am Indus verkaufte. Er hatte einen guten Handel aus der Vielzahl der Götter im Zweistromland gemacht, obwohl er stets vorgab, nur an einen einzigen, geheimnisvollen und mächtigen Gott zu glauben.

Terech, der Händler, war mit König Mebaragesi nach Kisch weitergezogen; sein Sohn Abram war ebenfalls einige Monate fort gewesen, dann aber nach Uruk zurückgekehrt. Und Harrap hatte ihn freudig wie einen eigenen Sohn in Nin-suns Palast aufgenommen.

»Wie lange wollt ihr mich noch auf die Bank legen und die schmerzenden Muskeln meines Körpers kneten?« stöhnte Gilgamesch.

»Du bist Kampfübungen und körperliche Arbeit nicht mehr gewöhnt«, sagte Harrap. Er lehnte an der Eingangstür des kleinen Tempels auf der obersten Plattform der Zikkurat und blickte lächelnd auf den nackten Rücken des Königs. Gilgamesch lag auf dem Bauch. Er hatte den Kopf auf die Arme gelegt und erduldete stöhnend die eisern wirkenden Hände von Abram.

»Bin ich nicht oft genug alle Stufen der Zikkurat hinauf und hinunter gelaufen?« fragte er. »Habe ich nicht den *Chuluppa*-Baum gefällt, Pukku und Mikku geschnitzt und einen Pflug geschmiedet?«

»Ja, das hast du«, gab Harrap zu. »Aber dein Pflug war wie ein Schwert, das du in einer einzigen Nacht beherrschen mußtest. Du hast wie ein Besessener gekämpft, die Mauer dreimal in jener Nacht umrundet und ein Dutzend Jungstiere zu Tode gequält. Du hast gegen die Wasser des großen Buranum gesiegt! Aber nichts, Gilgamesch – nichts auf der Welt ist ohne Preis.«

»Das war vor zwei Tagen!« sagte Gilgamesch stöhnend. »Warum trifft mich der Preis, von dem du sprichst, erst heute?«

»Weil du den ganzen gestrigen Tag noch wie von Sinnen gewesen bist! Du hast deinen Sieg über die Fluten des Stromes gefeiert, und die ganze Stadt war mit dir! Aber auch deine Kraft ist nicht unerschöpflich, Herr! Vielleicht wollen die Götter dich nur daran erinnern.«

»Zum *Ganzir* mit den Göttern!« fluchte Gilgamesch. »Was mich peinigt, sind Dämonen, nichts als feige, häßliche Dämonen in jedem Muskel von mir!« Er wischte mit einer kurzen Handbewegung den Masseur zur Seite. »Genug jetzt!«

Er richtete sich ächzend auf und ließ die Beine von der Liegestatt hängen. »Wie tief ist der Graben um die Mauer geworden?«

»Du könntest in ihm stehen«, antwortete Harrap.

»Und der Erdwall?«

»Noch einmal so hoch wie du selbst.«

Gilgamesch nickte. »Wir werden Schleusentore und einen Kanal bis zum Wall bauen!« sagte er mit leuchtenden Augen. »Und wenn König Mebaragesi von Kisch nur solange wartet, bis die Gründungsziegel der neuen Mauer getrocknet sind, werde ich den Befehl geben, die Schleusen zu öffnen, sobald der erste Schatten seiner Krieger auf meine Mauer fällt!«

Er trat in eine Kammer, in der Wasser aus einer Zisterne unter der Decke fließen konnte, zog das Seil für den Schieber und säubete seinen glänzenden, immer noch schmerzenden Körper mit schäumenden Kräutern unter dem breiten Wasserstrahl. Abram wartete, bis der König wieder in den Altarraum des Tempels trat.

Er trocknete ihn mit weichen Tüchern ab. Gilgamesch legte sich erneut auf das hochbeinige Lager und ließ sich salben.

»Gibt es schon Kunde von der Tränke im Dickicht?« fragte er. Harrap schüttelte den Kopf. »Bisher können noch keine Boten durch die sumpfigen Felder geschickt werden«, sagte er. »Die Erde ist so aufgeweicht, daß Männer zu Fuß versinken und Guffas zu wenig Wasser finden.«

»Was sie jetzt wohl mit ihm tut?« meinte Gilgamesch versonnen. Harrap antwortete nicht. Er spürte, daß der König nicht ihn, sondern eher sich selbst gefragt hatte. Gilgamesch stand wieder auf und zog sich einen Hüftschurz, Sandalen und eine leichte Wollweste an. Er gürtete sich und steckte den goldenen Dolch aus den Grabkammern der Ahnen in die Trageschlaufe. Zum ersten Mal, seit er in Uruk war, schloß er einen goldenen, mit Lapislazulisteinen besetzten Armreif über seinem linken Handgelenk. Und dann setzte er die schmale Krone auf seine Locken, die ihm die Goldschmiede der Stadt am Morgen des Tages zum Geschenk gemacht hatten.

»Geh zu La-abasch, den anderen Urigallus und zu Bir Hurturre«, sagte er zu Abram. »Richte ihnen aus, daß ich durch die Stadt gehen will und ihre Begleitung wünsche.«

»Die Männer sind noch nicht wieder an der Mauer«, sagte Harrap vorsichtig. Gilgamesch lachte. »Meinst du ich hätte vergessen, daß ich die Arbeit unterbrechen ließ, bis die Erde wieder trocken ist? Die Ziegel würden zu viel Wasser aus dem Boden trinken, und weiche Ziegel taugen nicht zum Bau einer Stadtmauer, die noch in Jahrtausenden Zeugnis von uns ablegen soll.«

»Dann willst du nicht weitermauern lassen?«

Gilgamesch schüttelte den Kopf. »Seit wir den Graben und den Wall haben, können wir uns zur Not auch mit einer halbhohen Mauer schützen. Ich will, daß von nun an Feuer und Sonne jeden einzelnen Ziegel hart wie die Felsen der Wüste brennen. Mit diesen Steinen soll eine Verblendung geschaffen werden, der nicht einmal ein Schwert aus Eisen etwas anhaben kann. Außerdem werden wir Rampen an der Innenseite bauen, über die Wagen bis zur Mauerkrone hinauffahren können, schnelle Kampfwagen mit Schutzplatten aus Metall an den Seiten für Speerwerfer und Bogenschützen.«

»Aber, Herr ...«

»Du meinst, wir haben keine Kämpfer mehr? Keine Schublugals, Speerwerfer und Bogenschützen?«

Der Obereunuch seiner Mutter nickte besorgt. Gilgamesch lachte erneut. »Wir werden sie haben, denn heute noch gehe ich durch die Stadt und suche die Jungen zusammen, die meine Schriftzeichen verstehen! Den besten und klügsten von ihnen werde ich in den nächsten Wochen zeigen, wie man kämpft, ohne daß anschließend Dämonen in die Muskeln beißen!«

Er verließ den kleinen Tempel. Draußen stand Gott *Utu* bereits über den Einödlanden im Westen. Die Felder glänzten feucht, aber der große Buranum hatte sich fast wieder in sein altes Bett zurückgezogen. Nur die randvollen Kanäle zeigten mit ihren metallisch glitzernden Wasserreifen, daß es noch einige Tage dauern würde, bis die Männer wieder auf die Felder und an die Baustellen zurückkehren konnten.

Harrap trat neben Gilgamesch.

»Wie bist du darauf gekommen, daß Kinder diese Stadt verteidigen könnten?« fragte er. Gilgamesch legte seinen Arm auf die Schulter des zierlichen Mannes.

»Keine Kinder, Harrap«, sagte er mit leuchtenden Augen. »Ich meine die wahren Söhne und Töchter Uruks. Eine neue Generation von stolzen und freien Menschen, die nicht mehr in dumpfer Angst vor dem Unbekannten heranwachsen sollen. Die alle Götter und Geheimnisse der Natur achten, aber sich nicht vor irgendwelchen Beterstatuen, vor Zeichen und Symbolen oder vor längst hohl gewordenen Gesetzen und dunklen Ritualen fürchten müssen! Der Sohn des Jägers hat mir gezeigt, was aufrechte Jungen wie er schaffen können. Wenn dieser Junge mit der Nin-dingirra und dem Wildmenschen zurückkommen sollte, werde ich ihn zum Anführer meines neuen Heeres machen.«

»Er ist erst fünfzehn!« sagte Harrap verstört.

»Na und?« lachte Gilgamesch. »Ich bin nur drei Jahre älter – und das auch erst seit ein paar Tagen. Bin ich nicht König der Stadt und des Landes soweit du sehen kannst!«

»Das hatte ich ganz vergessen«, sagte Harrap und lächelte.

Siebenmal stieg der alles erhellende Gott *Utu* nach seiner Reise durch die Reiche der Finsternis über den Bergen im Osten auf. Siebenmal schaute er neu erwachend über den schnellen Idigna und das fruchtbare Land der Könige von Ur und Eridu, Schuruppak und Kisch hinweg. Und jedesmal, wenn sein Licht die stille Tränke im Dickicht am großen Buranum erreichte, schien das strahlende Zeichen des Sonnengottes für eine Sekunde der Ewigkeit stillzustehen.

Siebenmal sah Gott *Utu* und mit ihm alle anderen Götter des Himmels, was keiner von ihnen vermochte. Das wilde Geschöpf von *Ans* Gemahlin *Aruru*, der Mann, der mit den Tieren des Himmels, der Erde und der Gewässer reden konnte, er lag bei der Sklavin aus dem Hochland von Aratta. Er lag bei Nin-dingirra, der Tempelhure, die ihren rosigen Pferch jedem öffnete, der sie begehrte, um den Göttern zu dienen.

Siebenmal hatte die Nacht dem betörenden Fleisch des Weibes und dem gewaltigen Grabstock Enkidus gehört. Kein anderer Mann und keine andere Frau zwischen dem Hochland im Osten und der wüsten Einöde im Westen hatten sich jemals so lange umfangen. Bara Nam-tara, deren Name ›Altar des Schicksals‹ bedeutete, und Enkidu, der Tiermensch, entdeckten mit jedem Kuß ihrer Lippen und mit jeder Bewegung mehr voneinander. Sie streichelten sich, faßten sich fester und glitten im Schweiß ihrer Lust auf und ab. Nachts, wenn der Mondgott am Himmel aufstieg, klang ihr Stöhnen und Seufzen wie Dämonengelächter bis zum Fluß. Und erst gegen morgen, wenn Enkidu nach Stunden des steilen Grabstocks ermattet zur Seite fiel, wagten sich wieder die Vögel aus dem Gebüsch.

Sie flogen zusammen mit schillernden Libellen und Schmetterlingen über die Liebenden. Ganz so, als wüßten sie, daß die Priesterin und der Wildmensch wie bei der ›Heiligen Hochzeit‹ ineinander verschmolzen, trugen sie die frohe Kunde von Zweig zu Zweig und über das plötzlich mit aller Macht sprießende Grün der Felder. Die Zeit der kalten Nächte war vorbei und jedes Getier folgte in diesen Tagen dem Beispiel der beiden Menschenwesen am Ufer der Tränke im Dickicht. Es schien, als würde sich die ganze Natur in einem Rausch aus Licht und heiliger Lust vereinen.

Am Morgen nach der siebenten Nacht schlief Enkidu nicht neben Bara Nam-tara ein. Matt und zufrieden betrachtete er die Schöne neben sich. Sie lächelte ihm mit halbgeschlossenen Augen zu, und ihre Finger kraulten die Haare auf seiner breiten Brust.

»Ich will zu meinen anderen Gefährten«, sagte Enkidu mit seiner tiefen, ein wenig schwer klingenden Stimme, »schwimmen gehen ...«

Das Mädchen von Aratta strich sich mit der Zunge über die Lippen. Ihre Augen glänzten im hellen Morgenlicht. Sie wußte, daß sie den Wildmann bezähmt und ihm in den wilden Nächten auch noch verschiedene Sprachen der Menschen beigebracht hatte. Er selbst ahnte nicht, was in den Tagen und Nächten mit ihm geschehen war. Er stand auf, breitete die Arme aus und reckte sich. Mit einem tiefen Röhren begrüßte er die Gazellen und Wildschweine, die scheuen Steppenhunde und die Löwen auf der anderen Seite der Tränke. Er ging am Rand des klaren Wassers entlang. Doch dann sah er, wie die Gazellen langsam zurückwichen.

»Kommt, wir wollen das Streicheln des Wassers genießen!« rief er ihnen mit Lauten zu, die nur sie verstehen konnten. Die Gazellen aber blieben wie erstarrt stehen. Gleichzeitig zogen sich die Löwinnen bis hinter den aufmerksam beobachtenden Herrn ihres Rudels zurück. Enkidu lachte über ihre Vorsicht und lief weiter. »Kommt doch, oder fürchtet ihr euch vor dem Wasser?«

Die Gazellen sprangen zur Seite. Noch ehe Enkidu verstand, verschwanden sie alle im jungen Grün des Dickichts. Überall flohen die Tiere vor ihm, die Schweine und Vögel, die wilden Hunde und selbst die Fische im Wasser. Nur die Löwen blickten ihm mißtrauisch entgegen.

»Was habt ihr?« fragte Enkidu verständnislos. »Stört euch der Geruch des Weibes, mit dem ich sechs Tage und sieben Nächte zusammen war? Seht, ich springe ins Wasser, um mich für euch zu reinigen.«

Er warf sich nach vorn und tauchte klatschend ins Wasser der Tränke. Mit langen, kräftigen Zügen schwamm er bis zu der Stelle, an der die Löwen standen. Eine der Löwinnen lief mit langen Sätzen davon. Enkidu folgte ihr, noch immer lachend. Gleichzeitig spürte er, daß ihm die Kraft fehlte, die noch vor wenigen Tagen in seinen Lenden gesteckt hatte. Er konnte nicht mehr so schnell laufen wie die Löwin!

Er blieb stehen und spürte, wie schnell sein Atem während der kurzen, verspielten Jagd wurde. Er drehte sich um und ging auf den Herrn des Rudels zu. Der große Löwe richtete sich auf. Er senkte den Kopf mit der wilden Mähne. Sein Blick wurde starr und seine Lefzen begannen zu zittern. Enkidu streckte seine Hand nach ihm aus. Im gleichen Moment schlug der Löwe zu. Er wirbelte Enkidu mit einem einzigen Hieb seiner Pranke zur Seite. Noch hatte er seine Krallen nicht benutzt. Mit einem knurrenden Warnruf sprang er über den Wildmann. Enkidu glaubte noch immer an ein Spiel. Er umfaßte die Schultern des Löwen, wollte ihn fortdrücken. Sie kamen gemeinsam hoch, doch da merkte Enkidu, daß seine Knie kaum noch Kraft besaßen. Er preßte seine Arme um den Hals seines früheren Gefährten, aber er verstand die geknurrten Warnungen nicht mehr. Mit gefletschten Reißzähnen schlug der Löwe nach seinem Gesicht. Zum ersten Mal in seinem Leben spürte Enkidu ein neues Gefühl in sich ... das Gefühl von Feindschaft und Gefahr ...

Mit einer gewaltigen Anstrengung stieß er den aufrecht stehenden Löwen zurück. Er verlor den Boden unter den Füßen und taumelte bis zum Rand der Tränke. Der Löwe riß sein Maul auf und dann brüllte er so laut durch die Stille, daß selbst das Wasser der Tränke erzitterte.

Der Löwe trabte davon. Enkidu sah ihm verstört nach. Es dauerte lange, bis er zu Bara Nam-tara hinübersehen konnte. Mit schleppenden Schritten ging er zu ihr zurück. Er fiel vor ihr auf die Knie. Sie hatte sich halb aufgerichtet und nahm seinen Kopf in ihre Hände. Es schmerzte sie, daß sie mitangesehen hatte, wie der starke und wilde Mann seine Gefährten verlor.

»Du hast dich verändert, mein großer Geliebter!« flüsterte sie ihm zu. »Die Tage und Nächte mit mir haben dich zu einem wissenden Menschen gemacht... zu einem, dem ich die Augen geöffnet habe, der von jetzt an erkennen wird, was gut und böse ist... zu einem der wie ein Gott sein kann oder wie der furchtbarste aller Dämonen!«

»Ich ... ich verstehe nicht!« sagte Enkidu hilflos. »Ich müßte mich freuen, daß du da bist, aber ich bin auf einmal viel trauriger als ohne dich.« Er wischte sich mit dem Handrücken über die Augen. »Wie konnte ich die Tiere verlassen? Wie ihre Freundschaft so verraten, daß sie vor mir fliehen? Wo ist die Kraft meiner Lenden geblieben? Und wo mein Atem?«

»Gräme dich nicht länger«, sagte Bara. »Du wirst deine Stärke wiedererlangen, sobald du siehst, welche Wunder die Welt für dich bereithält, in die du durch mich eingetreten bist! Laß die Gedanken an deine Gefährten ebenso fliehen, wie sie es taten ... ich kenne einen viel besseren Freund für dich. Er heißt Gilgamesch, ist stark wie ein Wildstier und wohnt in der von großen Mauern umgebenen Stadt namens Uruk, von deren strahlenden Tempeln und hohen Altartürmen, die bis zu den Wohnsitzen der Götter *An* und Inanna reichen, von denen ich dir erzählte, als ich in deinen Armen lag.«

Enkidu sah sie an, aber er verstand nicht alles, was sie ihm sagte. Er fühlte sich auf einmal einsam und verlassen. Ihm war, als hätte er mit den Tieren alles verloren, was ihm Geborgenheit der Nacht und den Frieden des Tages bedeutet hatte.

Der Wildmann strich sich durch seinen Bart. »Ist alles wahr, was du mir gesagt hast?« fragte er schließlich. Die Nin-dingirra nickte. Enkidu nahm einen Rest ihrer halbzerfetzten Schleier aus dem Gras und legte ihn über ihren Schoß.

»Ich werde nie wieder so sein wie vorher«, sagte er leise. Seine breite Stirn legte sich in Falten und glitzernde Tränen rannen bis in seinen wilden Bart. Und dann ballte er plötzlich die Hände zu Fäusten. »Führe mich zu diesem Gilgamesch!« preßte er rauh hervor. »Ich will ihn ansprechen und laut in Uruk rufen, daß ich der Stärkere bin! Denn ich habe mit den Tieren gelebt und kann die Geschicke ändern, weil ich die Natur verstehe!«

»Dann laß uns gehen!« sagte Bara Nam-tara. »Ich zeige dir Gilgamesch, den König von Uruk! Aber ich warne dich: du wirst Dinge sehen, die du nicht kennst und die dich blenden werden; prachtvoll gegürtete Recken, die täglich Feste feiern, tanzende Tempeldirnen, die sich im wilden Klang der Trommeln drehen, ehe sie trunken auf viel weichere Lager als das unsere sinken. Du kennst das Leben in Städten nicht, aber du sollst Gilgamesch sehen, diesen herrlichen Mann voller Kraft und Würde, der durch ein Orakel zum König von Uruk wurde! Er ist noch größer und stärker als du, aber er ist ohne Ruhe – ein Zerrissener, den Freude und Weh zur gleichen Zeit aufwühlen! *An*, *Enlil* und *Enki*, der Herr aller Götter, der Gott der Luft und der Gott des Wassers haben ihm den Verstand geschenkt, und selbst *Schamasch* ist ihm wohlgesonnen.«

»Ich fürchte mich nicht vor ihm!«

»Sei nicht zu stolz, Enkidu!« warnte Bara. »Zuerst muß ich dich lehren, wie die Schlingen und Fallgruben in der Welt jenseits des Friedens hier draußen aussehen. Du hast noch keine Erfahrung mit uns, aber Gilgamesch hat schon von dir geträumt, als du noch nichts von ihm ahntest. Er war es, der mich zu dir geschickt hat, denn er sehnt sich schon lange nach einem ebenbürtigen Freund. Aber er wird dir nichts schenken, was du dir nicht durch eigene Kraft erkämpfst!«

»Dann werde ich kämpfen!« sagte Enkidu.

Die Felder von Uruk waren inzwischen so weit abgetrocknet, daß wieder Ziegel geformt und in die Sonne gelegt werden konnten. Gilgamesch hatte überall Kamine bauen und Feuer anzünden lassen. Frauen und Mädchen sammelten angeschwemmte Äste ein und trugen sie zu den Öfen. Die Hälfte der Männer baute weiter an der Mauer, auch wenn an vielen Stellen guter Mörtel fehlte.

Das Ende der Überschwemmung war gleichzeitig der Beginn des Frühlingsmonats nach der alten Rechnung. Überall schoß das Grün in den Gärten und Feldern hoch, deshalb hatte der König entschieden, daß die andere Hälfte der Männer sich um die Aussaat kümmern sollte. Er hatte die Priester und Schreiber angewiesen, sorgfältige Pläne auszuarbeiten. Kaum einer bemerkte, daß der König nur bis zur ersten Ernte rechnen ließ.

Gilgamesch saß im Hof von Nin-suns Palast. Das große Tor war geöffnet, und pausenlos kamen Dubsars mit neuen Tontafeln aus der E-dubba auf der anderen Seite des großen Platzes. Denn weder La-abasch noch einer der anderen Oberpriester führte die endgültigen Berechnungen durch, sondern Akil, der gestrenge Schulvater von Uruk.

Gilgamesch sah sich alle Tontafeln ganz genau an. An einigen korrigierte er die winzigen Zeichen, aber die meisten fanden seine Zustimmung. Die würdigen Männer vom Rat der Sieben Weisen standen schweigend und mit gesenkten Köpfen um den Tisch herum, an dem ihr junger, konzentriert wirkender König saß. »In zwei Monaten werden wir die erste Ernte einbringen«, sagte Gilgamesch mit einem Blick auf die Tontafeln. »Zur gleichen Zeit wird die Mauer um die Stadt so hoch sein, daß sie kein Mann aus dem Norden mehr überwinden kann!«

»Das mag alles stimmen«, sagte Harrap vorsichtig. »Aber du sprichst nur von der ersten Ernte, Herr! Sie wird gering ausfallen, da doch die stärksten Männer in Gefangenschaft sind und von den anderen mehr als die Hälfte auf den Feldern fehlt!«

»Die Mauer ist wichtiger!« sagte Gilgamesch. »Wenn es nicht anders geht, werden wir die letzten Körner in den Speichern der Tempel von Kindern aufsammeln lassen.«

»Die Speicher sind bereits leer«, warf der Lu-abal ein. »Ich habe längst untersucht, was dahinter steckt! Wir ernähren uns bereits vom heiligen Saatgut, und von der ersten Ernte müssen wir fast alles für die zweite und dritte Saat zurücklegen, wenn wir in den kalten Monaten nicht verhungern wollen.«

»Dann tauschen wir eben die notwendigen Nahrungsmittel ein!«

»Womit, Herr?«, fragte Tibir, der Händler. »Unser Gold, unser Silber und unsere wertvollsten Schätze wurden von Mebaragesis Horden weggeschleppt. Wir haben keinen Schmuck und keine edlen Steine mehr, um Korn und Schlachtfleisch in Schuruppak und Nippur zu kaufen. Die Fischer von Ur und Eridu werden uns nichts von ihren Fängen abgeben, wenn wir ihnen weder Früchte noch heilige Metalle zum Tausch bieten können.«

»Du solltest die Arbeit an der Mauer solange ruhen lassen, bis wir uns wieder von der Frucht unserer Felder und Gärten ernähren können«, sagte jetzt auch noch Ugnim, der Tischler.

Gilgamesch richtete sich auf.

»Was ist das hier?« stieß er scharf hervor. »Ein Rat der Weisen oder eine Versammlung von Klageweibern? Könnt ihr denn nur noch mit euren Bäuchen denken?«

Er sprang auf, warf die Arme auf den Rücken und lief verärgert vor dem plätschernden Brunnen auf und ab. »Die Mauer wird weitergebaut! Ich weiß, daß der König von Kisch wiederkommen wird, sobald die Eselsstadt ihre eigene erste Ernte eingebracht hat! Aber wir werden schneller ernten – so wahr uns Gott *Utu* helfe! Oder könnt ihr mir sagen, was wir mit einer neuen Saat anfangen sollen, wenn das Heer Mebaragesis jeden Halm zertritt und Uruk mit seiner halbfertigen Mauer jederzeit dem Erdboden gleichmachen kann?«

Er blieb vor Harrap, Tibir und Ugnim stehen.

»Nein!« sagte er hart, »die Mauer wird weitergebaut! Sorgt ihr für trächtige Muttertiere und laßt schnell wachsendes Korn einsäen! Ab sofort wird kein Fleisch mehr gekocht, kein Bier mehr gebraut und kein Brot mehr gebacken! Wer Durst hat, soll Wein oder Wasser trinken, und wer hungert, soll Vögel und Fische, Käfer und Schlangen essen! Und keine Feuer in den Häusern mehr! Jeder trockene Ast, jeder Zweig wird für die Ziegelöfen verwendet! Und wehe euch, wenn ich Rauch über den Häusern der Stadt sehe!«

Er drehte sich um und ging mit weiten Schritten durch den Innenhof des kleinen Palastes. Am Tor wandte er sich noch einmal um. »Ich werde euch zeigen, was mein Volk zu leisten vermag!« rief er den bedrückt am Brunnen stehenden Weisen der Stadt zu. »Folgt meinen Befehlen und ich werde euch beweisen, wie hart mein neues Heer aus Knaben und ganz jungen Mädchen zuschlägt, sobald Mebaragesi es wagen sollte, unsere Grenzen zu übertreten!«

Sie warteten, bis der grimmig lachende König nicht mehr zu sehen war, dann wandte sich Harrap zu den anderen um. »Ich fürchte, die Zeit bis zur ersten Ernte wird noch furchtbarer als die vergangenen Monate«, sagte er leise.

»Die Gurus der Tempel haben bereits Waffen für zweihundert Jungen geschmiedet«, sagte der Lu-abal. »Seit der Nacht mit seinem Pflug sind nur zehn Tage vergangen, und schon ziehen seine kindlichen Krieger Abend für Abend wie die Horden der Eselsstadt durch alle Gassen.«

»Sie fühlen sich als seine Auserwählten«, nickte Ugnim.

»Sie kämpfen und schreien bei Tag, bis nur noch die Kräfte des Rauschtrankes in ihnen sind«, klagte der Lu-abal. »Und dann nehmen sie sich unsere Töchter und feiern die Männlichkeit, die sie noch gar nicht haben dürften.«

»Ich wünschte, die Nin-dingirra würde endlich kommen und uns den bringen, der Gilgamesch Einhalt gebieten kann!« sagte der zierliche Obereunuch mit einem schweren Seufzer. Die Männer des Rates nickten beklommen.

»Und nicht einmal das Fest der ›Heiligen Hochzeit‹ ist in diesem Jahr gefeiert worden«, sagte der Lu-abal. »Nach den alten Gesetzen ist der Zeitpunkt bereits um zwanzig Tage überschritten.«

Siebenmal war der Sohn des Jägers in aller Frühe zur Tränke im Dickicht gegangen und hatte nachgesehen, ob sich die Nin-dingirra und der Wildmensch noch umfangen hielten.

Und dann war geschehen, was sein Vater vorausgesagt hatte: Enkidu hatte vergeblich versucht, zu den Tieren zurückzukehren. Dimus wußte, daß Enkidu in all den Tagen und Nächten nur Wasser getrunken haben konnte, während sich Bara mit Braten und Wein, Trockenobst, Käse und Eiern gestärkt hatte, die er ihr jeden Morgen zugeschoben hatte, sobald Enkidu zur Tränke gegangen war. Und nun hockte der wilde Mann mit zuckenden Schultern neben Bara im Gras. Dimus sah, wie sie ihn mit ihren Blicken suchte.

»Komm heraus, Sohn des Jägers!« rief sie in seine Richtung. Dimus zögerte. Er fürchtete sich vor dem Wildmann neben ihr, der den Löwen nicht mehr bezwingen konnte, aber immer noch stark genug war, um ihn weit in das Dickicht zu schleudern.

»Nun komm schon!« rief die halbnackte Priesterin. »Er wird dir nichts tun, wenn du uns zum Haus deines Vaters führst ...«

Dimus trat zögernd auf die Schräge, die sanft bis zum Teich hinab führte. Enkidu hob den Kopf und fletschte die Zähne. Es war, als würde er erneut vor dem Jungen zurückschrecken, der ihn bereits bei ihrer allerersten Begegnung verwirrt hatte.

»Laß ihn!« sagte Bara Nam-tara und legte ihre Hand auf seinen behaarten Rücken. »Er ist der Junge, der dich zuerst mit den Tieren gesehen und der König Gilgamesch von dir berichtet hat.«

Enkidu strich sich über seinen vom Morgenbad glatten Bart. Er sprang auf, duckte sich und ging ganz langsam auf Dimus zu. Mit seinen starken Fingern tastete er über das ganze Gesicht des zitternden Jungen. Er prüfte seine Armmuskeln, dann hob er seinen kurzen Wollrock an und starrte auf das, was Dimus zwischen den Beinen hatte. Und plötzlich begann er zu lachen. Er schlug sich mit beiden Fäusten auf die Brust und lachte, bis er zu taumeln begann.

Der Sohn des Jägers biß die Zähne zusammen. Wenn er jetzt eine Schleuder gehabt hätte, wäre ihm selbst ein Kieselstein groß genug gewesen, um es mit dem wilden Hünen aufzunehmen! Aber er trug nicht einmal ein Messer bei sich. Sein Vater hatte es genommen, um es zu schärfen.

»Enkidu!« rief das Mädchen von Aratta verärgert. »Das ist ein Knabe und kein Mann! Du hast kein Recht, seinen noch jungen Grabstock und sein kleines Haus des Lebens zu verhöhnen!«

Die Augen des Wildmannes wurden groß. Sie bückte sich, hob die Reste ihrer Schleier auf, teilte sie und gab Enkidu die Hälfte ab. Sie zeigte ihm, wie er den weichen Stoff um seine Hüften wickeln sollte und nickte dem Sohn des Jägers zu. Und jetzt mußte Dimus lachen, als er sah, wie seltsam der Wildmann Enkidu mit den bunten Stoffetzen um seine Schenkel aussah. Der Wildmensch wollte erneut aufbegehren, aber Bara trat schnell zwischen sie.

Sie gingen am Ufer des Teiches entlang. Es dauerte nicht lange, bis das weite Land am Westufer des Buranum sichtbar wurde. Die Buschflecken in der Grassteppe waren inzwischen grün und dicht geworden. Zum Fluß hin flatterten Reiher, Pelikane und Enten durch die schnell hochgewachsene Wildnis aus Röhricht, Papyrus und Schwimmpflanzen.

Dimus, der Wildmann und das Mädchen sahen Wildschweine und ein paar Wasserbüffel an den sumpfigen Stellen. Bald darauf erreichten sie das Waldstück, in dem Nimrud, der Jäger, seinen Wohnplatz hatte. Die Kunde von ihrem Nahen war ihnen bereits vorausgeeilt. Ein paar kleine Kinder wagten sich zuerst in ihre Nähe. Anschließend sahen sie Hirten, die hastig ihre mageren Schafe und halbwilden Ziegen in die Büsche zurücktrieben.

Dimus ging noch immer voran. Er sah sich immer häufiger um. Er bemerkte, wie Enkidu zunehmend unruhiger wurde. Er hatte den Eindruck, als würde sich der Wildmann absichtlich ducken und kleiner machen. Und dann erreichten sie die Lichtung zwischen Weiden und Palmen, in der die Hütten von Nimrud und seiner Familie standen. Fast zwanzig vollfreie Jäger und Hirten warteten auf sie.

Es dauerte bis zum Abend, ehe sich die Männer und Frauen, die Kinder und Neugierigen aus dem weiten Land so weit beruhigt hatten, daß Enkidu seine Scheu langsam verlor. Und als Gott *Utu* das flimmernde Wüstenbraun im Westen berührte, begann das Festmahl, das den ganzen Nachmittag über vorbereitet worden war.

Nimrud stand auf, ging zum Feuer und ließ sich von seinem Sohn einen neuen Krug mit gewürztem Rauschtrank geben. Er trank ihn zur Hälfte aus und reichte ihn wie in einer Tempel-Zeremonie an den Wildmann weiter.

Enkidu nahm ihn zögernd an, roch hinein und warf ihn mit einem entsetzten Gesichtsausdruck weit von sich. Die Männer am Lagerfeuer sprangen sofort auf.

»Was ist das? Er schmäht dein Gastgetränk!« rief einer.

»Das Tier will nicht trinken!« brüllte ein anderer, der schon zuviel Rauschtrank genossen hatte. Seine Augen sahen böse und furchtsam zugleich aus.

»Haltet ein!« rief die Nin-dingirra schnell. Sie sprang zwischen die aufgebrachten Männer und Enkidu. »Er kennt doch nur Wasser und Milch von den Muttertieren. Er weiß nicht, was Brot ist und hat noch nie Bier oder Wein gekostet.«

Nur mühsam gelang es ihr, die Männer wieder zu beruhigen. Sie nahmen erneut am Feuer Platz und schnitten die ersten duftenden Bratenstücke von einem Wildschwein am Spieß. Bara Nam-tara legte ihren Arm um Enkidu und führte ihn dorthin, wo die Kinder und Frauen einen zweiten Kreis um das Lagerfeuer gebildet hatten.

»Komm«, sagte sie mit einem sanften Lächeln. »Du kannst ohne Furcht das frische Brot essen. Es ist nur zerriebenes Korn, das mit Wasser angerührt und erhitzt wurde.«

Enkidu nahm einen warmen Brotfladen aus ihren Händen. Er zupfte ein winziges Stück mit den Lippen ab und begann vorsichtig zu kauen. »Und nun ein Schluck Wein dazu«, sagte sie. »Er ist aus Trauben gepreßt und mit Kräutern und Pilzmehl gewürzt.«

»Nein!« sagte Enkidu noch immer ablehnend. Sie beugte sich vor und küßte seine Stirn. Die Männer am Feuer johlten begeistert.

»Dann nimm einen Krug Bier aus wildem Korn«, lachte Bara Nam-tara. »Das gehört zum neuen Leben, das du doch kennenlernen wolltest!«

Dimus kam mit einem Bierkrug heran. Er reichte ihn Enkidu. Der Wildmann zögerte. Und plötzlich lachte er und ließ seine flache Hand mit einem gutmütigen Schlag gegen die Oberschenkel von Dimus klatschen. Er fing den Bierkrug auf, legte den Kopf in den Nacken und trank das Bier mit einem einzigen langen Zug aus.

Die Hirten und Jäger am Feuer klatschen begeistert in die Hände. »Noch einen! Noch einen!« riefen sie. Sie sprangen auf und drängten sich näher. Jeder wollte der nächste sein, der dem Wildmann seinen Bierkrug anbieten konnte. Und Enkidu trank. Er aß das Brot, das ihm die Nin-dingirra in den Mund steckte, schmatzte vergnügt, und hielt in jeder Hand einen Krug Bier.

Nach dem vierten Krug begannen die Augen in seinem behaarten Gesicht zu strahlen. Nach dem fünften wagten die Kinder, sein Haarkleid zu streicheln. Nach dem sechsten sprang er um das Feuer und nach dem siebenten grölte er: »Wascht meinen Körper mit Wasser, salbt mich mit Öl wie die Krieger der Stadt, gebt mir von euren Kleidern und nennt mich mit meinem Namen! Laßt mich mit euch die Wölfe und Löwen jagen. Ich will sie erschlagen, denn ich bin ... ich bin ein Mann! Jawohl ein starker Mann und ein Mensch so wie ihr!«

Er trank noch einen letzten Schluck, dann fiel er um und kroch mit tapsigen Bewegungen auf das Feuer zu.

Tag um Tag zog ins Land, und als erneut eine Woche vergangen war, glaubte kaum noch jemand in Uruk, daß die Nin-dingirra, die mit dem Sohn des Jägers ausgezogen war, den Wildmenschen zu finden, wieder zurückkommen würde.

»Die Flut wird sie an Ur und Eridu vorbei bis ins südliche Meer getrieben haben«, sagten einige.

»Oder die Löwen haben sie gefressen«, meinten andere. Und wer noch immer an die Macht der alten Ordnung glaubte, wußte von furchtbaren Dämonen des Wassers und den Schrecken einsamer Nächte außerhalb der geschützten Städte zu berichten.

Die Klagen der Urukäer waren längst so leise geworden, daß sie kaum einer der fernen Götter hören konnte. Es war, als wären seit der Flutnacht, in der Gilgamesch erneut seine unfaßbare Stärke bewiesen hatte, nicht einmal mehr die Priester dazu fähig, sich gegen den König aufzulehnen. Die ganze Stadt stöhnte unter der harten Fron, mit der Gilgamesch jeden Mann und jede Frau vom frühen Morgen bis spät in die Nacht zur Arbeit zwang. Und selbst die Jungen lachten nicht mehr. Sie hatten harte, beinahe maskenhafte Gesichter bekommen. Pukku und Mikku befahlen ihren Beinen, im schnellen Takt zu marschieren, die Schwerter auch noch dann zu heben, wenn sie längst nicht mehr konnten, und Lieder des Sieges zu singen, wenn ihre Kehlen nur noch weinen und schluchzen wollten.

Selbst Gilgamesch hatte erkannt, wie mutlos und ohne Kraft alle anderen gegen ihn waren.

Er wachte fast jede Nacht auf der obersten Plattform der Zikkurat. Sein Hader mit den Göttern, die ihm die unwürdige Stadt gegeben hatten, wurde immer grimmiger. Wenn die Nacht nur noch ein Raunen war, dann dröhnte seine zornig nach oben gerichtete Stimme bis zum großen Buranum. Und niemand war in der ganzen Stadt, der seine Tyrannei verstand!

»Der Fluch des Orakels hat uns noch härter geschlagen als jeder fremde König!« murmelten die alten Frauen hinter den Netzen, die ihre Schlafstuben von den Wohnräumen der Häuser trennten In den Tempeln brannten nur noch wenige Opferfeuer. Der furchtbare König hatte sogar den Priestern Öl und Harz beschnitten und den Zieglern zugewiesen.

Der zwölfte Monat des Jahres war längst verstrichen, und nach den alten Regeln hätte schon vor dreißig Tagen der Beginn des neuen Jahres gefeiert werden müssen. Und nun hatte auch der von Kisch um einen Monat zurückversetzte Addaru seinen letzten Tag erreicht, ohne daß Gilgamesch eine Zeremonie zugelassen hätte.

»Wie sollen Frauen, wie die Tiere und die Felder fruchtbar werden, wenn unser König die ›Heilige Hochzeit‹ mit *Inanna* vergißt?« fragte der Rat der Sieben Weisen den Seher. Sie waren heimlich in der Nacht zusammengekommen, in der der Addaru in den Nisannu überging. Der alte Urigallu des *Inanna*-Heiligtums schritt im sorgsam abgedunkelten Altarraum auf und ab. An allen Türöffnungen waren Gurus postiert, und als Frauen von Fischern verkleidete Priesterinnen streiften außerhalb des Tempels durch die Dunkelheit.

»Er ist ein Fluch für diese Stadt!« sagte der alte Seher mit klagender Gebärde.

»Sollen wir etwa die Könige von Schuruppak und Ur anflehen, daß sie uns von Enmerkars Enkelsohn erlösen?« fragte der Mann, ›der untersucht, was dahinter steckt‹.

»Es gibt nur einen einzigen Ausweg«, sagte Tibur, der Händler. »Wir müssen den Wildmenschen finden! Nur er könnte den Vaterlosen bezwingen, der kein König, sondern ein Tyrann ist!«

»Das ist nicht einmal das Schlimmste!« sagte La-abasch mit einem kurzen, bitteren Lachen. »Wißt ihr, was Gilgamesch jetzt fordert?« Die Männer blickten den Deuter fragend an. »Er will das alte Recht der Könige wieder einführen! Keine ›Heilige Hochzeit‹ mit unserer Stadtgöttin *Inanna* mehr, sondern das Recht für ihn, jede Braut vor ihrem eigenen Mann zu besuchen.«

Die Männer im Rat der Sieben Weisen stöhnten entsetzt.

»Wir müssen einen Boten ausschicken!« forderte Ugnim. »Er muß jeden Jäger, jeden Hirten fragen, wo der Wildmensch sein könnte!«

»Und wer wäre dazu fähig?« fragte der Lu-abal.

»Ich wüßte einen«, sagte Tibur und drehte sich ächzend zur Seite. »Ich denke an Abram, den Sohn des Händlers aus dem Norden. Er versteht es, mit mißtrauischen Menschen zu sprechen.«

»Dann schickt ihn los, bei allen Göttern, die unser Flehen nicht mehr erhören!« sagte La-abasch zustimmend.

»Der Rat der Weisen möge beschließen!« sagt Tibur.

»Es ist beschlossen!« antwortete einer nach dem anderen.

DUELL DER RIVALEN

Zwei Tage später kam Enkidu mit den Jägern zur Lichtung zurück, in der Nimrud sein Haus und seine Vorratshütten hatte. Die Männer schleppten so reiche Beute an, daß alle Kinder in ein wildes Freudengeschrei ausbrachen. Inzwischen lebten auch noch einige andere Männer und Frauen in der kleinen Einödgemeinschaft. Es hatte sich schnell herumgesprochen, daß Nimrud eine eche Tempelpriesterin aus der stolzen Stadt Uruk und einen wilden Mann bei sich leben ließ, die den gesamten Tagesablauf auf der Lichtung verändert hatten.

Während die schöne Nin-dingirra den Frauen und Mädchen erzählte, wie sich die Frauen in der Stadt kleideten, schmückten und schminkten, bewies sich der Wildmann als ein besonders fähiger Jäger. Kein Morgen verging, an dem er nicht mit ein oder zwei Wildschweinen, ja, sogar mit erlegten Hirschen und Löwen von der Jagd zurückkehrte. Er konnte den Adler fangen und den Wasserbüffel so lange hetzen, bis er den Speeren der anderen Jäger zum Opfer fiel. In einer einzigen Nacht tötete Enkidu ein Dutzend wilder Hunde und Wölfe, die in den Wochen davor viele Schafe gerissen hatten.

»Er muß noch immer magische Kräfte über die Tiere haben«, meinte Nimrud, wenn ihn die Hirten und Jäger nach dem Geheimnis des wilden Mannes fragten. Nimruds Weib hatte Enkidu einen wollenen Mantel und einen Gürtel für seinen Hüftrock genäht. Er lief weiterhin barfüßig, aber er verließ das Lager stets mit einer kurzärmligen Weste, die seinen behaarten Rücken bedeckte und nur seine Brust freiließ. Bara hatte sein wildes Haupthaar gekürzt und seinen Bart so geschnitten, daß er wie ein starker Schublugal aussah. Die Frauen badeten und salbten ihn nach jeder Jagd mit Öl von Oliven und Leinsamen, und allmählich ließ auch die Furcht der Hirten nach, die nicht zu Nimruds Gruppe gehörten.

Am Ende der schönen, sonnigen Tage hockte Enkidu zusammen mit Dimus und den anderen um das Feuer in der Mitte der

Lichtung. Und wenn dann das Bratenfett in die Flammen tropfte, wenn Krüge mit Wein, Bier und Rauschtrank herumgereicht wurden, wenn die Frauen die Wolle der Schafe aus großen Haufen am Boden zupften und wenn die Männer aus dem Dickicht und aus der Steppe zusammengekommen waren, um ihre rauhen alten Lieder zu singen, dann genoß es der Wildmann, bei den Menschen zu sein.

Enkidu hatte schon fast vergessen, daß er einmal von der Tränke weggegangen war, um die Stadt und ihren König zu sehen. Auch Bara Nam-tara drängte ihn nicht. Wie alle anderen Frauen genoß sie die Stunden des Friedens auf der Lichtung, die Heimkehr der Jäger und die Geschichten, die dann am Feuer erzählt wurden. Niemand störte sich daran, als sie wie jeden Abend zu Enkidu ging. Sie stellte sich hinter ihn und drückte seinen Kopf gegen ihre Schenkel. Er drehte sich halb zur Seite, umfaßte mit einem Arm ihre Beine und reichte ihr mit der anderen Hand einen noch halb gefüllten Weinkrug.

»Trink!« lachte er mit seiner tiefen, noch immer etwas schwerfällig klingenden Stimme. Sie bückte sich und nahm ihm den Krug ab. Er strich sanft über ihre freiliegenden Brüste.

»Kommst du?« fragte sie. Er sah sich um, dann nickte er. Sie half ihm hoch. Gemeinsam schlenderten sie in das rötliche Halbdunkel am Rand des Lagerplatzes.

»Ein Mann ist gekommen«, sagte sie, aber er wollte es nicht wissen. Gemeinsam sanken sie ins Gras, wie sie es oftmals an der Tränke getan hatten. Sie genoß seine sanfter gewordene Stärke, und er bemühte sich, seine wertvollste Beute schonend zu lieben. Es dauerte lange, bis sie erschöpft und glücklich nebeneinander lagen. Die Sterne funkelten durch die Blätter. Enkidu wollte gerade fragen, wie die Göttersymbole hießen, die sie ihm noch nicht erklärt hatte, als hinter ihnen ein Zweig knackte. Sofort richtete sich der Wildmann auf.

»Still!« sagte er und lauschte.

»Das ist der Mann, der aus der Stadt gekommen ist«, sagte Bara Nam-tara. »Er sagte, daß er mit dir sprechen will.«

»Mit mir?« fragte Endiku mißtrauisch. »Wo ist er?«

Ein Schatten löste sich aus der Dunkelheit. Enkidu sprang auf und wich ein paar Schritte zurück. Der schwache Schein des Lagerfeuers erhellte ein Gesicht, das ganz anders aussah als die Gesichter der Jäger und Hirten.

»Ich heiße Abram«, sagte der fremde junge Mann. »Hast du auch einen Namen?«

»Denkst du, daß er ein Tier ist, weil er Vater und Mutter nicht nennen kann?« warf das Mädchen aus Aratta verärgert ein.

»Ich will nur sicher sein, daß er der richtige ist, der Mann, den ich suchen und nach Uruk bringen soll.«

»Niemand bringt mich nach Uruk!« fauchte der Wildmann. »Ich bin hier und ich bleibe hier. Das sagt Enkidu, denn Enkidu hat einen Namen!«

»Was willst du von ihm?« fragte Bara Nam-tara. »Hat König Gilgamesch dich geschickt?«

»Nein«, anwortete Abram. »Der Rat der Weisen von Uruk. Sie wissen sich keinen anderen Rat mehr. Der durch ein göttliches Orakel zum König wurde, der eine gewaltige Mauer baut und dafür die Männer der Stadt versklavt, dieser Tyrann verlangt auch noch, daß die Weiber tagsüber für Nahrung sorgen und nachts ihn selbst satt machen. Vor ihren Männern will er bei ihnen eingehen.«

Enkidu trat vor den jungen Fremden. Er ging einmal um ihn herum, dann fragte er: »Was sind das für Männer, die sich derartiges gefallen lassen?«

»Ein besiegtes Volk«, sagte Abram. »Sie sind vom Hunger geplagt, und niemand kann dem Tyrannen Einhalt gebieten.«

»Du meinst: niemand außer mir?«

»Das meinen alle, die von dir hörten ...«

Enkidu stutzte. Dann lachte er vergnügt, holte tief Luft und reckte sich. »Das meinen alle, die von mir hörten! Was sagst du, Bara?«

»Ich habe stets gewußt, daß unsere Zeit hier draußen vor dem Sommer ablaufen würde«, antwortete sie mit einem wehmütigen Lächeln. »Jetzt wirst du fortgehen ...«

»Ja!« brüllte er und schlug sich mit den Fäusten auf die Brust. »Ich werde von dir gehen und den Furchtbaren erschlagen! Und wenn du in der Stadt ankommst, wird der neue König von Uruk En-ki-du heißen!«

Der erste Tag des neuen Jahres nach dem Kalender Mebaragesis verging ohne Freude für die Urukäer. Auf den Straßen und Plätzen schleppten sich in Lumpen gekleidete Gestalten mit schweren Lasten durch den Staub. Ihre Gesichter waren eingefallen, und ihre Haare hatten jeden Glanz verloren. Wo früher auf Märkten und Plätzen ein munteres, buntes Gedränge geherrscht hatte, war nur noch das Klirren gebrannter Ziegel zu hören. Kein fremder Händler bot Spezereien und Gewürze aus fernen Gegenden an, kein Hafenweib pries laut Fische aus dem Fang der Nacht und kein Handwerker stellte aus, was seine Kunstfertigkeit an Gerätschaften oder Waffen, Bekleidungsstücken oder Schmuck vollbracht hatte.

Nur noch König Gilgamesch bestimmte, welcher Anteil vom restlichen Korn jeder Familie zugeteilt wurde. Er ließ berechnen, wieviele Ziegel jeder Mann am Tag herstellen, zur Mauer schleppen oder mit Mörtel und schwarzem Erdpech einpassen mußte. Er war der Herrscher jeder Minute des Tages und der Nacht!

Nur wenige horchten auf, als am Nachmittag des ersten Nisannu ein unerwartetes Gerücht aufkam. Die meisten glaubten nicht mehr, daß der König zu den alten Gesetzen zurückfinden könnte. Und doch verbreitete sich die Kunde allmählich durch die ganze Stadt.

»Er will die ›Heilige Hochzeit‹ vollziehen!« tuschelten ein paar Halbwüchsige, die schmale Kornzuteilungen aus den Speichern der Tempel geholt hatten.

»Etwa mit *Inanna*?« fragten die alten Frauen an den Eingängen der Häuser. »Mit dieser Treulosen, die uns so schmählich im Stich gelassen hat?«

»Selbst ihre Oberpriesterin, die Nin-dingirra, ist nicht mehr in die Stadt zurückgekehrt.«

Und dann ging Ugnim, der Tischler, durch die Straßen. Er hatte gebadet, sein bestes Gewand angezogen und seine Haare in frische Locken gelegt. Zwölf Gurus und sechs niedere Priester aus dem *Eanna*-Tempel und eine Gruppe von zwölf Musikanten folgten ihm. Sie hatten ebenfalls festliche Gewänder angelegt. Der Klang der Zimbeln und kleinen Mesis, der Handleiern und Flöten tönte wie eine göttliche, lange nicht mehr gehörte frohe Botschaft durch die Straßen und Gassen. Kleine Kinder, Jungen und Mädchen kamen aus den Häusern und folgten dem immer größer werdenden Zug.

»Wohin gehst du?« riefen die Männer Ugnim zu, doch der Tischler schritt wortlos und mit unbewegtem Gesicht weiter. Die Prozession erreichte die Gasse, in der sich Ugnims Haus und Werkstatt befanden. Die Instrumente verstummten. Ugnim trat durch die Tür seines Hauses ins Innere. Gleichzeitig stellten die Gurus Wasserkessel ab, damit die Priester sich die Hände waschen konnten. Niemand wußte, warum der Tischler mit den Priestern zu seinem eigenen Haus gegangen war.

»Er ist im Rat der Sieben Weisen«, sagten einige. »Es heißt, daß der Rat einen Plan hat ...«

»Einen Plan? Wofür?«

»Die Götter zu versöhnen.«

In diesem Augenblick trat Ugnim wieder auf die Straße. Sofort begannen die Musikanten mit einem lauten, feierlich wirkenden Spiel. Gleichzeitig kam Bewegung in die stumm wartenden Priester. Nach dem uralten Ritual der Heiligung von Handlungen hoben sie erst den rechten und dann den linken Unterarm mit nach innen gekehrten Handflächen hoch. Drei Gurus zündeten Kräuter in tragbaren Rauchkesseln an, drei weitere begannen, den Boden mit dem Wasser zu besprengen, in dem die Priester ihre Hände gewaschen hatten. Drei fegten den Boden und drei hoben Palmwedel über den Eingang von Ugnims Haus.

Und dann erschien Nansche.

Die schöne Tochter des Tischlers war in einen kostbaren, aus weißer Wolle gewebten und mit roten Paspellierungen versehenen Mantel gehüllt. Sie trug geschnürte Sandalen aus weißem Ziegenleder, einen kurzen Wollrock mit einem roten Gürtel und ein mit goldenen Ketten verschlossenes Schleiermieder. Ihr langes, schwarzes, in weichen Wellen bis auf die Schultern fallendes Haar war mit Perlen und Blüten geschmückt, und um ihre Stirn trug sie das Silberband der Göttin *Ischchara*.

Die Priester verbeugten sich vor ihr. Gleichzeitig erbaten sie leise murmelnd die Macht der Göttin, deren Platz die Tochter des Tischlers eingenommen hatte. Der Zug setzte sich wieder in Bewegung. Die Priester sangen die uralte Hymne zum Lobe der Göttin

Ischchara, die schon in früheren Zeiten Stellvertreterin für eine ›Heilige Hochzeit‹ gewesen war, wenn sich *Inanna* nicht gezeigt hatte. Bisher waren nur Priesterinnen zur *Ischchara* ernannt worden. Diesmal hatte die Tochter eines Handwerkers den Platz errungen, der sie für eine Nacht zur Göttin der Liebe und der Fruchtbarkeit erhob.

Die Umstehenden sahen es als ein gutes Omen an, daß sich eine der ihren mit dem unduldsamen König öffentlich vermählen sollte. Sie ahnten nicht, daß Nansche selbst ihren Vater und den Rat der Weisen auf die Idee der Stellvertreter-Hochzeit gebracht hatte. »Und Dimus?« hatte ihr Vater verwirrt gefragt, als sie ihm vortrug, was sie wollte. »Wenn er zurückkommt, werde ich sein Weib!« hatte Nansche geantwortet. »Aber erst, wenn das ganze Volk an mir erkennen kann, daß aus der wilden Lendenkraft des Königs auch Fruchtbarkeit entsteht!«

Zur gleichen Zeit geschah Ungewöhnliches am neuen Südtor der Stadt. Nur ein paar Krieger Bir Hurturres hockten auf den massiven, halbfertigen Rundtürmen. Sie sahen über die Gärten und die alte Mauer zur Stadt hinüber, beobachteten, wie bunte Rauchwolken über den Tempeln hochwallten und lauschten den auf- und abschwellenden Priestergesängen.

»Hört doch, klingt das nicht wie die Hymnen zur ›Heiligen Hochzeit‹?« fragte einer der Männer. Die anderen schüttelten ungläubig den Kopf.

»Ich dachte, daß in diesem Jahr keine ›Heilige Hochzeit‹ gefeiert wird«, meinte ein anderer. »Das würde sieben Tage Verzug für den Bau der Mauer bedeuten, sagt Bir Hurturre.«

»Heh! Was ist das?« stieß ein vierter Wächter, der bisher nichts gesagt hatte, plötzlich hervor. »Läuft da ein Wasserbüffel? Oder ein Tierdämon, der wie ein Mann aufrecht laufen kann!«

Die anderen drehten sich erschrocken um. Sie sahen, wie die ungewöhnliche Gestalt unbeirrt zwischen den Türmen des neuen Südtors hindurchmarschierte.

»Halt Fremder!« rief der vierte Wächter. »Du betrittst den Boden der Götterstadt Uruk!«

Enkidu wandte nur kurz den Kopf, fletschte die Zähne und lief mit stampfenden Bewegungen weiter.

»Bleib stehen, wenn du nicht willst, daß dich die tödlichen Speere und Pfeile treffen!« brüllte der zweite Wächter.

»Wir haben Schwerter und magische Kräuter!«, setzte der dritte eher verängstigt als drohend hinzu. Der Fremde ließ sich nicht aufhalten. Seine Arme bewegten sich so wie seine baumstarken Beine in zügigem Gleichmaß weiter. Er sprang über einen kleinen Kanal, lief über krachend zerbrechende Ziegel und verschwand unter den Obststräuchern der ersten Gärten zwischen der neuen und der alten Stadtmauer.

»Schnell! Gebt das Signal für Gefahr!« rief der erste Wächter.

»Wo ist die Trommel?« fragte der zweite verwirrt.

»Nein, jetzt kann nur noch ein Trompetenstoß die Stadt warnen!« keuchte der dritte. Die Wächter wußten nicht genau, wie sie sich zu verhalten hatten. Niemand hatte sie darauf vorbereitet, daß ein Fremder kommen könnte, der noch breiter und stärker aussah als der König.

Das Trompetensignal vom Südtor stieg kreischend und schrill in den Himmel. Hunderte von Vögeln stiegen wild flatternd aus Bäumen und Büschen auf.

»Ein fremder Krieger läuft auf die Stadt zu!« brüllte der erste Wächter vom Turm herab. »Ein Mann, wie es noch keinen gab!«

»Ein wildes Tier! Ein Dämon der Steppe!« der zweite.

»Warnt eure Frauen und Kinder!« der dritte und »schützt mit euren Leibern die Tempel und Heiligen Orte!« der vierte.

Das Warngeschrei war schneller als Enkidu. Es erreichte die Stadt kurz bevor er an der uralten inneren Mauer ankam.

»Warum sagt mir nie jemand, was geschieht?« murmelte der alte Rohrflechter Atkuppu, ohne von seiner Arbeit aufzublicken. Er saß vor seiner Haustür in der Nähe der alten Stadtmauer. In den vergangenen Monaten hatten Bauleute und Gurus einige ausgebrannte Hausmauern eingeebnet und eine breite Bresche durch die alte Mauer gebrochen. Hier sollte die neue Straße durch die Gärten bis zum Südtor der äußeren Mauer entstehen.

Niemand beantwortete die Frage des alten Rohrflechters. Er war halb blind, und erst jetzt bemerkte er, daß er allein war. Er hörte Schreien und Rufen und dann ein schrill und falsch klingendes Trompetensignal. Und dann fiel ein riesiger Schatten über seine Arbeit. Umständlich nestelte Atkuppu seinen kostbarsten Schatz aus einer Gürteltasche. Er hielt das flache, auf beiden Seiten leicht gewölbte und polierte Stück Bergkristall vor sein rechtes, noch besseres Auge und beugte sich mit verzogenem Gesicht vor.

»Womit kann ich dir dienen, großer Herr?« fragte er demütig, als er erkannte, daß der Schatten zu einem Mann gehörte.

»Wohnst du hier?« fragte der andere mit einer Stimme, die wie das Knurren des Löwen klang.

»Ja, ich wohne hier im Schutz der alten Mauer, die meinem Vater und dessen Vater lange Schutz geboten hat, denn es war eine gute Mauer für Uruk.«

»Wo sind die anderen?« fragte der Fremde barsch. »Die frohen, die kostbar gekleideten, die immerzu Wein und Bier trinkenden Männer? Wo die tanzenden, singenden Mädchen? Wo der König, mit dem ich kämpfen will? Ich, der Enkidu heiße!«

Der alte, halbblinde Rohrflechter ließ das Kristallstück aus seinen zitternden Fingern fallen. »Du bist Enkidu? Der mit den Tieren redete und dem die Frühlingskräuter Kraft wie durch ein göttliches *ME* verliehen?«

»Der bin ich!«

»Und du willst wirklich mit König Gilgamesch kämpfen?«

»Deshalb bin ich gekommen!«

»Aber er ist stark wie kein anderer, ein mächtiger Herr – größer noch als du, wenn auch nicht so breit.«

»Rede nicht lange! Ich will zu ihm, und du wirst mich führen!«

»Ich kann kaum sehen, Herr ...«

»Kennst du den Weg nicht?

»Doch, doch!« flüsterte Atkuppu hastig. »Und ob ich den Weg zu den Tempeln kenne! Ich bin ihn tausendmal gegangen, als in dieser Stadt noch die alte Ordnung herrschte!«

»Dann los jetzt!«

Der alte Rohrflechter stützte sich von der Mauer ab. Er kniff die Augen zusammen, blinzelte nach den letzten Strahlen der dicht über dem Horizont stehenden Abendsonne und eilte erstaunlich behende vor dem Fremden her.

Das erste Wegstück folgten die beiden ungleichen Männer der neuen Straße zwischen ausgebrannten Häuserruinen, in denen niemand mehr lebte. Als die sanfte Steigung begann, die zur inneren Stadt führte, winkte Atkuppu seinen Begleiter in ein Gewirr von Nebengassen.

»Es ist besser, wenn dich zuerst andere sehen!« sagte er und kniff verschwörerisch seine halbblinden Augen zusammen.

»Warum soll das besser sein?«

»Weil du auf unserer Seite stehst!«, sagte der Alte listig. »Wir und nicht unser König haben die Götter angefleht, uns einen Mann zu schicken, der es mit ihm aufnehmen kann. Wir können dir helfen – auch wenn es in der ganzen Stadt keinen Schutz für dich gibt, wenn du versagst.«

Sie erreichten erneut die neue, erst halbfertige Straße. Er blieb stehen und hob eine Hand. Sein altes, zerfurchtes Gesicht glühte vor Stolz, als er hörte, wie andere Bewohner der Stadt auf ihn und Enkidu aufmerksam wurden.

»Ich bringe ihn!« rief der alte Rohrflechter mit hoher Stimme. »Ich bringe ihn, dem die Milch der wilden Tiere und die Kraft der Frühlingskräuter Mut und Stärke verliehen haben.«

Immer mehr Neugierige wagten sich heran. Einige, die auf dem Weg in die innere Stadt gewesen waren, bogen ab und stellten sich im Kreis um Atkuppu und Enkidu auf.

»Seht, noch ein Riese wie Gilgamesch!« stöhnte eine Frau.

»Nein, er ist einen Kopf kleiner als der König«, rief einer, der zu Gilgameschs jungen Kriegern gehörte.

»Ach, wasch dir deine Augen!« rügte Tibir, der Händler. Der feiste Mann hatte schon befürchtet, zu spät zur ›Heiligen Hochzeit‹ zu kommen. Jetzt ging er langsam auf Enkidu zu, umrundete ihn einmal und schürzte die Lippen als wolle er einen neuen Wein prüfen. Die Zuschauer verstummten. Einige hielten unwillkürlich den Atem an.

»Du also bist der wilde Mann!« sagte der Händler schließlich.

»Nenn mich bei meinem Namen und nicht anders!« knurrte Enkidu.

»Gut!« sagte Tibir schnell. »Sehr gut, Enkidu! Ich wollte nur wissen, ob du der bist, auf den wir so lange gewartet haben.«

»Ich bin es!« antwortete Enkidu stolz. »Dimus, der Sohn des Jägers, hat mich an der Tränke im südlichen Busch gesehen. Bara Nam-tara hat ihre Schenkel für mich geöffnet und Nimrud, der Jäger, hat mich zur Jagd mitgenommen.«

»War da nicht noch ein anderer Mann?«

»Abram? Du meinst Abram?«

»Ja.«

»Er kam gestern abend und sagte mir, daß eine ganze Stadt auf mich wartet.«

»Dann bist du es!« rief Tibir strahlend und streckte seine gichtigen Hände aus. Enkidu hob den rechten Unterarm mit nach innen gerichteter Handfläche zur Begrüßung – ganz so, wie er es vom Sohn des Jägers und von der Oberpriesterin gelernt hatte.

»Er ist es!« riefen sich die Zuschauer gegenseitig zu. »Er ist der Retter, den uns die Götter gesandt haben.«

»Zeigt mir, wo ich den finde, den ich besiegen will!« brüllte Enkidu mit mächtiger Stimme in den Lärm. Sofort verstummten alle anderen. Und dann formierte sich die Menge, nahm den Wildmann in die Mitte und begleitete ihn mit ehrfürchtiger Bewunderung auf dem Weg in den Tempelbezirk.

Der Zug der ›göttlichen Braut‹ erreichte eher als vorgesehen den Platz der Tempel. In großer Eile wurden an allen Erkern und Podesten, an den Rändern des großen Platzes und an den Einmündungen der breiteren Straßen die Opferfeuer in irdenen und kupfernen Kesseln vorbereitet. Männer, die sonst an der neuen Mauer arbeiteten, hasteten mit Musikinstrumenten zwischen dem *Weißen Tempel* und dem *Eanna*-Tempel hin und her.

Vor dem Palast Enmerkars loderte ein gewaltiges Feuer auf. Aus den Stallungen wurden geweihte Opferlämmer und laut blökende Schafe herangeschleppt. Zwei Dutzend Gurus wuchteten auf einem quietschenden vierrädrigem Wagen eine wie Gold glänzende Wanne aus Kupfer heran, dazu Krüge und Töpfe mit Öl und Seifenstein. Andere brachten Tücher aus Wolle und Leinen, Gewänder und Schmuckstücke die so alt aussahen, als würden sie aus den geheimen Grabkammern der Urkönige stammen.

Gleichzeitig bereiteten die Priesterinnen *Inannas* ihren Tempel für die ›Heilige Hochzeit‹ vor. Sie streuten Mehl und Goldstaub auf die Eingangsstufen, schmückten die großen Torpfosten mit Blumengirlanden und deckten im großen Innenraum das Lager aus Tüchern und weichen Kissen auf.

Der Zug mit der ›göttlichen Braut‹ hielt vor dem Eingangstor des *Eanna*-Tempels. Priesterinnen in langen, weißen und himmelblauen Leinenkleidern nahmen die Tochter des Tischlers in Empfang, ließen sie würzigen Rauschtrank aus einem schimmernden Alabasterbecher trinken und führten sie ins Innere des Tempels.

Als Gott *Utu* die Stadt in ein frühes, verzauberndes Abendrot hüllte, und der Himmel einen Blick auf sein hellblau und schilfgrün, violett und blutrot geschminktes Innere enthüllte, da kam der Mann über die Stufen der Zikkurat herab, den die Urukäer wie sonst nichts zwischen Himmel und Unterwelt zu fürchten gelernt hatten. Mit versteinert wirkendem Gesicht schritt der alle überragende König über den Platz. Kein Diener, kein Sklave und kein Priester folgte ihm. Und dann trat La-abasch auf die Eingangsstufen des *Eanna*-Tempels. Er hatte geschworen, daß Gilgamesch auch Hohepriester sein sollte, sobald die ›Heilige Hochzeit‹ vollzogen war.

Gilgamesch hatte lange überlegt. Die Hohepriesterschaft konnte ihm nicht mehr Macht verleihen, als er ohnehin schon besaß. Aber zwei Menschen hatten ihn doch noch umgestimmt. Harrap hatte ihm gesagt, daß sein Königtum nicht ausreichte, um vor Verrat und Intrigen eines anderen Hohepriesters sicher zu sein. Und Akil, der gestrenge Schulvater, hatte ihm erzählt, daß selbst die Götter nicht davor gefeit waren, durch eine List in dämonenhafte Halbwesen verwandelt zu werden.

»Denk an die Geister, die keine Ruhe finden, weil ihre Körper nicht mit Erde bedeckt wurden, denk an die Ertrunkenen, die in der Wüste Verdursteten und die von wilden Tieren Zerrissenen!« hatte Akil gesagt. »Wenn die Verlorenen gegen dich eingesetzt werden, kannst du sie nur als Hohepriester und Stellvertreter der Götter auf Erden bezwingen!«

Gilgamesch hatte die Warnungen verstanden. Er würde die ›Heilige Hochzeit‹ vollziehen – aber nicht mit der Göttin *Inanna*, sondern mit dem Mädchen, das er bisher wie eine Schwester angesehen hatte.

Er schritt auf den Tempelkomplex zu. Einige Urukäer berührten den Saum seines Schlingenrocks, andere warfen sich vor ihm auf den Boden. Die meisten aber neigten nur den Kopf und zogen sich schweigend zurück.

»Er hat nicht einmal Schmuck und Waffen angelegt ...«

»Jubelt! Jubelt dem König!« rief in diesem Augenblick der Anführer der Wachen von der Fundament-Terrasse des *Weißen Tempels*. Gilgamesch bewegte nur seine Augen ein wenig zur Seite und zog die Mundwinkel verächtlich nach unten. Gleich darauf erreichte er die Stufen vor dem Portal des *Eanna*-Tempels. Er trat neben La-abasch, drehte sich langsam um und wartete, bis sich der befohlene Jubel gelegt hatte. Er blickte lange in die vielen tausend erwartungsvolle, vom Schein der Fackeln und Feuer geröteten Gesichter.

»Hört, was ich euch zu sagen habe!« rief er dann. Seine Stimme klang viel sanfter als sonst. »Ich werde mich jetzt baden und salben lassen. Und dann soll jeder von euch Zeuge sein, daß ich das Gesetz der ›Heiligen Hochzeit‹ so erfülle, wie es die alten Gesetze vorschreiben!«

Er sah verstohlene Zweifel, aber auch Hoffnungsglanz in den Augen seines Volkes. Glaubten sie etwa, daß er nach dieser Nacht anders reagieren würde als bisher? Hofften sie, daß er als Hohepriester den Mauerbau aufgab und mehr Gebetszeremonien, mehr Opferfeste und mehr Gesang anordnete?

Er drehte sich abrupt um. Noch während er in die Innenräume ging, löste er seinen Schlingenrock und ließ ihn auf den Boden fallen.

»Ich bin bereit!« sagte er knapp. Ein Aufatmen ging durch die Reihen der versammelten Priester und Priesterinnen. Und dann führten sie ihn zur Wanne mit duftendem Wasser neben dem Lager der Braut.

»Hat er nun oder hat er nicht?« tuschelten Männer und Frauen in der gespannt vor dem Tempel wartenden Menge, als Gilgamesch bereits nach zwanzig Minuten auf den Eingangsstufen des *Eanna*-Tempels erschien. Die Zeremonien-Priester eilten vor ihm und hinter ihm hin und her. Einer von ihnen wickelte bedächtig das lange Leinentuch ab, das um die Taille und zwischen die Beine des Königs geschlungen war. Und dann erschien La-abasch mit einem Schuppenmantel und einer Kopfbedeckung, die wie ein Fischmaul nach oben ragte, neben dem nackten König.

»Seht nur, wie stolz und edel er aussieht ...« rief er. »Seht sein Gesicht, seine göttliche Gestalt ... seht seine Schultern und seine gewaltigen Muskeln ... seht seinen mächtigen Brustkorb, seine Hüften und seine starken Schenkel ...«

Der festlich gekleidete Seher trat neben ihn. Er strich mit einem in Duftwasser getauchten Palmwedel über den noch immer mächtigen Grabstock und das pralle ›Haus des Lebens‹ des jungen Königs. In atemloser Bewunderung beobachtete das Volk, wie der amtierende Hohepriester den ersten Vollzug der ›Heiligen Hochzeit‹ an Gilgameschs Körper andeutete.

»Gilgamesch, König von Uruk!« rief er mit bebender Stimme. »Von dieser Stunde an sollst du nicht nur der Herrscher der Stadt und des Landes sein, sondern auch der Götter und Stellvertreter und Bewahrer der Heiligen Ordnung.«

Zwei Gurus halfen dem Seher, sich vor Gilgamesch auf die Knie niederzulassen. Er neigte den Oberkörper so weit zu Boden, bis seine Lippen die Füße des Königs und neuen Hohepriesters von Uruk berührten. Mit einem jubelnden Aufschrei beantworteten die Urukäer auf dem weiten Platz die Geste der Unterwerfung. An allen Ecken begannen die Musikanten mit einem wild lärmenden Spiel. Sie schlugen die Kesselpauken, bliesen in Flöten und ließen Trompeten erschallen.

Gilgamesch blickte mit vorgeschobenem Kinn über sein Volk hinweg. Er wußte, daß er noch eine lange Nacht vor sich hatte. Und jedermann auf dem Platz würde mitzählen, wie oft er auf die Eingangsstufen des *Inanna*-Heiligtums zurückkehrte. Nach dem dritten Mal würden sich alle Männer und alle Frauen in die Arme fallen und dort, wo sie gerade standen, zu Boden sinken, um ebenso wie der König mit der göttlichen *Ischchara* die ›Heilige Hochzeit‹ zu feiern ...

Gilgamesch drehte sich um. Im gleichen Augenblick verstummten die Musikinstrumente überall auf dem Platz. Eine eigenartige, erwartungsvolle Stille begann. Gilgamesch sah, wie sich die Versammelten mehr und mehr zur Seite schoben. Er zog die Brauen zusammen und spürte, daß etwas Fremdes durch die südliche Stadt auf ihn zukam. Er spürte Ausstrahlung einer Kraft, die ganz anders war als das verstohlene Grollen und Murren der Stadtbewohner, wie er es in den vergangenen Monaten kennengelernt hatte.

Und dann sah er ihn.

Er erkannte die Gefahr sofort. Ein einziger Blick über den großen Platz hinweg genügte. Mit dem Instinkt des Gärtners, der ein nahendes Unwetter schon lange vor den heranfliegenden Wolkengebirgen riechen und schmecken und fühlen konnte, entdeckte er den einzigen Mann zwischen Abend und Morgen, zwischen den Bergen im Norden und dem südlichen Meer, der seine Stärke und sein Königtum nicht zu fürchten schien. Gilgamesch ließ seine schwellenden Muskeln spielen, griff hinter sich und ließ sich das lange Tuch geben, legte es an und zog es straff. Der Fremde zögerte nur einen winzigen Moment, dann kam er mit der stampfenden Wucht eines Wildstiers und der kraftvoll verhaltenen Grazie eines Panthers zugleich auf das *Inanna*-Heiligtum zu.

Gilgamesch hätte stehenbleiben und abwarten können, aber sein Zorn war stärker. Er preßte die Lippen zusammen und schritt mit herrischer Verachtung auf den zu, der es wagte, die Hochzeit zwischen ihm und der *Inanna*-Stellvertreterin zu stören.

Die Gasse in der Menge wurde breiter. Mit hängend angewinkelten Armen und kampfbereit eingezogenem Kopf näherte sich der Fremde. Staub wirbelte unter seinen Füßen auf. Er ging nicht direkt auf Gilgamesch zu, sondern bewegte sich in einem weiten Bogen zum Tempel *Inannas*.

Er erreichte die Stufen des Heiligtums, schritt langsam nach oben, drehte sich um und versperrte mit einem gewaltigen, über und über behaarten Körper den Raum zwischen den Torpfosten. Gilgamesch schüttelte kaum merklich den Kopf. Das Flüstern und Raunen um ihn herum verstummte vollends. Es war, als würde

Gott *Utu* mit seinem versinkenden Sonnensymbol auch die Zeit über den Rand der Erdscheibe ziehen.

Gilgamesch ging langsam zum Tempel zurück. Mit jeder Bewegung, jedem Spiel seiner Muskeln zeigte er den Urukäern, daß er der König und Hohepriester, der Herrscher über die sichtbare und unsichtbare Welt in Uruk war.

»Mach Platz, Elender!« sagte er gefährlich leise. Der andere schnaufte nur. Seine Nasenflügel bebten, aber er wich nicht von der Stelle. Der König spuckte verächtlich auf den Boden. Er würdigte den wilden Mann keines Blickes mehr. Er ging die Stufen hinauf. Im gleichen Moment schob sich Enkidu neben ihn.

»Nein!« sagte er rauh. »Du gehst nicht mehr hinein!«

»Soll ich dich auf der Stelle töten?« rief Gilgamesch so laut, daß ihn nicht nur die Nahestehenden hören konnten. »Wer bist du und wie kannst du wagen, den König und Hohepriester von Uruk mit deiner Namenlosigkeit zu belästigen?«

»Ich bin gekommen, um deine Tyrannei zu beenden! Dein Wahn ist vorbei, Gilgamesch, Gärtner aus Kisch! Deine Macht wird noch heute nacht an mir zerbrechen! Denn ich bin es, der diesem Volk den Frieden der Herzen wiederbringt!«

Gilgamesch lachte abfällig. Er hatte sich schon viel zu lange aufhalten lassen. Mit einer kurzen, herrischen Bewegung wollte er den anderen zur Seite drücken. Enkidu wich keinen Fußbreit. Er hob die Linke und stieß sie hart gegen den Torpfosten.

»Ich sagte, du gehst nicht mehr hinein!«

»Zum letzten Mal! Reize mich nicht, wenn du die Morgensonne noch einmal sehen willst!«

Die beiden ungleichen Männer starrten sich in die Augen. Enkidu war gut einen Kopf kleiner als Gilgamesch, aber er wirkte breiter und mit noch mehr Muskeln bepackt als der König. In diesem Augenblick erkannte Gilgamesch, daß der andere tatsächlich nicht weichen wollte. Seine Augen funkelten und sein Gesicht wurde eine Spur dunkler. Mit beiden Händen griff er die Oberarme des Behaarten, hob ihn mit einem harten Ruck hoch und ließ ihn fallen.

Enkidu duckte sich federnd. Mit unerwarteter Behendigkeit kam er wieder hoch. Und dann packte er wie ein Ringer das Hüfttuch des Königs. Gilgamesch war so erstaunt, daß er für einen Moment ohne Gegenwehr blieb. Genau diesen Moment nutzte Enkidu aus. Er schleuderte Gilgamesch mit ungeheurer Kraft gegen die Torpfosten des Tempeleingangs. Krachend zersplitterten die Bohlen aus altem Zedernholz. Das Volk vor dem Tempel stöhnte auf. Erschreckt und fasziniert zugleich verfolgten die Zuschauer den Kampf der beiden stärksten Männer, die jemals in den Mauern Uruks aufeinandergeprallt waren.

Erst jetzt schien Gilgamesch zu begreifen, daß sein unbekannter Gegner kein Wahnsinniger und kein Schwächling, sondern ein ernsthafter Herausforderer war. Aber noch immer konnte er nicht glauben, was geschah. Er war zu überrascht, zu wenig vorbereitet und zu sehr von sich und seiner selbstgestellten Aufgabe erfüllt. Der Fremde leckte sich über die Lippen. Er ließ keinen Zweifel daran, daß er ihn hier und jetzt niederzwingen, ihm seine Macht, sein Königtum und seine Hohepriesterschaft abringen wollte. Er war allein und ohne Heer gekommen, führte kein Schwert aus Eisen, kein Messer und keine finsteren Dämonen mit sich.

Dem Augenblick der Verwirrung folgte sofort eine erneute Niederlage. Der wilde Mann schlang seine haarigen Arme um Gilgameschs Brust, preßt die Luft aus ihm und wirbelte ihn wie einen leeren Kornsack durch die Luft. Der König von Uruk stürzte hart gegen einen Kupferkessel. Die Glut des Opferfeuers sprühte über die Tempelstufen.

Gilgamesch richtete sich mühsam auf. Er wischte sich mit dem Handrücken über die Lippen, und dann war es ihm selbst ernst. Er packte die Unterschenkel des Fremden, und seine Hände wurden zu eisernen Zangen. Er riß den Herausforderer aus dem Stand, ließ ihn hart auf den Rücken fallen, zog ihn mit einem einzigen Ruck über die Tempelstufen und wirbelte den Behaarten einmal, zweimal über seinen Kopf. Mit einem Aufschrei ließ er ihn los. Der Körper des anderen schlug hart gegen die Tempelmauer aus luftgetrockneten Ziegeln. Zerbrochene Steine flogen in einer dichten Staubwolke nach allen Seiten auseinander.

Der Fremde stürzte auf den Boden, rollte sich einmal ab und stand sofort wieder auf den Beinen. Diesmal war er schneller, denn wieder hatte der König die Kraft und die Schnelligkeit des anderen unterschätzt. Gilgamesch fühlte sich hochgehoben und stieß mit den Schultern gegen die Torpfosten. Die Balken barsten, und aus der Frontmauer brachen erneut Ziegelsteine. Enkidu brüllte triumphierend auf. Da traf ihn ein Faustschlag von Gilgamesch wie ein Hammer im Nacken. Der Wildmann fiel zu Boden, schüttelte sich wie ein Wasserbüffel und kam wieder hoch. Gilgamesch ließ ihm nur soviel Zeit, daß er wieder auf die Beine kam, dann rammten sie mit ihren Schultern gegeneinander. Ihre gewaltigen Arme umschlangen sich und ihre Beine stemmten sich gegen Stufen und Mauervorsprünge.

Nicht nur die Treppe, der ganze *Eanna*-Tempel erzitterte unter der Wucht des Kampfes. Inzwischen war der gesamte Platz schwarz von Menschen, doch niemand wagte zu sagen, welcher der beiden ungewöhnlichen Männer der Sieger sein würde.

Gilgamesch keuchte ebenso wie Enkidu. Keiner der beiden ließ eine Chance ungenutzt. Gilgamesch spürte, daß er nicht mehr lange durchhalten konnte. Verstört fragte er sich, wo die Kraft blieb, die ihm bisher immer beigestanden hatte. Er stemmte sich mit beiden Beinen an einer bröckelnden Mauer ab, fühlte, wie sich die Arme des Behaarten immer enger um seinen Körper preßten und hatte plötzlich das Gefühl, als würde eine vielschneidige Axt ihm die Luft abhacken.

Die Axt!

Gilgamesch war plötzlich so verwirrt, daß er von allein kaum noch die Kraft fand, sich aus der Umklammerung zu befreien. Er taumelte ein, zwei Schritte zurück. Die harten Schläge schienen von allen Seiten zu kommen. Er riß die Arme hoch. Blind vor Zorn schlug er selbst zu. Er traf den anderen so hart, daß er zurücktaumelte. Gilgamesch setzte nach. Der Wildmann stürzte. Noch im Fall traf seine Faust. Es war, als würde ein flammender Stern vor Gilgameschs Augen zur Erde stürzen.

Der fallende Feuerstern!

Der wilde Mann fiel in den Staub. Gilgamesch sprang auf ihn und hielt mitten im Schlag inne.

Axt und Feuerstern: zwei Träume, zwei Orakel.

»Du ...« keuchte er mit schmerzhaft verzerrtem Gesicht, »du bist es, von dem ich träumte.«

Enkidus Gesicht veränderte sich. Er wischte sich über die blutenden Lippen. »Ich weiß!« keuchte er kaum hörbar. Gilgamesch kniete noch immer auf Enkidu, aber die Feindschaft war plötzlich wie vom Frühlingswind fortgeblasen.

»Du warst gut!« sagte Enkidu noch immer schwer atmend.

»Du warst auch nicht schlecht«, antwortete Gilgamesch mit einem erschöpften Lachen und half dem Wildmann hoch.

»Wundert dich das?« gab Enkidu zurück. »Du hast deine Kraft bisher nur an Schwächeren ausgetobt!«

»Du irrst dich«, sagte Gilgamesch. »Ich wollte nur eine Mauer um diese Stadt bauen, damit sie sicher ist, wenn erneut mordende Horden einfallen!«

»Wie kannst du behaupten, daß du eine Stadt gegen Gefahren von außen schützen willst, wenn du sie gleichzeitig von innen heraus zerstörst?«

»Heh, heh ...«, lachte Gilgamesch. »Spricht so ein Mann, der noch vor wenigen Tagen die Milch wilder Tiere trank?«

»Du bist überheblich, Gärtner!« antwortete Enkidu. »Könnte es nicht sein, daß ich bereits Wahrheiten von den Tieren der Wildnis gehört habe, die du erst finden mußt?«

Gilgamesch blickte Enkidu nachdenklich an.

»Ich dachte, du wolltest mich töten!«

»Das wollte ich auch«, sagte Enkidu und nickte.

»Willst du es immer noch?«

Enkidu schürzte die Lippen, dann lächelte er und sagte: »Nein, denn ich denke, daß wir zusammengehören! Ich würde viel lieber dein Gefährte und Bruder sein.«

Sie berührten sich an den Händen, sahen sich lange in die Augen und umarmten sich. Ergriffen sahen die Urukäer, daß die beiden stärksten Männer, die jemals im Zweistromland gegeneinander gekämpft hatten, gleichzeitig lachten und vor Freude weinten.

GEFÄHRTEN VON GESTERN

Vier Wochen mochten vergangen sein. Der Monat Nisannu war dem Einbringen der restlichen Saat, der Arbeit in den Gärten und gelegentlich auch einem neuen Hausanstrich gewidmet worden. Trächtige Ziegen und Schafe grasten auf den satt sprießenden Weiden. Jungstiere und wiederkäuende Kühe mit ihren Kälbern zogen zwischen dem großen Buranum und den Hauptkanälen an den Feldrändern gemächlich hin und her. Die Frühjahrsüberschwemmung hatte einige neue Tümpel und Teiche in den Niederungen außerhalb der Stadt entstehen lassen. Hier und da mußten neue Kanäle ausgehoben und Abflüsse gegraben werden, um zu vermeiden, daß sich das Wasser in der Sonnenwärme verflüchtigte und hartkrustiges Salz im Boden zurückließ.

Der Bau der Mauer ging gut voran, und am Kar-baria, dem ›glänzenden Hafenkai‹ des Adab-Kanals, legten wieder Boote und Schiffe aus Larsa, Ur und Eridu an. Karawanen zogen mit Eseln, Kamelen, Maultieren und schnellen, fröhlich wiehernden Anschukurras aus dem Hochland im Osten durch die beiden neuen, gewaltig und schön in steinernen Mulden drehbaren Tore der Stadt.

Die Gruppen der Ba-iru-Fischer holten reiche Fänge aus Netzen und Reusen, und auf den Märkten und Plätzen wurden wieder Waren feilgeboten, die es seit der Verheerung im vergangenen Jahr nicht mehr gegeben hatte. Weber und Wäscher, Rohrflechter und die Gesellen des Rollsiegelschnitzers Purkullu hatten ihre Arbeiten wieder aufgenommen als sei nichts geschehen. Seit die letzten Eroberer aus Kisch die Stadt verlassen hatten, war kein Weizenkorn, kein Schaf und kein Schmuckstück mehr an König Mebaragesi abgeliefert worden. Und langsam vergaßen die Urukäer, wie sehr sie gelitten hatten, als Gilgamesch nur Pukku und Mikku seine Freunde nannte.

Der Monat Ajaru begann. Auf einigen guten Feldern konnte bereits mit der Ernte des Wintergetreides begonnen werden. Es gab wieder frisches Gemüse und selbst die frei durch das Land streifenden Jäger brachten immer häufiger erlegtes Wild in die Stadt. Viele der Frauen von Uruk gingen schwanger durch die Straßen. Sie klagten nicht, sondern trugen mit Stolz, was sie in den Wochen empfangen hatten, als ihre Männer auch nachts an den Baugruben der Mauer gewesen waren.

Gilgamesch und Enkidu waren noch in der Nacht, die eigentlich der ›Heiligen Hochzeit‹ gehört hatte, zu unzertrennlichen Freunden geworden. Die ganze Stadt war Zeuge gewesen, wie sich die beiden heldenhaften Männer nach dem Zweikampf umarmt hatten, um dann gemeinsam über den großen Platz bis zum kleinen Palast von Nin-sun zu gehen. Sie hatten gesehen, daß ihr junger König, von dem sie bisher nur sein ernstes und hartes Gesicht kannten, vor Freude strahlen und fröhlich sein konnte. In jener Nacht waren der Jubel des Volkes und seine dankbaren Lieder noch lange zu hören gewesen.

Die Kunde von König Gilgamesch, seinem Zweikampf mit dem Wildmann Enkidu und ihrer Freundschaft hatte inzwischen jede Stadt und jede Siedlung im ganzen Land zwischen dem großen Buranum und dem schnellen Idigna erreicht. Und überall priesen die Menschen den Ratschluß der Götter, den Tyrannen durch einen Freund friedlich zu stimmen.

»Dies ist der Mann, den du mir aus meinen Träumen gedeutet hast«, hatte Gilgamesch zu seiner Mutter gesagt. Er hatte erwartet, daß Nin-sun ebenso froh über Enkidu sein würde wie er. Doch das war nicht so gewesen. Sie hatten einen vollen Monat nicht mehr darüber gesprochen, aber an diesem Morgen des zweiten Tages im Ajaru brachte Gilgamesch unvermittelt das Gespräch auf seine Mutter. Er ging mit Enkidu auf der fast fertiggestellten Krone der großen Mauer entlang, als er plötzlich stehenblieb und zur Stadt auf dem sanft ansteigenden Hügel hinübersah.

»Ich möchte wissen, was Nin-sun eigentlich gegen dich hat«, sagte er nachdenklich. Enkidu lachte gutmütig und kraulte das dichte Haarkleid auf seiner Brust. Ebenso wie Gilgamesch trug er nur einen kurzen Rock aus ungefärbten Wollschlingen, einen ledernen Gürtel mit kleinen Schlaufenbeuteln und einen Dolch. Anders als Gilgamesch hatte er keine Sandalen an. Er mochte keine Fußbekleidungen.

»Sieh mich doch an«, sagte Enkidu und bewegte seine Zehen. »Ich bin nicht das, was eine Mutter sich für ihren Sohn wünscht! Hat sie dich aufgehalten, als du wahllos mit den Weibern Uruks geschlafen hast?«

»Nein«, antwortete Gilgamesch mit einem versonnenen Lächeln. Er betrachtete die Männer, die zwischen der neuen und der alten Stadtmauer die Felder bearbeiteten und die Schöpfwerke an den Kanälen ausbesserten.

»Siehst du«, sagte Enkidu. »Das ist der Grund. Du bist ebenso wie ich von göttlicher Abkunft. Aber wir beide sind Sterbliche wie Nin-sun! Und den Sterblichen geht es im Leben darum, daß ihre Kinder wiederum Kinder bekommen. Nur so können sie die größte aller Niederlagen überwinden – die Sicherheit, zu sterben und nicht mehr zu sein ...«

»Was hat das mit dir und mir zu tun?« fragte Gilgamesch.

»Du bist ein Mann, ich bin ein Mann! Kann unsere Freundschaft Kinder zeugen, die unsere Namen durch kommende Geschlechter tragen?«

Gilgamesch setzte sich auf den Rand der Mauer.

»Ich werde Kinder haben«, sagte er.

»Gewiß, aber wird eines davon deinen Namen tragen?«

»Darüber habe ich noch nicht nachgedacht«, antwortete Gilgamesch lakonisch. »Aber nimm diese Mauer: ich schuf sie, und sie wird tausend Jahre überdauern.«

»Mögen es tausend oder gar fünftausend Jahre sein!« sagte Enkidu. »Wer sollte deinen Namen aussprechen, wenn nur noch Reste der Gründungssteine unter dem Staub und Schutt der Zeit übriggeblieben sind?«

»Und eine Tochter? Ein Sohn? Würden sich ihre Nachfahren nach tausend oder fünftausend Jahren eher an mich erinnern?«

»Nein«, sagte Enkidu mit der Wehmut des Wissenden. »Aber du lebst in ihnen weiter, auch wenn sie es nicht wahrhaben wollen!« Er legte seinen behaarten Arm um Gilgameschs Schulter, dann sagte er: »Das ist es, was Nin-sun meint! Und deshalb ist sie gegen unsere Liebe füreinander. Sie glaubt, daß unsere Zuneigung zu groß ist und der natürlichen Ordnung widerspricht.«

»Woher weißt du das alles?« fragte Gilgamesch. Er drehte sich halb zur Seite und sah den Mann aus dem wilden Land verwundert an.

»Ich weiß es«, antwortete Enkidu mit einem sanften Lächeln. »Sehr lange vor der großen Flut waren die Männer wahre Jäger des Wildes. Sie unterschieden sich nur wenig von den Tieren und konnten so wie ich mit ihnen sprechen. Doch dann entdeckten die Weiber ihre Macht. Sie fesselten die Männer an sich, indem sie sich nicht nur an heißen Tagen willig zeigten. Zur gleichen Zeit erkannten sie, daß die Natur aus steter Wiederkehr besteht. Sie sahen, daß sie an festen Lagerplätzen mehr ernten konnten, als sie für sich, für ihre Männer und für die Kinder brauchten, um die sie sich von nun an viel länger kümmern konnten. Und erst, als die Männer erneut und ohne Not aus dem Spiel Jagdbeute heranbrachten, als sie begannen, sich gegenseitig ihren Besitz, ihre Trophäen und ihre besten Frauen abzujagen, wurden Mauern und befestigte Wohnstätten, Wächter und Könige erforderlich, die anderen Schutz versprachen.«

Gilgamesch war sehr still geworden. »Das alles habe ich schon gehört«, sagte er nachdenklich. »Aber wenn es so ist wie du sagst, dann handelt jeder Mensch so, wie es ihm vorbestimmt ist!«

»Siehst du«, nickte Enkidu. »Deine Mutter ist davon überzeugt, daß ich dich von deiner Bestimmung abhalte! Für sie bist du der Enkel Enmerkars: König und Hohepriester, der Erbe einer langen Kette von Pflichten und Verantwortungen. Und deshalb mag sie mich nicht!«

»Auch nicht, wenn an den Feuern späterer Geschlechter von unserer Freundschaft und Liebe erzählt wird?«

»Vielleicht befürchtet Nin-sun gerade das!« sagte Enkidu. Gilgamesch blickte versonnen über das weite, friedvolle Land hinweg. Seit Enkidu bei ihm war, kam es ihm schöner vor als das Paradies, von dem die alten Legenden erzählten.

Drei Tage später stieß der Sohn Nimruds auf frische Trittspuren am Ufer des Buranum. Er war fast ein Biru nach Norden und Westen gegangen und hatte besonders schöngewachsene Tamariskenzweige für Meister Ugnim gesammelt, als er plötzlich die Abdrücke entdeckte. Er hob die Füße und verglich die Vertiefungen mit der Form seiner eigenen Sandalen. Im ersten Augenblick glaubte Dimus an ein Tier, das er noch nicht kannte, einen Dämon aus der Tiefe der Flußwelt, an irgendeine ihm unbekannte Gottheit.

Schritt für Schritt folgte er den Abdrücken im Uferschlick. Sie mußten sehr frisch sein, denn auf den kleinen Wasserpfützen schwammen noch keine Larven von ›beißenden Fliegen‹, und kein Staub der Rohrkolben.

»Suchst du mich oder den Gott der Wassertiefe?« fragte im gleichen Augenblick eine tief dröhnende Männerstimme. Dimus stolperte in eine Morastlache, in die öliges Erdpech gesickert war. Er wankte, ließ seine Tamariskenzweige fallen und drehte sich schwankend um. Hinter ihm stand ein stämmiger, etwa fünfundzwanzig Jahre alter Schublugal-Krieger im Schilf. Er trug alle Insignien eines Königsboten – den roten Gürtel mit einem goldenen Zeremonien-Dolch, eine Ledertasche mit Tontafeln und einem Rollsiegel, verkleinerte Regierungszügel um beide Oberarme und einen wie aus goldenen Haarlocken geschmiedeten, hell in der Sonne glänzenden Helm.

Dimus starrte den Fremden mit einer Mischung aus Angst und Mißtrauen an. Er wunderte sich über den seltsam zerfranst aussehenden Bart des anderen und über die schwarzen, wie verbrannt wirkenden Flecken auf seinen muskulösen Armen. Der Sohn des Jägers Nimrud hatte gelernt, vorsichtig bei jedem zu sein, der ihm auf seinen Streifzügen im freien Land begegnete.

»Wer bist du?« fragte Dimus.

»Meinst du nicht, daß zuerst du deinen Namen sagen solltest?« fragte der Krieger mit spöttischer Herablassung. Dimus wußte nicht, woher er plötzlich den Mut nahm, dem anderen zu widersprechen. Er selbst trug nur sein Messer am Gürtel und einen leichten Jagdbogen mit fünf Pfeilen über der Schulter. Doch auch viel besser bewaffnet hätte er gegen den kampferprobt wirkenden Schublugal keine Chance gehabt.

»Ich wohne in Uruk und gehöre zu diesem Land«, sagte Dimus stolz. »Du aber siehst aus, als wenn du fragen mußt, ob du den Boden des Königs und Hohepriesters von Uruk betreten darfst!«

»Ach, hat er es doch geschafft?« lachte der Fremde, ohne auf den Vorwurf des Jungen einzugehen. Er deutete auf die Beine von Dimus. »Du solltest nicht länger im Erdpech stehen! Komm heraus und berichte einem alten Kampfgefährten deines Königs, wie es ihm in den letzten Monaten ergangen ist!«

»Du kennst König Gilgamesch?«

»Wer kennt ihn nicht in Sumer? Aber ich war bei ihm, als er mit seinem Schwert aus Eisen die alte Mauer eurer Stadt zu Staub zerschlagen hat!«

»Du warst bei ihm? Sein Gefährte?«

»So ist es, mein Junge!«

»Dann kannst du nur Zabardi Banuga oder Mesche der Schmied sein! Und wenn ich die Brandflecken auf deinen Armen und deinen versengten Bart sehe ...«

»Schon gut, ich bin Mesche«, lachte der andere. »Und du bist ein heller Bursche, das muß man dir lassen!«

»Ich heiße Dimus und bin der Sohn des Jägers Nimrud aus den Dickichten südlich von Uruk. Ich war es, der den Wildmann Enkidu an der Tränke entdeckte. Du hast doch von ihm gehört, oder?«

»Bei allen Göttern und Dämonen!« sagte Mesche erstaunt. »Dann hast du gesehen, wie dieser Wilde ... zusammen mit eurer Tempelpriesterin Bara Nam-tara ...«

»Sechs Tage und sieben Nächte lang«, bestätigte Dimus. »Bara hat mir von dir erzählt, als wir mit einer Guffa erneut den wilden Mann suchten, den uns die Götter als Freund für König Gilgamesch erschaffen haben. Ich habe Bara und Enkidu zu meines Vaters Haus geführt. Dort lernte er wie wir zu essen und zu trinken, und als er ging, wollte er Gilgamesch töten.«

»Merkwürdig!« sagte der Schublugal-Krieger. »Wirklich sehr merkwürdig! Ich kenne Gilgamesch. Er war ein Gärtnerbursche, dem wir erst einmal beibringen mußten, was ein Schwert und was ein Mädchen ist. Doch dann stieg er als ›hell strahlender Feuerbrand‹ weit über uns hinaus! Wir mußen ihn verlassen, weil er zu furchtbar für uns wurde.« Mesche sah sich nach allen Seiten um, dann winkte er Dimus zu sich heran und flüsterte: »Er lehnt sich gegen alle Götter auf und einmal haben seine Dämonen sogar euren Sonnengott aufgefressen!«

Der fremde Krieger verzog sein Gesicht so sehr, daß Dimus unwillkürlich lachen mußte. »Aufgefressen?« wiederholte er und sah blinzelnd nach oben. »Das kann nicht sein.«

»Ich war dabei!« behauptete Mesche. »Warte nur ab – vielleicht plant er in dieser Stunde schon wieder eine Grausamkeit!«

Dimus schüttelte den Kopf. »Seit Enkidu sein Freund ist, achten die Menschen ihn, die ihn vorher verfluchen mußten«, sagte er. »Die Zeit des Hungers und der Furcht ist längst vorbei. Gilgamesch und Enkidu sorgen dafür, daß jeder Urukäer Korn und Gemüse, genügend Fleisch und Fisch bekommt. Dubsars und Ensis, Sangamachs, Urigallus und Schublugals dürfen nicht mehr für den Reichtum in ihren eigenen Vorratskammern arbeiten, sondern müssen jeden Gewinn aus Tausch und Handel beim gestrengen Schulvater Akil anzeigen. Seit er Nubanda wurde, weiß jeder, wieviel Vorräte in den Speichern der Tempel liegen.«

Dimus zog seine Beine aus dem Morast, sammelte die Tamariskenzweige auf und stieg bis zu der trockenen Stelle neben dem Schublugal-Krieger auf. Mesche half ihm. Er war nachdenklich geworden.

»Du bist noch jung«, meinte er schließlich. »Ich weiß, wie schnell Begeisterung zu voreiligen Schlüssen führt. Doch wenn es wirklich so ist, wie du sagst, dann wird mir doppelt schwer, was ich zu tun habe.«

»Du kommst als Königsbote.«

»Ja.«

Der Sohn des Jägers sah zum Buranum hinüber und dann nach Norden. »Gilgamesch hat immer wieder gesagt, daß er Uruk gegen einen erneuten Überfall durch die Stadt Kisch schützen muß!« sagte er. »Ist es das? Kommt König Mebaragesi mit seinen Kriegern, um seinen Anspruch durchzusetzen?«

»Ja und nein«, antwortete Mesche der Schmied. »Das Heer von Kisch ist bereits unterwegs. Aber nicht Mebaragesi führt es an, sondern sein Sohn Agga. Mebaragesi ist tot, aber Agga kennt Gilgamesch und er wird alles tun, um Uruk zu bestrafen!«

»Er kann die neue Mauer um Uruk niemals überwinden!« sagte Dimus stolz. Mesche schüttelte nur den Kopf.

»Ich sagte doch, daß Agga viel über euren König weiß. Hätte er sonst mich als Vorboten des Krieges nach Uruk entsandt? Und bereits jetzt ist Zabardi Banuga mit einem Haufen Kundiger zu den alten Gräbern unterwegs, aus denen wir im letzten Jahr zum Sturm auf Uruks alte Mauer hervorbrachen.«

»Die Gräber!« stöhnte Dimus entsetzt. »Die ganze neue Mauer um Uruk nützt nichts, wenn Krieger aus den Gräbern quellen.«

»Ich sehe, jetzt verstehst du!« sagte der Königsbote aus Kisch ernsthaft.

»Sollst du das Gilgamesch sagen?« fragte der Sohn des Jägers.

»Ich soll sagen, daß zweitausend Krieger gen Uruk ziehen. Ich soll sagen, daß Kisch seine Unterwerfung fordert. Und ich soll sagen, daß seine Mauer auch nicht besser ist als das bröckelnde Gehäuf alter Ziegel, das er mit einem Schwert, das ich ihm schmiedete, mit zwei, drei Hieben zerschlagen konnte.«

»Wir werden kämpfen!« sagte Dimus entschlossen. Mesche der Schmied lachte nur. Er reichte dem Sohn des Jägers einen sehr schön gewachsenen Tamariskenzweig. »Ein König weiß, wann er verloren hat! Bring mich zu Gilgamesch, damit er hört, wie klug und stark der eigentliche König beider Städte ist!«

»Er hat's gewußt!« riefen die Jungen, die König Gilgamesch vor Enkidus Erscheinen zu jungen Krieger erzogen hatte. »Er hat's gewußt, als er die Mauer erzwang, als er uns lehrte, die Waffen wie Schublugals zu führen und als er Kampfwagen bauen ließ, mit denen wir jeden Tag über die Krone der neuen Mauer fahren!«

Die Schreckensbotschaft vom Auftauchen des Königsboten aus der Eselsstadt breitete sich mit Windeseile über fruchtbare Felder, über die alte Stadtmauer und über alle Straßen und Plätze der Stadt aus.

Männer, Frauen und Kinder eilten aus den Häusern und Innenhöfen herbei und liefen mit angstvollen Gesichtern in die geheiligten Bezirke der inneren Stadt. Sie hofften, dort mehr zu erfahren – mehr über den nahenden Boten des Unheils und über das, was ihr König nun anordnen würde.

»Nicht einmal neun Monate sind seit der ersten Eroberung vergangen«, klagten die Frauen. »Was will Kisch noch von uns? Hat die Eselsstadt nicht unsere besten Männer versklavt, das gute Vieh fortgetrieben und allen Schmuck geraubt?«

»Sieger wollen mehr!« rief der Siegelsteinschnitzer Purkullu. Wie alle anderen eilte er ebenfalls die Steigung der Gassen hinauf. »Seit der Verfinsterung des Sonnengottes wissen die Priester Kischs, daß unser König kein Vasall ist!«

»Und was ist mit dem Zehnt geschehen, den wir uns abgehungert haben?« rief eine junge Frau. Es war Nansche, die Tochter Ugnims. Purkullu blieb schwer atmend in der weiter zur inneren Stadt drängenden Menge stehen. Er zog Nansche zur Seite.

»Dein Vater ist doch auch im Rat der Sieben Weisen«, sagte er verwundert. »Hat er dir nicht erzählt, wie Händler mit den für Kisch bestimmten Abgaben in dunklen Nächten gebrannten Kalk, das Erz des Eisens, Kupfer und Zinn herangeschafft haben?«

»Doch«, antwortete Nansche zögernd. »Einmal hat er so etwas angedeutet ...«

»Dann weißt du jetzt, warum die Eselsstadt erneut ein Heer gegen uns ausschickt. Wir waren ungehorsam! Und Gilgamesch denkt nicht daran, auch nur ein Weizenkorn Tribut zu zahlen!«

Nansche lehnte sich gegen eine frischgestrichene Mauer. Sie fühlte plötzlich, wie ihre Knie schwach wurden. Die Menschen eilten an ihr vorbei zum großen Platz zwischen den Tempeln und Palästen.

»Deshalb also!« sagte sie leise. »Deshalb hat er gewußt, daß die Krieger von Kisch wieder gegen uns ziehen müssen! Er hat die Sieger mit seiner wahnsinnigen Mauer herausgefordert!«

»Ich weiß, was du jetzt denkst«, sagte der Siegelsteinschnitzer. »Aber vergiß nicht, daß Gilgameschs Schwert seinen eigenen Großvater getötet hat. Für die Eroberer hat Gilgamesch sein Königtum durch den Befehl und die Gnade König Mebaragesis erhalten. Er, der keinen Vaternamen nennen konnte, trat sein Amt als Usurpator, als Vasallenknecht und als von allen verachteter Gärtnerbursche an.« Purkullu legte seinen Arm um Nansches Schulter.

»Ich kenne jeden Priester, jeden Schublugal und jeden Ensi dieser Stadt«, sagte er. »Keiner von ihnen hätte den Mut und die Kraft aufgebracht, gegen ein derart hoffnungsloses Schicksal anzukämpfen!«

»Dann war er von Anfang an für Uruk und nicht gegen uns!«

»Er ist der König, den die Götter für uns vorbestimmt haben«, sagte der Siegelsteinschnitzer zustimmend.

»Gil-ga-mesch!« sagte Nansche versonnen. Ihre großen dunklen Augen füllten sich mit Tränen, für die sie sich nicht einmal schämte. Sie dachte an das Kind in ihrem Leib.

»Ist dir nicht gut?« fragte Purkullu, als er sah, daß sie weinte. »Kann ich dir helfen?«

»Nein«, antwortete Nansche mit einem stillen Lächeln. Ihr Gesicht sah sehr schön aus als sie sagte: »Geh nur und berate dich mit den anderen Männern. Ihr habt den Schmerz des Todes zu verantworten, wir hingegen den der Geburt.«

Mesche, der Königsbote aus Kisch, sah schon von weitem, was in der Zwischenzeit geschehen war. Er verzichtete auf alle Rituale, alle sonst üblichen Zeremonien und alle großatmig vorzutragenden Beschimpfungen vor den Toren der Stadt, in der niemand ihn aus so weiter Entfernung gehört hätte. Zusammen mit Dimus ging er durch das offene und unbewachte Nordtor der neuen Mauer. Kein Wächter und kein Schublugal hielt die beiden auf.

Nach einem Weg von zehn Aschlu erreichten sie das alte Nordwesttor der alten Mauer. Hier standen vier, fünf Bewaffnete. Sie traten in den Schatten und ließen sie wortlos passieren. Mesche schritt über den Platz mit der Erdöffnung zum *Ganzir*. Er sah, wie rechts und links, vor ihm und hinter ihm die Menschen schweigend zurückwichen, und erreichte den alten, ihm wohlvertrauten Palast Enmerkars.

Gilgamesch und Enkidu, der alte Seher La-abasch und die Nindingirra, Harrap und Nin-sun, Bir Hurturre und der Rat der Sieben Weisen erwarteten den Boten der Eselsstadt so, wie es die Regeln der alten Ordnung vorschrieben. Sie hatten mitten im Hof des Palastes ein Rauchopfer entzündet und die Götter angerufen. Niedere Priester, die nun nicht mehr anwesend sein durften, hatten jeden Winkel und jeden im Schatten liegenden Platz hinter Mauern und Pfeilern mit Weihrauch, heiligem Wasser und dem Geklingel kleiner Bronzeglöckchen von böser Luft gesäubert. Sie hatten die

Namen von tausend bekannten Dämonen ausgesprochen, und von den toten Seelen, die mit ihnen verlobt waren. Anschließend war eine Tafel mit köstlichen Speisen, Bier, Wein und Rauschtrank im Innenhof des alten Enmerkar-Palastes aufgestellt worden. Und als der Bote des Königs von Kisch schließlich eintraf, war alles bereit.

»Labe dich, Bote der Eselsstadt!« rief La-abasch, kaum daß Mesche das Palasttor durchschritten hatte. »Freue dich an unserem Reichtum, an der Trächtigkeit unserer Muttertiere und am Segen der Götter, der unseren Gärten beschieden ist! Iß und trink, wie es sich für den Abgesandten der mächtigen Eselsstadt, die uns bezwungen hat und der wir dienen, geziemt ...«

Mesche sah sich verdutzt um, ergriff einen Krug mit Schwarz-Bier, nahm einen tiefen Schluck und ging ohne Aufenthalt bis zum König weiter, den er noch als Gärtnerburschen gekannt hatte. Gilgamesch stand im vollen Ornat vor dem Tor zum Feuerraum, in dem er vor vielen Wochen den neuen Pflug geschmiedet hatte.

»Du also!« sagte er nur, als die Diener des Palastes die Tore hinter Mesche und Dimus geschlossen hatten. »Ich hatte Mamagal erwartet.«

»Ja, ich!« antwortete der Schmied. »Mamagal hat seinen Rang als ›Ohr der Eselsstadt‹ an dem Tag verloren, an dem du mit dem Bau der Mauer begonnen hast. Er hätte eher von deinen Plänen nach Kisch berichten müssen.«

»Ich habe nie ein Geheimnis aus meinen Absichten gemacht«, antwortete Gilgamesch lächelnd.

»Nein«, stieß Mesche hervor. »Aber kaum jemand wußte, daß du mit geheimen Mächten der Natur und der Wildnis verbunden bist.«

»Du meinst Enkidu?«

»Ich meine den Tag, an dem du das Schwert aus Eisen über den Nubanda von Kisch kommen sahst ... als du das Königsopfer überlebtest ... als du ungestraft den *Chuluppa*-Baum fällen konntest. Ich meine Pukku und Mikku ... und ich meine den Pflug aus Eisen, den du gegen die Wassergewalten des Buranum eingesetzt hast!«

»Du vergißt das Orakel«, sagte Gilgamesch lächelnd. »Und du vergißt, daß du mein Gefährte warst, vor dem ich keine Geheimnisse hatte.«

»Du kennst mich und du weißt, warum Zabardi und ich deinem Wüten nicht mehr zusehen konnten«, sagte Mesche. »Doch heute komme ich wieder zu dir. Im Namen von Agga, dem neuen König der Eselsstadt, fordere ich dich auf, ab sofort wieder das Recht des Siegers zu befolgen. Aggas Vater Mebaragesi hat diese Stadt besiegt. Ich weiß es und du weißt es. Wir beide haben im letzten Ululu für diesen Sieg gekämpft! Du magst stark und mächtig sein, aber was willst du zweitausend Kriegern entgegensetzen, von denen die Hälfte Urukäer sind?«

»Urukäer?«

»Wir haben allen gefangenen Schublugals von Uruk, allen Bauern und allen Handwerkern in der Sklaverei gesagt, daß sie frei sind, wenn sie ihre eigene Stadt von der Tyrannei eines Vaterlosen befreien.«

»Das habt ihr gesagt?« fragte ein Mann, der sich bisher im Schatten der Mauervorsprünge verborgen gehalten hatte. »Das habt ihr schäbigen Eselsmilchsäuger wirklich gesagt?«

Zum ersten Mal erblickte Mesche den wilden, behaarten Freund des Königs von Uruk, von dem überall an den Feuern des Landes erzählt wurde. Instinktiv spürte er, wie wenig fehlte, um aus Enkidu einen wütenden Löwen zu machen, der den König von Uruk mit all seiner Kraft verteidigen würde.

»Ich sage nur, wie es ist«, erklärte Mesche schnell. »Nicht ich bin es, der das Volk von Kisch führt, sondern die Priester um unseren klugen und starken König Agga.«

»Bist du sein Bote oder willst du ihn ebenso verraten wie Gilgamesch?« fragte Enkidu zornig. Mesche trat einen Schritt zurück.

»Laßt das!« sagte Gilgamesch mit einer abwehrenden Handbewegung. »Mesche weiß, daß Agga von Kisch einmal mein Freund war. Zu jener Zeit wußte ich noch nicht, wer ich bin. Wie lang ist es her, seit ich mich mit ihm in der Dunkelheit der Schmieden verborgen habe. Wie lange ist es her, seit ich zusah, wie hartes Metall unter Feuer in glühendes Wachs verwandelt und unter Hammerschlägen zu Waffen reifte?«

»Er hat die Monate seit dem verfehlten Königsopfer ebensogut genutzt wie du, Gilgamesch«, sagte Mesche mit warnend angehobenen Händen. »Seine Krieger sind stark, seine Kampfwagen mit

Bronze und hartem Holz gepanzert. Er führt weiße Anschus mit sich, wie Schiffe wandernde Anschu-gamals und Reiter auf Anschu-kurras, wie ihr sie noch nie gesehen habt!«

»Weißt du noch mehr zu berichten?« fragte Gilgamesch. Er streckte seinen linken Arm aus und hielt Enkidu zurück. Mesche holte tief Luft. Er lachte hart, trank schlürfend seinen Bierkrug aus, ließ ihn absichtlich fallen, drehte sich um und faßte mit einer schnellen Handbewegung in eine Tonschale mit frischen Beeren aus dem südlichen Dickicht. Als er die Hand hob, tropfte roter Saft auf seine nackten Schenkel.

»Agga hat keine Mauer, sondern ein neues Heer erdacht!« sagte er voller Stolz. »Er ist kein Hüne, kein Tyrann, sondern ein königlicher Dubsar. Er ist ein fähiger Verwalter des Königtums, dem jede Lanze, jedes Schwert und jeder Schild genausoviel bedeuten wie Beißfischschwimmer, Fangnetzwerfer oder die Kundigen der Listen, die wissen, wie das Geräusch schwirrender Streitkolben und falsches Kriegsgeschrei zur Täuschung eingesetzt wird.«

»Ist das alles, was wir fürchten müssen?« schnaubte Enkidu.

»Nein, ich kam nur, um euch zu sagen, daß ihr tot seid ...«

»Glaubst du das? Glaubst du das wirklich?« fragte Gilgamesch. Mesche der Schmied sah seinen früheren Gefährten lange an. Dann ging er auf ihn zu, umfaßte ihn mit beiden Armen und sagte: »Gebt auf! Ihr könnt nicht überleben ... nicht gegen diese Streitmacht, der nicht einmal deine neue Mauer standhalten kann!«

Nachdem der Kriegsbote der Eselsstadt gegessen, getrunken, alles berichtet und sich mit einer jungen Priesterin des *Inanna*-Heiligtums in eine verschwiegene Kemenate zurückgezogen hatte, wurden die Feuer im Innenhof des Palastes von leise murmelnden Dienern gelöscht. Die Nacht legte ihr schwarzblaues, mit tausend Lichtpunkten besticktes Schlaftuch über die Stadt und das Land. Die Rauchfäden aus den Kaminen der Häuser lösten sich auf und verschwanden im Spiel aus Licht und Schatten. Bäume und Sträucher in den Gärten falteten ihre Blätter zusammen, und selbst der große Buranum schien langsam einzuschlafen. Noch einmal schimmerten die Wasserlinien der Kanäle auf, dann wurden auch sie langsam schwarz und dunkel. Und nur vor der Schmiede im alten Königspalast schwelte die Glut in einem kupfernen Kessel weiter.

Nin-sun, Bara und die Männer, die über das Schicksal der Stadt entscheiden mußten, saßen auf kleinen, mit schmalen Arm- und Rückenlehnen versehenen Schemeln rund um den leise knisternden Feuerkessel. Sie spürten die Hoffnung und Erwartung, aber auch die Angst, die wie eine einzige stumme Frage alle Mauern der Stadt zu durchdringen schien.

»Was nun?« fragte Tibir, der Händler.

»Wir haben uns nicht wie eine unterworfene Stadt verhalten«, antwortete La-abasch. »Einige Zeremonien waren nicht ausführlich genug, aber das ist nicht entscheidend. Viel schwerer wiegt, daß wir Kisch um die Früchte des Sieges gebracht haben! Dieses Vergehen gegen die ungeschriebenen Gesetze muß der König ganz allein tragen!«

»Was soll das?« warf Harrap ungewohnt heftig ein. »Jeder von uns hat gewußt, womit die Mauer bezahlt wurde! Deshalb kann sich niemand hinter Gilgamesch verstecken! Auch du nicht, Seher!«

Er sah zu Nin-sun hinüber. Gilgameschs Mutter, die sich in all den Jahren ihres in völliger Abgeschiedenheit verbrachten Lebens jeder Hast entwöhnt hatte, bewegte kaum merklich die Brauen. Sofort hob Harrap beide Hände. Er wollte, daß alle hörten, was Nin-sun dachte.

»Warum Krieg?« fragte sie ernst. »Hat nicht der Bote aus Kisch gesagt, daß unsere besten Männer, Unglückliche, Sklaven, daß diese Trauernden mit dem Mut von Verzweifelten dafür kämpfen werden, wieder zu ihren Frauen und Kindern zu kommen?«

»Nin-sun hat recht«, sagte Tibir, der Händler. »Es schmerzt mich genauso wie euch, aber wir müssen einsehen, daß Uruk nicht uns, sondern den Herrschern der Eselsstadt gehört! Wir haben weder die Kraft noch den Beistand der Götter, wenn wir uns gegen Agga von Kisch stellen!«

»Wer sagt denn, daß die Gefangenen tatsächlich gegen ihre Brüder und Söhne kämpfen werden?« fragte Enkidu. »Muß nicht für Aggas Krieger das gleiche gelten wie für die Verteidiger der Stadt? Werden sie kämpfen, wenn sie sich gegenseitig erkennen?«

Gilgamesch hatte die ganze Zeit schweigend zugehört. Nun aber deutete er auf Bir Hurturre, den kahlköpfigen, glattrasierten Anführer der Wachen und Krieger von Uruk.

»Wie ist dein Rat, ›brüllender Mörder der Schwachen‹? Willst du den Rest der Krieger von Uruk, die Frauen und Kinder in einen letzten, furchtbaren Kampf führen? Oder hast du dir bereits ausgerechnet, wo dein Platz im Heer von Kisch sein könnte?«

Bir Hurturre schob seine Unterlippe vor.

»Ich weiß, daß du mich verachten und sogar hassen mußt, Herr«, sagte er rauh. »Aber vor vielen Jahren, als ich die jüngsten Söhne der ganzen Stadt töten ließ, stand ich vor einer ähnlichen Frage. Ich wollte kein Mörder sein, sondern nur der getreue Diener meines Herrn Enmerkar! Heute bist du der König, und es gibt kein Orakel. Trotzdem sage ich, daß wir kämpfen müssen! Und wenn du willst, werde ich zu Agga gehen, ihm ein Schwert aus Eisen zeigen und seinen Mut zerspalten.«

Gilgamesch sah zu Enkidu hinüber. Er wollte wissen, was der Wildmann von der Prahlerei Bir Hurturres hielt. Enkidu kraulte die Haarpracht auf seiner Brust, zögerte, und hob dann ganz leicht den Kopf. Gilgamesch verstand.

»Deine Rede verwundert mich«, sagte der junge König zu Bir Hurturre. »Aber ich nehme sie an!« Er wandte sich an den Rat der Sieben Weisen: »Wir müssen weiterhin Brunnen graben und unsere Kanäle von jedem Unkraut freihalten. Das ist die Quelle allen Reichtums. In Kisch war nur der Obergärtner Schukallituda fähig, zu sehen und zu erkennen, daß Schwerter niemals über Saat und Ernte und die stete Erneuerung der Natur siegen werden!«

Er wartete einen Moment, dann fügte er hinzu: »Kisch bringt die Männer ... die Väter dieser Stadt zurück. Aber sie kommen mit Lanzen und Keulen, mit Schwertern und Bogen, die ihnen andere gegeben haben! Und jeder Sklavenkrieger wird weinend das zerstören, was er eigentlich beschützen und erhalten wollte.«

Er stand von seinem Schemel auf, verschränkte die Arme auf dem Rücken und ging mit einem riesigen Schatten einmal um die Glut des Feuerkessels herum. »Was geschieht, wenn wir uns nicht kampfentschlossen zeigen?« fragte er die anderen. »Ich will euch die Antwort geben: Agga wird Esel und Maultiere auf unsere Felder treiben. Er wird wiehernde Anschu-kurras züchten und die Saat zertreten lassen! Er wird jeden Aufsässigen ersäufen und keinem Mann aus Uruk erlauben, je wieder eine Waffe zu tragen! Verteidiger oder Angreifer – nach einem zweiten Sieg Kischs ist jedermann von uns rechtloser als ein Sklave!«

Die Stille der Versammelten wurde nur durch die Schritte des Königs unterbrochen. Er ging an jedem vorbei, sah ihn an und prüfte sein Gesicht. Bei seiner Mutter zögerte er. Er streifte ihre vorgestreckte Hand mit seinen Fingern, fühlte kurz die Schuld am Tod ihres Vaters und ging bis zu Bara Nam-tara. Die Oberpriesterin des *Inanna*-Heiligtums lächelte verhalten, dann legte sie beide Hände um seine Oberschenkel. Sie küßte die Mulde seines Nabels, strich über sein schwer gewordenes ›Haus des Lebens‹ und lehnte sich zurück, wie sie es für den Wildmann an der Tränke der Löwen und Gazellen getan hatte.

»Nein, Bara«, sagte der König kopfschüttelnd. »Das ist keine Antwort auf meine Frage!« Er ließ zu, daß sie weiterhin die Innenseiten seiner Oberschenkel mit ihren Fingerkuppen streichelte. »Wir müssen sie schlagen, wenn wir leben wollen«, sagte er zu den anderen. »Wir müssen sie schlagen, ohne auch nur einen einzigen zu töten!«

Er beugte sich vor, strich mit beiden Händen über ihre nackten Brüste, riß sie mit einem harten Lachen hoch und küßte sie, daß ihr Atem stockte. Erst der schnelle Schatten Enkidus brachte ihn wieder zur Vernunft. Er fühlte den blitzartig zupackenden Griff des Wildmannes in seinem Fleisch.

»Laß das!« keuchte Enkidu.

»Ich hatte sie eher als du!« lachte Gilgamesch.

»Du hattest nichts ... nicht einmal eine Nacht!«

»Und du? Was waren die sechs Tage und sieben Nächte für eine Tempelhure, die ich als Köder für dich ausgelegt habe?«

»Hört auf!« rief Bara zornig. »Hört sofort auf ... beide!«

»Entschuldige«, sagte Gilgamesch beschämt. Er legte seine Arme um Enkidu. »Ich weiß nicht, was mich überkam«, flüsterte er. »Du mußt mir helfen, Bruder. Was wird aus uns, wenn wir zum Kampf, zum Selbstmord blasen? Und was, wenn wir uns unterwerfen?«

»Kampflos verlieren ist schlimmer als der Tod!« sagte in diesem Augenblick der feine, zierliche Mann, der viele Jahre seines Lebens mit Sklavenglöckchen um den Hals verbracht hatte. »Ihr könnt eine große, starke Bewegung nur aufhalten und lenken, indem ihr sie verstärkt! Lernt von den Tempelhuren, die immer genau das zu wollen vorgeben, was andere träumen! Lernt von Bara Nam-tara, der Sklavin aus dem Hochland von Aratta, die mit dem stärksten von euch ohne Kraftanstrengung machen kann, was ihr beliebt!«

»Ja«, sagte Nin-sun. Die Mutter Gilgameschs lächelte ihrem ersten Diener und Berater freundlich zu. Dann sah sie abwechselnd Enkidu und ihren Sohn an. »Ihr könnt gewinnen!« sagte sie wie ein Gottesurteil. Die Haut über ihren Wangen spannte sich. Gleichzeitig wurden ihre Lippen hart. »Ihr müßt nur weise sein! Nutzt die geheimnisvolle Überlegenheit, die jeder Schwäche innewohnt! Seid wie der Schwemmsand, mit dem der große Buranum dem Meer im Süden Jahr für Jahr viele tausend Schritte ohne Gewalt abringt, indem er vorgibt, neues Wasser zu bringen! Seid wie die Frauen und behauptet, daß ihr euch unterwerfen wollt! Werft ihnen Worte zu, und sie werden Schreckensglanz hinter jedem Friedensangebot und getarnte Stärke hinter jeder Aufdeckung unserer Schwäche vermuten ...«

Noch nie hatte Nin-sun so lange zu Männern ihres Volkes gesprochen. Gilgamesch wunderte sich. Er sah, daß Enkidu und sogar der Rat der Sieben Weisen Nin-sun zustimmten.

»Dann werden wir kämpfen!« sagte er. »Schickt Wachen zur Kammer des Königsboten! Er soll nicht zurückkehren!«

Nin-sun schüttelte den Kopf. Sie blickte zum Fenster des Raumes hinauf, in den sich der Bote der Eselsstadt zurückgezogen hatte. Sein nackter Oberkörper war gerade noch im Halbdunkel zu erkennen.

»Wir werden nicht kämpfen!« rief Nin-sun mit klarer Stimme, doch jeder, der sie hörte, mußte glauben, daß sie das Gegenteil meinte.

Schon als der nächste Morgen graute, entdeckten Fischer die ersten mit Kriegern vollbeladenen Guffas und Kelegs auf den Wasserwegen rund um Uruk. So schnell sie konnten, ruderten die entsetzten Fischer quer durch das dichte Schilf zurück.

Sie waren noch nicht wieder am Kar-baria, dem ›glänzenden Hafenkai‹ Uruks angelangt, als einige von ihnen den Mann sahen, der aus der Tiefe der alten Königsgräber zu kommen schien und sich schnell durch den Graben vor der neuen Mauer davonmachte. Gleichzeitig bemerkten die Hirtenjungen auf den Weiden innerhalb der Ummauerung, wie ihre Tiere plötzlich unruhig wurden. Alle Jungen, die von König Gilgamesch selbst gelernt hatten, die Form der Wolken, den Klang des Windes und die Neigung der Gräser zum Licht hin zu verstehen, spürten, daß sie gerufen wurden. Sie ließen Kühe und Schafe, Ziegen und Schweine, Gänse und Enten im Stich. An hundert verschiedenen Stellen gleichzeitig eilten sie wie von einem großen, gemeinsamen Zauber gezogen zu den Auffahrten der neuen Mauer. Keiner von ihnen verlor den Kopf oder schrie, als er sah, wie Langboote, kriegsschwere Flöße und mit drohenden Segeln bestückte Kampfschiffe langsam durch Schilf und Buschwerk näher kamen.

Die Wasserfahrzeuge – fünfzig? hundert? zweihundert? – sie kreisten Uruk in einer perfekten Belagerungszeremonie ein. Und als Gott *Utu* aufstieg, da sah er, daß die Krieger der Eselsstadt samt den Männern, die sie geraubt und versklavt hatten, mächtiger und zahlreicher waren als die Verteidiger, die von der Stadt seiner Schwester *Inanna* aufgebracht werden konnten. Es war, als wäre über Nacht ein neuer, mit grellen Farben drohender Wald aus Masten und Segeln, Flaggen und Speeren auf den Kanälen rund um Uruk gewachsen.

Auf beiden Seiten der Mauer erkannten Belagerer und Verteidiger, daß die Stadt Uruk nicht die geringste Chance hatte.

»Was nützt uns nun das Leid und die Arbeit vieler Monate«,

beklagte sich Ugnim bei seinem Gesellen. »Was soll eine Mauer mit neunhundertundfünfzig Wehrtürmen und einem Weg für Kampfwagen, wenn doch nur alle fünfzig Schritt ein Kinderkrieger steht?«

»Ich finde noch furchtbarer, wenn sich Angreifer und Verteidiger, Väter und Söhne, Brüder und Schwäger erkennen«, antwortete Dimus. »Was werden die einen, und was die anderen tun, wenn Pauken und Trompeten den Sturm auf die Stadt befehlen?«

Immer mehr Frauen und Männer strömten dem alten Nordwesttor der Stadt mit der Erdspalte zur Unterwelt *Ganzir* entgegen. Niemand wußte, was der König plante, doch immer mehr Urukäer schlossen sich Gilgamesch und Enkidu an. Auch Ugnim, Dimus und zuletzt sogar Nansche und die Priesterinnen aus den Tempeln gingen mit. Der Zug der mit allen nur denkbaren Gerätschaften bewaffneten Urukäer sah wie ein Opfergang aus. Sie kamen mit Spaten aus Eisen und bronzenen Kurzschwertern, mit Lanzen und Bratspießen, Bogen und Fischernetzen, Harpunen und eilig geknüpften Steinschleudern.

Die Letzten der Urukäer zogen über die sanfte Schräge vor ihrer Stadt bis zu den Schöpfwerken an den Kanälen hinab. Sie achteten weder auf die Tonscherben ihrer Vorfahren im Sand, noch auf das neue Grün, das üppig sprießend die Narben der ersten Belagerung zudeckte.

Unmittelbar vor dem neuen, mit schweren Bohlen in steinernen Drehlagern verschlossenen Nordtor ließ Gilgamesch anhalten. Er ging bis zur Hälfte einer schrägen Rampe, über die in der vergangenen Nacht so wie an vielen anderen Stellen der neuen Mauer vierrädrige Kampfwagen nach oben gezogen worden waren.

Der Anblick Gilgameschs ließ das versammelte Volk verstummen. Nur noch gelegentlich wurden leise gemurmelte Beschwörungen und angstvolle Gebete laut. Jedermann bewunderte voller Stolz die heldenhafte Statur des Königs und Hohepriesters von Uruk. Aber auch er war nicht in der Lage, die Furcht aus den Gesichtern zu verbannen. Er hob die Arme. Das Licht der Sonne ließ die geölte Haut auf seinen Muskeln glänzen. Und dann begann ein Schauspiel ohne Rauch und Feuer, wie es noch nie ein Mensch gesehen hatte.

»Männer und Frauen von Uruk, hört mich an!« rief er, groß und stolz wie ein Gott. »Ihr alle wißt, daß wir seit fast einem Jahr Besiegte sind. Ich selbst war es, der die entscheidenden Schläge gegen die alten, verrotteten Mauern führte. Der Herr der Eselsstadt, in der ich aufgewachsen bin, und das Orakel meines Großvaters Enmerkar haben mich zu eurem König gemacht. Und nicht alles, was ich tat, kann euch gefallen haben! Die Göttin *Inanna* bat mich, den verhexten *Chuluppa*-Baum zu fällen. Sie schenkte mir Pukku und Mikku, damit durch ihren Fron diese Mauer hier gebaut werden konnte! Andere Götter hingegen waren gegen mich. Sie nahmen sich eurer Klagen an und schufen Enkidu, der mich zügeln sollte und der mein Freund und Gefährte wurde.«

Gilgamesch schritt langsam auf und ab. Von der anderen Seite der Mauer klangen Schreie und Rufe, der Lärm von Waffen und das Wiehern von Anschu-kurras bis zu den verängstigten Urukäern.

»Jenseits der Mauer steht ein zweiter Gefährte«, fuhr Gilgamesch mit klarer Stimme fort, »ein Gefährte aus meinen Jugendjahren in Kisch. Er will mich und euch daran erinnern, daß Uruk nichts mehr ist. Er führt eure Väter und Brüder und Söhne mit sich, und niemand kann mir und euch erlauben, gegen die Unglücklichen, gegen das Fleisch vom eigenen Fleisch, die Waffen zu erheben! Was also können wir tun, um ein furchtbares Gemetzel zu vermeiden?«

Es war, als würde auf beiden Seiten der Mauer jedes Geräusch verstummen. Nur noch das Zwitschern von Nachtigallen und das Tirili hoch am Himmel schwebender Lerchen bewegte die Stille.

»Wir müssen kämpfen!« rief der alte Seher La-abasch schließlich, »denn ihre Götter sind nicht die unseren!«

»Habt ihr gehört?« rief Gilgamesch über die Köpfe der Versammelten hinweg. »Dieser Mann fordert, daß ihr gegen euch selbst seid! Aber er kann noch nicht einmal dieses Rätsel erklären: wie kann ein Vaterloser, der eure Götter nicht achtet, zum Hohepriester von Uruk werden? Wie kann ein Eroberer gleichzeitig Herr des neuen und Bewahrer des alten Rechts sein?«

Er drehte sich zu La-abasch um.

»Dieser da und viele von euch würden sagen, daß all dies unmöglich ist!« rief er mit mächtiger Stimme. »Aber ich bin ich und ihr seht, daß es ist, wie es ist! Ich sage euch, was bisher noch nie ein König und Hohepriester gesagt hat: dient niemals dem Unsichtbaren – den Sehern und Deutern! Sie sind nur Schamanen und haben nichts anderes vor, als die Spur ihrer Rollsiegel in eure Herzen zu pressen!«

Er sah zu Enkidu, dann zu Bir Hurturre.

»Wenn es nicht anders geht, werden wir kämpfen! Aber nicht jeder gegen jeden, sondern einer für alle! Wer von euch, Urukäer, ist bereit dazu?«

Erstauntes, ungläubiges Gemurmel ging wie in Wellen durch die um Gilgamesch und die Priester Versammelten.

»Ich gehe!« rief Bir Hurturre in diesem Augenblick. »Wenn Agga mich sieht, wird er wissen, daß es noch immer treue Diener der Stadt Kisch in Uruk gibt!«

Gilgamesch und Enkidu sahen sich an. Der Wildmann strich sich durch seinen Bart, dann preßte er die Lippen zusammen und nickte.

»Dann geh, Hauptmann der Wachen und ›brüllender Mörder der Schwachen‹!« rief Gilgamesch hart. Bir Hurturre hob sein Kurzschwert, zog die ledernen Riemen um seine Brust stramm und ging mit kraftvoll wiegenden Schritten auf das Nordtor zu. Er war zu verblendet, um zu erkennen, daß er ausschritt, sich seinem eigenen Hochmut zu opfern.

Die vorgeschobenen Krieger König Aggas schienen nur darauf gewartet zu haben, daß sich ein Urukäer durch den Mauerring wagte.

»Nein, nein!« schrie Bir Hurturre, als die ersten Schläge seinen Bronzehelm trafen. »Ich bin der Hauptmann der Wachen von Uruk, eingesetzt von König Mebaragesi, ein treuer Diener!«

Sie rissen ihm laut lachend seine Waffen weg, schlugen ihm mit Fäusten ins Gesicht, prügelten ihn fast zu Tode und schleppten ihn wie ein Opfertier fort.

Zur gleichen Zeit war ein anderer im Schatten eines Wehrturms durch den Wallgraben geschlichen und auf die neue Mauer gestiegen. Zabardi Banuga näherte sich Gilgamesch und Enkidu. Niemand bemerkte ihn, bis er direkt vor den beiden stand.

»Ich komme von der anderen Seite«, sagte er, als Gilgamesch ihn erkannte. »Laß uns jetzt nicht darüber reden, warum ich dich verließ. Ich bin wieder da, das muß fürs erste Grund genug sein ...«

»Was willst du?« fragte Gilgamesch abweisend.

»Ich stelle mich auf deine Mauer und zeige mich Agga!«

»Zu welchem Zweck?«

»Komm mit und urteile dann.«

Enkidu hob die Schultern. Er kannte Zabardi Banuga nicht, aber er sah, daß er viel größer und furchteinflößender war als alle Krieger, die Uruk aufbringen konnte.

»Laß ihn gewähren«, sagte Enkidu zu Gilgamesch. Zabardi Banuga lief die Rampe hinauf. Er schlug sich auf die Brust und stieß einen gewaltigen, weithin schallenden Kriegsruf aus. Sofort versammelten sich die Berater Aggas im gerade erst errichteten Morgenlager des Königs von Kisch.

Ein halbes Dutzend Sklaven schleppte Bir Hurturre herbei.

»Ist jener dort dein König?« fragte Agga und zeigte auf Zabardi Banuga. »Sprich, oder ich lasse dir deine Zunge und dein ›Haus des Lebens‹ abreißen!«

»Nein, Herr!« keuchte Bir Hurturre. »Der Krieger auf der neuen Mauer von Uruk ist nicht mein König! Aber ich wünschte, daß ich die mächtige Gestalt Gilgameschs, sein helles Gesicht, seine goldfarbenen Locken und seine Hände sehen könnte, die verzauberte Bäume fällen und die lieblichsten aller Flötentöne erzeugen können.«

Im gleichen Augenblick erschienen zwei neue Gestalten neben Zabardi Banuga auf der Mauer. In ihrem Glanz wirkte der Krieger aus Kisch nur noch wie ein zwergenhafter Schatten. Zu dritt gingen sie bis zu den Türmen am Nordtor.

»Er wird kommen!« stöhnte der Anführer der Wachen von Uruk. »Er wird kommen und euch in den Staub zwingen.«

Und so geschah es. Gilgamesch, Enkidu und Zabardi Banuga traten durch das Nordtor der neuen Mauer. Sie kamen ohne Furcht auf das Morgenlager von König Agga zu – ohne Schublugals in ihrem Gefolge, ohne Priester und ohne Gurus, die ihren Weg fegten.

Agga von Kisch, der nur ein Jahr älter war als Gilgamesch, sah sie und spürte zum ersten Mal die Angst des Verlierers. All seine Waffen, all seine Mannen und alle vergangenen Betrachtungen von Eingeweiden konnten ihm nicht das geben, was ihm an Kraft und Macht, an Königtum und göttlichem *ME* entgegentrat!

Gilgamesch und Enkidu blieben inmitten der Schublugals und Sklavenkrieger aus Kisch stehen. Lichtblitze von den Rüstungen der Belagerer huschten über ihre Gesichter. Der Rauch früher Opferfeuer wallte an ihren Körpern entlang. Und jeder wartete nur darauf, daß irgendein mutiger Narr den ersten, furchtbaren Hieb aus dem Hinterhalt gegen die Helden führte.

Agga hatte Gilgamesch längst erkannt. Doch ebenso wie vor vielen Monaten auf der obersten Plattform der Zikkurat von Kisch konnte und wollte er nicht zugeben, daß der ehemalige Gärtnerbursche ihm nicht nur körperlich, sondern auf eine ganz andere, geheimnisvolle Weise überlegen war.

»Wächter!« rief Agga Bir Hurturre zu. »Ist einer von diesen dein König?«

»Ja, ja, ja!« wimmerte der ›brüllende Mörder der Schwachen‹. Im gleichen Augenblick schickte Gott *Utu* einen goldenen Lichtstrahl zur Erde. Er traf Gilgamesch und Enkidu und hüllte sie mit dem Glanz des zum ersten Mal für Menschenwesen sichtbaren göttlichen *ME* ein.

Schublugals und Waffenschmiede, Bootsleute, Priester und Mädchen, die alle versorgten, erstarrten für einen ungläubig langen Augenblick. Und dann wichen die ersten von ihnen wie vor einer dämonenhaften Erscheinung zurück. Langsam, ganz langsam zuerst, dann immer schneller. Sie flohen zu den Guffas und Kelegs am Ufer der Kanäle. Es dauerte nur wenige Minuten, bis sich das ganze gewaltige Heerlager in wilder Panik auflöste. Überall schrien Menschen und Tiere. Wagen und Zelte stürzten um. Kochender Gerstenbrei lief aus umgerissenen Kupferkesseln, löschte die Feuer und ließ brandige Dampfwolken aufsteigen.

Nur wenige Priester und vor Angst bebende Dubsars blieben bei ihrem König. Gilgamesch aber ging zu Agga. Er sah den jungen König von Kisch lange an, dann streckte er seine Arme aus und sagte: »Ich grüße den, ›der die Eselsmilch liebt‹. Mag sein, daß du nur gekommen bist, weil es die Priester in euren Tempeln verlangten, mag sein, daß du wirklich mein Feind sein willst. Sag mir, wie wir Tod und Leid für diejenigen vermeiden können, die tun müssen, was wir befehlen.«

»Du willst dich nicht ergeben?« fragte Agga.

»Ergib du dich!« antwortete Gilgamesch. »Du hast mehr Waffen, mehr Krieger als wir. Aber wir haben eine Mauer um die gesamte Stadt, bei der ein Kind genügt, um zehn Schwerbewaffnete abzuwehren.«

Nichts regte sich rund um die beiden jungen Könige. Kein Windhauch bewegte die Flaggen und Standarten. Tausende von Gesichtern blieben erwartungsvoll, und selbst Gott *Utu* am hohen Himmel nahm seinen Sonnenglanz um einiges zurück.

Und dann geschah das Unerwartete – das große Wunder von Uruk:

Agga von Kisch – Sohn des siegreichen Königs Mebaragesi, Herr über eine noch nie zuvor durch das Land zwischen den zwei Strömen gezogene Streitmacht, der legitime Herrscher über die bereits besiegte Stadt Uruk – Agga von Kisch erkannte, wie schon einmal, die ungeheure Kraft, die von Gilgamesch ausging. Voller Bewunderung, doch ohne jede Unterwürfigkeit neigte er langsam seinen Kopf.

»Du hast das Königsopfer von Kisch und das Orakel deiner eigenen Stadt überstanden«, sagte er. »Du hast eine Mauer gebaut, wie sie ganz Sumer nie zuvor sah, und du hast den wilden Mann, den dir die Götter schickten, zu deinem Freund gemacht. Nimm jetzt die Männer Uruks zurück, die Sklaven und Gefangene meines Vaters Mebaragesi waren.«

Gilgamesch umfaßte Aggas Schultern.

»Ich hätte nicht gewußt, wie ich gegen dich und dein Heer kämpfen sollte«, sagte er sichtbar erleichtert. »Dein Friedensangebot ist so großherzig, daß ich dir dafür alles geben will, was ich vergeben kann: sei Ensi und Lugal in Uruk, Herr aller Waffen und unserer Krieger. Ich biete dir den Königsbund zwischen Kisch und Uruk – nicht als Sieger oder Besiegter, sondern als Freund!«

»Und was ist mein Lohn?« fragte Enkidu spöttisch. »Darf ich

fortan mit eurer königlichen Duldung erkunden, warum der Wind raunt, woher die Dämonen kommen und wie tief die Unterwelt ist?«

Agga und Gilgamesch lachten befreit. Zum ersten Mal seit Menschengedenken war ein Krieg zwischen zwei Städten nicht durch Waffen und Unterwerfung, sondern allein durch die Achtung und Anerkennung des anderen beendet worden.

»Gil-ga-mesch! Ag-ga! En-ki-du!« sangen und klatschten die Priester von Uruk immer wieder.

Die Kunde von der erstaunlichen, gänzlich unerwarteten Wendung breitete sich schnell wie der Morgenglanz des Sonnengottes nach allen Seiten hin aus. Die Musikanten der Tempel erkannten, daß es keinen Krieg, kein neues Morden und keine Verheerung geben würde. Zaghaft zunächst, dann immer freudiger, ließen sie ihre Instrumente erklingen. Die kleinen Kokosnußtrommeln begannen. Harfen und Leiern fielen ein, dann bliesen Schalmeien und Trompeten wie von himmlischen Wonnen beseelt. Der Klang der Kesselpauken ließ das Land erzittern, aber es war keine Furcht mehr in dem gewaltigen Lärmen, nur noch Freude und Glück.

»Vorbei ... es ist Friede ... sagt's weiter ...«, rief ein Kinderkrieger dem nächsten auf der langen Mauer zu. »... und alle kommen zurück!«

Jenseits der Mauer hielten die Fliehenden inne. Sie hörten die schmetternde Musik, die jauchzenden Schreie und den Sprechchor der Priester. Wer aus Uruk stammte, ließ Waffen und Schilde fallen, drehte sich um und lief mit Freudentränen in den Augen auf die Stadt zu. Die Männer von Uruk kehrten zurück. Kein Schublugal und kein Unterführer aus Kisch hinderte sie daran.

Als dann auch noch der starke, am ganzen Körper behaarte Enkidu ohne jede Waffe bis zu Aggas Königszelt ging, den mißhandelten, leise stöhnenden Bir Hurturre vom Vorplatz aufhob und ihn mit vorgestreckten Armen durch die Reihen der Krieger von Kisch bis zum neuen Stadttor trug, da erkannte auch der letzte Mann und das letzte Weib im Gefolge des Heeres der Eselsstadt, daß der Feldzug von König Agga wie durch ein Wunder beendet war, von dem noch lange an den Feuern zwischen Idigna und Buranum gesprochen werden sollte.

»Kommt mit uns!« riefen die Männer, die eben noch Sklavenkrieger gewesen waren, den Schublugals aus dem Norden zu. »Kommt in die Stadt der Göttin *Inanna*! Eßt und trinkt an unseren Tischen, singt und tanzt mit unseren Weibern auf den Plätzen, die wir so lange nicht mehr gesehen haben.«

Die Verschleppten drängten durch die beiden Tore der neuen Mauer, liefen über die Wege zwischen den Feldern, sprangen über die Kanäle und eilten die sanfte Schräge zur alten Mauer hinauf. Die ganze Stadt kam ihnen entgegen. Überall suchten und fanden sich Männer und Frauen, Väter und Töchter, Mütter und Söhne. Längst Totgeglaubte fielen sich weinend in die Arme. Nur manchmal blieb alles Fragen vergebens, wurde Gram zu Gewißheit.

Und als der Abend mit leisem Lächeln an der fröhlichen, lauten Stadt vorbeiging, da war noch immer viel zu erzählen. Die Sterne begannen zu strahlen, und mit ihnen kam das schönste und tiefste Nachtblau, das Uruk jemals gesehen hatte.

Gilgamesch, Agga und Enkidu gingen von Feuer zu Feuer. Sie schlenderten durch die Straßen und Gassen der Sadt, nahmen überall Weinbecher und Spieße mit duftend gebratenen Fleischbrocken entgegen und tanzten zum Spiel der Musikanten durch Wolken aus würzigem Opferrauch. Sie nahmen lachende Mädchen in den Arm, küßten sie auf den Mund und freuten sich, wenn alle anderen begeistert klatschten.

Es wurde eine sehr lange Nacht. Und selbst die klaren Sternsymbole der Götter am Himmel konnten nicht genug bekommen. Es war, als wollten sie alles sehen, alles hören und alles mitempfinden, was für die Menschen Glück und Freude bedeutete.

Nur eine der Göttinnen war nicht zufrieden. Schon als König Enmerkar noch lebte, waren ihr Uruk und das flache, fruchtbare Land zwischen den beiden großen Strömen von Jahr zu Jahr langweiliger und ereignisloser vorgekommen. Sie sah, daß sie angebetet, verehrt und mit allen notwendigen Opfern bedacht wurde. Aber das reichte ihr nicht, und Enmerkar war alt geworden.

Sie hatte gesehen, wie ihr Bruder, der Sonnengott, an einem großen Fluß weit hinter der Wüste westlich von Uruk als mächtiger, alles Leben und Handeln bestimmender Himmelsherrscher namens *Ra* angebetet wurde. Und sie hatte gesehen, daß sich ihr eigener Hohepriester, der neue König von Uruk, mehr mit seinem Freund Enkidu beschäftigte als mit Gedanken an seine göttliche Herrin.

All das kränkte die stolze Göttin. *Inanna* wußte, daß sie Enkidu nicht einfach töten konnte. Er war auf Beschluß der höchsten Götter von *Aruru* selbst geschaffen worden. Nur wenn es ihr gelang, Gilgamesch und Enkidu zu Feinden zu machen, konnte sie wieder das werden, was sie einmal gewesen war und was ihr Bruder an der fernen Flußkultur im Westen erneut erreicht hatte: eine Gottheit, der alles irdische Leben untertan war, und der die Menschen mit Demut und fürchtender Liebe begegneten.

Sie wollte Gilgamesch für sich allein!

Er sollte Enkidu und alle anderen verleugnen, vor ihr sein Königtum und seine Kraft vergessen, in den Staub vor den Tempeln fallen und wie ein Hund um ihren Fuß in seinem Nacken und um das Streicheln ihrer Hand wimmern!

Bereits am Tag nach dem Freudenfest, als sich alle betrunken, satt und müde in die Arme genommen hatten und eingeschlafen waren, sandte die Stadtgöttin von Uruk die ersten bösartigen Traumgedanken aus. Gilgamesch lag engumschlungen mit Enkidu und der Tochter des Tischlers auf dem ersten Stufenabsatz der Zikkurat. Jeder der beiden Männer hatte eine Hand auf eine Brust Nansches gelegt. Alle drei schliefen lächelnd. Schatten und Licht von den Zweigen spielten über ihre vollendeten Körper, bis sich urplötzlich eine steil zuckende Falte auf Gilgameschs Stirn bildete. Nansche drehte sich etwas zur Seite, atmete im Schlaf tief ein und kuschelte sich an ihn. Doch Gilgameschs Körper reagierte wie auf einen giftigen Dämon. Seine Muskeln zuckten, sein Gesicht drückte Widerwillen aus und seine Finger verkrampften sich.

»Pukku«, murmelte er wie im Alptraum. »Wo seid ihr? Pukku und Mikku?«

»Nein, nicht schon wieder«, seufzte Nansche müde.

»Pukku!« murmelte Gilgamesch im Schlaf, »Holz vom *Chulup-*

pa-Baum, glänzendes Holz der Macht. Wo ist dein göttlicher Klang?«

»Der Baum ist tot«, murmelte Nansche.

Gilgamesch richtete sich ruckartig auf. Er rieb sich die Augen, sah Enkidus Hand auf Nansches Brust und spürte plötzlich nur noch Abscheu und Verachtung für die beiden. Wie konnte er – der König von Uruk – mit der Tochter eines einfachen Tischlers und einem über und über behaarten Primitiven von irgendeiner Tiertränke gemeinsam schlafen? Es dauerte eine ganze Weile, bis er sich wieder an die vorangegangenen Ereignisse erinnerte. Er hatte König Agga von Kisch, seine Priester und Heerführer besiegt – ohne einen einzigen Schwerthieb, ohne Pfeilhagel und ohne das selbstmörderische Gemetzel, mit dem alle gerechnet hatten.

Die Männer von Uruk waren zurückgekehrt, und es hätte Frieden sein können.

Doch genau das störte Gilgamesch. Er wußte nicht, warum er unzufrieden war, aber die stille, schlafende Stadt ärgerte ihn. Er reckte sich, ließ seine Gelenke knacken und stieg langsam die Stufen der Zikkurat hinauf. Das üppige Grün der Terrassengärten hing bis über die Treppenabsätze. Gilgamesch schlug mit den Handkanten die wildgewachsenen Zweige ab, zertrat die Blätter und ging immer mißmutiger höher. Er spürte, daß Dämonen der Unrast und des Haders in ihm waren, daß sie sein Denken und Fühlen in zwei Hälften spalteten – in eine zufriedene, nach Glück und Harmonie strebende, und eine unzufriedene, die ihm einflüsterte, daß jeder Tag ohne Ruhmestat verloren sei und daß er mehr sein konnte als die anderen, die nur an ihr Fressen und ihre Weiber dachten.

Auf der obersten Plattform angekommen, drehte er sich um und atmete tief durch. Er blickte bis zur massiven, wie eine rotbraune Wand in den Feldern stehenden Mauer, begann die Schiffe im Schilf zu zählen und wurde zunehmend ungeduldiger.

Was quälte ihn? Was ließ ihn immer wieder rund um den kleinen Tempel laufen, in dem er seine ersten Tage und Wochen in Uruk verbracht hatte? Er ging in den Altarraum, betrachtete die Spinnenweben an der Decke und musterte nacheinander jedes Stück der alten Einrichtung.

Und dann sah er sie!

Pukku und Mikku lagen wie harmlose Spielzeuge in einer Ecke, die gerade noch mit sanften gelben Sonnenstrahlen ausgeleuchtet wurde. Gilgamesch erkannte das goldene Leuchten des Holzes. Er fühlte, wie ihn der Zauber und die eigentümliche Wärme des kostbaren Schnitzwerks erneut in ihren Bann zogen.

»Pukku!« sagte er ehrfürchtig. Ein heißer Schauder lief ihm vom Nacken aus über den Rücken. »Pukku und Mikku ... Holz vom *Chuluppa*-Baum ... Macht von *Inannas* Macht ...«

Er streckte die Finger aus und strich zögernd über den Paukenschlegel. Das Holz schien kaum hörbar zu summen. Es vibrierte unter seiner Berührung, beseelte sich und sprang wie von magischer Kraft geschleudert hart in seine Hand.

Gilgamesch reckte sich. Sein ganzer Körper bebte. »Pukku!« schrie er über die Stadt hinweg. Er schlug mit dem Schlegel auf die Trommel. »Pukku und Mikku sind wieder da ... das Geschenk unserer Göttin ... und ich, Gilgamesch, bin ihr Hohepriester!«

Er lachte und schlug erneut zu. Wieder und wieder, wie im plötzlich und ekstatisch aus ihm hervorbrechenden Wahn.

Der furchtbare Klang der göttlich-dämonischen Musikinstrumente riß ganz Uruk aus der erschöpften Stille. Überall auf den Plätzen und Straßen, an verloschenen Feuern und vor den Tempeln taumelten Männer und Frauen aus dem Schlaf, von dem sie noch in der Nacht geglaubt hatten, daß er nach all dem Leid tief und erlösend sein würde.

»Oh, ihr Götter ...« stöhnten die Krieger von Uruk und Kisch entsetzt, »womit haben wir das verdient?« Sie hielten sich ihre von Bier, Wein und Rauschtrank schweren Köpfe. Die Sonne stach schmerzhaft in ihren Augen. Der beißende Geruch von Molylauch und Fisch, scharf geröstetem Hammelfleisch, saurem Bier, Schweiß, Kräutersoßen und verbrannten Brotfladen hing wie eine unsichtbare Wolke über der ganzen Stadt. Männer und Frauen würgten und husteten, hielten sich mit beiden Händen die Ohren zu und keiner der Krieger aus dem Heer Aggas begriff, woher die bösen, in allen Köpfen dröhnenden Trommelschläge kamen.

Mit angewiderten, schmerzhaft verzogenen Gesichtern begannen die ersten, in die Schatten der Hausmauern zu wanken. Sie hielten sich aneinander fest, stolperten über halbleere Krüge, über verstreut herumliegende Festgerätschaften und zuckend schnaufende, mit ihren Zähnen mahlende Schläfer. Die Stadt sah aus, als hätten die Krieger aus dem Norden alles auf die Straßen geworfen, was sie in Truhen und Vorratskammern, in den Tempelspeichern und in den Innenhöfen der Häuser gefunden hatten ...

»Was ... was ist das?« lallten Schublugals aus dem Heer Aggas zornig und rieben sich ihre blutunterlaufenen Augen.

»Welcher Wahnsinnige macht einen so grausamen Lärm?« brüllte ein Unterführer. Er griff nach einer halbabgenagten Hammelkeule und schleuderte sie krachend in einen Stapel von Schalen und Tonschüsseln.

»Pukku und Mikku!« sagte Harrap im Palast von Nin-sun tonlos zu Mesche. »Er hat sie wiedergefunden.«

»Pukku und Mikku!«

Die beiden furchtbaren Worte der Angst trafen wie tödliche Pfeile in die Herzen der Urukäer. Die Priester in Tempeln und Heiligtümern wagten nicht mehr, ihre Rauchopfer anzuzünden. Handwerker warfen in wilder Panik Tücher über alles, woran sie noch einen Tag zuvor gearbeitet hatten. Händler rafften mit klirrenden, polternden Geräuschen ihre Waren zusammen und versteckten sie in den finstersten Ecken ihrer Häuser.

»Kommt rein! Kommt zurück!« riefen Mütter mit schrillen Stimmen ihren Kindern zu. Sie rafften Babies aus ihren Wiegen und rissen die kleinen Kinder aus den Spielecken fort. Die ganze Stadt schrie auf. Jeder, der bis zur Zikkurat sehen konnte, beobachtete wie gelähmt die riesige Gestalt des Königs. Gilgamesch schritt Stufe für Stufe tiefer. Seine Bewegungen sahen schwer und ruckartig nachfedernd aus. Nach jedem Wirbel, jedem besonders harten Trommelschlag blieb der König von Uruk wie zur Statue erstarrt stehen. Er sah nicht nach links, nicht nach rechts. Seine mächtige Gestalt war die eines großen, furchtbar rächenden Gottes, und sein Gesicht hatte nichts Menschliches mehr.

Der König von Uruk kam, um alle zu strafen, die *Inanna*, die Einzige für die Stadt, nicht mehr liebten und fürchteten.

Ihr Vasall, Knecht und Hohepriester, der Mann, der den Völkern von Kisch und Uruk ein Gemetzel erspart hatte ... der vaterlose Gärtnerbursche ... der Erbauer der großen Umwallung ... der kraftstrotzende König, der sich bisher vor keiner Gottheit geängstigt hatte ... er vergaß seine Großmut, seine Freundschaft zu Enkidu und die Verantwortung für seine Untertanen. Er schlug mit Pukku auf Mikku ... Pukku auf Mikku ... ruckartig wie eine Riesenpuppe ... und wurde erneut zum Tyrannen.

Nansche irrte mit drei, vier kleinen Kindern an den Händen durch die von Fackeln und wildem Feuerschein erhellte Nacht. Die Kinder konnten nur noch ganz leise weinen. Die bösen Trommelschläge von Pukku und Mikku schienen selbst die Häuser einzuschüchtern. Die ganze Stadt war in Angst und Aufruhr, doch niemand wußte, wohin er fliehen sollte. Längst waren die mächtigen Tore in der neuen Mauer geschlossen. An den Auffahrten der Rampen drängten sich Krieger aus dem Heer Aggas. Brutal und rücksichtslos dachte jeder nur noch an sich selbst und versuchte, mit lautem Geschrei dem dämonischen Dröhnen zu entkommen. Nur die Stärksten erreichten die Mauerkrone. Sie ließen sich einfach in den tiefen Graben fallen, Körper über Körper. Andere blieben mit eingeschlagenen Köpfen und von Speeren und Schwertern zerfetzten Leibern am Boden liegen. Kein Krieg, keine Eroberung konnten schlimmer sein als der Lärm und das Mordgeschrei dieser Stunden.

Die Tochter des Tischlers traf auf den bleichen, am ganzen Körper zitternden Obereunuchen von Nin-sun. Frisches Blut rann aus einer Schlagwunde an seiner Schläfe.

»Oh, Harrap, was geschieht hier?« rief sie in panischer Angst.

»Ich weiß es nicht!« keuchte der Mann von der fernen Indus-Kultur. »Es ist so grausam ...«

»Kann denn niemand von euch ... keiner der vielen Krieger etwas tun?« Sie schlang ihre Arme um die weinenden Kinder.

Harrap lehnte sich mit dem Rücken gegen eine Hausmauer. Er schloß für einen Moment die Augen und strich sich wie erstickend mit beiden Händen um den Hals, als hätte er dort noch immer den Ring mit Sklavenglöckchen.

»Sie sind wahnsinnig geworden«, keuchte er schwer atmend. »Sie toben wie Barbaren durch alle Straßen, folgen Pukku und Mikku, schänden und morden und verschonen nicht einmal Kinder!«

»Wer?« fragte Nansche mit Tränen in ihrer Stimme. »Wer ist es?«

»Es sind so viele!« antwortete Harrap. Auch ihm liefen Tränen über die Wangen. »Ja, ja, ja! Gilgamesch läuft als Gott der Eroberung voraus. Er schlägt die Trommel wie ein Schöpfwerk unter dem Druck des Wassers. Ihm folgen die anderen, sie reißen jede Frau an sich, lachen und küssen sie, greifen nach jeder Brust, werfen zu Boden, was sich ihnen bietet, und führen unermüdlich ihre Grabstöcke in jede Furche.«

»Sie schlafen mit jeder Frau?« fragte Nansche verstört.

»Schlafen?« lachte Harrap schrill. Eine laut brüllende Horde von zehn, zwölf Kriegern rannte an Nansche, Harrap und den Kindern vorbei. Der Widerschein flammender Brände über den Häusern Uruks spiegelte sich in ihren schweißnassen Gesichtern, ihren Schultern und Brustkörben. Sie schleiften zwei nackte junge Mädchen an den Beinen hinter sich her. Beide lebten nicht mehr, doch das kümmerte die Mörder nicht.

»Das sind sie«, sagte Harrap verzweifelt als die Kriegerhorde vorbei war. »Niemand kann etwas dagegen tun. Gar nichts, verstehst du? Sie müssen zu Ende morden, morden, morden ... die Stadt verbrennen, Pukku und Mikku bis zum Schluß gehorchen.«

»Aber warum?« schluchzte Nansche. »Warum geht der Tod durch die Stadt, wenn doch alle den Frieden wollten?«

»Es sind die Götter!« schrie Harrap und stieß seine Fäuste in den Himmel. »Eure Götter! Es kümmert sie nicht mehr, was mit euch geschieht. ›Seht doch zu, was ihr mit Spiel, Kampf und Leidenschaft, mit Liebe und Haß macht‹ lachen sie.«

»Was unterscheidet uns denn – die Menschen und die Götter?« fragte sie in ohnmächtiger Anklage.

»Die Götter sind ewig!« schrie Harrap zum Himmel hinauf. »Aber sie leben nicht! Denn Leben ist Anfang und Ende.«

»Sie sind nur einsam!« rief Nansche verzweifelt. »Denn nichts und niemand ist ihr Ziel!«

»Ja, und wir sind nur Wirbel in einem unbekannten Strom, sie aber bleiben für immer.«

»Aber der Strom fließt weiter!« rief Nansche so als würde sie darum flehen, »und der Strom, Harrap, der Strom sind doch wir alle!«

Die Kinder am Rocksaum von Nansche weinten. Sie zogen an Nansches Fingern, klammerten sich um ihre Beine und forderten, daß ihre Nasen abgeputzt, ihre Tränen getrocknet und ihre vollgenäßten Lendenschürzen ausgewechselt wurden. Und plötzlich waren Lärm und Entsetzensschreie um die kleine, eingeschüchterte Menschengruppe wieder voll und schmerzhaft da. Ätzender Rauch wallte ihnen entgegen. Wie Schattenwesen rannten die Menschen weiter durch die Nacht, verfolgt von bösen *ME* und den Dämonen der Angst – solange, bis sie selbst zu Mördern wurden.

»Es kann nicht Gilgamesch sein!« stieß Nansche hervor. »Es ist nicht seine Schuld, wenn das Geschenk der Göttin so furchtbar wütet!«

Im gleichen Augenblick entdeckte sie die über und über behaarte Gestalt von Enkidu zwischen Rauch und Flammen. Auch er erkannte sie. Für einen Moment blieb er verwirrt stehen, dann wurde er durch das schnell näherkommende Geräusch von Pukku und Mikku abgelenkt.

»Versteckt euch!« brüllte der Wildmann. Er stieß die geschnitzte Holztür auf, packte Nansche, die Kinder und den Eunuchen und drängte sie polternd durch einen dunklen Wohnraum bis in den Innenhof des Hauses. Erst jetzt erkannte Nansche, daß sie in das Haus ihres Vaters geflohen waren.

»Zur Erdspalte!« rief Enkidu. »Versteckt euch in der Erdspalte!«

Er riß ein breites Holzbrett von einem Stapel. Mit einer wuchtigen, sturmartig durch die Nachtluft fauchenden Bewegung fegte er alles Gerümpel beiseite, das die versteckte Bodenöffnung bedeckte.

Gilgamesch stampfte schwer wie seine eigene, aus Stein geschnitzte Statue durch die Gassen. Jeder Schritt von ihm war ein Erdbeben, jede Armbewegung ein Donnerschlag. Pukku und Mikku hämmerten so laut, als hätte der König Hammer und Amboß in seinen Händen.

Hinter ihm kreischten und torkelten in dämonische Raserei gefallene Frauen, Männer und Halbwüchsige durch die Gassen. Ihre Gesichter waren weiß von Mehl, schwarz von Rauch und rot vom Blut der Wunden, die sie sich schlugen, kratzten und bissen. Krieger warfen sich in den Schmutz und schnappten wie kornfressende Ratten nach den Fersensehnen der anderen. Schwächliche Priester rissen Lehmklumpen von den Hauswänden und versuchten, jedes lebende Auge, das sie ansah, damit zu beerdigen. Bauern in zerfetzten Röcken, hüpften mit ungelenken Sprüngen als junge Tempeltänzerinnen hin und her. Wer Fischer war, hatte Messer ergriffen und brüllte:

»Fleischzerschneiden! Nur noch Fleischzerschneiden und keine Fische mehr!«

Schreiber der Tempel blökten und jaulten, kreischten und bellten wie Esel, Widder und Hunde:

»Grabstöcke ... seht unsere Grabstöcke zwischen den Beinen! Seht ... na, ist das was? Lang und hart wie Maschguschu-Keulen!«

Händler trugen silberne Sklavenglöckchen um den Hals. Mädchen und Frauen schleuderten Speere wie Schublugals und Pfeile wie die Bogenschützen. Und selbst die Kinder rollten sich gegenseitig hölzerne Löffel als Zauberstäbe über die Bäuche und stießen dabei bis in ihre Eingeweide.

Die ganze Stadt stürzte in einen wahnsinnigen Taumel. Jeder hielt sich selbst für einen mächtigen Magier, eine zu jedem Unheil fähige Hexe, einen besonders furchtbaren Dämon, dem Kräuter und Amulette, Steine und Omen gehorchten. Sie hatten alles vergessen und folgten nur noch dem Ruf der Vernichtung.

Nur Enkidu warf sich dem furchtbaren Wüten entgegen.

»Bleibt stehen!« brüllte er mit aller Kraft seiner Lungen. »Geht aus dem Weg! Zurück in die Häuser, ihr Mordgierigen!«

Die Furien fielen über ihn her, aber Enkidu wankte nicht.

»Du sollst stehenbleiben!« schrie er Gilgamesch an. Der König von Uruk trommelte weiter. Peitschen schlugen mit scharfem Knall durch die Nacht. Trompeten und Schalmeien, große Kesselpauken und Kuhhörner verstärkten von allen Seiten den Lärm.

Die Prozession strömte wie ein reißender Strom um einen Felsblock an Enkidu vorbei. Mit einem gellenden, zornigen Aufschrei schwang er herum. Er duckte sich, dann rannte er hinter dem grausigen Lärm her. Sie bogen nach Westen, verirrten sich mehrmals im Gewirr der Straßen und Gassen und wandten sich schließlich nach Norden. Niemand kannte den Weg und das Ziel des Unheils. Und dann erreichte die Prozession den Platz vor dem Nordwesttor der alten Mauer. Die meisten drängten hinaus – zur neuen Mauer, zum Heerlager von König Agga. Nur Enkidu schlug einen schnellen Haken und stand plötzlich erneut vor Gilgamesch.

»Aus dem Weg!« rief der König, ohne ihn auch nur anzusehen. Sein Mund sah hart aus und seine feurig blitzenden Augen starrten weit geöffnet über Enkidu hinweg. Enkidu duckte sich. Mit seinem mächtigen, behaarten Oberkörper sah er auf einmal wie ein riesiger Löwe aus. Er leckte sich schnell über die Lippen. Vielleicht war es nur ein Instinkt, eine plötzliche Eingebung, eine zornige Idee – vielleicht aber auch ein Auftrag der Götter, der ihn mit einem gewaltigen Satz vorschnellen ließ. Mit beiden Händen packte er Pukku und Mikku.

Augenblicklich brach der Lärm ab. Gilgamesch drehte sich auf dem rechten Fuß um. Mit dem weit ausgestreckten linken versuchte er, einen magischen Kreis um sich zu ziehen. Im gleichen Augenblick weinte irgendwo ein kleines Mädchen. Die Sekunde des Zögerns, dieser eine, kaum faßbar kurze Moment genügte Enkidu. Er riß Pukku und Mikku aus Gilgameschs riesigen Händen und schleuderte sie auf den Boden – genau zu jener Stelle, an der sich der geheimnisvolle, nur lose mit Schilfrohren abgesteckte Spalt des *Ganzir* befand.

Die Urukäer hatten stets einen Bogen um die schwarze Öffnung zur Unterwelt gemacht, aus der in manchen Nächten Geister der Toten und stinkende Dämonen aufstiegen. Jetzt sahen alle, die König Gilgamesch in verblendeter Trance gefolgt waren, wie die Musikinstrumente aus dem heiligen Holz des *Chuluppa*-Baumes mit blau aufpuffenden Flammen im Erdspalt zur Unterwelt verschwanden.

Gilgamesch blieb wie versteinert stehen. Und dann verzerrte sich sein Gesicht zu einem einzigen, verzweifelten Aufschrei.

»Nein!« schrie er so furchtbar und entsetzlich, als würden alle Dämonen, alle Götter und alle Halbwesen des Unsichtbaren zugleich durch seinen weit aufgerissenen Mund fliehen. Er stürzte auf die Spalte zu, trat die Schilfrohre zur Seite und beugte sich weit in den bösen Hauch aus der unteren Welt. Mit beiden Händen versuchte er, die langsam versinkenden Instrumente zu retten.

»Mein Pukku ... mein Mikku!« schrie er in den stinkenden Erdspalt hinab. »Bleibt hier, versinkt nicht!«

Zu spät.

ENKIDU IN DER UNTERWELT

O ihr Götter, ihr grausamen Herrscher!« rief La-abasch, der Seher, mit versagender Stimme. »Was hat euch diese Stadt getan, daß ihr sie zweimal in wenigen Monaten so hart schlagen, so grausam strafen mußtet?«

Er stand vor den Statuen der Götter im Festsaal des *Inanna*-Heiligtums. Wieder und wieder hob er mühsam seine längst müde gewordenen Arme. Alle Priester und Priesterinnen Uruks – selbst die des *Weißen Tempels* – hatten sich auf La-abaschs Geheiß noch vor Morgengrauen eingefunden. Inzwischen war das Symbol des Sonnengottes fast bis zur Mittagshöhe gestiegen, aber noch immer wiederholte La-abasch die gleiche, quälende Frage. In den vergangenen Stunden war jeder Priester, jede Priesterin der Stadt einzeln vorgetreten, um die Götter anzurufen. Aber die Götter antworteten nicht mehr.

Lichtbalken stießen schräg durch die Fensteröffnungen des Tempels. Staub aus den Schattenzonen wallte seit vielen Stunden zusammen mit Rauch von den Opferkesseln nach oben, bildete bunte Wirbel in der Luft und sank wieder nach unten.

»Beherrscher des Lichts, der Luft und des Wassers«, murmelten die Betenden im Chor, »Götter des Himmels, der Erde und der Unterwelt ... mächtige Schöpfer des Lebens ... geheiligt sind eure Namen! Ihr kamt mit Schiffen, die fliegen können und keine Flüsse brauchen ... ihr könnt erscheinen, wann und wo ihr wollt! Ihr seid das Unsichtbare ...«

»Und das Unsichtbare ist überall!« antwortete das Echo der Versammelten. La-abasch stöhnte gequält auf. Ein Hustenanfall zwang ihn innezuhalten. Seine Finger verkrampften sich. Große Schweißperlen rannen über die schmierig verlaufenen Schminkfarben auf seinem hohlen und kranken Gesicht. Der Körper des alten Mannes begann zu versagen. Bara Nam-tara, die Fremde aus dem Hochland von Aratta, die ehemalige Tempeldirne, die Nin-dingirra, die den Tiermann mit ihren vollen Brüsten, ihren streichelnden

Händen, ihren blutroten Lippen und ihrem saugenden, pressenden kosenden und niemals ermüdenden Schoß in sechs Tagen und sieben Nächten gezähmt hatte, war die erste, die bemerkte, daß der Oberpriester des *Inanna*-Heiligtums stehend sein Leben aushauchte. Sie raffte ihr Gewand über der Brust zusammen, sprang hoch und lief auf La-abasch zu. Der alte Seher drehte den Kopf, schien sie noch einmal zu erkennen. Er lächelte ihr traurig zu. Gleich darauf verdrehten sich seine Augen und sein Blick wurde starr. Bara griff mit beiden Händen nach seinen Schultern. Sie fing nur noch einen leeren, fast ohne Gewicht nach vorn fallenden Körper auf.

Sie hielt ihn fest, ließ ihn ganz langsam sinken. Für einen Moment war nur noch das Summen der Mücken in den Balken aus Sonnenlicht zu hören. Dann eilten zwei Sanga-machs heran. Die anderen beteten weiter – noch schneller, noch lauter, noch angstvoller. Es war, als wollten die Priester und Priesterinnen von Uruk einfach nicht wahrhaben, daß der große Seher und Vorbeter, der Orakeldeuter und Reinigungspriester des *Inanna*-Heiligtums von ihnen gegangen war.

Die beiden Sanga-machs küßten den Rocksaum von La-abasch. Sie strichen über seine Hände, seine Lippen und seine Augenlider. Aus der Tiefe des großen Saales schleppten zwei Azus tragbare Kästen mit Riechstoffen, Essenzen, gehämmerten Pulverlöffelchen und aus Tamariskenwurzeln geschnitzten Instrumenten heran. Sie knieten sich neben die Priester und die Nin-dingirra auf den Boden. Einer ließ eine Spindel an einer Schnur aus Schafsdarm über dem Herzen des Toten kreisen.

»Ich decke deinen Atem und deinen Speichel mit Erde«, sagte der andere und ließ Staub vom Boden über das Gesicht des Leichnams rieseln. Nach und nach kamen auch die übrigen höheren Priester näher. Ein Urigallu nach dem anderen ging an La-abasch vorbei, sprach ein Gebet oder rief leise eine Beschwörung aus.

»Tot? Tot!« sagten die beiden Ärzte gleichzeitig.

Zaghafte Flötentöne klangen durch den großen Saal. Harfenklänge fielen ganz leise ein, dann Leiern, Mesis und Ubs. Die Laute der Handtrommeln näherten sich dem vorderen Teil des Festsaals. Und dann schritten die Musikanten wie lebende Statuen im Kreis um den Toten herum. Vier Priester hoben seinen Körper hoch, trugen ihn wie ein Opferlamm zum Altar und betteten ihn zwischen die Flammen der Ölschalen.

»Staub zu Staub und Asche zu Asche!« murmelten die Priester und Priesterinnen monoton. »Werft Erde über jeden Toten, damit ihre Seelen bei Nacht keine Angst verbreiten unter den Lebenden!«

»Ist das alles?« rief Bara Nam-tara zornig. »Kann denn keiner von euch all jenen helfen, die in den letzten Stunden umgekommen sind?«

»Schmähe sie nicht, die heiligen Riten des Todes!« rief ein noch junger Priester des *Weißen Tempels*. Für einen Moment glaubte Bara, das Gesicht von Dimus zu erkennen, aber er war es nicht. Das Gemurmel der anderen verstummte. »Niemand kann sagen, wie weit ein Toter in der Unterwelt kommt!« fuhr der Priester mit bebender Stimme fort. »Denn niemand weiß, was die Götter wissen!«

»Die Götter?« lachte das Mädchen aus Aratta schrill. »Wo sind denn eure Götter? Und wo sind sie in der vergangenen Nacht gewesen, als Mord und Terror die Stadt regierten?«

»Vergiß nicht, daß unsere Götter jetzt auch deine Götter sind!« fuhr der Priester mit bebender Stimme fort. »Und vergiß nicht, daß Tote ohne die letzte Weihe im Vorhof der Unterwelt an Nägeln aus Erz aufgehängt werden.«

Die Priester starrten Bara feindselig an.

»Die Götter kommen aus den sieben Himmeln«, sagte der junge Priester. »Aber die Menschen stehen nach ihrem Tod vor den sieben Höfen der Unterwelt. Jeder von ihnen ist eine Prüfung, die nur die Reinen und Gottgefälligen bestehen können ...«

»Was seid ihr Priester für Narren!« rief Bara und begann zu weinen.

Fahlgelbe Dunstschleier zogen von Süden her auf Uruk zu. Es war, als würde jeder Tümpel, jede Wasserfläche und jedes Schilffeld rund um die Stadt stickige, wallende Dämpfe ausatmen. Es stank nach Erdpech, verwester Sumpfluft und nach Dämonenkot.

»Warum ... warum?« flüsterte Tibir, der Händler, immer wieder. »Pukku ...« klagte es wie aus der Unterwelt. »Mein Pukku ... mein Mikku ...«

Tibir lag inmitten von grausam verstümmelten Leichen kaum zehn Fuß vom Rand des *Ganzirs* entfernt im Straßenschmutz. Blut hatte sich über seinen zerschlagenen Jochbeinen verkrustet. Sein kostbarer Schulterumhang war nichts mehr wert. Niemals würden die Waschfrauen die Pracht der goldenen Stickereien, den Glanz des feinen Tuches zurückbringen können!

Und wieder lastete eine unheimliche Stille auf allen Straßen und Gassen der Stadt. Entsetzen und Schmerz der vergangenen Nacht waren einer ohnmächtigen Starre gewichen. Kein Priester war bisher gesehen worden, kein Dubsar, der aufschreiben konnte, wieviele Männer erstochen oder erschlagen, wieviele Frauen vergewaltigt oder zu Tode geschleift worden waren. Und wer überlebt hatte, versteckte sich in den Häusern und Hütten.

»Ehe Gilgamesch kam, hießen wir ›die Kulturbringer‹«, sagte Ugnim dumpf brütend vor seinem Breinapf. Er hatte ihn nicht angerührt. »Was ist nur aus uns geworden?«

Auch Nansche und Enkidu saßen regungslos am Tisch. Zwei der vier Kinder, die sie in der Nacht vor den mordenden Horden gerettet hatten, schliefen mit offenen Mündern in den Betten, die seit der ersten Verheerung nicht mehr benutzt worden waren.

»Sie können bei uns bleiben«, hatte Ugnim wie selbstverständlich gesagt, als er am Morgen blutverschmiert und mit hohlem Gesicht in sein Haus zurückgekehrt war. Er hatte nicht darüber gesprochen, wo er in der furchtbaren Nacht gewesen war und was er getan hatte. Gegen Mittag war Enkidu gekommen.

»Ist es ... ist es von ihm?« hatte er mit einem langen Blick auf ihren vorgewölbten Leib gefragt. Sie hatte ihm nicht geantwortet. Und auch auf die Frage »Weiß er es?« hatte sie nur den Blick gesenkt. Sie war zum Herdfeuer gegangen, hatte ein wenig Weizen mit dem Rollstein zerkleinert, Zwiebeln mit Sesamöl und Koriandergewürz in einem Kupfertopf angeröstet und dann mit Wasser und etwas Salz einen Brei gekocht.

»Was ist aus uns geworden?« fragte Ugnim erneut und schüttelte ganz langsam den Kopf. »Als Enmerkar noch König von Uruk war, hat er mit Schublugals ruhmreiche Kriege geführt. Aber kein Handwerker, kein Händler und keine Frau wurde gezwungen, noch rechtloser als die Sklaven dem Schlag einer hölzernen Trommel zu dienen!«

»Es liegt nicht an Gilgamesch«, sagte Enkidu. »Er leidet viel mehr als alle anderen, weil er zu zwei Dritteln göttlich ist, wo er doch nichts weiter sein will als ein Mensch.«

»Ein Mensch?« lachte Ugnim trocken. »Nein, Enkidu. Er will wie die Götter sein. Er will sich vor allen anderen einen unsterblichen Namen machen und vielleicht selbst unsterblich werden.«

Enkidu schwieg sehr lange.

»Denken viele so wie du?« fragte er dann.

»Viele? Die ganze Stadt denkt so! Er ist ein Fluch! Eine Plage! Ein Tyrann, wie es noch keinen zwischen dem Hochland im Osten und der westlichen Wüste gegeben hat!«

»Vater!« versuchte Nansche zu beschwichtigen.

»Ach, laß mich!« stieß Ugnim hervor. Er stand ruckartig auf und warf seinen Sitzschemel um. Ohne ihn wieder aufzustellen schlurfte er in den Innenhof. Er blieb vor dem Erdspalt stehen. »Hätte der *Ganzir* am alten Nordwesttor ihn doch gleich mit in die Unterwelt gezogen!« rief er grimmig. Enkidu sah Nansche an, dann stand er ebenfalls auf und ging nach draußen. Sie folgte ihm.

»Und dann?« fragte er Ugnim. »Könntest du sicher sein, daß er nicht zurückkäme ... mit Pukku und Mikku?«

»Nein! Nur das nicht! Diese grausamen Mordinstrumente dürfen nie wieder in seine Hände gelangen!«

»Und wenn ein anderer den Mut aufbrächte?« fragte Nansche.

»Wer sollte sie für ihn holen?« fragte Ugnim verwirrt. »Selbst für die unsterbliche Göttin *Inanna* ist es fast unmöglich gewesen, aus dem Dunkel der Tiefe zurückzukehren?«

»*Inanna* im Totenreich?« fragte Enkidu erstaunt.

»Sie war schon immer maßlos in ihren Begierden«, sagte der Tischler und schob die Unterlippe vor. »Die Legenden berichten, daß sie vor langer Zeit sogar das Reich ihrer göttlichen Schwester *Ereschkigal* für sich haben wollte. Sie wollte alles – vom ›Großen Oben‹ bis zum ›Großen Unten‹. Sie stieg hinab, kostbar gekleidet, nachtblau und golden geschminkt, mit einer Krone auf ihrem lockigen Haar und mit einer Schnur, um den Platz für ihren eigenen Tempel im Reich ihrer Schwester auszumessen. Bei jeder Prüfung im Land ohne Wiederkehr mußte sie etwas von ihrem Geschmeide, ihrer Gewandung ablegen. Und als sie auf *Ereschkigal* traf, wurde ihre Schwester so zornig, daß sie den Todesblick gegen *Inanna* schleuderte. Nur durch das Eingreifen der höchsten Götter konnte *Inanna* doch noch nackt und bloß den Dämonen der Unterwelt entkommen. Aber selbst dabei brachte sie den Todesblick wie eine eroberte Waffe mit. Sie probierte ihn an *Dumuzi*, ihrem ersten Gemahl, aus ...«

Enkidu ging zweimal um Ugnim herum.

»Warum hast du mir das erzählt?« fragte er nachdenklich.

»Weil er befürchtet, daß du derjenige sein wirst, der in die Unterwelt hinabsteigt, um Pukku und Mikku zurückzuholen«, sagte Nansche. Enkidu schüttelte sich, riß entsetzt die Augen auf und hob abwehrend die Hände.

»Ich? In die Unterwelt?« keuchte er. »Warum sollte gerade ich das tun?«

Ugnim trat auf ihn zu und legte beide Hände auf die behaarten Arme des Wildmannes. »Du bist Freund und Bruder des unglücklichen Tyrannen. Und du liebst ihn mehr als dein eigenes Leben!«

»Ja«, sagte Enkidu verzagt, »du sagst, wie es ist!«

»Dann wirst du gehen?«

Enkidu überlegte lange. »Ich muß es tun«, antwortete er schließlich. »Das Land verkommt, wenn Gilgamesch vor lauter Trauer kein König mehr sein kann.«

»Ich verstehe dich nicht«, sagte Nansche. »Wurdest du nicht von den Göttern erschaffen, um uns von der Tyrannei Gilgameschs zu befreien? Es ist erreicht, Enkidu! Pukku und Mikku können Gilgamesch nicht mehr in Versuchung bringen! Jetzt kann er ein großer König und guter Hohepriester werden!«

»Nein! Er kann es nicht!« rief Enkidu gequält. »Begreift doch, daß er sein *ME* verloren hat – sichtbare Zeichen der Macht, ohne die er kein Gott und kein König sein kann!«

»Wozu braucht er sie?« fragte Nansche. »Er hatte bereits die Kraft der Götter in sich, ehe er Pukku und Mikku aus dem Holz des *Chuluppa*-Baumes geschnitzt hat!«

»Aber er glaubt nicht mehr daran«, sagte Enkidu. »Mögen Pukku und Mikku nur verzaubertes Holz sein, für ihn waren sie ebenso wertvoll wie die Scheibe des Lichts für Gott *Utu* ...«

Im gleichen Moment geschah etwas so Unheimliches, daß die Gesichter von Ugnim, Enkidu und Nansche weiß wie gebleichte Leinentücher wurden. Durch die Erdspalte im Innenhof von Ugnims Haus klang eine Stimme aus der anderen Welt:

»Mein Pukku ... mein Mikku ... wer bringt euch zurück zu mir?«

»Gilgamesch!« stöhnte Enkidu. »Ich muß ihm helfen!«

»Dann geh doch!« stieß Nansche schroff hervor. »Hol ihm sein furchtbares Spielzeug zurück, aber versprich uns, daß nie wieder passiert, was heute Nacht geschah!«

»Ich verspreche es ... bei meinem Leben und beim Leben des Kindes in dir!«

Die Boten der Nin-dingirra fürchteten sich vor dem klagenden, halb im Erdspalt hockenden König. Sie sollten ihn zu den Trauerzeremonien holen. Sie gingen langsam auf den weiten, magischen Schutzkreis zu, den Gilgamesch um sich und das Erdloch in den Staub des Bodens gezogen hatte, warteten voller Verwirrung und wagten sich nicht weiter.

»Wie können wir ihn ansprechen?« fragten sie beklommen.

»Wie können wir zurückkehren, ohne ihn angesprochen zu haben?«

Stunde um Stunde verging. Vom *Eanna*-Tempel und vom *Weißen Tempel* hallten die Klagelieder und Totengesänge für die Opfer der furchtbaren Nacht mit monoton wiederholten Versen durch die Stille der Stadt.

Es wurde Abend, und die letzten Strahlen des Sonnengottes berührten nur noch die Spitze der Zikkurat, als plötzlich ein Raunen durch die Stadt ging. Und dann tauchte Enkidu am Rand des großen Platzes auf. Er war gebadet und mit duftenden Ölen gesalbt. Seine Haarpracht fiel in weichen Locken bis auf seine Schultern. Sein Bart war sorgfältig zurechtgelegt und seine Kleidung entsprach der eines wohlhabenden Ensis. Zum ersten Mal trug der Wildmann Schuhe aus ledernen Riemen. Er hatte einen breiten

Gürtel angelegt, in dem ein Messer und ein Wurfholz steckten. Lederne, mit Lapislazuli, Karneolen und Achatsteinen verzierte Beutel für Salz, Amulette, Gewürze und den Eisenstein zum Feuerschlagen hingen vom Gürtel herab, und um seine Schultern hatte er ein Seil geschlungen, wie es die Fischer zum Einholen der Netze benutzten.

Er achtete nicht auf die Boten aus dem *Eanna*-Tempel, sondern ging direkt auf Gilgamesch zu, bückte sich und legte eine Hand auf seine Schulter.

»Warum trauerst du?« fragte er sanft. »Nichts ist verloren. Nichts ist niemals ganz verloren!«

»Ich habe alles verloren«, antwortete Gilgamesch. Er drehte den Kopf und sah mit einem langen, schmerzerfüllten Blick zu Enkidu hoch. »Ohne Pukku und Mikku kann ich kein König, kein Hohepriester von Uruk mehr sein. Ohne sie bin ich nichts als ein Vaterloser, der seinen Namen von einem Gärtner erhielt.«

»Ich werde Pukku und Mikku für dich zurückholen!«

Gilgamesch spürte die Kraft, die von dem Mann aus der Wildnis ausging. Er griff nach seinen Unterarmen und hielt sich wie ein Ertrinkender an ihm fest.

»Laß mich nicht allein!« flüsterte er. »Du bist jetzt alles, was ich noch habe!«

Enkidu blickte in den stinkenden, düster qualmenden Erdspalt hinab. »Das Unsichtbare ist überall«, sagte er fest. »Und ich werde es durchschreiten!«

»Tu's nicht, Enkidu!« bat Gilgamesch flehend. »Noch nie ist ein Lebender aus den Ländern der Furcht und der Reue, der Qual und der Buße zurückgekehrt!«

»Bin ich ein Lebender, der Vater und Mutter benennen könnte?« gab Enkidu zur Antwort. »Bin ich nicht göttlich und menschlich zugleich – ebenso wie du?«

»Ja, aber selbst *Inanna*, die hohe Göttin, hat nur mit vielen Mühen den Weg zurückgefunden.«

»Ich weiß«, sagte Enkidu. »Aber sie wollte nicht das, was ich will. Sie drang aus Eigennutz in den *Ganzir* ein, ich aber gehe, um dem einzigen Freund und Bruder zu helfen ...«

»Und nichts kann dich zurückhalten?«

»Nichts, Gilgamesch!«

Der immer noch verstörte und gebrochene König von Uruk stieg mühsam aus dem Erdspalt. Er küßte Enkidus Lippen und seine Stirn, umarmte ihn und drückte ihn fest an sich.

»So kannst du nicht gehen, Enkidu!« sagte er. »Du darfst keine saubere Kleidung anhaben, denn das verärgert die Seelen der Toten und die Dämonen der Verdammnis! Du darfst nicht gesalbt sein, damit die Schatten der Büßer dich nicht überfallen! Laß nie dein Wurfholz fallen, denn es könnte im Dunkel die ewig Schlafenden treffen und sie gegen dich aufbringen! Geh ohne Sandalen, damit ihr Klang auf dem Boden die Geister nicht erschreckt! Sprich nicht und ruf nicht nach irgendjemanden, sonst wird das Echo der Unterwelt dich wahnsinnig machen! Und wecke *Ereschkigal* nicht, die über alle Toten herrscht!«

»Ich danke dir für deine Ratschläge«, sagte Enkidu lächelnd. »Aber ich werde so gehen, wie ich es für richtig halte!«

»O ihr Götter!« stöhnte Gilgamesch hilflos. Er umfaßte Enkidus Oberarme mit beiden Händen, trat einen halben Schritt zurück und schüttelte voller Trauer den Kopf. »Weißt du denn nicht, was es bedeutet, die Tabus und Gesetze der Unterwelt zu brechen?«

»Ich konnte einmal mit den Tieren reden«, antwortete Enkidu. »Und ich fürchte mich vor keiner Gefahr, wenn es darum geht, dir zu helfen.«

»Ich weiß nicht, ob du zurückkommen wirst ...«

»Ich werde zurückkommen!«

»Dann nimm meine Liebe zu dir mit in die Länder des Furchtbaren!« sagte Gilgamesch ergriffen.

Die Zeit für ihn blieb stehen, wurde zu einem einzigen, endlosen Augenblick. Der erste Schritt, der zweite ... Sprung in Gestank und das zähe Unsichtbare. Er tauchte ein, versank, ging unter.

Kein Atmen mehr. Kein Licht. Musik, die immer schneller wurde, in Fetzen an seinen Ohren vorbeiraste, während er fiel. Rudernde Armbewegungen, aber kein Halt. Und dann der Fall durch einen endlos langen Tunnel. Korngelb und blutigrot pulsierende

Seitenwände. Atmende Mauern. Zuckungen. Schmerz, der ihn ausspeien und zurück in die Ebene der Lebenden katapultieren wollte. Er fiel und fiel, drehte sich, breitete Arme und Beine aus, suchte nach irgendeinem Ende.

Er, den keiner Mutter Schoß ans Tageslicht gepreßt hatte, erlebte alles mit: die Qual, die Angst, die Hoffnungsdichte auf seinem Sturz ins Ungewisse. Er fiel und fiel, näherte sich unablässig den Fremdlanden der Unterwelt, und wußte nicht, wo sein Fall durch die Zeit enden würde.

Der Aufprall schmerzte nicht. Er kam ganz einfach an und wußte sofort, daß er sich an den Gestaden einer anderen Welt befand. Grünliches Licht waberte jenseits des Flusses aus trägen Silberwellen. Enkidu scharrte mit den Füßen durch Staub am Flußufer, der sich gleichzeitig leicht und metallschwer anfühlte. Er sah sich um. Kein Baum, kein Strauch, kein Grashalm so weit er im Land ohne Sonne sehen konnte. Am anderen Ufer des silbernen Flusses hockte ein schwarz glänzendes, wie ein riesiger Affe aussehendes Wesen. Das mußte *Neti*, ›der Furchterregende‹, sein! Enkidu starrte das fremdartige Wesen lange an. *Neti* war kein Tier, kein Mensch, kein Lebender, kein Toter. Er war der Wächter, der den Übergang zum Vorhof aller Welten im Reich *Ereschkigals* bewachte.

Enkidu wußte, daß er noch einen weiten Weg zu gehen hatte. Noch war alles um ihn herum still und leer. Doch hier – genau an dieser Stelle – trafen aus allen vier Himmelsrichtungen die Toten ein. Von hier aus mußten sie den silbernen Fluß überqueren. Und nur diejenigen, die *Ereschkigals* Diener *Neti* nach langer Prüfung passieren ließ, durften ins Land der Ruhelosen mit den dort jammernden Titanen, den Ungeheuern und Giganten, den Schlangen- und Skorpionmenschen, den Ziegenfischen, den Magiern, Schamanen, Halbwesen und Hexenbräuten.

Enkidu fürchtete sich nicht ... noch nicht!

Aber er wunderte sich. Wo waren die, die gleichzeitig mit seinem Abstieg in die Unterwelt irgendwo ihren letzten Atemzug getan hatten? Wo waren all die Toten der vergangenen Nacht? Und wo sollte er Pukku und Mikku suchen?

Er hatte nur eine einzige Waffe: er wußte, daß er reinen Herzens kam.

Der silberne Fluß bewegte sich nicht. Weit hinter glatten Dünen erkannte Enkidu die sieben Tore in sieben Vorhöfe zum Land der ewigen Seligkeit. Er faßte sein Wurfholz und ging mit festen Schritten auf den silbernen Fluß zu. Er erstarrte zu glattem Metall, kaum daß Enkidu ihn mit seinem Fuß berührte. Kein Tropfen netzte seine Sandalen. Er sah sich zögernd um, dann lächelte er.

»Das Unsichtbare ist überall!« flüsterte er leise. »Es wird mir helfen oder mich vernichten – ganz wie die Götter wollen!« Erstaunt, und doch so sicher, als wäre es ganz selbstverständlich, ging er über den silbernen Fluß. *Neti*, ›der Furchtbare‹, wandte sich ruckartig ab. Es war als würde er sich weigern, die Ankunft eines Lebenden in der Unterwelt überhaupt wahrzunehmen.

Enkidu hob die Schultern und ging furchtlos weiter. Das leere wie gemahlenes Metall aussehende Dünengelände erinnerte ihn unwillkürlich an die Einöd-Wüsten westlich von Uruk. Kein Halm, kein verdorrter Ast wiesen ihm den Weg. Er ging einfach weiter, immer weiter.

Er wußte nicht, wie lange er durch die Leere irrte. Es konnten Stunden gewesen sein, aber auch Tage. Als er die Fußspur sah, erschrak er bis in die Tiefe seines Herzens. Er fühlte, wie das Blut in seinen Ohren hämmerte. Oder war es die Stille? Für einen Augenblick war er wie gelähmt. Ein kalter Schauder lief über seinen Rücken bis in die Zehen.

Fußspuren!

Wie konnte es Fußspuren im Reich der Schattenwesen geben?

Doch dann erkannte er, daß es seine eigenen Spuren im Metallsand waren. Er war im Kreis gelaufen!

Erschöpft und zutiefst enttäuscht stieß er einen gewaltigen Schrei aus. Es gab kein Echo, nicht den geringsten Widerhall. Das Halbdunkel verschluckte alles und fraß selbst seinen Schrei auf. Er spürte, wie ihn sein Mut verließ, riß sein Wurfholz hoch und schleuderte es mit aller Kraft in das Halbdunkel, das seine Anwesenheit nur verachtete.

»Wo seid ihr?« brüllte er. »Kommt doch heran, ihr Schattenwesen! Zeigt euch dem ersten Lebenden, der keine Furcht vor euch hat!«

Er stampfte mit seinem Stab wieder und wieder in den weichen

Metallsand. Dann bückte er sich und schlug flach auf den Boden. Nicht einmal Staub stieg auf. Doch da sah er im Halbdunkel eine mächtige, aus riesigen, urweltlich wirkenden Metallblöcken zusammengefügte Mauer. Und er sah das erste Tor, das zum *Kur*, zum Land der Trauer führen mußte!

Fast gleichzeitig spürte er die Bewegung des Unsichtbaren. Es klang wie flatternder Flügelschlag ... wie das Surren von tausend Beißfliegen ... wie das Knistern von fressenden Heuschreckenschwärmen ... wie Feuer und Sturm und peitschende Wellen.

Die unheimlichen Geräusche zogen über ihn hinweg, entfernten sich und kamen erneut zurück. Sie hüllten ihn ein, bewegten seine Haare und verdunkelten seinen Blick. Er spürte Schwefel auf seiner Zunge, roch stinkenden Kot und merkte, wie seine Füße ganz langsam im aufgewühlten Metallsand versanken.

Im gleichen Augenblick erkannte er den Pestgott *Erra*, den ›Noch-nicht-Mann‹ *Kalaturra*, den Krankheitsdämon *Asakku*, *Namtar* ›der das Geschick abschneidet‹ und das Schattenbild von *Nergal*, dem ›Großen Herren des Todes‹ und Gemahl der Göttin *Ereschkigal*. Er wußte sofort, daß sie ihn nur daran hindern wollten, in Regionen der Unterwelt einzudringen durch das Tor der Nimmerwiederkehr, durch das noch nie zuvor ein Lebender gegangen war.

»Gebt mir Pukku und Mikku!« schrie er.

Das Flattern und Knacken, Wispern und Surren um ihn herum wurde immer bösartiger und unerträglicher. Enkidu hörte schrilles, schepperndes Lachen, das wie Wolken schmerzhafter Pfeile in seine Ohren stieß. Die Schatten zerrten an jedem einzelnen Haar seines Körpers. Sie peinigten ihn mit schrundigen Fingern, bliesen ihm ihren widerlich stinkenden Atem ins Gesicht, kitzelten ihn mit unsichtbaren Krallennägeln und versuchten sogar, ihm die saubere Kleidung abzureißen, um ihre Grabstöcke von hinten in seinen Körper zu stoßen.

Enkidu schlug entsetzt um sich. Damit hatte er nicht gerechnet. In seiner Verzweiflung stampfte er keuchend direkt auf das erste Tor zu.

»Ich muß es schaffen!« schrie er. »Ich muß es schaffen: sieben Länder, sieben Tore. Das Tor der Nimmerwiederkehr ins Land der Trauer, das Tor der Tränen ins Land der Furcht, das Tor der Rache ins Land der Reue, das Tor des Zorns ins Land der Qualen, das Tor des Schweigens ins Land der Ruhe, das Tor des Stolzes ins Land des Friedens, das Tor des Ruhms ins Land des Glücks, das Tor der Ewigkeit ...«

Er stutzte, blieb stehen.

»Es sind acht Tore!« brüllte er. »Acht Tore und nicht sieben bis ins Land der Seligkeit!«

Das gackernde, voller Hohn kreischende Lachen um ihn herum steigerte sich zu einem grausigen Crescendo. Er wollte weiterkämpfen, aber die Macht der toten Erde saugte ihn langsam tiefer.

Der König von Uruk wartete einen Tag und eine Nacht am Eingang zur Unterwelt, dann noch einen Tag und eine Nacht. Das Volk konnte nicht so lange tatenlos trauern. Die prallen Euter von Kühen und Ziegen verlangten nach Händen, die sie vom Schmerz befreiten. Die Menschen mußten essen, auch wenn ihnen die Brotfladen aus den Steinöfen fade und die Suppen durch Tränen versalzen vorkamen.

Die Priester der Stadt kamen kaum zur Ruhe, und noch immer stiegen von den Grabfeldern vor der alten Mauer klagende Gesänge auf. Nur kleine Kinder, die noch nichts von all dem verstanden, lachten schon wieder. Sie liefen durch die mit Wasser und Essig besprengten Gassen und trieben kreiselnde Tonkegel mit Peitschenschnüren vor sich her.

Gilgamesch merkte nichts davon. Wie von einem unheimlichen Zauber gebannt, hockte er leise murmelnd und mit versteinert wirkendem Gesicht an der Erdspalte zum *Ganzir*. Er rührte weder Wein noch Wasser, weder Brot noch Fisch oder die Schalen mit Weichkäse an, die ihm Sklaven und Diener im Auftrag von Ninsun, von Bara Nam-tara und der Tochter des Tischlers brachten.

Am dritten Tag zerrann seine Hoffnung, Enkidu noch einmal wiederzusehen. Er erkannte, wie das Leben an ihm vorbeiging. Kamele und mit Feldfrüchten beladene Esel trabten in weitem Bogen um ihn herum. Die Maultiertreiber mieden ihn, und nur die Kinder der Stadt spielten so unbefangen in seiner Nähe als sei er bereits eine Statue. Sie fürchteten und achteten ihn nicht mehr. Als der letzte Tote der furchtbaren Nacht unter dem Joch von Pukku und Mikku begraben war, kehrten die Urigallus und Sanga-machs in die Wohnkammern der Tempel zurück. In der E-dubba bestrafte ein neuer ›gestrenger Schulvater‹ Unaufmerksamkeit wie eh und je mit Rohrstockschlägen, und auf den Märkten wurden Schlachttiere und Fische, Töpfe und Stoffe, Früchte und Gemüse aus den Gärten angeboten. Die Stadt roch nicht mehr nach Gewalt, sondern nach Kardamom, Weihrauch und Myrrhe, nach Zwiebeln und Molylauch, Rostbraten, Bier und den Farben der Ledergerber.

»Kauft, Leute, kauft!« riefen zögernd eintreffende Händler aus Schuruppak und Nippur. Aus Ur und Eridu im Süden kamen Gaukler. Sie zogen wahrsagend und mit vielen Possen durch die Straßen. Boten und Kundschafter aus fernen Königreichen kamen, um einen Tag lang die neue Mauer zu umschreiten. Sie hatten von Aggas Absicht gehört, die Stadt des Gärtnerkönigs endgültig zu unterwerfen. Als sie ankamen, sahen sie trauernde Urukäer, aber weder Sieger noch Besiegte. Es dauerte lange, bis sie glaubten, was geschehen war, doch sie verstanden es nicht.

Gleichzeitig brachten Jäger und Hirten aus den umliegenden Gegenden mit ihren zweirädrigen Karren erlegte Löwen, Gazellen, sonnengetrocknete Schlangen und frischgefangene Schildkröten in die Stadt. Selbst aus dem fernen Kisch und dem Schafsdorf Babylon trieben Schilfboote und Kelegs mit gebleichter Wolle, Kupfer und Bronzegerätschaften bis in den Hafen von Uruk.

Die Stadt begann, ohne den größten, gewaltigsten und furchtbarsten König und Hohepriester auszukommen, der jemals in Uruk geherrscht hatte.

»Er hat zu jung begonnen«, meinten die Dubsars.

»Er ist zerbrochen«, sagten die Händler.

»Ein Vaterloser«, bestätigten die Priester.

Gegen Mittag des dritten Tages nach dem Abstieg Enkidus in die Unterwelt stand Gilgamesch auf. Er spuckte in den brodelnden Sud am Eingang zum *Ganzir* und starrte noch einmal auf den zischenden, öligen Brei des bösen Lochs. Dann drehte er sich um und schritt wie in Trance bis zur Zikkurat. Er ging ganz langsam die Stufen hinauf. Seine Finger glitten an Feigenbäumen und knorrigen Büschen mit reifen Granatäpfeln entlang. Er zerquetschte ein paar grüne Feigen an seinen Lippen, saugte das rote Fruchtfleisch aus und ließ die Schalenreste achtlos hinter sich auf die Stufen fallen.

Wie lange war er nicht mehr ganz oben auf seiner Zikkurat gewesen? Und wie hatte er sich verändert, seit er die ersten Nächte zwischen Himmel und Erde in der Stadt seiner Ahnen verbracht hatte? Er mußte plötzlich an Schukallituda denken. Wozu war er König von Uruk geworden, wozu Hohepriester? Hätte er nicht viel glücklicher im Frieden der Gärten von Kisch leben können?

Er hatte Dinge getan, die noch vor einem Jahr völlig undenkbar für ihn gewesen wären. Die Zeit in Uruk kam ihm auf einmal wie ein Rausch vor – wie ein furchtbarer, gewalttätiger Feldzug gegen sich selbst. Er hatte erwachsen werden wollen ... ein Krieger, ein Held, von dem alle sprechen sollten. Nach außen hin hatte er all das erreicht und noch mehr. Er war König und Hohepriester einer Stadt mit der gewaltigsten Schutzmauer, die je gebaut worden war. Doch dann? Was außer dieser Leistung würde in einigen Generationen von seinem Namen bleiben? Seine Musik? Seine Schriftzeichen? Seine Freundschaft zu einem Wildmenschen?

Er erreichte die oberste Plattform der Zikkurat. Die goldene Kuppel des kleinen Tempels glänzte wie Gott *Utu* selbst. Gilgamesch kniff die Augen zusammen. Er sah zur Sonne hinauf, dann wieder auf die Tempelkuppel.

Er spürte, wie Tränen über seine Wangen liefen. Es tat ihm weh, daß er bisher so viel so falsch gemacht hatte. Mit schweren, schleppenden Schritten ging er zur Südecke der Plattform. Wenn irgendeine göttliche Macht ihm jetzt noch helfen konnte, dann nur noch *Enki*, der gütige und weise Gott, dessen Sohn *Utu* das Licht der Sonne war und dessen Tochter *Inanna* die hundert göttlichen *ME* geraubt, Uruk verraten und Pukku und Mikku in Gilgameschs Hände gegeben hatte.

»Großer und gütiger Gott, steh mir bei!« rief Gilgamesch voller Verzweiflung. »*An* ist unser allmächtiger Vater, *Enlil* ist der strafende Gott, und du bist der dritte der höchsten Götter! Von dir stammt das süße Wasser des Lebens und du bist gnädig zu uns Menschen. Hilf mir, Gott *Enki*! Hilf mir in meiner Not!«

Gilgamesch senkte den Kopf. Im gleichen Moment spürte er, wie die Kraft der Sonne stärker wurde. Sie begann zu brennen.

»Mein Sohn, der Sonnengott *Utu* wird dir helfen« hörte Gilgamesch. Er wußte nicht, ob die Stimme des gnädigen Gottes *Enki* vom Himmel oder aus ihm selbst kam. Aber er trank die Botschaft wie ein Verdurstender.

Etwas Unfaßbares, noch nie Dagewesenes geschah. *Neti*, der Torhüter, bemerkte es als Erster. Er spürte die Hitze und sah, wie ein feiner Lichtstrahl durch das Dach der Unterwelt brach. Mit einem Aufheulen rannte er am Ufer des silbernen Flusses entlang. Er bog ab, stolperte über den Mahlsand der Staubdünen und erreichte die Gegend, in der Enkidu noch immer versuchte, gegen die saugende tote Erde anzukommen.

»Weckt *Ereschkigal*!« schrie *Neti*. Seine Stimme klang hohl und dreifach, aber sie hatte kein Echo. »Weckt *Ereschkigal*! Weckt *Ereschkigal*!«

Erst jetzt erkannten die Dämonen der ewigen Nacht, die toten Seelen und die flatternden Schattenwesen, welche Gefahr auf sie zukam. Noch nie zuvor war das Licht der Sonne in ihr Reich eingedrungen.

Enkidu spürte die plötzliche Hitze am ganzen Körper. Erstaunt und verwirrt blinzelte er nach oben. Das Dach der Unterwelt wölbte sich viel tiefer über ihm als er bisher angenommen hatte. Er konnte die Dämonen nur noch aus den Augenwinkeln erkennen. Selbst wenn er den Kopf ruckartig zur Seite warf, verschwanden sie schneller aus seinem Blick als er hinsehen konnte.

»Eis!« kreischten die Schattenwesen im Chor. »Laßt den silbernen Fluß zwischen Leben und Tod zu Eis erstarren!«

Es splitterte und krachte. Enkidu sprang instinktiv zur Seite. Hinter ihm, vor ihm und neben ihm riß der Boden auf. Stinkender Rauch schoß mit scharfen Zischgeräuschen aus den Erdspalten. Enkidu lief los. Er raffte sein Wurfholz auf und rannte auf das Licht von oben zu.

Als er den silbernen Fluß erreichte, sah er, wie sich bereits dicke Eisschollen übereinander türmten. Der Fluß wurde zum Berg aus

Diamanten, Quarz und Kristallen. Überall zischte, knackte und stöhnte es. Die Hitze von oben ließ den Fluß erneut schmelzen. Sturzbäche silbern glitzernden Wassers trafen zischend auf heißen Ufersand. Brodelnde Dampfwolken stiegen auf. Enkidu konnte nicht näher an den Fluß heran. Der Weg zurück war versperrt ...

Verzweifelt wandte sich Enkidu erneut um. Er rannte auf die Mauer zu, die im Licht von Gott *Utu* wie eine von Dämonenflügeln glattgewischte Felswand aussah. Das Tor der Nimmerwiederkehr war geschlossen. Nur schmale Spalten in der steilen Wand deuteten an, wie groß es war. Enkidu keuchte, als er die riesige Mauer erreichte. Wie sollte er hier hochklettern können? Aber er mußte hinauf! Es gab keinen anderen Weg, um das Loch in der Decke der Unterwelt zu erreichen!

In diesem Moment fiel ihm das Seil ein. Er riß es von seinem Oberkörper, nahm ein Ende und schlang es um sein Wurfholz. Die Dämonen erkannten, was er beabsichtigte. Ihr Kreischen wurde so furchtbar, daß Enkidu aufhören und sich mit beiden Händen die Ohren zuhalten mußte. Schlagende Flügel trafen ihn an Kopf und Schultern. Enkidu bückte sich. Blitzschnell griff er nach dem heißen, metallischen Sand. Er stopfte sich seine Ohren voll und hörte nur noch ein dumpfes Rauschen.

Und dann drängte sich plötzlich ein anderer Dämon heran. Es war ein *Uttuku* – ein Schutzgeist, der nur dem guten und weisen Gott *Enki* gehorchte. Er reichte Enkidu das Wurfholz. Der Wildmann trat einen Schritt zurück, holte weit aus und warf mit gewaltiger Kraft das Holz mit dem Seil nach oben. Hundert Schattenwesen wollten den Flug des Wurfholzes aufhalten, hundert Dämonen zerrten am Seil, aber der *Uttuku* flog mit. Er erreichte, daß sich das Holz ganz oben über dem Tor der Nimmerwiederkehr in der Mauer zum Land der Trauer verhakte.

Enkidu hangelte sich bis zum Tor vor. Das Seil wurde straff. Und dann zog sich Enkidu Stück für Stück höher. Er stieß sich mit den Füßen von der glatten Mauer ab. Die Dämonen klammerten sich wie riesige Fledermäuse um seine Beine. Zehn, zwölf von ihnen hängten sich an seine Schultern, andere schütteten eiskaltes und kochendes Wasser aus dem silbernen Fluß gleichzeitig über seinen Kopf.

Es dauerte eine Ewigkeit, bis Enkidu mit letzter Kraft die Mauerkrone erreichte. Er ließ sich fallen und lag schwer atmend auf dem gewaltigen Grenzwall zwischen dem Land der Ruhelosen und dem Land der Trauer. Im Dämmerlicht sah er überall Gruppen von Menschen. Manche standen wie Familien und Freunde zusammen, andere wichen sich gegenseitig aus, während sie ganz, ganz langsam die Arme bewegten, die Beine hoben und nur einen Schritt schafften, während Enkidu zwölfmal ein- und ausatmete. Er sah Junge und Alte, Männer, Frauen und Kinder. Einige drehten mit kaum wahrnehmbaren Bewegungen den Kopf in seine Richtung, andere legten so langsam wie sie gingen die Hände vor ihre Gesichter. Und alle schienen keine Eile zu haben, von einem Land der Unterwelt ins nächste zu gelangen. Nur manchmal öffneten sich die Tore. Dann wurden einige der Schattenwesen halb schreitend und halb schwebend von Dämonen weitergeführt. Mit jedem Land verringerten sich die Strafen. Aus Gequälten wurden Büßer, aus Gesichtslosen Belohnte, aus Glücklichen die Seligen. Jene aber hatten die in goldenem Glanz strahlende höchste Stufe allen Seins erreicht.

Enkidu erkannte, wie selten ein Gestorbener das allerletzte Land erreichte. Denn jedes Tor fragte nach Taten, den guten wie den bösen ...

Enkidu wußte nicht, wieviel Zeit verging, ehe er wieder genügend Kraft in sich verspürte. Irgendwann richtete er sich auf. Und dann war es nur noch ein einziger Schritt zurück in die Welt, in der Blumen blühten.

DAS JAHR DER SEUCHE

Die Kunde von Enkidus Rückkehr aus der Unterwelt lief wie ein Sturmfeuer durch die gesamte Stadt. Erstaunen mischte sich mit Angst und Bewunderung, und jeder fragte sich, ob es ein gutes oder ein böses Omen war.

Gilgamesch sah die aufsteigende Dampfwolke über dem Erdspalt zum *Ganzir*. Er lief die Stufen der Zikkurat hinab und rannte wie ein Besessener durch die Straßen. Als er Enkidu sah, traten Tränen in seine Augen. Die beiden Männer stießen so heftig zusammen, daß sie beinahe umfielen. Sie küßten und umarmten sich, tanzten wie kleine Kinder im Kreis und schlugen sich wieder und wieder auf die Schultern.

»Ich hatte schon jede Hoffnung aufgegeben«, lachte Gilgamesch endlich. »Komm, erzähle mir ... was hast du unten gesehen?«

»Zunächst einmal habe ich Hunger und Durst!«, knurrte Enkidu und sah sich nach allen Seiten um, als könne er noch nicht recht glauben, daß er heil aus der Welt ohne Sonne zurückgekehrt war.

»Ja, laß uns essen und trinken! Aber dann mußt du erzählen!«

Sie schlangen die Arme umeinander und gingen bis zum Palast von Enmerkar. An den Straßenrändern wurden zaghafte Freudenrufe laut. Männer, Frauen und Kinder begrüßen Enkidu, auch wenn sie sich immer noch davor fürchteten, daß Gilgamesch durch die Tat des Wildmannes seine grausamen Machtinstrumente zurückbekommen sollte.

Sie gingen durch das Tor in den Innenhof des Palastes. Nin-sun, Harrap und Bara warteten bereits. Sie hatten in aller Eile alles für die Heimkehr des Helden vorbereitet. Einige Priester und Dubsars der Verwaltung klatschten, als Enkidu und Gilgamesch den Hof betraten. Agga von Kisch kam mit einer Gruppe Krieger und Anführer hinzu. Sklaven und Diener brachten Wein und Fleisch, Käse und Früchte. Enkidu wartete nicht, bis alles angerichtet war. Er nahm stehend einen Krug Wein vom Tisch und trank ihn bis zum letzten Tropfen aus. Dann griff er nach einem gebratenen Huhnvogel, ließ sich in einen aus Schilf geflochtenen Sessel fallen, streckte die Beine aus und begann kauend und zufrieden schmatzend mit seinem Bericht.

»Ach, das tut gut!« sagte er. »Ihr ahnt nicht, wie gut das tut nach all dem Grauen, das ich gesehen habe.«

Gilgamesch, Agga und Bara nahmen sich einen Becher mit Wein. Sie setzten sich im Kreis um Enkidu, aßen und tranken und warteten gespannt auf seinen Bericht.

»Sahst du den Wächter der Unterwelt?« fragte Gilgamesch.

Enkidu nickte. »Er wartet an einem silbernen Fluß. Es ist so tot und traurig da unten, daß man eigentlich nur noch weinen kann! Aber das Schlimmste sind die Schattenwesen, die Dämonen und die toten Seelen.«

»Was ist mit den Menschen?« wollte Bara Nam-tara wissen.

»Die habe ich erst ganz zum Schluß gesehen, nachdem ich die Mauer zum Land der Trauer erklommen hatte.«

»Sahst du den Mann, der zwei Söhne hatte?« fragte Nin-sun leise. Enkidu hob die Brauen.

»Ja, ich sah ihn«, antwortete er. »Er saß auf zwei Steinen und aß Brot. Aber warum fragst du gerade nach ihm?«

»Ich frage nach ihm und allen anderen, die ich kannte, als König Enmerkar noch lebte. Sahst du auch die mit drei, vier, fünf und sechs Söhnen?«

»Ich sah sie«, antwortete Enkidu. »Sie tranken frisches Wasser und durften durch das nächste Tor gehen.«

»... und der mit sieben Söhnen?«

»Er war ein Gefährte der Götter, saß auf einem weichen Sessel und hörte Musik.«

»Ich habe nur einen Sohn«, sagte Nin-sun. »Und er ist kein Gefährte der Götter, sondern ein grausamer König! Das ist der Grund, warum ich dich nach den Vätern mit vielen Söhnen fragte!«

Sie sah Gilgamesch an, dann stand sie auf und ging wortlos weg. Für einen Moment schwiegen die anderen verlegen, dann fragte Agga von Kisch: »Sahst du auch einen nutzlosen Mann?«

»Ich sah ihn«, antwortete Enkidu. »Er stand herum und schrie fortwährend ›los, los, Leute!‹, aber er selbst tat gar nichts.«

»Und einen Lügner?«fragte Agga.

»Lügner müssen fauliges Wasser trinken!«

»Was war mit den Kriegern?« fragte Gilgamesch. Enkidu warf die abgenagten Knochen des Huhnvogels zur Seite.

»Was mit den Kriegern war?« wiederholte er und nahm einen neuen Weinkrug. »Ich habe nicht gesehen, daß sich einer von ihnen bewegte. Nur Väter, die über die Köpfe ihrer toten Söhne streichelten und Mütter, die nur weinen konnten, weil niemand da war, der auf ihre stummen Fragen antwortete ...«

»Was ist mit jenen, die sehr jung gestorben sind?« fragte Harrap. Zum ersten Mal lächelte Enkidu.

»Wer kindlich stirbt, liegt ebenfalls auf dem Lager der Götter.«

»Und kleine Kinder, die schon tot waren als sie geboren wurden?« fragte Bara Nam-tara leise.

»Sie spielen an Tischen aus Gold und Silber, bekommen Honigtrunk und alles, womit sich die Götter laben.«

»Sahst du auch einen, der lebendig verbrannt und nicht begraben war?« fragte Harrap.

»Nein, wer nach dem Tod keinen Leib mehr hat, kann die Tore der Unterwelt nicht mehr durchschreiten!«

»Das klingt richtig«, sagte Gilgamesch. Er zögerte einen Moment, dann fragte er: »Sahst du auch einen, der keine Achtung vor dem Wort seines Vaters oder seiner Mutter hatte?«

»Ja, Gilgamesch! Ich sah ihn. Er ist stets durstig und trinkt aus einer Schale, die keinen Boden hat.«

»Und einen, der ...«

Gilgamesch stockte. Enkidu ahnte, welche Frage sein Freund stellen wollte. Er legte seine Hand auf Gilgameschs Arm. »Wer von seinem Vater oder seiner Mutter verstoßen wird, der kann nur noch als Schattenwesen umherirren. Ich habe viele davon gesehen. Zu viele, sage ich dir ... ich sah sie alle ... aus allen Völkern, nicht nur aus Sumer! Und ich sah, daß niemals etwas vergessen ist!«

Gilgamesch spürte, daß Enkidu sich verändert hatte. Er wußte nicht genau, was es war, aber es kam ihm vor, als hätte Enkidu noch nicht alles gesagt.

»Hast du auch Dinge gesehen, die erst morgen geschehen?« fragte er so, daß nur Enkidu ihn verstand. Der Wildmann blickte dem jungen König lange in die Augen.

»Die Unterwelt unterscheidet nicht nach Zeiten, wie wir sie kennen«, sagte er schließlich.

»Du, du kannst es!« drängte Gilgamesch. »Sag mir, was du noch gesehen hast!«

Enkidu schüttelte langsam den Kopf.

»Ich darf es nicht!« sagte er.

Die Tage vergingen, doch niemals wieder fragte Gilgamesch seinen Freund Enkidu nach Pukku und Mikku. Enkidu hatte sich verändert, aber auch Gilgamesch war nach der Nacht des Schreckens und den Stunden zwischen Hoffnung und Trauer ein anderer geworden.

Als die Zeit herankam, in der Nansche ihr Kind bekommen sollte, fragte ihn seine Mutter, wie er sich verhalten wolle. »Ich weiß, daß es dich mehr zu diesem behaarten Mann aus der Steppe zieht als zu einer Tochter deines Volkes«, sagte sie. »Aber in den nächsten Tagen wird Nansche ein neues Leben gebären, das du gezeugt hast und für das du verantwortlich bist. Hast du schon einmal darüber nachgedacht?«

»Natürlich habe ich das«, antwortete Gilgamesch. »Aber bin nicht auch ich vaterlos aufgewachsen? Außerdem habe ich meinen Grabstock nicht in die Furche eines Mädchens aus dem Volk gestoßen, sondern in die Stellvertreterin einer Göttin! Nansche wußte, daß es so war! Wenn also jemand für ihre Leibesfrucht verantwortlich ist, dann die Priester der Tempel, die alte Ordnung und die Götter, aber nicht ich! Ich habe noch viel vor und kann mir kein Weib nehmen! Meine Liebe gehört Enkidu, und ich will mein Herz nicht teilen.«

»Ich wünschte, es wäre anders«, seufzte Nin-sun. Sie saßen auf der Galerie in der ersten Etage ihres kleinen Palastes. Er kam inzwischen häufiger zu ihr.

»Du mußt neue Oberpriester und Anführer ernennen«, sagte Nin-sun. »Durch deine große Mauer hat sich die Aufteilung der Felder verändert, und die Urukäer wollen wissen, was nach der ›Heiligen Hochzeit‹ mit dem Land geschehen soll.«

»Warum sprichst du von der ›Heiligen Hochzeit‹?« fragte Gilgamesch unwillig. »Gerade noch hast du mich gefragt, ob ich die Tochter des Volkes zu mir nehmen will.«

»Beides hat nichts miteinander zu tun«, antwortete Nin-sun sanft. »Du verachtest unsere Stadtgöttin, und Nansche mag für dich nur eine willkommene Stellvertreterin gewesen sein! Aber selbst, wenn du sie zum Weib nehmen würdest, könntest du deiner Verpflichtung nicht entgehen. Du hast die ›Heilige Hochzeit‹ mit ihr begonnen und nicht so zu Ende geführt, wie es die alte Ordnung gebietet!«

»Sie bekommt ein Kind.«

»Willst du denn nicht verstehen?« fragte Nin-sun. »Die ›Heilige Hochzeit‹ des Königs gilt keiner Tochter der Stadt, sondern der Fruchtbarkeit des ganzen Landes! Das ist es, worauf alle warten!«

»Nein!« sagte Gilgamesch hart. »Ich will nicht mehr!«

Er sah, daß seine Mutter zu weinen begann.

»Wenn aller Ruhm, alle Macht und ein blühendes, reiche Frucht tragendes Land dir nicht ausreichen – was willst du dann, Gilgamesch?«

Er stand auf und blickte mit verschlossenem Gesicht auf das fröhliche Treiben im Innenhof von Nin-suns Palast. Seine Fäuste wurden weiß, als er das knirschende Geländerholz mit aller Kraft umfaßte. »Vielleicht will ich von diesem Leben überhaupt nichts, sondern nur das Recht, so unsterblich zu werden wie die Götter!«

Nin-sun trat neben ihn, legte ihre Arme um ihn und streichelte mit ihren schlanken Fingern seine Brust. »Könnte es sein, daß du, mein großer und starker Sohn, Angst vor dem Tod hast?«

Er preßte die Zähne zusammen.

»Niemand außer dir hätte das fragen dürfen! Ja, Mutter ... ich habe Angst vor dem Tod! Und deshalb muß ich einen Weg finden, ihn zu überwinden. Unsterblichkeit ist das Ziel, um das all meine Wünsche und Gedanken kreisen! Nur das ist wichtig! Nur das bewegt mich, seit ich die Gärten Schukallitudas verlassen habe!«

»Dann ist alles um dich herum nichts?« fragte sie.

»Es ist ein Leben, daß doch nur zum Tode führt!« sagte er rauh. »Es muß noch mehr geben! Ich werde den Weg zu den Göttern finden, weil ich unsterblich wie sie sein will!«

»Es ist der Weg in die Einsamkeit«, sagte Nin-sun traurig.

Und wieder vergingen Tage und Nächte, Wochen und Monate. Die Stadt erholte sich, Straßen und Häuser wurden repariert, Ernten aus Feldern und Gärten eingefahren.

Agga von Kisch erwies sich als treuer Gefährte. Gilgamesch schloß einen Vertrag mit ihm, der Kisch alle Freiheiten und das Recht ließ, eigene Götter anzubeten. Obwohl er sein Königtum nicht verloren hatte, entschloß sich Agga, in Uruk zu bleiben. Er ließ Zabardi Banuga kommen und baute mit ihm und Mesche dem Schmied eine kleine, schlagkräftige Truppe auf, die für Frieden und Sicherheit auf den Handelswegen zwischen Uruk, Eridu, Schuruppak und bis nach Kisch und Babylon im Norden sorgte. Die Männer trugen Wurfhölzer und Speere, Dolche und Schwerter aus Eisen. Sie ritten auf Anschu-gamals und schnellen Anschu-kurras, die Aggas Abgesandte aus dem Bergland im Osten beschafft hatten. In dieser Zeit begann Uruk, die unangefochtene Starke und Schöne unter den Städten des Zweistromlandes zu werden.

Nansche gebar einen Sohn, doch König Gilgamesch sah ihn nicht. Dimus hatte sie zum Weib genommen und von Ugnim die Tischlerwerkstadt erhalten. Der Winter war mild, der nächste Frühling brachte mit den Südostwinden weniger Regen als sonst und kaum Überflutungen. Keiner der Oberpriester wagte, Gilgamesch an die ›Heilige Hochzeit‹ zu erinnern.

Das Neujahrsfest zwischen dem Adarru und Nisannu verlief ohne Zwischenfälle und ohne die seit Jahrhunderten übliche Zeremonie. Die Priester zogen mit feierlichen Gesängen durch die Straßen der Stadt. Nur zu den wichtigsten Ritualen ließ sich Gilgamesch die Gewandung des Hohepriesters anlegen. Er sprach kein Wort, sondern ließ die Nin-dingirra aus dem Hochland von Aratta die Götter Sumers mit ihren vielfältigen Namen anrufen. Sechs Tage und sechs Nächte warteten sie darauf, daß *Inanna* kommen würde. Doch *Inanna* kam nicht. Es war, als hätte der König und Hohepriester von Uruk schon vorher gewußt, daß es auch im zweiten Jahr seiner Herrschaft keine öffentliche Vereinigung mit der ›Herrin des Himmels‹ geben würde.

Dennoch verging das Jahr friedvoll. Langsam wuchsen die Wunden zu, die Gilgamesch durch den Bau der Mauer rund um die Stadt in die Erde gerissen hatte. Neue Schöpfwerke verbanden die alten Wasserwege mit saftigen Weiden. Auf den Feldern schnitten Frauen singend das Korn, während überall zweirädrige Ochsenkarren mit der Ernte zu den Dreschplätzen vor der alten Mauer der Stadt rumpelten. Die Aufseher und Dubsars gingen zufrieden an den neuen Feldgrenzen entlang. Sie waren großzügig, wenn sie den Ernteanteil der Familien, der Bauern und Tagelöhner auf feuchten Tontafeln verzeichneten.

Tibir, der feiste, gichtige Händler starb auf den Tag genau zwei Jahre nach der Eroberung Uruks durch König Mebaragesi. Er erstickte, als er beim Sommerfest der Flußfischer die Barten eines wacholdergedünsteten Katzenfischs ablutschen wollte. Im gleichen Monat starben auch der Vogelfänger Asch-bal und der halbblinde Rohrflechter Purkullu. Bir Hurturre war durch Agga vom aktiven Wachdienst abgelöst worden. Er verwaltete zusammen mit dem Jäger Nimrud eine Zucht mit Wildschweinen und Wasserbüffeln südlich von Uruk.

Zu Beginn des dritten Jahres von König Gilgameschs Herrschaft in Uruk war die Zahl der Hammel, Schafe und Lämmer wieder auf zehntausend angestiegen; die Dubsars verzeichneten fünftausendfünfhundert Schweine, zwölfhundertzweiundvierzig Rinder, neunhundertneunzig Ziegen, siebenhundertzehn Esel und fünfundachtzig Ziegenböcke. Zusammen mit den ständig in Uruk wohnenden Gästen aus Kisch, den Händlern und Besuchern aus anderen Städten lebten zu dieser Zeit annähernd zwölftausend Menschen innerhalb der neuen Stadtmauer.

Es ging ihnen gut. Jedermann hatte genug zu essen und zu trinken. Niemand arbeitete mehr als vom Palast des Königs und den Verwaltern des Tempels für nötig gehalten wurde. Es gab Zeiten, in denen von Sonnenaufgang bis Sonnenuntergang in den Gärten und auf den Feldern vor der Stadt, an den Kanalböschungen und an den Tempeln selbst geschafft wurde. Doch wenn die Deuterpriester keinen Wetterumschwung und keine drohende Gefahr am Himmel erkannten, dann gab es Tage, an denen mehr gesungen und getanzt, gefeiert und mit Bällen, Strohpuppen, Würfeln und kleinen Figuren auf Tontabletts gespielt wurde.

Glückliche Tage für die Stadt und Frieden für das Land. Die Menschen waren eins mit sich und ihren Leben.

Aber nicht alle ...

Als der Winter kam, der Frühling erneut mit Blütenduft durch alle Straßen und Gassen Uruks zog, und die nicht sehr vollen Kanäle blank im warmen Sonnenlicht aufleuchteten, da spürte Gilgamesch eine immer deutlicher werdende Unruhe in sich. Es war zu friedfertig gewesen in den vergangenen Monaten! Gilgamesch ahnte, daß weder *Inanna*, noch die anderen Götter zu lange Zeiträume des Glücks für die Menschen zuließen.

Der König von Uruk begann erneut, ganz allein die Stufen der Zikkurat hinaufzusteigen. Er ging von einer Seite zur anderen und blickte stundenlang über das schöne Land hinweg. Er sah nach Norden und Süden, Osten und Westen. Und immer häufiger kehrte er mit zusammengepreßten Lippen in seinen Palast zurück.

»Was hast du?« fragte Enkidu, als Gilgamesch an einem strahlend schönen Sommertag durch das große Flügeltor kam.

»Ich weiß nicht«, antwortete Gilgamesch abwesend. »Irgendetwas stört mich. Es sieht alles so frisch und grün aus, aber es ist ein falsches Grün ... zu satt ... zu giftig ...«

»Spricht da der Gärtner in dir?« fragte Enkidu spöttisch.

»Vielleicht ist es das Salz«, antwortete Gilgamesch, ohne auf die Anspielung des Freundes einzugehen. »Es regnet zu wenig und wir wässern zu viel! Und wo Wasser verdunstet, das nicht sehr weit vom Meer entfernt ist, da werden die Kanäle brakig und der Boden verkrustet.«

»Die Ernten sind gut«, sagte Enkidu.

»Für ein paar Jahre mag es so bleiben«, antwortete Gilgamesch. »Aber ich fürchte, daß mehr und mehr Dattelpalmen absterben. Sieh dich doch um! Wir haben kaum große Bäume hier. Das fiel mir schon auf, als ich mit dem Heer Mebaragesis aus Kisch nach Uruk kam. Die Bäume sind die Priester der belebten Erde. Ohne sie verkümmern auch die anderen Pflanzen wie in einer Wüste!«

»Was fürchtest du?« fragte Enkidu besorgt.

»Ich fürchte den Tag, an dem der Buranum und die Kanäle wenig Wasser führen«, antwortete Gilgamesch nachdenklich. »Wenn dann auch noch Gott *Utu* Tag um Tag sein heißes Licht auf die Felder schickt und ein Sandsturm ...«

Er drehte sich abrupt um.
»Wir müssen uns davor schützen!«
»Wovor?« fragte Enkidu.
»Vor dem Verfall des Landes!« sagte Gilgamesch abwesend. »Vor zu viel Ernten und zu vielen Kanälen! Ich bin ein Gärtner, und mir graust vor einer öden Wüste, die alles hier schon sehr bald töten könnte ...«
»Willst du etwa noch eine Mauer bauen?«
Gilgamesch lachte plötzlich.
»Du bist ein einfältiger Mensch, Enkidu«, sagte er. »Aber genau darüber sollten wir beide nachdenken! Am liebsten würde ich befehlen, das ganze Land für fünfzig Jahre nicht mehr zu bewässern und keinen Kornhalm anzubauen.«
»Das ist unmöglich!« stieß Enkidu hervor. »Mit einem derartigen Befehl würdest du Uruk umbringen!«
Gilgamesch nickte. »Ich weiß«, sagte er ernst. »Doch wenn ich nichts befehle, tötet sich Uruk selbst.«

Es kam, wie Gilgamesch befürchtet hatte – aber noch viel schlimmer. Der Monat Ululu hatte gerade begonnen, als die Schnitter auf den Feldern gegen Mittag des dritten Tages plötzlich innehielten.
»Seht doch, seht!« riefen sie und deuteten mit ihren Handsicheln nach Westen. »Bei allen Göttern, was ist das?«
Fern am Horizont über den Einödgebieten bildete sich eine gelbviolette Wolke. Sie näherte sich mit großer Geschwindigkeit, obwohl sonst kein Windhauch die Gräser und Halme bewegte. Auch auf den Plattformen der Tempel erkannten Priester die Gefahr. Sofort ließen sie Glocken schlagen und Trompeten blasen.
Die gelbviolette Wolke wurde immer größer, und schon bald reichte sie so hoch in den Himmel, daß sie selbst das Symbol des Sonnengottes verdunkelte. In panischer Angst flohen die Menschen von den Feldern in die Stadt zurück. Heißer, beinahe glühender Staub rieselte vom Himmel herab. Zuerst nur wenig, dann immer mehr. Der gelbliche Staub stank wie der Odem der Unterwelt. Er drang in Ohren, Nasen und Münder ein, verklebte die Augen und schmeckte wie Kot der Dämonen.

Gilgamesch und Enkidu bemerkten erst sehr spät, was die entsetzliche Wolke anrichtete. Sie saßen im alten Thronsaal von König Enmerkar, tranken Wein und ließen sich vom ehemaligen gestrengen Schulvater und jetzigen Nubanda Akil berichten, wie es um Vieh und Vorräte, um die Menge der geschnittenen langen Schilfrohre und um die neuen, leicht gewölbten und glasierten Riemchenziegel stand, mit denen die Außenmauern des *Eanna*-Tempels verkleidet werden sollten.

Ein Dutzend Dubsars hockten mit gesenkten Köpfen und nackten Oberkörpern an der Nordostseite des großen Saals. Die Schreiber zeichneten alles, was Akil sagte, in weichen Tonklumpen auf. In einer zweiten Reihe durften Schüler aus der E-dubba lernen, so schnell zu schreiben, wie andere sprachen. Leise und voll kindlicher Erregung wiederholten sie jede Zahl, die Akil erklärte. Sie leckten sich über die Lippen und drückten mit ihren Schilfgriffeln Keilspur um Keilspur in kleine Tonklumpen.

An der Südwestseite des Thronsaals saßen buntgewandete Priester der Tempel, Vertreter vom Rat der Weisen und einige reich mit Schmuck und Ketten behängte Abgesandte der anderen Städte Sumers. Freundliche Sklavinnen mit kurzen Leinenröckchen und gesalbt glänzender Haut schritten barfüßig zwischen den Männern hin und her, schenkten Wein ein und wandten sich lachend ab, wenn dieser und jener sie an Schenkeln und Brüsten berührte.

»Zweihunderttausend Ziegel wurden gebrannt«, sagte Akil. »Damit kann der *Eanna*-Tempel und die Hälfte des *An*-Heiligtums neu verblendet werden. Außerdem bleibt noch ein schöner, lapislazuliblauer Rest für den Schmuck der Mauern vor dem alten Nordwesttor übrig.«

»Das Tor am Eingang zum *Ganzir*?« fragte Gilgamesch beiläufig. Er hatte die ganze Zeit nicht sehr aufmerksam zugehört. Noch während er fragte, nahm er eine in Honig und pures Olivenöl getauchte Weintraube von einer Bronzeschale, die ihm eine schwarzhäutige Sklavin reichte. Er küßte ihr Handgelenk und sah lächelnd auf die krausigen Haarwirbel über der Stelle, an der ihre glattschwarzen Beine zusammenliefen. Die Stelle sah rosa aus.

»So ist es!« sagte Akil.

Gilgamesch grinste. Er reckte sich und drehte sich zu Enkidu um. Der Wildmann lag in den Armen eines jungen Mädchens aus Kisch, das im Gefolge von Agga nach Uruk gekommen war. Er aß kleine Käsestückchen, spuckte Gewürzkörner aus und ließ sich von der Oberpriesterin seinen behaarten Rücken kraulen.

»Hörst du eigentlich zu?« fragte Gilgamesch anzüglich. Enkidu hob die Hände. »Ich finde Akils Bericht sehr wichtig.«

»So ist es!« sagte Akil. Ein paar Schublugals aus Aggas Truppe lachten. Im gleichen Augenblick verdunkelte gelber Staub die Fensteröffnungen. Die Kinder aus der E-dubba ließen ihre weichen Schreibtafeln fallen. Sie husteten, hielten sich die Hände vor den Mund und suchten mit weitaufgerissenen Augen eine Erklärung in den Gesichtern der Erwachsenen.

Gilgamesch preßte die Lippen zusammen. Das war es! Darauf hatte er die ganze Zeit gewartet! Er war nicht froh über die Zeichen des Unheils, aber sie nahmen ihm die seit Tagen anhaltende Spannung, machten seinen Kopf klar.

Er riß der nächstbesten Sklavin das Lendentuch ab, tauchte es in einen Krug mit Wein und hielt es sich vor Mund und Nase. Enkidu schnellte aus seiner angenehm-friedlichen Haltung hoch. Ein kurzer Blick zu Gilgamesch, drei, vier gewaltige Sprünge und dann riß er die Bahnen aus buntem Leinen von den Stirnwänden des Thronsaals. Er raste an schreienden Priestern und Sklavinnen entlang, zertrümmerte Weinkrüge, tränkte die Stoffbahnen und warf sie naß über alle, die nur noch husten und weinen konnten.

»Was ist das?« schrie Gilgamesch.

»Der Pesthauch der Unterwelt!« brüllte Enkidu zurück.

»Dämonen!« kreischte ein Priester. »Das ist die Rache für Enkidus Frevel!«

»Ihr packt mich nicht!« brüllte der König dem Unsichtbaren zu. Gleichzeitig merkte er, daß er nicht gegen das Chaos aus Angst und Verzweiflung ankam.

Die Wolke zog weiter, und der Staub sank zu Boden. Gilgamesch, Enkidu und all die anderen im Thronsaal Enmerkars stürzten nach draußen. Die Hitze schlug ihnen wie eine Wand aus Feuer entgegen. Gilgamesch rannte durch den Innenhof und über den großen Platz. Vor allen anderen erreichte er die Stufen der Zikkurat. Sie waren über und über mit gelblichem Staub bedeckt. Noch ehe Gilgamesch die oberste Plattform erreicht hatte, erkannte er das ganze Ausmaß des Schreckens. Das Land sah gelb und trocken aus – wie zugedeckt mit einer riesigen Decke, die kein Leben mehr zuließ ...

Enkidu trat keuchend neben ihn.

»Was war das?« krächzte er und hustete.

»Ich habe keine Ahnung«, antwortete Gilgamesch. »Vielleicht ist fern von uns tatsächlich die Erde aufgebrochen und hat diesen bösen Staub in den Himmel geblasen.«

Die ersten Priester kamen naß vor Schweiß oben an. Einige schleppten Räucherkessel, andere streuten mit zitternden Händen Orakelkräuter in alle vier Himmelsrichtungen. In den Tempeln tief unter ihnen wurden Warnglocken geschlagen und Hörner gegen die unsichtbaren Krankheitsdämonen geblasen.

»Täusche ich mich oder liegen drüben am Fluß die Körper von Menschen?« fragte Enkidu und streckte seinen Arm aus. Gilgamesch duckte sich etwas. Er hielt die Hände über die Augen. Noch immer bewegten sich Staubschleier durch die heiße Luft.

»Sie werden Säcke und Tücher über sich gezogen haben als die verfluchte Wolke kam«, sagte Gilgamesch. Er ging um den kleinen Tempel in der Mitte der Plattform herum und starrte der Wolke nach. Sie war schon so weit entfernt, daß sie bereits über die Schilfsümpfe am südlichen Meer ziehen mußte.

»Herr!« rief in diesem Moment einer der neuernannten Orakel-Priester. »Herr, dies war nur das erste Unheil. Die Wolke ... sie wird wiederkommen und furchtbare Dinge werden vom Himmel regnen!«

Gilgamesch biß die Zähne zusammen.

»Was redest du da?« fuhr der König ihn an.

»Ich sehe Frösche und Fische vom Himmel fallen!« keuchte der Priester. Er legte die Handflächen vor der Brust zusammen, neigte seinen runden, kahlgeschorenen Kopf und blickte den König mit großen Augen demutsvoll an. »Ich sehe Tiere der Wassertiefe und giftige Morastkäfer, in denen die Krankheitsdämonen reisen.«

Gilgamesch drehte sich ruckartig um.

»Ist dieser hier selbst schon krank, oder spricht er die Wahrheit?« brüllte er die anderen Priester an. Sie duckten sich und legten angstvoll murmelnd die Handflächen zusammen. Nur die Nindingirra blieb aufrecht stehen.

»Das Unsichtbare ist überall«, rief sie, »und *Inanna* ist noch nicht fertig mit dir, König und Hohepriester von Uruk!«

»Ich rede nicht von *Inanna*, sondern von der Wolke!«

»Dann sieh sie dir an ... sieh sie dir an, wie sie zurückkommt!«

Und wieder drehte sich Gilgamesch. Er starrte über die Stadt hinweg nach Südosten. Gerade noch war die Wolke weit, weit entfernt gewesen, doch jetzt kam sie wieder. Er sah, wie sie schwarzgelb die Sümpfe aufsaugte, wie sie sich mästete und immer schwerer wurde. Ein surrendes Pfeifen schwang durch die Luft.

»Zurück in die Tempel!« schrie Gilgamesch augenblicklich. »Jedermann soll Häuser und Hütten verlassen und in die Tempel kommen!«

Die Priester gaben den Befehl des Königs über Handtrommeln und laute Rufe an jene weiter, die unten warteten. Nur wenig später floh die ganze Stadt vor der neuen Gefahr in die Tempelbauten. Nicht alle fanden Platz, und nicht alle waren schnell genug.

Und dann schütteten die sieben Dämonen des strafenden Obergottes *Enlil* schwarzgelben Schlamm, Frösche und Fische, Tiere der Wassertiefe und giftige Morastkäfer über die Stadt. Das Wasser vom Himmel schmeckte sauer und salzig zugleich. Es schlug auf Häuser und Hütten, Menschen und Tiere. Und jeder, den das furchtbare Wasser traf, schrie auf, als die Krankheitsdämonen ihn zeichneten.

Die Nacht verging und die Hälfte des nächsten Tages. Keine Frau Uruks und kein Kind konnten noch länger weinen. Die Bewohner der geschlagenen Stadt lagen und hockten apathisch in den Räumen der überfüllten Tempel. Niemand verspürte Hunger, aber Hitze und Durst waren inzwischen unerträglich geworden.

Gilgamesch und Enkidu, die Dubsars und Schublugals hatten die Nacht im alten Palast Enmerkars verbracht. Selbst Nin-suns kleiner Palast war zur Zuflucht für viele geworden. In seinem Innenhof stand der einzige Brunnen, dessen Wasser nicht nach Schwefel roch und nach salzigem Moder schmeckte.

»Niemand darf Wasser trinken, das nicht von Nin-suns Augen gesehen und von ihren Sklavinnen gekostet wurde!« riefen die Gurus und Priester in den Tempeln immer wieder. »Geht nicht hinaus! Faßt keine Tiere an! Überall kann der Speichel böser Dämonen kleben.«

Es war bereits Nachmittag, als Gilgamesch, Enkidu und eine kleine Gruppe von Azus und zehn, zwölf Freiwilligen den Palast Enmerkars verließen. Auch Agga, Abram und der junge Dimus gehörten dazu. Jeder der Männer hatte zuvor lange in einem Trog mit Essig gebadet. Sie trugen wollene Lappen um ihre Füße und weingetränkte Tücher mit Augenschlitzen über den Köpfen. Jeder außer Gilgamesch hatte einen Tonkrug mit Essigwein bei sich.

»Zuerst zum alten Nordwesttor!«, befahl Gilgamesch. Die vermummten Männer gingen vorsichtig über den schwarzgelb getrockneten Schlamm auf den Straßen und Plätzen. Die Stadt sah furchtbar aus. Kein Haus, keine Stallung war verschont geblieben. Überall haftete die Schicht aus Morast, in der tote Frösche und Leiber von Fischen klebten, wie sie noch nie zuvor jemand gesehen hatte. Die Männer husteten und würgten unter ihren Kopftüchern. Schweiß rann an ihren Körpern herab, und jeder Schritt durch die oben bereits harte, unten aber noch immer zähe Schlammschicht auf den Straßen wurde zur Qual.

Unmittelbar an der Erdspalte zum *Ganzir* blieb Gilgamesch stehen. »Sieh dir das an!« sagte er und legte seine Hand auf Enkidus Arm. »Einige sehen lebend aus und sind doch tot, andere tragen den grausamen Tod im Gesicht und atmen noch ...«

Der Wildmann ging zwei, drei Schritte nach vorn. Abram und ein wasserheilkundiger Azu traten neben ihn.

»Es muß ein riesiger Krankheitsdämon gewesen sein«, sagte der Arzt. »Einer, der das Wasser schneller aus dem Leben eines Menschen saugt als man es nachtrinken kann.«

»In unserer Sprache heißt diese Seuche *Choul rah*«, sagte Abram. »Seht nur diese Gesichter des Grauens, diese Hände, wie sie bei Waschfrauen gesehen werden, und die Kälte, die von den Körpern der Unglücklichen ausgeht.«

»Dürfen wir sie berühren?« fragte der König.

»Auf keinen Fall!« sagte einer der älteren Azus. »Sie müssen allesamt sterben. Viele werden ihnen folgen, und wer sie berührt, auf den springt der Krankheitsdämon über. Es sei denn, er trinkt sehr viel Saft von Rettich und stinkenden Molyzwiebeln.«

Gilgamesch blickte lange auf die Leidenden.

»Haben wir Saft von Rettich und Moly?« fragte er. Die Azus schüttelten den Kopf. »Nicht genug für hundert, geschweige denn für tausend Kranke«, sagte der älteste der Wasserkundigen. »Außerdem muß jeder Sud zur richtigen Zeit und im gnädigen Stand der Sterne angesetzt werden. So einfach hier und einfach jetzt kann kein Kräutersaft wirken!«

»Darf ich etwas sagen?« fragte eine jung klingende Stimme unter einem der Tücher. Gilgamesch nickte.

»Mein Vater und meine Mutter lehrten mich, daß auch die Pflanzen gute und schlechte Lebenszeiten haben«, sagte der Sohn des Jägers. »Nehmt nur die Kräuter, deren Blütenkelche am Morgen noch geschlossen sind. Manche sind gerade dann am wirksamsten. Andere müssen die Blüten öffnen, damit die Lebenskraft in ihnen in Blätter oder Blüten steigt. Erntet man sie zu früh oder zu spät, dann wird nur leeres Grünzeug in allen Sammelkörben sein. Schneidet man sie aber zur rechten Zeit, im ersten Morgengrauen, bei Vollmond oder wenn die Sterne günstig stehen, dann habt ihr mehr gewonnen als ein paar Blüten oder grüne Halme!«

Niemand konnte erkennen, was Gilgamesch unter seinem Kopftuch dachte. »Gut gesprochen!« sagte er schließlich. »Du bist noch jung, aber du sollst von jetzt an als Kundiger dem Rat der Weisen angehören! Laßt uns jetzt weitergehen.«

Er schritt voran durch das alte Nordwesttor. Sie gingen die Schräge an den alten Gräbern und Abfallplätzen hinab, nahmen den Weg zur neuen Mauer und bestiegen den breiten Wallfirst. Die Glut des Tages nahm ihnen fast den Atem. Oben angekommen sahen sie sich nach allen Seiten hin um.

»Was ist mit den Kanälen geschehen«, fragte Gilgamesch ungläubig, »und was mit den Fluten des Buranum?«

Die vermummten Männer starrten auf ausgetrocknete Gräben, verdorrte Felder, welke Blumen und verbrannte Gräser am Rand der Wege. Kein einziger Kanal führte noch Wasser. Nur im einst still und groß nach Südosten fließenden Buranum wälzte sich eine graugelbe Schlammflut dem Meer im Süden entgegen.

»O ihr Götter, ihr grausamen!« stöhnte der König. »Warum? Warum? Sind euere Namen nur noch Gewalt?«

Enkidu trat neben ihn. Er legte seinen Arm um den Freund, doch Gilgamesch schüttelte nur den Kopf.

»Höre mich, *An*, Gott aller Götter!« rief er mit klagender Stimme. Er warf den Kopf in den Nacken und streckte beide Hände gen Himmel. »Ich will dich sprechen, *An*, aber ich kann nur noch stöhnen ... warum läßt du zu, daß tödlicher Staub das Land verwest? Warum duldest du, daß dein Sohn *Utu* das Land blendet und verbrennt? Ich war ein Gärtner und wurde König mit deinem Willen, aber ich sehe keinen Sinn mehr in euren Strafen! Warum, *An* ... warum hast du mich verlassen? Warum muß mein Königtum Tränen und Leid, Krankheit und frühen Tod bedeuten? Gott, du bist mein Vater ... strafst du mich etwa dafür?«

Er ließ die Arme sinken. Noch nie zuvor hatte ihn jemand so reden hören. Selbst Enkidu stand benommen und mit gesenktem Kopf neben ihm. Gilgamesch wollte weitergehen, doch da schlugen die Dämonen der Seuche wie zum Hohn nur wenige Schritte hinter ihm erneut zu. Sie packten Agga, den starken und hochherzigen Gefährten, und warfen ihn zu Boden. Der Sohn Mebaragesis krümmte sich. Er riß sein Kopftuch ab, krallte die Finger in die Schlickschicht auf der neuen Mauer und erbrach sich.

»*Choul rah*!« schrie Abram entsetzt. »Er hat die *Choul rah*!«

»Flößt ihm Essigwein ein!« rief Gilgamesch sofort und lief mit Enkidu zu den anderen zurück. »Er soll trinken und trinken, bis kühler Wind aus dem Hochland von Aratta weht und die Dämonen sein Gedärm nicht mehr ausquetschen können!«

Die Männer rissen Aggas Mund auf und kippten Essigwein in ihn hinein. Agga schrie, hustete und schlug um sich. Gilgamesch nahm ebenfalls einen Krug und goß die Hälfte davon über sein Kopftuch. Er taumelte bis an den Rand der neuen Mauer und schlug sein Kopftuch zurück. Spuren von Essigwein rannen über sein feuchtes Gesicht. Enkidu trat wankend neben ihn. Er schlug ebenfalls sein Kopftuch zurück.

»Was sollen wir tun?« fragte Gilgamesch tonlos. »Die Stadt stirbt, und nicht einmal ich als der König und Hohepriester kann etwas dagegen tun!«

»Die Götter spüren, daß du gegen sie bist«, sagte Enkidu dunkel. »Vielleicht wollen sie gerade dir zeigen, daß sie noch immer mächtiger sind als wir Menschen.«

»Nein!« sagte Gilgamesch. Er wirkte plötzlich wieder hart und entschlossen. »Ich werde mich nicht vor dem Unsichtbaren in den Staub werfen!«

»Was hast du vor?« fragte Enkidu ahnungsvoll. Gilgamesch lachte grimmig.

»Was ich vorhabe? Ich werde den Kampf gegen die Mächte aufnehmen, die uns geschaffen haben und uns bedrohen, wann immer es ihrer Willkür gefällt! Niemand, Enkidu, niemand wird mich daran hindern – weder Götter, noch Dämonen oder Gesetze der Natur! Und bei den heiligen Zedernwäldern im Norden will ich beginnen. Ich werde *Chuwawa*, den Wächter des Waldes, bezwingen und Bäume nach Uruk bringen! Ich habe eine Mauer gebaut – jetzt will ich einen Wald pflanzen, der bis in den Himmel ragt. Ich will der Gärtner sein, der die Stadt mit einer grünen Mauer umgibt, so hoch und dicht, daß kein Sturm sie bezwingen kann und alle Krankheitsdämonen sich in ihr verirren.«

Enkidu holte tief Luft.

»Du mußt wahnsinnig sein!« stieß er hervor. »Genügen dir nicht einmal Überflutungen und Seuchen? Hast du vergessen, was geschah, als das Orakel sich erfüllte, als du den *Chuluppa*-Baum fälltest? Als Agga vor den Toren der Stadt stand? Als Pukku und Mikku dir zeigten, wie abhängig wir von den Kräften des Unsichtbaren sind?«

»Ich habe nichts vergessen«, sagte Gilgamesch stolz, »aber wir müssen endlich beweisen, daß wir unser Leben bestimmen und nicht die Götter! Das allein ist das Abenteuer, für das es sich zu leben lohnt!«

»Mein Freund, mein Freund!« sagte Enkidu voller Trauer, und seine Augen füllten sich mit Tränen. »Überall sterben die Menschen deines Volkes. Und du sprichst von Abenteuern! Kannst du nichts anderes mehr denken?«

Der junge König antwortete nicht. Er nahm einen liegengebliebenen Speer von der Mauerkante, zerbrach ihn und suchte mit zusammengekniffenen Augen den Himmel ab.

»Gilgamesch!« rief Enkidu. »Wach endlich auf! Du kannst nicht gegen das Schicksal ankämpfen! Du glaubst, daß du groß, stark und mächtiger bist als die Götter, die Sterne und die Dämonen! Aber du bist und bleibst ein Sterblicher, der zum Schluß immer verlieren wird!«

»Aber es muß doch möglich sein, selbst etwas zu tun!« preßte Gilgamesch hervor. »Soll man denn warten, was geschieht? Vom ersten Schrei nach der Geburt bis zum Tod immer nur warten und geduldig den Regeln und Gesetzen gehorchen?« Er drehte sich zu Enkidu um. »Ein Wald würde Tieren Unterschlupf bieten ... er könnte das Salz aus dem Boden ziehen, das Wasser der Brunnen reinigen und die Brutstellen von beißenden Fliegen und Krankheitsdämonen austrocknen.«

»Ein großer Plan für einen großen Gärtner«, gab Enkidu zu. »Nun gut, ich will an deiner Seite sein! Aber ich muß dich warnen: als ich noch mit den Tieren lebte, hörte ich viel vom Wächter des Waldes. Er ist ein Ungeheuer. Die Löwen, die Gazellen und die Hasen nannten ihn ›Vogel mit Ohren‹, aber ich hörte, daß sein Gesicht eher wie grauenhaft verschlungenes Gedärm aussieht ...«

»Glaubst du, das schreckt mich?«

»Nein«, sagte Enkidu. »Aber bis zum Zedernwald im Norden sind es dreimal fünfzig Doppelstunden. Und *Chuwawa* wohnt im Herzen des Bergwaldes, der sechzig Doppelstunden groß sein soll. Wie willst du ihn finden? Und wie dich wehren, wenn er dich aus dem Dunkel seiner Bäume überfällt?«

»Mag sein Brüllen wie das Chaos der Sintflut donnern«, antwortete Gilgamesch, »sein Rachen furchtbares Feuer speien und sein Atemhauch wie der Tod schmerzen – ich werde ihn besiegen!«

»Kein Lebewesen hat jemals eine Begegnung mit *Chuwawa* überstanden! Das Ungeheuer wacht über den Wald, als wäre jeder Baum ein Sohn von ihm. *Chuwawa* wurde von den Göttern dafür bestimmt, den Wald der Wälder zu schützen. Wer ihn angreift, nimmt es mit allen Überirdischen zugleich auf!«

»Ich werde gehen!« sagte Gilgamesch. »Wenn ich schon sterben muß, will ich mein Leben wenigstens einmal für eine ganz große Tat einsetzen!«

»Für einen neuen Wald?« fragte Enkidu ungläubig.

»Für einen Wald um eine Stadt, in der die Menschen ohne Furcht vor Stürmen, Dürre, Krankheiten und Hunger wohnen können!« antwortete der König von Uruk. Er ging zu Agga und beobachtete, wie er immer noch gegen die Krankheitsdämonen kämpfte.

AUFBRUCH ZUM ZEDERNWALD

Im letzten Monat des Jahres ließ der König von Uruk den Rat der Weisen zusammenrufen. Die Männer erhoben sich von den Lagern, bereiteten sich mühsam vor und tappten langsam durch schaurig verlassen wirkende Gassen. Einige husteten, wenn Rauch aus den noch immer schwelenden Seuchenkesseln sie einhüllte, andere blieben wiederholt stehen, lehnten sich kurz an eine Wand und lauschten der Stille in den Häusern. Sie kamen aus allen Richtungen über den leeren Platz zum alten Enmerkar-Palast.

Als sie den Thronsaal betraten, sprachen sie nicht wie sonst über Ernten und Vorräte, über den Bau von Häusern, über Hafenerweiterungen und über die Abgaben an die Tempel. Dieses Mal sahen sie sich nur in die Augen und nickten sich wortlos zu. Jeden von ihnen hatte durch die Seuche in seinem Haus mindestens einen, in seiner Gasse mindestens zehn und in seinem Stadtviertel mindestens hundert Angehörige, Bekannte und Freunde verloren.

Die Männer waren in ihren prächtigsten Gewandungen erschienen, aber sie sahen aus, als wären sie eingeschrumpft und würden viel zu große Bekleidungen tragen. Ihre Gesichter sahen ausgemergelt aus, und keiner war in der Lage, die früher übliche, sanftsatte Zufriedenheit von Beterstatuen zur Schau zu stellen.

Nin-sun kam in einem langen schwarzen Kleid aus Wollschlingen und einem Schulterumhang, der sie vor der Kühle des Abends schützte. Sie ging mit Harrap, Bara Nam-tara, vier Palastsklaven und sechs Tempelpriesterinnen bis zu einem zierlichen Holzsessel, den noch Ugnims Vater angefertigt hatte.

»Was ist nur mit uns geschehen?« fragte Ugnim den kleinen, zierlichen Eunuchen aus dem fernen Indus-Tal, der längst auch zum Rat der Weisen gehörte.

»Ich glaube, es wäre auch ohne Gilgamesch genauso gekommen!« sagte Harrap leise. »Die Zeit der Götter ist vorbei, und wir erleben mit, wie sie sich von uns abwenden: es wird furchtbar werden, wenn die Menschen glauben, selbst alle *ME* zu beherrschen.«

Er ging zwei, drei kleine Schritte nach rechts, legte die Hände vor sein Gesicht und kam wieder zurück. »Vorbei, Ugnim!« sagte er voller Ahnungen. »Nur die Namen der Götter bleiben zurück. Und diese Namen sind wie Schwerter! Jeder König, jeder Mächtige und jeder Händler wird sich auf diesen oder jenen Gott berufen! Doch die das tun, werden nichts mehr von der Zeit wissen, in der noch Eintracht herrschte zwischen dem Leben und dem Sterben ... den Göttern und den Menschen ... unserer Zeit, Ugnim ... die Zeit, die jetzt vergeht ...«

Der König kam.

In voller Rüstung mit Brustharnisch und golden aufgesetzten Höckern, mit Goldhelm, Schwert, Gürteldolch und rotem Königsumhang schritt Gilgamesch in den Thronsaal. Die Seuche hatte mehr als die Hälfte der Bevölkerung dahingerafft, aber Gilgamesch erschien stärker, strahlender und größer als je zuvor. Der Rat der Weisen stöhnte leise. Jedermann fiel auf die Knie, legte die Handflächen zusammen und neigte den Kopf vor dem König und Hohepriester. An den Seiten des Thronsaals streuten ausgewählte Gurus Zauberstaub in die Fackelflammen.

»Richtet euch auf!« rief Gilgamesch. Der Rat der Weisen bewegte sich nur mühsam. Schwere Rauchwolken zogen durch den Raum.

»Hört mich an!« sagte Gilgamesch laut. Enkidu trat neben ihn, dann der junge Dimus und der immer noch schwache Agga. »Ich will, daß ihr mir Rat gebt, denn das ist eure Aufgabe! Ihr habt gesehen, wie hilflos jeder von uns gegen das Sterben ist. Aber was würdet ihr sagen, wenn ich, euer König, im Kampf gegen das Ungeheuer *Chuwawa* sterbe?«

Für einen Moment war es totenstill im Thronsaal von Gilgameschs Großvater. Die Fackeln knisterten, und alle Anwesenden sahen sich fragend aus den Augenwinkeln an.

»Was wir sagen würden?« wiederholte Ugnim und richtete sich auf. »Wir und die Generationen nach uns würden voller Stolz und Bewunderung sagen ›Gilgamesch ist im Kampf gegen das Ungeheuer *Chuwawa* gefallen‹.«

»Du bist noch jung«, sagte Harrap leise. »Und niemand kann dich daran hindern, deine eigene Todesart zu wählen. Wenn du aber einen Rat willst, dann sprich mit den besten Waffenschmieden

Uruks! Laß dir Schwerter, Äxte, Speere machen, wie sie noch nie zuvor angefertigt wurden. Das Schwert aus Eisen – erinnerst du dich noch an deine erste Waffe?«

Gilgamesch lächelte kaum merklich. »Das ist ein guter Rat, Harrap!« sagte er. »Ich will, daß meine alten Kampfgefährten mich begleiten. Mesche soll kommen, Zabardi Banuga und auch Bir Hurturre und der Jäger Nimrud. Die Schmiede sollen jede Pflugschar, die nicht mehr gebraucht wird, in Feuer legen und Schwerter daraus schlagen.«

Ein aufgeregtes Gemurmel begann. Gilgamesch tat so, als würde er nichts hören. Er drehte sich um und ging auf den wuchtigen, mit Gold und Lapislazuli verzierten Thron seines Großvaters zu. Eine Weile blickte er auf die Einlegearbeiten an den Seiten, auf alte Kampfwagen mit schweren Rädern an drehbaren Achsen, die noch von Eseln und Stieren gezogen wurden. Er überlegte, ob er für seinen Zug nach Norden Wagen mit Anschu-kurras nehmen sollte – leichtere Wagen für die heißblütig schnaubenden und schnellen Zugtiere. Doch dann entschied er sich, lieber zu Fuß zu gehen. Die Tiere waren zu klein. Vielleicht später einmal, wenn sie größergezüchtet waren.

Er wedelte mit seinem Umhang den Staub vom Sitz des Thrones und setzte sich aufrecht hin. Enkidu trat an seine rechte Seite, Dimus an die linke.

Gilgamesch hob die Hände. »Männer des Rates«, sagte er. »Ich werde fünfzig Gefährten auswählen. Einige kennt ihr schon, aber die anderen werden Krieger, Handwerker und Priester sein, die keine Frau, kein Kind und keine Mutter zu versorgen haben. Und wenn wir gehen, soll meine Mutter Nin-sun mich vertreten und die Geschicke dieser Stadt bestimmen. Seid ihr mit diesen Vorschlägen – sie sind Fragen an euch – einverstanden?«

Die Weisen der Stadt verbeugten sich vor dem König. Sie gingen aufeinander zu, steckten die Köpfe zusammen, ließen den bunten Rauch der Fackeln und Räucherkessel an sich vorbeiziehen und berieten sich.

»Nein«, sagte einer.

»Ja«, ein anderer, »er will Wald nach Uruk holen.«

»Er will die Unsterblichkeit seines Namens!«

»Wenn er für Uruk ist – warum soll er sie nicht bekommen?«
»Dann bist du dafür?«
»Ich bin nicht dagegen.«

Nachdem der Rat und die Priesterschaft dem großen Vorhaben des Königs zugestimmt hatte, ging eine eigenartige Veränderung durch die Stadt. Es war, als würden alle nur noch für ein einziges, erhabenes Ziel arbeiten und darüber sogar vergessen können, was ihnen die Seuche angetan hatte. Und selbst von der erneut anstehenden ›Heiligen Hochzeit‹ zum Jahreswechsel sprach kaum noch jemand.

Schon zwei Monate später war es soweit. Am ersten Tag des Monats Simanui, versammelte sich ganz Uruk auf dem großen Platz zwischen den Tempeln und Palästen. Orakelfeuer brannten in vielen Kupferkesseln, und der warme Schein der Sonne streichelte die nackte Haut von Männern, Frauen und Kindern. Die meisten trugen nur kurze Wollröcke um die Hüften und alle genossen das Prickeln aus Licht, Rauch und Frühlingswärme auf der Haut. Die Priester hatten gut gearbeitet in den vergangenen Wochen. Mit ihren Gebeten, behutsamen Hoffnungszeremonien und durch das Singen froher Lieder hatten sie den Schmerz einer ganzen Stadt besänftigt.

Zwei Minen vor Mittag kündigten Kuhhörner, Fanfaren und Trompeten den Beginn der großen Verabschiedungszeremonie für die Recken an. Die Priester erschienen auf den Eingangstreppen der Tempel. Ein milder Wind ließ ihre frischgewellten Haare flattern und die aufgestellten Fahnentücher buntleuchtend wehen. Immer mehr Volk strömte zusammen. Einige brachten die ersten Früchte von den Südgärten mit, andere hatten Brot gebacken und geräucherte Fleischstreifen in essiggetränkte Tücher eingewickelt. Durch die Seuche waren mehr Vorräte für jeden Urukäer vorhanden, als es die Dubsars noch vor der letzten Ernte berechnet hatten.

Eine Mine vor Mittag begannen die Tempelpriesterinnen mit den Spiel der Harfen und Zimbeln, der Flöten und Handtrommeln. Die Orakelpriester fachten mit Kräutern und seltenen Erden bunte Feuer in großen Schalen an. Die Gurus brachten Statuen der alten Götter und Göttinnen auf die Tempelvorplätze und stellten sie in langen Reihen auf dem saubergefegten Boden auf.

Und dann klangen aus weiter Ferne nacheinander verschiedene Paukenschläge durch die Luft. In diesem Moment trat Akil in einem schlichten Gewand und einem Ledergürtel, an dem unzählige beschriftete Tontäfelchen hingen, aus dem Tempel des obersten Gottes *An*. Er ging durch die Menge und stieg die ersten Stufen der Zikkurat hinauf. Als er sich umdrehte, verstummten die Klänge der Musikinstrumente.

»Die sieben alten und die neuen Tore der Stadt sind geschlossen!« rief Akil. »Kein Fremder kann jetzt in die Stadt eindringen und kein böser Dämon wird es wagen, die überall aufgestellten Opferschalen zu überfliegen.«

Die Menge stimmte in froher Erwartung zu. Akil wartete eine Weile, dann öffnete sich das Tor zum Hof von Nin-suns kleinem Palast. Die Mutter des Königs schritt bis zu einem niedrigen Podest vor dem alten Palast ihres Vaters. Sie wurde von Mitgliedern des Rates begleitet. Zur gleichen Zeit kamen von den Tempeln die Priester und Priesterinnen der höheren Ränge auf das Podest zu.

Genau zur Mittagsstunde schlugen die großen Lilis einen erwartungsvollen Rhythmus. Einige der neuen Kesselpauken waren so mächtig in ihrem Ton, daß ihre Einweihung ebenfalls ein Fest wert gewesen wäre!

Und dann drehten sich die Torflügel des Enmerkar-Palastes. In drei Gruppen von je zwölf Mann marschierten die sorgfältig ausgewählten und vorbereiteten Teilnehmer des großen Abenteuers auf den Platz. Zum ersten Mal sah das Volk von Uruk, mit welchen Männern ihr König gegen das Ungeheuer *Chuwawa* ziehen wollte.

Agga führte die Gruppe junger Schwertkämpfer an. Bir Hurturre ging vor sechs Bogenschützen und sechs Speerträgern her. Mesche der Schmied hatte zwei Seiler, zwei Tischler, zwei Brunnenbauer und zwei Grobschmiede hinter sich, dazu zwei Jäger und zwei Fischer.

Aggas und Bir Hurturres Männer stellten sich zur linken Seite des Podestes auf, Mesches Gruppe auf der rechten. Die Pauken schlugen erneut einen Takt. Unter dem ständig größer werdenden

Jubel der Menge erschienen mit erwartungsvoll strahlenden Gesichtern nacheinander der Jäger, ein Fischer und Abram als Sprachkundiger, danach ein Schreiber, ein Arzt und ein Bootsbauer. Dann kamen drei Priester – einer für die Segnung des Weges, einer für die Beobachtung des Wetters und der Sterne, und einer für Orakel und Gebete. Den Abschluß der Prozession bildete der stolz und stark aussehende Krieger Zabardi Banuga. Sie alle reihten sich neben Mesches Gruppe auf.

Und dann, nach einem gewaltigen Trompetenstoß, erschienen König Gilgamesch und sein Freund Enkidu.

»Gil-ga-mesch!« rief die Menge. »Gil-ga-mesch!«

Für einen kurzen, von anderen kaum bemerkten Augenblick verhielt der König seinen Schritt. ›So hat alles angefangen‹, dachte er. ›Und so bin ich im Heer von König Mebaragesi in die Stadt meiner Ahnen gekommen. Ist es nun ein gutes oder ein böses Omen, wenn ich sie jetzt unter den gleichen Rufen verlasse, die mich beinahe zum Königsopfer in Kisch gemacht hätten?‹

Nur Enkidu bemerkte die winzige Falte auf Gilgameschs Stirn.

»Was hast du?« fragte er leise. »Stimmt etwas nicht?«

»Doch, doch«, antwortete Gilgamesch, aber er sah, wie aus einer Orakelschale ein kaum wahrnehmbarer schwarzer Rauchfaden aufstieg. Gilgamesch nahm sich zusammen. Er lächelte und ging auf das Podest mit seiner Mutter, den Mitgliedern des Rates und den Oberpriestern zu. Ein Dutzend Sklaven fegte den Boden vor ihm, und anders als sonst wurden bei dieser Zeremonie nach den alten Gesetzen und Regeln auch seine Spuren wieder verwischt.

Gilgamesch dachte auch darüber nach, während er Schritt um Schritt weiterging. Der Jubel wurde immer lauter. Zum ersten Mal seit Gilgamesch den Boden von Uruk betreten hatte, stand große und echte Freude in allen Gesichtern. Nur Enkidu bemerkte, daß der König auch jetzt, in diesen Minuten der Freude, nicht zufrieden war. Sie erreichten das Podest und stiegen über breite, mit Blumen geschmückte Stufen bis zu ihren Plätzen hinauf. Sie setzten sich und erneut brandete eine Welle von Jubelrufen über den großen Platz. Die Zeremonie begann.

Zuerst stand ein alter Oberpriester auf, der im *Weißen Tempel* Gott *An* diente. Auch er gehörte zum Rat der Sieben Weisen.

»Du weißt, so wie wir wissen, daß du noch jung bist, Gilgamesch! Du hast kaum einundzwanzig Sommer gesehen und doch schon mehr als viele von uns. Nicht immer konntest du vorher erkennen, was dein Handeln bewirken würde. Aber diesmal ahnst du nicht einmal, was du dir vorgenommen hast!«

Gilgamesch lehnte sich in seinem Sessel zurück und lächelte.

»Wir alle haben Furchtbares von *Chuwawa* gehört«, fuhr der Oberpriester fort. »Er ist ein Ungeheuer, dem keine Waffe widerstehen kann. Sein Wald ist sechzig Doppelstunden groß. Wie kannst du da hoffen, ihn zu finden? Und was willst du mit diesen wenigen tapferen Männern tun, wenn *Chuwawa* euch überrascht? Warum, Gilgamesch? Warum bleibst du nicht hier?«

Gilgamesch hob den Kopf. »Mein Entschluß steht fest!«

»Willst du nicht wenigstens die Orakelzeichen abwarten?«

»Nun gut«, antwortete der König. »Beginnt mit den Orakeln!«

Er lehnte sich noch mehr zurück und verschränkte die Arme über seiner Brust. Ein Dutzend Gurus aus den Tempeln schleppten Hammel und Tauben, Becher mit Knochenwürfeln und Schlangenkörbe heran. Dann wurde der erste Hammel auf einen Holzbock gelegt und festgebunden. Diesmal nahm Bara Nam-tara die Tötung vor. Sie trug ein weißgebleichtes Leinenkleid mit langen Ärmeln, das nur den Kopf und ihre Füße freiließ. An einem weißen Gürtel aus Ziegenleder hing ein Köcher mit den drei Dolchen. Sie blickte zu Gilgamesch, verneigte sich langsam und legte einen Dolch nach dem anderen in die ausgestreckte linke Hand.

»Herr, König und Hoherpriester von Uruk!« rief sie. »Befiehlst du, daß ich im Namen der höchsten Götter dieses unschuldige, drei Tage lang von allem Schmutz und allem Bösen gereinigte Tier vom Leben zum Tode bringe?«

»Ja, ich befehle es!« rief Gilgamesch.

»Willst du bestimmen, welchen Dolch ich nehme? Den für das Herzblut, den für das Halsblut aus dem Kopf oder den für die langen Qualen im Gedärm?«

»Laßt einen Knochenwürfel sprechen!« antwortete Gilgamesch ungeduldig. »Aber es soll ein leichter Würfel aus einem Adlerknochen sein!« Er wußte, daß er nur so das Ritual ständig neuer Fragen an ihn abkürzen konnte. Die Priester um ihn herum murmelten verstört. Wie konnte der König in einer wichtigen Frage einen Würfel entscheiden lassen?

»Der Sturmvogel hat mich aus den Wassern des Buranum gehoben, als ich allein und ohne Schutz war«, rief Gilgamesch. »Er hat mich zu den grünen Gärten Schukallitudas getragen. Deswegen soll ein Vogelwürfel entscheiden, welcher Dolch für das Orakelopfer genommen wird!«

Bara hob die Brauen. Sie sah Gilgamesch voller Bewunderung an. Die Priesterinnen begannen, ein altes Lied zu singen. Der Nubanda gab ihr den Becher mit Würfeln. Jeder von ihnen hatte sechs Seiten mit kleinen Einkerbungen, die wie Punkte aussahen.

»Die Punkte eins und zwei sind für das kühle Kopfblut, die Punkte drei und vier für das warme Herzblut, die Punkte fünf und sechs für das Blut aus dem stinkenden Gedärm!« rief sie, und viele der Zuschauer stöhnten erschauernd.

Sie suchte den richtigen Würfel aus, berührte mit ihm ihre linke Brust, ihre rechte, dann die Lippen, die Stirn und die Stelle ihrer Weiblichkeit, die das erste Symbol für alle dreieckigen Schriftzeichen im weichen Ton gewesen war. Der Gesang der Priesterinnen verstummte abrupt.

Das war der Augenblick, in dem die Nin-dingirra den Würfel warf. Für eine volle Minute herrschte Schweigen auf dem weiten Platz.

»Eine sechs!« sagte der erste Orakelpriester neben Bara.

»Eine sechs!« bestätigte der zweite.

Die Oberpriesterin des *Inanna*-Heiligtums zeigte alle drei Dolche. Sie ließ den ersten fallen, dann den zweiten. Ihr schönes, fremdartiges Gesicht zuckte. Ohne einen weiteren Befehl abzuwarten, drehte sie sich um, umfaßte den Dolch mit beiden Händen und stieß zu.

Es dauerte sehr lange, bis die Orakelpriester an die Leber des Hammels herankamen. Sie schnitten sie mit ihren eigenen Messern in zwei Hälften.

Und sie war schwarz!

Gilgamesch starrte auf das böse Zeichen. Er schüttelte den Kopf, als wolle er nicht glauben, was er mit eigenen Augen sah. Enkidu legte seine Hand auf den Arm des Königs. »Es muß kein böses Omen sein!« flüsterte er. »Vielleicht haben die Priester mit Bedacht einen kranken Hammel ausgewählt.«

Gilgamesch nickte abwesend.

»Laßt die Waffenschmiede kommen!« befahl er. Erneut öffnete sich das Tor von Enmerkars Palast. Zum schweren, dumpf schwingenden Klang der großen Kesselpauken schritten die Männer heran, die aus allen überzähligen Pflugscharen Waffen geschmiedet hatten. Die beiden ersten schleppten eine riesige Axt.

»Seht nur diese gewaltige Waffe!« riefen die Männer des Volkes.

»Sie soll drei Talente schwer sein. Mehr als ein ausgewachsener Schublugal-Krieger auf die Waage bringt!«

Mesche der Schmied blickte sich stolz um. Er hatte den Waffenschmieden gezeigt, wie Hammerschläge aus Eisenglut Schwerter zeugen konnten, bei denen schon die Klingen zwei Talente wogen, die Griffe nochmals dreißig Minen und ebenfalls dreißig Minen – oder ein Talent – die mit Gold belegten Scheiden.

»Wer kann so schwere Waffen tragen?« fragten einige ungläubig. »Und wer sie im Kampf führen?«

»Das sind mindestens sechshundert Pfund Gewicht für jeden, für Gilgamesch ebenso wie für Enkidu!«

»Sollen ihre Begleiter nur mitziehen, um diese gewaltigen Schwerter zu tragen?« fragte ein junges Mädchen. Die Jungen in ihrer Nähe schnalzten mit der Zunge und sahen sie mißbilligend an.

»Siehst du nicht, daß alle Auserwählten eigene Waffen tragen?« rief ein Schüler der E-dubba. »Vergiß nicht, daß sie gegen das Ungeheuer *Chuwawa* ziehen.«

Die Schmiede Uruks erreichten das Podest. Mesche löste sich von seiner Gruppe. Er trat vor die Urukäer, denen in diesen Augenblicken die Bewunderung des ganzen Volkes galt. Der König verließ das Podest, ging auf Mesche zu und umarmte ihn.

»Ich danke dir!« sagte er laut. Ein Jubelsturm antwortete ihm. Noch ehe er sich gelegt hatte, stand auch Nin-sun auf und ging zu Enkidu. Sie nahm ihn ebenso in den Arm, wie ihr Sohn es mit dem Schmied aus Kisch getan hatte.

»Ich habe mich lange gegen dich gewehrt«, sagte sie so, daß nur er es hören konnte. »Ich mochte deinen behaarten Leib nicht, hielt dich mehr für ein Tier als für einen Menschen, aber ich weiß inzwischen, daß du gut bist! Von nun an sollst du ebenfalls mein Sohn sein, der seinen Bruder Gilgamesch beschützen wird!«

Enkidu neigte den Kopf und sah sie lange an. Dann lächelte er und sagte: »Ich verspreche es dir, Nin-sun ... Mutter!«

»Möge der Sonnengott dich schützen!« rief der dritte Zeremonienpriester drei Stunden später. Nin-sun und ein Teil der Priesterinnen hatten sich bereits in ihren Palast zurückgezogen, um in der Stille einige geheime Opferzeremonien durchzuführen. »Mögest du alle Furcht verlieren, das Ungeheuer des Zedernwaldes besiegen und den Weg zum Uferkai Uruks zurückfinden.«

Gilgamesch kniete nieder. Er wischte sich Tränenspuren von den Wangen. Zum ersten Mal, seit er in Uruk herrschte, standen ihm alle bei: die Priester und Dubsars, die Ensis und Schublugals ebenso wie Handwerker und Tagelöhner. Jedermann ahnte die Gefahr, in die sie sich begeben wollten, doch niemand hielt sie zurück. Im Gegenteil! Uruk, die Vielgeschlagene, begann, den jungen, in den vergangenen Jahren und Monaten oft grausamen und unverständlichen Sohn Nin-suns zu lieben.

»Gott *An*!« rief Gilgamesch. »Gott *Utu*, Gott *Enlil* und *Enki*, ja, selbst du, nachlässige Göttin *Inanna*: hört, was wir wollen! Wir werden Wüsten durchqueren und mit den Äxten und Schwertern, mit Anschan-Langbogen, wie sie im Hochland von Aratta zum Kampf benutzt werden, und mit unseren besten Männern gegen das Ungeheuer kämpfen, das ihr als Wächter des heiligen Waldes eingesetzt habt! Wir wollen stark sein, wie die Kraft des Waldes gegen Seuchen und Dürre, gegen die Versalzung des Landes und gegen die Stürme, die nur Sand und Heuschrecken über uns bringen.«

Die Ältesten standen auf. Einer nach dem anderen kam vom Podest, blieb auf der zweiten Stufe stehen, reckte seine Arme und konnte so die Hände auf die Schultern des Königs legen.

»Hüte dich!« sagte der erste.

»Und sei vorsichtig!«der zweite.

»Hör' auf Enkidu! Er kennt den Weg, und die Tiere, mit denen er sprechen konnte, sind ihn schon einmal gegangen! Er ahnt, wie gefährlich *Chuwawa* wirklich ist, war vielleicht selbst in seinem Fühlen und Denken schon einmal im Zedernwald.«

»Wer vorangeht, soll die Gefährten rechtzeitig warnen«, sagte der vierte. Gilgamesch nickte geduldig.

»Möge der große Lugalbanda, dein Urahn und Vater von König Enmerkar, dir beistehen«, der fünfte. »Damit dein Fuß nicht an den Bergen abgleitet und ihr unversehrt in *Chuwawas* Fluß baden könnt!«

»Vergiß nicht, Brunnen zu graben gegen den Durst«, sagte der sechste. »Gib den Göttern einen Opfertrunk, ehe du dich zum Schlafen legst und achte darauf, daß jeder sich wäscht, denn Schmutz ist die Wiege vieler Krankheiten.«

»Mögest du den Kampf bald gewinnen«, der siebente.

Enkidu hatte die Zeremonie die ganze Zeit aus dem Hintergrund beobachtet. Jetzt kam er näher.

»Wir sollten gehen, sonst haben wir an den guten Ratschlägen noch schwerer zu tragen als an den Waffen«, sagte er. Gilgamesch sah das Blitzen in Enkidus Augen. Der Freund kam näher.

»Laß die redseligen Alten nur weiter für uns beten«, mahnte Enkidu. »Es wird Zeit, wenn wir das Licht des Tages noch nutzen wollen.«

»Du hast recht!« nickte Gilgamesch. Er faßte Enkidus Hand. Das Volk von Uruk jubelte dem König und dem Wildmann zu. Gurus aus den Tempeln bahnten ihnen mühsam eine Gasse, denn viele wollten die beiden stärksten Männer der Stadt noch einmal berühren.

Gilgamesch, Enkidu und die neunundvierzig ausgesuchten Männer Uruks wurden noch weit vor die Tore der neuen, gewaltigen Mauer von Frauen und Kindern, Priestern und Trägersklaven begleitet.

In der ersten Doppelstunde schritten sie an den Feldrändern entlang, stiegen an Hebwerken über Bewässerungskanäle und folgten dem Lauf des großen Buranum an seinem östlichen Ufer. Zwei Minen später, als das Symbol des Sonnengottes bereits über der westlichen Einöde stand und die letzten Begleiter sich mit allen guten Wünschen, mit Segnungen und Beschwörungsrufen verabschiedet hatten, schlossen die zügig marschierenden Gruppen dichter auf.

Gilgamesch und Enkidu führten den Zug an. Sie trugen die schweren Waffen aus Eisen, als wären sie Spielzeug aus Stroh. Den anderen fiel es von Anfang an schwer, das Tempo von Gilgamesch und Enkidu mitzuhalten. Nach kaum sechs Stunden, begannen die Priester zu hinken und einige der Handwerker aus dem Trupp von Mesche klagten über wunde Stellen an den Füßen.

»Laßt etwas langsamer gehen!« befahl Gilgamesch. »Wenn wir so weitermachen, brauchen wir einen Monat bis zum Zedernwald«, sagte er zu Enkidu.

»Einen Monat und fünfzehn Tage«, korrigierte Enkidu. »Das ist die Wegstrecke von hundertfünfzig Doppelstunden, und soweit ist der Wald von Uruk entfernt, wenn wir nicht quer durch die Wüste nach Westen wandern wollen.«

Sie hielten sich noch immer dicht am Fluß, der sich zu einem See verbreiterte. Die Felder Uruks lagen hinter ihnen, und immer häufiger versanken sie jetzt bis zu den Knöcheln in Schlamm und Morast. Glücklicherweise funkelten die Sterne so hell, daß sie auch ohne Fackeln erkennen konnten, wo sich die stinkenden Morastlachen mit ihren ölig schillernden Wasserflächen befanden.

Die meisten der Männer hatten angenommen, daß der erste Marschtag nur zwei, drei Doppelstunden dauern würde. Was bereits jetzt von ihnen gefordert wurde, erinnerte sie schmerzhaft an die harte Fron, als noch Pukku und Mikku in Uruk herrschten.

»Will er denn, daß wir die ganze Nacht weitergehen?« fragte Zabardi Banuga keuchend. Er hatte sich bis zu Mesche vorgeschoben.

»Was glaubt ihr denn, warum wir in den vergangenen Wochen immer wieder um die neue Mauer gelaufen sind?« warf Agga von der Seite her ein. »Jeder von uns hat bewiesen, daß er in weniger als einer Doppelstunde die Mauer um Uruk umrunden kann. Und jetzt werden wir mindestens zehn Doppelstunden gehen, ehe das erste Lager errichtet wird.«

»Zehn Doppelstunden?« stöhnte Zabardi Banuga. »Das halten nur Götter und Heroen durch!«

»Willst du ein Held werden oder nicht?« fragte Mesche.

»Gewiß, aber muß man dafür so lange laufen? Wir könnten doch jeden Tag vier Minen gehen, dann etwas essen, uns ein paar Stunden ausruhen, an Feuern plaudern und ordentlich schlafen! Aber wenn das so weitergeht, habe ich im Zedernwald keine Füße mehr und kann nicht einmal eine Vogelfeder anheben.«

»Du kannst ja nachkommen und aufsammeln, was von uns übriggeblieben ist«, sagte Dimus.

»Ach, der Grünschnabel aus dem Rat der Sieben Weisen!« sagte Zabardi mißmutig. Er beschloß zu schweigen.

Als die fünfte Doppelstunde nach dem Aufbruch begann wurde der See wieder zu einem Fluß. Der König rief die Schwertträger aus dem Trupp Aggas nach vorn.

»Schlagt Schneisen ins Schilf!« befahl er. »Wenn wir dieses Sumpfgebiet überwunden haben, wird das Flußufer trockener.«

»Wir könnten auch dort vorn den Buranum überqueren«, sagte Enkidu und zeigte auf den breit und sanft strömenden Fluß. »Dort ist eine Furt.«

»Ich sehe nichts«, sagte Gilgamesch.

»Aber die Tiere im Süden kannten alle diese Stelle«, meinte Enkidu erklärend. Gilgamesch blickte den Freund respektvoll an.

»Na gut«, sagte er, »versuchen wir's!«

Enkidu ging voran. Das Wasser des Flusses reichte ihm knapp bis zur Brust. Bei Gilgamesch schwappte es nur bis an seinen Gürtel, aber die Männer nach ihnen mußten sich mühen, nicht von der Strömung weggerissen zu werden. Den meisten der Urukäer reichte das Wasser bis zu den Schultern.

Nach und nach erreichten alle die andere Uferseite. Hier war der Boden nicht mehr sumpfig.

»Überprüft eure Waffen und Geräte!« rief Gilgamesch. Die Anführer gaben den Befehl weiter. Sie schritten an den Männern entlang und stellten fest, was verlorengegangen war.

»Nur ein paar Pfeile«, rief Agga Gilgamesch zu.

»Uns ist eine Schaufel weggeschwemmt«, meldete Mesche.

»Mir fehlt nichts«, rief Bir Hurturre so laut, daß alle ihn hören konnten. Gilgamesch nickte.

»Dann los jetzt!« befahl er ungeduldig.

Sie eilten weiter und weiter. Die ganze Zeit beriet sich Gilgamesch mit den beiden Priestern für die Vermessung des Weges und die Beobachtung der Sterne. Solange sie noch dem Lauf des Buranum folgten, hatte er sie nicht nötig, aber er wollte wissen, wo Abkürzungen möglich waren und ob andere Flüsse von Westen her zum Buranum kamen, denen sie eine Weile folgen konnten.

»Im Westen ist nur Wüste mit Sanddünen, felsigen Tälern ohne Wasser und Einöden voller Steine und Geröll«, sagte einer der Priester. Enkidu stimmte zu.

»Wir müssen einen Bogen nach Nordwesten machen. Nur so bleiben wir im Steppengebiet, in dem wir ab und zu ein paar Tiere fangen und Wasserlöcher graben können.«

Gilgamesch war mit den Antworten seiner Berater nicht zufrieden. »Es muß auch anders gehen!« sagte er grimmig.

Als der Morgen graute, hatten sie bereits eine Wegstrecke geschafft, die jedem Königsboten eine Belohnung eingebracht hätte.

»Nie hat ein Heer oder ein Trupp von Kämpfern in fünf Doppelstunden die Wegstrecke von zehn Doppelstunden überwunden«, sagte Agga, als die Sonne aufging, zu Gilgamesch.

»Dann werden wir weitere zehn Doppelstunden in der Hälfte der Zeit zurücklegen«, lachte der König. Er zeigte kein Zeichen von Müdigkeit. Auch Enkidu war nicht anzumerken, wie schwer seine Waffen waren.

»Aber die Männer verlieren ihre Kraft, wenn du sie weiter mit diesem Tempo marschieren läßt. Sie müssen essen, trinken und sich ausruhen!«

»Wir lagern, wenn die Sonne untergeht!«

»Soll das heißen, daß wir nach dieser Nacht noch einen ganzen Tag weitergehen sollen?« fragte Agga verständnislos.

»Ja«, antwortete Gilgamesch entschlossen.

»Aber warum? Warum bist du so versessen, in weniger als einem Monat den Zedernwald zu erreichen?«

Gilgamesch wollte aufbrausen, doch dann fiel ihm ein, daß Agga noch immer der rechtmäßige König von Kisch war. Nur deshalb antwortete er ihm.

»Übernimm du die Männer!« sagte er knapp. »Führe sie auf dem sicheren Weg bis zum Zedernwald. »Ich werde zusammen mit Enkidu beweisen, daß es auch anders geht!«

»Was hast du vor?« fragte Agga. »Wenn du den Weg durch die Wüste nehmen willst, muß ich dich warnen. Schon nach zwei, drei Tagen werden eure Körper von der Hitze ausgedorrt sein. Ihr werdet Durst leiden und nur noch Dämonen im gleißenden Licht der Sonne sehen!«

»Wer außer dir weiß noch etwas von der Wüste im Westen?« fragte Gilgamesch unbeeindruckt.

»Mesche der Schmied«, antwortete Agga. »Dann Zabardi Banuga, und vielleicht Abram oder der Jäger.«

»Holt sie zusammen!«

Nur wenige Minuten später kamen die Genannten nach vorn an die Spitze des Zuges. Gilgamesch ließ halten. Die Männer sanken erschöpft und mit einem Stöhnen zu Boden. Die meisten hatten nicht einmal mehr die Kraft, ein Stück Fleisch oder Käse aus ihren Vorratsbeuteln zu nehmen.

Gilgamesch ging ein paar Schritte zur Seite. Alle, die etwas von der Wüste im Westen wußten, folgten ihm bis zu einem gelben Felsen. Er lehnte sich mit dem Rücken gegen den harten Stein und wollte die große Axt abstellen. Im gleichen Augenblick sah er den vorschnellenden Leib einer Schlange. Er schlug zu, und die Schneide der Axt fuhr zwei Fuß tief in den Wüstensand.

»Das war keine giftige Schlange«, sagte Abram. Gilgamesch hob nur die Schultern. Enkidu schob die Lippen vor. Warum hatte Gilgamesch so heftig zugeschlagen? Es war nicht nötig gewesen.

»Ich habe euch gerufen, weil ich den Plan ändern will«, sagte Gilgamesch. »Ihr werdet unter Aggas Führung auf dem Weg zum Zedernwald weiterziehen. Ich meine nicht den weiteren Weg an den Flüssen entlang, auf denen die gefällten Bäume für die Balken der Tempeldächer geholt wurden, sondern den Weg durch die nördliche Steppe. Ich aber und Enkidu – wir verlassen euch hier! Wir werden den direkten Weg gehen.«

»Durch die Wüste?« fragte Abram entsetzt.

»Ja«, sagte Gilgamesch. »Weißt du etwas vom leeren Land?«

»Mein Vater sprach oft davon, daß Angehörige unseres Volkes bei dem Versuch es zu durchqueren, qualvoll umgekommen sind.«

»Ich habe gesehen, daß unter heißen Steinen kleine Tiere leben können«, warf Zabardi Banuga ein. »Skorpione und Käfer, auch Spinnen und Würmer.«

»Wir werden weder Spinnen noch Würmer essen!« sagte Gilgamesch. »Und erst recht keine Schlangen ...« Er stockte und sein Gesicht verfinsterte sich für einen Augenblick. »Wer von euch weiß sonst noch etwas?«

»Es gibt Stellen in den ausgetrockneten wilden Tälern, an denen man nach Wasser graben kann«, sagte Mesche der Schmied. Gilgamesch hob die Brauen. »Wie sehen sie aus?«

»Achte auf die Innenseiten der Bogen von ausgetrockneten Flüssen«, sagte Mesche. »Geh mindestens zehn Schritte von ihnen fort und betrachte den Boden. Du mußt graben, wo der Sand fein wird!«

»Gut«, sagte Gilgamesch und lächelte wieder. Er blickte zu Enkidu hinüber und seine Augen blitzten. Er holte tief Luft, reckte sich, bis seine Knochen knackten und packte die riesige Axt. Und wieder sahen die Männer voller Bewunderung und Erstaunen, welche Kraft in ihrem erneut riesenhaft wirkenden König steckte.

»Drei Tage!« sagte Gilgamesch. »Wir versuchen, die Wüste in drei Tagen zu durchqueren!«

Und fast glaubten die anderen jetzt, daß die beiden ungewöhnlichen Männer sogar diese Kraftprobe bestehen könnten.

Die Gruppe der Männer aus Uruk blieb schnell zurück. Gilgamesch und Enkidu schritten weit aus. Sie gingen im Abstand von zwei hohen Rohren nebeneinander her, schweigend und ganz auf den Boden konzentriert.

Bis zum Mittag schafften sie die Strecke von zwanzig Doppelstunden.

»Rast?« fragte Gilgamesch, als das Symbol von Gott *Utu* steil am Himmel stand. Enkidu nickte stumm. Sein behaarter Körper war naß wie nach einem Bad im Buranum. Er litt noch mehr unter der sengenden Hitze als Gilgamesch, aber er zeigte mit keiner Miene, wie hart ihn der Gewaltmarsch durch die kahle und leblose Wüste ankam. Sie aßen etwas Fleisch und Brot, tranken Essigwasser aus kleinen Beuteln an ihren Gürteln und rieben sich Gesicht und Schultern mit Olivenöl ein. Dann gingen sie weiter.

Als die Sonne wie ein Dämon des Feuers den Rand der endlosen Wüste berührte, rutschten und sprangen sie in ein leeres, noch immer glühendes Flußtal zwischen braungelben Felswänden.

»Dreißig Doppelstunden am Nachmittag«, sagte Gilgamesch.

»Zusammen die Strecke von fünfzig Doppelstunden an einem Tag!« bestätigte Enkidu. Er zeigte auf einen auffälligen Wirbel im Sand des früheren Flußufers. »Dort ist Wasser!«

Gilgamesch stellte sich breitbeinig über den Wirbel und schlug mit der gewaltigen Axt hohe Sandfontänen nach allen Seiten. Der Sand wurde schwerer, staubte weniger und fühlte sich plötzlich feucht an.

»Das ist es«, sagte Gilgamesch und ließ die Axt fallen. Aus einem Lederbeutel an seinem Gürtel nahm er eine kleine Kupferschale. Er schabte ein wenig im feuchten Sand, dann quoll kühles Wasser in die Schale. Gilgamesch richtete sich vorsichtig auf.

»Trink!« sagte er zu Enkidu.

»Trink du zuerst!«

Gilgamesch lächelte, dann goß er das Wasser zu einem kleinen Kreis auf dem ausgetrockneten Boden.

»Zuerst das Opfer für die Götter!« sagte er. Er wußte nicht, warum er das tat, aber er wollte kein mutwilliges Risiko eingehen. Wie durch ein Wunder wurde die Wasserstelle plötzlich immer größer bis sie fast einen Teich ergab. Sie aßen wieder etwas, tranken, legten sich nieder und sprachen eine Weile über die Schönheit und den fruchtbaren Reichtum der Gärten und Felder im Land zwischen den zwei großen Strömen.

»Ich würde viel für eine frische Feige oder einen saftigen Granatapfel geben«, seufzte Enkidu.

»Dann hättest du in Uruks Gärten bleiben müssen«, antwortete Gilgamesch, aber Enkidu war bereits eingeschlafen.

Am zweiten Tage legten sie erneut die Strecke von zwanzig Doppelstunden am Vormittag und dreißig Doppelstunden am Nachmittag zurück. Diesmal fanden sie nicht so einfach eine Stelle, an der sie nach Wasser graben konnten. Sie suchten lange, und auch nach Einbruch der Dunkelheit, als der halbe Mond und die Sterne hell strahlend wie nie am lapislazuliblauen Himmel zu funkeln begannen, war der Sand unter ihren Händen noch immer trocken.

»Wir hätten nicht darauf verzichten sollen, erneut ein ausgetrocknetes Flußbett mit einem verborgenen Wasserrest zu suchen«, sagte Enkidu erschöpft.

»Hast du all deinen Wasservorrat ausgetrunken?« fragte Gilgamesch. Enkidu nickte.

»Ich auch«, sagte Gilgamesch. Zum ersten Mal bemerkte Enkidu eine Spur von Schwäche in Gilgameschs Stimme.

»Dann werden wir morgen ohne Wasser weitergehen«, sagte er. Gilgamesch wunderte sich, daß es nun plötzlich Enkidu war, der zum Durchhalten mahnte.

»Gut, aber wie wollen wir das Trankopfer darbringen?«

Enkidu richtete sich auf.

»Die Götter wollen reines Wasser als Trankopfer«, sagte er. »Wir haben keins, aber wir können den magischen Ring wie eine symbolische Handlung auf den Staub der Erde bringen ...«

Gilgamesch sah Enkidu verständnislos an. Der Wildmann lachte trocken, dann hob er seinen kurzen Rock und ließ sein Wasser einen weiten Kreis auf den Boden schreiben.

»Nehmt dieses Wasser als reines Wasser!« rief er dann und streckte seine Arme den Sternen entgegen. Für einen Moment sah es so aus, als würden sie noch heller funkeln. Die Wüstennacht wurde sehr kalt. Trotzdem schliefen sie schneller ein als am ersten Abend.

Am dritten Tag spürten sie, wie ihre Glieder schwer wurden und die Hitze jeden Atemzug zur Qual machte. Ihre Lippen platzten auf. Mit schleifenden Schritten schleppte sich Enkidu hinter dem wankend weiterdrängenden Gilgamesch her. Ihre Bewegungen wurden immer schwerfälliger. Zweimal sahen sie hellblau lockende Teiche mit Palmen an den Rändern. Sie taumelten schneller voran, doch jedesmal lösten sich die Trugbilder in Nichts auf. Doch dann, am späten Nachmittag des dritten Tages, hatten sie erneut eine Strecke von fünfzig Doppelstunden zurückgelegt!

»Da vorn!« krächzte der Wildmann vollkommen erschöpft. Er deutete auf einen feinen, dunklen Schatten über den flacher werdenden Dünen. Schritt für Schritt mühsam weiterkeuchend sahen sie die schwarze, dann violette, und schließlich dunkelgrüne Linie des Zedernwaldes.

»Wir schaffen es!« lachte Gilgamesch und verzerrte sein Gesicht wie ein Dämon. Die ersten halbvertrockneten Dornensträucher ratschten an ihren Beinen entlang. Verschlungene Kakteenreste begannen, ihren Weg zu säumen. Dann kamen erste Büsche mit harten Blättern, ein Feigenkaktus mit Früchten, so hellrot wie der Schoß von jungen Mädchen, und dann Gras unter ihren Füßen.

Das Land stieg an, wurde zum Berghang. Sie sahen Zedern um Zedern, so weit das Auge reichte. Mächtige Bäume, höher als jede Zikkurat. Und dann einen kleinen Bach zwischen weißen, glattgeschliffenen Kieselsteinen. Sein Wasser sprudelte und gluckste – ganz anders als das Wasser in den Flüssen und Kanälen Sumers!

Der Bach kam von den Berghöhen des Zedernwaldes. Sie wußten nicht, wohin er eilte. Sie sahen nur noch, daß sie ihr Ziel erreicht hatten, stolperten die letzten Schritte weiter und ließen sich weinend und lachend nebeneinander in das klare, eiskalte Naß fallen.

DER FURCHTBARE CHUWAWA

Im ersten Moment glaubten sie, daß sämtliche Schmerzdämonen gleichzeitig in ihre Körper bissen. Zwei gellende Aufschreie zerschnitten die Abendstille am Rand des Zedernwaldes. Gilgamesch und Enkidu taumelten durch den flachen Bach. Mit weit aufgerissenen Augen und krampfhaft verzerrten Mündern wankten sie ein, zwei Schritte zur Seite. Ein gewaltiger Hammer schlug auf ihre Köpfe, preßte ihre Lungen zusammen und ließ sie mühsam nach Luft schnappen. Ihre von Wüstenhitze, von Durst und Anstrengung glühenden Körper waren auf die Kälte des Baches nicht vorbereitet.

»Was ... was ist das?« keuchte Gilgamesch und preßte die Handballen gegen seine Schläfen.

»Ich hätte dich warnen müssen!« stammelte Enkidu entschuldigend. »Kein Tier springt so ins Wasser wie wir Narren!«

»Konnte ich wissen, daß dieses köstliche Wasser so kalt ist?«

»Du nicht, aber ich wußte es.«

»Ist das *Chuwawas* erste Falle?«

»Nein«, sagte Enkidu kopfschüttelnd und mußte lachen. »Das war ganz einfach unsere Dummheit!«

»Dann könnten wir von diesem Wasser trinken?«

»Das hast du doch schon!«

»Ja«, gab Gilgamesch zu. »Und baden?«

»Auch das, nur vorsichtiger.«

Gilgamesch ging mißtrauisch auf den Bach zu. Ein paar Schritte höher sah er an einem Wirbelrand drei Fische. Sie waren gut eine Elle lang und schwammen fast unbeweglich gegen die Strömung. Der König von Uruk hatte noch nie so schön schillernde Fische gesehen. Fasziniert bewegte er sich ganz langsam auf sie zu. Er achtete darauf, daß sein Schatten sie nicht erschreckte. Und dann stürzte er erneut ins Bachwasser, griff zu und holte mit einem triumphierenden Aufschrei gleich zwei der schönen Fische aus dem Bach, mit jeder Hand einen.

»Hier, sieh, was ich für uns gefangen habe!« rief er Enkidu übermütig lachend zu.

»Wenn du so weiterschreist, wirst du noch alle Wächter des Zedernwaldes heranlocken!«

Gilgamesch sah sich suchend um. Dann hob er die Schultern, ließ die zappelnden Fische bis zu den Schwanzflossen durch seine Hände rutschen und schleuderte sie einmal schnell herum. Sie waren tot, noch ehe er sie ins Gras warf.

Während Enkidu trockene Zweige sammelte, mit seinem Eisenstein Funken in zerkrümelten Rindenmull schlug, bückte sich Gilgamesch und schnitt die Bäuche der Fische auf. Er schabte die Schuppen ab, spießte sie auf zwei Dolche, ging ein paar Schritte zur Seite, zupfte Ysop, etwas Salbei und andere Kräuter ab, salzte die Fische aus dem Lederbeutel an seinem Gürtel und füllte sie mit den Kräutern.

Die rauchlosen Flammen des kleinen, knisternden Feuers am Bachufer wurden zum Opferaltar am Ende des langen Weges. Die beiden Freunde saßen am Feuer, drehten die Fische an ihren Dolchen und genossen köstlich aufsteigenden Duft. Es dauerte nicht lange, bis die Fische gar waren. Sie aßen direkt von den Dolchen.

»Ich habe noch nie in einem Wald geschlafen«, sagte Gilgamesch schließlich. Er spuckte ein paar Gräten aus und wischte sich mit dem Handrücken über die Lippen. Dann lehnte er sich zurück, streckte die Beine aus und stützte sich mit den Unterarmen vom Grasboden ab. »Ich habe das Gefühl, daß wir noch gar nicht am eigentlichen Zedernwald sind. Und irgendetwas in mir sagt, daß wir nicht weitergehen sollten.«

»Nicht weitergehen?« wiederholte Enkidu verständnislos. »Wie kommst du plötzlich darauf? Bist du mit fünfzig Begleitern von Uruk aufgebrochen, um am Rand dieser Berge Bachfische zu essen? Haben wir beide die grausame Wüste durchquert, um uns dann vor den ersten Zedern im Dunkel der Nacht zu fürchten? Oder hat mein großer und mächtiger König etwa Angst?«

»Vielleicht«, meinte Gilgamesch nachdenklich. »Vielleicht war ich zu lange Gärtner. Ich höre das Raunen der Bäume und spüre, daß mich die Götter durch sie warnen wollen.«

Enkidu legte den Kopf zur Seite.

»Ich höre nichts«, sagte er nach einer Weile. »Der Bach sprudelt und gluckst zu laut.«

»Aber ich höre die Warnungen«, sagte Gilgamesch beharrlich. Enkidu sprang auf. Er lief zum Bach, holte Wasser mit seinem Trinkbeutel und löschte die Flammen des Feuers.

»Laß uns weitergehen.«

»Jetzt? In dieser Finsternis?«

»Ja«, sagte Enkidu. »Bis zur Höhe des Bergkamms, auf dem die Zedern nicht so dicht stehen. Das ist besser als wenn wir hier unten die ganze Nacht nicht zur Ruhe kommen!«

Er spürte, daß Gilgamesch noch immer zögerte.

»Komm!« sagte er und stand wieder auf. Er ging zu Gilgamesch, schlug ihm freundschaftlich auf die Schulter und ging los. Gilgamesch sammelte seine Sachen ein und folgte ihm. Sie konnten nicht darauf achten, ob Zweige am Boden knackten, ob Äste mit Nadeln und Blättern über ihre Körper klatschten oder ob Steine unter ihren schweren Schritten knirschten. Sie stiegen höher und höher. Nur manchmal funkelte ein heller Stern über ihnen durch die Dunkelheit. Die meiste Zeit konnten sie sich nicht einmal gegenseitig erkennen.

Endlich – es mußte bereits Mitternacht sein – wankten sie mühsam die letzten Schritte der Bergflanke hinauf. Die Abstände von Baum zu Baum wurden größer, und dann konnten sie wieder den ganzen Sternhimmel sehen. Beinahe gleichzeitig erkannten sie den Zaun auf der höchsten Wölbung des Bergrückens. Es war ein einfacher Zaun aus Zweigen und Ästen, aber er bildete eine unmißverständliche Grenze.«

»Hier fängt das Reich *Chuwawas* an!« keuchte Enkidu, »der eigentliche Zedernwald.«

Gilgamesch blieb stehen. Enkidu schlich vorsichtig am roh und primitiv wirkenden, mit dichten Brombeerhecken und Dornensträuchern gesicherten Zaun entlang, bis er an einen Durchlaß kam. Im Licht der Sterne und des Mondes erkannte er Balken wie für ein Tor. Einige waren in den Boden gerammt, andere hingen mit Seilen verbunden wie ein riesiges Viehgatter zwischen kräftigen Baumstämmen.

»Ich hab's!« rief er zu Gilgamesch zurück. Gleichzeitig spürte er einen schmerzhaften Druck in seinem Leib. Er trat zur Seite, hockte sich hin und entleerte sich stöhnend. Mit der linken Hand riß er ein paar Grasbüschel ab und reinigte sich. Und dann vergaß er, seine Linke, die Unreine, mit ein paar Wassertropfen zu spülen.

Das Tor zog ihn wie mit magischer Kraft an. Er ging darauf zu, griff mit der linken Hand nach dem Verschlußbalken und schrie wie von einem Schwerthieb getroffen auf.

»Enkidu! Was hast du?« rief Gilgamesch. Enkidu taumelte laut jammernd auf ihn zu.

»Du hattest recht!« preßte er hervor, als er ihn endlich erreichte. »Bei allen Göttern, du hattest recht! Ich wollte nur das Tor öffnen. Aber verdammt, jetzt kann ich meine linke Hand nicht mehr bewegen! Da muß ein mächtiger Zauber sein, gegen den wir nichts ausrichten können!«

»Mußt du deshalb gleich wie ein Feigling jammern? Mann, Enkidu! Reiß dich zusammen! Wir haben bisher alles gut überstanden, was sollte uns da ein Zauber anhaben?«

»Hast du eine gelähmte Hand oder ich?«

»Das geht vorbei!« sagte Gilgamesch. »Ich war unten am Berg mutlos, da hast du mich angefeuert! Jetzt bin ich dran und werde vorangehen. Gib mir deine Hand.«

»Nein«, sagte Enkidu. »Ich muß erst schlafen, der Schmerz beißt mich wach und macht mich gleichzeitig müde.«

»Wie du willst«, sagte Gilgamesch. »Dann legen wir uns hier und jetzt hin. Ich werde deine Hand drücken, damit du den Schmerz nicht mehr merkst. Und morgen früh gehen wir weiter, ohne Furcht vor der Nacht, vor *Chuwawa* und vor dem Zauber dieses unheimlichen Bergwaldes! Vergiß die Gefahr und den Tod, Enkidu! Und wenn wir sterben sollten, dann werden wir nicht wie alte Weiber jammern, sondern bis zuletzt zusammenstehen!«

Er legte seine Hand auf Enkidus Schulter.

»Es tut mir leid«, sagte der Wildmann gepreßt.

»Na komm schon! Gib mir die gelähmte Hand«, sagte Gilgamesch.Er nahm seinen Wasserbeutel und goß ihn über Enkidus Händen aus.

Engumschlungen schliefen sie den Rest der Nacht, sahen weder den Morgenstern, noch die Stunde um Stunde über sie hinwegziehende Sonnenscheibe. Sie bemerkten nicht einmal, wie sie am zweiten Abend nach ihrer Ankunft von drei niederen Wächtern des Zedernwaldes entdeckt wurden.

»Fremde Räuber«, sagte der erste. »Wir müssen sie töten!«

»Im Schlaf?« fragte der zweite. »Sie haben nicht versucht, eine Zeder zu fällen.«

»Seht nur ihre gewaltigen Körper und diese riesigen Waffen!« sagte der dritte der Wächter.

»Wir müssen *Chuwawa* warnen!« sagte der erste Wächter besorgt. Sie gingen noch dreimal um die lang ausgestreckten Körper von Gilgamesch und Enkidu herum, dann entfernten sie sich und versperrten mit gemeinsamer Kraft das Tor aus Balken und Stämmen.

Die zweite Nacht verlief friedlich.

Am nächsten Morgen erwachte Gilgamesch mit einem tiefen Aufstöhnen. Im ersten Augenblick wußte er nicht, ob er träumte oder wachte. Gleich darauf verzogen sich die schweren Traumbilder, unter denen er gerade noch gestöhnt hatte. Er wunderte sich, daß er sich stark und ausgeruht fühlte, doch dann sah er die Erklärung: ihre Spuren im Gras waren kaum noch zu sehen. Die Zweige an den Stellen, an denen sie bis zum Bergrücken aufgestiegen waren, hatten sich längst erholt.

»Zwei Nächte!« sagte Gilgamesch kopfschüttelnd. »Mindestens zwei Nächte und einen Tag!«

Er drehte sich zu Enkidu um und rüttelte an seinen Schultern. »Heh, Wildmann! Wach auf!« rief er. Enkidu stöhnte wohlig und öffnete blinzelnd die Augen.

»Noch einen Tag durch die Wüste?« fragte er.

»Nein«, lachte Gilgamesch. »Wie geht es deiner Hand?«

Enkidu bewegte seine Linke, massierte mit seinen Fingern das Handgelenk und meinte dann: »Ganz gut, glaube ich!«

»Kannst du eine Axt führen?«

»Bestimmt, wenn ich zuvor einen halben Hammel esse!«

»Kein Hammel, kein Rindfleisch und nicht einmal Fische!« lachte Gilgamesch.

»Dann laß mich weiterschlafen!« seufzte Enkidu. Er warf sich zurück, kraulte seinen Bart und mahlte mit den Zähnen.

»Du hast zwei Nächte und einen ganzen Tag geschlafen!« sagte Gilgamesch und sprang auf. Enkidu brummelte ein wenig, dann folgte er ihm. Sie zupften Beeren aus dem Dornengewirr, führten sie zwischen die Lippen und betrachteten die endlose Weite des wahren Zedernwaldes. Der Morgen war hell und kühl, und zwischen den Baumwipfeln unter ihnen schwebten milchblaue Nebelschleier.

»Hast du jemals einen so schönen Wald gesehen?« fragte Gilgamesch, während er in das flache Hochtal zwischen dem ersten Bergrücken und einem zweiten, sehr weit entfernten Höhenzug blickte.

»Hinter dem Tal und hinter den anderen Bergen am Horizont muß das sehr große Meer des Nordens beginnen«, meinte Enkidu ergriffen.

»Was kümmert uns das Meer?« sagte Gilgamesch lächelnd. »Siehst du denn nicht, daß unter uns ein Wald steht, der wie ein gigantischer Garten angelegt ist? Mit Wegen und Schneisen, mit Pfaden und Beeten, tausendmal größer und mächtiger noch als jede Gartenterrasse einer Zikkurat! Nur Götter können einen so wunderbaren Wald anpflanzen!«

»Sei vorsichtig!« warnte Enkidu erneut. »Und vergiß endlich, daß du einmal Gärtner warst! Die Götter haben ein Ungeheuer zum Wächter über diesen Wald eingesetzt, ein furchtbares Wesen mit sieben gepanzerten Mänteln!« Er deutete auf eine breite Schneise, die von der Höhe des Berges bis zur Mitte des Waldes verlief. »Siehst du das? Das ist die Spur *Chuwawas*! Seine Tatzen reißen den Boden auf wie dein Pflug aus Eisen, sein Atem könnte Baumkronen verdorren lassen, und ein Schnippen seiner Klauen vermag mehr Bäume zu fällen als unsere Äxte in einem Jahr!«

»Ich weiß nicht, woher du das alles wissen willst«, sagte Gilgamesch. »Aber riechst du nicht den betörenden Duft der Zedern? Komm, laß uns hinabsteigen, sei's, daß wir Götter treffen, sei's, daß ein *Chuwawa* uns zum Kampf herausfordert! Ich liebe diesen Wald. Und ich möchte so viel wie irgend möglich von ihm nach Uruk bringen!«

»Du kennst die Zedern nicht!« sagte Enkidu und ging kopfschüttelnd zur Seite. »Geh in den Wald! Folge der Spur *Chuwawas*! Aber sobald dir auch nur einmal der magische Geruch des Zedern-Pflanzenbluts in die Nase steigt, wirst du Träume für dein eigentliches Leben halten. Palmen, wie du sie kennst, geben keinen Schatten. Zedern hingegen verdunkeln alles, was du fühlst ...«

»Du redest viel zu mutlos!« lachte Gilgamesch.

»Ach, wenn es das nur wäre!« antwortete Enkidu. Er wußte, daß er Gilgamesch nicht zurückhalten konnte.

Das große Tor zum umzäunten Zedernwald bestand aus kunstvoll geschnitzten Balken und rohen Stämmen. Es war zweiundsiebzig Ellen hoch, vierundzwanzig Ellen breit und sein Scharnierbalken ruhte in einem Torpfostenstein aus apfelgrün glänzendem Chrysopras.

»Das kann kein Mann allein öffnen!« sagte Enkidu respektvoll.

»Dann werden wir es gemeinsam versuchen!« lachte Gilgamesch. Die beiden Freunde sahen sich an, grinsten und stürmten wie junge Stiere auf den Scharnierbalken zu.

»Zu-gleich!« rief Gilgamesch. Sie packten das Tor, hoben es keuchend an und ließen es fallen. Das mächtige Gebälk fiel krachend und splitternd zu Boden.

»Na bitte!« sagte Gilgamesch und wischte sich die Hände an seinem kurzen, zerzausten Zottenrock ab. Enkidu wußte, daß Gilgamesch erneut seine übermenschliche Kraft eingesetzt hatte, aber er lächelte nur und schwieg.

Nebeneinander stiegen sie in das weite Tal des wirklichen Zedernwaldes hinab. Einige Male rutschten sie schneller tiefer als sie wollten, dann wieder mußten sie sich mit ihren riesigen Äxten durch Unterholz und verfilztes Dornengestrüpp schlagen.

»Vom Berg her sah alles ganz einfach aus«, knurrte Enkidu. »Aber je weiter wir in den Zedernwald eindringen, umso dichter und abweisender kommt er mir vor.«

»Dieser Wald ist kein Schilf-Dickicht, wie wir es gewohnt sind!« schnaufte Gilgamesch und schwang seine mächtige Axt. »Er spendet mehr Schatten, als es in ganz Sumer gibt!«

Enkidu blieb stehen. Er lachte und schüttelte den Kopf.

»Hast du noch mehr von diesen Erkenntnissen?« fragte er sarkastisch. »Eine Vision vielleicht? Oder einen Orakel-Traum?«

»Ja«, antwortete Gilgamesch und sah Enkidu verdutzt von der Seite her an. Er stellte seine Axt mit dem Stiel nach unten auf den Boden und legte seine Unterarme über die Kanten der mächtigen Eisenschneiden. »Ja, ich habe eine Vision, einen Traum ...«, sagte er, während er vom Hang aus über die dicht unter ihnen beginnenden Wipfel des Hauptwaldes blickte.

»Sprich!« sagte Enkidu. Er setzte sich auf einen Baumstamm, der vom Sturm gefällt oder von den Hütern des Waldes nach unten gezogen sein konnte. Mächtiges Wurzelwerk hatte den Boden aufgebrochen und stand wie eine Barriere aus Erde und weißem Holzgeflecht zwischen ihm und der nächsten Schneise. Die Zeder war noch nicht von wilden Ästen und den Zweigen der Krone befreit. Sie lag wie ein gestrauchelter König zwischen den anderen, stolz schweigenden Baumriesen.

Gilgamesch ging mehrmals an Enkidu vorbei.

»Ich weiß nicht, wo ich anfangen soll«, sagte er. »Ich sah den Frieden der Gärten und Felder rund um *Eanna*, der Stadt, aus der Uruk entstand. Ich sah die Tiere und erinnerte mich an Hitze und Regen, an friedliche Tage und an die Arbeit, die wir mit einem stampfenden Jungstier hatten, der Staub aufwirbelte bis ihm die Zunge aus dem Maul hing, und der keinen Menschen an sich heranließ ...«

»Dann hast du von der Zeit vor unserer Zeit geträumt«, meinte Enkidu. »Die Zeit, in der die Tiere und Menschen noch gleiche Brüder und Schwestern waren. Der Wildstier kann ein Symbol für einen großen Gott gewesen sein, der dich nicht töten will, der aber auch nicht zuläßt, daß du so auftrittst wie er selbst! Ein Traum der Warnung, Gilgamesch, das ist es! Du aber bist nach Uruk gegangen, um dir einen Namen zu machen. Und ich bin gekommen, weil das Volk Uruks die Götter angefleht hat, dich in deiner Raserei auf der Suche nach einem großen Namen zu zähmen.«

»Glaubst du das? Glaubst du wirklich, daß es mir immer nur darum geht, Ruhm und Ehre zu gewinnen?«

»Ist es nicht so?« lachte Enkidu leise. Gilgamesch hob den Kopf und sah über die Wipfel des riesigen Zedernwaldes hinweg.

»Manchmal könnte ich dich erwürgen«, sagte er schließlich.

»Du hast eine schöne Stimme«, antwortete Enkidu lächelnd. »Und du magst ein starker Mann sein – größer als jeder deiner Krieger –, aber du weißt nicht, ob ein Kampf gegen *Chuwawa* dich glücklich machen würde. Bedenke: es würde ein Kampf, den niemand sieht ...«

Gilgamesch schloß die Augen, dann sagte er: »Laß uns weitergehen! Wir müssen die Trugbilder vergessen ... einfach vergessen! Das Ungeheuer, das wir suchen, hat nichts mit jenem alten Gott aus meinem ersten Traum zu tun!«

»Aus deinem ersten Traum?« fragte Enkidu verwundert. »Hattest du einen zweiten?«

Gilgamesch nickte.

»Es war mitten in der Nacht. Ich wollte deine Hand greifen, aber du hast zu fest geschlafen. Ich dachte, daß du mich aus dem Schlaf geweckt hast. Du warst es nicht, aber wer kann es dann gewesen sein?«

»Hast du irgendetwas gesehen?«

»Nein. Ich erinnere mich nur, daß ich mit einem Schrei erwachte. In meinem zweiten Traum stürzte ein Berg auf mich herab. Er fiel auf meine Beine und lähmte sie wie deine linke Hand. Ich sah ein Gleißen wie von hundert Sonnen. Ein Mann erschien und gab mir einen Becher Wein. Er nahm den Berg von meinen Beinen, warf ihn in eine tiefe Schlucht und ließ mich wieder aufstehen ...«

»Das ist ein guter Traum gewesen«, sagte Enkidu. »Der beste, den du je haben konntest!«

»Warum?« fragte Gilgamesch verwirrt. »Was kann gut daran sein, wenn mir im Traum Berge auf die Beine fallen?«

»Ist das so schwer?« fragte Enkidu und kraulte seinen Bart. »Der Berg, das ist die Last des Abenteuers, das uns im Wald bevorsteht! Der Berg, das ist *Chuwawa*! Verstehst du jetzt?«

»Nein«, sagte Gilgamesch.

Enkidu seufzte. »Dann muß die Furcht vor ihm deinen Verstand gelähmt haben! Hast du gesagt, ein Licht erschien? Hell wie von hundert Göttern? Wir werden weitergehen, *Chuwawa* finden, ihn töten und seinen Leichnam in eine Schlucht werfen, in der ihn niemand findet! So wird es kommen, selbst wenn wir den gesamten

Zedernwald bis zu den Bergen auf der anderen Seite des Tals durchqueren müssen!«

Sie gingen nach Nordwesten. Der Wald wurde immer dichter und dunkler. Selbst auf den Wegen, die sie von oben her gesehen hatten, wuchsen Gebüsch und Dornensträucher. Sie kamen viel langsamer voran als in der Wüstenhitze. Als sie die Wegstrecke von zwanzig Doppelstunden hinter sich gebracht hatten, rasteten sie im dichten Grün, das ihnen mittlerweile ebenso feindlich vorkam wie die heißen Felsen und der Sand in den Tagen zuvor. Sie aßen die Reste ihrer hart und trocken gewordenen Vorräte, streckten sich für ein paar Minuten lang auf dem Boden aus und kamen anschließend nur mühsam wieder hoch.

Sie wußten nicht, wie sie die weitere Strecke von dreißig Doppelstunden noch am gleichen Tag schafften. Irgendwann merkten sie, daß der Boden felsiger und die Baumkronen lichter wurden. Diesmal fanden sie keinen Bach.

»Kannst du einen Brunnen für das Trankopfer graben?« fragte Gilgamesch nach all den Stunden, in denen sie schweigend hintereinander her gegangen waren. Mal hatte Gilgamesch die Führung übernommen, mal Enkidu.

»Und du?«

»Ich werde auf den Bergrücken vor uns steigen und ein anderes Opfer darbringen ...«

»Manchmal bist du nur schwer zu verstehen«, sagte Enkidu und streifte sich mit den Fingern Reste von Ästen und Dornen, Blättern und Zedernnadeln aus Bart, Haar und Brustpelz. »Du sagst, daß du nicht viel von Göttern hältst, aber dann handelst du doch wie der Hohepriester der Stadt Uruk, obwohl dich hier niemand beobachten kann!«

»Stört es dich, wenn ich opfere und bete?«

»Nein, aber es paßt nicht zu dir«, antwortete Enkidu.

»Vielleicht habe ich mich verändert«, sagte Gilgamesch. Enkidu nahm seine riesige Axt und schlug sie wortlos in den Waldboden. Er begann, einen Brunnen zu graben. Gilgamesch sah ihm zu, überlegte, ob er noch etwas sagen sollte und drehte sich dann ebenfalls wortlos um. Er stieg den Hang hinauf. Je höher er kam, umso steiler wurde die felsige Bergflanke. Das Licht der untergehenden Sonne tauchte den Wald in tausend Farben – von lichtem Grün bis zu flammendem Rot.

Mit dem letzten Lichtrand des Symbols von Gott *Utu* im Westen erreichte der König von Uruk die Gipfel der zweiten Bergreihe. Er blickte zurück. Der Zedernwald lag stumm und beinahe endlos unter ihm. Sie hatten ihn an einem einzigen Tag durchquert. Und genau in der Mitte des weiten Tals stand eine einzige, noch aus der Entfernung riesig wirkende Zeder. Sie mußte doppelt so hoch sein wie die mächtigen Bäume im übrigen Wald.

Gilgamesch ging ein paar Schritte weiter. Er sah nach Nordwesten. Tief unter ihm und nur fünfhundert Seile entfernt glänzte ein Meer aus Gold. Es schien bis zum Rand der Erdscheibe zu reichen und sah göttlicher aus als alles, was er bisher gesehen hatte.

»Das Meer im Norden!« flüsterte Gilgamesch. Er spürte, wie ein heiliger Schauder über seinen Rücken lief. Voller Bewunderung und Andacht beobachtete er, wie sich die Farbe der endlosen Wasserfläche veränderte. War dieser Anblick das Ziel aller Mühen? Er blickte nach oben. Die ersten Sterne wagten sich sanft blinkend in das tiefe Blau des Abendhimmels. Gilgamesch nestelte den Beutel mit den letzten feinen Mehlresten von seinem Gürtel. Er schüttete den weißen Staub in seine rechte Hand.

»Gebt mir ein Zeichen, ihr Götter!« rief er, und seine Stimme klang klein auf dem Gipfel der Berghöhe. »Ein Wort nur, einen dritten Traum ...«

Er warf den Mehlrest über sich. Die Windstille ließ jedes einzelne der weißen Staubkörner für eine Weile in der Luft stehen. Ganz langsam sank der feine Schleier tiefer, aber die Götter antworteten nicht.

Gilgamesch setzte sich auf einen grauen, mit Moos und roten Flechten bedeckten Felsbrocken. Er stützte die Ellbogen auf die Knie, legte sein Kinn in die Handflächen und blickte über die bis an den Rand der Welt reichende Schönheit des Meeres und des Himmels hinweg. Erst als es ganz dunkel geworden war, stand er auf und ging zu Enkidu zurück.

»Was hast du gesehen?« fragte der Wildmann. Er hatte inzwischen einen Brunnen gegraben, geopfert und getrunken. Über den Flammen eines kleinen Feuers brieten zwei gerupfte, ausgenommene und mit Kräutern gewürzte Waldvögel. Gilgamesch setzte sich neben das Feuer.

»Ich habe das Meer gesehen. Es sah wie Gold aus und reichte bis zum Rand der Erdscheibe.«

»Dann iß, trink vom klaren Brunnenwasser und laß uns schlafen, damit wir morgen weiter nach dem Ungeheuer *Chuwawa* suchen können«, sagte Enkidu. Sie sprachen noch eine Weile über den Wald und das Meer, über die Götter und über die Mädchen von Uruk. Dann legten sie sich hin und schliefen ein.

Um Mitternacht verstummten urplötzlich alle Geräusche des großen, dunklen Waldes. Der Hauch des Schweigens löschte jedes geheimnisvolle Knistern und Knacken, jedes Rascheln und Schmatzen von Nachttieren und unbekannten Wesenheiten aus. Es wurde so schmerzhaft still, daß Gilgamesch sich mit einem Ruck aufsetzte. Es fröstelte ihn und er hielt unwillkürlich den Atem an. Für eine Ewigkeit lauschte er vergeblich nach irgendeinem Geräusch. Der Wald stand wie in Winterkälte erstarrt, und nur das Unsichtbare war nahezu greifbar.

Gilgamesch streckte zögernd die Hände aus – ganz so, als glaubte er, sie könnten die Dunkelheit zur Seite wischen.

»Was ist?« fragte Enkidu schlaftrunken. Gilgamesch schrak zusammen. »Bist du wach?«

»Nein, denn ich will weiterschlafen!«

»Hast du mich nicht angestoßen, mich so plötzlich geweckt, daß kalte Schauder über meinen Rücken liefen? Oder ging etwa ein Gott vorüber als wir schliefen?«

»Du träumst!« schnaufte Enkidu.

»Ja«, sagte Gilgamesch. Er spürte, wie sein Herz heftiger schlug und das Blut in seinen Ohren rauschte. »Es muß ein Traum gewesen sein. Der dritte Traum, seit mein Fuß unter die Zedern trat. Und weißt du, was ich träumte?«

»Woher soll ich das wissen?« brummte Enkidu.

»Es war entsetzlich!« berichtete Gilgamesch schwer atmend.

»Ich hörte alle sieben Himmel brüllen, ich spürte das Wanken der Erdscheibe. Der Tag dröhnte und erstarrte zu tiefer Finsternis, dann zuckten Blitze und Feuer schoß in gleißenden Kaskaden weit in die Nacht hinauf. Und was wieder zur Erde herabfiel, war nur noch Staub und Asche.«

Er stöhnte gequält auf.

»Komm, Enkidu! Ich halte es in der Dunkelheit unter den unheimlichen Bäumen nicht mehr aus. Ich will die Sterne sehen, wenn ich erwache, die Weite unseres flachen Landes.«

»Ich werde Feuer machen«, sagte Enkidu aus der Finsternis.

»Ja, mach ein Feuer, aber schnell!«

Die Funken aus Enkidus Eisenstein erhellten wie kleine, schwache Blitze die Gesichter der beiden sonst so starken und furchtlosen Gefährten. Nur wenig später züngelten die ersten Flammen über der Asche des ersten Lagerfeuers. Gilgamesch schüttelte sich und schlug mehrmals die Arme vor der Brust zusammen.

»Willst du immer noch behaupten, daß meine Träume gute Vorzeichen für unser Abenteuer sind?« fragte Gilgamesch, nachdem er sich etwas aufgewärmt hatte.

»Ja«, antwortete Enkidu. »Die Finsternis – das ist *Chuwawa*! Du hast geträumt, daß diese Finsternis uns zudeckt, so wie der Berg in deinem zweiten Traum! Aber dein Name ist ›hell strahlender Feuerbrand‹. Du bist die Flamme, die jede Dunkelheit überwinden kann! Das ist der Sinn deines dritten Traums!«

»Du meinst, der Traum wollte mir keine Angst sondern Mut machen?«

»Genau das meine ich!«

Gilgamesch lachte erleichtert. »Dann laß uns Fackeln wickeln und die größte aller Zedern suchen, die Zeder, die *Chuwawa* ganz besonders schützen muß!«

»Willst du sie etwa fällen wie den *Chuluppa*-Baum *Inannas*?«

»Das will ich!« sagte Gilgamesch. Er spürte geradezu wie Kraft und Zuversicht langsam zurückkehrten.

»Und wo könnte die mächtigste aller Zedern des Waldes stehen?« fragte Enkidu.

»Genau in seiner Mitte!« antwortete Gilgamesch. »Ich sah sie ganz kurz im Abendschein, bevor ich auf das Meer der anderen Seite blickte und die Zeder darüber vergaß.«

»Wieviele Fackeln brauchen wir?«

»Genug für einen Weg von fünfundzwanzig Minen! Wir dürfen sie nicht zu groß machen, sonst erkennen wir *Chuwawas* grün leuchtende Wächtertiere nicht ... Meinst du, daß sie uns aufhalten werden?«

»Ich weiß nicht«, antwortete Enkidu, »aber wenn sie es versuchen, müssen wir uns vor ihren Stacheln in acht nehmen.«

Es wurde Mittag, ehe sie nach langem Suchen endlich die größte aller Zedern fanden. Es waren die Spuren von *Chuwawas* gepanzerten und mit Stacheln bewehrten Wächtertieren, die sie endlich zum Ziel führten.

Die Zeder stand auf einer großen Lichtung. Ein Wassergraben bildete einen weiten Ring um den gewaltigsten Baum, den je ein Mensch aus dieser Nähe erblickt hatte. Vier Bäche führten frisches Wasser aus allen vier Himmelsrichtungen heran, und kein Abfluß zeigte, daß die bis ins endlose Blau ragende Zeder weniger benötigte.

»Phantastisch!« sagte Enkidu ergriffen. »Dieser Baum reicht höher in den Himmel als der Adler fliegt!«

»Wenn wir das Ungeheuer *Chuwawa* herbeilocken wollen, müssen wir das Heiligste angreifen, das er beschützen soll!«

»Das mag ja stimmen«, sagten Enkidu. »Aber du warst doch selbst einst Gärtner? Kannst du den prächtigsten und schönsten aller Bäume, der vielleicht noch aus der Zeit vor der großen Flut stammt, einfach so fällen? Und selbst wenn er nach vielen Tagen harter Arbeit endlich auf diese Lichtung stürzt, was wollen wir mit ihm beginnen? Von hier aus führt kein Fluß nach Uruk. Wir könnten ihn noch nicht einmal zu Balken schlagen und über diese oder jene Bergkette zum Meer oder zu den Quellflüssen des Buranum schaffen!«

»Geh auf die andere Seite«, sagte der König von Uruk. Enkidu hätte sich weigern können, aber er spürte plötzlich wieder den ungeheuer starken Willen Gilgameschs. Er sah ihn lange an, dann preßte er die Lippen zusammen, nickte und ging um den riesigen Stamm herum. Gilgamesch wartete eine Weile, dann fragte er: »Bist du bereit?«

Das helle Klingen von Enkidus Axtschneide antwortete ihm. Gilgamesch schlug ebenfalls zu, aber so, daß nur die flache Seite die Borke des mächtigen Baumes traf. Die Zeder zitterte nicht einmal. In wechselndem Rhythmus ließen die beiden Recken ihre Äxte gegen den Stamm prallen. Sie gönnten sich keine Pause, aber sie achteten die ganze Zeit genau auf den Saum der Lichtung. Sie wußten nicht, aus welcher Richtung *Chuwawa* kommen würde. Daß er kommen würde, war gewiß, denn der Schall der Axthiebe klang wie Glockengeläut durch den Wald der Götter.

Und dann bebte die Erde – ganz so, wie es Gilgamesch geträumt hatte. Das Nahen des Ungeheuers kündigte sich durch die Schatten von vielen tausend kreischenden Vögeln mit gelben Schnäbeln und schwarzen Schwingen an. Die Vögel kreisten in einem immer enger werdenden Wirbel über der Lichtung. Gilgamesch und Enkidu schlugen noch lauter zu. Der Lärm der Vogelschreie und der Schall der Äxte verdichteten sich zu einem Lärm, wie ihn der Zedernwald noch nie erduldet hatte.

Die Tiere des Waldes fielen brüllend und kreischend ein. Gilgamesch hörte Hirsche röhren, Wildschweine quieken und Füchse jaulen. Wieder erzitterte der Boden der Lichtung. Und dann erkannte er noch vor Enkidu den furchtbaren Wächter des Waldes.

Chuwawa kam von Westen her auf sie zu. Er hatte die Gestalt eines Götterkämpfers, doch seine Hände und Füße endeten in furchtbaren, zu Klauen gebogenen Krallen. Sein Gesicht war schlimmer als ein Alptraum! Im Gegenlicht der Nachmittagssonne erkannte Gilgamesch zwei rotglühende Augen und einen Mund ohne Lippen in einem furchtbaren, links und rechts gleich angeordneten Gewirr von Darmverschlingungen anstelle eines Gesichts. Enkidu sah, daß *Chuwawa* nur einen einzigen seiner sieben Panzermäntel trug. Unter dem Schuppenmantel wurde ein Krokodilschwanz sichtbar, der bei jedem Schritt auf den Boden peitschte und die Erde aufwühlte.

»Hör auf, Enkidu! Er ist da!« rief Gilgamesch. Er drehte sich um, lehnte sich mit dem Rücken an die warme Borke der Riesenzeder, stellte seine große Axt ab und atmete mehrmals tief durch. Der schwarze Vogelschwarm zog wie ein Dämonenschatten weiter. Es wurde wieder stiller auf der Lichtung.

Chuwawa blieb am Ring aus Wasser stehen.

»Was geht hier vor?« brüllte er mit Flammenworten. »Wer seid ihr und woher nehmt ihr die Vermessenheit, meinen Wald zu schänden, meine Berge, meine Bäume? Welche Dämonen haben euch die Ehrfurcht vor der heiligsten der Zedern zerfressen?«

»Du willst unsere Namen wissen? Nun gut, ich bin Gilgamesch, König und Hohepriester von Uruk! Und dort steht mein Freund Enkidu! Wir sind gekommen, um dich zu töten!«

Das Ungeheuer hob fauchend seine Krallenhände. Sein scheußliches Gesicht verzog sich, und sein Mund ohne Lippen formte fletschend ein Dreieck aus drei spitzen Zahnreihen. Aus seinen rotglühenden Augen schoß ein doppelter Todesblick. Einer der Blicke traf Enkidu, der andere Gilgamesch. Sie fühlten sich plötzlich wie von flammenden Seilen gefesselt.

»Gilgamesch?« brüllte *Chuwawa*. »Du bist Gilgamesch, der Dummkopf, der stärker sein will als die alte Ordnung? Und dein Freund ist Enkidu, dieser stinkende Fischsohn vom Ufer des Buranum, der keine Eltern hat und so dumm ist wie eine Schildkröte, die nicht einmal die Milch ihrer Mutter einsaugen kann? Ich kenne euch! Oh ja, ich kenne euch beide! Dich, Gilgamesch, hat mein ›nachtdunkler Sturmvogel‹ schon gesehen, als du noch in den Windeln lagst! Du warst nicht gut genug für diesen Wald. Deshalb ließ ich dich lieber in die Gärten Schukallitudas fallen.«

Er lachte böse. Sein heißer Atem hüllte Gilgamesch und Enkidu ein wie der Gestank kranken Schafsgedärms. Der schreckliche Geruch trieb Gilgamesch und Enkidu die Tränen in die Augen.

»Ich hätte jederzeit verhindern können, daß du zusammen mit einem Wildmann diesen heiligen Wald schändest! Aber ich wollte sehen, wie ihr herumirrt. Ich wollte noch etwas warten, bis ich eure Nacken von Adlern aufhacken lasse, eure Kehlen den Schlangen anbiete und euer Fleisch den Geiern.«

Er lachte erneut und schlug sich mit den Klauentatzen auf die Brustschuppen. »Kommen da wirklich zwei eitle Narren und glauben, daß sie mich, den Götterwächter, töten können!«

Er sprang über den Wassergraben. Erst jetzt sahen Gilgamesch und Enkidu, wie groß und furchtbar *Chuwawa* wirklich aussah.

»Los, um den Baum herum!« keuchte Gilgamesch.

»Ich kann mich nicht bewegen!« antwortete Enkidu mühsam.

»Nur ein paar Schritte, dann muß er gegen die Sonne kämpfen!«

Als hätte Gott *Utu* Gefallen an dieser Idee des Königs von Uruk gewonnen, hörte Gilgamesch plötzlich eine Stimme in sich: ›Habt keine Furcht! Ich war auch gegen euch, aber jetzt will ich euch helfen. Nicht durch mein blendendes Licht, sondern durch alle Stürme, die meine Brüder des Himmels euch geben können.‹

Das Ungeheuer streckte mit einem furchtbaren Lachen seine Krallentatzen nach Gilgamesch und Enkidu aus. Er hätte sie trotz ihrer großen Äxte mit einem einzigen Tatzenschlag bis in den Wald schleudern können, doch genau in diesem Moment peitschte eine gewaltige Sturmbö durch die Wipfel der andern Zedern. Die ganze Luft auf der Lichtung verwandelte sich in ein Chaos aus Sturm und Sonnenglut, Hagel und Eis-Orkanen. Erst griffen sieben und dann alle dreizehn Sturmwinde ein. Der Sandsturm kam von Süden, der Wind des schüttelnden Frostes von Nordosten und der böse Wind des Krankheitsdämons *Asakku* von Westen.

Chuwawa wankte noch zwei, drei Schritte weiter. Er riß die Arme hoch, stieß einen fürchterlichen Schrei aus, versuchte, sein furchtbares, hautloses Gesicht zu schützen und stieß gegen die große Zeder. Mit beiden Armen packte er den heiligen Stamm. Er setzte seine ganze von den Göttern verliehene Kraft ein. Und dann neigte sich der mächtigste aller Bäume im Zedernwald. Gilgamesch und Enkid taumelten zur Seite. Sie griffen ihre großen Äxte und sprangen aus dem Schatten des tobenden Ungeheuers.

Wie damals, als er das Schwert gegen seinen Großvater Enmerkar aufhalten wollte, hob er die Axt aus Eisen. Die Zeder neigte sich sturmgepeitscht auf ihn zu. Gilgamesch hatte plötzlich das Gefühl, als würde sich der ganze Himmel auf ihn stürzen. Er packte all seine Kraft in einen wuchtigen Hieb. Er wollte den Fall der Zeder mit einem Gegenschlag aufhalten. Im letzten Augenblick drehten Sturmdämonen im Dienste *Inannas* die Axt mit der Schneide nach vorn. Mit einem einzigen, nie zuvor gesehenen Götterschlag zertrümmerte Gilgamesch den Stamm der Riesenzeder.

Chuwawa heulte lauter auf als alle Sturmdämonen. Enkidu packte ihn und warf den Halberblindeten zu Boden. Aber es blieb kein Ruhm für Gilgamesch und keine Freundestat für Enkidu!

Chuwawa war ein Opfer rivalisierender Götter geworden, die ihn selbst als Wächter über den Zedernwald eingesetzt hatten. Das Ungeheuer fiel zu Boden. Es erkannte, daß es verraten worden war und gab laut klagend auf, um sein Leben zu retten.

»Laß mich los, Gilgamesch!« winselte er. »Ich wußte von Anfang an, daß du ein König werden solltest. Du sollst von jetzt an auch mein Herr sein! Befiehl mir, welche Bäume ich für dich aussuchen soll! Willst du Zedern für die Dachbalken eines neuen, prächtigen Palastes? Willst du den Myrtenbaum? Ich lasse sie abschlagen und bis zu den Flüssen schaffen, die in den großen Buranum münden.«

Enkidu sah zum Himmel hinauf. Die Sturmdämonen hatten sich ebenso schnell verzogen, wie sie gekommen waren. Nur von der riesigen, von Gilgamesch gefällten Zeder ging ein so seltsames Leuchten aus, als hätten alle gestachelten Tierwächter unter den Zweigen ihres Wipfels Zuflucht gefunden. Der furchtbare Wächter des Waldes hatte sich unterworfen, aber noch immer hing ein Zauber über dem Baum, den er vor allen anderen bewachen sollte!

In diesem Augenblick wollte Gilgamesch Milde zeigen:

»Laß ihn laufen, Enkidu!« sagte er. »*Chuwawa* tut uns und anderen nichts mehr!«

»Nein!« antwortete der Wildmann grimmig. Gilgamesch hatte ihn nie zuvor so hart gesehen.»Töte ihn, wie du die Zeder gefällt hast! Er mag jetzt noch benommen sein und dir sein Wort geben, aber er hat zu viele Helfer in seinem Wald! Sie können hinter jedem Baumstamm und im Geäst jedes Wipfels darauf lauern, ihn zu befreien!«

»Und der Lichtglanz der gefällten Zeder? Wie können wir verhindern, daß ihr heiliger Schein uns in der Nacht verrät?«

»Laß uns zunächst das tun, was wir uns vorgenommen hatten, als wir von Uruk aufbrachen«, sagte Enkidu. Gilgamesch starrte lange auf die winselnde Gestalt *Chuwawas*.

»Ich bin mir nicht mehr sicher, was wir wirklich wollen«, sagte Gilgamesch. »Sind es die geraden, hohen Baumstämme des Zedernwaldes, aus denen wir Tempel und Paläste zum Ruhm der Götter bauen können oder sind es die jungen Bäume, mit denen wir einen Schutzwald um Uruk pflanzen wollen?«

Chuwawa verhinderte Enkidus Antwort. Mit einem grauenhaften Aufschrei warf er sich gegen Gilgamesch. Gilgamesch hob seine riesige Axt mit einer Hand. Gleichzeitig zog er mit der anderen das Schwert und schlug zu. Die Klinge traf *Chuwawas* Nacken – und zerbrach klirrend in drei Dutzend Eisensplitter.

In diesem Augenblick griff Enkidu ein. Er holte mit seiner Axt aus und schlug mit aller Kraft in das schreckliche Antlitz des Ungeheuers. Doch auch das reichte nicht aus! Es war, als hätte er nur heiße, stinkende Luft zerfetzt. Und doch schnitt er mit seinem Schlag die unsichtbare Verbindung zwischen dem Wächter des Waldes und der heiligen Zeder durch!

Der dritte Schlag – wieder von König Gilgamesch – trennte den Kopf des Ungeheuers von seinem Körper. *Chuwawa* stürzte noch krachender als die riesige Zeder zu Boden. Die Erde zitterte, und flammende Grasbüschel flogen nach allen Seiten auseinander. Durch einen Erdspalt strömte klares Wasser bis zu der Grube, die *Chuwawas* Fall aufgerissen hatte. Hitze und Kälte vermählten sich mit lautem Zischen. Dampfwolken stiegen auf. Noch einmal wurde der abgetrennte Kopf des gräßlichen Ungeheuers sichtbar.

»Mein Tod wird euer Fluch sein!« hallte es hohl aus dem dreiekkigen Mund *Chuwawas*. »Ihr sollt kein hohes Alter finden. Und du, Enkidu, wirst außer Gilgamesch keinen Freund mehr haben, kein Menschenwesen, das dich liebt ...«

Mit einem letzten Gurgeln fiel der Kopf zur Seite. Gleichzeitig hörten Gilgamesch und Enkidu ein eigentümliches, beinahe überirdisch klingendes Singen. Es war die Zeder, die gefällte heilige Zeder! Sie lebte immer noch und alle anderen Bäume lauschten starr und stumm dem Gesang, der ganz anders klang als alle Reden, Schreie, Lieder aus dem Mund der Menschen.

»Enkidu hat das Band zertrennt, das alle Bäume vor den Menschen schützte«, sang die Zeder. »Fortan wird Holz nur Holz sein und nur noch schwache Wächter haben! Ihr habt geglaubt, daß ihr ein Ungeheuer tötet, aber ihr habt den Schutzgeist aller Bäume und aller Wälder umgebracht.«

Der Wald verdunkelte sich. Kein Laut war zwischen den Bäumen zu hören. Über den Gipfeln der fernen Berge schien die Zeit stillzustehen.

»Es ist vorbei!« sagte Gilgamesch schließlich. Er sah, daß Enkidu noch immer unter dem Schock von *Chuwawas* letzten Worten stand. »Wir warten, bis die Gefährten aus Uruk eintreffen. Laß uns die Zeit nutzen. Wir werden noch sieben andere Zedern fällen. Aus ihrem Holz und aus dem Holz des heiligen Baumes werden wir bereits hier alle Einzelteile zimmern, die für neue Tempel und neue Stadttore mit Drehbalken aus einem Stück nötig sind!«

»Ich würde lieber das Haus oder den Tempel suchen, in dem *Chuwawa* wohnte«, sagte Enkidu benommen.

»Wozu?« lachte Gilgamesch. »Seine Schätze waren die Bäume. Und wir werden noch viele Balken und viele Setzlinge zum Buranum bringen und dann nach Uruk flößen. Komm jetzt, wir wollen anfangen!«

»Kein Baum wird jemals wieder sprechen wie es die große Zeder tat!« sagte Enkidu voller Trauer. »Auch ich konnte einmal mit Bäumen und Tieren reden. Es ist vorbei, seit ich die Menschen kennenlernte.«

DIE VERSCHMÄHTE GÖTTIN

Vier volle Wochen vergingen, ehe die Trupps, mit denen Gilgamesch und Enkidu Uruk verlassen hatten, den Zedernwald nach einem weiten Bogen von Nordosten her erreichten. Die Krieger und Priester waren dem Lauf des Buranum so weit gefolgt, bis sie die wilden Gebirge hoch im Norden gesehen hatten. Dann waren sie genau nach Westen marschiert und hatten den Fluß erreicht, der sie wieder nach Süden und schließlich zum See in den nördlichen Ausläufern der Zedernwaldberge gebracht hatte.

Sie trafen auf friedfertige Wächter, die lange, noch nicht geschälte Zedern in den See flößten. Keiner der Wächter hob seine Axt als die Bewaffneten aus Uruk auftauchten. Sie neigten die Köpfe und erzählten in einer schwerfällig klingenden Sprache, die nur die Männer aus Kisch verstanden, von den beiden neuen Herren des heiligen Waldes.

»Das sind sie!« Agga von Kisch umarmte Mesche. »Gilgamesch und Enkidu. Sie haben das Ungeheuer *Chuwawa* besiegt!«

Die meisten der Männer schrien und lachten. Nur die Speerträger und Bogenschützen aus Bir Hurturres Trupp waren enttäuscht.

»Sind wir mehr als einen Monat durch Staub und Hitze gezogen, um jetzt mit der Fron von Gärtnern und Tagelöhnern bestraft zu werden?« fragten sie mürrisch.

»Wenn sich Gilgamesch und Enkidu nicht zu schade für die Arbeit am wertvollen Zedernholz sind, dann könnt auch ihr eure Speere und Bogen mit Seilen und Rollbalken tauschen!« antwortete Agga. »Seht ihr nicht, daß selbst die gefürchteten Wächter *Chuwawas* von Sonnenaufgang bis Sonnenuntergang Bäume und Balken bis hier zum See schleppen!«

Die jungen Krieger murrten noch eine Weile, dann mußten sie einsehen, daß Agga recht hatte. Fast zweihundert Waldwächter hatten inzwischen aus einem schnurgeraden Pfad zwischen den Bäumen hindurch eine Straße der Lasten gemacht. Sie reichte vom

See bis zu den flachen Bächen zwischen den Bergrücken. Die Wächter hatten Karren mit Radscheiben beschafft, dazu kräftige Zugstiere und Unmengen von Seilen.

Agga ließ ein Lager am Seeufer errichten und einen Altar für die Dankopfer aufbauen. Dann sandte er Dimus und Mesche aus, um Gilgamesch und Enkidu von ihrem Eintreffen zu benachrichtigen. Die erste Nacht verging, und auch die zweite. Am dritten Tag nach der Ankunft wurden die Wachen des Lagers bei Sonnenaufgang durch lautes Geschrei aufgeschreckt. Gilgamesch und Enkidu brachen wie wilde Angreifer in den Kreis schwelender Lagerfeuer ein.

»Heh ihr! Was schlaft ihr noch?« brüllte Enkidu absichtlich laut. »Sehen die Urukäer nicht mehr, wenn Gott *Utu* das Land erhellt?«

Agga sprang ruckartig hoch und griff nach seinen Waffen.

»Enkidu!« stieß er hervor. Erst jetzt sah er den König von Uruk. Er stand lächelnd im Schatten einer jungen Zeder. Agga stürzte auf ihn zu, und dann umarmten sie sich.

»Ich bin froh, daß ihr hier seid!« sagte Gilgamesch.

»Und ich bin froh, daß ihr noch lebt.«

Die anderen Männer waren ebenfalls aufgesprungen. Sie scharten sich um den Wildmann und um ihren König. Mit großen Augen hörten sie jedem Wort zu, daß zwischen ihnen und Agga gesprochen wurde.

»Zündet ein großes Feuer an!« befahl Gilgamesch schließlich. »Ihr wart lange unterwegs und auch ich und Enkidu können einen Tag der Ruhe und Muße vertragen! Laßt uns diesen Tag feiern, damit wir von morgen an gefällte Bäume und junge Schößlinge über den See und den Fluß so nah wie möglich an den Lauf des Buranum bringen können!«

Es wurde ein langer, fröhlicher Tag. Gilgamesch und Enkidu mußten immer wieder erzählen, wie sie durch die Wüste marschiert, durch den Wald gezogen und auf *Chuwawa* getroffen waren. Am Nachmittag brachten die Wächter des Waldes zwei frisch erlegte Hirsche. Die Männer aus dem Gefolge Aggas hatten gebadet, ihre Waffen und Kleidungsstücke gereinigt und zerlegten nun die beiden Hirsche. Als es Abend wurde, hockten alle zusammen, schnitten sich Fleisch von den Bratspießen ab und tranken den würzigen Honigwein der Waldwächter.

»Was war eigentlich im Haus des Ungeheuers?« fragte Dimus.

»Die sechs weiteren Panzermäntel *Chuwawas*«, antwortete Enkidu kauend. »Ich weiß nicht, wie es uns ergangen wäre, wenn er sie umgelegt hätte.«

»Und warum hat er es nicht getan?« wollte Zabardi Banuga wissen. Enkidu sah den Mann, der ihm den Schwertkampf beigebracht hatte, zustimmend an.

»Eine gute Frage, Zabardi«, sagte er. »Ich habe ebenfalls lange darüber nachgedacht.«

»Und mit welchem Ergebnis?« fragte Mesche der Schmied vorsichtig. Gilgamesch schüttelte den Kopf.

»Könnte es nicht sein, daß die Götter *Chuwawa* ebenfalls Träume geschickt haben?« fragte Enkidu. »Daß sie sich nicht einig waren und einige von ihnen uns helfen wollten?«

»Das wäre eine Erklärung«, sagte Gilgamesch und nickte. Er deutete auf die gerade aufblinkenden Sterne am türkisfarbenen und rosa schimmernden Himmel. »Aber was wirklich dort oben entschieden wird, werden wir niemals erfahren.«

Enkidu wunderte sich über Gilgameschs Worte. Er sah den König von Uruk lange von der Seite her an, aber er sagte nichts.

Erst spät in der Nacht, als alle anderen bereits schliefen, stand Enkidu auf und ging ein Stück in den Wald zurück. Er brachte einen Leinensack mit, legte ihn neben die herabgebrannten Feuer und wickelte aus einer Kräuterumhüllung das Haupt *Chuwawas* aus.

»Warum willst du das weiter mitschleppen?« fragte Gilgamesch angewidert.

»Ich fühle mich schuldig«, sagte Enkidu. »Selbst wenn *Chuwawa* ein furchtbares Ungeheuer war, dann doch nur, um jedem Angst einzujagen, der es wagen sollte, sich an den Bäumen zu vergreifen!«

»*Chuwawa* konnte uns beide nicht entzweien!« sagte Gilgamesch. »Außerdem brauchen wir die Bäume. Wir brauchen Holz und Balken, damit wir wohnen und den Göttern Tempel bauen können. Und wir brauchen die jungen Setzlinge, damit wir selber Wälder großziehen können – gegen Stürme und den Sand der Wüste, gegen die Plage der Beißfliegen aus den Sümpfen und gegen das

Salz im Wasser der Kanäle, das unsere Äcker und Gärten unfruchtbar machen wird, noch ehe unseren Enkeln Nachkommen geboren werden.«

»Ich weiß nicht«, sagte Enkidu. »Es kommt mir vor, als hätte *Chuwawa* keine andere Absicht gehabt als du.«

»Das ist es, was mich die ganze Zeit bedrückt«, sagte Gilgamesch. »Auch ich fühle mich manchmal wie ein Ungeheuer! Das Volk sieht nur den Tag. Ich aber muß vorausdenken, denn ich bin der König, der Wächter meiner Stadt und meines Landes!«

»Dann laß uns der Stadt alles bringen, was sie für eine sichere Zukunft braucht!« lächelte Enkidu.

Sie legten ihre Arme umeinander und schliefen neben dem toten Haupt *Chuwawas* ein.

Nach der Floßfahrt in nördliche Richtung und einem langen, mühsamen Zug durch die nördlichen Steppen schickte Gilgamesch die Wächter des Zedernwaldes wieder zurück. Von nun an brauchte er ihre Hilfe nicht mehr. Agga und Mesche gingen als Königsboten in die Städte am Oberlauf des Buranum voraus. Sie kündigten den friedlichen Vorbeizug der Krieger und Priester von Uruk an. Dennoch benötigte Gilgamesch mit seinem Gefolge noch viele Tage, bis er endlich den Fluß erreichte. Sie kamen nur langsam voran und mußten selbst auf dem Buranum immer wieder Pausen einlegen. Doch endlich erreichten die ersten Flöße der Heimkehrenden die Gefilde Uruks.

Sie brachten nicht nur Baumstämme und Balken, Tausende von Setzlingen und Berge unterwegs erlegter Tiere mit, sondern auch Gold und Edelsteine, Gerätschaften aus Kupfer und Bronze, Krüge mit edelsten Gewürzölen, Perlenketten, Schnitzwerk und allerlei Geschenke aus den Dörfern und Städten, die sie auf ihrem Weg vom Zedernwald zurück nach Uruk passiert hatten.

Fast alle Herrscher und Priester, selbst freie Jäger und Hirten priesen den König von Uruk und seine Gefährten dafür, daß sie das Ungeheuer *Chuwawa* getötet hatten, denn nun war der Weg in den Zedernwald auch für andere frei. Die Städte Sippar und Borsippa, Irsin und Schuruppak hatten sich besonders großzügig gezeigt. In Kisch war die Floßflotte drei Tage lang mit einem großen Fest begrüßt worden, und nur das Schafsdorf Babylon hatte Schamanen, schmutzige Hexen und kreischende Magier an den Fluß geschickt, um die vorbeischwimmenden Flöße der Helden mit Flüchen und Verwünschungen zu schmähen ...

Gilgamesch hatte die Ankunft der ersten Flöße für die Mittagszeit des 12. Kislimu geplant. Die Männer waren mehr als drei Monate unterwegs gewesen. Lange bevor die ersten abgeernteten Felder mit der Wintersaat an den Ufern auftauchten, sprangen Jungen aus der E-dubba auf, rissen die Arme hoch, jubelten den Heimkehrenden zu und rannten laut rufend zur Stadt.

Als die neue Mauer von Uruk von den ersten Flößen aus sichtbar wurde, da legten sich noch einmal alle Männer in die Ruder. Einige sprangen mit Seilen um die Schultern ins Wasser, schwammen ans Ufer und begannen, die schweren Flöße schneller flußabwärts zu ziehen.

Der Jubel am Hafenkai des großen Zuflußkanals begann bereits lange bevor das erste Floß mit den Schwertkämpfern Aggas anlegte. Hunderte von kleinen Fischerbooten, von Guffas und Kelegs schwammen der Flotte der Zedernflöße entgegen. Halbwüchsige warfen den Gefährten Gilgameschs saftige Feigen, Granatäpfel, Zitronen und Lederbeutel mit Wein zu. Sie wurden lachend mit Silberlingen und seltenen Schmucksteinen aus dem Norden belohnt.

Voller Verwunderung erkannten die Priester und Ensis von Uruk, daß keine geschlagenen und halbverhungerten Männer vom Zug in den Zedernwald zurückkehrten, sondern stolze und kraftstrotzende Sieger, die nicht nur kostbarstes Holz, sondern auch noch Geschenke und reiche Beute mitbrachten.

Floß um Floß legte am Hafenkai an. Agga und Mesche, Dimus und Zabardi Banuga steuerten jeder ein eigenes Lastfloß. Ihnen folgten so viele, daß sich bald auch noch die Nebenkanäle und die Zufahrt zum Buranum verstopften. Viele der Flöße sahen wie kleine Wälder aus. Sie trugen junge Bäume mit Erdballen in sauber verschnürten Netzen, Tontöpfe mit Setzlingen und hohe Lagen von Samenzweigen, die einmal andere Bäume befruchten sollten.

Gilgamesch selbst kam mit dem zwölften Floß. Nur er und Enkidu befanden sich auf den Balken, die sie selbst noch im Zedernwald bearbeitet hatten. Ihr Floß sah wie ein schwimmender Götterthron aus. Ein Dutzend Fischerboote nahm sie in Schlepp und brachte sie zu der Stelle, an der die Priester der Tempel ein blumengeschmücktes Podest am Hafenkanal errichtet hatten.

Kaum hatten sie angelegt, als auch schon leichtgewandete Tempeltänzerinnen zum Klang von Harfen und Handtrommeln, Flöten und Leiern auf sie zutanzten. Im Hintergrund, dicht vor dem immer lauter jubelnden Volk, schlugen Gurus auf große Kesselpauken.

»Tum ... tam-tam ... tum ... tam-tam ... tum ... tam-tam ...«

»Wie lange haben wir das nicht mehr gehört?« lachte Gilgamesch und legte seinen Arm um Enkidus Schulter. Der Wildmann spuckte die Reste von ein paar Nüssen ins Hafenwasser. »Wenn ich mich nicht irre, ist dies die freudigste Begrüßung, die je einem König von Uruk zuteil wurde«, sagte er schmunzelnd.

»Dann richte deinen Kopf und deinen Magen auf ein ganz großes Empfangsfest ein!« lachte Gilgamesch.

»Wir werden fressen, bis wir nicht mehr können!« stöhnte Enkidu genüßlich.

»Saufen, bis wir umfallen!« nickte Gilgamesch.

»Zehn Weiber in jedem Arm halten!«

»Und tagelang nach Molylauch stinken!«

»Ich liebe Uruk!« stöhnte Enkidu und leckte sich wollüstig über die Lippen.

Das Fest wurde ein einziger Freudentaumel – noch lauter, noch wilder und noch wahnsinniger als es sich Gilgamesch und Enkidu in ihren verträumten nächtlichen Gesprächen während der langen Floßfahrt ausgemalt hatten.

Fast eine Woche lang feierte die ganze Stadt. Überall wurde getanzt und geliebt – solange, bis auch die letzten der Urukäer genug Braten und Käse und Früchte, Rauschtrank und Bier und Wein in ihre schier platzenden Bäuche gefüllt hatten.

Und irgendwann kehrte der Alltag der Wintermonate wieder

ein. Der Kislimu verging, der Tebutu und der Sabatu. Die Frühjahrshochwasser des großen Buranum blieben erträglich, und als die Sonne wieder wärmer wurde, erbat der Nubanda eine Audienz beim König.

Gilgamesch ahnte, was der frühere ›gestrenge Schulvater‹ von ihm wollte. Er überlegte zwei Tage lang, dann ließ er Akil einen Termin nennen. Als die Zeit gekommen war, schickte er Enkidu und Mesche, Agga und Dimus, sowie alle Priester und Sklaven in den Hof. Er wollte allein mit Akil sprechen.

»Nun?« fragte Gilgamesch, als Akil ohne seine persönlichen Sklaven in den, mit neuen Balken geschmückten Thronsaal trat, »wie gefällt dir dieses Gewölbe aus feinstem Zedernholz?«

»Es ist prächtig und wunderbar«, sagte Akil vom Eingang zum neuen Thronsaal her. »Kein König zwischen dem großen Buranum und dem schnellen Idigna hat einen Palast, der sich mit deinem vergleichen ließe!«

»Hast du gesehen – ich habe sogar in den Ecken des Hofes und auf den Terrassen der Zikkurat Bäume in bewässerten Tonkrügen aufstellen lassen. Echte Zedernbäume!«

»Ich habe sie gesehen«, sagte Akil und verneigte sich. »Sie gedeihen wie alles, was deine Hand berührt und dein Wille verwirklicht!«

Gilgamesch lachte. Er nahm ein paar Honigkuchen von einem goldenen Tablett auf dem Holztisch vor seinem Thronsessel und kostete sie. »Willst du?« fragte er Akil. Der Nubunda verneigte sich erneut, trat einen Schritt vor und nahm sich das kleinste aller Kuchenstücke.

»Warum zögerst du?« fragte der König von Uruk. »Ich weiß, daß du nicht gekommen bist, um Honigbackwerk mit mir zu essen. Aber es gefällt mir, wenn du siehst, was ich inzwischen gelernt habe, als König und Gastgeber meine ich.«

»Das Volk von Uruk ist stolz auf dich!« sagte Akil. »Es nennt deinen Namen wie den eines Gottes!«

»Ich hörte davon«, sagte Gilgamesch zufrieden. »Und gerade von deinen Lippen klingt es süß wie diese Küchlein.«

»Das war nicht meine Absicht!« sagte Akil und das harte Faltennetz bildete sich erneut auf seiner Stirn. »Ich bin gekommen, um dich an etwas zu erinnern ... an ein Versprechen, das du im Triumph der ersten Nacht nach deiner Heimkehr aus dem Zedernwald gegeben hast.«

»Ein Versprechen?« fragte Gilgamesch ahnungslos. Er beugte sich vor und sah Akil fragend an. »Welches Versprechen könnte ich gegeben haben, wenn du dich noch drei Monate später daran erinnerst?«

»Du warst so glücklich und stolz, daß du den Krug mit Wein erhoben und uns geschworen hast, daß du nunmehr nicht einmal vor der ›Heiligen Hochzeit‹ zurückschrecken würdest!«

Gilgamesch preßte die Lippen zusammen.

»Eine Frage, Akil«, sagte er dann. »War ich in jener Nacht betrunken?«

»Wie nie zuvor«, nickte Akil und verdrehte die Augen.

»Und dieses Versprechen, welchen Wert hat es?«

»Den eines Königswortes!«

»Dann hast nicht nur du ...«

»Nein, nicht nur ich! Die ganze Stadt hat gehört und gesehen, wie du *Inanna* herausgefordert, Wein zu den Sternen hinaufgeschleudert und allen Priestern versprochen hast, die nächste ›Heilige Hochzeit‹ auf deine Art zu feiern.«

Gilgamesch schüttelte ungläubig den Kopf.

»Und du meinst, daß ich mich öffentlich mit irgendeinem Mädchen paaren soll, nur weil die Priester sie zur Vertreterin *Inannas* weihen?«

»So einfach kommst du diesmal nicht davon«, sagte Akil dunkel. »Es könnte sein ... ich sage, es *könnte* sein, daß sich in diesem Jahr die Stadtgöttin von Uruk höchstselbst in unsere Stadt begibt.«

»*Inanna*? Sie will zur ›Heiligen Hochzeit‹ kommen?«

»So sagen es die Orakel, die Knochenwürfel und die Konstellationen aller wandernden Sterne.«

»Ich mag sie nicht!« sagte Gilgamesch schroff.

»Sie ist die Stadtgöttin, aus deren Hand dein Königtum kommt!«

Gilgamesch sprang auf. Er lief dreimal durch die ganze Länge des neuen Thronsaals. »›Heilige Hochzeit‹!« schnaubte er. »Und *Inanna* will kommen. Diese Göttin, die doch nur eine Schlampe ist! Was will sie hier? Und ich soll geschworen haben, daß ich die Brüste dieses Weibes mit meinen Händen umfasse, daß ich ihre Lippen küsse und daß ich mit meinem Grabstock vor aller Augen in ihren Pferch eindringe?«

»Es ist, wie es sein muß!« sagte Akil. Gilgamesch blieb abrupt stehen. Er lachte trocken, überlegte und schüttelte den Kopf. Dann ging er langsam auf Akil zu. Er griff an das silberbestickte Brusttuch des Nubanda und zog ihn ganz nah an sich heran. Für einen langen Augenblick wurde es sehr still im neuen Thronsaal.

»Gut«, sagte Gilgamesch dann. »Ihr wollt eine ›Heilige Hochzeit‹! Und ihr sollt sie haben, aber auf meine Art!«

Akil kannte Gilgamesch seit seinem ersten Tag in Uruk. Er ahnte, daß sein ehemaliger Schüler mit jedem Wort genau das meinte, was er sagte.

»Soll ich ... soll ich Anweisung geben, das Neujahrsfest nach den Regeln der alten Ordnung vorzubereiten?« fragte er mit zitternder Stimme.

»Ja!« antwortete der König von Uruk knapp. »Wieviele Tage sind es noch bis zum ersten Tag des neuen Jahres?«

»Genau zwölf«, sagte Akil und neigte demütig den Kopf. Gilgamesch ballte die Rechte zur Faust und schlug dreimal in seine linke Hand. Seine Augen bekamen einen eigenartigen, beinahe überirdischen Glanz. »Genau zwölf Tage!« lachte er nachdenklich. »Du bist ein kluger Mann, Akil! Und du weißt die Symbole zu deuten! Also geh zu den Priestern und Mitgliedern des Rates. Sag ihnen, daß ich einverstanden bin!«

Akil wich unwillkürlich zwei, drei Schritte zurück und streckte fragend die Hände aus. »Du willst es wirklich?«

»Laßt alles vorbereiten!« antwortete Gilgamesch mit einem vieldeutigen Lächeln.

Die Priester Uruks begannen bereits in den letzten Nächten des alten Jahres mit ihren Wanderungen zum Fluß, mit geheimen Beschwörungen und endlosen Gesängen. Eingeweihte Oberpriester bestimmten geheime Feldmarkierungen, an denen Hammel geschlachtet, Opferfeuer entzündet und noch im Morgengrauen

Kupferkessel mit Räucherwerk aufgestellt wurden. Die jüngsten Priesterinnen aus den Tempeln tanzten mit Fadenknäueln durch die Gärten, in denen Bäume und Büsche bereits die ersten neuen Blätter und Knospen zeigten. Sie spannen spinnengleiche Netzwerke über das Land zwischen der alten und der neuen Mauer. Die letzten Nächte waren kalt gewesen. Und dann – am Morgen des 1. Nisannu – hingen tausende von winzigen Reifperlen an den Fäden über dem wie verzaubert aussehenden Land.

Als Gott *Utu* über den fernen Berglinien am östlichen Horizont aufstieg, wurde er von Bara Nam-tara und elf weiteren Priesterinnen begrüßt. Die Nin-dingirra stand mit einem langen, blutrot gefärbten Mantel aus Wollschlingen auf der obersten Plattform der Zikkurat. Sie hatte goldene Ringe und Reifen mit Schlangenköpfen über die Arme gestreift. Ihr Gesicht war mit goldener Creme und Lapislazulistaub geschminkt. An ihren Ohren hing ziseliertes Geschmeide mit glitzernden Edelsteinen, und ihr weich in den Nacken fallendes Haar war mit feinen Goldfäden und Perlenketten durchflochten.

Die Nin-dingirra hob die Arme und begann mit klarer Stimme zu singen:

»*Utu*, großer und strahlender Gott!

Du ruhtest an fernen Quellen,
Du kommst aus dem großen Gebirge,
Du sahst die Entscheidung der Schicksale ...
Du schenkst deine Wärme der Erde,
Du bist das Licht und das Sein ...

Nun nahen die anderen Götter,
Nun hören sie deinen Richtspruch,
Nun sollst du den Tag bestimmen ...
Nun spüren wir Menschen die Kraft ...
Nun freut sich sogar das Vieh ...

Denn heute ist ›Heilige Hochzeit‹!«

Die anderen Priesterinnen aus dem *Inanna*-Heiligtum fielen ein – leise zuerst, dann immer lauter und fröhlicher. Unten in der Stadt traten die ersten festlich gewandeten Menschen auf die Straßen. In allen Gassen bildeten sich Gruppen, die mit tanzenden, noch immer verhaltenen Schritten langsam zur inneren Stadt gingen.

Das Licht des Sonnengottes wurde heller und wärmer. Es war, als würden sich alle noch jungen Blätter und Knospen an Büschen und Bäumen der streichelnden Kraft *Utus* entgegenstrecken. Und dann löste sich unter dem Klang von Flöten und kleinen Trommeln die Prozession der Priester vom *Weißen Tempel*. Sie waren wie für eine Königskrönung gewandet. Mit bedächtigen, aber frohen Schritten gingen sie über den großen Platz zwischen der Zikkurat, den Tempeln und den beiden Palästen, in denen Gilgamesch und seine Mutter Nin-sun wohnten.

Es würde lange dauern, bis der König und Hohepriester von Uruk gebadet und gesalbt, gekämmt und mit den kostbaren, neu angefertigten Festkleidern gewandet war, bis er seinen neuen Gürtel mit dem Waffengehänge angelegt und die Krone auf sein goldfarbenes, inzwischen wieder bis zu den Schultern reichendes Haar gesetzt hatte. In den vergangenen Monaten hatte sich Gilgamesch auch einen Bart wachsen lassen. Jetzt sah er ganz wie die Könige der ersten Tage nach der Sintflut aus – nur schöner, strahlender und jünger. Er war bereit für das Erscheinen der wahren Herrscherin von Uruk.

Die vierte Doppelstunde des Tages verstrich – und dann die fünfte. Als es Mittag wurde, begannen die Priester die Sklaven zu drängen. Immer mehr Würdenträger erschienen in festlicher Gewandung im Innenhof von Enmerkars Palast. Sobald sie den König von Uruk und Bräutigam *Inannas* sahen, verneigten sie sich und begrüßten ihn mit zusammengelegten Handflächen wie einen Gott.

Diesmal waren die Vorbereitungen ganz anders als bei seiner ersten, durch den Kampf mit Enkidu abgebrochenen ›Heiligen Hochzeit‹. Gilgamesch ging auf den Nubanda zu, legte eine Hand auf seine Schultern und bedeutete ihm, aufzustehen.

»Warum seid ihr zu diesem Neujahrsfest so fröhlich?« fragte er.

Akil sah Gilgamesch in die Augen. Die Falten auf seiner Stirn verliehen seinem Gesicht ein fast gnomhaftes Aussehen.

»Darf sich dein Volk nicht über deine Wandlung freuen?« gab Akil zurück. »Du kamst als Eroberer und Tyrann, aber von heute an wirst du der König sein, der dieser Stadt Ruhm und Glück gebracht hat! Du hast noch einen langen Weg vor dir! Vergiß nicht: du mußt auf jeder Stufe der Zikkurat ein Gebet sprechen. Und es sind hundert Stufen.«

»Ich bin gebadet und gesalbt«, antwortete Gilgamesch. »Aber ich werde mich nicht als Opferlamm für die Lust einer Göttin hergeben! Gib meinen Befehl weiter, daß sich die Priester und Priesterinnen Uruks auf die Treppen der Zikkurat stellen. Dann kann jeder von ihnen an meiner Stelle beten, wenn ich vorbeigehe ...«

»Willst du die Götter beleidigen?« fragte der Nubanda verwirrt. Jeder andere hätte Gilgameschs Vorschlag erschreckt zurückgewiesen, aber Akil kannte die Eigensinnigkeit seines früheren Schülers. »Ich werde mit den Orakel-Priestern reden!« versprach er.

Er entfernte sich, und Enkidu kam in den Thronsaal. Er war wie ein Schublugal-Anführer gekleidet.

»Nun?« fragte er lachend. »Wie fühlt man sich als Bräutigam einer Göttin?«

»Wie jeder andere Bräutigam in den Stunden vor seiner Vermählung«, antwortete Gilgamesch. Enkidu stieß ihn freundschaftlich in die Seite. »Mach uns keine Schande!« sagte er lachend.

Gilgamesch lachte ebenfalls. »Ich habe nicht vergessen, daß du sechs Tage und sieben Nächte mit Bara Nam-tara zusammengelegen hast.«

»Und es war ungeheuerlich!« schnaubte Enkidu und verdrehte die Augen. In diesem Moment erschien Harrap.

»Ich soll dich von deiner Mutter Nin-sun grüßen«, sagte er. Gilgamesch neigte den Kopf und lächelte. »Sollst du mir sonst noch etwas sagen?«

»Ja«, antwortete der kleine, zierliche Mann. Er senkte den Blick und blieb abwartend stehend.

»Nun?« drängte der König. »Was ist es?«

»Nimm dich in acht vor *Inanna*! Sie wartet schon seit Jahren darauf, daß sie dich endlich unterwerfen kann!«

»Sagst du das? Oder sagt das Nin-sun?«

»Das sagen alle in der Stadt! Und selbst aus anderen Königreichen zwischen Buranum und Idigna sind Boten und hohe Priester angereist, um die ›Heilige Hochzeit‹ zwischen dem mächtigen Gilgamesch und seiner Stadtgöttin mit eigenen Augen zu sehen.«

»*Inanna*!« rief in diesem Augenblick ein Guru durch den Innenhof des Palastes. »*Inanna* ist gekommen! Sie erschien oben auf der Zikkurat!«

»Na dann!« sagte Gilgamesch und reckte sich. Enkidu wollte ihn begleiten, aber der König streckte die Arme nach beiden Seiten aus und bedeutete damit, daß er keine Begleitung wollte. Er trat ins Mittagssonnenlicht hinaus, ging allein durch den Innenhof und sah sich nicht um. Dutzende von Priestern, Schublugals und alle Angehörigen des Rates folgten ihm mit respektvollem Abstand.

Der Nubanda von Uruk hatte schnell gehandelt. Gilgamesch ging langsam durch die Gasse zwischen den ehrfurchtsvoll murmelnden Männern und Frauen seines Volkes. Noch ehe er die Zikkurat erreichte, sah er, daß Priester und Priesterinnen eilig die Stufen hinaufhasteten.

Er nahm den direkten Weg nach oben. Vielstimmige Gebete begleiteten ihn, und über allem schwang das Klingen von Flöten, Handtrommeln und Leiern mit. Gilgamesch ging sehr langsam. An jedem Treppenabsatz blieb er eine volle Minute stehen. Es schien, als würde er selbst in ein schweigendes Gebet versinken, aber er wollte nur sehen, wie sich die jungen Zedern in den Baumschulen auf den Plattformen der Zikkurat entwickelt hatten.

Und dann erreichte er die Spitze des großen Stufentempels. Er erkannte Bara Nam-tara, mit der er seine erste Nacht als Mann in Schuruppak verbracht hatte. In diesem Moment sah er nicht die Nin-dingirra in ihr, sondern wieder das Mädchen aus dem Hochland von Aratta. Damals war sie nur eine Sklavin und eine Tempelhure gewesen. Auch *Inanna* hatte Beziehungen zum geheimnisvollen Hochland im Osten, aus dem alle Stämme Sumers einmal gekommen waren!

Für einen kurzen Augenblick vergaß Gilgamesch, warum er bis zur Spitze der Zikkurat hinaufgestiegen war. Der Jubel des Volkes auf den Straßen und Plätzen zwischen den Tempeln kam ihm auf einmal wie das Rauschen des fernen Zedernwaldes vor. Er sah Bara, mit der er seine erste wilde und trunkene Nacht geteilt hatte, und fragte nicht mehr nach *Inanna*.

Sie kam langsam zwischen den Gruppen der Oberpriester, der Gurus und Musikanten hindurch auf ihn zu. Und dann ging sie so stolz und dicht an ihm vorbei, daß nicht nur ihr Duft ihn streifte.

»Hüte dich vor *Inanna*!« flüsterte sie so leise, daß nur er sie verstehen konnte.

»Wo ist sie? Ich sehe sie nicht?«

Er drehte sich nach allen Seiten um. Die Göttin war nicht zu sehen und auch der Hohepriester und die Tempeltänzerinnen waren verschwunden.

Die Opferzeremonien und Gesänge dauerten bis in den späten Nachmittag. Als Gott *Utu* sein schönstes und wärmstes Abendlicht über das Land und die mauerbewehrte Stadt schmeicheln ließ, als der Frieden der Zeit zwischen Tag und Nacht alle Herzen öffnete – da endlich erschien sie, die unvergleichliche, legendenumwobene, die stolze und einmalige Göttin *Inanna*.

Gilgamesch stand hochaufgerichtet neben dem Podest aus Zedernbalken und Teppichen vor dem kleinen Tempel auf der obersten Plattform der Zikkurat. Er starrte sie an, als hätte er nie zuvor ein junges Mädchen, eine Frau, ein weibliches Wesen gesehen. Ihr dichtes, zu Zöpfen geflochtenes Blondhaar glich reifem Korn. Ihre Augen strahlten wie Lapislazulisteine im blinkenden Quellwasser der Berge. Ihre Brauen sahen wie die sanften Bergrücken des Zedernwaldes aus. Ihre Lippen erinnerten ihn an seine frühen Träume in Schukallitudas Gärten. Ihr Kinn, ihr Hals und ihre Schultern waren so vollkommen wie eine Alabasterstatue, und ihre Brüste bewegten sich wippend wie schwere Granatäpfel bei jedem Schritt. Sie trug nur einen Schleier um die vollen Hüften, nur Schmuck aus Gold und Edelsteinen auf ihrer nackten Haut, zwei schmale Doppelringe um die Oberarme, zwei breite Bänder um die Handgelenke, glitzernde Ketten um den Hals und Lederflechtwerk um die Taille und die Fußgelenke von endlos langen Beinen.

Inanna! Göttin der Liebe und des Morgensterns, des Krieges und der gestohlenen einhundert *ME*, ›Herrin des Himmels‹ und der Schiffe, die durch Lüfte geflogen waren, die leichtsinnige, eigenwillige und herrschsüchtige Göttin der Stadt Uruk.

Sie ließ sich Zeit, Gilgamesch zu betrachten. Ihre Mundwinkel zuckten leicht, während sich ihre vollkommenen Lippen ganz langsam öffneten. Ihr Busen hob und senkte sich immer heftiger. Der letzte Klang der Handtrommeln und Flöten erstarb, und auch vom Volk, das unten wartete, war kein Laut mehr zu hören.

»Komm zu mir, großer Held!« sagte sie mit einer wunderbar warm und sehnsuchtsvoll klingenden Stimme. »Komm zu mir und laß dich von mir streicheln. Nimm mich in deine starken Arme, umfange mich, bis unsere Körper sich vermählen!«

Sie kam so federleicht auf ihn zu, als würden ihre nackten Füße den teppichbelegten Boden nicht berühren. Gilgamesch konnte sich nicht bewegen. Sie stieg neben ihm auf das Podest bis ihre Köpfe auf gleicher Höhe waren. Sie spreizte die Finger ihrer rechten Hand und strich ihm sanft über die angespannten Brustmuskeln. Gilgamesch zuckte kaum merklich zusammen.

»Ja!« stöhnte sie und schloß für einen Moment die Augen. »Zeig mir die Kraft, die in dir steckt! Laß deinen Mannesstolz anwachsen, bis er zum Wahnsinn für mich wird! Nimm mich, mein Gatte. Dring in mich ein, damit die Schreie meiner Lust das ganze Land befruchten. Ich will dich! Und ich will deine Göttin sein!«

Ihre nackten Arme umschlangen ihn. Ihr Gesicht glitt über seine Brust und ihre Lippen küßten alle Stellen, so daß er noch heftiger zusammenzuckte.

»Komm!« stöhnte sie immer lauter. »Laß uns gemeinsam mit dem goldenen Wagen fahren. Ich schenke ihn dir, bis du das Paradies aus Edelsteinen in jedem Tropfen deines Blutes spürst, dein Blut und mein Blut sollen wallen wie die Sturmdämonen. Wir werden wie auf goldenen Rädern durch alle Höhen und Tiefen jagen, und unser Schweiß soll uns wie Zederndufteinhüllen!«

Er stand noch immer starr wie eine Riesenstatue vor dem Podest aus Zedernbalken und Teppichen. Seine gesalbte Haut glänzte im Abendrot wie Kupfer und Gold.

»Komm, mein geliebter König! Laß uns die ›Heilige Hochzeit‹ feiern, damit alle Welt dich bewundert und dir fortan nur noch im

Staub kriechend naht. Alle Könige, alle Edlen und alle Großen der Welt! Wenn du mich heute liebst, wirst du mehr Schätze erhalten als du dir vorstellen kannst! Sogar die Tiere, die Ziegen, werden Drillinge für dich werfen. Die Schafe werden Zwillingslämmer gebären, und schwerbeladene Esel werden so voller Kraft sein, daß sie die schnellen Anschu-kurras einholen können! Und ohnegleichen soll der Bulle sein, den du zu deinem Königsstier erklärst.«

Gilgamesch starrte sie mit großen Augen an. Er verzog sein Gesicht so mühsam, als wenn jeder Muskel mit Seilen gefesselt wäre. Seine Lippen wurden hart und seine Zähne schlugen aufeinander. Er schnaubte, blies schwer die Luft durch die Nasenflügel und erwachte plötzlich wie aus einem bösen Orakel-Traum.

»Was ... was redest du da?« stieß er rauh hervor. Er taumelte einen Schritt zurück. Dann packte er ihre Unterarme. Er mußte alle Kraft aufwenden, um gegen ihre göttliche Stärke anzukommen. Sie wollte ihn weiter umklammern, sich an ihn schmiegen und ihn mit ihren Angeboten betören, aber er wuchs erneut über sich hinaus und wurde zum Giganten, der es sogar mit einer Göttin aufnehmen konnte!

»Du machst es dir sehr einfach, *Inanna*!« rief er so laut und klar, daß ihn alle hören konnten. »Du glaubst, daß du mir nur deine göttliche Geilheit zeigen mußt, um mich zu bezwingen! Aber du irrst dich! Zum ersten Mal, seit ihr Götter uns wie Spielpuppen hin und her schiebt ... zum ersten Mal weigert sich einer von uns, auf dein Spiel einzugehen! Ich weigere mich ... ich, König Gilgamesch! Du willst, daß wir vor meinem Volk zusammen schlafen? Willst du beweisen, daß nicht einmal ich dir widerstehen kann? Daß auch ich dir Treue schwören ... dich anbeten .... dir untertan sein muß?«

Sie kam erneut auf ihn zu. In ihren Augen glühte ein Feuer der Leidenschaft, wie er es noch nie zuvor gesehen hatte. Sie streckte ihre Hände aus. Ihr Schmuck klirrte und blitzte im letzten Licht ihres himmlischen Bruders *Utu*.

»Sei nicht dumm, Gilgamesch«, gurrte sie. »Sieh doch, dein ganzes Volk wartet auf unser Liebesmahl.«

»Ich bin kein Knecht, der seine Kraft aus dem ›Haus des Lebens‹ an dich verschwendet! Der seinen Grabstock in deinem unersättlichen Pferch schwach werden läßt und den du anschließend hohnlachend vernichten kannst!«

Ihr Gesicht wurde dunkel vor Zorn.

»Wer bist du eigentlich?« zischte sie. »Glaubst du etwa, daß du selbstsüchtiger Narr neben einer Göttin bestehen kannst? Und was wirfst du mir vor, was du nicht selbst ohne Rücksicht auf die Gefühle anderer getan hast? Hast du die wilden Nächte vergessen, als die Männer Uruks an deiner wahnsinnigen Mauer nur noch von ihren Geliebten und Eheweibern träumen durften, während du dich in allen Betten herumgetrieben hast?«

»Hast du dich jemals darum gekümmert?« rief er laut. »Bin ich der König mit allen Rechten der ersten Nacht oder nicht?«

»Und ich?« rief *Inanna* ebenso laut. »Bin ich nicht die oberste Göttin von Uruk, der du zu dienen und zu gehorchen hast?«

Gilgamesch schüttelte den Kopf und lachte.

»Was hätte ich davon, wenn ich mich mit dir paare?« rief er mit weithin dröhnender Stimme. »Und du? Du ... du bist nur ein Ofen, der nicht wärmt ... ein Tor, das keinen Windzug abhält ... ein Palast, der wie Stroh zusammenfällt, sobald ein Krieger gegen ihn tritt ... ein Elefant, auf dem die Sitzdecke nicht hält ... Erdpech, das jeden schmutzig macht ... Schlauch, der schon beim ersten Schritt in die Wüste ausläuft ... brüchiger Kalkstein, der jede Ziegelwand zur schlechten Mauer macht ... eine Tontafel mit falschen Schriftzeichen für die Feinde des Landes ... ein Schuh, der jeden Fuß zerquetscht ...«

Er richtete sich noch höher auf.

»Wo ist der Mann, dem du jemals treu warst, Göttin der Liebe?« rief er anklagend. »Wo auch nur ein freier Vogel, der von selbst auf dich zugeflogen kam? Du willst nicht antworten, kannst es nicht? Na schön, dann sage ich dir, wen du alles betrogen hast: wie war das mit *Dumuzi*, dem Geliebten deiner Jugend? Du hast ihn so verraten, daß er die Hälfte jeden Jahres in der Unterwelt zubringen muß! Oder die Mandelkrähe, ihr hast du die Flügel zerbrochen, weil sie dir zu bunt waren. Jetzt sitzt sie im Gehölz und ruft *›kappi, kappi‹*. Und dann der Löwe, erinnerst du dich? Du hast ihm Liebe versprochen, bis er dir wie ein Hund folgte. Und was geschah dann? Eine Fallgrube nach der anderen! Noch mehr?«

Er lachte triumphierend.

»Du sollst es hören! Ein Anschu-kurra-Hengst folgte dir, bis er sich mit dir paaren durfte. Dein Dank waren Peitschenhiebe und Messerstiche, denn du hast ihn zur Jagd freigegeben, bis er nach sieben Doppelstunden in den Sümpfen verreckt ist und seine Mutter Silili aus Gram starb! Aber das alles reichte dir ja noch nicht! Du hast den Hirten verführt, bis er seine gesamte Herde für dich schlachtete. Als er aus blinder Liebe zu dir verrückt wurde, hast du einen Wolf aus ihm gemacht, den seine eigenen Hütejungen verscheuchten und seine Hunde ins Bein bissen!«

Er stockte, holte tief Luft und beugte sich vor. Die Stadtgöttin von Uruk strich sich mit der Zungenspitze über die Lippen. Ihr Zorn trat hinter eine erneute Versuchung des Königs zurück. Sie hob die Hände. Ihr Körper kam mit wiegenden Bewegungen auf ihn zu.

»Nein ... bleib, wo du bist und faß mich nicht an! Denn noch fehlt Ischullanu, der Palmengärtner deines Vaters! Er hat dir jeden Tag Körbe mit Datteln gebracht, bis du seine Hand nahmst und sie zwischen deine Beine legtest. Geil warst du, aber er hatte Angst vor deiner Gier! Hat er dir nicht gesagt: ›Ich bin anständig bei meiner Mutter aufgewachsen und will kein Strohfeuer mit einem Weib, das ich nicht kenne‹? Und deine Antwort? Zum Krüppel hast du ihn gemacht! Der Unglückliche mußte von dem Tag an wie ein Frosch durchs Leben hüpfen. Und er verkam in Hohn und Schande!«

Gilgamesch hielt ein, schürzte die Lippen und schüttelte den Kopf. »Nein, Göttin!« lachte er überlegen. »Nicht mit mir! Deine Liebe ist nicht gut genug für mich! Mach, was du willst, aber nicht mit Gilgamesch!«

Er hob die Hände, lachte noch einmal, drehte sich um und ging mit hocherhobenem Kopf an den zutiefst verwirrten Priestern vorbei bis zur Treppe der Zikkurat. Für einen Augenblick sah er Enkidus entsetztes Gesicht. Der Wildmann hob flehend die Hände, aber der König von Uruk spuckte nur verächtlich aus. Noch einmal drehte er sich um.

»Niemand braucht Götter wie dich!« rief er *Inanna* zu. »Also verschont uns zukünftig mit euren Besuchen. Sucht euch dümmere Völker, dümmere Menschen, die noch an einen heiligen Akt glauben, wenn Weiber wie du ihre Schenkel öffnen!«

Es war, als würden über der Zikkurat und der Stadt alle Zeiten der Ewigkeit stehenbleiben, denn so hatte noch nie zuvor – in keiner Stadt, an keinem Opferfeuer – ein Mensch die Götter mißachtet und geschmäht.

INANNAS RACHE

Sie brauchte keinen Himmelswagen und kein Geleit der niederen Götter. Bebend vor Wut und mit einem gewaltigen Feuerschein fuhr sie von der Spitze der Zikkurat in den frühen Abendhimmel hinauf. Ihr Schrei nach Rache übertönte das Heulen und das entsetzte Jammern der Menschen von Uruk. Jedermann außer Gilgamesch hatte sich in den Staub geworfen, aber die Göttin der großen und stolzen, eben noch festlich gestimmten Stadt floh durch die Räume der Himmel. Nicht einmal die *Anunnaki* konnten sie aufhalten. Ihr Zorn war so grenzenlos, daß sogar ihr Vater *An*, der weitentfernte, sie hörte. Er kam ihr mit *Aruru* entgegen.

»O Vater, mein Vater!« weinte *Inanna*, nachdem sich ihre Sphäre mit der ihrer göttlichen Eltern vereint hatte. »Ihr könnt euch nicht vorstellen, wie grausam mich dieser Mensch behandelt hat!«

»Sprichst du von Gilgamesch?« fragte *An*. *Inanna* brach in noch mehr Tränen aus. Sie umarmte ihre Mutter und schluchzte, wie noch nie zuvor eine Göttin geschluchzt hatte.

»Er hat mich beleidigt, geschmäht, dem Gelächter der Menschen preisgegeben! Ich kam zur ›Heiligen Hochzeit‹ mit ihm, aber er wollte mich nur noch vor seinem ganzen Volk demütigen! Seine Beschimpfungen waren so grausam, schlimmer als Flüche!«

»Sei still, Kind!« sagte *Aruru*. »Und bedenke, ob dein Zorn ihm oder dir selbst gilt.«

»Warum mir selbst?« schluchzte *Inanna*. »Ich war ohne Arg und wollte wirklich nur ...«

»Prüfe dich, ehe du antwortest,« mahnte ihre Mutter. »Ich kenne dich, *Inanna*! Du warst schon immer eigensinnig. Erinnerst du dich nicht mehr an die hundert *ME*, die du voreilig über die Menschen geschüttet hast? An *Dumuzi*, deinen ersten Gemahl? Oder an deinen Frevel, als du *Ereschkigal* die Unterwelt wegnehmen wolltest?«

»Ja, ja, aber was hat das mit diesem Größenwahnsinnigen zu tun, der einen Wildmann mehr liebt als mich – seine Göttin ...«

»Der Wildmann ist mein Geschöpf – vergiß das nicht!« sagte *Aruru* streng. »Und du ... hast du nicht mehr als einmal diesen ganz und gar ungewöhnlichen Mann gereizt? Hast du ihn, der zu zwei Dritteln einer von uns ist, nicht auf sehr böse Weise verführt, als du ihm den *Chuluppa*-Baum für Pukku und Mikku schenktest? Und wie oft hast du dich in Gestalt irdischer Frauen und Mädchen zu ihm gelegt, um seine Lendenkraft zu genießen?«

»Das wißt ihr?« fragte *Inanna* verlegen.

»Du hast zu lange auf der Erde gelebt«, sagt *An* streng. »Als wir zum ersten Mal vom Himmel herab in die Welt der Menschen stiegen, gerieten wir nie in die Gefahr, uns an ihre Lebensweise zu gewöhnen. Sie waren wie Tiere für uns. Aber nun verändern sie sich. Sie beginnen, die göttlichen *ME* für etwas Selbstverständliches zu halten. Im Licht der Ewigkeit betrachtet, ist es deine Schuld, meine Tochter, daß wir uns immer mehr von ihnen zurückziehen müssen! Die Menschen sind aufgewacht. Und nichts reizt sie mehr als Tabus und Geheimnisse, die eigentlich uns gehören!«

»Können sie ... können sie etwa werden wie wir?« fragte *Inanna* entsetzt.

»Nein«, antwortete *An*. »Sie sind und bleiben Sterbliche! Aber sie wissen von uns, und immer mehr von ihnen werden daran arbeiten, die Dinge zu ergründen, die in der Erinnerung an uns verankert sind! Und vielleicht – in fernen Tagen ihrer Zukunft – werden sie Wagen bauen, die ohne Zugtiere schneller als ihre Anschukurras sind. Sie werden sich mit künstlichen Flügeln über Länder und Städte erheben, das Geheimnis der Energie in der Materie entdecken und uns in Himmelsräumen suchen.«

»Das dürfen wir nicht zulassen!« stieß *Inanna* erregt hervor. »Sie sind keine Götter, sondern Nachfahren von Tieren!«

»Vergißt du, daß etwas Göttliches in jedem von ihnen ist? Wir waren es, die sich mit den Tieren der Erde paarten und ihre Art erschaffen haben!«

»Sie müssen fort!« fauchte *Inanna*. »Du bist der Gott aller Götter, und Gilgamesch hat auch deinen Namen gelästert als er mich beschimpfte! Wenn Menschen wie dieser Frevler ohne Strafe bleiben, dann werden immer neue Könige kommen, die sich für stärker halten als alle Götter!«

Ein böser, nur noch von Haß und Rachedurst erfüllter Blick verzerrte ihr Gesicht. »Schaff mir eine Waffe, Vater, einen Himmelsstier, mit dem ich die Schmach auslöschen kann!« forderte sie kalt. »Es muß eine starke Waffe sein, vor der kein Palast und keine Mauer der Menschen bestehen kann!«

»Nein!« sagte *An*.

»Was heißt das? Hast du nicht selbst gesagt, daß sie uns auch noch die letzten Geheimnisse stehlen werden, wenn wir sie nicht sofort in ihre Schranken weisen?«

»Aus dir spricht nur noch Eitelkeit und Haß!«

»Ja, ich hasse diesen Mann! Ich hasse ihn und will ihn vernichten! Begreifst du denn nicht? Er hat mich verschmäht ... mich, eine Göttin! Und wenn ich den Himmelsstier nicht bekomme, dann zerschlage ich sämtliche Tore der Unterwelt! Dann sollen die Toten hervorquellen und alle Lebenden auffressen, solange, bis mehr Tote als Lebende zwischen Bergen und Wüsten herumirren!«

Der höchste und erhabenste aller Götter sah die göttliche Wesenheit an, die alles erschuf, was er dachte. Der Zorn *Inannas* verwirrte beide. Ihre Drohung klang so furchtbar, daß sie begannen, ihr nachzugeben.

»Wenn wir dir den Himmelsstier geben, wird sieben Jahre lang kein Korn auf den Feldern wachsen, über die sein feuriger Atem schnaubte«, wandte *Aruru* ein. »Und wer nicht sofort stirbt, wird an schwelendem Aussatz erkranken. Und dann muß ich mich wieder um das Überleben der Unschuldigen sorgen.«

»Nicht nötig!« sagte *Inanna* schnell. »Ich weiß, wo Kornspeicher sind! Ich kenne auch die Täler in den Bergen, in denen Gras für das Vieh wächst. Ich will nur Gilgamesch und Enkidu, die Frevler!«

»Also gut«, sagte *An* mit einem tiefen Seufzer. »Wie stark soll die Waffe, der Himmelsstier sein?«

»Stark genug, um zwei Männer zu bezwingen, die eine heilige Zeder fällen und das Ungeheuer *Chuwawa* töten konnten!«

Gott *An* schwieg sehr lange. Dann sagte er: »Ich werde mir einen Himmelsstier ausdenken und *Aruru* wird ihn erschaffen!«

Gilgamesch hatte erneut ein Stück der alten Ordnung zerstört. Es dauerte viele Wochen, bis sich die Furcht legte und Angst dem Gefühl der Bewunderung für den großen und unvergleichlichen König von Uruk wich.

»Habt ihr gesehen, wie er sich vor ihr aufrichtete und wie stark er dabei aussah«, fragten die Mädchen an den Waschplätzen, und ein seltsamer Glanz trat in ihre Augen. Ältere Frauen faßten an ihre Amulette. Sie murmelten leise Gebete. Als aber auch die Männer auf den Feldern darüber sprachen, daß Gilgamesch sich wie ein richtiger Mann benommen hatte, da verstummten die warnenden Stimmen allmählich. Nur die Priester und Priesterinnen des *Inanna*-Heiligtums verhielten sich abwartend. Sie bekamen kaum noch Opfergaben, Kräuter und Holz. Gilgamesch hatte sich von der Stadtgöttin losgesagt. Auf Anraten von Abram sollten die Urukäer in Zukunft nur noch dem einen und allerhöchsten Gott *An* huldigen.

»Was nützt es, vielen kleinen Göttern zu opfern, ihre Statuen anzubeten und ihnen Altäre zu bauen, wenn sie doch allesamt nur dem einen König des Himmels untertan sind?« hatte er gesagt.

»Der Eine kann nicht überall sein!« warf Akil ein. Als Nubanda und oberster Verwalter von Uruk wußte er, wovon er redete.

»Das mag stimmen«, entgegnete Abram. »Aber wer den obersten Herrscher stärkt, verpflichtet auch seine Gefährten und Diener!«

»Wir werden den Tempel von Gott *An* zu einem Heiligtum ausbauen, wie es noch nie eine Stadt gesehen hat!« entschied Gilgamesch. »Arbeitet Pläne aus, und spart nicht mit Alabaster, feinem Zedernholz, Säulen aus Stein, bunt glänzenden Reliefs auf den Ziegeln und Quarzen, die aus den fernen Bergländern herbeigeschafft werden! Und du, Abram, sollst der oberste Urigallu des neuerbauten *Weißen Tempels* sein, auch wenn du nicht dem Volk von Uruk entstammst!«

Es geschah, wie es der König und Hohepriester befohlen hatte. In manchen Nächten drangen gedämpfte Gesänge durch die mit dicken Tüchern verhängten Fensteröffnungen des *Eanna*-Tempels. Während der ganzen Zeit war der Morgenstern nicht mehr zu sehen.

Die Wintersaat sproß zu frischem Grün, Büsche und Sträucher blühten, es gab mehr Vögel als sonst in den prächtigen Baumschulen zwischen Kanälen und Palmenhainen, und auf den Weiden wuchs das Vieh stark und gesund heran.

Der Monat Nisannu verging und dann der Ajaru.

Am ersten Tag des Monats Simanui bat Agga von Kisch darum, in seine Heimatstadt zurückkehren zu dürfen. »Hier ist alles fruchtbar und gut geordnet«, sagte er zu Gilgamesch. »Du brauchst mich nicht mehr als Anführer deiner Krieger. Laß mich mit einigen meiner Getreuen zurückkehren und meine Stadt nach dem Vorbild Uruks gestalten.«

Gilgamesch saß im Innenhof seines Palastes. Enkidu, Harrap und einige andere Gefährten hockten zwischen einem neu angelegten Brunnen und einer Feuerstelle, über der zwei Sklaven einen Spieß mit Wasservögeln drehten.

»Was meint ihr dazu?« fragte Gilgamesch.

»Verbündete Könige in einer anderen Stadt sind wertvoller als Heerführer«, sagte Harrap mit einem Seitenblick zu Abram.

»Agga hat sich in den vergangenen Jahren wie ein Bruder verhalten«, meinte Enkidu zustimmend. Er wandte sich an Gilgamesch. »Zeig, daß du großherzig sein kannst und gib ihm Kisch als freie Stadt zurück!«

»Wenn du es sagst, mein Bruder«, antwortete Gilgamesch und lächelte. Agga stand auf, ging auf Gilgamesch zu und umarmte ihn. »Wir werden jedesmal ein großes Fest feiern, wenn dich dein Fuß in unsere Nähe bringt«, versprach er. Die folgenden Tage vergingen mit den Vorbereitungen von Aggas Abreise. Als er mit dreihundert Kriegern und fast ebensovielen Frauen aus Kisch und Uruk die Stadt verließ, standen die Urukäer an den Straßen, winkten ihnen zu und gaben ihnen die ersten Früchte, lebende Ferkel, Käse und Amulette mit.

Die restlichen Tage des frühen Sommermonats waren warm und angenehm. Die Fischer der Stadt fanden jeden Morgen mehr Fische in ihren Netzen und Reusen als in den Jahren zuvor. Jäger und Vogelfänger brachten Wildbret zu den Marktplätzen der Stadt. In den Gärten reiften die Früchte heran, und selbst auf die Mädchen und Frauen schien die zum zweiten Mal mißglückte ›Heilige

Hochzeit‹ keinen nachteiligen Einfluß zu haben. Im Gegenteil: so viele Schwangere zur gleichen Zeit hatte Uruk nur in dem Jahr gesehen, in dem die Männer der Stadt auf den Feldern geschlafen hatten.

Auch im Palast des Königs stand alles zum Besten. Die Schreiber tauschten Tag für Tag die Ergebnisse ihrer Viehzählungen und Ernteberechnungen mit den Verwaltungspriestern des *Weißen Tempels* aus.

Reisende Händler boten im Innenhof kostbare Stoffe, Metalle und Edelsteine an. Einige kamen von weither mit Salben und Duftstoffen, andere bekamen das Privileg, zwischen Uruk und den Städten Nippur und Schuruppak, Borsippa und Kisch regelmäßige Karawanenwege einrichten zu dürfen. Sie erbaten den Schutz junger Krieger gegen Wegelagerer und immer häufiger durch das Land ziehende Eindringlinge aus der Gegend des Zedernwaldes und erhielten ihn.

Am zwanzigsten Tag des Monats Simanui ertrank Bir Hurturre beim Morgenbad im Uruk-Adab-Kanal. Gilgamesch ließ seine Begleiter kommen und fragte sie, wie es geschehen war.

»Er wollte sterben«, sagte einer von ihnen nach kurzer Befragung durch den neuen Lu-abal. »Er grämte sich, weil Zabardi Banuga und nicht er den Platz Aggas als Anführer der Schublugals von Uruk erhalten hat.«

»Er war ein Mann, der meinem Großvater gehorcht hat«, sagte Gilgamesch. »Man soll ihn mit einer großen Zeremonie am Rand des Königsfriedhofs vor der alten Stadtmauer begraben!«

»Wirst du dabei sein?« fragte Enkidu.

»Nein«, antwortete Gilgamesch. »Denn sein Befehl lautete damals, mich zu töten. Wäre er besser gewesen, dann gäbe es mich heute nicht!«

»Und warum hast du dich niemals an ihm gerächt?« fragte Enkidu. »Sein Name war ›brüllender Mörder der Schwachen‹, und du hättest ihn schon am Tag nach der Verheerung der Stadt durch König Mebaragesi hinrichten können für das, was er nach deiner Geburt getan hat.«

»Kein weiser König wird diejenigen streng bestrafen, die Treue zu einem anderen König bewiesen haben«, antwortete Gilgamesch. »Täte er es, hätte er zwar die Wut des Volkes besänftigt, aber auch seine eigenen Gefährten unsicher gemacht!«

»Kommt diese Meinung aus den göttlichen *ME*?« fragte Enkidu.

»Ja«, antwortete Gilgamesch schlicht.

Sie sprachen noch über dieses und jenes. Boten von den Städten im Süden und Osten überbrachten Geschenke, baten um Zuchttiere und fragten an, ob Uruk nach reicher Ernte zum Tausch von Vorräten bereit sei.

Der Tag näherte sich der Mittagsstunde, als plötzlich ein grelles Trompetensignal den Lärm in der Stadt verstummen ließ. Im Innenhof des Enmerkar-Palastes sprangen die Krieger auf. Enkidu, Abram, Harrap und Akil blickten fragend zu Gilgamesch.

»Ein Warnruf von Zabardi Banuga!« sagte der König und zog die Brauen zusammen. »Er kommt von den nördlichen Wachttürmen der neuen Mauer!« Er griff nach seinem Schwert, gürtete sich und lief mit weiten Schritten zur Treppe, die zum Dach des Palastes führte. Oben angekommen legte er seine Hand über die Augen und schaute nach Norden. Überall auf den Feldern und an den Hebwerken der Kanäle standen wie erstarrt Männer und Frauen seines Volkes. Sie blickten ebenfalls zu jenem Wachtturm am Nordtor, von dem das Trompetensignal gekommen war.

»Siehst du etwas?« fragte Enkidu, der gleich nach ihm die Dachplattform erreicht hatte.

»Nur eine Staubwolke in nordwestlicher Richtung ...« Er streckte den rechten Arm aus. »Dort, am Ufer des Buranum!«

»Jetzt sehe ich sie«, bestätigte Enkidu. »Was kann das sein? Ein Sandsturm? Ein Ungewitter?«

Gilgamesch lachte trocken.

»Nein, mein Bruder!« preßte er grimmig hervor. »Das wird die Rache *Inannas* sein! Seit Monaten habe ich Tag und Nacht darauf gewartet!«

Gilgamesch preßte die Lippen so hart aufeinander, daß sie nur noch einen schmalen Strich bildeten. Er holte tief Luft durch die Nase, schüttelte sein lockiges Haar zurück und schnippte kurz mit den Fingern.

»Wir nehmen den Kampf auf!« sagte er so leise und beherrscht, daß nur Enkidu ihn hören konnte. »Aber diesmal werden wir direkt gegen strafende Gottheiten antreten müssen!«

»Hast du Angst vor Zauberei und Dämonen?« fragte der Wildmann.

»Nein«, lachte Gilgamesch trocken. »Nur vor der Wut eines göttlichen Weibes ... das ist der schrecklichste der Schrecken!«

»Dann laß uns alles einsetzen, was wir *Inanna* entgegenstellen können!« sagte Enkidu. Gilgamesch nickte. Enkidu drehte sich um. Er legte seine Hände vor den Mund und rief so laut er konnte: »Zu den Waffen, Krieger von Uruk! Versammelt euch am Nordtor. Versammelt euch am Nordtor!«

Sein Ruf hallte über die Stadt, die Gärten und das Land hinweg. Er streckte den linken Arm aus. Im Innenhof des Palastes griffen Schublugals und junge Krieger zu klirrenden Schwertern, Speeren und Bogen, doppelt geschliffenen Kampfäxten und großen, rechteckigen Höckerschilden. Enkidu streckte den rechten Arm aus. Auf den Stufen der Tempel liefen Musiker mit großen Kesselpauken, Schalmeien, Zimbeln und Posaunen zusammen.

»Zu den Waffen! Zu den Waffen!« wiederholten überall in der Stadt die Schublugals, die in Friedenszeiten als Bauern tätig waren. Viele eilten zu ihren Häusern, um sich zu gürten, andere kamen direkt aus den Gärten zum alten Enmerkar-Palast. Die Musikinstrumente begannen mit einem ohrenbetäubenden Lärm. Selbst wer weiter draußen oder südlich der Stadt arbeitete, konnte den Befehl zum Sammeln nicht überhören.

Gilgamesch hielt gleich auf dem Dach Kriegsrat mit den nach und nach eintreffenden Anführern, mit den Dubsars der Tempelverwaltung und mit hastig herbeigeeilten Priestern.

»Wie sehen die Orakel aus?« wollte er wissen.

»Wir wissen noch nicht, was wir fragen sollen ...«

»Fragt, ob Götter in der Nähe der Stadt sind!« befahl Gilgamesch ungehalten. »Fragt nach Unwettern, Katastrophen und Seuchengefahr!«

»Wir müßten zuvor den Mond und die Sterne sehen«, sagte einer der *Inanna*-Priester zögernd.

»Was soll diese Antwort?« stieß Gilgamesch hervor. »Was habt ihr getan in den vergangenen Nächten? Wer hat euch geheißen, die Fensteröffnungen eures Tempels mit Tüchern und Decken zu verhängen, so daß ihr den Himmel nicht mehr beobachten konntet?«

Die Priester senkten die Köpfe. Einige fielen auf die Knie und streckten betend die Hände vor.

»Wer war es?« brüllte Gilgamesch sie an.

»Herr, es war *Inanna*«, sagte einer der jüngeren Priester. »Sie erschien uns und sagte, wir sollten Geduld haben und Opfer für sie bringen.«

»Geduld haben und Opfer für sie bringen? Warum weiß ich nichts davon?« brüllte Gilgamesch noch lauter. »Wißt ihr, was ihr mit diesem Verrat an mir getan habt? Ihr habt verhindert, daß ich mich auf den Kampf mit dieser Unersättlichen vorbereite!«

Er trat einen Schritt vor. Um ein Haar hätte er die Priester mit einer einzigen Handbewegung vom Dach des Palastes gefegt. Enkidu fiel ihm gerade noch rechtzeitig in den Arm.

»Nein, Gilgamesch! Sie haben nur aus Angst vor den Göttern an der alten Ordnung festgehalten! Vergiß nicht, was du selbst über die Treue zu anderen Königen gesagt hast ...«

Gilgamesch konnte sich nur mühsam beherrschen. »Dieses Weib!« knirschte er. »Dieses verfluchte Weib! Los, laß uns die erste Kampflinie einteilen!«

Er sah über die Dächer der Häuser hinweg. Die Staubwolke näherte sich mit großer Geschwindigkeit. Und plötzlich erkannte er die Stirn und die Hörner, die mächtige Brust und die stampfenden Beine eines gewaltigen Stieres. Der Stier schien gleichzeitig zu laufen und wie ein gepanzerter Kampfwagen zu fahren. Aus seinen Nüstern kam feuriger Rauch und seine Augen glitzerten wie zwei zur Erde fallende Sterne.

»Schickt hundert Krieger mit Wurfäxten, Speeren und Bogen gegen ihn!« befahl der König. »Sobald sie jenseits der Mauer sind, soll Zabardi Banuga das Nordtor wieder verschließen und mit starken Balken sichern!«

Enkidu gab den Befehl des Königs an die unruhig wartenden Unterführer im Innenhof des Palastes weiter. Sofort tauschten sie ihre Waffen untereinander, dann stürmte die erste Gruppe los. Sie brauchte nur wenige Minuten bis zur alten Mauer. Krieger aus allen Stadtteilen schlossen sich an, bis sie hundert Köpfe zählten. Auf der neuen Mauer hatte Zabardi Banuga inzwischen die stärksten Kampfwagen der Stadt auffahren lassen. Jungstiere, Esel und Anschu-kurras zogen weitere Kampfwagen von anderen Stellen der Mauer zum nördlichen Teil des Bollwerks.

»Die nächsten zweihundert sollen sich bereitmachen und hinter der Mauer verstecken!« befahl Gilgamesch als die erste Gruppe das Nordtor passiert hatte. »Und dann nochmals dreihundert Mann!«

Enkidu rief die Befehle des Königs in den Lärm des Innenhofes. Dann kam er zu Gilgamesch zurück. Er kraulte die Haare auf seiner nackten Brust und sah Gilgamesch fragend an.

»Was hast du vor? Willst du seine Kraft zermürben?«

»Genau das will ich!« antwortete Gilgamesch entschlossen. »Denn auch wir beide zusammen könnten ohne die Krieger der Stadt nicht gegen ihn antreten! Du hast die Unterwelt überstanden. Gemeinsam haben wir die heilige Zeder gefällt und das Ungeheuer *Chuwawa* besiegt. Aber ich ahne, daß diese Götterwaffe da draußen furchtbarer ist als alles, was wir jemals gesehen haben!«

Er drehte sich um und blickte in den Innenhof des Palastes.

»Ist jedermann bereit?« rief er nach unten.

»Wir werden den Stier wie ein Wildschwein erlegen!« antwortete Dimus, der Sohn des Jägers, mit hellem, freudig erregtem Lachen. Im gleichen Augenblick stampfte der Himmelsstier weit vor dem Nordtor der Stadt auf. Es klang wie ein dumpfer, gewaltig rollender Schlag auf eine riesige Kesselpauke. Ein Feuerschnauben schoß auf die Gruppe der ersten hundert Kämpfer zu. Der lodernde Odem traf die Erde direkt vor den Männern. Er riß ein Loch auf, so groß wie fünf Häuser. Die Krieger Uruks rissen die Arme hoch. Sie ließen ihre Waffen fallen und stürzten kopfüber in die Grube. Sie starben, noch ehe auch nur ein einziger einen Schrei ausstoßen konnte. Und dann stieg eine Rauchwolke hoch. Sie sah wie ein riesiger rundköpfiger Pilz aus.

Entsetzt starrten die Männer um den König auf den brennenden Kreis um das Loch in den Feldern.

»Was war das?« keuchte Enkidu. Gilgamesch ballte schweigend die Hände zu Fäusten. »Los!« sagte er entschlossen. »Zum Nordtor! Die zweite Gruppe soll warten, bis wir dort sind!«

Enkidu gab den Befehl des Königs sofort weiter. Zusammen mit Gilgamesch eilte er in den Innenhof hinab. »Bringt uns die Äxte, mit denen wir die heilige Zeder fällten und *Chuwawa* besiegten!« rief er schon an den Treppenstufen Eunuchen und Gurus zu. Die Männer rannten in die Waffenkammer neben der Schmiede und schleppten ächzend die schweren Waffen des Königs und seines Freundes heran.

»Willst du dich nicht gürten und dein Kampfgewand anlegen?« rief Harrap dem König zu.

»Nein, dazu bleibt keine Zeit mehr!«

Gilgamesch griff nach der mächtigen Axt aus Eisen und ließ sich sein Langschwert reichen. Auch Enkidu nahm seine Axt und sein Schwert. Sie sahen sich kurz an, nickten und stürmten nebeneinander durch das geöffnete Tor des alten Palastes. Mit riesigen Schritten rannten sie über den weiten Platz und sprangen genau an der Stelle über die alte Mauer, an der Gilgamesch vor Jahren seinen ersten Schwerthieb gegen die Stadt Uruk geführt hatte.

Sie sahen sofort, daß sie zu spät kamen. Niemand konnte später sagen, warum der Befehl des Königs, von Enkidu weitergegeben, nicht befolgt worden war. Jenseits der neuen Mauer stürmten zweihundert Krieger auf den bedrohlich nah an die Stadt herangekommenen Himmelsstier zu. Sie wollten sich ihm entgegenwerfen, doch die Waffe der Göttin *Inanna* ließ erneut einen Paukenschlag hören. Wieder schoß Feuer aus den Nüstern des Himmelsstiers. Und wieder brach eine Grube in der Erde auf, groß wie fünf Häuser.

Gilgamesch und Enkidu hatten die Strecke zwischen dem Stadthügel und der neuen Mauer so schnell überwunden, daß sie gerade noch sehen konnten, wie zweihundert Krieger hoch in die Luft flogen. Die Männer starben im Pesthauch der Götterwaffe. Ihre verbrannten Körper stürzten in die Grube, und ein zweiter Rauchpilz stieg in den Himmel hinauf.

»Bei allen Göttern des Himmels und der Unterwelt!« keuchte Enkidu. Er prallte neben Gilgamesch gegen die Krone der neuen Mauer. Überall drängten Wachen, Wagen und Zugtiere von den Rundtürmen auf die schrägen Ebenen an der Innenseite des Bollwerks zurück.

»Ich will allein gegen ein Dutzend Ungeheuer kämpfen, aber nicht gegen einen so grausamen Mordstier!«

»Wir müssen kämpfen«, sagte Gilgamesch vor Zorn glühend. »Wir beide, hörst du! Wir beide sind es, auf die es *Inanna* abgesehen hat! Aber irgendwo muß auch dieses Monster seine schwache Stelle haben! Los, komm! Sonst sind dreihundert weitere Krieger Uruks nur noch Asche!«

Er winkte Enkidu und sprang mit seinen Waffen neben einer überfüllten Erdrampe nach unten. Enkidu folgte ihm ohne zu zögern. Sie rannten auf die stärkste Männergruppe direkt am Nordtor zu.

»Bleibt in der Deckung der Mauer!« brüllte Gilgamesch den wartenden Männern entgegen. Die meisten hatten nur von den Wächtern auf der Mauer gehört, was geschehen war. »Vom Tor weg! Das ist jetzt mein Kampf und der von Enkidu!«

Noch ehe sie das versperrte Nordtor erreichten, hatten die Männer Zabardi Banugas bereits die Balken herausgewuchtet. Die schweren Tore drehten sich langsam in ihren Ankersteinen. Enkidu war etwas schneller als Gilgamesch. Er rannte als erster durch den Spalt zwischen den beiden Torflügeln. Gilgamesch sah den haushohen Himmelsstier kaum zwei, drei Seillängen entfernt. Er stampfte und mahlte voller Ungeduld durch ein Kornfeld. Dann entdeckte er sie. Seine Hörner senkten sich, und er kam schnell auf sie zu. Der dritte Paukenschlag aus seinem Aufstampfen war lauter als alles, was Gilgamesch jemals gehört hatte, lauter als Pukku und Mikku und lauter als jeder zornige Donner!

Mit einem gewaltigen Satz sprang Enkidu aus der Bahn des Feuerschnaubens. Er verbrannte nicht wie alle anderen vor ihm, sondern fiel nur in die Grube, die flacher war als die beiden vorangegangenen. Er kam sofort wieder hoch. Gilgamesch sah, daß Enkidu bis zur Hälfte im Erdloch stand, als der Rauchpilz über ihm aufstieg. Der Himmelsstier erreichte den Rand des Kraters, den er selbst in den Boden geschlagen hatte, aber Enkidu gab nicht auf.

Er griff nach den beiden riesigen Hörnern, die wie lapislazuliblau schillerndes Eisen aussahen. Rauch, Dampf und giftige, nach Erdpech stinkende Ausdünstungen verklebten Enkidus Augen und verschmierten sein Haarkleid. Der Himmelsstier stampfte auf und schleuderte mit seinem peitschenden Schwanz schillernden, dampfenden Kot über den Wildmann.

»Hilf mir, Gilgamesch!« schrie Enkidu. »Hier ist sie, die schwache Stelle: genau zwischen Hals und Hörnern! Ich halte ihn, du mußt zuschlagen.«

Gilgamesch reckte sich. Er riß den Mund auf und stieß einen furchtbar dröhnenden Schrei aus. Er schwang sein Schwert, spürte die Kraft in sich, wurde erneut riesenhaft und schlug zu. Die eiserne Klinge glitt am Eisengehörn des Himmelsstiers ab. Sie drang nicht am Hals, sondern am Nacken tief in die fauchende Bestie ein. Enkidu fiel schlaff nach unten. Der Himmelsstier riß den gehörnten Kopf hoch, stampfte noch zwei-, dreimal schwankend weiter, dann stürzte er in die dritte Grube, die er in Uruks Boden gerissen hatte.

Der Jubel der Krieger erreichte Gilgamesch und Enkidu, noch ehe ihnen bewußt geworden war, daß sie die furchtbare Waffe *Inannas* besiegt hatten. Gilgamesch hatte einen Arm um den keuchenden, spuckenden Freund gelegt. Sie hingen mit den Rücken an der Flanke des toten Himmelsstiers und schnappten in all dem Gestank mühsam nach Luft.

Als die Gesichter der Krieger über dem Rand der Grube auftauchten, fühlten sich Gilgamesch und Enkidu so schwach wie nach sieben Nächten in den Armen von Tempelhuren.

»Besiegt!« rief der Sohn des Jägers. »Ihr habt die Bestie besiegt!«

»Dann weidet sie aus und opfert ihr Herz dem Sonnengott«, murmelte Enkidu vollkommen erschöpft. Gilgamesch erkannte Dimus am Rand der Grube. »Tut, was er möchte«, rief er.

Zehn, zwölf Krieger kamen herab. Sie hoben Enkidu auf und stützten den König. Nur wenige Schritte vom Rand des Kraters entfernt wurde ein Opferfeuer angezündet. Während die Weiber der Stadt an den anderen Löchern in der Erde laut kreischend Klagelieder anstimmten, opferten die Krieger der überlebenden dritten Gruppe das riesige Herz des Himmelsstiers dem, der Leben wachsen lassen konnte.

Kaum brutzelte das stinkende Blut des toten Kampfstiers in den

Flammen des Opferfeuers, als plötzlich ein strahlender Lichtschein von den Tortürmen der großen Mauer ausging. Heller noch als der feurige Wagen des Sonnengottes blendete der göttliche Glanz *Inannas* die verwirrten Menschen an den Resten der alten Mauer und auf den Feldern. Viele fielen vor Angst jammernd auf den Boden.

»Gil-ga-mesch!« schrie *Inanna* mit einer grausig schrill klingenden Stimme. »Ich verfluche dich hier und heute für alle Zeiten! Du hast mich verschmäht und gedemütigt. Du hast meinen Himmelsstier getötet! Gott *An* hat ihn erdacht, und *Aruru* hat ihn erschaffen wie deinen Begleiter Enkidu. Doch diese letzte eurer Taten werdet ihr büßen, einer nach dem anderen!«

Enkidu hörte die Stimme der Göttin. Er stieß ein tiefes, wie nach Löwengebrüll klingendes Knurren aus.

»Wo ist sie?« keuchte er. Gilgamesch wollte ihn festhalten, aber Enkidu wehrte ihn wie von Sinnen ab. Er stürzte in die Grube zurück, packte einen Schenkel des toten Himmelsstiers und riß ihn samt dem mächtigen, weißblauen ›Haus des Lebens‹ ab. Noch immer keuchend taumelte er mit seiner bluttriefenden Last zum Rand des Kraters hinauf. Alles an ihm sah verbrannt und wie mit schwarzem Öl besudelt aus. Die Krieger von Uruk wichen erschreckt vor ihm zurück. Gilgamesch sah nicht, was Enkidu tat. Tief in der Grube beugte er sich mit den Meistern und Waffenschmieden der Stadt über das heiße Gehörn des toten Kampfstieres.

Enkidu wankte allein auf die Stadtmauer zu.

»Komm doch her, Göttin der Huren!« brüllte er. »Komm her, damit ich dir die Schenkel auseinanderreiße wie ich es mit dem Kampfstier getan habe. Laß dich mit stinkenden Eingeweiden behängen, das ist der einzige Schmuck, den du verdienst!«

Er stolperte, schwankte und schleuderte den Schenkel des Himmelsstiers wie eine gewaltige Keule über den Kopf. Mit dem ›Haus des Lebens‹ voran ließ er den blutigen Schenkel gegen die Göttin auf der Stadtmauer fliegen.

Inanna konnte sich gerade noch ducken.

»Seht euch das an!« schrie sie den Priesterinnen zu, die sich verschreckt neben ihr eingefunden hatten. »Kommt her. Alle! Und seht euch das an!«

Sie sprang auf das ›Haus des Lebens‹ des Himmelsstiers, trat auf ihm herum und befahl allen Priesterinnen, Sklavinnen und Dirnen aus ihrem Heiligtum in der Stadt, das gleiche zu tun.

Gilgamesch sah nicht, was zwischen Enkidu und *Inanna* geschah. Noch immer in der Grube strich er voller Abscheu und Bewunderung über die lapislazuliblauen Hörner des toten Stieres. Er nahm seine riesige Axt auf und schlug beide Hörner ab.

»Seht ihr das?« fragte er triumphierend. »Jede Hornschale muß mindestens dreißig Minen wiegen. Soviel wie das Wasser, das in zweieinhalb Tagen durch die Stundenzähler der Priester rinnt! Allein die Außenhüllen sind zwei Finger dick! Und hier, dieses glänzende, strahlende Ölfett in jedem Horn. Soviel wie sechs Fässer Wein in beiden zusammen!«

Er lachte und schlug seinen Begleitern wieder und wieder auf die Schultern.

»Bringt die Hörner in meinen Palast! Ich will sie an der Stirnwand des Thronsaals anschmieden lassen! Und aus dem Öl soll Opfersalbe für den einzigen großen Gott gemacht werden, den ich verehre!«

Er kletterte aus der Grube und suchte Enkidu. Der Wildmann hatte sich von der geifernden Stadtgöttin Uruks und ihren Dirnen abgewandt und war auf dem Weg zum Buranum. Gilgamesch holte ihn ein. Am Ufer stiegen sie Hand in Hand in die Fluten, wuschen sich mit Sand von seinem Grund und ließen sich von der Strömung auf die Stadt zutreiben.

Sie schwammen bis zur Kar-baria, der glänzenden Hafenmauer, und stiegen an Land. Die halbe Bevölkerung von Uruk erwartete sie bereits. Gilgamesch und Enkidu lachten. Sie wurden bis zum großen Platz vor der Zikkurat von immer mehr jubelnden Menschen begleitet. Es war, als hätte das Volk von Uruk bereits vergessen, daß erst hundert und dann noch einmal zweihundert der besten Männer von *Inannas* Himmelsstier getötet worden waren.

Der Abend senkte sich über die Stadt. Bier, Wein und Rauschtrank flossen durch Kehlen der Trauernden und der anderen, die nur noch den Sieg ihres Königs und Hohepriesters feiern wollten.

Von *Inanna* war nichts mehr zu sehen. Und dann kamen ihre Priesterinnen, Sklavinnen und Tempeltänzerinnen auf den Platz vor der Zikkurat. Was niemand erwartet hatte, geschah: Bara Nam-tara, die Nin-dingirra des *Inanna*-Heiligtums, trat vor Gilgamesch, senkte den Kopf und formte mit ihren Fingern die Zeichen der Unterwerfung. Im gleichen Moment begannen alle anderen priesterlichen Dirnen aus dem *Inanna*-Heiligtum mit einem neuen, noch nie gehörten Lobgesang:

»Wer ist der Herrlichste aller Männer?
Gilgamesch, König von Uruk.
Wer ist der Gewaltigste unter den Helden?
Gilgamesch, König von Uruk.
Wer hat den höchsten Ruhm verdient?
Gilgamesch, König von Uruk.
Wer ist das Weib, das er verschmäht?
Inanna, die Göttin der Liebe.
Wer hat nur Leid und Neid verschenkt?
Inanna, die Göttin der Liebe.
Wer sann auf Rache, doch umsonst?
Inanna, Göttin der Liebe.
Wer half dem König als Freund und Bruder?
Enkidu, der mit den Tieren sprach.
Wer fällte Zedern, himmelhoch?
Enkidu, der mit den Tieren sprach.
Wer warf die Stierkeule gegen die Göttin?
Enkidu, der mit den Tieren sprach.

Das Volk von Uruk sang mit, lachte und trank. Noch oft in dieser Nacht mußten die Priesterinnen des *Inanna*-Heiligtums die Lob- und Spottverse wiederholen. Und jedesmal veränderten sie die Worte und wurden deutlicher.

Nach und nach gingen die Männer und Frauen in ihre Häuser zurück. Und erst sehr spät bemerkte Gilgamesch, wie schwer Enkidu unter seinen Verbrennungen litt. Die Azus von Uruk hatten den Körper des Wildmannes mit heilenden Salben bestrichen und in Kräuterkissen eingewickelt. Gegen Mitternacht konnte Enkidu keinen Weinkrug mehr anheben.

»Geht es dir so schlecht?« fragte Gilgamesch besorgt.

»Ich glaube, mich hat der Hitzedämon geschlagen ...«

»Und ich dachte, daß du keinen Rauschtrank mehr verträgst«, sagte Gilgamesch und legte vorsichtig seine Hand auf Enkidus Stirn. »Du glühst ja!« sagte er besorgt. »Komm, ich bringe dich in mein Schlafgemach. Heute nacht bleibe ich neben dir ...«

»Ich habe Durst, furchtbaren Durst!« sagte Enkidu noch, dann kippte er zur Seite. Gilgamesch konnte ihn gerade noch auffangen.

Enkidu wälzte sich stöhnend von einer Seite auf die andere. Es war die Zeit, in der sonst der Morgenstern am Himmel stand.

»Schlaf weiter!« murmelte Gilgamesch auf dem Nachbarlager. Er streckte seine Hand aus und berührte Enkidus Lippen. Sie zitterten und fühlten sich eiskalt an. Gilgamesch richtete sich ruckartig auf. Nur eine kleine Öllampe blakte an der Wand seines Schlafgemachs.

»Enkidu! Hörst du mich?«

»Ich sehe sie ...«, murmelte Enkidu mit schwerer Stimme. »Ich sehe sie, wie sie zusammen sitzen ... die Götter *An*, *Enlil* und *Ea* ... oder ist es *Enki*?«

»Enkidu, wovon sprichst du?«

»Ja, auch der Sonnengott ist dabei ...«

»Du träumst!«

»*An* spricht zu *Enlil*: ›Weil sie den Himmelsstier und *Chuwawa* getötet haben, muß einer von ihnen sterben ... der die heilige Zeder verraten hat, soll sterben!‹ .. und *Enlil* sagt, daß ich sterben muß und daß du leben sollst, Gilgamesch ...«

»Was redest du da?« fragte Gilgamesch erschreckt.

»Die Götter ... sie streiten ...«, stöhnte Enkidu. »Gott *Utu* will nicht, daß ich sterbe ... er sagt, ich sei unschuldig, weil ... weil er selbst zugelassen hat, daß wir den Wächter von *Enlils* Zedernwald und den Himmelsstier *Inannas* getötet haben ...«

»Ist das ein Traum, oder hörst du tatsächlich die Götter?«

»Ich höre sie«, antwortete Enkidu schwer atmend. »Und *Enlil* ist wütend auf den Sonnengott. ›Du verteidigst Gilgamesch und Enkidu ja nur, weil du Tag für Tag mit deinem Licht ihre Gesichter berührst!‹ sagt *Enlil*. Und: ›Du bist ja schon fast wie sie!‹«

»Enkidu!«

»Gott *Enlil* will mich bestrafen ... und er hat die Macht dazu: ich werde sterben!«

»Hör auf! Sag nichts mehr!«

Gilgamesch schrie es fast. Er griff nach Enkidus Schultern, beugte sich über ihn und küßte die kalten Lippen des Freundes.

»Warum?« stöhnte er verzweifelt. Er spürte, wie Tränen über sein Gesicht liefen. »Warum sollten die Götter dich sterben lassen und nicht mich? Wer kann mich von Schuld freisprechen und meinen Bruder nicht? Was soll ich noch, wenn du gehst? An der Tür deines Grabes sitzen und nur noch weinen?«

Enkidu hob seine mit Tüchern umwickelten Hände und legte sie auf sein Gesicht. Seine Stimme klang dumpf, als er sagte: »Ich kam ohne Vater und ohne Mutter in diese Welt und konnte mit allen Tieren sprechen ... der Sohn eines Jägers entdeckte mich ... auf deinen Befehl hin führte er ein Mädchen zu mir, eine Dirne ... ich schlief viele Tage und Nächte mit ihr ... sie war die Göttin, durch die ich meine Unschuld verlor und zum Menschen wurde ...«

Er stöhnte erneut. Als er fortfuhr, war nur noch Trauer und Müdigkeit in seiner Stimme: »Wen soll ich verfluchen, wen verdammen? Den Jäger, das Weib oder dich, König von Uruk, der du mein Bruder geworden bist? Durch welches Tor hätte ich niemals gehen dürfen?«

»Du bist krank, Enkidu!« sagte Gilgamesch behutsam. »Wenn du weiterschläfst, werden dich keine Träume mehr quälen – keine Selbstvorwürfe und keine Klagen über alle, die dich gern haben!«

»Das Tor!« flüsterte der Wildmann kaum hörbar. »Ich muß wissen, welches das Tor war, das ich verfluchen muß, weil es für mich den Tod bedeutet ...«

Er bäumte sich auf und verzerrte sein Gesicht. Gilgamesch griff nach dem Weinbecher neben dem Lager, faßte mit dem anderen Arm um Enkidus Schultern und schüttete die letzten Tropfen auf seine Lippen. Enkidu leckte den Wein wie ein Hund aus seinem verbrannten Bart. Er schlug die Augen auf und sah Gilgamesch mit einem eigenartigen Lächeln an.

»Bist du das Tor?« fragte er verwirrt. »Ja, ja, ich weiß, daß du das Tor zum Zedernwald bist! Ich hätte dich nicht zerbrechen dürfen.

Sag nichts! ... sag nichts! Schon als ich mich mit König Gilgamesch durch die furchtbare Wüste kämpfte, wußte ich, daß du da bist ... ein schönes Tor ... hat dich ein großer Meister in der Stadt Nippur angefertigt? Du warst so wunderbar, daß ich viel besser gleich die Axt genommen und dich zu Brennholz kleingeschlagen hätte ...«

»Sei ruhig, Enkidu. Lieber Enkidu ...«

»Hach«, lachte der Wildmann und bäumte sich in Gilgameschs Armen auf. »Verdammter Jäger! Du bist es, der mich aus dem Frieden mit mir selbst riß? Du sollst mit deiner Schleuder nicht einmal mehr einen lahmenden Wüstenhund treffen! Und nichts von dem, was du dir wünschst, soll in Erfüllung gehen!«

»Hör auf, Enkidu!« bat Gilgamesch. »So darfst du nicht reden!«

»Ich darf noch viel mehr!« stieß Enkidu vom Hitzedämon besessen hervor. »Und ich verfluche jedes Weib, das eine Göttin sein will! Jeder Mann soll erkennen, daß Geilheit nur die leere Fratze der Hure ist! Bist du das Weib, das den Grabstock nur deshalb in ihrer Furche will, weil sie Belohnung erwartet? Dann friß Abfall, den deine Liebhaber dir vor die Füße werfen ... leck ihre Bierreste aus den Krügen, als sei's die Pisse von Eseln und von Schweinen! Du sollst kein Heim haben und im Schatten kalter Mauern frieren. Nüchterne und Betrunkene sollen dich schlagen können, weil du nicht mehr Liebe gibst als ein Astloch im toten Holz der Tür ...«

DAS ENDE DES KÖNIGTUMS

Die Sonne ging über dem Zweistromland auf. Schon bei den ersten, tastenden Strahlen über die Stadt Uruk erkannte Gott *Utu*, daß seine Gerechtigkeit gefordert war. Sein Licht vom Himmel drang durch die Fensteröffnungen des Enmerkar-Palastes, tastete sich über die Steinplatten des Fußbodens und näherte sich Enkidus Lager.

»Warum verfluchst du eine Tempeldirne, mit der du göttliche Wonnen erlebt hast?« fragte das Sonnenlicht den Hadernden. »Die dich auf den Geschmack von frischem Bier und köstlichem Wein brachte, die dich festlich kleidete und dich zu Gilgamesch, dem herrlichen König führte? Nin-sun hat dich als Sohn aufgenommen, und Gilgamesch ist dein Bruder. Du darfst in Palästen wohnen, auf einem weichen Lager ruhen und im Thronsaal zur Linken des Königs sitzen. Die Edlen der Stadt und alle Herrscher, die Uruk besuchen, küssen deine Füße so wie ihm! Und wenn du sterben solltest, wird er das ganze Land zu langen Klageliedern aufrufen und selbst nicht aufhören zu weinen! Wenn du stirbst, Enkidu, wird Gilgamesch nicht mehr so sein wie heute, sein Haar wird wirr werden, sein Körper schmutzig. Er wird den Königsmantel ablegen und nur mit einem Löwenfell bekleidet durch alle Länder irren, um dich zu suchen ...«

Enkidu spürte, wie brennende Tränen aus seinen Augen traten.

»Ich nehme meinen Fluch zurück!« murmelte er so leise, daß ihn Gilgamesch kaum verstehen konnte. Enkidu konnte nicht zwischen Traum und Wirklichkeit unterscheiden.

»Bara Nam-tara ... Nin-dingirra ...« sagte er wehmütig. »Mein Mund, der dich eben noch verfluchte, soll dich jetzt segnen. Kehre zurück in deinen Tempel! Edle und Könige sollen von weither kommen und dich lieben. Die Männer sollen sich vor Bewunderung auf die Schenkel schlagen. Und wenn die Alten auch den Kopf über dich schütteln, sollen die jungen Männer bei deinem Anblick gleich die Gürtel lösen und dich mit Gold, Ohrenschmuck und Lapislazulisteinen überhäufen. Du sollst die vornehmste von allen Priesterinnen sein, für die Männer ihre Frauen verlassen ... selbst jene, die zu Hause mächtig und wegen ihrer sieben Kinder hochgeachtet sind ...«

Er drehte den Kopf zur Seite und schlief endlich ein. Gilgamesch blieb den ganzen Tag neben Enkidus Lager sitzen. Nur zweimal, als die Ärzte kamen, stand er auf und ging schweigend durch den Innenhof. Er aß nichts von den Speisen, die seine Sklaven am Mittag und am Abend brachten und trank nur zwei Becher gewürzten Wein.

Erst gegen Mitternacht wachte Enkidu wieder auf.

»Meine Träume werden immer schlimmer«, sagte er leise.

»Denk nicht mehr daran«, antwortete Gilgamesch besorgt. »Komm, du mußt essen und trinken, damit du Kraft gewinnst und den Hitzedämon aus deinem Körper drängen kannst!«

»Ich kann nichts essen«, sagte Enkidu, »denn was ich im Traum sehe, ist zu grauenhaft.«

»Erzähle mir deinen Traum! Vielleicht hilft es dir!«

»Ich hörte alle Himmel brüllen«, sagte Enkidu mit gebrochener Stimme. »Die Erde bebte, und ich stand ganz allein zwischen den Urgewalten. Doch da erschien ein Mann vor mir. Sein Gesicht war düster, und er erinnerte mich an den gewaltigen *Anzu*-Vogel, der den Göttern die Schicksalstafeln geraubt hat. Er berührte mich und verwandelte mich in eine schutzlose Taube. Ich hatte Federn an den Armen. Er zog mich in das dunkle Haus, das niemand mehr verlassen kann ... in das ›Land ohne Wiederkehr‹, aus dem kein Pfad nach draußen führt ... es war kein Licht in diesem Haus, und alle Wesenheiten dort hockten in Federkleidern an den Wänden ... sie scharrten mit Krallenhänden durch die Erde und aßen Staub ...«

Enkidu stöhnte leise. Dann fuhr er fort: »Überall lagen achtlos fortgeworfene Kronen auf dem kahlen Boden, dazu edles Geschmeide, Schmuck und kostbare Gewänder aus längst vergangenen Königreichen. Ich sah die Könige, die vor der großen Flut regierten und die in jener fernen Vorzeit die Stellvertreter *Ans* und *Enlis* waren ...«

»Was taten sie, wenn sie nicht Staub essen mußten?« fragte Gilgamesch.

»Sie trugen Braten für die Götter, holten Wasser und Wein in kühlen Schläuchen und boten Backwerk an. Im Haus des Staubes sah ich auch noch Hohepriester und Tempeldiener. Ich habe König Etana von Kisch erkannt, der auf seinem Schiff mit Flügeln eines Adlers durch alle Himmel reisen konnte und abstürzte, als er glaubte, ebenso mächtig wie die Götter zu sein. Auch *Samurkan*, den Herrn der Tiere, sah ich. Was seine Schuld war, konnte ich nicht erkennen. Und schließlich sah ich die Herrin der Unterwelt. *Belitseri*, die Schreiberin der Schicksale, kauerte vor *Ereschkigal* und las ihr von den Tafeln vor, auf denen alles vorgezeichnet ist.«

»Hast du in deinem Traum etwa auch mit *Ereschkigal* gesprochen?« fragte Gilgamesch besorgt.

»Sie sprach mit mir«, nickte Enkidu. »Sie traf mich mit ihrem Todesblick, hielt inne und fragte: ›Wer hat diesen Mann hierher gebracht?‹. Aber niemand wollte es gewesen sein. Das war der Augenblick, in dem ich aufgewacht bin.«

Gilgamesch saß wie gelähmt am Lager des kranken Freundes.

»Ich hatte noch einen dritten Traum«, sagte Enkidu mit müde klingender Stimme. »Aber ich kann mich nicht mehr an ihn erinnern.«

»Ich werde unsere Mutter Nin-sun fragen, was deine Träume bedeuten«, sagte Gilgamesch.

»Das ist nicht nötig«, gab Enkidu zurück. »Ich weiß, was sie bedeuten. Und du weißt es auch!«

Gilgamesch stützte den Kopf in die Hände. Er betete wortlos zu allen Göttern, daß Enkidu wieder einschlafen möge, und daß die Kraft in seinem bislang so starken Körper zurückkehren solle. Um Enkidu zu retten, hätte er in dieser Nacht sogar all das getan, was *Inanna* von ihm forderte.

Es war zu spät.

Auch am dritten, vierten und fünften Tag nach dem Kampf mit dem Himmelsstier saß der Unsichtbare, ›der das Geschick abschneidet‹, zwischen Gilgamesch und Enkidu. Der einst so starke Wildmann wurde immer schwächer. Haarbüschel fielen aus seiner Haut, und nässende Schwären bedeckten seinen Körper.

Am sechsten Tag verbot König Gilgamesch jeden Handwerkerlärm in Uruk, um Enkidus Qualen nicht zu vergrößern. Vom siebenten Tag an durften keine Karren mehr durch die Straßen fahren. Am achten Tag fielen die Märkte aus, und am neunten Tag verstummte sogar der Gesang in den Tempeln. Die Stadt wurde so still, als läge über allen Häusern und Hütten, über den Tempeln und Palästen die grausige Ahnung des Heldentodes.

Der zehnte und elfte Tag vergingen. Der König war ständig bei ihm gewesen, aber Enkidu hatte ihn nicht mehr erkannt. Am alles entscheidenden zwölften Tag suchte Gilgamesch gerade bei seiner Mutter Rat, als schon vom Tor zum Innenhof drei Priester nach ihm riefen. Gilgamesch trat schnell auf den Balkon.

»Was gibt es?«

»Enkidu ist erwacht!« rief der erste Priester.

»Er will dich sehen«, der zweite.

»Es geht zuende ...«, der dritte.

Gilgamesch nahm sich nicht die Zeit, über die Stufen des kleinen Palastes zu laufen. Mit einem einzigen Satz sprang er über das Geländer. Er ließ die Priester stehen und rannte so schnell er konnte zum Enmerkar-Palast.

Enkidu blickte ihm mit hell und klar wirkenden Augen entgegen.

»Verzeih mir, mein geliebter Bruder!« sagte Gilgamesch hastig. »Ich wollte dich nicht allein lassen, sondern mit Nin-sun einen Weg suchen, um dich zu retten.«

»Wozu noch?« fragte Enkidu mit einem traurigen Lächeln. »Du weißt doch, daß ein Fluch auf mir liegt. Nur wer sein Leben auf dem Schlachtfeld läßt, kann einen Augenblick des Glücks erleben. Ich darf nicht einmal mehr im Zweikampf um mein Leben ringen. Mich schreckt Gewalt, und wenn ich kämpfte, tat ich es nur für dich! Ich gehe nicht als Held von euch, sondern sterbe schmachvoll an dieser unheilbaren Krankheit, mit der die Götter mich für alles strafen, was ich an deiner Seite tat oder zuließ ...«

Gilgamesch beugte sich über den Sterbenden. Den ganzen Rest des Tages und die halbe Nacht wachte er an Enkidus Lager. Nur einmal schlief er kurz ein. Er träumte davon, wie Enkidu Pukku und Mikku suchte. Als er beim ersten Morgenlicht erwachte, glaubte er, daß er Enkidu auf seinem Weg in die Unterwelt begleitet hatte.

Er drehte sich verwirrt zur Seite und starrte in Enkidus Gesicht. Er brauchte lange, bis er begriff, daß ihn die Todesdämonen längst fortgetragen hatten ...

Gilgamesch schrie so schmerzerfüllt auf, daß alle Pfosten des Palastes zitterten und alle Mauern Uruks bebten. Und dann begann er mit einem lauten Klagelied, wie es noch nie zuvor ein König über einen toten Gefährten gesprochen hatte:

»O Enkidu, mein Freund, mein geliebter Bruder,
Du warst ein starker und wilder Mann!
Die Gazelle war dir wie eine Mutter,
Der Wildesel wie ein Vater ...
Vier Eselinnen haben dich mit ihrer Milch gesäugt,
Und alle Tiere zeigten dir ihre Weidestätten!
Du gingst schon vor mir bis zum Zedernwald.
Weinen sollen daher die Tiere, die dich kannten!
Weinen sollen die Ältesten der ganzen Stadt!
Weinen das Volk, das jeder Tod verwirrt!
Weinen sollen der Bär, und die Hyäne,
Tiger und Wisent, Parder und Löwe,
Der Wildstier und der Hirsch, der Steinbock
Und alle anderen Tiere des Landes!
Weinen soll der Ulai-Fluß im Gebirge des Ostens,
Weinen der große Buranum, dessen Wasser wir tranken!
Weinen soll jeder Mann in der Stadt Uruk,
Der unseren Kampf mit dem Himmelsstier sah!
Weinen soll jeder Landmann um den Löwen,
Der im Arbeitslied deinen Namen trug!
Brüder und Schwestern im ganzen Land
Sollen sich Haare in Büscheln ausraufen
Und dich wie einen der ihren beklagen!
Weinen sollen die Hirten und Jäger,
Die dich mit Butter und Bier bedachten!
Ich weine über dich, geliebter Enkidu,
Und will in die Steppe gehen, alle zu mahnen!

Hört mich an, ihr Ältesten von Uruk!
Es ist Enkidu, um den ich weine ...
Bitterlich wie ein Klageweib weine ich!
Er war mein Bruder, meine Axt, meine Waffe,
So zuverlässig wie meine rechte Hand!
Er war das Schwert in meinem Gürtel,
Der Schutzschild vor meiner nackten Brust,
Mein schönstes Festgewand und mein Schmuck ...
Ein böser Krankheitsdämon raffte ihn fort
Wie den scheu flüchtenden Onager im Feld,
Wie den rennenden Esel, den Steppenpanther!
O Enkidu, was haben wir alles gemeinsam erlebt:
Wir bestiegen die Berge des Waldes im Norden,
Fällten die heilige Zeder und schlugen *Chuwawa*.
Wir töteten sogar *Inannas* Himmelsstier ...
Warum dann der Schlaf und das Dunkel um dich?
Mein Bruder, mein Bruder, du hörst mich nicht!«

Gilgamesch legte seine Hand auf Enkidus Herz. Noch einmal hoffte er, daß es schlagen würde, aber er spürte nichts. Enkidu öffnete die Augen nicht mehr. Gilgamesch sprang auf, riß einen hauchdünnen Schleier von einer Fensteröffnung des Schlafgemachs und verhüllte Enkidus Gesicht wie das einer Braut.

An den Türen bewegten sich Schatten von Priestern und Dienern, Ärzten und Kriegern. Sie wagten nicht, in das Totenzimmer einzutreten, denn Gilgamesch benahm sich wie ein von *Asakku* Geschlagener. Er sprang wie ein Adler mit ausgebreiteten Armen um das Sterbebett Enkidus herum, fauchte und brüllte wie eine Löwin, der ihr Junges genommen wurde, raufte sich das wallende Haar aus und riß sich die Kleider ab, als seien sie ebenso von Krankheit verseucht wie der Körper des toten Freundes.

Gilgamesch wankte den ganzen Tag nackt und klagend im Todesgemach von Enkidu hin und her. Er aß nicht, trank nicht und ließ niemanden in seine Nähe. Die nächste Nacht verbrachte er halb schlafend, halb wachend auf dem Boden vor Enkidus Lager. Im ersten Morgengrauen stand er auf. Er war noch immer verwirrt und voller Trauer als er zum Dach des Palastes hinaufstieg und mit lauten Rufen alle Handwerker der Stadt weckte und zu sich befahl. Sie kamen alle in großer Eile. Der nackte König auf dem Palastdach sah wie ein Gott der längst vergangenen Zeiten aus.

»Ihr Schmiede, Edelsteinschleifer und Kupferschläger!« rief Gilgamesch vom Dach herab. »Macht mir ein Standbild von meinem Freund Enkidu! Du, Goldschmied, machst die Geschmeide. Und du, Ziseleur formst seine Haare, daß sie wie echt aussehen! Ich will keine Beterstatue, sondern ein Monument aus Gold, Alabaster und Lapislazuli! Nehmt dafür alles, was ich mit meinem Königtum besitze. Ich brauche es nicht mehr! Ihr habt genau sieben Tage Zeit!«

Ohne auf Fragen oder Antworten zu warten, drehte er sich um und stieg in den Innenhof des Palastes hinab. Er holte sich einen hüfthohen Weinkrug aus einer Vorratskammer aus kühlen Ziegelsteinen, stellte sich mitten in den Hof und goß den Wein über Kopf und Körper. Er nahm Sand vom Boden auf, rubbelte mit den feinen Körnern seine Haut ab und spülte mit Wein nach. Den letzten Rest von zehn Qa trank er mit einem Zug aus. Er ließ den leeren Tonkrug fallen und ging achtlos über die Scherben.

Dutzende von Augenpaaren beobachteten ihn aus dem Halbdunkel der Nischen und Palasträume. Er aber ging zurück zu seinem toten Bruder. Der Tag verging und auch die Nacht. Gilgamesch blieb sieben Tage und sieben Nächte beim Leichnam von Enkidu. Es war, als würde er noch immer hoffen, daß sich der Freund oder die Götter eines Besseren besannen.

Am Morgen nach der siebenten Nacht sah Gilgamesch, wie Würmer aus Enkidus Nase krochen. Er sprang entsetzt auf. Erst jetzt erkannte er voller Grauen, daß jede weitere Hoffnung vergeblich war!

Gilgamesch schüttelte sich. Er strich sich über die Augen und ging in den Nebenraum. Dort warteten zwei Sklaven.

»Gebt mir ein Lendentuch, einen Hüftrock, einen breiten Gürtel mit Amulett- und Siegelschlaufen, eine Lederweste und Schnürsandalen!« befahl er. Sie brachten alles, was er wünschte.

»Jetzt Brot und Käse, einen Topf heißen Brei und Früchte!«

Wie jeden Morgen war alles bereits vorbereitet. Doch diesmal aß Gilgamesch soviel wie nie zuvor. »Man soll den Körper von Enkidu nach draußen tragen, ihn in einen Sarg aus Zedernholz legen und bei den Gräbern der Könige beisetzen! Laßt alles vorbereiten! Ich will die Totenweihe selbst vollziehen – auf dem Altar vom edlen Elamakku-Holz!«

Die Kunde verbreitete sich schnell durch die Straßen. Nach und nach trafen alle ein, die Enkidu näher gekannt hatten. Zur fünften Doppelstunde des Tages ließ sich Gilgamesch salben und frisieren. Er zog sich um und legte die Gewandung des Hohepriesters von Uruk an, samt Goldhelm, Armreifen und Purpurmantel. Er hatte viel gegessen und getrunken, mit Dutzenden von Priestern, Ensis, Schublugal-Anführern und mit den Angehörigen vom Rat der Weisen gesprochen. Sie alle spürten, daß ihr König nicht mehr der gleiche war.

Als die Mittagsstunde herankam, begannen die Trommler und Trompeter, die Leierspieler und die Paukenschläger mit den seit Urzeiten vorgeschriebenen Rhythmen und Melodien für ein ganz großes königliches Totenopfer. Selbst Enmerkar hatte nicht diese Ehrungen erfahren!

Der dumpfe Schlag der großen Lilis brach sich an den Mauern des Innenhofes. Traurige Harfenglissandos schmückten die Pausen zwischen den einzelnen Schlägen, und klagende Flötentöne klangen wie das Lied fremder Vögel durch den Tag.

Der Innenhof war viel zu eng für die Zeremonie. Und als die Tore des Palastes geöffnet wurden, stand das Volk von Uruk schweigend auf dem Platz zwischen der Zikkurat, den Tempeln und Palästen. Die ganze Stadt war gekommen, um Abschied von Enkidu zu nehmen. Er war der Mann gewesen, den die Götter erschaffen hatten, als das Flehen der Versklavten bis in den Himmel aufgestiegen war. Er war zum Bruder von Gilgamesch geworden – zum Beschützer der ganzen Stadt.

Mit Enkidu war mehr gestorben als ein Mensch, und viele ahnten, daß mit ihm die Zeit eines ruhmvollen und glücklichen Königtums zu Ende gegangen war. Gilgamesch und Enkidu waren ein Freundespaar gewesen, das es mit Göttern und Dämonen, mit Ungeheuern und Orakeln aufgenommen hatte. Aber sie waren gescheitert, wie alle Sterblichen eines Tages scheitern müssen – ganz gleich wie groß ihr Ruhm und wie gewaltig ihre Macht ist!

Als König Gilgamesch umgeben von Oberpriestern und den festlich gewandeten Edlen von Uruk in den Hof trat, trug er eine Schale aus Karneol in der linken Hand und eine aus blauem, goldgesprenkelten Lapislazuli in der rechten. In der einen befand sich schierer Honig mit dem Trank der Bienenköniginnen, in der anderen die Butter aus der Milch erstträchtiger Ziegen.

Die Priester schritten zum Altar, umrundeten ihn immer wieder und warteten, bis das Räucherwerk in großen Kesseln am Rand des Innenhofs würzigen Rauch zum Himmel steigen ließ. Nin-sun kam verschleiert mit ihren Dienerinnen in den Palast. Harrap begleitete sie. Alsdann erschien Bara Nam-tara in schlichter Gewandung mit den Priesterinnen des *Inanna*-Heiligtums. Sie hatte vom Fluch Enkidus und seiner anschließenden Segnung gehört. Deshalb trat sie direkt vor Gilgamesch, beugte ihr Knie und verneigte sich vor ihm. Er, der die Zeremonie die ganze Zeit hochaufgerichtet und mit unbewegtem Gesicht verfolgt hatte, reichte ihr beide Hände und hob sie auf. Zum Zeichen der Erhöhung ließ er sie an seiner linken Seite stehen, während Nin-sun den Platz rechts von ihm eingenommen hatte.

Aus Kisch war König Agga gekommen. Er brachte Grüße von Schukallituda, dem alt gewordenen Gärtner mit.

»Ich danke dir«, sagte Gilgamesch tonlos. Agga umfaßte Gilgameschs Oberarme, berührte mit seinen Lippen links und rechts die Lockenprägung von Gilgameschs Goldhelm und trat zurück in den Hintergrund. Auch aus Nippur und Schuruppak, aus Ur und Eridu waren die Stadtkönige mit ihrem Gefolge eingetroffen. Selbst das aufstrebende Schafsdorf Babylon hatte drei seiner Dorfältesten zur Beisetzung von Enkidu geschickt.

Der Nubanda Akil, der vor Jahren Gilgameschs Lehrer gewesen war, verneigte sich vor seinem König. Er brachte kostbare Salben für das Totenopfer. Schließlich trat Zabardi Banuga vor. Er stieß einen lauten, lang gellenden Kampfschrei aus. Dann kamen die Schublugal-Anführer, die Edlen der Stadt, die Jäger und Hirten der Felder, die Gärtner und Ziegler, die Fischer und Bootsbauer. Und alle Abgesandten des Volkes brachten ihr Opfer für Enkidu, der ihnen fremd gewesen war, und den sie doch geliebt und geachtet hatten. Ugnim und Dimus kamen und mit ihnen die anderen Mitglieder des Rates. Sie hatten Tränen in den Augen, als sie ihre Gaben vor den Altar ablegten.

Die Prozession der Trauernden dauerte viele Stunden. Und ganz zum Schluß erschien auch Nansche. Sie führte einen kleinen Jungen an der Hand – Gilgameschs Sohn.

»Ich habe ihn Urnungal genannt«, flüsterte sie dem König und Hohepriester von Uruk zu. Doch Gilgamesch reagierte nicht. Er blickte zur Sonne hinauf, als würde er selbst jetzt noch auf ein Wunder warten. Aber die Priester opferten nur noch *Ereschkigal*, *Namtar* und den anderen Göttern der Unterwelt.

Gilgamesch dachte nur daran, daß er Enkidu verloren hatte. Ein einziger Blick zu Nansche und ihrem Sohn hätte ihm zeigen können, daß es noch Menschen gab, für die er da sein könnte. Doch er, der so vieles geschaut hatte, war blind und taub vor Trauer. Und so ging auch der Tag dahin, an dem Enkidu beerdigt wurde.

In den folgenden Wochen aß und trank der König kaum noch. Er ließ zu, daß die Verwalter und Priester wieder wie in den letzten Regierungsjahren König Enmerkars die Geschicke der Stadt bestimmten. Vergeblich versuchten Nin-sun, Harrap und der gesamte Rat der Sieben Weisen, ihn auf Entwicklungen aufmerksam zu machen, die zunehmend für Spannungen sorgten.

Gilgamesch hatte bestimmt, daß Abram mit seinem Glauben an einen einzigen großen Gott die oberste Priesterschaft im *Weißen Tempel* übernahm. Solange die Erinnerung an die Rache *Inannas* noch frisch war, folgten besonders die Männer den Priestern des *An*-Heiligtums. Doch beinahe unmerklich nahmen auch im alten *Eanna*-Tempel die Zeremonien und Gebetsversammlungen wieder zu. Den Männern von Uruk schienen die Priesterinnen und Tempeldirnen des *Inanna*-Heiligtums zu fehlen. Als die Abende lang und die Nächte kurz geworden waren, sprachen die Urukäer häufiger über die alte und die neue Ordnung. Sie saßen nach ihrem Tagewerk an den Rändern der Plätze, tranken den einen oder anderen Krug Bier und Wein, kauten Pistazienkerne und sahen den Kindern zu, die so lange laut mit Bällen und kleinen Figuren spielen durften, bis die ersten Götterzeichen am Himmel auftauchten.

»Warum folgen wir einem so jungen Oberpriester, der keine der heiligen Prüfungen ablegen mußte und nicht einmal einer von uns ist?« fragten sie.

»Die Nin-dingirra stammt auch nicht aus Uruk!« gaben andere zurück. »Sie war Sklavin und Tempeldirne ...«

»Er kommt aus den Landen des Zedernwaldes am nördlichen Meer.«

»Und sie aus dem östlichen Hochland von Aratta.«

»Was bedeutet das?« fragte Mesche der Schmied. Er saß mit einigen angesehenen Männern vor einer Schenke der südlichen Stadt. »Ich komme aus Kisch, aber sagt selbst – bin ich nicht einer von euch geworden?«

»Wie konnte sich Uruk so verändern?« seufzten die Alten kopfschüttelnd. »Jahrhundertelang ging alles seinen geraden Weg, doch seit König Gilgamesch erschien, weiß niemand, was noch alles umgestaltet wird ...«

»Wir können nicht mehr zur alten Ordnung zurückkehren!« sagte Dimus. »Zu viel ist geschehen, zu viel ist uns zum ersten Mal bewußt geworden.«

»Und es gibt doch mehr als einen Gott!« meinte Ugnim, der Tischler beharrlich. Er deutete nach oben. Die Symbole der Götter tauchten funkelnd am tiefblauen Abendhimmel auf.

»Meinst du, daß sich die Priester darüber streiten?« fragte Dimus. »Nein!« sagte er gleich darauf und schüttelte den Kopf. »Wer hat *Inanna* gesehen? Alle. Und wer Gott *An*? Niemand. Deshalb wird es auch weiter stets mehr als einen einzigen Gott für die Menschen geben. Und es wird darum gehen, wer die meisten Abgaben erhält, wo Wasserschleusen geöffnet werden und welcher Gottheit, welchem Tempel die Felder mit Emmer und Hirse, Zichorien und Sesam gehören!«

»Und der König?« fragte der alte Siegelsteinschnitzer.

»Sein Herz ist krank vor Trauer«, antwortete Dimus.

»Ich sah ihn vorhin, wie er die Zikkurat hochstieg«, nickte Mesche der Schmied.

»Dort ist sein wahrer Palast, der Altar seiner Einsamkeit«, sagte Dimus leise.

Auch in den nächsten Tagen stieg er immer wieder zur Höhe der Zikkurat hinauf und blickte in Gedanken versunken über seine Stadt und sein Land hinweg. Dann ließ er Orakelpriester kommen, die ihm wieder und wieder die uralten Berichte von der großen Flut und die Legenden von Ziusudra und seiner Frau erzählen mußten – den einzigen Menschen, denen die Götter Unsterblichkeit verliehen hatten.

Sechs Wochen nach Enkidus Tod begann eine Nacht, in der die schmale Sichel des abnehmenden Mondes mit einem doppelten Hof am sternklaren Himmel erschien. In den Tempeln waren die Abendgebete verstummt. Von den Feuern in Häusern und Hütten blieben nur Glutnester für den nächsten Tag übrig, und Uruk ging schlafen. Manch einer hatte bei seinem eigenen Abendgebet am Hausaltar den einsam gewordenen König eingeschlossen, andere wagten nicht einmal mehr, die Namen Gilgamesch und Enkidu auszusprechen. Die Zeit der großen und ruhmvollen Taten war vorbei!

In der Nacht des schmalen Mondes mit seinem doppelten Spiegelbild am Himmel ließ sich der König ein Löwenfell bringen, das noch von keiner Nadel und keinem Faden verletzt worden war. Er schickte die letzten Priester und Tempelsklaven von der obersten Plattform der Zikkurat, bat seine Mutter Nin-sun, Akil und Harrap, Bara Nam-tara und Ugnim, den Tischler, zu sich. Als alle gekommen waren und ihn in seinem Löwenfell sahen, sagte er ihnen, daß er sein Königtum aufgeben wollte.

»Ich werde fortgehen.«

Für eine Weile blieben alle stumm.

»Möchtest du, daß wir dich verstehen?« fragte die ›Herrin der Wildkuh‹ schließlich. Gilgamesch ging im Halbdunkel auf und ab.

»Ich habe lange über mich und die Stadt, über die Götter und die Welt nachgedacht«, antwortete er. Er zeigte zur neuen, im Mondschein wie der befestigte Rand des Erdkreises aussehenden Mauer hinüber. »All diese Ziegelsteine, all die Wachtürme, alle befestigten Tore und selbst der neue Wald zwischen den Kanälen haben nicht verhindern können, daß die Frauen von Uruk um ihre toten Männer weinen und daß mein Bruder, der edle und aufrichtige Enkidu, unter furchtbaren Qualen starb! Ich könnte hierbleiben und Tag für Tag über den Tod nachdenken. Aber ich will das Leben suchen – das ewige Leben – für mich und alle anderen, die ich zu lieben gelernt habe!«

»Es gibt keine Unsterblichkeit für uns Menschen!« sagte Ugnim so entschieden, wie er sonst ein Stück Holz beurteilte.

»Vielleicht hast du recht«, antwortete Gilgamesch, »aber ich muß es versuchen. Ich muß einfach wissen, ob es nicht doch ein Kraut gegen Krankheit und Alter, Tod und Vergänglichkeit gibt!«

»Warum willst du dich noch mehr quälen?« fragte Nin-sun. »Du könntest bleiben und deinen Sohn Urnungal lehren, was er von dir an seine Kinder und Kindeskinder weitergeben soll.«

»Nein!« sagte Gilgamesch erregt. »Das kann nicht alles sein! Wenn ich den Tod schon nicht verstehe, will ich den Rest meines Daseins darauf verwenden, den Sinn des Lebens zu suchen! Ich werde soweit gehen, bis ich dort bin, wo sich Sterbliche und Unsterbliche nicht mehr unterscheiden!«

»Du bist ein Narr!« sagte Bara Nam-tara leise. Sie trat auf ihn zu, legte ihre Hände auf seine Oberarme und sah zu ihm auf. »Geh bis zum Sonnenaufgang«, flüsterte sie ihm zu. »Vielleicht findest du im Hochland von Aratta die Straße nach *Melucha*, den einzigen Weg zur Insel der Seligen.«

»Es wird schwer für dich werden«, sagte der kleine, zierliche Eunuch aus dem Indus-Tal. Er steckte dem König mit einer heimlichen Bewegung einen geschliffenen Schmuckstein zu. »Geh deinen Weg!« sagte er. »Und achte darauf, daß du niemals zurückblickst!«

Gilgamesch umfaßte seine Mutter und Bara und ging mit ihnen zu den Treppenstufen der Zikkurat. Tränen liefen über die Wangen der beiden Frauen. Die anderen folgten ihnen langsam.

»Mögen die Götter dir beistehen«, sagte Akil mit strengen Sorgenfalten auf seiner Stirn.

»Ich werde Nansche und deinen Sohn Urnungal von dir grüßen«, sagt Ugnim. Der König von Uruk nickte. Ugnim verneigte sich, drehte sich um und begann, die Stufen hinabzugehen. Gilgamesch sah dem müden und alten Mann lange nach. Er wußte, daß er ihn nie mehr wiedersehen würde.

Spät in der Nacht, als der schmale Mond am Horizont versunken war, als niemand mehr wachte und als ihn nur noch die Sterne beobachteten, verließ der König von Uruk die Zikkurat. Er stieg die Stufen hinab und ging – nur mit dem Löwenfell bekleidet – bis zum Palast Enmerkars. Keine der Wachen bemerkte ihn. Er holte sich ein paar altbackene Fladenbrote, einen Wasserschlauch, Salz, harten Käse, Trockenobst, sein Lendentuch und den Schlaufengürtel mit Rollsiegeln, Amuletten, Feuersteinen, gedrillten Schafsdärmen und Angelhaken, zwei Messer, eine Handaxt und sein Schwert.

Er verließ den Palast seines Großvaters, ging lautlos über den weiten Platz zwischen den Tempeln und der Zikkurat, passierte den umzäunten Eingang zum *Ganzir* am alten Nordwesttor und schritt die Anhöhe hinab, auf der seine Stadt lag. Die Sterne spiegelten sich im geraden Lauf der Kanäle. Gilgamesch ließ die Trokkenlager der Ziegler, die Hebewerke der Kanalbauer und die Stangen mit aufgespannten Fischernetzen hinter sich. Er ging über die Felder bis zur neuen Mauer. Auch auf den Wachttürmen links und rechts vom Nordtor bemerkte ihn niemand.

Für einen kurzen Moment kam Zorn in ihm auf. Er kletterte über eine schräge Rampe bis zur breiten Mauerkrone, ging an den stehend schlafenden Kriegern Zabardi Banugas vorbei und erinnerte sich mit leiser Wehmut an jenen Tag vor den Toren von Kisch, an dem ihm der Krieger der Eselsstadt beigebracht hatte, ein Schwert wie das Symbol der Manneskraft zu führen.

Er stieg über die äußere Wallmauer und ließ sich fallen. Mit einem harten Aufprall landete er im Graben, den er in einer einzigen Nacht gepflügt hatte. Er kletterte höher und ging bis zum ersten Loch, das *Inannas* Himmelsstier in den Boden Uruks gerissen hatte. Dann kam das zweite Loch, das dritte.

Gilgamesch nestelte die Rollsiegel mit seinen Namenszeichen aus den Schlaufen seines Gürtels. Er hob sie hoch und warf sie in die Wunde der Erde.

»Für dich, Enkidu!« sagte er leise. Er sprach ein kurzes Gebet, in dem er die Tiere, den Wald, das Land und den Himmel, aber nicht einen einzigen Götternamen erwähnte. Dann drehte er sich um und ging an den Geräuschen der Nacht vorbei in Richtung Osten. Er hörte das Schnappen der Fische in den Kanälen, Zikaden und quakende Frösche, spürte den raunenden Flügelschlag der Nachtvögel und das leise Wispern der Palmwedel entlang des Weges. Er passierte Schilfdickichte, watete durch glucksenden Morast und sah sich kein einziges Mal um.

Noch ehe das erste Licht des Morgens im Osten aufschimmerte, erreichte er das unbebaute Land zwischen den Städten. Er kam gut voran. Bis zum Meer im Südosten brauchten die Karawanen der Händler zwei Tage. Er schaffte die gleiche Wegstrecke durch Steppe und Sumpfland noch vor Sonnenaufgang. Und als Gott *Utu* in herrlicher Farbenpracht über den Bergen im Osten aufging, wanderte Gilgamesch bereits am Ufer des südlichen Meeres entlang.

Gott *Utu* verbreitete Licht und Dunst, und lange Zeit konnte Gilgamesch die Berge nicht erkennen. Er grub Brunnen in der Steppe, wie er es von Enkidu gelernt hatte, wich den wilden Tieren aus und wehrte mit lauten Schreien Panther und Löwen ab.

Er mußte dreimal durch Flüsse schwimmen, die in das südliche Meer mündeten. Der schnelle Idigna kam noch von Norden her. Er war seit Urzeiten die östliche Grenze des fruchtbaren Zweistromlandes. Dann wurde die Gegend karg und felsig. Zwei weitere Flüsse aus dem Hochland im Osten brachten nur noch Kälte zum Meer herab.

Gilgamesch ging ohne jedes Gefühl für Zeit und Raum weiter und weiter. Er aß seinen feucht gewordenen Käse auf, trank aus seinem Wasserschlauch und füllte ihn neu. Gegen Abend war sein Löwenfell wieder trocken. Er suchte sich eine geschützte Mulde in den Dünen des Meerufers und legte sich zum Schlafen nieder.

Am nächsten Morgen wachte er spät auf. Die Sonne stand bereits hoch am Himmel, und die Morgenvögel hatten sich längst ein Versteck vor der Hitze des Tages gesucht. Gilgamesch sah nichts, was er jagen und fangen konnte – kein Wild, keinen Vogel und nicht einmal Eidechsen oder Schlangen.

Mißmutig aß er etwas aufgequollenes Fladenbrot. Es schmeckte wie schal gewordener Gerstenbrei. Das Meer schimmerte silbern, aber er sah nur kurz über die glatte Weite hinweg. Er setzte sich auf einen vertrockneten Baumstamm und betrachtete lange die vielfach zerklüfteten Berge in östlicher Richtung. Irgendwo dort mußte der Weg nach *Melucha*-Land beginnen!

Aber wer sagte ihm, wo er die Insel der Seligen suchen sollte? Wie konnte *Dilmun* jenseits der Berge liegen, wenn sich das Meer auf dieser Seite befand? Oder gab es noch einen anderen Ozean am Rand der Erdscheibe – so wie jenen, den er beim Zedernwald gesehen hatte?

Er dachte an den Tag, an dem er zusammen mit Enkidu den wunderbaren Wald durchquert hatte, und seine Augen füllten sich mit Tränen. Die Sonne stach heiß und ohne Erbarmen vom Himmel herab. Es war, als hätte sich auch noch Gott *Utu* von ihm abgewandt.

Mutlos und ohne Energie wandte er sich um. Er nahm seine Sachen vom Lagerplatz auf, sah noch einmal über das weite Meer und richtete dann seinen von Tränen verschleierten Blick auf die unüberwindlich erscheinende Welt der Berge. Wie viele Gipfel würde er erklimmen müssen, wieviele Pässe durchqueren, ehe er sein Ziel erreichte?

Zögernd setzte er einen Fuß vor den anderen. Der Sand der Dünen am Meer ging in Staub und Geröll über. Er sah das karge Gras nicht und auch nicht die struppigen Büsche. Zuerst stiegen die Hänge nur langsam an, aber noch ehe Gott *Utu* am Westrand der Erdscheibe versank, wurden die Berge zu Mauern und die Felsen zu Hindernissen, größer und massiger noch als jede Zikkurat.

Gilgamesch kletterte immer höher. Noch in der gleichen Nacht drang er in die Welt aus riesigen, himmelhoch ragenden Schatten, gefährlichen Abgründen und steinigem, unter jedem Schritt knirschendem Geröll ein.

Vollkommen unerwartet fauchte es plötzlich im Irrgarten der dämonischen Schatten. Gilgamesch schrak aus seiner dumpfen Teilnahmslosigkeit. Er sprang zur Seite, und seine Hände krallten sich an einer kalten Felswand fest. Im gleichen Moment sah er die furchtbar und gierig im Sternenlicht funkelnden Augen von zwei, drei heranschleichenden Löwen.

»O hilf mir, *Suin!*« stammelte Gilgamesch entsetzt. Er glitt von der Felswand ab und fiel hart auf die Knie. Das Symbol des Mondgottes spiegelte sich in den Augen der fauchenden, Geifer verschleudernden Raubtiere. Gilgamesch rief *Aruru* an, die alles erschaffen konnte, was der oberste aller Götter dachte. Aber kein Gebet, keine Anrufung half! Die Berglöwen kamen mit wiegenden Schritten über das schmale Band zwischen der Felswand und dem in dunkler Tiefe verborgenen Abgrund näher. Gilgamesch konnte weder vor noch zurück. Zum ersten Mal seit langer Zeit hatte er Angst, nicht vor einem Ungeheuer wie *Chuwawa* und nicht vor einem mörderischen Himmelsstier, sondern vor einem Rudel Löwen, die Enkidu mit seinen Händen erwürgt hätte.

Mit letzter Kraft zog er sich an vorspringenden Felsen höher. Die Löwen fauchten, dann schritten sie langsam unter ihm vorbei. Sie ignorierten ihn als hätte er niemals den Weg am Felsenrand versperrt.

In diesen Augenblicken erkannte Gilgamesch, daß er mehr als sein Königtum aufgegeben hatte: trotz seiner Körpergröße fürchteten ihn nicht einmal mehr struppige Löwen in den Bergen.

Als seine Arme müde wurden, ließ er sich wieder auf den schmalen Saum der Felswand herab. Er ging noch eine halbe Mine weiter, dann fand er eine Felsnase, auf der er sich in sein Löwenfell wikkeln und schlafen konnte.

Der Rest der Nacht verging unruhig. Gilgamesch wurde von Träumen geplagt, und mehr als einmal erwachte er mit dem Gedanken, in eine bodenlose Finsternis zu fallen. Im letzten Licht des langsam versinkenden Mondes erwachte er erneut. Direkt unter sich erkannte er das Löwenrudel. Die Wächter der Berge mußten seine Spur aufgenommen haben und ihm doch noch nachgeschlichen sein. Es waren viel mehr geworden. Gilgamesch zählte bis sieben, dann gab er auf.

Er war zu müde, um an die Angst zu denken, die ihn wenige Stunden zuvor beim Anblick der Löwen überfallen hatte. Mit einem zornigen Aufschrei griff er nach seinem Schwert und seiner Handaxt. Er sprang von der Felsnase mitten unter die Berglöwen.

Als hätten sie alle nur darauf gewartet, fielen sie ihn von allen Seiten gleichzeitig an. Sie fauchten und brüllten und sprangen mit langgestreckten Schatten auf ihn zu. Gilgamesch schwang sein Schwert. Gleichzeitig wirbelte er die Handaxt gegen die schnellen, tückischen Mordbestien.

Er erschlug einen Löwen nach dem anderen. Einige brüllten noch im Augenblick des Todes. Rauchige Schreie hallten bis zu den gegenüberliegenden Bergflanken und kamen als grausig verzerrtes Echo zurück. Andere stürzten, zu Tode verwundet, in den schwarzen Abgrund. Nur wenige der Löwen entkamen.

Gilgamesch säuberte Axt und Schwert mit Büscheln aus strohigem Gras. Er sammelte ein paar kahle Zweige ein, zerrieb vertrocknete Blätter und Samenmull von den Sträuchern am Rand der Felswand, schlug den Feuerstein und blies solange in das Gewölle, bis sich aus Funken kleine Flammen bildeten. Im ersten Licht des nahenden Morgens schächtete er eine junge Löwin. Er wartete, bis kein Blut mehr aus ihr floß und brach sie auf. Er zerschnitt ihre immer noch rote Leber in grobe Streifen, wusch sie mit Wasser aus seinem Beutel, warf drei Stücke als Opfer für den Sonnengott in die Flammen, spießte die übrigen auf ein Messer und hielt sie über das winzige Feuer. Es dauerte nur wenige Augenblicke, bis er die Streifen salzen und langsam essen konnte.

Die Morgenmahlzeit tat ihm gut. Er war so hungrig, daß er auch noch dünne Scheiben aus dem Brustfleisch der jungen Löwin schnitt und über dem Feuer anbraten ließ. Die Sonne stieg langsam höher und wärmte ihn. Erst jetzt konnte er erkennen, wie tief der Abgrund und wie hoch die steilen Berge waren. Er trank Wasser und aß die letzten Trockenfrüchte aus seinem Proviant. Dann schnitt er die Hinterschinken der Löwin ab, rieb sie mit Salz ein und trocknete sie mit einem Teil von seinem Lendenschurz.

Er band alles zusammen, ehe er sich aufrichtete und seinen weiteren Weg durch die Berge erkunden konnte. Im Norden und Süden ragten die Gipfel bis in den Himmel hinein. Nach Westen hin, zur Abendruhe von Gott *Utu*, versperrte ein Zwillingsgipfel den Rückweg. Gilgamesch wußte nicht, wie er dennoch in der Nacht einen Durchlaß gefunden hatte. Er dachte nicht weiter darüber nach, denn sein Weg mußte gen Osten weitergehen.

Doch genau dort türmten sich Berge über Berge. Ihre Fundamente schienen in den Talsohlen bis in die Unterwelt zu reichen, und ihre Spitzen glitzerten weiß von der Nähe der Götter. Gilgamesch nahm seine Waffen und Vorräte auf. Er ließ die toten Löwen zurück und ging in Richtung Osten. Den ganzen Tag über wanderte er den mächtigen Berggipfeln entgegen. Er passierte Täler mit kleinen und kalten Bächen, schritt über Pässe, an denen das Atmen schwer wurde, und kam doch nur langsam den Riesen der Erde näher.

Am Abend des Tages legte er sich auf einer winzigen Felsinsel in einem glucksenden und viel schneller als der Idigna strömenden Bergbach zur Ruhe. Er machte kein Feuer und schnitt sich nur ein paar rohe Fleischscheiben aus einer der Löwenkeulen. In dieser Nacht schlief er tief und traumlos wie schon lange nicht mehr.

DIE WÄCHTER DER EWIGKEIT

Die nächsten Tage und Nächte vergingen in steter Wanderschaft nach Osten. Er aß die Körner von wilder Gerste, fand gelegentlich buschartige Bäumchen, an denen winzige Früchte wuchsen, die wie Aprikosen schmeckten, und wunderte sich, daß auch in diesem grausam leeren Land noch ein paar vom Sturm zerzauste Zedern und Pappeln wuchsen, die aus der Ferne wie in den Felsen gepflanzte Speerblätter aussahen.

Die Riesen der Erde, die ihm von manchem Hochpaß aus schon so nah erschienen, waren viel weiter entfernt, als er angenommen hatte. Und dann, als das Keulenfleisch der erlegten Löwin längst aufgebraucht war, die Luft zum Atmen immer dünner wurde, und Gilgamesch sich nur noch von Kleintieren der zerklüfteten Bergwelt ernährte, erreichte er eines Abends ein Bergtor, von dem er sofort wußte, daß es *Maschu*, ›der Zwillingsgipfel‹, sein mußte.

Er hatte nichts mehr, was er dem scheidenden Sonnengott opfern konnte – nur klares, eiskaltes Wasser, ein paar ungenießbare Käfer und die Restknochen eines Murmeltieres, das er am Morgen gefangen und gebraten hatte. An all den Tagen hatte er nur gelegentlich seltsam zottige Bergziegen gesehen – zu weit entfernt, um sie zu jagen. Er schaute lange auf die glitzernden, wie gefrorenes Wasser aussehenden Gipfel. Sie schimmerten in allen Farben, und selbst ein paar rosige Lämmerwölkchen konnten die Spitzen der bis zum Himmelsdach ragenden Bergriesen nicht erreichen.

Gilgamesch wartete, bis alle Sterne über ihm erschienen waren. Noch nie hatte er sich den geheimnisvoll strahlenden Symbolen der Götter so nah gefühlt. Er wickelte sich fester in sein Löwenfell, aber die Kälte ließ ihn lange nicht einschlafen.

Schon früh am nächsten Tag packte er seine Sachen zusammen. Er fand noch ein paar Körner von wilder Gerste in seinem Vorratsbeutel, aß sie und lutschte zu Eis gefrorenes Wasser aus seinem Trinkschlauch. Dann machte er sich auf, um zum Bergtor zu gehen, durch das jeden Morgen Gott *Utu* aus der Unterwelt kam.

Er ging den ganzen Tag und legte keine Rast ein. Kurz bevor er das Bergtor erreichte, betrat er eine endlose Fläche aus unberührtem Schnee über dem steilen Anstieg. Er sah, daß er große Fußspuren in der weiß glitzernden Schneedecke hinterließ, und kämpfte sich so angestrengt höher, daß er eine Weile nicht mehr nach vorn sah. Doch dann, als er beinahe zufällig aufblickte, erstarrte er wie vom Blitz getroffen.

Er weigerte sich, zu glauben, was er genau vor dem Spalt zwischen den Bergriesen erblickte. Die beiden Schreckensgestalten sahen noch furchtbarer aus als das Ungeheuer *Chuwawa* – gefährlicher noch als *Inannas* Himmelsstier! Sie sahen aus wie ein dämonisches Zerrbild, zusammengesetzt aus Skorpionen und Menschen.

Die harten Skorpionpanzer glitzerten heller als poliertes Gold und Silber in der Sonne, und ihre gefährlich gekrümmten Giftstacheln zitterten vor Angriffslust. Die beiden scheußlichen Wächter trugen Köpfe und Gesichter wie von einem Mann und einem Weib.

Gilgamesch biß die Zähne zusammen. Er holte tief Luft, reckte sich unmerklich und deutete eine kaum wahrnehmbare Verneigung an. Stolz und Mut waren die einzigen Waffen, die er gegen das tödliche Wächterpaar hatte.

»Sieh mal an«, schnarrte das Skorpionwesen mit dem Männerkopf. »Kommt da nicht freiwillig Götterfleisch für uns? Ich sage dir: köstliches Götterfleisch, Weib!«

»Ach, nur zwei Drittel Gott und ein Drittel Mensch ... verderblich und ungenießbar ...«

Der Skorpionmann spuckte grünen Speichel auf eine schneefreie felsige Stelle. »Was willst du hier?« fragte er Gilgamesch angewidert. »Warum kommst du von weither über Berge und wilde Flüsse bis vor meinen Stachel? Wer bist du, Mensch oder Gott?«

Mit knirschenden, wie splitterndes Holz klingende Bewegungen kroch er schwerfällig auf Gilgamesch zu. Nur sein weit hochgebogener Schwanz mit dem hakenförmigen Giftstachel zitterte weiter. Gift tropfte in den Schnee und ließ ihn rauchend verschmoren.

»Mein Name ist Gilgamesch. Ich bin der Sohn von Nin-sun, der Tochter König Enmerkars von Uruk.«

»Und wer ist dein Vater?«

»Ich kenne ihn nicht.«

»Du kennst ihn nicht?« Der Skorpionmann wandte sich an sein Weib. »Er kennt den Namen seines eigenen Vaters nicht!« Er drehte sich wieder um. »Nun, vielleicht war es der Sturmdämon oder gar Gott *An* selbst.«

»Ich sagte doch, daß ich es nicht weiß!«

»Und wo bist du aufgewachsen?«

»Bei Schukallituda, dem obersten Gärtner der Stadt Kisch.«

»Hat er dich geraubt oder gekauft?«

»Er hat mich in einem Korb gefunden. Der nachtdunkle Sturmvogel rettete mich, als ich auf dem großen Buranum ausgesetzt worden bin. Er brachte mich bis zu den Gärten von Kisch. Ich wuchs bei ihm auf und war Gärtner, bis ich mit König Mebaragesi von Kisch gegen Uruk zog.«

»Du hast gegen die Stadt deiner Väter gekämpft?«

»Ich weiß nicht, ob mein Vater aus Uruk kam.«

»Aber dein Großvater war König von Uruk!«

»Er starb durch zwei Schwerter und ich wurde König.«

Der Skorpionmann drehte sich erneut zur Seite. »Was sagst du dazu?« fragte er sein Weib.

»Er hat noch nicht gesagt, wohin er will!«

»Ich bin auf der Suche nach Ziusudra, der die Sintflut überstand und in den Kreis der Götter eintreten durfte. Er ist mein Urahn, und ich will ihn nach dem Sinn von Tod und Leben fragen.«

Der Skorpionmann senkte seinen Giftstachel.

»Vergiß deinen Plan, Gilgamesch!« sagte er. »Es gibt keinen Menschen, der das durchschreiten kann, was mein Weib und ich bewachen! Zwölf Doppelstunden Nacht ohne Sterne und Finsternis sind wie das Grauen der Unterwelt. Und zwölf Doppelstunden ohne irgendetwas zu sehen oder zu hören übersteht kein menschliches Wesen!«

»Ich weiß, wie lang zwölf Doppelstunden sind«, antwortete Gilgamesch. »Aber sag mir, meinst du die Zeit oder den Raum, den ich durchqueren müßte?«

»Was ist Zeit? Was ist Raum?« fragte der Skorpionmann zurück. »Meßt ihr nicht selbst die Wegstrecken nach Doppelstunden? Und zählt ihr die Stunden nicht nach dem Gewicht von Wasser?«

»Laßt mich durch!« bat Gilgamesch. »Ich bin so weit gegangen, daß ich jetzt nicht mehr umkehren kann. Ich habe viel gesehen, Gutes und Böses getan, alle Freuden und alles Leid kennengelernt. Jetzt will ich nur noch eins: den Weg zu dem Mann finden, dem die Götter Unsterblichkeit verliehen haben.«

Der Skorpionmann und das Skorpionweib besprachen sich sehr lange. Dann drehte sich der Skorpionmann um und sagte: »Also gut! Wir geben dir die Finsternis unter den höchsten Bergen der Welt frei. Vielleicht hast du tatsächlich genügend Kraft, um deine Angst zu überwinden! Zwölf Doppelstunden mußt du durchhalten! Vergiß nicht: zwölf Doppelstunden! Mögen dich deine Füße heil zu deinem Ziel führen!«

Gilgamesch lächelte dankbar. Er ging zwischen den beiden Skorpionmenschen hindurch und schritt in das Dunkel, in dem sich der Sonnengott erholte und das nicht für Menschen gemacht war.

Schon nach wenigen Seillängen sah Gilgamesch nichts mehr – weder den Weg nach vorn, noch die Wände des endlosen Ganges. Er spürte nur noch seinen eigenen Atem. Noch ehe die erste Doppelstunde vergangen war, hörte er nichts mehr. Jetzt konnte er nur noch seine Schritte zählen, um zu bestimmen, wieviel des Weges durch die Nacht noch vor ihm lag.

Die zweite Doppelstunde verging, die dritte, die vierte und die fünfte. Gilgamesch spürte, wie die Angst vor dem Unsichtbaren bis an sein Herz kroch. Gab es überhaupt einen Ausgang? Wenn er sich jetzt umdrehen würde ... könnte er dann den Eingang wiederfinden? Er zwang sich, weiterzugehen.

Die sechste Doppelstunde verging, die siebte und die achte. Die Finsternis preßte sich schmerzhaft um seinen Kopf. Er wollte eine Rast einlegen, nur eine kleine Pause, aber er fürchtete, daß er dann in die falsche Richtung weitergehen könnte. Nein, er durfte nicht aufgeben. Jetzt nicht mehr!

Seine Beine wurden schwerer und schwerer. Er spürte, daß er nur mühsam vorankam. Sein Atem begann zu rasseln. Und dann – er wußte nicht wie lange – vergaß er, seine Schritte zu zählen.

War er nun sieben, acht oder neun Doppelstunden unterwegs? Oder war die Zeit nicht das Maß, sondern die Länge des Weges? Nach welcher Einteilung waren die Doppelstunden bestimmt? Wer hatte es getan? Und für welche Wanderer?

Er spürte, daß er nicht viel länger durchhalten würde. Wenn nun die Doppelstunden für Götter und nicht für Menschen galten? Er ging weiter und weiter, und als er sich nur noch Schritt für Schritt nach vorn fallen lassen konnte, dachte er an Enkidu. Im gleichen Augenblick spürte er einen kalten Windzug auf seinem Gesicht. Wenn er die ganze Zeit von Westen nach Osten gegangen war, dann mußte der Wind von Norden kommen!

Gilgamesch sah und hörte noch immer nichts, aber wo Wind war, konnte auch der Ausgang nicht weit entfernt sein! Er begann wieder seine Schritte zu zählen. Minute um Minute, bis eine Doppelstunde vollendet sein mußte. Und dann noch einmal die gleiche Wegstrecke! Er sah nichts, doch nach einer weiteren Doppelstunde glaubte er, einen ersten Lichtschimmer zu sehen. Er verdoppelte seine Anstrengungen, ging schneller und holte so die verlorene Zeit wieder auf.

Und plötzlich hatte er Gewißheit. Weit entfernt sah er einen schwachen Lichtstrahl. Mit taumelnden Bewegungen schleppte er sich weiter. Das Licht wurde heller. Gilgamesch spürte, wie Freudentränen über sein Gesicht liefen. Dann hörte er, wie schwer und schlurfend seine Füße über den Boden strichen. Er sah Licht, hörte Geräusche.

Nach einer halben Doppelstunde wurde es endlich wieder hell.

Im gleichen Augenblick stieg die Sonne über dem wunderbarsten Tal auf, das Gilgamesch je gesehen hatte. Er stolperte über glänzenden Kies und ließ sich auf einen rubinrot leuchtenden Felsbrocken sinken. Überall standen smaragdgrün glitzernde Edelsteinbäume mit Früchten aus lieblichem Rosenquarz, großen Amethysten und glänzenden Türkisen. Leuchtende Blüten aus Diamanten und Saphiren schmückten Büsche aus Jaspis mit Blättern aus Jade und blaugoldnem Lapislazuli.

Die Zweige der Büsche und Bäume wiegten sich leise im Wind. Es klang wie Zimbeln und Harfentöne. Gilgamesch rutschte vom großen Rubin und fiel auf die Knie. Er hob die Hände zur strahlenden Gottheit der Sonne und dankte ihr ohne Worte. Und plötzlich fühlte er wieder die Kraft in sich, an die er seit Enkidus Tod nicht mehr geglaubt hatte.

Er ließ die Arme sinken, lehnte sich weit zurück und ließ das Löwenfell von seinen Schultern gleiten. Mit seinem ganzen Körper trank er die Wärme und das Licht. Er spürte, wie immer neue Schauder über seine Haut rannen. Die Kälte und die Dunkelheit des langen Weges durch die Nacht wichen nur langsam aus seinen Gliedmaßen.

»Gilgamesch, Gilgamesch«, funkelte Gott *Utu* aus den blauen, unendlichen Sphären des Himmels. Gilgamesch blinzelte. Er versuchte, dem strahlenden Licht hoch über sich mit seinem Blick standzuhalten.

»Sei nicht so töricht!« warnte der Sonnengott.

»Ich spüre dich, Gott!« rief Gilgamesch. »Und ich will dich sehen!«

»Kein Mensch kann einen Gott so sehen, wie er wirklich ist!«

»Ich bin zu zwei Dritteln so wie du.«

»Ja, und ich stand oft auf deiner Seite! Aber du kannst niemals finden, wonach der Mensch in dir sucht.«

Gilgamesch spürte, wie Tränen über seine Wangen liefen. Seine Augäpfel brannten unter dem gleißenden Licht am Himmel. Er sah Gott *Utu* in allen Farben – grellweiß in der Mitte, und pulsierend mit gelben, roten und grünen Kreisen um die Ränder der Feuerscheibe.

»Warum hast du kein Orakel gehört?« fragte die Stimme aus dem Lichtball, der alles Leben lenkte. Gilgamesch preßte die Zähne zusammen.

»Kein Opfer gebracht für deinen Weg?«

»Ich wollte ...«

»Keinen der Weisen befragt?«

»Ich ...«

»*Ich* sagst du? Was ist ein *Ich*? Will das, was du *Ich* nennst, etwa Gott sein wie wir?«

Gilgamesch hielt das gleißende Licht nicht mehr aus. Die Stimme des immer riesiger am Himmel strahlenden Sonnengottes zwang ihn zu Boden. Er verzog schmerzhaft sein Gesicht und sank ganz langsam nach vorn. Seine Hände, dann seine Arme berührten den heiß gewordenen Boden aus glitzernden Edelsteinen.

»Warum?« keuchte er voller Verzweiflung. »Warum habe ich Wüsten und Steppen durchquert, Berge und reißende Flüsse überwunden? Soll ich mich etwa am Ende der Tage auch nur wie alle anderen hinlegen und darauf warten, daß ich sterbe? Soll ich meinen Kopf freiwillig in die Erde des Grabes stecken und, Gott der Sonne, dein Licht verlieren? Warum sind wir Menschen schon von Geburt an vom Grauen der ewigen Finsternis gezeichnet?«

»Du willst nur nicht verstehen, daß Leben und Tod, Geburt und Sterben eins sind!«

»Ja, ja, ja, aber warum darf ich mich nicht länger an dir erfreuen? Nicht ein paar Jahre nur, sondern für immer?«

»Du verstehst nichts, Gilgamesch! Nichts vom Glück der Vergänglichkeit und nichts von der Last der Ewigkeit!«

Eine ganz kleine, kaum wahrnehmbare Wolke zog unterhalb von Gott *Utu* vorüber. Gilgamesch spürte, wie die strahlende Hitze vom Himmel herab abnahm. Er krallte seine Finger um die heißen Edelsteine am Boden, stemmte seinen Oberkörper hoch und sah sich mit brennenden Augen um. Es kam ihm vor, als hätte der Sonnengott plötzlich die Richtung seines Weges durch die Himmelssphären gewechselt: wo vorher Morgen war, war plötzlich Abend. Der Weg voran erschien ihm als der Weg zurück. Und vor ihm lag, was er ganz tief in seinem Inneren schon kannte.

Das eigenartige Gespräch mit dem hell strahlenden Sonnengott, der wie ein liebender, besorgter Bruder mit ihm geredet hatte, verwirrte ihn noch viele Stunden, Tage und Nächte. Er hatte den Edelsteinwald verlassen und wanderte durch immer neue Bergwelten, durch Täler und durch Steppen. Manchmal glaubte er, daß es Enkidu gewesen war, der ihn gewarnt hatte, dann wieder fühlte er sich von quälenden Erinnerungen verfolgt.

Bilder von Uruks Stadtgöttin *Inanna*, von Bara Nam-tara und seiner Mutter Nin- sun tauchten vor ihm auf. Er sah Nansche, die Tochter des Tischlers, mit seinem kleinen Sohn Urnungal an der Hand vor sich. Warum hatte er Nansche niemals mehr umarmt, seinen Sohn niemals auf den Schoß genommen? Er ging weiter und weiter, weinte und hungerte, fühlte die Hitzedämonen in sich und trank wie ein Tier, wenn er Bäche und Wasserläufe durchquerte. Er sprach mit sich selbst, lachte und schrie, dann wieder vergingen Tage, an denen er nur dumpf und mit halbgeschlossenen Augen weiterirrte.

Am Abend eines unbestimmten Tages erreichte er einen Wald mit hohen, glatt und astlos aussehenden Bäumen. Die Stämme standen wie versteinerte Zedern ohne Laub und Nadeln und ohne Krone dicht beisammen. Gilgamesch stieß mit den Schultern gegen das harte Holz. Er wankte einfach weiter. Der gras- und buschlose Waldboden wurde abschüssig. Und dann lichtete sich der versteinerte Wald. Vor ihm lag das Ufer eines schwarzen, düsteren Meeres, das vollkommen tot wirkte.

Er fühlte sich so müde und erschöpft, daß er nicht einmal das kleine Haus, die Hütte am Strand bemerkte. Er blieb lange regungslos auf der flachen Anhöhe am Waldrand stehen, aber er sah nicht, wie eine junge Frau aus dem Haus kam. Sie hatte nur einen dünnen Schleier um die Hüften gelegt und trug einen großen Tonkrug bis zu einer Reihe von golden schimmernden Maische-Bottichen auf einem Gestell aus Ästen und dicken Seilen. Erst als sie zu singen begann, zuckte es in seinem Gesicht. Er leckte sich über seine aufgesprungenen Lippen, und ein tiefes Stöhnen kam aus seiner Brust. Die junge Frau an den goldenen Maische-Bottichen schrak zusammen. Sie drehte sich ruckartig um und starrte Gilgamesch mit weit aufgerissenen Augen an.

»Bei allen Göttern!« murmelte sie erschrocken. »Wer ist das? Ein Mörder? Ein Verlorener, der unter einem Schwur steht?«

Sie sah, wie der riesenhafte, schmutzstarrende Mann mit den eingefallenen Wangen und dem zerfetzten Löwenfell um seine Schultern mühsam einen Fuß vor den anderen setzte. Sie ließ den Tonkrug fallen, drehte sich um und lief so schnell sie konnte auf ihr Haus zu. Die Tür flog auf und schlug wieder zu. Riegel und Sperrbalken rasteten ein, mit laut durch die Stille hallenden Geräuschen. Erst jetzt erwachte Gilgamesch wie aus einem langen Traum.

Verwundert blickte er zum kleinen Haus am Meeresstrand hinab. Wer wohnte hier, in dieser Einöde zwischen dem Stangenwald und dem Meer, das sich bis zu einer schwarzen Dunstwand am Horizont erstreckte? Er sah ein flaches Boot am Meeresufer. Es war zehn Schritte weit auf den Strand hochgezogen.

Mit schweren, schlurfenden Schritten schleppte er sich weiter. Er stolperte auf das Haus zu, streckte den rechten Arm aus und stützte sich neben der Tür von der Hauswand ab. Durch eine Ritze zwischen den Balken blickte er in das erschreckte und verstörte Gesicht der jungen Frau.

»Warum ... warum schließt du dich ein?« fragte er mühsam. Seine Stimme klang rauh und hart. »Bin ich ein Ungeheuer? Einer, vor dem du dich verstecken mußt? Oder was hat dich sonst erschreckt?«

Sie schluckte nur. Er sah, daß sie am ganzen Körper zitterte.

»Na los, mach auf! Oder soll ich mit einem Schlag dein ganzes Haus zertrümmern?«

Was redete er da? Er biß die Zähne zusammen, schloß für einen Moment die Augen und schüttelte stöhnend den Kopf.

»Nein, nein, du brauchst keine Angst zu haben!« sagte er dann. »Entschuldige, ich weiß schon nicht mehr, was ich sage. Ich bin zu lange unterwegs. Irgendwann einmal war ich König von Uruk. Ich habe viel gesehen, viel erlebt. Ich habe gegen Berglöwen gekämpft, das Ungeheuer *Chuwawa* im Zedernwald getötet und dem Stier, der vom Himmel kam, die Hörner abgeschlagen.«

Die junge Frau im Inneren des kleinen Hauses kam einen Schritt näher an die Tür. Die Angst wich aus ihren klaren, blauen Augen.

»Dann mußt du Gilgamesch sein, über den selbst die Götter reden.«

»Ja, ich bin Gilgamesch.«

»Ich werde Siduri genannt«, sagte sie, »die Schankwirtin am Ende aller Wege. Und ich bin ebenfalls göttlicher Herkunft, so wie du!«

»Siduri? Ja, ich glaube, ich hörte einmal von dir.«

»Wenn du Gilgamesch bist, von dem die Götter reden«, sagte sie, »warum siehst du dann so verkommen aus? Du wirkst nicht wie ein Held, eher wie ein kranker Hirte ohne Herde und wie ein Mann, dem Wüstenhitze, Sturm und Kälte faltige Schründe ins Gesicht geschnitten, die Wangen ausgehöhlt und alle Muskeln schwach gemacht haben.«

»Wie kann ich anders aussehen nach dem, was ich erlebte? Aber viel schlimmer ist der Schmerz, mit dem ich leben muß, seit ich das einzige verlor, das ich jemals geliebt habe.«

»Wer ist es?« fragte Siduri. »Hast du dein Weib verloren, deinen Sohn?«

»Weißt du das nicht?«

»Nein«, sagte sie. »Es dauert lange, bis ich hier, in dieser Einsamkeit, etwas erfahre.«

»Mein Bruder Enkidu starb und ich konnte ihm nicht helfen!« sagte Gilgamesch mit schwerer Stimme. »Ich saß sieben Tage und sieben Nächte an seinem Lager. Er hatte keine Wunde durch einen Pfeil, einen Schwerthieb oder die Spitze einer Lanze! Er starb durch Gift und durch den Fluch, der aus den Feuernüstern von *Inannas* Himmelsstier in seine Haut, sein Fleisch geblasen wurde. Er sah noch lebend furchtbar aus, doch erst als Würmer sein Gesicht befielen, wußte ich, daß er tot war.«

Er schwieg, drehte sich halb zur Seite und wischte sich langsam mit dem Handrücken die Tränen aus den Augen.

»Ich habe geweint und geschrien, aber er wachte nicht wieder auf«, sagte er tonlos. »Danach hielt mich nichts mehr in der Stadt meiner Ahnen. Ich habe Uruk in der Nacht verlassen und bin durch Steppen und Wüsten, Berge und Täler geirrt. Monate und vielleicht auch Jahre war ich unterwegs. Ich weiß nicht mehr wie lange.«

Er drehte sich wieder um. Fast lautlos hatte sie inzwischen die Türbalken geöffnet. Jetzt stand sie vor ihm, nur mit dem Schleier um ihre Hüften bekleidet. Sie reichte ihm einen Krug mit Bier und ein Stück frisches, duftendes Fladenbrot. Er aß und trank gierig und betrachtete dabei ihr mädchenhaftes Gesicht, den schlanken Hals und die schönen Brüste, die schmale Taille, die runden Hüften, das Blond ihres Schoßes und ihre langen Beine. Es bedeutete ihm nichts mehr.

»Erde zu Erde«, sagte er wie die Zeremonienpriester seit uralten Zeiten und stellte den leeren Bierkrug ab. »Mein Freund und Bruder wurde zu Erde. Und wenn ich dich sehe und nichts mehr dabei empfinde, dann ahne ich, daß ich mich auch bald wie Enkidu in die Erde legen muß!«

»So darfst du nicht reden!« sagte Siduri. Sie kam auf ihn zu und legte ihre Hände um seine Hüften. Mit ihren Lippen berührte sie seine linke Brustwarze, dann die rechte.

»Wohin willst du noch laufen?« fragte sie sanft. Ihre Fingerkuppen streichelten über die harte Haut seiner Schultern, strichen an seinen Halsmuskeln entlang und glitten kreisend über Brust und Bauch tiefer. »Als die Götter die Menschen schufen, da teilten sie alle Freuden und alle Leiden, die sie selbst nicht empfinden konnten, den Menschen zu. Aber sie konnten es nur um den Preis des Todes, denn Unsterblichkeit kennt keine Gefühle! Wozu auch, wenn alles ewig sein kann und nichts durch die Angst vor der Vergänglichkeit gewürzt wird.«

Ihre streichelnden Hände näherten sich seinem erschlafften Grabstock, der sich schon lange nicht mehr geregt hatte.

»Du bist ein Mensch, Gilgamesch, und du sollst essen, bis dein Bauch satt ist! Du sollst jede Minute des Lebens auskosten. Tanzen sollst du, spielen und fröhlich sein. Bade dich in allen Wohlgerüchen, kämme dein Haar zu Locken, kleide dich mit kostbaren Stoffen. Schmücke dich mit allen schönen Dingen, faß Kinderhände an und dreh dich lachend mit ihnen im Kreis. Sei deiner Frau ein zärtlicher Gatte und schlaf so oft sie möchte mit ihr. Genieß jeden Sonnenstrahl und mach dir jeden Augenblick des Glücks zu deiner eigenen Ewigkeit!«

Gilgamesch spürte ein Zucken in seinem Grabstock.

»Nein!« sagte er hart. Er faßte ihre Hände und drückte sie von sich. »Das kann nicht alles sein! Wenn du mir wirklich helfen willst, dann sag mir, wie ich zu Ziusudra komme. Kennst du die Zeichen auf dem Weg zu ihm? Kann ich mit einem Boot über das Meer dort fahren?«

»Du bist ein Narr!« sagte die Schankwirtin kopfschüttelnd. »Aber gut! Wenn du's genau wissen willst, dann sage ich dir, daß noch nie ein Mensch weiter als bis zu mir gekommen ist. Du bist nicht der erste, der nach dem ewigen Leben sucht, und du wirst nicht der letzte sein! Aber niemand außer der Sonne hat jemals das Meer des Todes überquert!«

»Das kann nicht sein!« sagte Gilgamesch. »Dort drüben liegt ein Boot am Strand. Ich glaube nicht, daß du es hochgezogen hast!«

»Ach das«, sagte Siduri. »Das ist ein Boot von Sursunabu.«

»Jetzt hast du dich verraten!« lachte Gilgamesch. Seine eingefallenen Wangen strafften sich. »Sursunabu ist der ganz alte Name des Fährmanns zur Insel, auf der mein Urahn Ziusudra mit seiner Frau lebt! Wo ist er?«

»Er sucht im Wald versteinerte Bäume, um sich neue Ruder zu schlagen«, sagte sie zögernd, »denn nur sehr lange und harte Ruder zerfrißt das Meer des Todes nicht so schnell.«

»Wo hat er seine anderen Ruder?«

»Er läßt sie nie am Boot zurück, obwohl kein Mensch sie heben könnte, so lang und schwer sind sie!«

»Ich muß zu ihm!« keuchte Gilgamesch.

»Finde dein Glück«, sagte sie mit einer Spur von Wehmut in der Stimme. »Aber wenn Sursunabu dich abweist, mußt du endgültig aufgeben.«

Gilgamesch schloß die Augen und holte tief Luft. Dann drehte er sich um und taumelte den Hang zum steinernen Wald hoch.

»Er muß mich mitnehmen!« schnaufte er. »Er muß es einfach!« Seine Gedanken rasten. Instinktiv spürte er, daß er kurz vor seinem Ziel war. Er erreichte den Wald und begann mit der Suche nach Sursunabu und seinen Wunderrudern. Schneller und immer schneller lief er zwischen den harten Baumstämmen hindurch. Ab und zu kehrte er an den Waldrand zurück. Er mußte aufpassen, daß der Fährmann nicht ohne ihn ablegte. Und dann stolperte er fast über die mächtigen, wie lange Schöpfkellen geformten Ruder aus steinernen Balken, an denen noch die Befestigungsketten hingen. So also sahen sie aus! Es waren viel mehr als er erwartet hatte.

Er ging um die Ruder herum und entdeckte goldene, magisch wirkende Zeichen an den steingrauen Ruderblättern. Sie sahen wie die uralten Symbole aus der Zeit aus, als die Götter sich noch nicht in die Himmelssphären zurückgezogen hatten. Ähnliche Zeichen hatte er in den Grabkammern seiner Vorfahren gesehen.

Im gleichen Augenblick hatte er eine Idee: wenn er die Ruder zerstörte, würde Sursunabu zu lange brauchen, um sich neue Ruder aus dem Wald zu schlagen. Dann benötigte er einen starken

Gehilfen, einen, der Lohn für sich verlangen konnte: den Lohn der Überfahrt über das Meer des Todes.

Gilgamesch wuchtete das erste Ruder so über die anderen, daß es nur an den beiden Enden auflag. Dann holte er weit aus und schlug mit aller Kraft zu. Der Klang der Axt schallte weit durch den Wald. Das steinerne Ruder zitterte, schien wie ein lebendes Wesen zu schreien und zerbrach.

Gilgamesch lachte vor Aufregung. Er stemmte das zweite Ruder hoch, schlug wieder zu und sprang vor den zerbrechenden Hälften zur Seite. Ruder um Ruder barst unter den Schlägen seiner Axt. Der Haufen aus Trümmern wurde immer größer. Erst als das letzte Ruder krachend zerbarst, sah Gilgamesch den Fährmann. Sursunabu kam durch den Wald gelaufen und blieb mit bleichem Gesicht vor den zerstörten Steinrudern stehen.

»Warum hast du das getan?« stieß Sursunabu entsetzt hervor. Gilgamesch steckte die Axt weg, zog sein Schwert, stieß es in den harten Boden und stützte sich mit beiden Händen ab. Sein mächtiger Brustkorb hob und senkte sich.

»Bist du Sursunabu?«

»Ja, ich bin Sursunabu und diene Ziusudra, der über den Dingen steht und jenseits von Gut und Böse lebt. Und wer bist du?«

»Mein Name ist Gilgamesch. Ich will meinen Urahn Ziusudra am Ende der Welt finden, und du kannst mich zu ihm bringen!«

»Wie kann ich das, wenn du all meine Ruder zerbrochen hast?«

»Ich habe die Ruder zerschlagen, damit du mich mitnimmst! Du hast keine Ruder mehr, aber ich bin stark genug, um dir zu helfen!«

»Du bist stark genug?« lachte Sursunabu trocken. Er betrachtete Gilgamesch von oben bis unten. »Wann hast du dich zum letzten Mal in einer spiegelnden Wasserfläche oder im Glanz eines goldenen Schildes gesehen? Du hast doch kaum noch Kraft, deine Arme zu heben!

»Darf ich etwa nicht ausgehungert und erschöpft aussehen, wenn ich einen so weiten Weg hinter mir habe? Und soll ich fröhlich sein, wenn ich meinen einzigen Freund, meinen Bruder Enkidu verloren habe, der schnell wie ein Anschu-kurra, stark wie ein Onager und geschickt wie ein Steppenpanther war? Wir galten als unschlagbar, als Heldenpaar!«

Gilgamesch berichtete dem Fährmann alles, was er schon Siduri gesagt hatte. Der Fährmann hörte schweigend zu. Auch als Gilgamesch nicht mehr weitersprach, antwortete er nicht.

»Sag mir, wo ich Ziusudra finden kann«, bat Gilgamesch leise. Sursunabu schüttelte den Kopf.

»Ich darf es nicht!«

»Dann gib mir wenigstens einen Hinweis! Kann ich zu ihm über das Meer kommen oder muß ich weiter durch die Steppe laufen?«

Sursunabu verschränkte die Arme auf dem Rücken. Er senkte den Kopf und lief mehrmals an den zerbrochenen magischen Rudern hin und her. »Ich würde dir gern helfen«, sagte er dann. »Aber du selbst hast mir jede Möglichkeit genommen, dich über das Meer des Todes zu bringen! Mein Boot ist aus Stein, und die Ruder waren aus Stein, denn nichts aus Holz, Fleisch oder Knochen darf das Meer des Todes berühren. Ein Tropfen des bösen Wassers würde genügen, um ein Loch in deine Haut zu brennen.«

»Gibt es denn überhaupt keine andere Möglichkeit?«

»Vielleicht doch«, überlegte der Fährmann. Er ging zum nächsten Baum und strich mit den Fingern über die harte, schon fast versteinerte Rinde. »Um das Meer des Todes ohne die magischen Ruder zu überwinden, müßten wir mindestens hundert von diesen Bäumen fällen! Wir könnten Ruder daraus mache, Stakstangen.«

»Aber warum so viele?« fragte Gilgamesch.

»Weil diese Bäume nicht mehr Holz, aber auch noch nicht Stein geworden sind«, antwortete Sursunabu. »Bei jedem Ruderschlag und jedem Abstoß in den flachen Stellen des Meeres würde sich einer dieser Bäume hier wie Butter auf dem heißen Ofen auflösen!«

»Wieviele soll ich fällen?« fragte Gilgamesch sofort.

»Einhundertzwanzig«, sagte der Fährman. »Aber du mußt auch noch die Rinde losschlagen und Ruderblätter an den Stämmen anbringen. Und jeder Balken muß sechzig Ellen lang sein.«

»Zehnmal die Länge von meinem Haar bis zu den Füßen?«

»So ist es«, sagte der Fährmann.

»Und du brauchst hundertzwanzig dieser Balken?«

»Ja«, antwortete Sursunabu.

»Ich werde sie dir aus dem Wald schlagen«, sagte Gilgamesch.

Tag um Tag verging. Gilgamesch arbeitete von Sonnenaufgang bis Sonnenuntergang. Er fällte mit Axt und Schwert einen Baum nach dem anderen, schlug die harte Borke ab, maß mit einem auf halbe Länge gekürzten Aschlu-Seil sechzig Ellen aus und trieb breite Ruderblätter durch Schlitze in den Balken, ehe er sie bis zum steinernen Boot des Fährmanns schleifte. Und jedesmal, wenn er eine Ruderstange fertiggestellt hatte, schaufelte er mit seiner Axt Baumsplitter und Borkenreste in einen alten Maischekessel, trug sie zum Ufer des Meeres und kippte sie neben dem Boot aus.

In den Nächten schlief er im Haus der Schankwirtin Siduri. Sie gab ihm zu essen und zu trinken, aber er rührte sie nicht an. Das gute Essen und die schwere Arbeit kräftigten seine Muskeln und linderten die bedrückenden Erinnerungen an Enkidu. An manchen Tagen dachte er überhaupt nicht mehr an ihn, sondern nur noch an den immer näher rückenden Zeitpunkt, an dem er versuchen wollte, die letzte und größte aller Hürden auf dem Weg zu Ziusudra zu nehmen.

Der Stapel aus steinern wirkenden Ruderstangen und der Berg aus Abfällen neben dem Boot des Fährmanns wurden höher und höher. Und dann kam der Tag, an dem Sursunabu neben ihn trat und ihm sagte, daß er aufhören könne.

»Ich habe deinen Willen und deine Kraft unterschätzt«, meinte der Fährmann anerkennend. »Wahrscheinlich hätte kein anderer Mensch soviel Ausdauer gehabt wie du. Aber du hast auch diese Prüfung überstanden! Geh jetzt zu Siduri, laß dich in frischem Wasser baden und von ihr salben. Dann iß und leg dich vor Sonnenuntergang schlafen. Und wenn du morgen früh ein Zischen und Brodeln hörst, dann werde ich dabei sein, die Splitter und Abfälle deiner Arbeit ins Meer des Todes zu kippen. Steh sofort auf und hilf mir, einen Steg am Ufer zu schaffen, über den wir das Boot mit den Ruderstangen beladen können.«

Gilgamesch stützte sich auf sein Schwert und hob die Brauen.

»Warum willst du mich nicht vorher wecken? Ich könnte dir helfen.«

»Nein, denn zuvor muß ich ein Ritual durchführen, von dem kein Sterblicher etwas wissen darf!«

Gilgamesch nickte.

»Gut, ich werde tun, was du sagst!«

Er ging zum Haus der Schankwirtin. Sie hatte bereits einen Maischebottich mit heißem Wasser, Seifenkraut und einem Beutelchen mit Pflanzenwurzeln und Blütenblättern vorbereitet. Er legte die Reste seines zerrissenen Lendenschurzes ab und stieg in den Badezuber. Sie begann leise ein Lied zu singen, dann trat sie zu ihm und reinigte seinen Körper. Gilgamesch genoß jede Berührung ihrer sanft streichelnden Hände. Es war, als würde sie all seinen Jammer und alle wehleidigen Gedanken aus seinem Körper waschen.

Sie pflegte ihn fast eine halbe Mine lang. Dann ließ sie ihn aus dem Badebottich steigen. Sie trocknete ihn mit großen Tüchern ab. Er legte sich auf eine mit großen Kissen gepolsterte Holzbank. Sie kippte etwas Öl auf seinen Rücken und massierte ganz langsam jede Stelle seines Körpers. Er aß Fleisch, Käse und Früchte von einer silbernen Platte und trank schwarzes, bittersüßes Bier dazu.

Wohlige Müdigkeit überkam ihn. Und dann versank die Wirklichkeit nach all den schweren Tagen in dunkler Wärme.

Das Zischen und Brodeln klang wie das Zusammentreffen von Wasser und Feuer. Gilgamesch erwachte, reckte sich, lauschte kurz und blinzelte in den schwachen Lichtschein einer Öllampe neben seinem Lager. Auf einem Schemel lagen sauber zusammengefaltet mehrere Kleidungsstücke. Siduri hatte sie genäht.

Gilgamesch sprang auf. Schnell legte er den neuen Lendenschurz aus grobem Leinen um, zog sich ein weites, mit langen Ärmeln versehenes Hemd an, band sich die Riemen von ledernen Sandalen um seine Fesseln und schnallte sich einen neuen Gürtel um, an dem bereits seine Amulettsteine, seine Messer, der neu gefüllte Salzbeutel und sein Eisenstein befestigt waren.

Er griff nach Axt und Schwert. Beide Waffen waren über Nacht gereinigt und neu geschliffen worden. Er hatte nichts davon bemerkt. Im Schatten der Flamme entdeckte er einen Krug mit Honigwein und frische, nachtgebackene Brotfladen. Er aß das Brot und trank den Wein mit einem Zug bis auf den letzten Tropfen aus.

Er ging zur Tür und öffnete sie. Ein trüber, sonnenloser Morgen empfing ihn. Am Strand stiegen grüngelbe, beißend stinkende

Rauchwolken bis zu den niedrighängenden Wolken auf. Und dann erkannte er den Fährmann. Sursunabu schleppte immer neu Abfälle über den aufgeschütteten Damm, der unter seinen Schritten wie Käse auf zu heißen Ziegelsteinen auseinanderfloß.

Gilgamesch sah sofort, daß Sursunabu allein nicht weiterkam.

»Die Ruderstangen!« rief ihm der Fährmann zu, als er ihn erkannte. »Schaff die Ruderstangen ins Boot, ehe der Damm versinkt!«

Gilgamesch griff nach seinem alten Löwenfell, warf es über seine Schultern und rannte zum Ufer. Er packte die erste Steinstange. Der Damm aus Abfällen sank in dichten Giftwolken tiefer und tiefer. Die zweite Ruderstange. Die dritte ... die fünfte ...

Gilgamesch keuchte wie ein Kampfstier vom Ufer zum Boot, vom Boot zum Ufer. Weder er noch der Fährmann gönnten sich eine Pause.

»Noch fünfzig!« schrie Sursunabi.

»Noch dreißig!« antwortete Gilgamesch kurze Zeit später, und dann »Noch zehn!«

»Spring!«

»Zwei Stangen noch!«

»Spring!«

»Die letzte ...«

Gilgamesch fiel in das steinerne Boot. Er blieb wie tot über den Ruderstangen liegen. Schmatzend und gurgelnd versank der Damm aus Abfällen in den Wassern des Todes. Das steinerne Boot des Fährmanns kam aus dem Strudel frei. Es trieb vom Ufer fort, erreichte eine unsichtbare Strömung und wurde immer schneller.

Drei Tage und drei Nächte trieb das Boot ohne Ruderschlag im Halblicht weiter. Und nur Sursunabu wußte, daß sie in dieser Zeit den Weg von einem Mond und fünfzehn Tagen zurücklegten. Es gab schon längst kein Ziel und keine Richtung mehr, kein Süd oder Nord, kein Ost und West, nur noch den Mahlstrom zwischen den Ewigkeiten. Und dann begann die Dämmerung, in ihrem unsichtbaren Fließen ein neues Ufer anzudeuten.

»Gilgamesch!« rief Sursunabu. »Gilgamesch, hörst du mich?«

»Ja, Fährmann?« Er richtete sich mühsam über den Steinstangen auf. »Wo sind wir?«

»Jetzt kommt die Zone, an der das Diesseits und das Jenseits ineinander verschmelzen! Nichts ist ganz hier, und nichts ganz da! Nimm jetzt die Ruderstangen! Aber paß auf, daß nicht ein Tropfen aus dem Wasser beider Welten erkennt, zu welcher Seite du gehörst!«

Gilgamesch richtete sich auf. Vorsichtig hob er das erste der großen Steinruder an. Er schob es über den Rand des Bootes und senkte es ganz langsam ab. Das Ruderblatt am Ende des schweren Balkens versank wie durch Luft geführt. Das Wasser zeigte nicht den geringsten Widerstand. Gilgamesch hob den Balken, doch da war nichts mehr, einfach nichts.

»Die zweite Stange!« sagte Sursunabu angespannt. »Geh tiefer diesmal. Vielleicht kannst du den Grund berühren und das Boot weiterstoßen.«

Gilgamesch nahm den nächsten Ruderbalken, beugte sich über den Rand des steinernen Bootes und stieß ihn steil nach unten.

»Ja!« schrie er plötzlich. »Es geht! Ich fühle Widerstand!«

»Dann schnell die nächste Stange!«

Gilgamesch preßte die Lippen zusammen. Er wuchtete den Balken über den Bootsrand und rammte ihn tiefer. Das Boot ruckte nach vorn. Gilgamesch verlor fast sein Gleichgewicht. Er nahm das dritte Steinruder, das vierte.

»Die zehnte Steinstange!« rief Sursunabu bebend. »Die zwanzigste ...«

Gilgamesch begriff, daß er nur einen einzigen Augenblick Zeit hatte, um das Boot mit einem Stoß weiterzutreiben. Noch während er sich mit aller Kraft dagegenstemmte, lösten sich die Stangen im furchtbaren Wasser auf.

Die vierzigste ... die achtzigste ...

Das steinerne Boot schoß immer schneller durch dunkle, wabernde Schattenzonen. Er arbeitete und kämpfte wie von Dämonen besessen. Und dann, mitten in seinen heißen, von verzweifelter Kraft getriebenen Bewegungen, griff er ins Leere. Er stolperte, fiel halb nach vorn. Seine Hände tasteten über den Boden des Bootes, aber da lag keine Ruderstange mehr, keine einzige.

Der Fährmann kam halb von seinem Sitz hoch. Er sah, daß alles umsonst gewesen war und sank mit einem Aufstöhnen zurück.

»Aus!« murmelte er tonlos. »Jetzt ist alles aus!«

»Nein!« schrie Gilgamesch. »Nein, nein, nein! Ich will das andere Ufer erreichen! Ich will es!«

Er raffte das alte Löwenfell hoch, stellte sich breitbeinig in die Mitte des steinernen Bootes und streckte die Arme aus. Er wollte Mast sein, ein Mast mit Segeln!

»Helft mir, ihr Götter!« rief er so laut er konnte. »Und hilf du mir, mein Bruder Enkidu!«

Wind kam auf, wo sonst kein Wind war. Gilgamesch spürte, wie sich das Löwenfell aufblähte. Am Heck des steinernen Bootes bildete sich ein Spur aus Schaum und Wellen.

Die dunklen Nebel flogen vorbei.

ZEUGEN DER SINTFLUT

Der alte Mann stand am Meer. Eigentlich sah er nicht wirklich alt aus, nur in sich ruhend und mit dem stillen Lächeln eines großen und erfüllten Lebens in den Augenwinkeln.

Er sah dem Spiel der Delphine in den sonnig glitzernden Wellen zu, lauschte dem sanften Schlagen der Brandung und hörte hin und wieder das ferne Geschrei von frei durch die Lüfte gleitenden Seevögeln. Dort, wo sich Himmel und Wasser am östlichen Horizont berührten, deutete eine dunkle Linie das Ende seines Friedens an, denn dort begann die Welt der Sterblichen, in der er selbst einmal vor langer, langer Zeit gelebt hatte.

Ziusudra, ›der Sproß des Tages, der weit dahinging‹ und Sohn von Urbartutu, dem letzten Urkönig von Schuruppak, hielt nach seinem Fährmann Ausschau. Von Zeit zu Zeit schickte er ihn über das schöne, warme und das grausame, dunkle Meer, um zu erfahren, was sich in jener Welt ereignet hatte, die er nicht mehr betreten durfte.

Ein leichter Wind kam auf und wehte durch Ziusudras Haare. Er legte die Hand über die Augen, ging zu einer anderen Stelle am Ufer und stieg auf einen angeschwemmten Zedernast. Im gleichen Augenblick sah er das Boot aus Stein. Es war noch weit entfernt, aber es kam ganz anders als sonst zurück.

»Seltsam«, murmelte er vor sich hin, »warum rudert Sursunabu nicht?« Er schüttelte den Kopf. »Warum hat er sich einen Mast errichtet und Segel hochgezogen?«

Er blickte dem Boot des Fährmanns lange Zeit entgegen. Und dann erkannte er, daß der Mast ein nackter Mann war, der seine Arme ausgebreitet hatte.

»Wie kann das sein?« fragte sich Ziusudra halblaut. »Das ist keiner der Gefährten, die mir die Götter gaben! Aber was sucht ein Fremder hier? Wie kann er sich das Recht herausnehmen, mit meinem Fährmann über die beiden Meere bis hierher zu kommen?«

Es wurde Nachmittag. Immer unruhiger lief Ziusudra am seichten Ufer auf und ab. Und endlich kam das Boot in Rufweite.

»Wo sind deine Ruder, Sursunabu?«

»Zerstört!« antwortete der Fährmann über das Meer hinweg.

»Zerstört? Wer war es?«

»Der da!« rief der Fährmann zurück.

»Und wer ist ›der da‹?«

»Ich heiße Gilgamesch, und ich war König von Uruk ...«

Das Boot aus Stein rammte in den Sand. Gilgamesch senkte die Arme. Er wickelte sein Lendentuch wieder um die Hüften, zog das Hemd an und gürtete sich mit seinen Waffen. Noch vor dem Fährmann sprang er aus dem steinernen Boot.

»Ist dies die Insel Dilmun?« fragte er Ziusudra.

»Sie ist es«, antwortete Ziusudra unwirsch.

»Dann weiß ich, wer du bist!« lachte Gilgamesch überglücklich. Er ging auf Ziusudra zu, umarmte ihn, fiel auf die Knie und küßte seine Füße. Dann richtete er sich wieder auf und sagte mit Freudentränen in den Augen: »Ich habe dich gesucht, seit ich Uruk mit einem Herzen voller Trauer bei Nacht verließ! Wüsten und Steppen, Berge und Abgründe konnten mich nicht aufhalten. Ich bin durch die Dunkelheit und über Meere gezogen. Ich habe Hitze und Kälte überstanden, gegen Löwen und Bären, Hyänen und Panther gekämpft. Ich habe Geparde, Hirsche, Steinböcke und zuletzt auch die kleinsten Wildtiere getötet und gegessen, ja sogar Würmer der Erde, Fliegen und Käfer. Ich aß Körner der wilden Gerste, Grassamen und erfrorene, vertrocknete Früchte, bis ich endlich krank und verzweifelt, hungrig und abgerissen bei der Schankwirtin Siduri ankam.«

»Hör auf! Hör auf!« wehrte Ziusudra ab. »Sag mir lieber, warum du das alles getan hast!«

Sie setzten sich in den warmen Sand des Strandes, und Gilgamesch erzählte ihm alles von seiner Jugend in Kisch, von Schukallituda und dem Feldzug gegen Uruk, vom Tod seines Großvaters Enmerkar, von Pukku und Mikku, von seiner Mauer, von Ugnim und Nansche, von der Seuche, vom Zedernwald und *Chuwawa*, von der Göttin *Inanna*, vom Himmelsstier und von Enkidus Tod.

Es wurde Abend, und noch immer hörte Ziusudra geduldig zu. Erst als die Sonne versank, stand er wieder auf. »Komm mit in mein Haus«, sagte er. »Es liegt hinter den Dünen in einem Garten aus Büschen und Obstbäumen, und es hat ein Bett, Brot und Wein für dich.«

»Wirst du mir helfen?« fragte Gilgamesch.

»Es gibt Wege, die finden nie ihr Ende«, antwortete Ziusudra. »Andere hingegen sind vorgezeichnet wie der Lauf der Sonne und des Mondes.«

Das Haus Ziusudras war ganz anders gebaut als die Häuser, die Gilgamesch aus dem Land zwischen dem großen Buranum und dem schnellen Idigna kannte. Schon von außen erinnerte es ihn an einen hohen, oben rund zulaufenden Bienenkorb aus Zweigen und Lehm. Sie gingen durch eine kleine Vorkammer, die den Eingang vor Regen und Wind schützte. Dann traten sie in die wohlige Wärme des Hauptrunds, von dem mehrere Türöffnungen zu den Seitenräumen führten. Gilgamesch sah weder Ecken noch Winkel. Alles sah sanft, rund und bei aller Weitläufigkeit anheimelnd aus.

Ein offenes Herdfeuer flackerte in der Mitte des Hauptraums. Über dem Herd hingen Töpfe und Pfannen, Löffel und Krüge von einem unter dem Runddach befestigten Gestell herab. Der Herd selbst war in drei Ebenen errichtet: die obere Plattform trug das offene Feuer, die mittlere bildete den Backofen und in der untersten glühte ein Feuer, wie es Gilgamesch noch nie gesehen hatte.

Er entdeckte Reihen von Keramiktellern auf Borden an den Wänden. Sie waren mit den uralten schwarzen und roten Zackenlinien aus der Zeit der Urkönige bemalt. Neben den Tellern standen aus Stein geschnitzte Beterstatuen mit Beuteln in den Händen, Helmen aus Vogelmasken über den Köpfen und Flügel auf den Rücken. Der Schein des Herdfeuers beleuchtete Ton-Reliefs von fliegenden Wagen, von Göttern und von geheimnisvollen Landkarten des alten Reiches.

»Ich möchte dich mit meinem Weib bekanntmachen«, sagte Ziusudra. Er ging in einen der Nebenräume und holte sie. Sie trug ein Gewand, wie es Gilgamesch zum ersten Mal in den Grabkammern von Uruk gesehen hatte. Der enge Rock aus Wollschlingen reichte bis zu ihren nackten Füßen. Im Ausschnitt ihres ärmellosen Brustmieders schimmerte eine schwere Silberkette. Ihr Haar war hochgewunden und mit Kämmen aus Perlmuttmuscheln festgesteckt.

»Bist du Gilgamesch, der König von Uruk?« fragte sie und sah lächelnd zu ihm auf.

»Das war ich, ehe ich meine Stadt verließ«, antwortete er. Sie berührte seine Arme. In diesem Augenblick erinnerte sie ihn an seine Mutter. Sie ging zum Herd, setzte einen kupfernen Topf auf und begann, Fleischstreifen und Molylauch in Öl zu braten.

Ziusudra füllte aus einem spitzen Tonkrug zwei Becher mit süßem, rotem Wein. »Trink das!« sagte er zu Gilgamesch. Sie setzten sich auf Teppichkissen an der Rundwand und lehnten sich zurück. Das Fleisch brutzelte im Kupfertopf über dem Herdfeuer. Gilgamesch trank einen Schluck Wein. Er fühlte sich glücklich und traurig, müde und wach zugleich.

Er war am Ziel!

»Warte!« sagte Ziusudra, als er bemerkte, daß Gilgamesch nach Worten suchte. »Ehe du erneut Fragen stellst, mußt du dir selbst einige Antworten geben. Ich will dir helfen: mußtest du etwa ein Leben lang nur saures Bier und hartes Brot essen? Warum suchst du Unsterblichkeit, wenn dein Leben wirklich so grau geworden ist? Willst du nun vor Kummer sterben oder ewig so weiterleben?«

Gilgamesch starrte in seinen Becher mit rotem Wein.

»Ich weiß nicht mehr, was ich denken und fühlen soll!« antwortete er tonlos.

»Wer weiß das schon! Aber die Menschen leben, obwohl jedem bekannt ist, daß seine Zeit nicht von Dauer sein kann! Begreif doch endlich: leben heißt leben – auch mit der absoluten Sicherheit des Todes! Ein junges Mädchen stirbt, ehe ein Mann sie in den Armen hielt. Ein Vater stirbt und läßt sein Weib und seine Kinder hungern. Ein Kind, ein Erbe ist nicht mehr ... Das, Gilgamesch, das ist Grund zur Trauer! Aber selbst dann geht alles weiter! Menschen, die wissen, daß sie sterben, werden weiterhin Häuser bauen, sie werden Testamente siegeln, gut und schlecht sein, lieben und hassen, Hochwasser und Feuersbrünste, Kriege und Seuchen überstehen. Denk an Libellen, Gilgamesch! Ist nicht im Ei schon die Idee des Flügelschlags ...in der Puppe der Plan... und kurz der Tag, an dem sie flirrend in der Sonne fliegen?«

»Aber was ist mit uns?« fragte Gilgamesch benommen.

»Hast du jemals bemerkt, wie ähnlich sich Schläfer und Tote sind?« fragte Ziusudra. »Hast du gesehen, wie sich der Diener und der Herr im Tode gleichen?«

»Wenn alles Plan ist – warum soll dann niemals ein Mensch erfahren, wie lange er noch leben darf?«

»Hast du diejenigen gesehen, die es wußten?« fragte Ziusudra zurück. »Sie hatten keine Hoffnung mehr.«

»Die Hoffnung auf Unsterblichkeit?«

»Du sagst es!« sagte Ziusudra mit einem leisen Lächeln. »Die *ME* der Hoffnung und des Glaubens sind die einzigen Waffen, mit der die Menschen die Gewißheit ihres Todes überwinden können!«

Gilgamesch trank seinen Weinbecher mit einem Zug aus. Er goß sich unaufgefordert nach und trank auch den zweiten Becher aus. Ziusudras Weib stellte Schalen mit dampfendem, köstlich duftendem Moly-Fleisch vor den beiden Männern auf halbhohe Tischchen.

»Was ist so anders an dir?« wollte Gilgamesch von Ziusudra wissen. »Du bist ein Mensch, genau wie ich. Du hast die gleiche Zahl von Armen und Beinen, einen Kopf, ein Gesicht, Augen, Nase und Mund wie ich. Du mußt essen, trinken und schlafen! Trotzdem standest du still und ohne Angst am Strand, als ich mit deinem Fährmann kam. Und jetzt sitzt du zufrieden neben mir in deinem Haus. Ich habe nicht gesehen, daß du für irgendetwas arbeiten und kämpfen mußt! Warum nicht, Ziusudra? Was unterscheidet dich von mir? Warum darfst nur du mit deinem Weib ewig auf dieser stillen Insel leben? Ich könnte dich doch töten ... oder nicht?«

›Der Sproß des Tages, der weit dahinging‹ lächelte nachsichtig. Er spießte sich ein Stück Moly-Fleisch mit seinem Messer auf, führte es zwischen seine Lippen und begann, mit langsamen Bewegungen zu kauen. Er nahm einen kleinen Schluck Wein, dann sagte er: »Es stimmt, du bist größer und stärker als ich. Aber du könntest mich nicht töten, denn ich gehöre nicht mehr zu den Sterblichen! Ich nehme an, daß du jetzt wissen willst, warum ein Mensch wie ich den Frieden fand, den du noch immer suchst ...«

»Seit ich zum ersten Mal von deinem Namen hörte, wollte ich

wissen, was du getan hast, um die Unsterblichkeit zu erlangen.«

»Gut«, sagte Ziusudra. »Dann will ich dir erzählen, wie alles kam, was heute ist.«

»In jener Zeit, von der eine Generation der anderen berichtet hat, lebte ich selbst in Schuruppak«, sagte Ziusudra mit einer Stimme, die plötzlich jünger und viel bestimmter klang als vorher. »Du kennst die Stadt. Sie liegt nur einen halben Tag nördlich von Uruk, nicht einmal fünf Biru entfernt.«

»Ja«, nickte Gilgamesch und lächelte bei der Erinnerung an die erste fremde Stadt, die er nach seinem Leben in Kisch gesehen hatte. »Ich kenne Schuruppak ... von außen!«

Ziusudra sah ihn prüfend an. »Ich weiß nicht, wie es heute in der Stadt meiner Väter aussieht«, sagte er. »Damals aber war Schuruppak reicher als Ur und Uruk zusammen, mächtiger als Kisch und Nippur und stolzer als alle Siedlungen und Städte des gesamten Zweistromlandes! Schuruppak war die Stadt, die sich die Götter zu ihrem Lieblingsaufenthalt erwählt hatten, so wie lange zuvor Sippar, Larak, Bad-tibira und die erste Stadt Eridu.«

Ziusudra holte tief Luft. Er strich sich über die Augen, ganz so als würde ihn auch noch nach langer Zeit schmerzen, was er in der Erinnerung sah.

»Schuruppak war wie ein Heerlager der Götter«, fuhr er nach einer langen Pause fort. »Mit ihren großen Schiffen zogen sie über den Himmel, mit ihren kleinen kamen sie bis zu den Stufentempeln herab. Sie wandelten durch unsere Straßen, tranken den Wein, den wir für sie gekeltert hatten, umarmten unsere Weiber und zeugten Riesen mit ihnen, die noch viel größer waren als du! Ganz Schuruppak wimmelte von Halbgöttern, seltsamen Zwischenwesen und Bastarden der wilden, trunkenen Nächte, in denen jeder sich mit jedem paarte. Wir waren ihre Diener, aber wir beteten sie an, weil sie uns viele Fragen beantworten und sogar Wunder erklären konnten, vor denen wir uns fürchteten. Sie lehrten uns, Himmel und Erde, Tag und Nacht, Regen und Wind, Sommer und Winter zu verstehen. Und ganz allmählich begannen wir, wie sie zu denken und zu fühlen.«

Ziusudra füllte seinen Becher mit neuem Wein.

»Als mein Vater, der große Ubar-tutu, starb, sollte ich König von Schuruppak werden. Von Anfang an mißfiel mir, wie sich viele der Götter, der Priester und der Edlen Schuruppaks aufführten. Aber auch Händler, Handwerker und Schublugals übertrafen sich gegenseitig in der Mißachtung der alten Werte. Sie waren arrogant geworden, unduldsam, laut und übermütig! Jeder berief sich auf irgendeine Gottheit, wenn er auf seinen Feldern aus purem Eigennutz drei-, vier- und fünfmal hintereinander die gleichen, schnell fruchttragenden Pflanzen anbauen ließ. Immer mehr Kanäle wurden ausgehoben. Immer mehr Sklaven und neue Hebewerke schütteten Wasser aus der Tiefe über die Felder. Der Boden wurde von Jahr zu Jahr salziger. Der Lärm der Orgienfeste störte die Stille der Natur. In ihrem Wahn von Macht und Reichtum, von Götterfreundschaft und Überlegenheit veranstalteten die Söhne reicher Ensis nur zum Vergnügen Ochsenrennen über die frische Saat, andere würfelten um den Ertrag von Ernten, die noch nicht eingefahren waren. Wer verlor, ließ ganze Wälder abbrennen und setzte schwarze Aschewüsten erneut im Spiel ein, das nur noch Untergang bedeuten konnte! Wiederum andere gaben den Auftrag, Häuser zu bauen, die höher werden sollten als alle alten Tempel. Und als ich König dieser bösen habgierigen Stadt Schuruppak wurde, da galten die alte Ordnung und die Erinnerung an die Gesetze der Großen Göttin weniger als das Schwarze unter den Fingernägeln.«

»Aber du warst der König, der Hohepriester!« wandte Gilgamesch verständnislos ein. »Mit einem einzigen Befehl hättest du jedes Chaos und jede Hurerei beenden können!«

»Was ist ein König?« lachte Ziusudra trocken. »Und was ein Hohepriester in einer Stadt, in der die Lust am Untergang wie eine Seuche wütet? Du mußt dir meine Lage vorstellen ... Sobald ich kam, zogen Edle und Priester und jedermann im Volk die Hüte. Sie verneigten sich sogar vor mir – aber so tief, daß alles nur noch wie ein höhnisches und lächerliches Schauspiel wirkte.«

»Und deine Worte? Deine Befehle? Galten sie gar nichts mehr?«

»Doch«, antwortete Ziusudra. »Was ich verkünden ließ, wurde in Windeseile in allen Straßen, allen Gassen wiederholt. So oft, bis es die kleinsten Kinder nachplappern konnten. Jeder sprach nach, was ich gesagt hatte, und machte trotzdem, was er wollte!«

»Wie ging es weiter?« fragte Gilgamesch verwirrt.

»Ich war der einzige, der sah, wie sich die großen Götter mehr und mehr aus Schuruppak zurückzogen. Einige beschwerten sich noch bei mir über den bösen Lärm in der Stadt, über die Unvernunft und über das Geschrei der Dummen, die lauthals vorgaben, die *ME* schon besser zu beherrschen als die Götter.«

Er trank den zweiten Becher aus und wischte sich bedächtig die letzten Weintropfen von seinen Lippen.

»Ich sprach mit allen, die hohe Ämter in der Stadt bekleideten«, sagte er dann. »Ich sagte ihnen, daß die Götter bereits über eine Bestrafung der Stadt redeten, doch niemand glaubte mir.«

»Hast du gehört, was die Götter sprachen?« fragte Gilgamesch.

»Ja«, antwortete Ziusudra. »Ich bin sehr oft zwischen Mitternacht und Morgen an den Kanälen vor der Stadt entlanggegangen. Manchmal hörte ich *Enlil*, manchmal die Stimme seines Sohnes *Ninurta*. Die *Ennugi*, die von den Göttern als Wächter der Kanäle eingesetzt worden waren, wichen mir aus. Es war der große, hellsichtige Gott *Ea*, der später *Enki* genannt wurde, der mir in einer ganz besonders lauten Nacht unter dem Sternenhimmel vor Schuruppak ein letztes Zeichen gab.«

»Du hast mit *Ea* gesprochen?« fragte Gilgamesch voller Bewunderung. »Das muß wie eine Begegnung mit *An*, dem Herrn der Götter und Dämonen gewesen sein!«

Ziusudra hob die Hände.

»*Ea* sprach nicht selbst mit mir, sondern benutzte ein Haus aus Schilfrohren weit vor der Stadt, aus dem ich seine Stimme hören konnte. Das Haus war leer, und als ich näherkam, sah ich, daß jedes Schilfrohr seiner Wände zitterte, sobald der gütige Gott mit mir, seinem Diener, sprach!«

»Was sagte er?« fragte Gilgamesch ungeduldig.

»Rohrhaus, Rohrhaus, Wand um Wand ... höre Rohrhaus, Wand gib acht ...« wiederholte Ziusudra die ersten, magisch klingenden Worte des Gottes. »Und du, Mann aus Schuruppak ... Sohn König Ubar-tutus ... reiß dieses Haus ab, wenn du das Leben retten willst! Fang an, ein Schiff zu bauen, denn eine Flut wird kommen, wie sie noch nie zuvor über Städte und Felder hinweggegangen ist! Vergiß dein Königtum und alle Schätze, wenn du das Leben retten willst! Wähle den Samen aus, der nicht verdorben ist! Von allen Pflanzen, allen Tieren und von den Menschen, wenn du das Leben retten willst!‹«

Er stockte, beugte sich bedächtig vor, goß Gilgamesch neuen Wein ein und füllte seinen eigenen Becher zum dritten Mal. Das Herdfeuer war bis auf kleine Flammen über der Glut zusammengesunken. Die Schatten an den Wänden des Rundhauses waren größer und dunkler geworden. Gilgamesch fühlte sich längst wie in die Zeit vor der großen Flut versetzt. Er konnte sehen, was Ziusudra berichtete, fühlen, wie ungeheuer groß die Aufgabe gewesen sein mußte, vor der Ziusudra gestanden hatte.

»Die Stimme des großen Gottes aus dem Schilfrohrhaus erklärte mir, wie ich anfangen sollte«, fuhr Ziusudra fort. »›Du mußt das neue Schiff wie einen Stufentempel bauen‹, sagte sie. ›Mit Kanten, die an allen vier Seiten gleich sind, und einem Dach, das ebenso flach ist wie die Abdeckung des Urozeans. Aber nimm keine gebrannten oder im heißen Wind getrockneten Ziegelsteine, sondern die besten Baumstämme und das beste Holz, das du finden kannst!‹ Ich brauchte lange, bis mir klar wurde, was die Stimme *Eas* von mir verlangte. Dann sagte ich: ›Ich werde tun, was du mir rätst, aber wie soll ich das den Priestern und den Ensis, den Schubugals, dem Rat der Weisen und allen anderen Bewohnern von Schuruppak erklären?‹ Die Götterstimme antwortete sofort, und ich wunderte mich über das, was sie sagte: ›Du mußt das lügnerische Böse ebenfalls belügen, wenn du das Gute retten willst! Sag ihnen, daß ich dich verstoßen habe! Sag ihnen, daß der große Gott dich nicht mehr auf der Erde sehen will ... daß du hinabfahren willst in das Reich des Urozeans ... tu so, als würdest du ein großes Opfer bringen, damit die Völlerei, der Hochmut und die Verachtung der Naturgesetze weitergehen kann ... versprich den Gierigen noch viel mehr weißen Weizen, Fische im Übermaß, gefüllte Vogelnetze und süßes Backwerk, bis sie sich nur noch lüstern ihre Lippen lecken ...‹«

Ziusudra lehnte sich erschöpft zurück. Gilgamesch sah, daß er nicht mehr weitersprechen konnte. Der halbleere Weinbecher entglitt den Händen des alten Mannes. Er polterte auf den sorgfältig festgestampften, mit Gips geweißten Lehmboden des Rundhauses, und roter Wein kroch wie Blut zum Ofenherd hin.

Gilgamesch stand auf. Er suchte in den Nebenkemenaten nach einer Decke. Er fand ein sandfarbenes Tuch mit großen braunen und schwarzen Zackenlinien, ging zurück und deckte es über Ziusudra. Dann legte er sich vor der Sitzbank auf den Boden. Noch lange glitten die Bilder des längst vergangenen Zeitalters vor ihm auf und ab.

Die Nacht verging. Gilgamesch wachte erst auf, als er das Klappern der Töpfe und Krüge von Ziusudras Weib hörte. Ein angenehmer Duft von frischen Brotfladen zog aus dem Backofen durch den Wohnraum des Rundhauses. Gilgamesch stand auf und begrüßte Ziusudras Weib.

»Du kannst dich draußen am Brunnen waschen«, sagte sie mit einem freundlichen Lächeln.

»Es ist sehr spät geworden heute nacht«, entschuldigte er sich und Ziusudra.

»Du hättest nicht auf dem Fußboden schlafen müssen«, sagte sie. »Ich hatte dir dort drüben ein weiches Lager vorbereitet.«

Sie zeigte auf einen der Nebenräume. Gilgamesch lachte nur. »Ich habe auf hartem Boden geschlafen, weil mir in weichen Kissen vielleicht der ganze Tag gestohlen wäre. Nicht, daß ich sehr viel Schlaf benötige, ich könnte eine Woche wach bleiben, aber so war es mir heute nacht lieber.«

»Hat Ziusudra dir von der Flut erzählt?«

»Noch nicht«, antwortete Gilgamesch. »Er sprach nur vom wüsten Leben in Schuruppak und davon, daß die Götter die Stadt mit einer großen Flut vernichten wollten.«

»Sie haben lange darüber gestritten, ob sie Feuer oder Wasser über dem Land ausgießen sollten«, sagte das Weib Ziusudras. »Wenn sie den Feuerpilz genommen hätten, wäre für viele Jahre kein Leben mehr zwischen den großen Flüssen möglich gewesen! Aber geh jetzt und wasch den Schlaf aus deinen Augen!«

Gilgamesch trat aus dem Rundhaus. Er fand den Brunnen neben

einer weiten Tränke hinter den Gartenbüschen. Als er die vielen Tiere an ihrem Ufer sah, mußte er unwillkürlich an Enkidu denken. Die Tiere zeigten keine Scheu. Er trat zwischen Gazellen, Hirsche und Hyänen, ging an Löwen und Panthern vorbei, blickte zu Schwärmen lieblich zwitschernder Vögel auf und sah schön gemusterte Schlangen auf dem Weg. Sie hatten keine Giftzähne.

Nachdem er sich gewaschen und jede Öffnung seines Körpers sorgfältig gereinigt hatte, ging er zum Haus zurück. Ziusudra saß an einem Bohlentisch im Schatten buschiger Zypressen.

»Komm, iß den Emmerbrei mit mir, das warme Brot, den weißen Käse und die Früchte meiner Gärten«, sagte er einladend. Gilgamesch setzte sich zu ihm. Er genoß den Frieden des Vormittags, die frischen Speisen und den milden Lufthauch vom Meer herüber.

Als sie satt waren, lehnte sich Ziusudra erneut zurück.

»Was ich dir in der letzten Nacht erzählte, war bisher ein Geheimnis, das nur die Götter kannten«, sagte er schließlich. »Du bist der erste, dem ich die ganze Wahrheit über die große Flut berichten will! Wo habe ich aufgehört?«

»Du bist eingeschlafen, als du davon erzählt hast, daß du auf göttlichen Rat hin die Menschen Schuruppaks belügen solltest ...«

»Ja, ganz genau so war es!« sagte Ziusudra. »Du kannst dir vorstellen, wie furchtbar alles für mich gewesen ist! Ich, Ziusudra, Sohn von Ubar-tutu, der viele tausend Jahre einer der großen Könige der Menschen war, mußte sein Zeitalter beenden! Ich sollte Männer, Frauen und Kinder anlügen – nur um mich selbst und den Samen jeder Art vor dem Untergang zu retten!«

»Was hast du nach der Nacht am Schilfrohrhaus getan?«

»Ich gab den Befehl zum Bau des Schiffes, das wie ein Stufentempel aussehen sollte. Hätte ich ein normales Schiff befohlen – wer weiß, ob mein Volk mich nicht verlacht hätte. So aber glaubte jeder, daß ich nun endlich werden wollte wie sie!«

»Sie halfen dir?« fragte Gilgamesch verwundert.

»Sie halfen mir!« nickte Ziusudra. »Jedermann erwartet Klugheit und Vernunft von seinen Herrschenden. Wenn aber einer kommt, der nur Narretei und Wahnbilder zu bieten hat, dann laufen sie ihm nach wie einem Orakelpriester oder einem neuen Gott! So sind die Menschen, Gilgamesch!«

Der alte Mann nahm sich ein kleines Käsestück, kaute es ganz langsam und trank einen Schluck Ziegenmilch dazu. Sein Gesicht verklärte sich, und dann erzählte er seine Geschichte weiter.

»Bereits am nächsten Morgen entstanden in den Tempeln die ersten Pläne für mein Schiff. Dubsars und Baumeister berechneten nach meinen Angaben, wie alles werden sollte. Gleichzeitig schleppten Tischler, Schreiner und Zimmerleute mit ihren Gesellen riesige Mengen Bretter und Holzpfosten zum Schilfrohrhaus vor der Stadt. Die Kinder aus der E-dubba sammelten in allen Häusern Töpfe mit Erdpech ein. Fischer brachten Netze und Seile, Bootsbauer Klammern und Handwerker ihre besten und geheimsten Werkzeuge, von denen sie annahmen, daß sie ihr König für sein seltsames Schiff gebrauchen könnte. Am fünften Tag ging ich zum Schilfrohrhaus. Mit sechzig großen Schritten an jeder der vier Seiten maß ich die Fläche aus, die ich benötigte. Dann ließ ich die Gerüste bauen. Die Seitenwände sollten hundertzwanzig Ellen hoch werden, und hundertzwanzig Ellen im Geviert das Dach der ersten Stufenplattform.«

»Das ist – bei allen Göttern – tatsächlich eine ungewohnte Schiffsform«, sagte Gilgamesch. »Ein Würfel fast, am Boden größer als an den Oberkanten!«

»Genauso wie die erste Stufe einer Zikkurat«, nickte Ziusudra. »Und auch die Aufbauten sollten den Stufentempeln gleichen. Nachdem die Außenwände der ersten Stufe fertig waren, wies ich den Oberbaumeister Puzur-amurri an, sechs Zwischenböden einzuziehen, damit ich insgesamt sieben Decks erhielt. Danach teilte ich die Grundfläche in neun gleiche Räume auf. Die unteren wurden zwanzig Schritte groß, die oberen nur sechzehn.«

Gilgamesch zog die Brauen zusammen. »Warum so umständlich?« fragte er. »Bei jedem Schiff, das ich kenne, sind die Räume unten kleiner als oben. Nur bei deinem Schiff war nach oben hin jeder Raum enger, und jede Zwischenwand mußte nicht gerade, sondern schräg gebaut werden ...«

»Ich sehe, daß du einen guten Lehrer hattest«, lächelte Ziusudra. »Aber ich sagte bereits, daß jedermann von mir etwas ganz Ungewöhnliches erwartete. Mein Schiff mit seinen dreiundsechzig Räumen in der ersten Stufe mußte unmöglich aussehen, damit niemand auf den Gedanken kommen konnte, daß ich vielleicht über die Flüsse und Kanäle fortschwimmen konnte! Die ganze Konstruktion sollte wie ein neuer Tempel, wie ein gewaltiger Altar aussehen, denn das gehörte zu der Lüge, die mir Gott *Ea* eingegeben hatte!«

»Hat denn keiner geahnt, daß du wirklich ein Schiff bautest?«

»Nein, keiner!« antwortete Ziusudra. »Nicht einmal der Oberbaumeister Puzur-amurri! Ich konnte Spundlöcher bohren und Pflöcke für die Trimmkammern in den Boden einsetzen lassen. Bootsbauer brachten verhalten grinsend lange Ruderstangen an Bord. Gleichzeitig wurden die Ritzen zwischen den Brettern und Balken des neuen Schiffs mit mehr als fünftausend Maß Erdpech versiegelt. Ich ließ flüssiges, scharf riechendes Erdpech für den Hauptofen im Bauch des Schiffes an Bord bringen – zehntausend Maß, dazu zweitausendfünfhundert Maß als Reserve. In all den Tagen verbrauchten die Handwerker zweitausendfünfhundert Maß halbflüssiges Schmieröl und neunhundert Maß gutes Öl für ihr Brot und ihre Speisen.«

Ziusudra legte die Hand über seine Augen, ehe er weitersprach:

»Natürlich gab ich auch Puzur-amurri seinen Anteil. Ich mußte jeden Tag viele der besten Ochsen schlachten lassen, dazu Schafe und Zicklein, Hühner und Vögel. Die Männer am Bau tranken Traubensaft, Leichtbier, roten und weißen Wein in Strömen. In ihren Arbeitspausen fraßen sie alles weg und vertilgten selbst die köstlichen und fetten Fleischsuppen wie klares Wasser.«

Ziusudra strich sich kopfschüttelnd über sein Gesicht. »Es war eine einzige Orgie«, sagte er. »Schlimmer als ein Fest der ›Heiligen Hochzeit‹, aber am Abend des siebenten Tages war mein großes Schiff fertig. Ich badete und salbte mich. Die ganze Stadt mußte mithelfen, um mein seltsames Gefährt über Rollen und schräge Ebenen ins Wasser zu ziehen. War das ein Geschrei und Gejohle! Und ein Gelächter, als mein Schiff, das wie eine Zikkurat aussah, zu zwei Dritteln im Ostkanal des großen Buranum versank.«

»Du meinst, dein Schiff ging unter?«

»Nein«, sagte Ziusudra grimmig. »Es ging nicht unter, sondern sank bis auf den Boden des Kanals, weil ich zuvor die Stöpsel aus den Spundlöchern gezogen hatte. Auch das gehörte zur Verwirrung, die ich beim Volk von Schuruppak hervorrufen sollte. Außerdem darfst du nicht vergessen, daß viele niedere Götter und Götterboten in der Stadt allmählich mißtrauisch geworden waren. Sie kannten den Beschluß der großen Götter nicht, aber sie fragten mich immer wieder, ob ich nun ein Schiff oder einen neuen Tempel bauen ließ. Ich sagte ›Schiff‹, damit sie dachten, daß ich lüge, obwohl's die Wahrheit war. In der Zwischenzeit ließ ich alles, was für mich wertvoll war, an Bord bringen – all mein Silber, all mein Gold und dann die Samen aller Lebewesen, die ich kannte.«

»Von Pflanzen, Büschen und Bäumen ...«

»Von allen Lebewesen«, betonte Ziusudra, »denn auch die Tiere und die Menschen entstehen aus beseeltem Samen!«

Gilgamesch verstand nicht ganz, was Ziusudra damit meinte.

»Ich ließ auch lebendes Getier einladen, die zahmen Tiere von den Feldern und die wilden Tiere aus der Steppe. Zum Schluß, als das Gelächter über meinen Tempel immer lauter wurde, fragte ich alle, wer mit mir kommen wollte. Nur noch einige Söhne und Töchter von Handwerksmeistern blieben mir treu. Es waren jene, die zusammen mit mir in der E-dubba gelernt hatten. Ich ließ sie alle an Bord des halbversunkenen Schiffes gehen und das Wasser ausschöpfen. Am nächsten Morgen erschien mir *Ea* in der Gestalt des Sonnengottes *Utu*. Gleichzeitig ging ein Jubeln durch die ganze Stadt. Über Nacht waren auf allen Mauervorsprüngen Plätzchen und süße Kuchen ausgelegt worden. Ich weiß nicht, wer das getan hatte, doch ich erkannte das geheime Götterzeichen. Gegen Abend des gleichen Tages zogen dichte Wolken über den Himmel. Ein eigenartiger, jaulender Sturm kam auf. Die Tiere in meinem großen Schiff schrien und blökten. Es regnete, aber die Tropfen waren nicht naß, sondern Körner von weißem Weizen. Sie prasselten auf die Dächer und bedeckten alle Gassen und Straßen in Schuruppak mit einer dichten Schicht. Der Himmel wurde immer düsterer. Aus allen Himmelsrichtungen stieg schwarzes Gewölk über dem Horizont auf. Die Oberpriester in den Tempeln und Heiligtümern der Stadt ließen Pauken und Glocken schlagen. Ich übergab alles, was ich zurückließ, dem Oberbaumeister des Schiffes: meinen Palast in Schuruppak, meine Krone und die Regierungszügel. Puzur-amurri wollte nicht mit mir kommen, obwohl ich ihn gern neben mir gehabt hätte. Und so betrat ich schließlich als letzter mein Schiff, ließ alle Rampen hochziehen und die Eingangstore mit schwarzem Erdpech und starken Seilen sichern.«

Ziusudra strich sich über die Augen. Gilgamesch sah, daß sein Körper bebte.

»Der Sturm wurde sehr schnell zum wütenden Orkan«, fuhr der letzte Urkönig von Schuruppak fort. »Er riß und rüttelte an allen Außenwänden meines Schiffes. Die Nacht war furchtbar und mein Schiff wurde ohne Pause hochgehoben und wieder bis zum Grund des Kanals geschleudert. Der nächste Morgen war wie der Beginn einer neuen Nacht. Frag mich nicht, welche Wettergötter die schwarzen Wolken höher peitschten ... *Werwer* und *Adad*, *Schullat* und *Chanisch* müssen gleichzeitig am Werk gewesen sein! Und dann riß *Erra*, der mächtige Pestgott der Unterwelt die Pfropfen aus dem Himmelsdach. Oben ward unten, und Wasser stürzte aus allen Schleusen über uns. Blitze des Kriegsgottes *Ninurta* zuckten über das Land. Die höchsten Götter schleuderten Lichtfackeln durch die Finsternis. Der Glanz der *Annuraki* blendete jedes Leben, und selbst die Himmel erschraken vor soviel finsterer Gewalt! Das weite Land zerbarst wie ein alter Tonkrug. Der Südsturm peitschte das Meer des Südens über die Felder bis zu den Spitzen der Berge hoch im Norden. Kein Auge konnte irgendwas im Kampf der fürchterlichen Elemente sehen, und nicht einmal die Götter auf der Erde waren vorgewarnt. Jeder von ihnen, der noch in Schuruppak oder in anderen Städten Sumers gewesen war, floh durch den Sturm und suchte ein Himmelsschiff. Mit krummen Rücken krallten sich viele Götter an Wurzeln und an den Zweigen umgestürzter Bäume fest. Sie kämpften sich wie Hunde durch reißende Fluten, schwammen durch wilde Wellen und stießen gellende Hilferufe aus. Unmittelbar vor Schuruppak schrie eine Göttin wie eine Frau in Wehen durch die Nacht. Es war *Inanna*, die ehedem so stolze: ›Was einmal war, das wird zu Schlamm jetzt ... Und ich ... ich habe zugestimmt im Götterrat. Ich wollte die Vernichtung meiner Kinder, aber wie konnte ich zulassen, daß sie wie losgerissene Fischbrut durch die salzigen Fluten wirbeln und auf so grausame Art ertrinken?‹ Hohe und höchste Götter schlossen sich

Inannas Klage an. Sie wußten, daß sie nicht sterben konnten, dennoch schlotterten sie vor Angst. Sturmflut und kalte Finsternis, Hunger und Durst ließen sie weinen – über sich selbst und über die Menschen, die geglaubt hatten, daß sie wie Götter leben könnten!«

Ziusudra zerbrach den Becher mit Ziegenmilch mit seinen Fingern. Gilgamesch sah, wie Tränen über die Wangen des Unsterblichen rannen.

»Laß mich!« bat Ziusudra leise. »Ich wußte, daß es so kommen würde. Aber ich habe nie verstanden, warum ich lügen mußte, um nicht mit allen anderen in jenen sieben furchtbaren Tagen und Nächten zu ertrinken.«

»Dauerte die große Flut nur sieben Tage?« fragte Gilgamesch.

»Nein«, antwortete Ziusudra. »Das war die Zeit des Sturms. Als er sich legte, lösten wir die Seile von den Fensterluken und sahen nur noch Wasser. Das helle Licht des Tages erschreckte uns ebenso wie die Dunkelheit in den Nächten zuvor. Ich hörte nur noch Stille. Mein Schiff schwamm über einen Ozean, aus dem kein Berggipfel und keine Insel ragte. Ich stieg bis zur obersten Plattform meines Schiffes hinauf, kniete nieder und weinte Stunde um Stunde. Die große Flut hatte alle Menschen und alle Tiere zu Lehm gemacht, aus dem sie einst erschaffen wurden! Das Land unter dem stillen Wasser mußte ebenfalls flach und leer geworden sein. Ich hielt nach Ufern Ausschau, Tag um Tag, aber da war nichts mehr.«

Er stockte und legte sich erneut die Hand über die Augen. Gilgamesch wartete. Erst sehr viel später sprach Ziusudra weiter:

»Ich weiß nicht mehr, wie lange und wie weit wir über das leere Wasser trieben. Nach meiner Schätzung müssen wir die Strecke von zwölf Doppelstunden nach Norden hin geschwommen sein. Ich ließ Anker auswerfen, aber sie fanden keinen Grund, an dem sie sich verhaken konnten. Die Sterne sagten mir, daß ich zehntausend Seile nördlich von Schuruppak schwimmen mußte, als endlich, mitten in der Nacht, ein Ruck durch unser Schiff lief. Erst sehr viel später erkannte ich, daß unsere Anker sich an der Spitze des Berges Nisir festgehalten hatten.«

»Das wäre weiter, als ich mit meinem Bruder Enkidu bis zu den Zedern gegangen bin«, sagte Gilgamesch.

»Ihr habt den Zedernwald am nördlichen Meer gesehen«, nickte

Ziusudra. »Ich aber habe sieben Tage lang noch weiter im Norden und viel weiter östlich mit meinem Schiff darauf gewartet, daß mich der Berg losläßt. Er hielt mich fest am ersten Tag, am zweiten, dritten, siebenten ... dann ließ ich eine Taube aufsteigen. Sie fand keinen Rastplatz in den Wassern und kam zurück. Ich ließ eine Schwalbe aufsteigen. Auch sie kam wieder, ohne Land zu finden. Dann ließ ich einen Raben frei. Er entdeckte feuchten Boden, pickte die Würmer auf und flatterte vor Freude nach vielen Tagen der Gefangenschaft. Ich hörte sein Krächzen durch die Stille über den Wassern, aber ich sah ihn niemals wieder. Da wußte ich, daß die Flut langsam zurückwich. Ich wartete noch viele Tage, dann tauchten Bergspitzen um uns herum auf. Ich ließ die Tore meines Schiffes öffnen und gab die Tiere frei.«

»Sie gingen ohne Angst hinaus?« fragte Gilgamesch.

»Ja«, antwortete Ziusudra. »Und sie verteilten sich über die neue Erde, die aus der Flut geboren war.«

»Was hast du dann getan?« fragte Gilgamesch.

»Ich brachte den Göttern, die uns in weiser Vorsehung gerettet hatten, ein Trankopfer mit meinem besten Wein«, berichtete Ziusudra. »Ich stellte sieben Räucherschalen rund um das Schiff auf, füllte sie mit Süßholz, Spitzen von Zedernzweigen und weißblühender Myrte. Und dann kamen sie – einer nach dem anderen. Sie rochen die Düfte meiner Opfer und schwirrten wie die Fliegen aus der Ferne des Himmels heran. Niemals zuvor und niemals danach haben Menschen so viele Gottheiten an einem Platz gesehen! Und dann schwebte die erhabene *Inanna* herab. Ich sah sofort, wie ärgerlich sie war. Ihr schönes Gesicht glühte vor Zorn. Sie riß sich das Geschmeide aus Lapislazuli ab, das ihr Gott *An* vor vielen Zeitaltern selbst um den Hals gelegt hatte, und streckte es wütend den anderen Göttern entgegen. ›Hier, ihr Götter des Himmels und der Erde‹ rief sie erregt. ›Ist das ein Amulett für Götter? Dann frage ich euch, was ich damit sollte, als die Flut kam! Aber ich schwöre, daß ich diese Tage und Nächte niemals vergessen werde! Mein Auftrag hieß, daß ich mich um die Menschen wie um meine Kinder kümmern sollte. Ich habe es getan! Vielleicht zuviel, aber wie konnte

Enlil eine derartige Flut schicken, ohne mich wenigstens zu warnen? Der soll nur kommen ...‹«

»Und? Kam er?« unterbrach Gilgamesch gespannt. Ziusudra holte tief Luft und nickte.

»*Enlil*, der oberste der Götter neben *An* und *Enki*, kam in einer Wolke aus Rauch und Feuer vom Himmel herab. ›Was geht hier vor?‹ rief er, sobald er seinen Fuß auf den nackten Fels des Berges gesetzt hatte. ›Wer hat dieses Schiff gebaut? Ich hatte befohlen, daß niemand – ich sagte niemand – der Bereinigung der Erde entgehen sollte!‹ Die Götter murrten, aber sie schwiegen, bis *Enlils* Sohn *Ninurta* vor seinen Vater trat. ›Das war nicht nötig!‹ sagte er. ›Wenn ihr da oben ohnehin alles bestimmt, seid ihr doch Schuld an der ganzen Entwicklung! Wer hat sich denn die Pläne mit den Menschen ausgedacht? Das war doch *An* persönlich, oder?‹ Bis zu diesem Augenblick hatte niemand bemerkt, daß der Herr aller Götter des Himmels bereits hinter meinem Schiff stand. Jetzt trat er vor und ging bis zu *Enlil*. ›Dein Sohn hat recht‹, sagte er. ›Es war nicht nötig, mit einer so furchtbaren Flut gleich alles Leben zu vernichten! Wir hätten auswählen müssen. Wir hätten die Übermütigen bestrafen, die Bösen aussondern und die Unbelehrbaren mit Geduld und Liebe umerziehen sollen, statt eine Flut zu schicken, die jeden – ob schuldig oder unschuldig – umbrachte. Du hättest ganz gezielt vorgehen können – mit weiser Milde oder harten Strafen für jeden Einzelnen! Warum hast du keine Fallgruben für Menschen ausgehoben, keine Löwen und Wölfe in die schlimmsten Ecken der Städte geschickt und keine Hungersnöte veranlaßt? Statt einer Flut, die ohne Ausnahme alles und jedermann ersäuft, hättest du eine schlimme Pest zu den Menschen schicken können – dann wären immer noch einige der Stärksten und der Besten übriggeblieben! Und wenn du jetzt sagst, daß alle Menschen sterben mußten, weil einige von ihnen das Geheimnis unserer Göttlichkeit entdeckt hatten, dann sage ich dir, daß ich es nicht war, der irgendetwas von unserer Herkunft und Macht verraten hat. Und nur einem gab ich im Traum der Nacht einen Hinweis. Er hat das Schiff gebaut, vor dem wir stehen.‹«

»Hast du das alles selbst gehört, selbst gesehen?« fragte Gilgamesch erstaunt.

»Ja«, antwortete Ziusudra. »Ich sah den Streit der höchsten Götter und hörte, was *Enlil* antwortete. Er wich nur widerstrebend der Auseinandersetzung aus. Alles an ihm war Trotz. Er wollte rechtbehalten, aber er fügte sich dann doch noch dem Herrn, der über ihm stand. Er kam zu mir, nahm meine Hand und führte mich bis zur höchsten Plattform meines Schiffes. Er ließ mein Weib nach oben kommen und sagte, daß wir niederknien sollten. Und alle Götter auf den kahlen Felsen sahen, wie er unsere Stirn mit den Fingern berührte. Er segnete uns beide mit seiner weithin schallenden Götterstimme. ›Bisher waren Ziusudra und sein Weib nur gute Menschen‹, rief er. ›Aber von jetzt an sollen sie uns Göttern gleichen! Sie können nicht mehr unter den Menschen wohnen, weil sie gesehen haben, daß auch wir Götter nicht unfehlbar sind! Und daher sage ich, daß sie in einem fernen Meer auf einer Insel wohnen sollen. Der Strom der Zeit soll sie nicht mehr berühren, von jetzt an bis in Ewigkeit.‹«

Ziusudra legte den Kopf in den Nacken. Er schloß die Augen und atmete tief durch die Nase ein. »Riechst du den Duft der Blumen und der Blütensträucher?« fragte er.

»Ich rieche ihn«, antwortete Gilgamesch.

»Das ist das Glück«, sagte der Unsterbliche.

DIE PFLANZE DER URZEIT

Der Tag neigte sich seinem Ende entgegen, und Gilgamesch spürte, wie müde und erschöpft er immer noch war. Die Trauer um Enkidu, die Entbehrungen des langen Weges und der Bericht von Ziusudra hatten ihn mehr angestrengt als er sich selber eingestehen wollte.

Die beiden Männer, die einmal Könige im Land der Sumerer gewesen waren, schwiegen sehr lange, dann sagte Ziusudra: »Jetzt weißt du alles, was ich mit meinen und mit deinen Göttern erlebt habe. Sie tragen viele Namen, und oft erscheint die gleichen in einer Stadt unter diesem und in einer anderen Stadt unter jenem Namen. Du kannst sie nicht einmal an ihren Machtabzeichen oder den göttlichen Symbolen zweifelsfrei erkennen! Nimm nur Gott *Ea*, den uralten. In frühen Städten waren das wassersprudelnde Gefäß und die Schildkröte seine Symbole. Aber ich weiß, daß *Ea* auch als Widderstab und Ziegenfisch angebetet wurde. Die Götter sind nicht so, wie viele Menschen glauben! Auch sie versuchen, ihre Fehler zu vertuschen, damit die Menschen glauben, daß jeder Gott mehr ist als sie selbst.«

»Ich kannte einen Mann namens Abram, der sagte, daß es mehrere Arten von Göttern geben muß: einige sehr große alte, die lange vor der Flut einmal alles geschaffen haben, dann neue Götter, die eigentlich nur eine andere Art von Menschen sind und schließlich einen großen, wahren Gott, der über allem steht und den wir nie begreifen können.«

»Vielleicht hat dieser Mann recht«, nickte Ziusudra. »Aber auch ein ganz großer, wahrer Gott kann nicht allwissend sein, denn er ist nicht für jede Tat, jeden Gedanken und jede einzelne Minute von Untergöttern, Götterboten und Dämonen, von Menschen, Tieren und jedem Grashalm am Wegesrand verantwortlich. Wenn er es wäre, würden wir Menschen keine Blume pflücken und keinem Mutterschaf die Milch wegnehmen können! Dem Wind wäre verboten, die Ackerkrume zu bewegen, die Wolken müßten stillstehen, damit kein Schatten fällt, und nicht einmal die Sterne in der Nacht dürften die Finsternis erhellen.«

»Du meinst, Allwissenheit heißt Stillstand?«

»Ja«, sagte Ziusudra. »Jede Bewegung, jede Tat birgt ihren Fehler und ihre Ungerechtigkeit für irgendetwas anderes bereits in ihrem Ansatz in sich! Aber solange noch das Unsichtbare überall ist, wird es Tag um Tag, Nacht um Nacht auf immer neue Weise weitergehen und alles, was geschieht, wird irgendetwas anderes bewegen! Das ist das eigentliche Geheimnis, Gilgamesch, denn Leben heißt Nichtwissen und immer wieder die Entscheidung für eine von unzähligen Möglichkeiten! Deshalb ist nichts in der Vergangenheit jemals abgeschlossen, läßt sich niemals die Zukunft ganz voraussehen. Zweifel und Neugier, Versuch und Irrtum ... damit du immer etwas Neues suchen, schmecken, fühlen und ganz allein für dich ausprobieren kannst! Das ist die Brücke zwischen Vergangenheit und Zukunft. Du bist die Brücke.«

Er legte seine Hand auf Gilgameschs Arm.

»Nimm jeden Augenblick als wenn's der letzte für dich wäre! Und nimm ihn ganz! Nur das ist Leben, Gilgamesch!«

»Aber ich will nicht nur darauf warten, daß mich irgendein Wind bewegt«, antwortete Gilgamesch. »Ich will selbst Wind sein, selbst sehen, planen und bestimmen!«

»Nimm doch Vernunft an, Gilgamesch!« sagte Ziusudra beschwörend. »Ahnst du denn nicht, was Ewigkeit und Unsterblichkeit bedeuten? Du bist ein Mensch, und das allein erweckt den Neid der Götter, die uns schufen. Fordere nicht das Unmögliche!«

»Du hattest deine Probe«, sagte Gilgamesch beharrlich. »Warum kann ich sie nicht bekommen?«

»War das, was du erlebt hast, nicht genug? Was willst du mehr? Und warum sollten sich die Götter um dich versammeln, um dir das Leben gegen Unsterblichkeit einzutauschen?«

»Weil ich von Anfang an nur das und niemals etwas anderes gesucht habe.«

»Du bist ein Mensch!«

»Zwei Drittel Gott. Und deshalb will ich, das du mich erneut auf die Probe stellst. Ich werde dir beweisen, wie stark die Kraft in mir ist. Ich weiß es, weil ich es immer wieder selbst erlebt habe!«

Ziusudra stand auf und ging unter den buschigen Zypressen vor seinem Rundhaus hin und her. Zwei-, dreimal blieb er vor Gilgamesch stehen. Er sah ihn nachdenklich an, und schließlich nickte er.

»Gut!« sagte er. »Ich gebe dir eine ganz einfache Aufgabe. Bestehst du sie, dann ist das Göttliche in dir stärker als die Schwäche der Menschen. Aber ich warne dich: wenn du versagst, mußt du zurückkehren, dann kann und darf ich dir nicht helfen!«

»Ich bin einverstanden!«

»Willst du nicht vorher hören, was du tun sollst?«

»Nein!«, antwortete Gilgamesch. »Ich schaffe es, ganz gleich, was du mir aufträgst!«

»Dann kämpfe gegen die geheimnisvollste Schwäche der Menschen: überwinde den Schlaf! Sechs Tage und sieben Nächte darfst du kein Auge zu tun, um zu beweisen, daß du ein Gott bist! Hast du verstanden, was ich meine?«

»Wenn es nur das ist!« lachte Gilgamesch. »Ich saß die gleiche Zeit am Totenbett von Enkidu. Und damals hat die Trauer mich hoffnungslos und müde gemacht.«

Ziusudra blickte ihn lange an, dann drehte er sich um, ging durch den Garten vor seinem Haus und bestieg die Dünen. Er drehte sich nicht um. Das Abendrot hüllte ihn in einen weichen Mantel, und nur sein Haar wehte leicht im Wind.

Die Sterne funkelten am Nachthimmel über der Insel Ziusudras. Es war als würde jedes einzelne Symbol der vielen, vielen Götter Zeuge der Probe sein wollen, der sich Gilgamesch – von seiner Stärke überzeugt – freiwillig unterworfen hatte.

Ziusudra kam vom Meer zurück. Er sah, daß Gilgamesch an der Wand des Hauses lehnte und die Augen geschlossen hatte.

»Schläfst du?« fragte er leise.

Gilgamesch antwortete nicht. Ziusudras Weib kam aus dem Haus. Sie trug zwei Schalen, in denen frischgekochtes Gemüse in duftender Fleischsuppe dampfte.

»Wollt ihr nicht essen?« fragte sie.

»Er ist eingeschlafen.«

»Weck ihn doch auf! Er braucht die Stärkung!«

»Er glaubte, daß er den Schlaf ebenso bezwingen kann wie seinen vorbestimmten Tod!« sagte Ziusudra mit einer Spur von Mitleid in der Stimme.

»Dann rüttle ihn doch an der Schulter und zeig ihm, wie er in seine Stadt zurückkehren kann.«

»Selbst wenn ich ihn jetzt aufwecke, würde er abstreiten, überhaupt eingeschlafen zu sein! Er würde dich und mich und auch sich selbst belügen und sagen, daß er nur kurz die Augen geschlossen und über das nachgedacht hat, was ich ihm erzählt habe ... Nein, ich muß ihm auf eine andere Art beweisen, wie schwach und menschlich er in Wahrheit ist!«

»Wie willst du das erreichen?«

Ziusudra überlegte. »Back jeden Tag ein frisches Brot«, sagte er dann. »Wir werden die Brote neben ihn legen und über jedem Brot einen Strich an die Wand des Hauses zeichnen. Das muß Beweis genug für ihn sein.«

Und so geschah es. Ziusudras Weib buk jeden Tag einen großen, frischen Brotfladen an den heißen Innenwänden des Herdes im Haus. Sie legte die Brote in einer Reihe neben den Schlafenden. Und Tag um Tag zeichnete Ziusudra mit einem angekohlten Zweig eine neue Markierung über den Broten.

Am siebenten Tag wachte Gilgamesch wie von einer langen Krankheit genesen auf. Er reckte sich, ließ seine Muskeln spielen und fühlte sich so stark und ausgeruht wie schon lange nicht mehr.

»He, Ziusudra!« rief er. »Wo bist du?«

Der Mann, der nicht mehr nach dem Sinn des Lebens fragen mußte, kam mit einem frischgebackenen Fladenbrot aus seinem Haus. Gilgamesch sprang auf. Er lief ihm entgegen und packte mit beiden Händen an die Schultern von Ziusudra.

»Siehst du«, lachte er. »Ich habe es geschafft! Und um ein Haar wäre ich tatsächlich eingeschlafen, aber ich habe gehört, wie du mit deinem Weib darüber gesprochen hast, daß du mich wecken solltest, wenn ich tatsächlich einschlafe!«

Ziusudra schüttelte traurig den Kopf.

»Tut mir leid, Gilgamesch!« sagte er. »Es tut mir wirklich leid, aber ich kann deine Freude nicht teilen! Es war ein schwerer Fehler meines Fährmannes Sursunabu, daß er dich hierher gebracht hat. Aber auch ich habe einen Fehler gemacht. Ich hätte mich niemals auf deine Schlafprobe einlassen dürfen! Ich wußte, daß du sie nicht bestehen würdest.«

»Was redest du da?« protestierte Gilgamesch. »Ich bin wach und habe nicht eine Minute geschlafen!«

»Du hast sieben Nächte und sechs Tage geschlafen!«

»Niemals!«

»Ich sage dir die Wahrheit! Da – siehst du diese Brote? Wir haben sie neben dich gelegt, um zu beweisen, daß du weder die Götter noch uns oder dich selbst betrügen kannst. Zähle die Brote und sieh sie dir genau an: das erste Brot ist bereits hart, das zweite kaum genießbar, das dritte noch feucht, das vierte ist schon von der Sonne ausgebleicht, das fünfte hat nur wenig Farbe, das sechste wurde gestern gebacken und das siebente habe ich hier.«

Er zeigte Gilgamesch das neue, noch warm duftende Fladenbrot. Gilgamesch starrte auf die sechs Brote vor der Hauswand. Er streckte seine Hand aus und berührte das siebente Brot.

»Ist das ... ist das wahr?« fragte er zutiefst erschrocken. Das war der Anblick, in dem er auch den letzten Rest von Hoffnung auf Unsterblichkeit verlor.

»Ja. Es ist so, wie ich es sage!«

Gilgamesch holte tief Luft. Mit beiden Händen strich er sich über sein Gesicht. Er schluckte, bewegte die Lippen, preßte sie zusammen und versuchte vergeblich, lächelnd zu Ziusudra zu sprechen. Sein Gesicht zuckte, und er konnte nichts dagegen tun.

»Was jetzt?« fragte er. »Was bleibt mir noch? Oder sagen diese sieben Brote, daß die Schatten des Todes bereits auf mich warten – ganz gleich, wohin ich gehe?«

»Genau so ist es!« antwortete Ziusudra. »Kein menschliches Wesen kann seinem Schicksal entfliehen! Du mußt sterben, wie alles, was lebt. Und nur wenn du das endlich einsiehst, wirst du aufhören, dich mit Gedanken über Sinn und Ziel deines Daseins, über große Taten für den Nachruhm deines Namens zu quälen! Sei, wie du bist, dann wirst du wesentlich!«

Ziusudra ließ Gilgamesch allein an seinem Haus zurück. Er ging durch den Garten und über die Dünen zum Meer. Ein milder, warmer Wind bewegte die Wellen. Ziusudra setzte sich in den Sand und sah lange über die friedvolle Weite hinweg. Gegen Mittag erschien der Fährmann Sursunabu an seinem Boot. Er brachte neue Ruderstangen. Ziusudra sah ihm eine Weile zu, dann stand er auf und ging zum Ufer hinab.

»Es war nicht gut, daß du den König von Uruk hierhergebracht hast«, sagte er.

»Konnte ich anders handeln?« fragte der Fährmann. »Ich hatte keine Ruder mehr, und er sah stark genug aus, um mein Boot durch die Wasser des Todes zu stoßen.«

»Ja«, sagte Ziusudra, »aber er ist und bleibt ein Sterblicher, der keinen Platz auf Dilmun hat! Du weißt ebenso wie Siduri, wie furchtbar es ist, wenn Menschen mit einer falschen Hoffnung auf Unsterblichkeit getäuscht werden.«

»Ich ...«

»Nein, du wirst keine Möglichkeit mehr haben, in meinem Auftrag über das Meer des Todes zu fahren! Jede Uferstelle kennt dein Vergehen und jede Welle des Meeres weiß, was du falsch gemacht hast! Ich habe keine andere Wahl, Sursunabu. Du warst sehr lange bei mir, aber selbst Götter müssen sich für alles, was sie tun, verantworten! Deshalb muß ich dich zusammen mit Gilgamesch ins Land der Lebenden zurückschicken!«

Der Fährmann ließ eines der neuen Ruder gegen die Bordwand seines Schiffes fallen. Er klammerte sich an die Reeling, dann holte er tief Luft und nickte.

»Ich habe es geahnt«, sagte er. »Ich habe es von dem Augenblick an geahnt, als ich gesehen habe, wer meine Ruder im versteinerten Wald zerbrochen hatte.«

»Dann sorge dafür, daß Gilgamesch für die Rückkehr von allem gesäubert wird, was ihn beschmutzen könnte! Laß ihn am Waschplatz baden, bis seine Haut wieder rein und weiß wie Schnee wird. Wirf seine alten Fellfetzen ins Meer, gib ihm neue, würdige Kleider und das Stirnband eines Königs für seine Locken. Ich werde ihm meine alten Regierungszügel aus Schuruppak schenken, damit er etwas hat, das er den Menschen von mir zeigen kann. Von heute an bist du für ihn verantwortlich! Lade Vorräte in dein Boot, sei sein Begleiter und achte darauf, daß alles an ihm sauber bleibt, bis ihr in seiner Stadt ankommt! Ich will, daß Gilgamesch als König heimkehrt und nicht als ein gebrochener, zerlumpter Mann, der alle Wege ging, alles gesehen hat und der sein Ziel dennoch nicht erreichte.«

»Ich werde tun, was du mir aufträgst«, sagte Sursunabu und neigte den Kopf. Dann drehte er sich um und ging über die Sanddünen zu Ziusudras Haus. Gilgamesch saß neben dem Eingang auf einem Schemel und lauschte den Stimmen der Vögel in den Büschen. Sie stammten alle von den Tieren ab, die Ziusudra mit einem Schiff über die Flut gerettet hatte. Einige Arten gab es auch im Land zwischen dem großen Buranum und dem schnellen Idigna. Andere hatte Gilgamesch noch nie zuvor gehört oder gesehen.

»Darf ich dich stören?« fragte Sursunabu. Gilgamesch sah auf den Schatten des Fährmanns am Boden.

»Hast du mit Ziusudra gesprochen?«

»Ja, er trug mir auf, dich zum Waschplatz zu führen und dir neue, würdige Kleider zu beschaffen.«

»Dann muß ich gehen?«

»Ja. Der Unsterbliche will, daß ich dich nach Uruk zurückbringe. Aber du sollst nicht wie ein verirrter Wanderer zurückkehren, sondern als König deiner Stadt!«

»Ist das noch wichtig?« fragte Gilgamesch.

»Es soll so sein, damit dein Name weiterklingt, auch wenn du eines Tages nicht mehr bist!«

Gilgamesch beobachtete die sanft im Licht der Sonne tanzenden Staubkörnchen am Rand vom Schatten Sursunabus.

»Ich habe die Insel der Seligen gefunden und dann doch noch verloren!«, sagte er mehr zu sich selbst. »Ich weiß, daß ich nicht länger bleiben darf, denn dieser Platz gehört nicht mir, sondern einem anderen! Nun gut, ich bin bereit.«

Er stand auf und ging mit Sursunabu zum Waschplatz, zog sich aus und warf sein altes, in Fetzen von seinen Schultern hängendes Löwenfell ab. Die Quelle am Ufer des Meeres ließ zwischen glatten, wie Alabaster glänzenden Steinen klares, kühles Wasser bis in die Wellen sprudeln. Gilgamesch wusch sich, und seine Haut verlor sogar die Sonnenbräune vieler langer Tage. Zum ersten Mal seit seinem Aufbruch von Uruk wurde die Schönheit seines Körpers wieder sichtbar.

Sursunabu brachte ihm ein neues Hüfttuch, einen kurzen Wollschlingenrock, eine ärmellose Weste und einen Schulterumhang. Die Sachen paßten, denn noch als Gilgamesch geschlafen hatte, war Ziusudras Weib gekommen und hatte die ungewöhnliche Breite seiner Schultern und die Länge seiner kräftigen Arme und Beine ausgemessen.

Ziusudra näherte sich mit Gilgamesch Schwert, seiner Axt und seinem Dolch dem Waschplatz. »Jetzt siehst du wieder so aus, wie dich dein Volk in Erinnerung hat«, sagte er voller Bewunderung. »Schade, ich hätte gern einen Mann wie dich vor der großen Flut zum Freund gehabt. Damals war ich allein, und jetzt dürfen wir nicht zusammenbleiben. Du wirst mir fehlen, so wie dir dein Gefährte Enkidu fehlt!«

Sie gingen aufeinander zu und umarmten sich. Gilgamesch zog sich wieder an, dann gingen sie ein Stück am Ufer des Meeres entlang, bis sie das Boot des Fährmanns erreichten. Gemeinsam schoben Gilgamesch und Sursunabu das Boot ins Meer hinaus. Sie schwangen sich über die Bordwand, setzten sich und nahmen die Ruder auf. Gilgamesch sah, wie Ziusudras Weib über die Dünen kam.

»Läßt du ihn einfach so gehen?« fragte sie den Unsterblichen. Ziusudra sah schweigend dem Boot nach.

»Hat er nicht alle Mühen und Gefahren auf sich genommen, um dich zu finden?« fragte sie weiter. Ziusudra blickte sie nachdenklich an, dann nickte er und winkte Gilgamesch zurück. Das Boot dümpelte über die Brandungswellen. Gilgamesch stieß es mit seinem Ruder vom flachen Meeresgrund ab. Ziusudra ging ihm ein paar Schritte im seichten Wasser entgegen und hielt sich am auf und ab schwankenden Bug fest.

»Du hast dich so sehr gequält, um mich zu finden, daß ich mich frage, was ich dir mitgeben könnte. Weder mein Gold noch meine Edelsteine würden dich freuen, deshalb verrate ich dir zum Abschied ein Geheimnis der Götter: es gibt eine Pflanze ... sie sieht wie eine Rose aus, ist aber ein Stechdorn, der am Boden des Meeres wächst ... wenn du diese Pflanze aus dem Wasser holst, wirst du nicht ewig leben, aber vielleicht kannst du die Unbefangenheit der Jugendjahre und das Gefühl, unsterblich zu sein, für eine Weile zurückgewinnen.«

»Wo finde ich diese Pflanze?« fragte Gilgamesch sofort.

»Laß dich vom Strom der Gezeiten bis in die Gewässer treiben, in die niemals der Schatten eines Menschen fiel. Dort, wo das Meer noch klar und sauber ist, mußt du bis zum Grund hinab tauchen, um die Pflanze zu finden, durch die bereits die Urkönige Krankheit und Alter hinauszögerten!«

»Dann gibt es doch eine Möglichkeit ...« rief Gilgamesch strahlend. Ziusudra kniff kurz die Augen zusammen. Er sah nach oben, aber kein Stern war am wolkenlosen Himmel zu sehen.

»Folge der Strömung der Quelle im Meer!« sagte der Unsterbliche noch einmal. Mehr konnte er nicht tun.

Gilgamesch zögerte keinen Augenblick. Seine Augen strahlten und die Muskeln seines Körpers spannten sich. Er sprang aus dem Boot, lud es lachend voller schwere Steine ein und schwang sich wieder auf die Ruderbank. Es war, als hätten ihm allein die letzten Worte Ziusudras die Kraft zurückgegeben, auf die er viele Jahre stolz gewesen war.

»Ich danke euch!« rief er Ziusudra und seinem Weib zu, dann packte er sein Ruder, nickte dem Fährmann aufmunternd zu und trieb das Boot mit starken Schlägen bis in die Strömung des Quellbachs vor der Insel der Seligen. Die beiden Männer folgten dem klaren Wasser wie einer Spur durch die Unendlichkeit. Sie brauchten nicht lange, um die Stelle zu erreichen, an der das Wasser kristallklar wurde und der Grund des Meeres wie eine verzauberte Welt unter ihnen lag.

»Hier muß es sein!« rief Gilgamesch Sursunabu zu. Er warf seinen Schulterumhang ab, löste den Wollrock von den Hüften und zog die Weste aus.

»Willst du tatsächlich tauchen?« fragte Sursunabu. Gilgamesch verzog sein Gesicht zu einem breiten Lachen.

»Und ob ich das will! Komm, hilf mir, die Steine an meine Beine zu binden, damit ich schneller nach unten sinke!«

»Das ist zu tief und zu gefährlich!« warnte der Fährmann. »Du wirst keine Luft mehr haben, wenn du unten ankommst. Und die Dornen werden dich in die Hände stechen.«

»Ich muß sie holen!« antwortete Gilgamesch so bestimmt wie schon lange nicht mehr. »Bei allen Göttern ... ich will und muß diese Pflanze ans Sonnenlicht holen! Vielleicht kannst du mich nicht verstehen, aber die Pflanze heißt ›jung wird der Mensch als Greis‹! Und wenn ich eines Tages spüre, daß mein Auge schwach, meine Glieder müde und meine Hände zittrig werden, dann werde ich etwas von dieser Pflanze essen! Und der Sud aus den übrigen Blättern soll für Kranke und Leidende in Uruk und im ganzen Land zwischen den zwei Strömen bestimmt sein!«

Er ließ sein Ruder fallen, bückte sich und nahm den ersten Stein hoch. Er band ihn mit einem kurzen Seilstück um sein linkes Bein. Noch immer zögernd reichte ihm der Fährmann den nächsten Stein. Gilgamesch band ihn an seinem rechten Bein fest.

»Noch zwei!« befahl er.

»Das wird zuviel! Die Steine werden dich an den Grund des Meeres fesseln!«

»Ach was! Sie können mich gar nicht schnell genug nach unten bringen – schneller als jeden Schwimmer!«

Er band noch vier weitere Steine an jedes seiner Beine. Dann steckte er seinen Dolch in eine der Seilschlingen, wuchtete seinen Körper über die Bordwand des Bootes, füllte seine Brust mit Luft und stieß sich ab. Er klatschte schwer ins Wasser und sank in einem Strom gurgelnder Luftblasen tiefer. Sofort begannen seine Ohren zu dröhnen. Er wußte nicht, wie tief er sank. Dutzende von Fischen und seltsamen Lebewesen des Meeres schossen vor ihm davon. Er fühlte Paukenschläge in seinem Kopf, dann Glocken und schließlich laute Schmiedehämmer.

Halbblind und in einem Strudel von Schmerzen berührte er den Grund des Meeres. Er ließ fast alle Luft aus seiner Brust entweichen. Gleichzeitig hörte er einen eigenartigen Gesang. Er hatte nicht gewußt, daß Wasserwesen singen konnten, aber sie war da, die Melodie des klaren, süßen Wassers des Urozeans, in dem Gott *Ea* sich mit seinen sonst so stummen Geschöpfen seit Anbeginn der Zeit verborgen hielt.

Gilgamesch wollte schreien vor Schmerz. Gleichzeitig erinnerte er sich an die Melodie des Himmels in den Nächten, die er auf der Spitze der Zikkurat von Uruk zugebracht hatte. Die Töne in der Wassertiefe und das Raunen zwischen den Sternen waren eins ...

Er tastete über den Grund des Meeres, fühlte glatte Steine und spürte plötzlich scharfe Stiche in den Händen.

Die Pflanze!

Er löste den Dolch aus der Schlinge und schnitt die Seile durch, an denen die Steine hingen. Gleich darauf griff er noch einmal mitten in die Dornen. Die Pflanze löste sich wie mit einem fernen Aufschrei vom Grund des Meeres. Im gleichen Augenblick brach der sandige Boden auf. Es war, als hätte er ein Spundloch zum süßen Urozean tief unter dem anderen Meer geöffnet. Gilgamesch schlug wild um sich. Fische und Perlmuscheln, Tangfäden und leuchtende Quallen wirbelten durcheinander.

Ein riesiges, dämonenhaftes Ungeheuer schoß auf ihn zu. Es war *Lachamma*, ›der kraftstrotzende Fisch‹. Mit einem Arm drückte ihn Gilgamesch in das Spundloch zurück. Der Druck des Wassers schleuderte ihn noch schneller nach oben als er mit Steinen an den Beinen hinabgesunken war. Halb ohnmächtig und vollkommen erschöpft tauchte er wieder auf. Das Licht des Sonnengottes berührte sein Gesicht. Jetzt endlich brach der Wochen, Monate und Jahre aufgestaute Schmerzensschrei mit Urgewalt aus ihm hervor. Er schrie alles heraus, was ihn gequält, gefesselt und mit Trauer angefüllt hatte.

Das Boot des Fährmanns dümpelte an einer ganz anderen Stelle auf dem Meer. Eine gewaltige Welle aus süßem Wasser warf Gilgamesch hart an den Strand. Aber er hatte sie ... er hatte die Pflanze gegen die Krankheit und das Alter in seinen blutenden Händen!

Er wußte nicht, wie lange er flach auf dem Bauch und mit dem Gesicht nach unten im Sand lag. Der Schatten Sursunabus fiel über ihn.

»Schau!« sagte Gilgamesch noch immer schwer atmend. »Dies ist die Pflanze, die alle Mühen wert war!«

Die Pflanze sah wie ein kleiner, verzauberter Baum aus, mit winzigen, wie sehr feine Fächer geformten Blättern. Gilgamesch entdeckte kaum wahrnehmbare doppelte Samenknoten, die nackt und ohne schützendes Fruchtfleisch an zarten Stielpaaren hingen. Tief in ihm klang eine alte Erinnerung auf. Wo hatte er eine Pflanze wie diese schon einmal gesehen ... wann von ihr gehört?

Er dachte an die Gärten von Uruk, an die Steinreliefs in den Tempeln und an die Bilder in den Grabkammern des Königsahnen. Nein, seine Erinnerung stammte von keinem dieser Orte.

Und dann wußte er es plötzlich.

Schukallituda!

Der große Gärtner hatte ihm einmal von einer Pflanzenart aus der Zeit erzählt, als die Götter noch nicht mit den Menschen sprachen ... von einer ganzen Familie von Gewächsen in vielfältigsten Formen ... nicht Laubbaum, nicht Nadelbaum, sondern beides zugleich! Sollte diese kleine Pflanze vom Boden des Meeres als einzige die große Flut überstanden haben? Und stammten daher ihre Dornen?

Er zupfte ein winziges Blattstück ab. Der Fährmann Ziusudras stieß einen Warnruf aus. Für einen Moment zögerte Gilgamesch, dann lächelte er und kostete das Blatt. Es schmeckte bitter und süß, ein wenig nach Honig und Minze. Gilgamesch wußte nicht, was er erwartet hatte, aber irgendwie war er enttäuscht, daß ihn weder ein großes Leuchten noch eine neue Kraft durchströmte.

Er wartete noch eine Weile, dann stand er auf, sah noch einmal auf die Pflanze und wandte sich schulterzuckend um. Er ging zum Boot und zog sich wieder an.

»Komm, worauf wartest du noch?« rief er dem Fährmann zu. »Wir wollen weiterrudern!«

»Das ist nicht nötig!« antwortete Sursunabu. »Dieses Gestade gehört nicht mehr zu *Dilmun*! Die Strömung der klaren Quelle hat uns über die engste Stelle zwischen der Insel der Seligen und der von Sterblichen bewohnten Erdscheibe getrieben.«

»Du meinst, wir müssen nicht mehr über das Meer des Todes?« fragte Gilgamesch erstaunt.

»Nein«, antwortete Ziusudras Fährmann. »Wenn wir mein Boot hier zurücklassen und nach Nordwesten gehen, kommen wir nach etwa hundert Doppelstunden bis nach Uruk.«

»Nur hundert Doppelstunden?« fragte Gilgamesch kopfschüttelnd. »Wie ist das möglich? Ich war Wochen und Monate, vielleicht sogar Jahre unterwegs, ehe ich die Skorpionmenschen, den Tunnel der Finsternis, den Edelsteinwald, den versteinerten Wald und das Haus von Siduri erreichte!«

»Das ist richtig«, sagte der Fährmann. »Du bist weit nach Osten gegangen ...«

»... bis zu den Bergriesen, die ihre Fundamente in der Unterwelt haben und ihre Gipfel im Glanz der Götter erstrahlen lassen!«

»Und nach dem Tunnel der Finsternis?« fragte Sursunabu. »Hast du da nicht bemerkt, daß Gott *Utu* einen ganz anderen Weg nahm?«

Gilgamesch legte die Stirn in Falten und preßte die Lippen zusammen. »Ich erinnere mich nicht mehr genau«, sagte er schließlich. »Aber wenn du recht hast, heißt das ...«

»Du darfst nicht erschrecken!« sagte der Fährmann. »Aber es ist so, wie du jetzt denkst! Von den Bergriesen aus bist du immer am Rand der Erdscheibe entlanggegangen. Und so wurde aus deinem Weg voran ein Weg zurück!«

Gilgamesch hob den Kopf. Er legte die Hand über die Augen und blickte bis zum Horizont des stillen, friedlich wirkenden Meeres. Dann drehte er sich um und musterte die flachen Erhebungen des Landes. Erst jetzt entdeckte er, daß die Tamarisken und Wacholderbüsche, die Dattelpalmen und die kleinen Zypressen genauso wie in Uruk aussahen.

»Dann muß dies hier das südliche Meer sein!« sagte er schließlich. Der Fährmann Ziusudras lächelte.

»Du hast es erkannt!« sagte er zustimmend. Er bückte sich und nahm die Beutel mit Vorräten auf. »Laß mich noch einige Stunden dein Führer sein. Ich werde dich bis zu deiner Stadt bringen. Und wenn wir ihre Mauern sehen, werde ich mich von dir verabschieden.«

Gilgamesch hob vorsichtig das Stechkraut auf. Er band es mit den ledernen Regierungszügeln von Ziusudra an seinen Gürtel. Er fragte nicht, wohin Sursunabu gehen wollte, sobald sie Uruk erreicht hatten. Er wußte nicht einmal, ob der Mann, der mit dem Unsterblichen auf der Insel der Seligen gelebt hatte, zu den Lebenden, den Toten oder zu den Dämonenwesen gehörte ...

»Gut«, sagte er. »Bring mich nach Uruk!«

Sie nahmen ihre Waffen und Vorräte auf. Gilgamesch ging zum Boot des Fährmanns. »Weder heute noch morgen, noch in ferner Zukunft soll irgendein Mensch erneut den Frieden des Unsterblichen stören!« sagte er, stemmte sich gegen das Boot aus Stein und stieß es mit aller Kraft in die Wellen zurück.

Sie gingen zwei Doppelstunden am Ufer des Meeres entlang. Dann bog Sursunabu nach Nordwesten ab. Das flache Land wurde steiniger und karger. Das Symbol *Utus* stieg hoch zum Himmel auf und brannte heiß auf sie herab. Aus Steppenland wurde buschlose Wüste. Als *Utu* die Hälfte seines Weges geschafft hatte, waren Gilgamesch und Sursunabu gut zwanzig Doppelstunden vorangekommen.

»Laß uns kurz rasten und etwas essen«, sagte der Fährmann, nachdem sie wieder eine der ungezählten flachen und graslosen Dünen bezwungen hatten. Gilgamesch nickte schweigend. Sie setzten sich im Schatten gelber Felsbrocken in den heißen Sand, öffneten die Vorratsbeutel und reichten sich gegenseitig hauchdünne, in der Luft getrocknete Fleischstreifen, Granatäpfel und Brotfladen, die Ziusudras Weib noch am Morgen gebacken hatte.

Sie ruhten etwas, dann machten sie sich wieder auf den Weg durch die Wüste. Nach weiteren dreißig Doppelstunden – als Gott *Utu* riesigrot am flirrenden Westrand der Erdscheibe in die Unterwelt hinabtauchte – erreichten sie in einem leeren, vor Hitze glühenden Flußtal zwischen braungelben Felswänden eine Wasserstelle, die nicht auf natürliche Weise entstanden sein konnte.

»Warte hier!« befahl Gilgamesch knapp. Er faßte an den Griff seines Schwertes und ging mit einem weiten Bogen um die Sandhügel neben der Wasserstelle herum. Im letzten Licht des Tages sah er in alle Richtungen des Tals. Die ersten Sterne tauchten am Himmel auf. Und plötzlich erkannte Gilgamesch, daß er selbst die Wasserstelle gegraben hatte. Sie war der erste Brunnen gewesen, den er und Enkidu auf dem Weg zum Zedernwald ausgehoben hatten ...

»Mein Bruder!« murmelte er mit einem wehmütigen Lächeln. »Warum konnte ich nicht eher das Kraut des Lebens für dich finden?« Er sah zu den blinkenden Symbolen der Sternengötter hinauf. »Ihr habt ihn mir gegeben und wieder von mir genommen!« rief er ihnen zu. Er strich ganz leicht über die Dornenspitzen der

Pflanze an seinem Gürtel. Zwei dunkle Blutstropfen fielen in den Sand am Rand der Wasserstelle. Im gleichen Augenblick spürte Gilgamesch eine nie gekannte Ruhe in sich.

»Hört mich an, ihr Götter!« rief er zu den Sternen hinauf. »Ziusudra konnte mir das Geheimnis der Unsterblichkeit nicht verraten. Aber er hat meine lange Suche nach dem Sinn des Lebens reich belohnt! Er hat mir die Pflanze geschenkt, die stärker ist als alle eisernen Schwerter, stärker als Pukku und Mikku und sogar stärker als die Krankheitsdämonen, mit denen ihr eure Geschöpfe straft! Und jetzt kehre ich zurück – nicht im Zorn und nicht mit Stolz in meiner Brust, sondern als Mann, der seinen Frieden fand!«

Die Felswände des ausgetrockneten Flusses warfen den Klang seiner Worte wieder und wieder durch die Stille der sternklaren Nacht. Aber die Götter antworteten ihm nicht.

Er ging zu Ziusudras Fährmann zurück.

»Von jetzt an kenne ich den Weg nach Uruk«, sagte er. »Dies war der erste Brunnen, den ich mit Enkidu bei unserem Zug gegen das Ungeheuer *Chuwawa* gegraben habe ...«

»Willst du ein Trankopfer für die Götter bringen?« fragte Sursunabu. Gilgamesch lachte nur.

»Wozu? Ich weiß jetzt, daß die Stimmen in mir aus meiner eigenen Angst vor dem Tod entstanden. Vielleicht kommen die Götter und Dämonen nicht aus den Himmeln, sondern aus uns selbst. Ich fürchte die Allmächtigen nicht mehr, denn ich weiß, wie ich von jetzt an leben werde!«

Sursunabu stocherte mit einem Zweig in einem verdorrten Wüstenstrauch. »Ich mache uns ein Feuer«, sagte er, »du kannst dir inzwischen den Staub des langen Weges durch ein Bad in der Wasserstelle abwaschen.«

»Genau das werde ich tun!« lachte Gilgamesch. Er legte seine Waffen ab, löste seinen Gürtel und zog sich aus. Er betrachtete das Spiel seiner Muskeln im Licht der Sterne und ging mit der Würde eines großen Königs zur Wasserstelle hinunter. Auf halbem Weg kehrte er noch einmal um. Er nahm die Stechpflanze auf, trug sie zum Rand des Brunnenlochs und wässerte sie vorsichtig.

Dann stieg er selbst ins Wasser. Es war viel kühler als er vermutet hatte. Er schwamm einige Züge, tauchte ein paarmal und kehrte zum Lichtschein von Sursunabus Feuer zurück. Er prustete und lachte, strich sich mit den Fingern beider Hände das Wasser aus den langen Haaren und schüttelte die Tropfen von seinem Körper.

»Das war gut!« rief er Ziusudras Fährmann zu. »Du solltest ebenfalls baden!«

»Ich kann nicht ... hier war eben eine Schlange ...«

»Wo?«

»Ich habe nach ihr geschlagen, aber sie ist mir entwischt.«

Gilgamesch blickte nach unten. Die Spur der Schlange war deutlich im Sand zu erkennen. Gilgamesch spürte einen Stich direkt unter seinem Herzen. Er warf einen kurzen, unsicheren Blick zu den Sternen hinauf. Ihr Funkeln schwieg, obwohl jeder einzelne der ungezählten Lichtpunkte auf ihn herabzusehen schien. Er lief am Rand des Wasserlochs entlang. Und dann sah er sie.

Mit weit aufgerissenem Maul fraß die Schlange die dornige Pflanze aus dem süßen Wasser des Urozeans. Nur noch die letzten Wurzelreste waren zu sehen. Gilgamesch starrte wie gelähmt auf das Reptil. Dann schüttelte er den Kopf, verzog sein Gesicht und stürzte mit wütendem Gebrüll auf die Schlange zu. Er wollte sie packen, ihre Halswirbel brechen, ihren schuppigen Körper mit aller Kraft seiner mächtigen Hände zerquetschen.

Er faßte sie, doch sie entglitt ihm. Sie schlüpfte aus ihrer kalten und leeren Haut, schnellte feuchtglitzernd und wie erneut geboren durch den Sand, ließ zischend ihre Zunge vorschnellen und verschwand zwischen den toten Steinen in der Wüste.

Gilgamesch zerfetzte die alte Schuppenhaut der Schlange wie ein Spinngewebe. Seine Finger verkrallten sich, und seine Brust wurde wie von einem zu engen Metallpanzer zusammengepreßt. Er riß die Arme hoch. Er wollte schreien und in ohnmächtigem Zorn die Götter verfluchen! Seine Muskeln und Sehnen spannten sich bis zum Zerreißen. In seinem Kopf war nur noch eine einzige, schwarzbrandende Leere.

»Nein!« keuchte er tonlos. »Nein! Nein! Nein!«

Und dann gellte der furchtbarste Klageschrei aller Zeiten durch das ausgetrocknete Flußtal. So wie er im Meer vor Stolz und Triumph geschrien hatte, so brüllte er jetzt seinen ganzen Zorn, seine Wut, seine Verzweiflung und seine grenzenlose Enttäuschung in die Wüstennacht.

Warum? Warum?

War das die endgültige Strafe der Götter? Die Antwort auf das Glück eines Menschen, der gerade noch geglaubt hatte, Frieden, Gesundheit und Jugend zu bringen? Was hatte er falsch gemacht? Womit diese letzte Grausamkeit der Götter verdient? Er spürte, wie brennende Tränen über seine Wangen liefen. Jetzt hatte er alles verloren ... und alles war Tand gewesen .... verlorene Zeit ... ein Trugbild aus Wünschen und Träumen, flüchtiger noch als das Flirren der Hitze über dem Wüstensand.

Er wankte zum Feuer von Ziusudras Fährmann, fiel kraftlos auf die Knie und streckte ihm seine bebenden Hände entgegen.

»Warum, Sursunabu?« schluchzte er. »Warum haben meine Arme und Hände gekämpft und gearbeitet? Warum sind meine Beine so viele Doppelstunden von Süd nach Nord und von West nach Ost gegangen? Warum war mein Herz nur für den einen Traum – nur für die Sehnsucht nach Unsterblichkeit frei? Und was habe ich zum Schluß erreicht? Die Schlange hat sich verjüngt und ist im Wüstendunkel verschwunden.«

Er ließ sich nach vorn fallen und schlug immer kraftloser mit beiden Fäusten auf den Boden.

»Habe ich die Pflanze, nach der ich so tief tauchte, nur dafür die fünfzig Doppelstunden durch ödes Land getragen? Niemals kann ich erneut gegen die Strömung ankommen, die Ziusudras Insel vor uns Sterblichen schützt. Ja, ich selbst habe den Strom noch verstärkt, als ich die Pflanze aus dem Boden des Meeres riß! In meinem Stolz habe ich dein steinernes Boot ins Meer zurückgestoßen. Ach, wäre ich doch nicht so hochmütig gewesen! Was soll ich tun? Wie noch einmal von vorn beginnen?«

»Zu spät!« antwortete der Fährmann des Unsterblichen nur. »Du kannst den Weg des Lebens immer nur einmal gehen!«

GILGAMESCHS HEIMKEHR

In dieser Nacht lag Gilgamesch noch lange wach am langsam verglimmenden Feuer des Fährmanns. Er blickte zu den unzähligen Sternen im geheimnisvoll dunklen und gleichzeitig vom verborgenen göttlichen Leuchten erfüllten Himmel hinauf und allmählich versiegten seine Tränen. Je länger er die Sterne ansah, um so größer und wunderbarer wurde ihre Zahl.

Ganz langsam fiel alle Traurigkeit und alle Erdenschwere von ihm ab. Er vergaß seinen sterblichen Körper und fühlte sich plötzlich auf eine ganz neue Weise mit dem gesamten Universum verbunden. Eine leise Melodie klang in ihm auf. Sie kam aus dem Schlagen seines Herzens, aus dem Sirren der Unendlichkeit über ihm und aus den Erinnerungen in jedem Stein, jedem Holzstück und jedem Sandkorn, das ihn umgab. Er hörte und fühlte den Gesang der Ewigkeit, für die es kein Gestern und kein Morgen gab.

Er wollte sich festhalten, aber selbst seine Finger schienen keinen Halt mehr im Sand zu finden. Es war bedeutungslos wie alles, was er bisher erdacht und erlebt, erkämpft und erlitten hatte. Zum ersten Mal sah er sich so, wie er wirklich war: zwei Drittel Gott, ein Drittel Mensch, oder zur Hälfte Mensch und zur Hälfte Ungeheuer, grausam und hoffnungsvoll, böse und weise zugleich.

In diesen Stunden begann er zu verstehen, was Schukallituda gemeint hatte. Er dachte an seinen Großvater, seine Mutter, an Agga, Enkidu und Nansche. Er dachte an die Gefährten, die ihn ein Stück des Weges bei seiner Suche nach Unsterblichkeit begleitet hatten, und er bedauerte, was er den Männern und Frauen seines eigenen Volkes angetan hatte. Er war ein wilder, ungeduldiger Tyrann gewesen, ein Narr, der weniger von der Welt und vom Leben verstand als der Vogel, der mit seinem Lied hoch über den Feldern und in den blühenden Zweigen der Büsche jeden Tag so nahm, wie er war!

Irgendwann schlief er ein. Als er erwachte, stand das Symbol von Gott *Utu* bereits heiß und gleißend über den östlichen Regionen. Sursunabu hatte das Feuer neu geschürt, Brotfladen gebacken und mit frischem Wasser eine Schale Emmerbrei für sich und ihn gekocht.

»Guten Morgen«, sagte der Fährmann Ziusudras. »Wie fühlst du dich?«

»Wie im Backofen der Götter«, lächelte Gilgamesch. »Aber mir scheint, als hätte ich Wochen und Monate geschlafen. Ich habe mich schon lange nicht mehr so frisch und ausgeruht gefühlt.«

»Stark genug für einen neuen Kampf, ein neues Abenteuer?«

»Nein«, lachte Gilgamesch und hob abwehrend die Hände. »Das ist vorbei! Ich muß mich nicht mehr beweisen! Ich will nur noch die Zeit nutzen, die mir bleibt. Nicht für mich, sondern für all jene, denen ich Leid gebracht und Unrecht getan habe.«

»Dann iß und trink!« sagte Sursunabu. »Wir haben noch fünfzig Doppelstunden vor uns, ehe wir Uruk erreichen. Das ist eine gewaltige Strecke!«

»Ich weiß«, nickte Gilgamesch. »Aber zuvor will ich noch einmal baden.«

Er sprang auf und lief zur Wasserstelle, die er zusammen mit Enkidu in der Biegung des ausgetrockneten Flusses ausgehoben hatte. Erst jetzt sah er, daß die früher verdorrten Büsche am Uferrand wieder Blätter trugen. Ein Schwarm kleiner, glitzernder Fische schnellte vor seinem Schatten davon. Gilgamesch stieg in das noch nachtkühle Wasser, wusch sich und ging gereinigt wie nach einer Opferzeremonie zum Rastplatz zurück. Er aß das Brot und den Emmerbrei. Der Fährmann packte die letzten Vorräte zusammen, dann brachen sie ohne Hast auf.

Sie gingen zwanzig Doppelstunden in Richtung Osten. Eigentlich hatte Gilgamesch erwartet, daß er irgendwo in der Leere des Landes auf Spuren von sich selbst und Enkidu von ihrem Marsch zum Zedernwald stoßen würde, doch da war nichts mehr – kein Fußabdruck, kein zerbrochener, verdorrter Zweig und kein Stein im Sand, den ihre Füße angestoßen hatten.

Sie kamen schnell voran. Gegen Mittag sahen sie zum ersten Mal das Grün zwischen dem Buranum und den Kanälen am Horizont. Sie rasteten und aßen ihre letzten Vorräte auf.

»Warum haben wir einen so weiten Bogen durch diese leblose

Wüste geschlagen?« fragte Gilgamesch nachdenklich. »Wir kamen doch vom südlichen Meer und hätten Uruk, an Eridu und Ur vorbei, bereits an einem Tag erreichen können!«

Sursunabu lächelte still vor sich hin.

»Warum antwortest du nicht?«

»Kannst du dir deine Frage nicht selbst beantworten? Was wäre denn geschehen, wenn du als großer Held mit einem Kraut, das alle Leiden heilt und ewige Jugend verspricht, nach Ur oder Eridu gekommen wärst? Hätten die Könige dich weiterziehen lassen? Wären wir etwa sicher vor Räubern in den Dickichten gewesen? Und welcher Jäger hätte uns nicht als der kostbarsten Beute des Jahres Fallen gestellt?«

»Aber ich habe die Pflanze auch jetzt nicht mehr! Ob sie mir von einem fremden König, von wilden Kriegern, von Wegelagerern, Jägern oder von einer Schlange geraubt wurde. Wo soll ich da einen Unterschied sehen?«

»Weißt du es wirklich nicht?«

»Nein!« sagte Gilgamesch.

»Dann frage ich dich, was du getan hättest, wenn irgendein Mensch versucht hätte, dir die Pflanze wegzunehmen.«

Und plötzlich verstand Gilgamesch.

»Ich hätte nicht geweint, sondern furchtbare Rache gegen alles und jeden geübt«, sagte er leise.

»So ist es!« sagte Sursunabu. »Die Nacht in der Einsamkeit war die einzige Möglichkeit, um dich gegen den größten Feind siegen zu lassen, den es gibt: gegen dich selbst!«

Gilgamesch blickte lange über die Felsen und Sanddünen der leblosen Wüste hinweg. Genau dasselbe hatte Schukallituda gesagt, als er ihn in Kisch verlassen hatte. Wie lange war das her?

»Laß uns weitergehen!« sagte er. »Ich möchte wieder das Leben sehen ... das Gras und die Büsche, das Korn auf den Feldern, die Tiere auf saftigen Weiden, Menschen auf Märkten und Plätzen, lärmende Handwerker und Kinder, die nichts vom Tod, vom Alter und von Vergänglichkeit wissen wollen.«

Sie gingen weiter und weiter. Das Land veränderte sich, und dann wurden die ersten Dattelpalmen sichtbar. Nur wenig später erreichten sie den großen Buranum. Gilgamesch blieb an der Uferböschung stehen und blickte still über den majestätischen Strom hinweg. Auf der anderen Seite erkannte er die ersten Felder.

»Wir müssen hinüberschwimmen«, sagte er zu Sursunabu. Der Fährmann nickte. Sie banden ihre Waffen und Geräte zusammen, schnürten sie sich auf den Rücken und stiegen zum Ufer hinab. Die Wasser des Flusses wirkten wie Balsam auf ihre heißen sonnendurchglühten Körper. Sie schwammen langsam und ließen sich von der Strömung treiben. Auf diese Weise legten sie fast hundert Seile ohne die geringste Anstrengung zurück.

Als die Schatten der Palmen am Ufer länger wurden, schwammen sie zum Ostufer hinüber. Sie stiegen aus dem Wasser und gürteten sich wieder so, wie sie es gewohnt waren, ehe sie durch ein Schilfdickicht bis zu einem flach ansteigenden, kaum mannshohen Hügel kamen.

»Auf der anderen Seite müßten bereits die Felder von Uruk beginnen«, sagte Gilgamesch. Er ging unwillkürlich schneller. Und dann sah er sie ...

Wie ein wunderbares Gemälde lag seine Stadt im goldenen Abendlicht. Sie erhob sich aus einem Teppich von Kornfeldern, grünen Gärten und buschigen Palmenhainen. Die noch immer bewachsenen Stufen der Zikkurat ragten als höchster Altar über die Tempelheiligtümer und über die Dächer der Paläste und Häuser. Das gelbe Band der alten Mauer umschloß die Stadt wie in längst verlorenen Zeiten. Gilgamesch streckte den Arm aus und deutete auf die zweite, viel breitere und größere Mauer, die sich als mächtiger Schutzwall mit hunderten von halbrund nach außen vorstoßenden Wehrtürmen durch das Grün der Felder zog.

»Meine Stadt«, sagte er leise. »Und das ist meine Mauer, Sursunabu! Sieh sie dir an! Ihre Grundmauern und alle Ziegel sind aus gebranntem Lehm. Die Sieben Weisen vom Rat der Stadt waren dabei, als wir mit dem Bau dieser Mauer begannen. Das Volk von Uruk beschaffte den Lehm und brannte Millionen von Ziegeln. Und wenn du heute auf diese Mauer steigst, wirst du sehen, daß sie weit um Uruk herumführt. Sie schützt die alte Stadt, umfaßt Gärten und Felder, Flußniederungen und selbst die Gruben, aus denen ich den Lehm für all die Ziegel stechen ließ.«

»Ich habe noch nie ein so mächtiges Bauwerk gesehen«, sagte der Fährmann bewundernd.

»Es wird auch mich überdauern«, lächelte Gilgamesch. »Selbst wenn noch hundert Kriege über das Land zwischen den beiden Strömen hinwegziehen; wenn die Städte verfallen und fremde Völker den Namen Uruk vergessen haben; wenn die Kanäle trocken und der Boden müde und salzig geworden ist; wenn sich die grausame Wüste die letzten Bäume und Büsche geholt hat; wenn nur noch stinkendes, öliges Erdpech den einzigen Schatz dieses Landes bildet – selbst dann noch, Fährmann des Unsterblichen, selbst dann noch können Eingeweihte den Schutt der Zeit über den Gründungssteinen wegfegen. Vielleicht erkennen sie, wozu wir fähig waren!«

Über den Häusern der Stadt stiegen feine Rauchfäden in den Abendhimmel.

»Komm, laß uns gehen«, sagte Gilgamesch. »Ich möchte nicht in der Nacht zurückkehren, denn es war dunkel in mir, als ich aus Uruk fortging.«

Die beiden Männer näherten sich mit bedächtigen Schritten dem wuchtigen Nordtor der großen Mauer. Hin und wieder erklärte Gilgamesch dem Fährmann die Bedeutung der Keilschriftzeichen an den Grenzsteinen zwischen den Feldern. Er wies ihn auf den geraden Lauf der Kanäle, die sauber gearbeiteten Schöpfwerke und die bei jedem Acker unterschiedlichen Pflanzen hin.

»Es ist die Zeit der zweiten Aussaat«, sagte Gilgamesch. »Die ganze Ebene zwischen dem großen Buranum im Westen und dem schnellen Idigna vor dem Hochland im Osten könnte ein einziges, fruchtbares Paradies sein, um das selbst Götter uns beneiden würden. Vielleicht trugen meine frühen Ahnen diesen Traum in ihren Herzen, als sie aus dem fernen *Melucha*-Land herabstiegen, die ersten Städte auf den flachen Hügeln bauten und damit begannen, das Wasser aus den Schilfsümpfen zu leiten.«

»Hast du nicht eben noch – beim Anblick all dieses Grüns – davon gesprochen, daß die Wüste einmal das ganze Land erobern könnte?« fragte Sursunabu. Gilgamesch nickte.

»Das habe ich gesagt. Als die ersten meines Volkes hierher kamen, hat es noch viel öfter und viel heftiger geregnet als heute. Heute weiß jeder Gärtner, jeder Nubanda und jeder Oberpriester in Sumer, daß wir zu viel kanalisiert, zu viel gesät, zu viel geerntet haben. Das Korn ist billig geworden, deshalb muß jeder Landmann noch mehr anbauen, um dafür einzutauschen, was er zum Leben braucht.«

Gilgamesch schwieg eine Weile, dann deutete er auf eine frische Feuerstelle zwischen Feldern und Weiden. »Mir scheint, daß hier inzwischen mehr geopfert und verbrannt wird, als wirklich nötig wäre! Auch so kann man den Preis des Korns und den der Tiere günstig halten.«

»Du sprichst, als würdest du den Grund für alles falsche Handeln kennen«, sagte der Fährmann Ziusudras.

»Ich kenne ihn«, lachte Gilgamesch nachsichtig. »Solange jeder nur an sich denkt, wird er zuerst sich selbst behaupten! Kein Kundiger in der Verwaltung entscheidet sich für das Richtige, wenn es ihm selbst nichts nützt! Kein König irgendeiner Stadt kann Frieden schließen, wenn ihn die Boten aus den anderen Reichen dafür als schwach verschmähen! Jeder, der von der Macht lebt, muß diese Macht Tag um Tag neu beweisen! Regierungszügel sind nur wirksam, wenn sie schmerzen! Das gilt in gleichem Maße für die Medizin der Heilkundigen, für Spiel und Liebe, Glück und Trauer und für die Rituale, die Ernst verlangen, wenn du lachen willst, und Freudenrufe, wenn dir der Gram die Brust zuschnürt.«

Ein mächtiges Trompetensignal schmetterte durch die Abendstille. Gleich darauf zerstörten dumpfe Paukenschläge den Frieden und die Abendstille.

»Sie haben uns entdeckt!« sagte Gilgamesch zu Sursunabu. Sie waren noch gut hundert Schritte von der neuen Mauer entfernt. Vor ihnen stieg ein kaum mannshoher Erdwall mit einem gemauerten Ziegelaltar an.

»Hier hatte König Mebaragesi von Kisch sein Lager aufgeschlagen, ehe er die Stadt eroberte«, sagte Gilgamesch. Er sah, wie schwarze Schatten über die Stufen der Zikkurat bis zur obersten

Plattform eilten. Gleich darauf loderten mehrere Feuer in der Dämmerung auf. Die beiden Männer hörten das Klirren von Schwertern und laute Rufe aus der hohen Stadt.

»Empfängt man Könige bei euch mit Kriegsgeschrei?« fragte Sursunabu verstört. Gilgamesch schlug ihm leicht auf die Schulter.

»Laß nur – ich gehe voran!« sagte er. Er richtete sich hoch auf, legte seine linke Hand an den Griff seines Schwertes und zog mit der anderen die große Axt aus der Gürtelschlaufe. Er schritt direkt auf das geschlossene Nordtor zu. Überall auf den Wehrtürmen der wuchtigen Mauer tauchten Bewaffnete auf. Ihre Helme, Speere und Schilde schimmerten im Abendglühen. Und dann erschien ein Unterführer mit silbernen Metallbändern um die Oberarme.

»Wer seid ihr?« rief er Gilgamesch entgegen.

»Erkennst du mich nicht?« antwortete Gilgamesch mit mächtiger Stimme. Für einen Moment verstummte das Lärmen der großen Kesselpauken.

»Die Wächter der Felder hatten euch bereits entdeckt als ihr aus den Fluten des Buranums kamt«, lachte der Unterführer abfällig. »Wir schätzen kein Gesindel und keine Räuber, die sich abseits der Wege heranschleichen!«

»Siehst du mich schleichen?« fragte Gilgamesch spöttisch.

»Nein, aber wir wissen noch nicht, ob du der bist, der du sein könntest«, antwortete der Anführer der Torwachen. »Die Orakelpriester befragen noch die Götter und die Hammellebern. Sie müssen warten, bis der Mond aufgeht, um aus dem Stand der Sterne die Wahrheit zu erfahren.«

»Warum so umständlich? Sag euren Priestern, daß König Gilgamesch am Nordtor Einlaß verlangt – der Sohn Nin-suns und Enkel von Enmerkar, der vier Jahrhunderte lang Uruks König war!«

»Du kannst nicht König Gilgamesch sein!« rief der Anführer der Torwächter. »Der Gilgamesch, der einmal König war, ist vor vielen Jahren fortgegangen, weil ihn der Gram um seinen toten Freund Enkidu verwirrte! Man hat nie wieder etwas von ihm gehört!«

»Und wer ist jetzt der König dieser Stadt?«

»Wie willst du Gilgamesch sein, wenn du ihn nicht kennst? Jeder in Sumer weiß, wer König Urnungal ist ...«

»Urnungal?«

»Ja! Urnungal – der Sohn von König Gilgamesch!«

»Seit wann werden in Uruk Kinder auf den Thron gesetzt?« fragte Gilgamesch ungläubig. Er sah Sursunabu an und schüttelte verständnislos den Kopf.

»Urnungal ein Kind?« rief der Anführer der Torwachen erbost. »Er wird dir zeigen, wie er dich für diese Schmähung straft!«

»Wir werden uns ein Feuer anzünden und warten«, antwortete Gilgamesch noch immer verwirrt. Sursunabu stieß ihn an und deutete über die Mauer hinweg zum Hügel der Stadt. Durch das alte Nordwesttor der oberen Mauer quoll nun ein endloser Zug aus Priestern, Musikanten und Fackelträgern. Würdige Ensis und vollbewaffnete Schublugal-Krieger, kaum verhüllte Tempeltänzerinnen und Palastsklaven mit Glöckchenringen um den Hals begleiteten den neuen König und Hohepriester der Stadt den Hügelweg hinab. Handwerker, Händler, Bauern und selbst die Fischer, die sonst um diese Zeit auf den Fluß hinausfuhren, folgten ihnen. Immer mehr Männer, Frauen und Kinder drängten sich durch das Tor. Es schien, als hätte sich die ganze Stadt aufgemacht, um den zu sehen, der so viele Jahre fort gewesen war.

Der Lärm der Prozession nahm zu, je näher sie dem neuen Nordtor kam. Gilgamesch und Sursunabu wichen bis zum flachen Hügel hundert Schritt vor dem Tor zurück. Von hier aus konnten sie das Nahen des Zuges jenseits der Mauer besser beobachten. Der Rauch der Fackeln stieg in den langsam dunkler werdenden Abendhimmel auf. Die ersten Sterne begannen weiß wie Kristalle im tiefen Blau zu funkeln. Der Klang der Zimbeln und Schalmeien verstummte. Nur die großen Kesselpauken schlugen noch weiter den Takt. Und dann verhallten auch ihre Schläge.

Für eine Ewigkeit blieb alles still. Nichts rührte sich auf der anderen Seite der Mauer. Selbst die Fische in den nahen Kanälen sprangen nicht mehr nach Luft und Fliegen schnappend aus dem Wasser. Die Frösche quakten nicht, und auch der leichte Abendwind legte sich.

Das große Doppeltor öffnete sich mit einem langgezogenen Knarren von alten Zedernbalken in den Ankersteinen. Im Hintergrund klirrten Schwerter und Schilde. Und dann schritt der neue

König und Hohepriester von Uruk ganz allein auf den Hügel mit Gilgamesch und dem Fährmann zu. Gilgamesch sah, daß er stolz und schön war ... nicht ganz so groß wie er selbst oder Enkidu, aber von hoher Gestalt und strenger Würde.

»Du sagst, daß du Gilgamesch bist?«

»Das ist der Name, den mir Schukallituda, der oberste Gärtner von Kisch vor vielen Jahren gab!«

»Wer ist dein Vater?«

»Ich weiß es nicht.«

»Wer deine Mutter?«

»Nin-sun, ›die Herrin der Wildkuh‹.«

»Und du warst König dieser Stadt?«

»Ja, vom Tod meines Großvaters Enmerkar bis zu der Nacht, in der ich fortging.«

»König Gilgamesch verließ Uruk auf den Tag genau vor dreißig Jahren. Er müßte jetzt gut fünfzig Jahre alt sein. Du aber siehst wie Anfang zwanzig aus – mindestens zehn Jahre jünger noch als ich!«

Gilgamesch blickte zu Sursunabu.

»Hilf mir!« bat er leise.

»Das ist eine lange Geschichte, Herr«, sagte der Fährmann des Unsterblichen. »Denn was sind dreißig Jahre im Berg der Dunkelheit, im Wald der Edelsteine, am Meer des Todes und auf der Insel der Seligen? Dieser Mann hier – das sah ich mit eigenen Augen – hat außerdem ein Blatt der Pflanze gekostet, die gegen Krankheit schützt und jede Spur des Alterns tilgt. Er holte sie vom Grund des süßen Ozeans und wollte sie nach Uruk bringen, doch eine Schlange fraß sie und schlüpfte aus der alten Haut.«

Urnungal stieg den flachen Hügel hinauf. Er ging mehrmals um Gilgamesch und Sursunabu herum. Vollkommen still und mit weitgeöffneten Augen beobachteten die Priester und das Volk die drei Männer auf der Anhöhe. Der neue König von Uruk wandte sich an den Ensis vom Rat der Sieben Weisen.

»Er gleicht fast völlig jenem Bild, das mir von ihm geblieben ist. Er sieht so groß und stark aus, wie alle ihn beschrieben haben. Aber er ist es nicht ... kann es nicht sein! Seht seine Haltung, sein Gesicht! Zeigt es den wilden Mut, den harten Stolz oder die Kraft der Götter, von der im Zweistromland berichtet wird?«

»Willst du den Mann verdammen, nur weil er weise wurde?« fragte der Fährmann des Unsterblichen. Im gleichen Augenblick trat eine Frau aus dem Schatten des Tores. Sie trug ein dunkles, bis auf den Boden reichendes Gewand und ein weißes Witwentuch über dem Kopf. Sie ging wortlos an König Urnungal vorbei und blieb erst stehen, als sie vor Gilgamesch stand.

Sie strich mit ihren Fingern über seine Wangen, dann schlug sie das Tuch vor ihrem Gesicht zurück. Im ersten Moment glaubte Gilgamesch, seine Mutter vor sich zu haben, doch dann erkannte er die schöne Frau.

»Du bist zurückgekommen«, sagte sie und lächelte.

»Ja, Nansche!« antwortete er. »Ich bin zurückgekommen!«

Die Orakel-Priester überprüften noch lange den Stand der Sterne. Sie verglichen die ersten Aufzeichnungen aus der Zeit nach der Sintflut mit den geheimen Wegen, die einige Sterne am Himmel in der Zwischenzeit zurückgelegt hatten. Die ganze Zeit über wartete die Stadt. Männer, Frauen und Kinder standen schweigend auf dem Platz zwischen den Tempeln und der Zikkurat. In unregelmäßigen Abständen hallten die dumpfen Schläge auf großen Kesselpauken durch die Nacht.

Erst als *Nanna-suin* in seiner ganzen Schönheit über den Feldern Uruks aufstieg und einen großen, doppelten Ring aus weißem Licht mit sich brachte, verflogen auch die letzten Zweifel. Die Priester traten aus den Tempeln, hoben die Arme und warfen gute Myrrhe in die Feuerkessel.

Der Jubel über die wunderbare Heimkehr Gilgameschs hielt die ganze Nacht an. Überall auf den Plätzen und in den Straßen tanzten und sangen die Menschen. Akil, der greisenhaft gewordene Nubanda, ließ Scheunen und Lagerhäuser öffnen. Und jedermann konnte soviel essen und trinken wie er wollte.

Im Thronsaal des alten Enmerkar-Palastes versammelte sich der Rat der Stadt, dazu alte Ensis, die Gilgamesch noch gekannt hatten, und Krieger, die von ihm ausgebildet worden waren. Selbst im Innenhof des Palastes waren Tische und Bänke aufgestellt worden, so viele waren gekommen. Und doch sah Gilgamesch, daß er nicht mehr der König von Uruk war! Alle Musikanten und Tänzerinnen und alle festlich gekleideten Orakeldeuter und Zeremonienpriester verneigten sich stets zuerst vor König Urnungal und der Königin an seiner Seite, dann erst vor Nansche und ihm.

Urnungals Thron und der Sessel seiner zierlichen Frau waren höher und viel reicher mit heiligen Standarten und Götterstatuen, prächtigen bunten Teppichen und goldglänzenden Stelen umgeben als der aus Zedernholz gefügte Sessel Gilgameschs. Er bemerkte es, aber es hatte keinerlei Bedeutung mehr für ihn.

Sie aßen, tranken und hörten den Musikanten und Chören zu. Nie zuvor, seit Gilgamesch mit dem Heer König Mebaragesis nach Uruk gekommen war, hatte er eine Zeremonie erlebt, die so starr und streng der alten Ordnung folgte. Und zum ersten Mal spürte er, welch heilige Kraft und welch Zauber von den feierlichen Ritualen ausging. Er lehnte sich zurück, legte eine Hand auf die Oberschenkel von Nansche und lauschte mit wohliger Müdigkeit dem Singsang der Beterpriester.

Einer nach dem anderen trat in den würzig wallenden Rauch der Feuerkessel und berichtete von der Erschaffung des Himmels und der Erde, von der Ankunft der Götter, den großen Urkönigen, dem Raub der hundert *ME*, der Gründung der ersten Städte und von der Flut, die alles vernichtete.

Es dauerte lange, bis eine kleine Pause entstand. »Wie ist es meiner Mutter ergangen?« fragte er leise. Nansche legte ihre Hand auf seine und streichelte sie sanft.

»Sie starb an gebrochenem Herzen, nur ein Jahr nachdem du die Stadt verlassen hattest.«

»Vielleicht war es besser für sie«, sagte Gilgamesch nachdenklich. »Sie war stets eine Gefangene der alten Ordnung und hat nie verstanden, warum ich einen Tiermann mehr lieben konnte als die Göttin oder dich.«

»Hast du selbst es verstanden?«

Er nahm den goldenen Becher und trank ihn aus. Sofort goß ein Sklave süßen Wein nach. Gilgamesch dachte lange nach. »Vielleicht habe ich in ihm auch nur mich selbst geliebt«, sagte er dann. »Er war Teil meines Traums von Größe und Unsterblichkeit.«

Ein ernster Junge mit goldfarbenen Locken ging an den Priestern vorbei auf den neuen König zu. Er war etwa zehn Jahre alt und trug eine noch nicht gebrannte Tontafel in seinen ausgestreckten Händen. Gilgamesch erkannte winzige Schriftzeichen auf der Tafel, doch dann sah ihm der Junge direkt in die Augen. Für einen Moment der Ewigkeit setzte Gilgameschs Herzschlag aus. Ein heißer Schauder lief über seinen Rücken. Und gleichzeitig kam es ihm vor, als würde er sich selbst erblicken.

»Erkennst du ihn?« hörte er Nansches Stimme wie durch eine Nebelwand. »Das ist Udul-kalamma, der Sohn deines Sohnes Urnungal und seiner Frau Ni-saba, der einzigen Tochter König Aggas von Kisch. Dein Enkel wird ›Hirte des Landes Sumer‹ genannt, denn er wird nach Urnungal fortführen, was du begonnen hast.«

»Ich habe einen Enkel!« murmelte Gilgamesch ergriffen. »Warum begreife ich erst jetzt, daß dies der Weg ist, auf dem wir weiterleben können?«

»Du wußtest es und hast es oft genug gehört«, antwortete Nansche mit einem feinen Lächeln. »Aber du wolltest nicht verstehen.«

Später, als der Frieden des Schlafs die ersten Feiernden umfing, fragte Gilgamesch Nansche nach den Gefährten seines Königtums:

»Was ist aus Dimus, deinem Mann, geworden?«

»Er war fast zehn Jahre lang der oberste Lu-abal und schlichtete weise alle Streitigkeiten, bis er erblindete. Als das geschah, waren die Ernten schlecht und Fremde aus dem Norden streiften überall durchs Land. Deshalb wurden alle, die nicht in Uruk geboren waren, plötzlich als Feinde der Stadt angesehen. Viele sind damals erschlagen, gesteinigt oder in grausigen Opferzeremonien verbrannt worden. Es war eine schreckliche Zeit, in der nur galt, wer sich als guter Urukäer und treuer Diener der alten Götter beweisen konnte!«

»Und Harrap?« fragte Gilgamesch kopfschüttelnd.

»Er wurde gezwungen, die Probe eines Götterurteils anzunehmen. Man reichte ihm einen Giftbecher und sagte, daß böse Dämonen ihn beherrschen würden, wenn er den Trank überlebte. Er starb unter furchtbaren Qualen.«

»Er war ein weiser Mann«, sagte Gilgamesch. »Aber wie war das möglich? Gab es denn keinen König, keinen Hohepriester?«

»Urnungal war damals erst zwölf Jahre alt«, sagte Nansche. Gilgamesch preßte die Lippen zusammen. Es dauerte lange, bis er weiterfragen konnte.

»Was ist aus Mesche und Zabardi Banuga geworden?«

»Über Mesche weiß ich nicht viel. Nachdem du fort warst, wollte er nicht länger in Uruk bleiben. Er ging nach Kisch zu König Agga zurück. Zabardi Banuga starb einen entsetzlichen Tod. Er war besessen von der Idee, mit schnellen Anschu-kurras ein Heer aus reitenden Kriegern aufzubauen. Eines Tages wurde er abgeworfen. Er blieb mit den Beinen im Zaumzeug hängen und wurde von seinem Reittier solange durch die Straßen der Stadt geschleift, bis er tot war.«

Gilgamesch trank seinen Weinbecher aus. Eine Gruppe von Tempeltänzerinnen begann an der Stirnseite des Thronsaals erneut mit einer lauten und ekstatischen Darbietung. Bunter Rauch aus den Feuerkesseln wallte bis unter die Deckenwölbung. Es roch nach Bier und Wein, Molylauch und Schweinebraten, Duftöl und Schweiß. Gilgamesch hatte Mühe, die lärmende Fröhlichkeit mit seinen Fragen zu durchdringen.

»Was wurde aus Bara Nam-tara?« rief er Nansche zu.

Die Mutter seines Sohnes antwortete nicht. Sie nahm sich ebenfalls einen Becher mit Wein und trank ihn mit kleinen, langsamen Schlucken aus.

»Was ist?« drängte Gilgamesch. »Du weißt doch, daß sie das erste Mädchen war, mit dem ich geschlafen habe.«

»Du hast deine Unschuld bei ihr verloren, ebenso wie dein Bruder Enkidu.«

»Ja«, rief Gilgamesch durch den Lärm der Feier. »Was hat dich daran gestört?«

»Was mich gestört hat?« stieß sie hervor. »O ihr Männer! Könnt ihr denn niemals begreifen, daß jede Frau immer wieder entscheiden muß, ob sie die Göttin *Inanna* oder die *Große Mutter* sein will? Hast du *Inanna* nicht gerade dafür beschimpft, daß sie nur mit der Lust lockt, daß sie nur süße Früchte bietet, die einen schalen Nachgeschmack haben, weil sie ohne Verpflichtung und ohne Dauer sind? Und du? Bist du denn anders als die Göttin, für die du nur Verachtung hattest? Wo ist dein Recht, alles zu nehmen und schon im gleichen Atemzug zu beschimpfen, was sich dir hingab? Was war dir Treue und was Saat und Pflege? Dein Leben ... und sogar dein Sohn waren dir nicht genug! Wofür hast du gekämpft? Wofür gelebt? Ist dir die Mauer aus toten Ziegelsteinen wirklich wichtiger gewesen als ein Mensch, der ›Vater‹ zu dir sagen kann?«

»Will er denn mit mir sprechen?« rief Gilgamesch und blickte zu seinem Sohn hinüber. König Urnungal thronte an der Stirnseite des großen Saals, umgeben von den Oberpriestern der Tempel, von festlich gekleideten Würdenträgern und von den Abgesandten fremder Städte, die sich gerade in Uruk aufhielten. Gilgameschs Sohn gab mit keinem Blick, nicht einmal mit dem leisesten Mienenspiel zu erkennen, wem das Fest galt. Er gab sich so, als würde der Heimgekehrte überhaupt nicht existieren.

»Bist du denn auf ihn zugegangen, hast ihn in deine Arme geschlossen und ihn dafür um Verzeihung gebeten, daß du ihm nie ein Vater warst?« fragte Nansche.

»Daran habe ich nicht gedacht«, anwortete Gilgamesch betroffen. Sie lächelte nachsichtig, legte ihre Hand auf seine und sagte: »Dabei hättest gerade du wissen müssen, wie schwer es ist, vaterlos aufzuwachsen, aber du fragst nach Bara Nam-tara. Sie hat dafür gesorgt, daß alle guten Erinnerungen an dich lebendig blieben. Sie war für viele Jahre eine gute Freundin für mich und Urnungal.«

Gilgamesch sah Nansche lange an.

»Du hast mir noch nicht alles gesagt.«

»Ich dachte, du wüßtest es ... jetzt!«

Gilgamesch schüttelte verständnislos den Kopf.

»Bara Nam-tara war eine Sklavin aus dem Hochland von Aratta«, sagte Nansche mit einem wissenden Lächeln. »Aber sie war auch der Körper, den sich die Göttin *Inanna* von Zeit zu Zeit auswählte, wenn sie euch Männern zeigen wollte, wie unfähig ihr seid, einer Verlockung zu widerstehen.«

Er nahm seine Hand von ihren Schenkeln.

»Ein Mann kennt nur das Ziel, sich wie ein Pfeil zu immer wieder neuen Höhepunkten aufsteigen zu lassen!« fuhr sie fort. »Doch was aufsteigt, muß auch wieder fallen. Aber wir anderen, wir Frauen suchen das Beständige! Das – und nur das wird uns für alle Zeiten voneinander unterscheiden!«

Die guten Orakel aus der Nacht von Gilgameschs Heimkehr erfüllten sich von Tag zu Tag. Wie kaum jemals zuvor standen schon bald darauf die weiten Felder rings um Uruk voll im Korn. Trächtige Muttertiere grasten noch vor der zweiten Ernte des Jahres wohlgenährt auf den Weiden. Die Fischer hatten Mühe, ihre schwer gefüllten Netze und Reusen bis in die Boote zu ziehen, und selbst die freien Jäger brachten mehr Beute in die Stadt als in den vergangenen Jahren.

Zunächst tuschelte das Volk von Uruk, doch dann – nach zwei, drei Monaten – war langsam jedermann davon überzeugt, daß zwei Könige in der gleichen Stadt weniger Unheil brachten, als die meisten befürchtet hatten. Im Gegenteil ...

Es war Nansche, die beinahe jeden Tag zwischen Gilgamesch und Urnungal vermittelte, und oft war Udul-kalamma ihr Botenjunge. Sie sorgte dafür, daß weder Gilgamesch noch sein Sohn Urnungal ihr Gesicht verloren. Urnungal blieb im alten Enmerkar-Palast. Gilgamesch beanspruchte zu keiner Zeit sein Königtum und seine Hohepriesterschaft.

Er hatte sich mit Zustimmung der Priester des *An*-Heiligtums und des *Inanna*-Heiligtums ein Refugium gewählt, das schon vor vielen Jahren sein liebster Platz gewesen war: er wohnte im kleinen Tempel auf der obersten Plattform der Zikkurat. Es gab Wochen, in denen er kein einziges Mal in die Stadt hinabstieg. Dann saß er nächtelang vor frischen Tontafeln, beobachtete den Stand der Sterne und zeichnete all das auf, was er erkannte.

An manchen Tagen verließ er den Stufentempel. Dann ging er mit Udul-kalamma durch die Stadt. Er erzählte seinem Enkel, wie es früher gewesen war und zeigte ihm die Stelle, in der sein eisernes Schwert die Bresche in die alte Mauer geschlagen hatte. Am Eingang zum *Ganzir* erklärte er ihm, wie Pukku und Mikku in die Unterwelt gefallen waren, und wie Enkidu nach ihnen gesucht hatte. Sie gingen durch das alte Nordwesttor bis zu den längst wieder verschlossenen Gräbern der Ahnen und wanderten an den Kanälen entlang.

»Seht, dort kommt der alte König mit seinem Enkel!« riefen sich dann die Bauern und Tagelöhner auf den Feldern zu.

»›Der Alte ist ein junger Mann‹«, antworteten andere. Das war der Ehrenname, den sie ihm gegeben hatten. An den Waschplätzen stimmten die Frauen und Mädchen fröhliche Lieder über den König an, der seinen Schrecken verloren hatte. Die Sängerinnen veränderten die Worte und flochten neckende Anspielungen auf seine göttliche Lendenkraft ein, von der die meisten nur gehört hatten. Gilgamesch winkte ihnen zu. Sogar Udul-kalamma blickte dann mit einem fröhlichen Lachen zu ihm auf. Es schien fast, als würde er bereits verstehen, was die Weiber meinten.

Die mächtige Mauer mit ihren neunhundertfünfzig Befestigungstürmen kam Gilgamesch mehr und mehr wie ein einziger großer Tempel vor, in dem alle Gärten und Felder, alle Kanäle und die alte Stadt selbst Schutz und Frieden gefunden hatten. Durch die vier gewaltigen Tore mit Riegeln, die ein Mann allein nicht aufstemmen konnte, kamen Wagen mit kostbaren Waren aus den entferntesten Gegenden. Boten mit Bittgesuchen eilten von überall her in die Stadt.

Gilgamesch und sein Enkel sahen sich auch am neuerbauten Hafen um. Sie setzten sich auf Ballen mit Stoffen und auf Körbe mit Erzen aus fernen Gegenden. Die Ladebäume der Schiffe ächzten unter der Last voller Fischnetze. Guffas und Kelegs, Langboote und Segler reihten sich dicht an dicht an den Kaimauern. Überall waren neue Märkte entstanden, und von den Herdfeuern in frischbemalten Häusern zog der Duft von Spießbraten und würzigen Suppen durch die Stadt.

Als die kalten Monate kamen, besprach sich Gilgamesch mit den Orakelpriestern und den Kundigen aus den Tempeln. Gemeinsam fertigten sie Pläne der Himmelssphären und der fernsten Länder der Erdscheibe an. Die besten Dubsars der Stadt notierten mit winzigen Keilschriftzeichen, was jeder Wind, jede Konstellation der Göttersymbole, jede Farbe des Himmels und jedes andere Zeichen der belebten und unbelebten Natur bedeuten konnte.

Jahr um Jahr lernten die Menschen von Uruk mehr darüber, wie alles mit allem zusammenhing. Und sie begannen, ihre Furcht abzulegen. Aus dem dämonischen Flechtwerk der tausend übermächtigen Götter entstanden ganz allmählich hellere Bilder vom Oben und Unten, vom Diesseits und Jenseits, von der Vergänglichkeit und vom Sinn des Lebens. Das Unsichtbare war überall, aber es war weder gut noch böse, sondern ganz allein so, wie sie selbst es gestalteten ...

Und Gilgamesch?

Er sah, wie sich die alte Ordnung überlebte. Er wohnte weiter auf der obersten Plattform des großen Stufentempels von Uruk. Auf diese Weise konnte er sein Volk noch manchmal warnen, wenn die Sterne ihm sagten, daß wieder einmal Eroberer aus dem Norden kamen, um die Ernten niederzubrennen und die Tempel der frühen Götter zu schänden.

Die Fremden sahen anders aus als die Sumerer. Sie brachten ihre eigenen Götterstandbilder mit. Neue Sprachen, von denen nur eine so klang wie Abram geredet hatte, drängten sogar die sorgsam aufbewahrten alten Aufzeichnungen in die Vergessenheit zurück. Die Stadt wurde so laut, wie es Ziusudra von Schuruppak berichtet hatte. Aber die Götter schickten keine Sintflut mehr. Sie fanden andere Wege, um das, was hoch aufgestiegen war, wie Funken des Feuers am Nachthimmel verglühen zu lassen.

Und irgendwann hörte Gilgamesch die Stimmen der ewigen Götter in sich, die ihm sagten, daß seine Zeit abgelaufen war. Er legte zum letzten Mal die Tafel aus weichem Ton zur Seite, auf der er bis zum Schluß seine Gedanken vermerkt hatte, badete sich in frischem Wasser, zog seine einfachsten Kleider an und schritt im späten Abendrot die Stufen der Zikkurat hinab. Er ging durch die lärmende Stadt, die ihm längst fremd geworden war. Kaum jemand sah ihn, doch wer ihn bemerkte, verneigte sich vor dem goldgelockten Mann, von dem es hieß, daß er nie altern würde.

Die Erdspalte am Platz vor dem alten Nordwesttor existierte noch immer. Gilgamesch stieg über einen Haufen Gerümpel. Er räumte den Müll zur Seite, bis er endlich den Eingang zum *Ganzir* gefunden hatte.

Er kletterte in die Dunkelheit. Schon nach wenigen Schritten spürte er den Sog über den blubbernden, übelriechenden Erdpechquellen. Er fiel durch den Schlund zwischen Erde und Unterwelt und verlor jedes Gefühl für die Zeit. Es war genau so, wie Enkidu erzählt hatte: er sah keine Sonne, keine Pflanzen und nicht einmal Wasser.

Als er den Fluß vor dem ersten Tor überqueren wollte, traf er auf einen Wächter der wie Sursunabu aussah.

»Was tust du hier, Fährmann des Unsterblichen?« fragte Gilgamesch erstaunt.

»Du irrst dich«, antwortete jener, »mein Name ist *Neti* und ich bin ausgesandt, um dich abzuholen.«

Gilgamesch lächelte nur. Der Fährmann begleitete ihn durch alle Tore und alle Länder der Unterwelt. Er sah sie alle, die bleichen Schreckensgesichter, die Schattenwesen und Ruhelosen, die Jammernden und Klagenden. Tor um Tor öffnete sich für ihn. Er sah Könige und Helden, Richter und Kaufleute büßen, während Geopferte und in der oberen Welt Verurteilte an reichgedeckten Tischen saßen. Von Land zu Land verlor die Unterwelt ihre Schrekken.

»Wir können niemals zu Göttern werden«, sagte Ugnim, der Tischler, im Land des Glücks. »Und nur unsere Taten entscheiden, durch wieviele Tore wir gehen dürfen.«

Gilgamesch überlegte sehr lange. Er wollte sich bereits umdrehen und dorthin zurückgehen, wo die anderen Herrscher gefangen waren. Doch da kam Enkidu durch das letzte Tor.

»Wir haben auf dich gewartet«, sagte er lächelnd.

»Laß mich umkehren«, antwortete Gilgamesch ernst, obwohl ihm die Freude über das unverhoffte Wiedersehen das Herz leicht machte. »Ich weiß, daß mein Platz nicht hier ist!«

»Hast du vergessen, daß du mich liebtest und mir auch dein Leben geopfert hättest?«

»Ich habe es nicht getan ...«

»Aber du warst mit reinem Herzen bereit dazu. Und das zählt ebenso wie Taten!« sagte der Wildmann. »Ich habe für dich gesprochen, und diese Aufgabe – nämlich zu richten und Liebenden zu vergeben – das soll auch dein Werk sein!«

Er nahm ihn am Arm und führte ihn durch das Tor der Ewigkeit.

Ereschkigal saß auf einem Thron aus Kristall und Licht vor einem Tisch mit einer Waage, einem Buch und den schwarzen und weißen Kugeln der Richter. Sie hob die Hände und deutete auf die beiden Thronsessel rechts und links neben sich.

»Nimm zu meiner Rechten Platz, König der Stadt Uruk – und

du zu meiner Linken, Mann, den die Tiere verstanden! Die Menschen entfernen sich von der alten Ordnung. Sie sind nicht mehr eins mit der Natur und dem Universum. Deshalb sollt ihr mir fortan dabei helfen, die Menschen nach ihrem Tod nicht nur nach ihren Taten, sondern auch nach ihren Gedanken und Gefühlen zu richten oder zu belohnen!«

Und so geschieht es.

Bis auf den heutigen Tag.

ANHANG

ERLÄUTERUNGEN

In den folgenden Erläuterungen werden Begriffe aus jener Zeit, sowie Namen und Funktionen der handelnden Personen und Götter erklärt. Die Namen der Götter sind kursiv gesetzt. Alle handelnden Personen und Götter sind durch das Gilgamesch-Epos oder Parallelquellen belegt.

Abram
Sohn eines semitischen Händlers aus dem Norden (in der Bibel wird Uruk/Erech als Herkunftsort für Abraham genannt – allerdings später)

Abzu
›Der Zeuger‹, mythologisch ursprünglich für den sumerischen Urgott, der mit *Tiamat* das menschliche Leben schuf. Später Gott *Enkis*. Der Süßwasserozean, auf dem die Erdscheibe schwimmt.

Agga
›Der die Eselsmilch liebt‹, Sohn von Mebaragesi und sein Nachfolger als König von Kisch.

Aja
Göttin, Gemahlin des obersten Gottes *An*.

An (sum. *Ki)*
Oberster Gott in Sumer zur Zeit Gilgameschs.

Anunnaki
Die höheren Götter im Himmel und auf der Erde.

Aratta
›Erhabenes Bergland‹, Stadt, etwa in der Gegend des heutigen Kirman, Belutschestan. Auch hier war *Inanna* Stadtgöttin.

Aruru
Göttin, die erschafft, was *An* erdenkt.

Asakku
›Der den Arm schlägt‹, Krankheitsdämon.

Azu
Frühe Ärzte, z. B. Wasser- oder Öl-Heilkundige, die auch als Chirurgen tätig waren. Bereits in den frühen Zeiten Sumers waren Medikamente und Heilverfahren für die verschiedensten Krankheiten bekannt, z. B. gegen Zahnschmerzen, Epilepsie, Gelbsucht, Hämorrhoiden, Pest, Ohren-, Augen-, Magenleiden, Geschlechtskrankheiten und Depressionen.

Beter-Statuen
Geweihte Figürchen unterschiedlicher Größe mit vor der Brust gegeneinandergelegten Handflächen, aus Ton, Alabaster oder Sandstein. Die Statuen hatten eine mediale Funktion für das Gespräch mit den Göttern. Sie wurden täglich mit Opfergaben bedacht.

Bir Hurturre
›Brüllender Mörder der Schwachen‹, im Epos Krieger von Gilgamesch.

Chuluppa-Baum
Ein besonders hoher und dichter (Eichen-)Baum, der Schatten spendet und von Dämonen bewohnt wird. Aus seinem Holz schnitzt Gilgamesch Pukku und Mikku.

Chuwawa
›Der Vogel mit Ohren‹, Ungeheuer und Wächter des Zedernwaldes, von Gott *Enlil* eingesetzt.

Dilmun
Paradies-Land; die Insel, auf der Ziusudra als Belohnung für den Bau der Arche ewig leben darf.

Dimus
Im Epos ohne Namen. Findet als Sohn des Jägers Enkidu in der Wildnis und führt ihm die Dirne aus Uruk zu.

Dumuzi
›Kind des Lebens‹, Hirtengott, Gemahl *Inannas* und König von Uruk vor der Flut, für jeweils 6 Monate des Jahres in die Unterwelt verbannt, Vorfahr von Gilgamesch.

Edimmus
Unstete Schattenwesen, tote Menschen, die ertrunken, verbrannt, verhungert, von Dattelpalmen gefallen oder ohne Opfer begraben sind.

E-dubba
›Haus der Tafel‹, Schule, in der Rechnen (bis zur Zahl Million und im Dezimalsystem, erst später mit der heiligen Zahl 60) sowie das Zeichnen von Piktogrammen gelehrt wurde. Die Lehrer (Schulväter) wurden von den Familien der Schüler (Schulsöhne) bezahlt. Als Aufseher fungierte ›der mit der Peitsche‹.

Enki (sum. *Ea*)
›Herr der Erde‹, Gott des Süßwasserozeans, der Weisheit und der Güte. Zusammen mit *An* und *Enlil* oberste Gottheiten Sumers. Stadtgott von Eridu. Ihm stiehlt *Inanna* die 100 göttlichen *ME*.

Enkidu
›Mann der guten Erde‹, Tiermensch, Sproß der Stille und der Steppe, wird von der Göttin *Aruru* auf Anweisung von Gott *An* als Gegenspieler von Gilgamesch erschaffen. Er ist kleiner und breiter als Gilgamesch, doch fast ebenso stark.

Enmerkar
›Herr des vermessenen Landes‹, König von Uruk, nach Parallelquellen ca. 400 Jahre alt und Erfinder der noch senkrecht in Ton gekerbten Keilschriftvorläufer, Vater von Nin-sun, Großvater von Gilgamesch.

Enlil
Gott der Luft, strafend, zornig. Zusammen mit *An* und *Enki* oberster Gott von Sumer. Stadtgott von Nippur.

Ensi
›Der große Mensch‹, ursprünglich erster oder zweiter Mann einer sumerischen Stadt, manchmal einem *Lugal* untergeordnet, später allgemein für Würdenträger.

Ereschkigal
›Thronende Herrin der großen Erde‹, Göttin der Unterwelt, Schwester von *Inanna*.

Eridu
Südlichste und älteste Stadt Sumers, die vor der Flut am Ufer des großen Meeres lag. Hier begann auch der unterirdische Süßwasserozean des Stadtgottes *Enki*.

Erra
Gott in der Unterwelt, Pestgott.

Ganzir
Vorhof zur Unterwelt, Eingang in einer Erdspalte am Westtor von Uruk.

Gilgamesch
›Hell strahlender Feuerbrand‹, mythischer, aber auch geschichtlich nachgewiesener König von Uruk, zu 2/3 Gott und zu 1/3 Mensch. In der Mythologie 11 Ellen hoch (das wären 4,40 Meter), Brustspanne 9 Ellen breit, wahrscheinlich aber 1,80 bis 2,40 Meter groß. Nach Jungfernzeugung von König Enmerkars einziger, von

aller Welt abgeschirmter Tochter Nin-sun geboren und auf dem Buranum (Euphrat) ausgesetzt. Sein Vater kann der oberste Gott *An* oder ein heiliger Sturmdämon (Geist) sein.

Guffa
Schwimmkorb aus Leder oder Schilfmatten mit Wanten aus Rohr, abgedichtet mit Erdpech.

Guru
›Starker Mann‹; Tempelangestellte, die später in den Sklaven-Status absanken.

Himmel
Die Sumerer hielten den Himmel für eine hohle Halbkugel und die Erde für eine Scheibe auf deren Oberfläche sie lebten. Der Himmel war in mehrere (3–7) Stockwerke aufgeteilt, von denen nur das unterste mit den Sternen sichtbar war. Durch Fenster im Himmelsgewölbe konnten die Götter Regen oder Strafen schicken.

Himmelsstier
Vernichtungswaffe der Götter aus dem Sternbild Taurus mit konventioneller Wirkung und krankmachenden Folgeerscheinungen.

Iggigi
Die höheren Götter in der Unterwelt.

Idigna
›Der laufende Fluß‹, wegen der starken Strömung so bezeichneter Tigris, an dem es kaum Städte gab.

Imdugud
›Der nachtdunkle Sturmvogel‹, auch *Anzu* genannt.

Inanna
›Herrin des Himmels‹, Göttin des Morgensterns, des Streits und der Liebe, brachte den Menschen die 100 von *Enlil* gestohlenen *ME*. Stadtgöttin von Uruk. Ihr Zeichen sind zwei gegeneinander geneigte Schilfbündel.

Ischchara
Göttin, Begleiterin und manchmal Stellvertreterin von *Inanna.*

Kalaturra
›Noch-nicht-Mann‹, rettet *Inanna* in der Unterwelt durch das Wasser des Lebens.

Kalender (babylonisch)

1	Nisannu	März/April
2	Ajaru	April/Mai
3	Simanui	Mai/Juni
4	Du'uzu	Juni/Juli
5	Abu	Juli/August
6	Ululu	August/September
7	Taschritu	September/Oktober
8	Arachsamnu	Oktober/November
9	Kislimu	November/Dezember
10	Tebutu	Dezember/Januar
11	Sabatu	Januar/Februar
12	Addaru	Februar/März

Kanalsysteme
Buranum und Idigna (Euphrat und Tigris) haben nur wenige Nebenflüsse. Zur Zeit der Schneeschmelze in den Quellbergen im Norden kam es regelnmäßig zu schweren Überschwemmungen im Zweistromland, während in den Sommermonaten das Wasser knapp wurde. Mit der Gründung von dauerhaften Siedlungen mußten gleichzeitig Dämme, Kanäle, Stauwerke und Schleusen gebaut und ständig gepflegt werden. Die Bedeutung der Wasserwirtschaft für die gesamte sumerische Kultur zeigt sich auch daran, daß oftmals Regierungszeiten von Herrschern nach dem Beginn oder der Vollendung bestimmter Wasserwerke datiert wurden.

Keleg
Floß mit Schwimmkörpern aus aufgeblasenen Hammelhäuten für schwere Lasten.

Kisch
›Die Eselsstadt‹, ca. 150 km nordwestlich von Uruk.

Könige
Den Königen, Herrschern und Priestern sumerischer Städte ist es trotz ständiger Kriege und Eroberungen niemals gelungen, die Zersplitterung ihrer gemeinsamen Religion und Kultur in feindliche Stadtstaaten zu überwinden. Dies wurde erst ein halbes Jahrtausend nach Gilgamesch unter den akkadischen d. h. semitischen Königen wie Sargon aus Kisch und den Babyloniern möglich.

Königsgräber
Zu den wichtigsten archäologischen Funden für eine Bestätigung der auf Tausenden von Keilschrifttafeln festgehaltenen Sagen und Legenden aus dem alten Sumer gehören die Königsgräber von Ur, eine Tagereise südlich von Uruk. Hier wurden 1927/29 die Königsgräber von Mes-anni-padda in zwölf Metern Tiefe ausgegraben. Mes-anni-padda wird in den Keilschriften als erster König nach der Flut bezeichnet. Unter den Grabhöhlen befand sich eine zweieinhalb Meter dicke, verhärtete Schlickschicht. Und unter dieser Schicht wurden die fantastischen Königsgräber von A-bargi, seiner Frau Schub-ad und ihrem gesamten Gefolge entdeckt. Sie starben gemeinsam durch den ›Becher des Friedens‹ – als Zeugen für die erste sumerische Kultur, die vor fünftausend Jahren in einer großen Flut unterging.

Kur
›Land ohne Wiederkehr‹, das Erdinnere.

Lachamma
›Kraftstrotzender Fisch‹, Dämon von *Enki* in den Tiefen des Ozeans.

Lilith
Sturmdämonin.

Lugal
Ehrentitel sumerischer Stadtgötter, aber auch Titel menschlicher Herrscher.

Lugalbanda
Der 1. König nach der Sintflut, Urgroßvater von Gilgamesch.

Maße und Gewichte

1 Elle	= 24 Finger	= 40 cm
1 Hohes Rohr	= 6 Ellen	= 2,40 m
1 Doppel-Rohr / Gar	= 12 Ellen	= 4,80 m
1 Seil Aschlu	= 10 Gar	= 48 m
180 Seile Biru	= 1800 Gar	= 8,6 km
1 Beet / kleines Sar	= 15 x 15 Ellen	= 36 m^2
100 Beete / Gan	= 35 ar	= 3600 m^2
5000 Gan / großes Sar		= 1,80 km^2
1 Qa		= 0,4 l
300 Qa	= 1 Gur	= 120 l
1 Sekel	= 180 Körner	= 8,42 gr
1 Mine	= 60 Sekel	= 0,5 kg
1 Talent	= 60 Minen	= 30 kg
1 Sekel Silber	= 120/140 Sekel Kupfer	
6 Sekel Silber	= 1 Sekel Eisen	
1 Gur Getreide	= 1 Sekel Silber	

ME
Alle Seinsmerkmale, die den Menschen über das Tier erheben: das Denken, das Wort und das Fühlen ebenso wie das Träumen, das Königstum, die Freude an Tanz und Gestaltung, Kreativität und Menschlichkeit. Aber auch die Fähigkeit der Trauer, des Hasses und der Falschheit. Die 100 göttlichen *ME* sollten nach und nach an die Menschen übergeben werden. Doch *Inanna* hat sie gestohlen und unter die noch nicht dafür reifen Menschen geschüttet.

Mebaragesi
König von Kisch, Vater von Agga.

Meere

Die Sumerer kannten ›das obere Meer im Norden‹ (Mittelmeer) und das ›Meer im Süden‹ (den Persischen Golf). Die Küstenlinie des Südmeers verlief zu Gilgameschs Zeiten etwa 250 km weiter nördlich, so daß Eridu und Ur Küstenstädte gewesen sein können. Durch Schlick, Versumpfung, Treibsand und das Austrocknen eines großen Wüstenflusses im Westen hat sich das brakige Becken im Lauf von 5 000 Jahren immer mehr gefüllt.

Melucha-Land

Die legendäre Urheimat der Sumerer jenseits der Berge im Osten des Zweistromlandes.

Mesch-aga-schek (babyl. *Mes-kiag-gascher*)

Gründer von *Eanna* (Alt-Uruk), dem späteren heiligen Bezirk.

Monate

Ein sumerischer Monat hatte jeweils 29 oder 30 Tage – je nach dem Auftauchen der Mondsichel. Der Unterschied zwischen Mondjahr und Sonnenjahr wurde durch Einfügen von Schaltmonaten ausgeglichen. In kriegerischen Zeiten und durch Berechnungsfehler mußten die Schaltmonate oft durch Anordnungen der Herrscher eingefügt werden. Das führte zu Kalendarien, die von Stadt zu Stadt unterschiedlich waren.

Muschkenus

Lehens-Freie im Dienst der Tempel und Paläste. Bei besonderen Anlässen wie die Schublugals zum Kriegsdienst verpflichtet.

Musikinstrumente

Die Sumerer erfreuten sich oft an Musik, sie sangen und spielten auf der Balag (Harfe), auf Lilis (große Kesselpauken, deren Herstellung ein eigenes Fest bedeutete), auf Mesis (kleine Handtrommeln) und Ubs (Kokosnußtrommeln), sowie auf Leiern, Trompeten und kleinen Mundblasinstrumenten.

Namtar
›Der das Geschick abschneidet‹, Bote der Pest und des Todes, Wesir von *Ereschkigal*.

Nansche
Im Epos nicht näher bezeichnete Mutter von Gilgameschs Sohn Urnungal. Später Göttin der Gerechtigkeit, Schützerin der Armen, Traumdeuterin der Götter, sitzt neben *An* und deutet seine gemurmelten Entscheidungen.

Nanna-suin
siehe *Suin*

Nergal (sum. *Meslamtaea*)
›Großer Herr‹, Gott des Todes und des Mars, Gemahl von *Ereschkigal*.

Neti
›Der Furchterregende‹, Torhüter der Unterwelt.

Nin-sun
›Herrin der Wildkuh‹, Tochter von König Enmerkar, Mutter von Gilgamesch.

Ninurta
Gott des Krieges und des Sirius, Sohn von *Enlil*, Vorfahr Enkidus.

Nippur
›Die Stadt der Wissenschaften‹ unter *Enlil*, ca. 60 km nördlich von Uruk.

Ninisinna
›Große Ärztin der Schwarzköpfigen‹, Heilgöttin Sumers.

Opfer
Im Gegensatz zur Magie, bei der Menschen Mittel zur eigenen Stärkung anwenden, diente das Opfer in Sumer immer als Bitte an die Götter.

Priester (Sanga)
Die Priester waren die eigentlichen Herrscher der strengen kultisch-religiös aufgebauten sumerischen Stadtstaaten. Ihre Tempel- und Altarordnung löste die Zeit des dörflichen Matriarchats durch einen »religiösen Staatssozialismus« (Schmökel) ab. Nach der Verehrung zeugender Gottheiten, die noch immer der *Großen Muttergöttin* unterstanden, beanspruchte jede Stadt unter Anerkennung der obersten Götter eigene Stadtgötter. Zu den unterschiedlichen Priesterrängen und Bezeichnungen gehören z. B.: Lugal, En, Ensi, Urigallu, Sanga-mach, Ischib (Reinigungspriester), Nin-dingirra (Oberpriesterin), Naditu und Schugitu (Tempelhuren).

Pukku und Mikku
Die Paukenschlegel, mit denen Gilgamesch Macht über die Menschen gewinnt.

Pusur-Amurri
Zimmermann von Ziusudras Arche.

Rauschtrank
Schwarzes Bier, rotes Bier und gegorenes Bier unterschiedlicher Stärke, meist mit Halmen aus großen Gefäßen getrunken, um das Eindringen noch verbliebener Kornkerne zu vermeiden und die Rauschwirkung zu steigern.

Rollsiegel
Zylindrische Ton- oder Steinstempel mit unterschiedlichsten Motiven aus der Sagenwelt, Kampfszenen oder persönlichen Zeichen.

Schakan (sum. *Sumukan*)
Gott der Steppe und des Viehs.

Schmuck
Die Sumerer benutzten Schminke und Salben, Öl und Farben, sowie Ketten, Armbänder und Ringe aus Bergkristall, Glas, Muscheln, Schnecken und Halbedelsteine.

Schublugals
Lehns-Krieger, die im Frieden Land zugeteilt bekamen.

Schukallituda
Oberster Gärtner von Kisch, Ziehvater von Gilgamesch.

Schuruppak
Bereits vor der Flut existierende Stadt, ca. 40 km nördlich von Uruk.

Siduri
›Das Mädchen‹, Halbgöttin, Wirtin am Todesfluß, hält für Wanderer einen letzten Trunk bereit.

Sintflut
Die genaue Datierung der Sintflut ist bis heute nicht gelungen. Für große Flutkatastrophen gibt es Belege aus der Archäologie und aus Keilschriftfunden. Eine dieser gewaltigen Katastrophen überschwemmte z. B. eine Fläche von 650 x 150 km (das entspricht der Größe von Dänemark, Schleswig-Holstein und Niedersachsen) mit einer Wasserhöhe von mindestens zehn Metern ohne die Sturmwellen nahezu die gesamte altsumerische Kultur.

Sklavenmarken
Tontafeln, mit Eigentümersiegel, oder Halsbänder mit Glöckchen, die jeder Sklave am Hals tragen mußte. Gelegentlich auch Tätowierungen durch die Scherer der Schafherden. Weitere Kennzeichnungen von Sklaven waren das Durchstechen der Ohren und das Abschneiden der Haare auf der vorderen Kopfhälfte.

Stiftmosaik
In der Sonne getrocknete oder gebrannte fingerlange Terrakotta-Stifte, die unterschiedlich gefärbt zur Verzierung von Bauwerken verwendet wurden.

Suin (sum. *Nanna*)
›Der Herr des Wachsens‹, Gott des Mondes, Stadtgott von Ur, sein Symbol ist der zunehmende Mond, der Name des Gottes bei Vollmond ist *Nanna-suin*.

Sumerer
›Die Kulturbringer‹, sie kamen von weit im Osten über das Hochland Persiens oder vielleicht über das Meer vom 2 500 km entfernten Industal. Ihre Heimat nannten sie das ›*Melucha*-Land‹. Die Schwarzköpfe mit gedrungen wirkenden, kräftigen Körpern trafen auf die ursprünglichen Bewohner des fruchtbaren Landes im Mündungsgebiet von Euphrat und Tigris und lehrten sie, wie aus einem Korn mit zwei Ernten hundertfache Ernte eingebracht werden konnte. Sie legten die Sümpfe trocken, bauten Kanäle und dienten ihren Göttern, die so zahlreich waren wie die Sterne am Nachthimmel. Doch eines Tages, nach einer fast tausendjährigen Blütezeit, wurden sie zur Legende. Daß es sie wirklich gab, erzählen nicht nur viele Stellen der später verfaßten Bibel, sondern auch Tausende von Tontafeln mit Keilschriftaufzeichnungen.

Tage
Ein Tag hatte 24 Stunden zu 60 Minuten. Mit dem Aufgang eines bestimmten Sterns wurde ein Gefäß mit Wasser gefüllt. Die Wassermenge, die bis zum gleichen Zeitpunkt des nächsten Tages durch eine kleine Öffnung floß, wurde gewogen und durch 12 geteilt. Daraus ergaben sich 12 Doppelstunden (Minen), die gleichzeitig eine zurückgelegte Wegstrecke umschrieben.

Tiamat
›Große böse Mutter der Urzeit‹, myth. Göttin. Nicht zu verwechseln mit der *Großen Muttergöttin* des ›Goldenen Zeitalters‹.

Ubartutu
Der letzte König der Stadt Schuruppak vor der Flut, Vater von Ziusudra.

Ur
›Türpfosten der Turmwohnung‹, Stadt südlich von Uruk, in der *Nanna-suin*, der Gott des vollen Mondes der Stadtgott war.

Urnungal
Gilgameschs Sohn.

Uruk
›Turmwohnung‹, Stadt am Unterlauf des Buranum unweit der ersten sumerischen Stadt Eridu. Zur Zeit von Gilgamesch ca. 5,5 qkm groß und die erste Hochkulturstadt der Menschheit. Die ursprünglich durch Mesch-aga-schek gegründete Stadt Eanna am gleichen Platz wird zum geheiligten *Eanna*-Bezirk im Zentrum von Uruk, in dem sich der *Weiße Tempel* auf einer Stufenterrasse und das *Inanna*-Heiligtum mit einer für spätere Tempelbauten richtungsweisenden Langcella befinden.

Utu
Gott der Sonne und der Gerechtigkeit, Bruder von *Inanna*.

Werwer
Gott des Wetters, auch als *Adad* erwähnt.

Winde
Für die Sumerer waren Winde gleichzeitig Angaben der Haupthimmelsrichtungen:
- der kalte Gebirgswind aus Nordosten
- der günstige Wind aus Nordwesten
- der Wind der Wolken aus Südosten
- der Sturmwind aus Südwesten

Zabardi Banuga
›Gleich der glänzenden Bronze, eng aber schmiegsam‹, Waffenschmied, Kriegeranführer im Epos.

Zedernwald
(am ›oberen Meer‹) im heutigen Libanon und Syrien. Seine Ausdehnung betrug 60 Doppelstunden (à 10,8 km = 650 km). Die Zedern konnten, bei einem Stammumfang bis zu 14 Metern, 30 Meter hoch werden.

Zikkurat
›Tempel des Gottes‹, alle sumerischen Sädte wurden von einem Stufentempel beherrscht. Die massiven, aus sonnengetrockneten Ziegeln erbauten Hochterrassen mit schrägen Seiten dienten ursprünglich als Schutzebenen gegen Feinde und Überflutungen. Später wurde über der obersten Terrasse ein Tempel als ›Tor für die Götter‹ errichtet, zu dem nur auserwählte Priester Zugang hatten. Oft waren die beiden unteren Terrassen als Symbol für die Unterwelt schwarz gefärbt, die dritte Stufe erhielt die Farbe rot für die Erde, der Tempel war lapislazuliblau wie der Himmel lasiert, und das vergoldete Kuppeldach stellte die Ebene der Götter dar. Die Terrassen waren durch drei durchgehende Außentreppen mit mindestens hundert Stufen erreichbar. Die Reste der ausgegrabenen Zikkurat von Uruk haben einen fast quadratischen Grundriß von 56 x 50 m und ihre Seiten waren nach den vier Haupt-Windrichtungen ausgerichtet.

Ziusudra
›Sproß des Tages, der weit dahin ging‹, Sohn von Urbartutu, dem letzten König der Stadt Schuruppak vor der Flut, Erbauer der Arche, lebt als einziger unsterblicher Mann mit seiner Frau und einigen Dienern, deren Status nicht bekannt ist, in *Dilmun*.

ZEITTAFEL

JAHR		MESOPOTAMIEN	ANDERE KULTUREN
7000	Vorzeit	Nomadisierende Urbewohner, Schilfhütten, Entstehung der Namen Buranum, Idigna, u. a.	*Catal Hüyük* in Süd-Anatolien: rechteckige Häuser mit Daumenabdrücken in den Ziegeln. *Jericho:* Ovalhäuser mit 1-3 Zimmern, Metallbearbeitung
		Verehrung der *Großen Mutter* als alleinige Naturgöttin	
5000	Eridu-Kultur	Dorfgemeinschaften, Ackerbau, Töpferscheibe. In Eridu entstehen 19 übereinander gebaute Heiligtümer. Zeit der »Götter, die vom Himmel herabstiegen«	Jungsteinzeit in Europa, Pfahlbauten, Auflösung der Stammesorganisationen, Rinder und Schafe auch in Nordeuropa als Haustiere bekannt. *Ägypten:* Fiedelbohrer und Glasperlen bekannt
		Ablösung der *Großen Mutter* durch verschiedene Vatergottheiten	
3500	Obed-Kultur	Tempel auf Terrassen, Kupfer, Einwanderung der ersten Sumerer aus Zentralasien oder Oberindien, Bildung von Stadtstaaten mit hierarchischen Gesellschaftsordnungen, Bilderschrift	*Ägypten:* »Nilopfer« durch Ertränkung von Jungfrauen, Zeichen für »Schiff« identisch mit dem sumerischen Piktogramm. Kupferne Nähnadeln bekannt. Beginn der *Maya*-Zeitrechnung (3372)
3200	Uruk-Kultur	Der gewählte 1. König und Hohepriester Mesch-aga-schek erbaut die Stadt Eanna (Uruk). Tauschhandel und Kriege mit den östlichen Bergvölkern. Vierrädrige Wagen mit Scheibenrädern in Sumer, GILGAMESCH König von Uruk.	Menes wird König der 1. Dynastie in *Oberägypten*. Die Siedlung Amri im *Indus-Tal* wächst zur Stadt
2800	Djemet Nasr-Kultur	Religiöser Staatssozialismus. Verwaltungs- und Rechnungsbelege auf Tontafeln	Handel bis zum Libanon, zum Indus und nach Ägypten
2700	Frühdynastische Zeit	König Mesilim in Kisch. 1. Dynastie von Ur. Beginn einer Völkerwanderung vom Norden her	Induskultur von *Mohenjo-Daro*, deren Bauten an Sumer erinnern. *Dilmun* wird Handelsplatz. Cheops-Pyramide in *Ägypten*
2350	Akkad-Zeit	Das Großreich des semitischen Königs Sargon von Akkad löst die sumerische Kultur ab. Keilschrift jetzt senkrecht	Yao wird Kaiser von *China* Einwanderung der Hethiter in *Syrien*
2150	Gutäerzeit	Ansturm der Gutäer. Kultureller Zusammenbruch	Blütezeit der Harappa-Kultur am *Indus*

JAHR		MESOPOTAMIEN	ANDERE KULTUREN
2050	Neusumerisches Reich	3. Dynastie von Ur. Sumerisch erlebt eine Renaissance als Literatur- und Priestersprache. Erste keilschriftliche Dokumente des GILGAMESCH-Epos. 4. Dynastie von Uruk	*Knossos* Mittelpunkt der minoisch-kretischen Kultur. Phönizier in *Syrien*. Ionier und Achäer wandern in *Griechenland* ein
1950	Isin-Larsa-Zeit	Erneut rivalisierende Stadtstaaten. Ansturm von Elamitern und Amoritern. 1. Dynastie von Babylon	Handelsplätze in Nordeuropa. Steinsetzung von Stonehenge in *England*. Älteste Dokumente chinesischer Schrift
1850	Altassyrische Zeit	Babylon übernimmt die Vorherrschaft in Mesopotamien. Die fünf GILGAMESCH-Epen werden als Gesamtdichtung von nun an mehrmals neu geschrieben	In *Ägypten* wird der Wert des Kreisumfangs (Pi) bestimmt

LITERATUR

Brockhoff/Lauboek: *Als die Götter noch mit Menschen sprachen*, Herder Verlag, Freiburg 1981

Campbell, Joseph: *The Hero with a Thousand Faces*, Bollingen Foundation, New York 1949

DAI Deutsches Archäologisches Institut (Hrsg.): *Vorläufige Berichte über die aus Mitteln der DFG unternommenen Ausgrabungen in Uruk-Warka*, Berlin 1953–1968

Ebeling/Meißner: *Reallexikon der Assyrologie*, Bd. I Leipzig 1932, Bd. II Leipzig 1938

Heyerdal, Thor: *Tigris*, C. Bertelsmann Verlag, München 1979

Klengel/Marzahn: *Sumer*, Vorderasiatisches Museum (Hrsg.), Berlin (Ost), 1983

Klengel/Brandt: *Magie im alten Vorderasien*, Vorderasiatisches Museum (Hrsg.) Berlin (Ost), 1980

Klima, Josef: *Gesellschaft und Kultur des alten Mesopotamien*, Verlag der tschechoslowakischen Akademie der Wissenschaften, Prag 1964

Kosidowski, Z.: *Die Sonne war ihr Gott*, Warschau 1958, Verlag Neues Leben Berlin

Kramer, Samuel N: *Geschichte beginnt mit Sumer*, List Verlag, München 1959

Marzahn, J.: Babylon und das Neujahrsfest, Vorderasiatisches Museum (Hrsg.) Berlin (Ost), 1981

Moscati, Sabatino: *Wie erkenne ich mesopotamische Kunst*, Belser Verlag, Stuttgart 1979

Oberhuber, Karl: *Die Kultur des Alten Orient*, Akademische Verlagsgesellschaft Athenaion, Frankfurt 1972

Parrot, André: *Sumer*, Verlag C. H. Beck, München 1960

Schmökel, Helmut: *Ur, Assur, Babylon*, Gustav Klipper Verlag, Stuttgart 1955

Schmökel, Hartmut: *Das Gilgamesch Epos*, (5. Aufl.) Kohlhammer Verlag, Stuttgart 1980

Schott, A., von Soden, W.: *Das Gilgamesch-Epos*, Reclam Verlag, Stuttgart 1958, 1982
Uhlig, Helmut: *Die Sumerer*, C. Bertelsmann Verlag, München 1976
Witzel, Maurus, SJ: *Texte zum Studium sumerischer Tempel und Kultzentren*, Pontificio Instituto Biblico, Rom 1932
Wooley, Leonhard: *Mesopotamien und Vorderasien*, Holle-Verlag, Baden-Baden, 1961, 1977

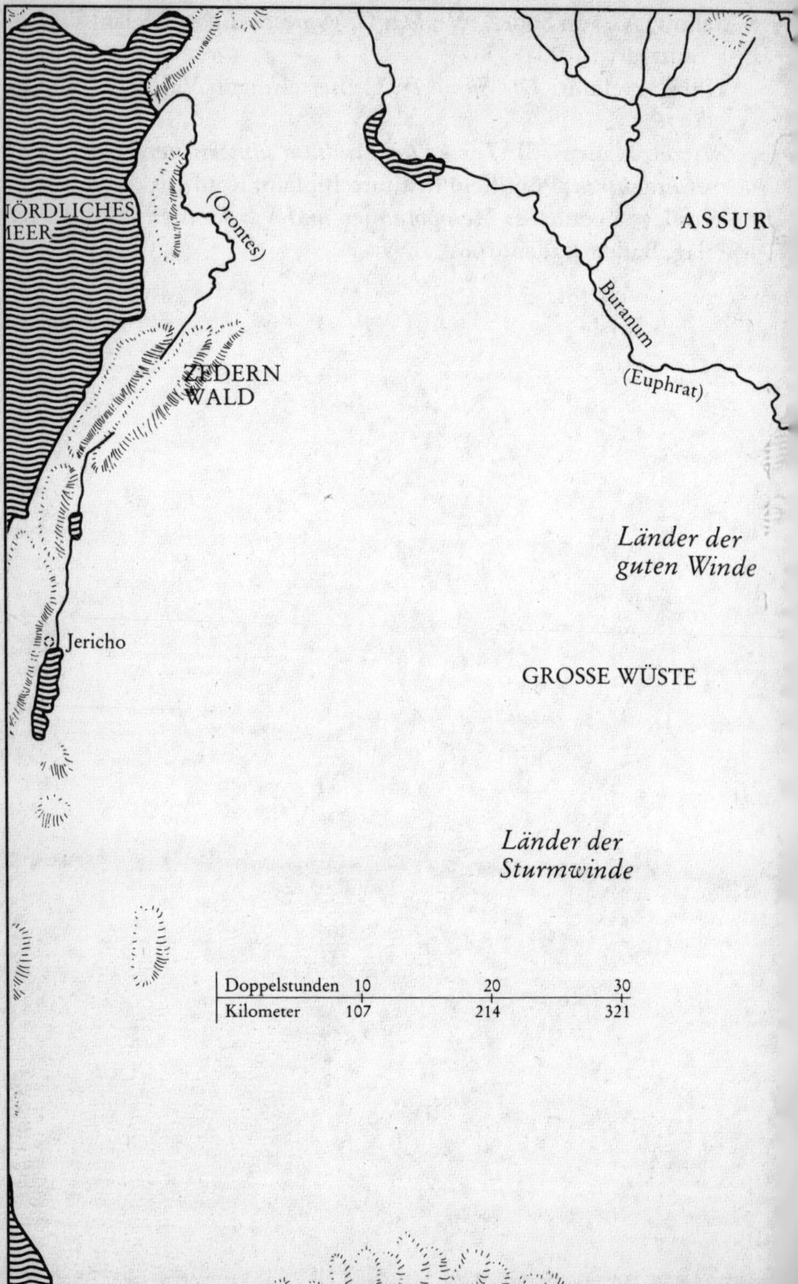

NÖRDLICHES MEER
(Orontes)
ZEDERN WALD
ASSUR
Buranum
(Euphrat)
Jericho
Länder der guten Winde
GROSSE WÜSTE
Länder der Sturmwinde
Doppelstunden 10 20 30
Kilometer 107 214 321

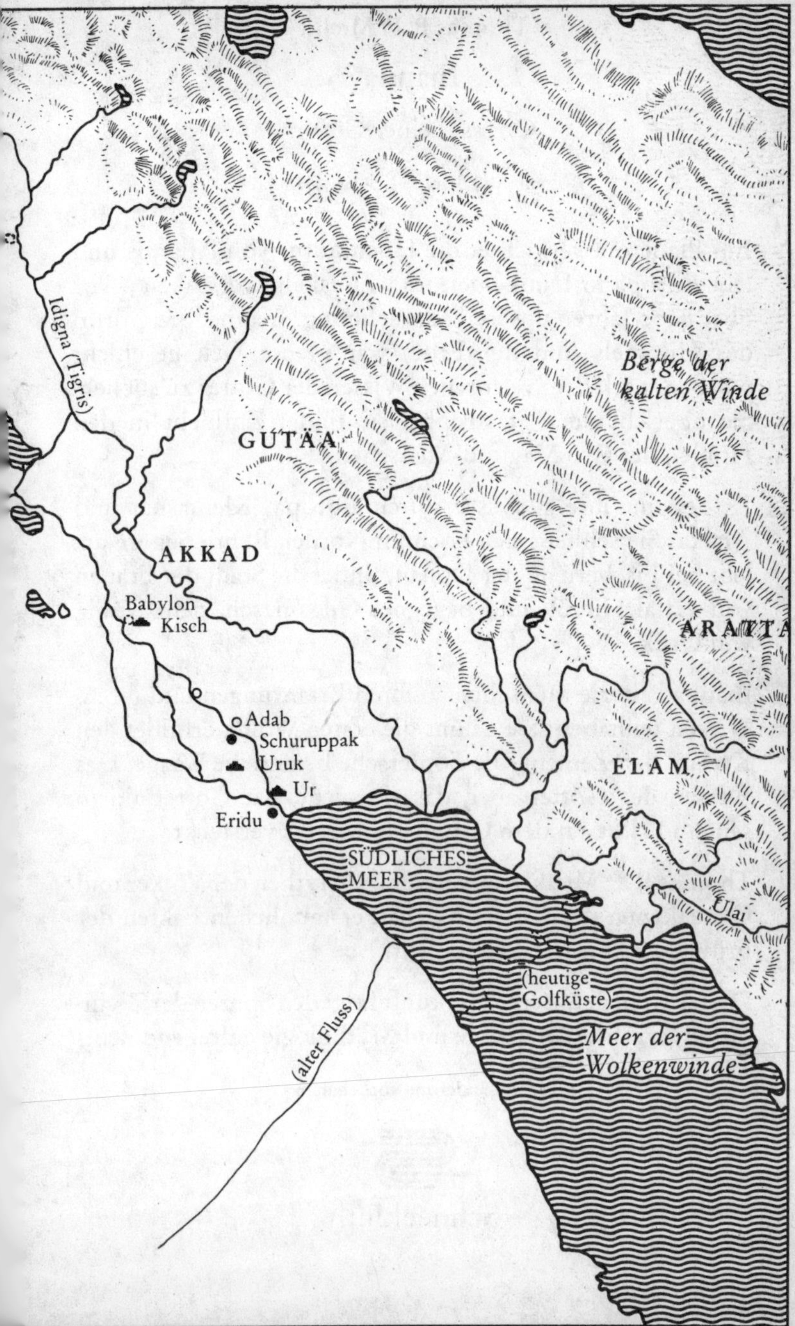
Idigna (Tigris)
GUTÄA
Berge der
kalten Winde
AKKAD
Babylon
Kisch
ARATTA
Adab
Schuruppak
Uruk
Ur
Eridu
ELAM
SÜDLICHES
MEER
Ulai
(heutige
Golfküste)
Meer der
Wolkenwinde
(alter Fluss)